Knaur.

Knaur.

Im Knaur Taschenbuch Verlag sind bereits folgende Bücher des Autors erschienen:
Die weiße Jägerin
Der Fluch des Diamanten

Über den Autor:
Rolf Ackermann, 1952 in Duisburg geboren, hat mehrere Sachbücher und für alle namhaften Magazine und Zeitungen Europas geschrieben. Er gilt als Afrikakenner. Unter dem Pseudonym Manfred Morstein erschien zudem der in mehrere Sprachen übersetzte Bestseller *Der Pate des Terrors* (Nr. 1 in Österreich, Nr. 6 in Deutschland). In dieser Dokumentation beschreibt der Autor seine weltweiten Erfahrungen als ehemaliger Beamter und Experte für internationalen Drogenhandel und Terrorismus eines deutschen Nachrichtendienstes. Sein langjähriger Aufenthalt in Ostafrika hat ihn zu seinem Roman *Die weiße Jägerin* inspiriert, der 2005 bei Droemer erschienen ist. Zurzeit lebt Rolf Ackermann wieder in Afrika.

Rolf Ackermann

Die verschollene Karawane

Roman

Knaur Taschenbuch Verlag

Besuchen Sie uns im Internet:
www.knaur.de

Originalausgabe Januar 2010

Ein Unternehmen der Droemerschen Verlagsanstalt
Th. Knaur Nachf. GmbH & Co. KG, München

Redaktion: Kerstin von Dobschütz
Umschlaggestaltung: ZERO Werbeagentur, München
Umschlagabbildung: Guy_Marche / A1PIX Ltd.
Satz: Adobe InDesign im Verlag
Druck und Bindung: GGP Media GmbH, Pößneck
Printed in Germany
ISBN 978-3-426-63721-0

2 4 5 3 1

In Erinnerung an Mavros – einen Husky

Träume von großen Gefühlen in Freiheit enden schnell an den engen Grenzen derjenigen, die Gefangene ihres Umfeldes und Geisel ihres eigenen Geistes sind. Sie sperren ein, was sie vorgeben, zu lieben, aus Angst, es laufe weg oder werde ihnen genommen. Einen Traum als Illusion zu entlarven, ist schmerzhaft. Dazu gezwungen zu werden, ist grausam. Denjenigen wie einen räudigen Hund davonzujagen, der für Träume und Freiräume großer Gefühle und für die Freiheit aller kämpft, ist zynisch.

1.

Fassungslos starrte Pater Giovanni auf die blutüberströmte Leiche. Er hätte schreien mögen, aber schrille Laute waren in diesen heiligen Gemäuern nicht erwünscht. In einem Franziskanerkloster definiert sich Gottesfurcht über lautlose Demut.
Panisch presste er sich die Hand auf den Mund. Er zitterte am ganzen Leib. Zu grauenhaft war das, was er sah. Tote hatte er schon oft gesehen: runzlige Mütterchen mit Bartstoppeln im Gesicht ebenso wie Frauen in der Blüte ihres Lebens. Und einmal sogar einen Fötus, der den Schoß der Mutter leblos verlassen hatte. Der Tod war nun mal fester Bestandteil Seiner Schöpfung. Asche zu Asche, Staub zu Staub, so gab Er es vor. Doch dieser Leichnam war grässlicher als alles, was er je zuvor gesehen hatte. Zumal er den Toten gut kannte. Er fühlte sich angewidert vom Anblick des alten Mannes zu seinen Füßen. In Bruchteilen von Sekunden rebellierte sein Körper gegen den Ekel erregenden Geruch von Erbrochenem auf dem Hemd des Ermordeten, der auf dem Boden der Wandnische zusammengesackt war, den Rücken gegen die Statue des heiligen Franziskus gelehnt. Das Gesicht war voller Blut, die Nase deformiert. Und immer noch rann dem Toten Blut über den Kinnbart auf sein weißes Hemd. Am Hals waren blaurote Hämatome zu sehen. Jemand hatte ein fingerdickes Seil mehrfach um seinen Hals gezurrt und es an der Statue hinter ihm festgebunden. Die Zunge des alten Mannes hing schlaff seitlich aus dem Mund heraus. In seinem weit aufgerissenen, fast zahnlosen Mund steckte etwas, das ihm bis tief in die

Speiseröhre reichte. Es sah wie zusammengeknülltes Papier aus. Kein Zweifel: Dieser Mann war misshandelt und schließlich zu Tode stranguliert worden. Die hervorgetretenen Augen des Toten ließen erahnen, dass er Höllenqualen gelitten hatte. Dio mio! Wer war zu solch einer bestialischen, geradezu teuflischen Tat fähig? In einem Kloster! Und ausgerechnet vor der Statue des heiligen Franziskus, dessen Sanftmut und Respekt vor allen Geschöpfen des Herrn legendär war.
Der junge Mönch bekreuzigte sich hastig, stammelte nochmals mehrere »Dio mio« vor sich hin, atmete tief durch, raffte seine Kutte zusammen und kniete nieder. Aus einem Winkel des Klosters nahm er undeutlich Schritte wahr, die sich entfernten. Wahrscheinlich waren es die Besucher, die noch vor einer halben Stunde diese Nische hier bestaunt und den Brunnen des heiligen Bernhardin aus Siena und die Zisterne aus dem 15. Jahrhundert bewundert hatten. Aus aller Welt kamen Menschen in dieses Kloster, da der heilige Bernhardin hier einst ein Wunder vollbracht hatte. Mit dem Zeichen des Kreuzes hatte er das salzige Wasser der Lagune zu köstlichem Trinkwasser verwandelt. Auf diesem winzigen Eiland waren schon einige Wunder geschehen: Angefangen hatte es irgendwann im Jahre 1220 des Herrn, als der heilige Franziskus bei seiner Rückkehr von der Reise zum heidnischen Sultan von Ägypten in einem Boot hier angelegt hatte und von den Schwalben der Insel mit freudigem Gezwitscher begrüßt worden war. Der heilige Bonaventura, Gott sei seiner Seele gnädig, hatte in der *Legenda maior* sogar geschrieben, dass der heilige Franziskus die wundersame Fähigkeit besessen habe, den Vögeln gleich von der Erde abzuheben. Damals, bei seiner Rückkehr aus Ägypten und Jerusalem, habe er das Gezwitscher der Schwalben verstanden und von ihnen den Auftrag des Allmächtigen erhalten, auf dieser kleinen Insel, eine

Bootsstunde von Venedig entfernt, ein Haus zu Ehren Gottes zu erbauen. So waren zunächst eine kleine Kirche und dann dieses Kloster entstanden. Später hatte man dann zu Ehren des heiligen Franz von Assisi eine hölzerne Statue errichtet. Dem Künstler war es vortrefflich gelungen, das sanfte, von göttlicher Gnade und Weisheit geprägte Antlitz des Franziskus zu modellieren. Die Statue zeigte den bärtigen, schmallippigen Mönch mit tiefen Denkfalten auf der Stirn, das Haar ergraut, sein ausgemergeltes, von Enthaltsamkeit geprägtes Gesicht mit der schmalen Nase erhaben gen Himmel gerichtet. Ja, doch, der Mann in der braunen Kutte war ein Heiliger gewesen. Doch nun lag an dieser herrlichen Heiligenstatue eine schrecklich zugerichtete Leiche gelehnt.

Pater Giovanni lauschte gebannt den plötzlich knarrenden Scharnieren der Klostertür. Die Schritte, das monotone Murmeln der Besucher verstummten abrupt. Es wurde Furcht erregend still. Respektvoll beugte er sich über den Leichnam, schloss mit zittriger Hand die Lider der in Pein und Angst aufgerissenen Augen und schlug ein Kreuz über der Stirn des Toten: »Nel nome del Padre e del Figlio e dello Spirito Santo, Amen!« Das Antlitz des Alten strahlte mit den geschlossenen Augen eine bizarre Friedfertigkeit aus. Selbst in den erschlafften Gesichtszügen war erkennbar, dass dieser Mensch zu Lebzeiten eine grenzenlose Güte in sich getragen hatte. Ja, Charles war wirklich ein guter, ein Gott ergebener, ehrfürchtiger Mensch mit sanftem Blick und einer noch sanfteren Seele gewesen. Nun waren seine Gesichtzüge verzerrt. Er hatte sich offensichtlich gewehrt, hatte um sein Leben gekämpft. Die Kratzer in den Sandsteinfliesen auf dem Boden und die abgebrochenen Fingernägel des Toten ließen erahnen, dass der Todeskampf lange gewährt hatte. Der Mörder musste kräftig gewesen sein, ein starker, hasserfüllter oder auch gieri-

ger Mensch, der mithilfe einer Hanfkordel sein Opfer bis zum qualvollen Tod stranguliert hatte.
Entsetzt starrte Pater Giovanni auf das Seil. Erst in diesem Moment realisierte er das Unglaubliche. Irritiert schluckte er und blickte zögernd an seinem eigenen Körper hinab. Ein helles, kunstvoll verknotetes Hanfseil hielt auch seine geknüpfte Kutte in Hüfthöhe zusammen – ganz in der Tradition der Franziskaner. Um Gottes willen! Charles war mit einem Seil erwürgt worden, das dem seinen und dem seiner Mitbrüder hier im Kloster glich.
Plötzlich schreckte er auf. Die Glocke des Kirchturms rief zum Nachmittagsgebet und zur Meditation: Vesperzeit! In einer Dreiviertelstunde würde das Nachmittagsgebet beendet sein und das Abendessen beginnen. Aus der Kirche klang die erste Strophe des *Sonnengesangs* des heiligen Franziskus: »Höchster, allmächtiger, guter Herr, Dein sind der Lobpreis, die Herrlichkeit und Ehre und jeglicher Segen. Dir allein, Höchster, gebühren sie, und kein Mensch ist würdig, Dich zu nennen.«
Beängstigende Gedanken schossen Pater Giovanni durch den Kopf. Sein Blick haftete an dem Hanfseil am Hals des Opfers. Jeder seiner fünf Mitbrüder trug ein solches Seil. Was wäre, wenn nachher, beim Abendessen, einer der Mönche fehlen würde? Was, wenn der Mörder aus ihren eigenen Reihen käme? Oder war es einer der Besucher gewesen? Als wolle er sich gegen solchermaßen unfassbare Gedanken wehren, schüttelte er seinen Kopf. Doch woher stammte dieses Seil? Einige der Fischer drüben in dem kleinen Ort Burano auf der Nachbarinsel benutzten ebenfalls solche Hanfseile. Zumindest sahen sie so ähnlich aus, oder nicht? Schockiert von dem sich ihm aufdrängenden Verdacht sprang Pater Giovanni so hastig auf, dass er seine Brille verlor. Laut klirrend zerbrachen die Gläser auf dem Steinboden. Seine Hände tasteten nach ihr.

Schließlich konnte er die Hornfassung zwischen den seitlich ausgestreckten Beinen der Leiche erfühlen. Beim Einsammeln der Scherben schnitt er sich. Warm und klebrig fühlte er sein eigenes Blut über die Hand rinnen. Schnell sprang er auf, raffte seine Kutte hoch und hetzte durch die Kapelle der Jungfrau Maria zu seinen Mitbrüdern.

»Bruder Giovanni«, kam ihm kurz vor dem Speisesaal Pater Ernesto, der Älteste der Glaubensgemeinschaft, aufgeregt und mit fragendem Blick entgegengehinkt, »mein Sohn, weißt du vielleicht, wo der altehrwürdige Bruder Elias steckt? Er hätte eigentlich mit dem letzten Boot aus Burano kommen sollen. Ist er aber nicht. Das ist sehr ungewöhnlich! Sein Platz beim Nachmittagsgebet ist leer geblieben. Wir machen uns große Sorgen um ihn. Der Herr verwirrt seinen in die Jahre gekommenen Geist hin und wieder so sehr, dass er nicht immer genau weiß, was er tut. Gottes Fügungen sind unergründlich.«

Fassungslos starrte Pater Giovanni seinen Mitbruder an. Der fürchterlichste aller Verdachtsmomente schien sich zu bestätigen. Der greisenhafte und manchmal völlig abwesend wirkende Bruder Elias! Nein, unmöglich! Pater Giovanni versuchte, diesen Gedanken zu verdrängen. Zunehmend wurde ihm die Tragweite dessen bewusst, was hier in den heiligen Gemäuern geschehen war. Was sollte er tun – den Prior informieren oder seine Mitbrüder zusammenrufen? Nur den Namen von Charles zu erwähnen, war eine höchst prekäre Angelegenheit. Man musste genau überlegen, mit wem man über ihn sprach. Und nun auch noch dieser Mord. Was in Kürze passieren würde, war nicht auszudenken. Die Carabinieri würden kommen, Staatsanwälte und wahrscheinlich Heerscharen von Journalisten würden Fragen stellen. Der Orden würde weltweit in den Blickpunkt der Öffentlichkeit geraten.

Und der Heilige Vater in Rom erst! »Mord im Kloster – Geistig verwirrter Mönch verschwunden – Ehemaliger Franziskanermönch erhängt an der Statue des heiligen Franz von Assisi gefunden«, so würden die Schlagzeilen in den Zeitungen lauten. Und die Carabinieri würden auf der Suche nach dem Mörder sicherlich auch Dinge wissen wollen, die sie eigentlich nichts angingen. Dinge, die schon lange zurücklagen und von denen im Orden nur hinter vorgehaltener Hand getuschelt wurde. Um den toten Charles rankten sich nämlich sehr mysteriöse Gerüchte. Der Einzige, der Einzelheiten wusste, war Bruder Elias. Und der war auf einmal verschwunden. Zu allem Überfluss lag diese Leiche im heiligsten Refugium, nur wenige Schritte entfernt von den Kammern der sechs hier lebenden Mönche. Vor vielen Jahren hatte Charles zu ihrer Gemeinschaft gehört, erst bei den Franziskanern in der Stadt, dann hier auf der Insel, in diesem Kloster. Damals hatte er Bruder Leo geheißen. Einige Leute sagten, er sei ein sehr kluger, wissbegieriger Mann gewesen. Aber auch ein Haderer und Zweifler, dem es an Respekt gegenüber dem Heiligen Vater in Rom gemangelt habe. Wie ein Besessener hatte er sich angeblich mit Dingen aus der Vergangenheit beschäftigt, um Antworten auf Fragen der Gegenwart zu finden. Gerüchten zufolge hatte Bruder Leo in der Klosterbibliothek Sensationelles über einen weltbekannten Mönch und Kartographen namens Fra Mauro entdeckt. Dieser hatte von einem honorigen Mitglied der Erzbruderschaft der Scuola Grande di San Rocco in Venedig wohl etwas erfahren, das die Ordensleitung der Franziskaner ihm weder erklären konnte noch wollte. Bis zum Heiligen Vater in Rom war Bruder Leo bei seiner Suche nach Antworten vorgedrungen. Es hatte etwas mit der Reise des heiligen Franziskus zu den Sarazenen in Ägypten und zu dem Sultan von Kairo zu tun gehabt. Doch der Papst höchstpersönlich, so munkelte man, habe Bruder Leo verboten gehabt, in dieser Sache weitere Nachforschungen anzustellen. Als aus unerklärlichen Gründen auch noch der Verdacht im Raum gestanden hatte, Bruder Leo habe die traditionelle Toleranz des Franziskanerordens für das weibliche Geschlecht missverstanden und, in verwerflicher Auslegung der Beziehung des heiligen Franziskus zur heiligen Klara, unkeuschen Gedanken angeblich verwerfliche Taten folgen lassen, sah sich die Ordensführung damals schließlich genötigt, ihm den Austritt nahezulegen. Bruder Leo hatte dann tatsächlich den Orden verlassen und unter dem bürgerlichen Namen Charles Bahri begonnen, seine Leidenschaft für alte Bücher zum Lebensinhalt zu machen. Das zumindest war die offizielle Version.

Pater Giovanni überlegte angestrengt. Alles, was er über Charles gehört hatte, wirkte seltsam, sogar der weltliche Nachname des einstigen Bruders. Bahri war ein ungewöhnlicher Name für einen ehemaligen französischen Mönch. In Ägypten gab es zwar einen weltberühmten Tempel ähnlichen Namens, jener der Königin Hatschepsut in Deir el Bahri, bei Theben. Aber warum sich der Bruder diesen ägyptischen Namen gegeben hatte, wusste niemand.

Vor einigen Jahren war Charles dann plötzlich wieder hier aufgetaucht. Es war nichts Ungewöhnliches, das sich weltliche Besucher im Kloster aufhielten. Seit die Franziskanergemeinschaft einige Zimmer für Nichtordensmitglieder auf der Suche nach spirituellen Erfahrungen zur Verfügung stellte, kamen manchmal gläubige Christen, die sich hier für einige Wochen einquartierten. So wie Charles. Er kam als Privatmann, um in der Abgeschiedenheit der Insel in sich zu kehren, damit er, wie er es Bruder Elias mal sehr kryptisch gesagt hatte, »… auf der Suche nach den Wahrheiten dieser Welt meinen wahren christlichen Glauben nicht gänzlich verliere«. Zu Bruder Elias hatte Bahri ein sehr inniges Verhältnis gehabt. Erst vorgestern war Charles aus dem Land angereist, aus dem auch der heilige Franziskus vor mehr als 800 Jahren gekommen war, als er auf der Insel angelegt hatte: aus Ägypten. Der alte Mann hatte bei seiner Ankunft einen sehr verstörten Eindruck gemacht. Schon am folgenden Tag war er mit einem großen Umschlag nach Venedig gefahren. Abends war er ohne diesen zurückgekehrt. Nun war er tot. Ermordet.

Peter Föllmer konnte nicht widerstehen. Er hatte das Dokument zwar schon dutzendmal gelesen, aber einzelne Passagen hatten sich derart in seinem Kopf festgesetzt, dass er an nichts anderes mehr denken konnte. Seit er vor drei Tagen das Fax seines Freundes mit der eigentümlichen Landkarte und diesen wundersamen Textseiten erhalten hatte, raubten ihm aufwühlende Gedanken den Schlaf. Nächtelang hatte er Bücher gewälzt und Unterlagen aus seiner Studienzeit durchgestöbert. Sonderlich erfolgreich war er nicht gewesen. Was da in Latein geschrieben stand, las sich wie ein Märchen aus *Tausendundeiner Nacht*. Es war ein Sammelsurium fantastischer, mystischer und im wahrsten Sinne des Wortes unglaublicher Beschreibungen aus einer anderen Welt, ergänzt durch Skizzen von fabelhaften Lebewesen: Menschen, die einen Hundskopf hatten, Raubtiere mit Menschenköpfen, Giganten und Zyklopen. Und doch gab es darin auch Abschnitte, die von einem enormen geografischen wie auch historischen Wissen des unbekannten Verfassers zeugten. Wer immer auch dieses Pamphlet verfasst hatte, er war sicherlich kein orientalischer Geschichtenerzähler gewesen. Zudem gab es auffallend viele religiöse Bezüge. Peter war sich nicht sicher, wie der Text letztendlich einzustufen war: Waren es Fantasien, Hirngespinste und Wahnvorstellungen – willkürlich ergänzt durch vermeintliche Fakten? Auch aus welcher Zeit die Zeilen stammten, war nicht eindeutig zu belegen. Manche Textpassagen deuteten darauf hin, dass sie im zwölften Jahrhundert entstanden waren. Und: Wer war der Verfasser dieses in Briefform geschriebenen Werkes, wer der Empfänger gewesen? Um welches fantastische Land ging es da eigentlich?

Peter fand keine Antworten auf seine Fragen. Müde fuhr er sich durch seinen schwarzen Haarschopf und massierte kurz seinen Nacken. Warum hatte der alte Mann ihm nur Auszüge aus diesem Brief zukommen lassen? Ganz offensichtlich waren einzelne Passagen absichtlich weggelassen, andere sogar geschwärzt worden. Ließen die fehlenden Zeilen Rückschlüsse auf den Verfasser und den Empfänger zu? Er griff in seinen Rucksack, zog die Faxseiten hervor und überflog den geheimnisvollen Brief nochmals. Leise las er einzelne Auszüge vor sich hin:

»Man erzählte Unserer Majestät, dass Du Unsere Exzellenz in Liebe verehrst und die Kunde von Unserer Größe zu Dir gedrungen ist. Während Wir wissen, dass Wir Mensch sind, halten Dich die Graeculi für Gott. Wir hingegen wissen, dass Du sterblich bist und der menschlichen Hinfälligkeit unterliegst …

Unser Land erstreckt sich vom jenseitigen Indien, in dem der Körper des heiligen Apostels Thomas ruht, durch die Wüste und weiter bis zum Aufgang der Sonne und kehrt zurück durch den Untergang zum verlassenen Babylon neben dem Turm zu Babel …

An Gold und Silber und Edelsteinen, Elefanten, Dromedaren, Kamelen und Hunden haben Unsere Hoheit

Überfluss ... unter dem Übrigen, was sich wunderbarerweise in Unserem Land befindet, ist ein sandiges Meer ohne Wasser. Der Sand bewegt sich und schwillt zu Wellen an wie das Meer und ist niemals still. Drei Tagesreisen entfernt von diesem Meer liegen Berge, von denen ein Fluss von Edelsteinen herabfließt in derselben Weise ohne Wasser, und er fließt durch Unser Land bis zum sandigen Meer ...
Jeden Monat bedienen Uns sieben Könige, ein jeder nach seiner Ordnung, 72 Herzöge, 365 Grafen an Unserem Tisch, ausgenommen jene, die zu verschiedenen Aufgaben an Unseren Hof abgeordnet sind. An Unserem Tisch speisen täglich nahe bei Uns auf der rechten Seite zwölf Erzbischöfe, auf der linken Seite 20 Bischöfe ...
Wenn wir gegen Unsere Feinde in den Krieg ziehen, lassen Wir 13 große und sehr hohe Kreuze aus Gold und mit wertvollen Steinen in einzelnen Wagen anstelle von Fahnen vor Uns hertragen, und einem jeden von ihnen folgen 10 000 Soldaten und 100 000 bewaffnete Fußsoldaten, ausgenommen diejenigen, die dem Gepäck, den Wagen und dem Proviant des Heeres zugeordnet sind.
Wir haben gelobt, das Grab des Herrn zu besuchen mit einem mächtigen Heer, wie es dem Ruhm Unserer Majestät entspricht, die Feinde des Kreuzes Christi zu erniedrigen und zu bekriegen und seinen gepriesenen Namen zu verherrlichen.
Gegeben an den XV. Kal. Aprilis im Jahre LI Unserer Geburt. Zur Bestätigung: Alles, was oben gesagt worden ist, gleichwie unglaublich, dass dies wahr ist, hat ein Kardinal namens Stephanus mit Treu und Glauben versichert und allen offen verkündet.«

Peter atmete tief durch. Er wusste einfach nichts mit diesem Dokument anzufangen. Fraglos war darin die Rede von einem unvorstellbar mächtigen Christenreich, das sich verpflichtet gefühlt hatte, gegen die Feinde des Kreuzes Christi zu kämpfen. Damit konnten nur moslemischen Heere gemeint sein. Vielleicht war der Text zu Zeiten der Kreuzfahrer entstanden. Aber von welchem Christenreich war da die Rede? Die beigefügte Landkartenskizze schien zwar zu diesem Text zu gehören, irritierte ihn jedoch mehr, als dass sie Sinn stiftend wäre. Möglichweise hatte er etwas übersehen. Bevor er sich nochmals mit der Karte beschäftigen konnte, kündigte eine Stewardess die Landung in Hurghada an.

»Diese verfluchten Terroristen! Allah möge sie dafür strafen«, lamentierte der Fahrer nach der sechsten Straßensperre und glaubte erklären zu müssen: »Ägypten, Sir, ist ein wunderbares, ein sehr friedliches Land! Aber einige wenige islamische Extremisten aus anderen arabischen Ländern missachten Allahs Wille nach Friede unter den Menschen.«
Der Taxifahrer schaute in den Rückspiegel, weil er eine Reaktion seines Fahrgastes erwartete. Doch der breitschultrige Mann mit den schwarzen Haaren und dem kantigen Gesicht wirkte eher desinteressiert und schien zudem müde zu sein.
Peter schaute auf die Uhr. Es war bereits kurz nach fünf. Vor einer Stunde war die Maschine gelandet. Er hoffte, noch vor Einbruch der Dunkelheit anzukommen. Für die Fahrt vom Flughafen Hurghada entlang der Küste zu dem nördlich gelegenen kleinen Haus in der Bucht über dem Yachthafen von Abu Tig brauchte der Taxifahrer diesmal ungewöhnlich lange. Fast an jeder größeren Kreuzung gab es eine Straßensperre der Polizei oder der Armee. Misstrauen und Angst standen in den Gesichtern der Polizisten geschrieben, die da nach Aus-

weis, Herkunft, Ziel und Grund des Aufenthaltes fragten und dabei ihre Zeigefinger beunruhigend dicht am Abzug ihrer Maschinenpistolen hielten. Nach gut einer Stunde hielt das Taxi schließlich an jenem Schotterweg, der zu dem Haus mit dem herrlichen Blick über die Bucht hinunterführte.

Peter wischte sich den Schweiß von der Stirn. Es war unerträglich heiß. Sein Hemd klebte am Körper. Er war nervös. In wenigen Minuten würde er hoffentlich wissen, worum es bei diesem geheimnisvollen Dokument und der Landkarte ging.

Er klingelte mehrmals an der Haustür. Niemand öffnete.

»Hallo! Bonjour! Anybody at home?«

Niemand schien ihn zu hören. Langsam drückte er die Türklinke herunter. Die Haustür war nicht verschlossen. Sein Puls fing an, schneller zu schlagen.

Der Hieb traf ihn am Hinterkopf in dem Augenblick, in dem er in den Flur trat. Es war ein dumpfer Schlag, den ihm jemand, der hinter der Tür gelauert haben musste, versetzte. Peter stieß ein mehr überraschtes als schmerzerfülltes Stöhnen aus. Im Fallen sah er, wie sich die Sonnenreflexe in den Fluten des Roten Meers in Millionen tanzende Irrlichter verwandelten. Dann schlug er bewusstlos auf dem Boden auf.

Als er die Augen wieder öffnete, nahm er schemenhaft einen Mann in einem weiten Gewand wahr, der neben ihm kniete. Der Fremde war dunkelbraun, fast schwarz. Auf seiner Stirn befand sich ein seltsames Zeichen. Die Mündung der Pistole war auf seine Schläfe gerichtet: »Give it to me! Donnez-moi le papier!«, zischte der Mann und spannte mit dem Daumen den Hahn. Das mechanische Geräusch hallte Furcht erregend laut durch den Flur wider. Trotz seiner Benommenheit ahnte Peter, was der Araber wollte. Plötzlich drangen arabische Wortfetzen aus dem Mund einer Frau zu ihm durch. Er wartete auf den Schuss, der sein Leben beenden würde, ohne zu erfahren, warum. Stattdessen richtete sich der Fremde abrupt auf, presste einige wütende arabische Worte hervor und hetzte auf nackten Fußsohlen über den Steinboden in Richtung der Terrasse. Mit einem athletischen Sprung verschwand er über die Mauer.

Wenige Stunden später saß Peter abermals im Flugzeug. Das Umbuchen des Tickets von Hurghada über Kairo nach München hatte ihn ein kleines Vermögen gekostet. Wenn die Maschine pünktlich in München landete, hätte er eine realistische Chance, den Anschlussflug nach Venedig noch zu erwischen. Sein Kopf dröhnte mit dem Aufheulen der Flugzeugturbinen beim Start. Durch das Fenster sah er die Flughafengebäude, die wie überdimensionale Zelte wirkten, kleiner werden. Erst als das Flugzeug in einen ruhigen Gleitflug überging, löste er sich aus seiner verkrampften Sitzhaltung. Nur mühsam gelang es ihm, seine Gedanken zu ordnen. Die Geschehnisse der letzten Tage hatten sein eher langweiliges berufliches Dasein als Geograf bei einer Firma, die Navigationssysteme für Autos entwickelte, auf den Kopf gestellt. Bei der Landkarte und dem sagenhaften Brief hatte er eine Sensation gewittert. Und beinahe wäre er auch noch umgebracht worden! Der Mann, der ihm die Pistole an die Schläfe gepresst hatte, war fraglos hinter genau diesen Dokumenten her gewesen. Wäre die alte Fatima nicht zufälligerweise vorbeigekommen, wer weiß, ob der Araber ihn nicht erschossen und die Unterlagen geraubt hätte. Ein Zufall hatte ihm das Leben gerettet. Schließlich hatte ihm die Putzfrau eine Nachricht seines Freundes überreicht. Der alte Mann hatte eine nur schwer zu entziffernde Handschrift. Aber es war seine Handschrift. Peter kannte sie von den vielen Notizzetteln und Randnotizen, die er während der zurückliegenden Jahre immer wieder in den Büchern im Haus seines Freundes in Kairo gefunden hatte. Dass der Alte immer nur in Französisch schrieb, erschwerte ihm das Entziffern.

Erneut überflog Peter die krakelige Schrift: »Mein Freund, ich musste leider überstürzt abreisen, wollte mich nicht der Gefahr aussetzen, auf dich zu warten. Warnen konnte ich dich leider auch nicht. Fatima wird dir diese Nachricht geben. Die Welt des Bösen hat wieder einmal Einzug in mein Leben gehalten. Der Allmächtige hat mir die kaum zu ertragende Bürde auferlegt, Dinge zu sehen, die andere nicht sehen können oder wollen, und Dinge zu verstehen, die andere nicht verstehen können – oder dürfen. Alles ist plötzlich anders. Nichts hat mehr Bestand! Das Gute wandelt sich zum Bösen, aus oben wird unten, aus Süden wird Norden und aus Osten Westen. Und eins steht fest: Der maurische Bruder hat es schon damals gewusst! Auch die Geschichte mit Johannes wusste er! Mein verehrter Freund, ich brauche deine Hilfe. Dringend! Du findest mich bei François, du weißt schon, der Mann, der einst aus der Wüste kam! Den Weg dorthin wird dir mein Freund vor der Tür des Heiligen aus Montpellier beschreiben. Du erinnerst dich: jener, der hört, was andere sehen. Er weiß, wo ich mich aufhalte. Ihm kannst du trauen. Frage ihn nach dem Libretto einer Oper von Jakob Meyer. Aber sei vorsichtig! Die Gier der Gläubigen nach Macht und der Ungläubigen Habgier haben einst schon die Getreuen des IDA und der gottesfürchtigen Eleni ins Verderben geführt. Die gleiche Gier und dieselben Lügen haben nun mein Leben erfasst.«

Peter dachte angestrengt nach. Was war mit IDA gemeint? Und wer verbarg sich hinter der gottesfürchtigen Eleni? Beide Namen hatte er noch nie gehört. So wenig Sinn diese kryptischen Formulierungen ergaben, so sicher war er sich zumin-

dest, wo er den alten Mann finden würde. Es gab nur einen Ort, der infrage kam.
Das Flugzeug änderte seine Flugrichtung und glitt in einer langen Linkskurve dem Mond entgegen. Vorsichtig kramte Peter aus seiner Aktentasche nochmals das Fax hervor, das er vor drei Tagen erhalten hatte. Sein Interesse galt der handschriftlichen Nachbildung der seltsamen Landkarte, auf der unter geografischen Aspekten nichts zu stimmen schien. Drei Tage hatte er gebraucht, um wenigstens zu erahnen, welcher Tricks sich der Verfasser der Karte bedient hatte, um den Betrachter in die Irre zu führen. Aus welchen Gründen auch immer. Viele Details der Karte, die aus einem alten Buch stammen musste, ließen einerseits den Schluss zu, dass sie zwischen dem 14. und dem 15. Jahrhundert entstanden war. Andererseits waren darauf aber auch Ortsnamen in Lateinisch sowie Fluss- und Landschaftsnamen in Portugiesisch eingetragen, die überhaupt nicht dem geografischen Wissen dieser beiden Jahrhunderte entsprachen. Was ihn noch mehr irritierte: Da waren geografische Termini vermerkt, die aus einer Kombination ägyptischer Hieroglyphen mit einer ihm völlig fremden Schrift zu bestehen schienen. Im Westen der Karte stand »Meer der Finsternis« geschrieben. Von einem solchen Meer hatte er noch nie gehört. Alles an dieser Karte war widersprüchlich. Mit viel Fantasie ließ sich erahnen, dass da der afrikanische Kontinent grob skizziert worden war, allerdings auf dem Kopf stehend. Zwischen den Kontinenten waren Landmassen umrissen, die es nicht wirklich gab. Hätte er in seinem Geografiestudium nicht gelernt, dass sich die Kartografie über Jahrtausende mit dem sich wandelnden Erdbild der Menschheit permanent verändert hatte, er wäre zu dem Schluss gekommen, diese Karte sei ein Fantasieprodukt.
Peter starrte aus dem Flugzeugfenster. Unter ihm tauchte im

Mondlicht ein mattsilberner Streifen auf. Der Nil! Fluss aller Flüsse, heilige und mystische Aorta der Pharaonenreiche. In wenigen Minuten würden sie in Kairo zwischenlanden. Niemand konnte sagen, ob dort unten, in diesem Moloch beidseitig des Nils und nahe der Pyramiden, zehn, 15 oder gar 20 Millionen Menschen lebten. Er liebte diese Stadt, die in Abgasen, Blechlawinen und Menschenmassen erstickte. Er mochte dieses Konglomerat aus jahrtausendealten Kunstschätzen, Slums und betonierten Neubausiedlungen.

In Kairo hatte er im fünften Semester seines Studiums ein halbjähriges Praktikum gemacht, um Arabisch zu lernen. Schon während der ersten Semester hatte er erkannt, dass viele offene Fragen der Entdeckungsgeschichte der Welt sich klären lassen würden, wenn es möglich wäre, sich arabischer Quellen zu bedienen. An europäischen Universitäten wurden die Kenntnisse der Araber oftmals ignoriert, die wissenschaftliche Aussagekraft angezweifelt. Dieser über Jahrhunderte währende Dünkel des Abendlandes hatte ein Weltbild kreiert, das vornehmlich von den moral-ethischen Dogmen der christlichen Kirchen und von einem manchmal geradezu absurden Irrglauben geprägt war. Der Fall des italienischen Astronomen Galileo Galilei war eines der berühmtesten Beispiele dafür, wie freigeistigen Denkern im Mittelalter von der Kirche Maulschellen verpasst worden waren. Unter Androhung der Todesstrafe war ihnen von der Inquisition verboten worden, Wahrheiten oder Vermutungen zu äußern, die den Lehren der Kirche nicht entsprachen. Beispiele dafür gab es viele. Während in Rom im 13. Jahrhundert noch immer gelehrt wurde, dass die Welt eine Scheibe sei, an deren Rand man herunterfallen und ins Verderbnis der Hölle stürzen würde, hatten arabische Forschungsreisende wie Ibn Batuta längst bestätigt, was die Griechen Posidonius wie auch Serapion von Antiochia schon vor Christi Geburt festgehalten hatten: dass nämlich die Erde eine Kugel ist. Und dieses Wissen war keineswegs als Geheimnis gehütet worden. Kreuzritter, unter ihnen viele Templer, hatten es mit nach Europa gebracht. Aber dumpfe Ergebenheit gegenüber dem Papst hatte die Ritter davon abgehalten, den Lehren der Kirchenoberen zu widersprechen.

Auch die für das Reisen über das Meer so hilfreichen Kamal und Issabah hatten Araber erfunden. Beides waren faktisch die Vorgänger des Quadranten, ohne den europäische Seefahrer die Welt nicht hätten erkunden können. Von christlichen Dogmen deformierte Wahrheiten, das hatte Peter im Studium schnell gelernt, waren über Jahrhunderte schier unüberwindbare Stolpersteine für europäische Gelehrte und Reisende geworden. So gesehen, hatte sich das Abendland lange Zeit in einem dunklen Loch der Unwissenheit befunden.

In den Archiven einst so berühmter Universitäten wie in Damaskus, Kairo, Bagdad und Konstantinopel schlummerte ein fantastisches Potenzial an Wissen, weshalb er in Kairo Arabisch hatte lernen wollen. Und in dieser Stadt hatte er damals Charles kennengelernt.

Gleich in der ersten Woche hatte er das Büro der Air France am Talaat-Harb-Platz wegen eines Ticketproblems aufsuchen müssen und war danach zu einem nahegelegenen Café in der Sharia-Qasr-el-Nil-Straße geschlendert. Dort hatte er auf der gegenüberliegenden Straßenseite ein Schaufenster entdeckt, über dem kaum lesbar *L'Orientaliste* geschrieben stand. Die Auslage mit den vielen Büchern hatte ihn neugierig gemacht. Und tatsächlich: Hinter der Fassade des ziemlich heruntergekommenen Hauses aus der Kolonialzeit hatte sich ein Garten Eden für Liebhaber seltener Bücher und antiker Landkarten verborgen. Über mehrere Etagen verteilt hatten sich dort

Berge antiquarischer Raritäten getürmt: seltene Werke aus Afrika und dem gesamten Orient; wunderbare, handkolorierte Kupferstiche und ganze Schubladen voller Stahlstiche in bester Qualität. Der Bewohner dieser Schatzkiste war zu beneiden. Und genau das hatte Peter dem Eigentümer, einem ziemlich kauzigen alten Mann namens Charles Bahri, gesagt. Auf dieses erste Gespräch an jenem Tag waren schnell weitere gefolgt. Bald hatte er erfahren, wie der alte Mann zu diesen Schätzen gekommen war. Als Ägypten im Jahre 1922 unabhängig wurde, verließen Heerscharen der einstigen englischen und französischen Kolonialherren das Land. Viele von ihnen hatten wertvolle Kulturgüter zusammengetragen. Ihre Villen quollen über an Kunstschätzen und antiquarischen Büchern. Aber die junge ägyptische Regierung erlaubte den Besitzern nur jene Dinge mitzunehmen, die nach ihrem Dafürhalten nicht als ägyptisches Nationaleigentum zu betrachten waren. Statt ihr Hab und Gut für geradezu lächerliche Entschädigungssummen dem Staat zu überlassen, schenkten sie Bücher, Bilder und archäologische Funde dem allerorts als fanatischer Sammler bekannten Charles Bahri für wissenschaftliche Arbeiten. Damit avancierte Charles binnen weniger Jahre zum Besitzer eines Schatzes, den ihm die ägyptische Regierung und gierige Kunsthändler schon bald abspenstig machen sollten. Mit allen Mitteln.

Während unter ihm Hurghada aus seinem Blickfeld verschwand, erinnerte sich Peter wehmütig an die ersten Zusammentreffen mit Charles. Es war der Beginn einer Freundschaft zweier Männer, die zwei Dinge gemein hatten: die Liebe zu Afrika und die Leidenschaft für alte Bücher und alte Landkarten. Peter begeisterte sich für diese Dinge seit Beginn des Studiums. Längst hatte er sein Fachwissen so vertieft, dass er über das Internet mit seltenen Karten und Büchern handelte und dabei schon so manch gutes Geschäft gemacht hatte. Erst vor wenigen Monaten war es ihm gelungen, einem Sammler zwei Hemisphärenkarten von Henricus Hondius aus dem 17. Jahrhundert zu vermitteln. Pro Blatt der handkolorierten Kupferdrucke hatte der Sammler aus Kanada 2000 Euro gezahlt, womit Peter nach Abzug aller Kosten einen Gewinn von mehr als 1500 Euro gemacht hatte. Mit den Erlösen solcher Vermittlungsgeschäfte und seinem Verdienst bei der Firma für Navigationssysteme finanzierte er seine Reisen nach Afrika. Denn das war seine andere große Leidenschaft: die Wüsten Afrikas!

Alle zwei Jahre brach er mit seinem Landrover von München aus auf zu Off-Road-Touren durch die Sahara. Er liebte die Wüste, war sehr oft in der Sahara in Südmarokko, Tunesien und in Libyen gewesen. Zwei Mal war er auf der Tamanraset-Route durch Algerien nach Niger und Mali gefahren. Er liebte die Weite unberührter Landschaften Nordafrikas, suchte das Abenteuer, die Herausforderung, liebte Unbekanntes und tastete sich mit jeder Tour an seine eigenen wie auch an die technischen Grenzen seines Geländewagens heran. In der Wüste durfte und konnte er sein, wer er war – oder sein wollte.

Ansonsten waren der alte Mann in Kairo und er so verschieden, wie zwei Menschen nur sein konnten. Der eine war fast 80 Jahre alt, Peter hingegen hätte mit seinen 45 Jahren sein Enkel sein können; der Alte war strenggläubig, ein nicht unkritischer, aber letztendlich überzeugter Christ, während er selbst der institutionellen Kirche gegenüber sehr skeptisch eingestellt war. Er war ungeduldig, wissbegierig und sehr pragmatisch veranlagt, während Charles meinte, er hetze nicht mehr der Zeit und anderen vergänglichen Dingen hinterher.

Im Laufe der Jahre entwickelte sich zwischen ihnen eine tiefe Verbundenheit. Sie schrieben sich Briefe, tauschten ihr Wissen über alte Bücher und Landkarten aus, gaben sich Tipps, schafften es allerdings nur selten, sich zu treffen. Und wenn, dann meistens in Kairo, in Charles' Ferienhaus am Roten Meer, wo der Alte ihm bei einem Glas Wein einmal offenbart hatte: »Weißt du, mein Sohn, wenn ich noch ein wenig jünger wäre, würde ich dir eine sehr ungewöhnliche Sahararoute zeigen. Eine, auf der schon seit Jahrhunderten niemand mehr Afrika durchquert hat. Du wärst der Richtige für diese außergewöhnliche Reise! Es wäre eine Expedition, die der Wahrheit sehr dienlich wäre. Ich weiß allerdings auch, dass es Menschen gibt, die diese Wahrheit nicht sonderlich mögen würden. Wahrheiten brauchen ihre Zeit. Aber nicht jede Zeit ist gut für Wahrheiten.«

Was der alte Mann damals damit gemeint hatte, begann Peter allmählich zu ahnen. Charles hütete offensichtlich ein Geheimnis. Die mysteriösen Textseiten sowie die Landkarte ließen darauf schließen, dass er ein Buch besaß, das aus irgendwelchen Gründen so brisant war, dass der Alte sogar fliehen musste. Scheinbar wurde er von sehr habgierigen und extrem rücksichtslosen Menschen verfolgt. Kriminelle, die auch bereit waren, zu töten. Peter fragte sich, woher diese Leute gewusst hatten, dass er zum Haus am Roten Meer fahren würde. War sein letztes Telefonat kurz vor dem Abflug nach Hurghada abgehört worden?

Er schaute auf die Uhr. Nach dem Umsteigen in Kairo würde es noch dreieinhalb Stunden bis nach München dauern. Yvonne, seine Freundin, würde ihn am Flughafen abholen. Zusammen mit ihr würde er dann hoffentlich eine Stunde später gleich weiterfliegen. Und mit etwas Glück würde er den alten Mann dann bald treffen. Er ahnte, wo er sich versteckte. Wie hatte er geschrieben? »Tu sais déjà, mon ami, l'homme, qui venait du désert.«

2.

Commissario Toscanelli war wütend. Er litt unter dem Spott seiner Kollegen, die in der Kajüte des kleinen Motorbootes standen und sich vor Lachen schüttelten. Aber er hatte nicht die Kraft, sich zu wehren. Mit aschfahlem Gesicht hing er über der Reling und übergab sich. Und das schon seit einer halben Stunde. Er fühlte sich so elend, dass er sich wieder einmal schwor, sich versetzen zu lassen. Seit sechs Monaten ging das schon so. Seit er aus seiner Heimatstadt Mailand hierher versetzt worden war, kämpfte er mit dieser elenden Übelkeit, die ihn schon überkam, wenn er auch nur ein Boot betrat. Und das musste er eigentlich jeden Tag. Denn Dienst in Venedig hieß Dienst auf dem Wasser. Selbst in seiner Freizeit kam er an dem ihm längst verhassten Meer und den Booten nicht vorbei. In der Lagunenstadt führten alle Wege übers Wasser: Kanäle, Buchten, selbst das offene Meer gehörte zu seinem Dienstbereich.

Als Leiter des Kommissariats für Kapitalverbrechen hatte ihm seine Neigung, sich übergeben zu müssen, mittlerweile den wenig schmeichelhaften und in mancherlei Hinsicht zweideutigen Beinamen »der Großkotzige« eingebracht. Ein Spottname, den inzwischen jeder Carabinieri in Venedig kannte – und bedauerlicherweise auch einige Leute der Unterwelt. Es war ihm durchaus bewusst, dass einige seiner Kollegen mit diesem Namen nicht nur seine Seekrankheit meinten. Sie hatten nicht gerade ein Faible für Beamten aus anderen Regionen Italiens. Dabei machte es ihm nichts aus, dass sie ihn nicht mochten, weil er kein Venezianer war. Auch nicht, dass er wegen seiner perfekten Laufbahn und des für seine gerade mal 38 Jahre auffällig hohen Dienstranges permanent von Neidern aufgezogen wurde. Er selbst wiederum empfand die Venezianer als sehr arrogant.

Die neue Politik des Innenministeriums im Kampf gegen die Mafia, gegen Korruption und das organisierte Verbrechen setzte vermehrt Polizisten aus anderen Regionen in den Städten ein, und sie zeigte bereits erste Erfolge. Mafiöse Strukturen bauten in Italien von jeher auf familiären Bindungen auf. Korruption fand dort einen optimalen Nährboden, wo jeder jeden kannte und man sich zudem noch familiär verpflichtet fühlte, sich gegenseitig Gefallen zu erweisen. Dieses System zu unterhöhlen, war Ziel des neuen Innenministers. Und deshalb war er, Franco Toscanelli, von Mailand nach Venedig versetzt worden.

Seiner Laufbahn, dessen war er sich sicher, würde das zum Vorteil gereichen. Seinem körperlichen Wohlbefinden war diese Versetzung allerdings extrem abträglich. Er übergab sich fast jeden Tag mindestens ein Mal. Essen war längst ein Reizthema für ihn geworden. Seit seiner Ankunft hatte er bereits vier Kilo abgenommen. Seine Frau hatte ihn, sehr zu seinem Verdruss, erst gestern wieder schnippisch gefragt, welches Fischfutter sie zum Essen einkaufen solle. Was sie heute zum Frühstück aufgetischt hatte, verteilte er soeben wieder in der Lagune.

Das Polizeiboot sprang wie ein flacher, von Hand geworfener Kieselstein über die Wellen. Das Blaulicht hob sich bizarr gegen den wolkenverhangenen Morgenhimmel ab. Es war ein ruhiger Frühdienst gewesen bis zu diesem Anruf, der ihn zu einer Fahrt hinaus in die Lagune zwang, wo der Wellengang erfahrungsgemäß noch viel schlimmer als in den Kanälen der Stadt war.

Ein Gewitter zog vom Meer her auf. Windböen verursachten weiße Gischtkämme. Ein Blick zu dem aufziehenden Unwetter ließ ihn Schlimmes ahnen.
»Ich werde elendig krepieren, mir die Seele aus dem Leib kotzen und im Gesicht bald so grün sein wie die Galle, die ich speie«, keuchte er gegen den Fahrtwind.
Sein Funkgerät blinkte auf. Er wischte sich mit einem Taschentuch den Mund ab und stöhnte: »Pronto ... Commissario Toscanelli ...! Dove? Non, non, das muss ein Irrtum sein! Wir sind doch schon auf dem Wege nach Burano. Was? Nach Murano? Nein, ich sagte doch, wir sind auf dem Weg nach Burano – mit B –, zu der Leiche im Kloster! Wie bitte? Murano, sagen Sie? Ach, das ist doch Unsinn, bestimmt eine phonetische Verwechslung. Die meinen Burano. Ja, ein Mönch in Burano! Äh, wie meinen Sie das? Ein toter Mönch in Murano? Noch ein toter Mönch?«
Commissario Toscanelli war verwirrt. Erst hatte sie der Abt eines Klosters informiert, dass dort ein Mann umgebracht worden war. Und angeblich gab es nun noch einen toten Mönch, in Murano. Nach einem kurzen Disput mit dem jungen Polizisten, der das Boot steuerte und ebenso von einem Missverständnis ausging, heulte der Dieselmotor des Einsatzschiffes auf. Das Boot flog über die Wellenkämme. Commissario Toscanelli hatte entschieden, zunächst zu dem Kloster zu fahren und dann zurück nach Murano. So weit auseinander lagen beide Orte nicht. Vielleicht zehn, fünfzehn, höchstens aber zwanzig Minuten mit dem Boot. Zuvor mussten sie allerdings noch einen Kollegen in Treporti abholen, was einen Umweg bedeutete.
»Tot sind sie sowieso alle beide«, murmelte er und verspürte ein höchst eigentümliches Gefühl in der Bauchgegend, das nichts mehr mit seiner Seekrankheit zu tun hatte. Zwei tote

Mönche an einem Tag. Was für ein ungewöhnlicher Zufall! Vielleicht war es auch kein Zufall.
Nebelbänke verhüllten die kleine Insel gegenüber Treporti, aus dem sich einzelne Gebäude schemenhaft gegen den bedrohlich wirkenden Himmel abhoben. Die Insel mit dem Kloster sah aus wie ein kitschiges Postkartenidyll: Zypressen überthronten mehrere anheimelnde Bruchsteingebäude mit roten Ziegeldächern, und der weiß getünchte Kirchturm ragte wie ein mystischer Wegweiser in den dunklen Himmel.
Sein venezianischer Assistent, der junge Pietro Taricani, trat zu ihm an den Bug des Schiffes. »Sieht so aus, als könne man hier geruhsamen Urlaub machen: weit weg von der quirligen Stadt, von der Lagune umspült und nur mit dem Boot erreichbar. Wer hier lebt, will seine Ruhe haben.«
»Waren Sie schon mal hier?«, fragte Commissario Toscanelli und bemühte sich, nicht mehr seekrank zu wirken.
»Nein, noch nie. Ich weiß nur, dass auf dieser winzigen Insel einige wenige Mönche vom Franziskanerorden leben. Es ist schwierig, zur Insel zu gelangen. Das Wasser der Lagune ist hier ziemlich niedrig. Überall sind kleine Sandbänke und sumpfige Schilfgrasinseln. Zu Fuß erreicht man die Insel nicht und mit einem zu großen Boot auch nicht. Und bei Ebbe geht gar nichts mehr. Die Leitstelle hat deswegen empfohlen, dass wir nach Burano fahren und dann die mit Holzpfosten markierte Fahrrinne benutzen sollen. Dieses Kloster ist eine Festung.«
»Ist das da drüben Burano?«, wollte Commissario Toscanelli wissen und wies auf einen extrem schiefen Kirchturm östlich der Klosterinsel hin.
»Ja, das ist Burano. Der Kirchturm ist fast genauso schief wie der Turm von Pisa. All diese Orte hier draußen auf den Inseln sind auf Sand gebaut. Kein Wunder, dass so hohe Ge-

bäude wie der Kirchturm im Laufe der Jahre in Schräglage geraten.«

»Sieht nett aus, dieses Burano«, sinnierte der Commissario, während das Boot in einem weiten Bogen die Klosterinsel umrundete und schließlich an den blau-gelb-grün getünchten Häusern des Ortes vorbei langsam auf das Kloster zusteuerte. Sie fuhren in dem seichten Wasser extrem langsam, stets an den mit Nebellampen bestückten Markierungspfosten entlang. Noch immer waren von dem Kloster nur die Ziegeldächer und der schlanke Kirchturm zu sehen. Plötzlich riss der Nebel auf. Am Ende der schmalen Fahrrinne, die auf ein Bruchsteingebäude zuführte, waren zwei Männer in braunen Kutten zu sehen. Der ältere Mönch hatte eine Halbglatze und einen gestutzten Kinnbart und schien ziemlich aufgeregt zu sein. Der andere war noch sehr jung und leichenblass. Beide warteten mit vor der Brust gefalteten Händen am Pier und starrten Commissario Toscanelli entgegen.

»Guten Tag, Pater«, grüßte er den Älteren und nickte in Andeutung seines Respekts dem Jüngeren zu. »Ich bin Commissario Franco Toscanelli. Das hier ist mein Assistent, Pietro Taricani. Ich bedaure zutiefst, diesen malerischen Ort aus so einem unangenehmen Anlass zum ersten Mal zu besuchen.«

Der Mönch mit dem Kinnbart, von dem er vermutete, dass es der Prior des Klosters war, verbeugte seinen Oberkörper dezent. »Schrecklich! Es ist furchtbar, Commissario! Ein Mord in diesen altehrwürdigen Gemäuern des heiligen Franz von Assisi! Wir sind zutiefst entsetzt! Ach so, ja, ich bin der Prior des Klosters. Entschuldigen Sie bitte, dass ich vergaß, mich vorzustellen. Was für ein grauenhaftes Verbrechen! Noch grauenvoller ist, dass die Leiche die ganze Nacht über hier hat liegen bleiben müssen. Bei Ebbe und dichtem Nebel, so wie in der letzten Nacht, sind wir nun mal nicht erreichbar. Eine schreckliche Nacht war es! Kein Auge habe ich zugemacht! Nicht mal das Telefon hat funktioniert. Und dann auch noch der spurlos verschwundene Bruder Elias. Wir alle sind mit unseren Nerven am Ende«, stammelte er, während er zielstrebig über den Kiesweg auf eine Tür des Hauptgebäudes zueilte.

Nach wenigen Minuten befand sich der Commissario im Betsaal des heiligen Franziskus. Ein schlichter Altar mit einer Statue der Jungfrau Maria dominierte den Raum. Über einer Nische in der rechten Bruchsteinmauer stand in großen Buchstaben: »Hic Est Locus Ubi Oravit Seraphicus Francisco«. Der Nebenraum ließ sich nur durch einen schmalen Zugang betreten. Ein vergittertes Fenster war neben der Tür in die Mauer eingelassen. Davor stand eine kleine Holzbank, von der aus die Gläubigen beim Beten durch die Gitter hindurch die Statue des Heiligen betrachten konnten.

Beim Anblick des toten Mannes, der dort mit dem Rücken gegen die Statue gelehnt lag, spürte der Commissario erneut Übelkeit aufkommen. Der Geruch des Erbrochenen auf dem Hemd der Leiche intensivierte sein Unwohlsein. Mit schnellem Blick erfasste er die Lage. Die bereits vor vielen Stunden eingetretene Leichenstarre ließ eine halbwegs zuverlässige Einschätzung des Todeszeitpunktes nicht mehr zu. Zehn Stunden waren sicherlich bereits vergangen. Der Tote, ein kleiner, untersetzter Mann zwischen 70 und 80 Jahren in ziviler Kleidung, war offensichtlich mit dem Seil, das mehrfach um seinen Hals geschlungen und an der Holzstatue festgezurrt war, stranguliert worden. Sein Hals wies mehrere hässliche Hämatome auf. Im Mund des Opfers steckte ein Papierknäuel.

Commissario Toscanelli wandte sich an die beiden Pater: »Wieso heißt dieses Kloster eigentlich San Francesco del Deserto?«

Der Prior brachte kein Wort hervor.
»Man sagt, der heilige Franziskus habe auf seiner Rückreise aus den Wüsten des Orients hier auf der Insel angelegt«, antwortete stattdessen der junge Mönch, der sich zwischenzeitlich als Pater Giovanni vorgestellt hatte. Er hatte eine eigenartige, fast knabenhafte Stimme. Und er war sehr nervös. Seine Augen flackerten unruhig hin und her. »Der Allmächtige ließ, so weiß es die Legende zu berichten, die Schwalben der Insel zu ihm sprechen und ihm auferlegen, hier ein Haus Gottes zu bauen«, flüsterte er.
»Und wer ist der Tote?«
»Es ... es ist Bruder, äh ... es war Monsieur Charles Bahri. Gott sei seiner armen Seele gnädig«, stotterte nun der Prior. »Er ist erst vorgestern eingetroffen. Ein Gast des Hauses, der hier die Erfahrung des Gebetes und der inneren Einkehr suchte. Er hat uns früher schon gelegentlich besucht. Sie müssen wissen, Commissario, dass wir den Gläubigen, die eine Erfahrung in unserer Religionsgemeinschaft machen wollen und die Nähe zu Gott suchen, hier im Kloster unsere Gastfreundschaft anbieten.«
Commissario Toscanelli wunderte sich, warum der Prior ihm mehr sagte, als er ihn gefragt hatte. »Warum haben Sie ihn eben Bruder genannt?«
Dem Prior schien diese Frage peinlich zu sein. Verlegen hüstelte er und schielte zu dem jungen Mönch. »Nun ja, wie soll ich es erklären? Er gehörte früher dem Orden der Franziskaner an. Vor vielen Jahren. Aber er ist noch immer ein gern gesehener Gast.«
Der Commissario merkte verwundert auf. Aus dem Augenwinkel heraus sah er den verunsicherten Augenaufschlag des Priors. »Und warum hat er den Orden verlassen? Tat er es freiwillig – oder hat er gehen müssen?«

Der Prior starrte Hilfe suchend zur Statue der Madonna auf dem Altar. Obwohl es in den alten Gemäuern recht kühl war an diesem Morgen, standen Schweißperlen auf seiner Stirn. »Nun ja, das ist nicht so einfach. Das liegt schon alles weit zurück. Ich weiß nicht genau, was damals geschehen ist. Es war eine Entscheidung, die unsere Glaubensbrüder in Rom getroffen haben.«

Noch nie in seinem Leben hatte Commissario Toscanelli einen Priester oder Mönch befragen oder gar vernehmen müssen. Irgendwie war es ihm unangenehm. Außerdem spürte er, dass der Prior sich schwertat, zu antworten. Er hielt es sogar für möglich, dass der Prior log oder ihm Informationen vorenthielt. Auch die Tatsache, dass der Mord bereits am Tag zuvor geschehen war, die Mönche aber angaben, dass ihr Telefon über Nacht nicht funktioniert hätte, irritierte ihn. Wer weiß, dachte er, was in dieser Nacht alles geschehen war? Ob der Tatort unverändert geblieben war, ließ sich nicht mehr klären. Und sicherlich hatten sich die Mönche längst abgesprochen, was sie bei der Befragung sagen würden. Das würde die Aufklärung des Verbrechens erschweren.

»Ist es nicht etwas ungewöhnlich, dass ein Glaubensbruder, der – freiwillig oder auch unfreiwillig – den Orden verlassen hat, gelegentlich zu Exerzitien ins Kloster zurückkehrt?«

Der Prior schluckte verunsichert. Bevor er antworten konnte, wechselte Commissario Toscanelli das Thema. Er ahnte, dass es da Dinge gab, über die der Prior entweder nicht sprechen wollte oder nicht durfte. »Wie viele Mönche befinden sich eigentlich hier in San Francesco del Deserto«, fragte er.

»Sechs Brüder. Nur noch sechs. Leider können sich immer weniger junge Menschen für ein gottergebenes Leben entscheiden«, versuchte der Prior unbedarft zu wirken. Es gelang ihm jedoch nicht.

Der Commissario blieb beharrlich: »Und alle sechs waren zum Zeitpunkt des Mordes, also gestern am späten Nachmittag, hier im Kloster – und sind es noch immer? War sonst noch jemand zum Tatzeitpunkt, also schätzen wir mal so zwischen fünf und sieben Uhr gestern, hier?«
Der Prior antwortete unerwartet schnell. »Eine Besuchergruppe war da. Sie kamen kurz vor fünf mit dem Taxiboot. Und sie sind gegen halb sieben wieder abgereist. Es waren friedfertige, gottesfürchtige Menschen aus Frankreich, Mitbrüder aus einem Kloster in der Bretagne, die sich in Venedig zu einem Kongress aufhalten.«
Commissario Toscanelli riss erstaunt die Augen auf. »Franziskanermönche?«
»Ja, es waren Mitbrüder unseres Ordens. Derzeit findet in Venedig ein ökumenischer Konvent verschiedener Orden statt. Hunderte von Mitbrüdern aus aller Welt halten sich in der Stadt auf. Viele von ihnen nutzen in diesen Tagen die Gelegenheit, hier auf der Insel dem heiligen Franz von Assisi zu huldigen. Er hat diesen Orden und dieses Kloster gegründet!«
»Und wie viele Mitbrüder waren zur Tatzeit letztendlich hier?«
»Dreizehn, Commissario. Es war die letzte Gruppe des Tages. Insgesamt waren es fünf Gruppen.«
Der Commissario zwang sich, Ruhe zu bewahren: »Pater, bei allem Respekt, verzeihen Sie mir bitte meine weltlichen und für Sie sicherlich unangenehmen Fragen. Aber hier geht es um die Aufklärung eines Verbrechens! Wenn ich das richtig verstanden habe, befanden sich zur Tatzeit also dreizehn Franziskanermönche im Kloster beziehungsweise auf der Insel. Dreizehn, richtig? Und dazu noch Ihre fünf Mitbrüder – und Sie?«
»Ja, so war es wohl.«
Der Commissario spürte die Verunsicherung des Priors.

Nochmals warf er einen Blick in die Nische, in der die Leiche lag. Hinter der etwa ein Meter hohen Statue des heiligen Franziskus registrierte er in der linken Mauer eine Tür, die durch ein mächtiges Eisengitter verschlossen war. Die Scharniere befanden sich auf der Innenseite der Nische, sodass die Tür von der anderen Seite aus geöffnet werden musste.
»Wohin führt diese Gittertür?«, fragte er und sah, wie der Mönch zitterte, während er antwortete: »Sie … sie führt in die privaten Gemächer dieses Klosters.«
»Das heißt, jeder der hier lebenden Mönche hat von den privaten Räumlichkeiten aus Zugang zu dieser Nische?«
Der Prior wurde noch nervöser. »Commissario, Sie glauben doch nicht etwa, dass einer der hier lebenden Brüder …?« Der Mönch vermied es, den Gedanken auszusprechen. Stattdessen bekreuzigte er sich.
»Ich glaube derzeit noch gar nichts«, versuchte Commissario Toscanelli die auch ihm peinliche Situation zu entschärfen. »Ich resümiere lediglich. Vor uns liegt ein Toter. Alles spricht dafür, dass der Mann ermordet wurde. Zur Tatzeit, also gestern am späten Nachmittag, hatte eine Besuchergruppe Zugang zu dieser Nische und das waren gemäß Ihrer Aussage alles Mönche. Und: Durch diese Gittertür in der Nische hat man ebenfalls Zugang zum Tatort! Hinter dieser Gittertür leben die Mönche dieses Klosters. Das sind Fakten, an denen nicht zu rütteln ist.«
Commissario Toscanelli drehte sich zur Seite und schaute den auffällig schweigsamen, dafür aber sichtlich nervösen jungen Mönch an. Auf dessen Nasenrücken waren die typischen Druckstellen eines Brillenträgers zu sehen. Aber Pater Giovanni trug keine Brille. Verunsichert steckte der junge Pater seine rechte Hand in die Tasche der Kutte. Durch das Tuch hindurch war zu sehen, dass er etwas umklammerte. Der

Commissario dachte kurz daran, den jungen Mönch sofort zur Rede zu stellen, denn er hatte gleich zu Beginn des Gesprächs entdeckt, dass am linken Zeigefinger des Mönches winzige rote Flecken, wahrscheinlich Blut, zu sehen waren. Und auf dem Fußboden neben dem Toten lagen winzige Glassplitter, die vielleicht von der Brille des Mönches stammten. Das ließ den Verdacht begründet erscheinen, dass es zwischen dem Opfer und diesem jungen Mönch zu einem Handgemenge oder gar zum Kampf gekommen war. Möglicherweise verbarg der Mönch seine Brille in der Tasche seiner Kutte. Commissario Toscanelli entschied, den jungen Mönch später zu befragen.

»Über die Besuchergruppe vom gestrigen Tag werden wir noch reden müssen, Pater. Aber alle Brüder des Klosters stehen mir wohl für meine Fragen zur Verfügung, oder?«

Der Mönch mit dem Kinnbart räusperte sich betroffen. »Ja, äh … nein, Commissario. Einer fehlt! Bruder Elias ist verschwunden!«

Commissario Toscanelli sah, wie sich Schamröte über das Gesicht des blässlichen Priors legte, als dieser erklärte: »Bruder Elias hatte gestern die Aufgabe, während des ganzen Tages unsere Mitbrüder drüben in Burano am Landungssteg zu empfangen und sie zu dem Taxiboot für die Fahrt zur Insel zu geleiten. Sie müssen wissen, Bruder Elias spricht viele Sprachen. Aber er ist seit gestern Nachmittag spurlos verschwunden.«

Eine halbe Stunde später, Nebelschwaden zogen noch immer über die Lagune von Venedig, fand Commissario Toscanelli das bestätigt, was er intuitiv geahnt hatte. Kaum hatte das Polizeiboot am Landungssteg der Linie 41 im Hafen von Murano angelegt und der ihn begleitende Prior die mit einer Plane

zugedeckte Wasserleiche gesehen, stand fest, dass es sich bei dem zweiten Toten um den Mönch Elias aus dem Kloster handelte. Wenngleich die Beamten der Spurensicherung mit ihren ersten Untersuchungen noch nicht fertig waren, so schien doch ziemlich sicher, was geschehen war.
Der tote Mönch war bis auf seine Unterhose unbekleidet. An seiner rechten Schläfe war eine faustgroße Wunde zu sehen. Alles deutete darauf hin, dass der Mönch erst bewusstlos geschlagen und dann ins Wasser gestürzt worden war. Mit der Flut war sein Körper dann offensichtlich vom Kloster stadteinwärts bis in die Höhe von Murano getrieben, wo ein Fischer die Leiche heute Früh entdeckt hatte. Eine Frau vom Fischmarkt hatte den Toten als Mönch vom nahen Kloster erkannt und die Polizei angerufen.
Knapp acht Kilometer, so schätzte Commissario Toscanelli, waren es vom Kloster bis nach Murano. Wahrscheinlich war die Leiche in der Nacht in der Lagune umhergetrieben. Der Körper des dicklichen Bruder Elias war bereits aufgedunsen. So nackt wie er war, lag das Motiv des Mordes auf der Hand: Jemand hatte die Kutte des Mönches gebraucht. Wahrscheinlich, um sich im Kloster San Francesco del Deserto unbemerkt bewegen zu können.
»Zwei Tote, zudem noch zwei Mönche, innerhalb so kurzer Zeit, das hatte ich auch noch nicht«, resümierte Commissario Toscanelli während der Rückfahrt nach Venedig und gab seinem Assistenten einen Auftrag: »Pietro, ich möchte so schnell wie möglich die beiden Autopsieberichte haben. Und die Spurensicherung soll sich auch beeilen. Mist, dass seit dem Mord im Kloster so viel Zeit vergangen ist. Ich finde es zudem höchst seltsam, dass ausgerechnet heute Nacht angeblich das Telefon im Kloster nicht funktioniert hat. Wer weiß, ob unsere ehrwürdigen Brüder den Tatort nicht ein wenig aufge-

räumt haben. Die haben vielleicht eine etwas andere Vorstellung von Recht und Gerechtigkeit als wir. Irgendetwas verheimlichen die uns! Pietro, stellen Sie zwei Beamte ab, die auf die Mönche im Kloster aufpassen. Ich will nicht, dass noch einer von denen ins Wasser fällt oder sonst wie auf wundersame Weise verschwindet. Außerdem möchte ich mit allen morgen im Lauf des Vormittags sprechen. Und noch was, Pietro, sprechen Sie möglichst bald mit dem Fahrer des Bootes, mit dem die dreizehn Mönche gestern von Burano auf die Klosterinsel gekommen sind. Ich will genau wissen, wann sie im Kloster angekommen und wieder abgefahren sind. Da dieses Inselkloster wie eine Festung gebaut ist, kann eigentlich nur ein Mönch der Mörder von Charles Bahri und von Bruder Elias gewesen sein.«

Wenige Stunden später stürmte Pietro in Commissario Toscanellis Büro. Der junge Mann war sichtlich aufgeregt.

»Also, die erste Sensation! Der ehemalige Mönch Charles Bahri ist nicht ermordet worden!«

»Was?«, entfuhr es dem Commissario. »Nicht ermordet? Aber der war tot, stranguliert! Das war doch mehr als eindeutig!«

»Ja, es sah so aus. Aber die Gerichtsmediziner sind zu einem völlig anderen Schluss gekommen. Die Obduktionsergebnisse lassen keine Zweifel zu. Charles Bahri ist zwar an der Statue des heiligen Franz von Assisi gefesselt worden, am Hals – und zwar ganz offensichtlich mit jener Kordel, die der tote Mönch Elias für seine Kutte benutzt hatte. Das haben erste DNA-Tests ergeben. Aber er ist nicht umgebracht worden.«

Commissario Toscanelli starrte seinen jungen Kollegen ungläubig an: »Pietro, Sie wollen mir doch nicht etwa erzählen, dass Bruder Elias, also die Wasserleiche, diesen Charles Bahri gefesselt hat, oder?«

»Nein, das hat er mit an Sicherheit grenzender Wahrscheinlichkeit nicht getan«, lachte Pietro. »Fakt aber ist, dass der tote Charles Bahri auf der Flucht vor seinem Verfolger etwas heruntergeschluckt hat. Und zwar ein ziemlich großes Stück Papier. Nachdem er mit dem Strick um den Hals an die Statue gefesselt worden war, hat man ihn offensichtlich durch Schläge zum Sprechen bringen wollen. Die Verletzungen in seinem Gesicht sprechen für diese These. Doch dann hat der Angreifer von seinem Opfer abgelassen. Vielleicht ist er gestört worden. Möglicherweise von der letzten Besuchergruppe, die durchs Kloster geführt wurde.«

»Aber wie, zum Teufel, ist der arme Kerl dann gestorben?« Commissario Toscanelli war aufgewühlt. Die ganze Angelegenheit wurde immer verworrener.

»Er ist erstickt, Chef. Ganz einfach erstickt! Und zwar an dem, was er heruntergeschluckt hatte: ein zusammengeknülltes Blatt Papier. Der Täter hatte ihm einen Knebel aus einem Stück Stoff in den Mund gesteckt, wahrscheinlich, um ihn daran zu hindern, zu schreien –«

»Warum habe ich dann keinen Knebel gesehen?«, unterbrach der Commissario. »Ich habe mir den Toten genau angeschaut. Das Papier im Mund habe ich gesehen, aber keinen Knebel!«

»Sì, sì …«, fuhr Pietro fort, »wahrscheinlich war der Würgereiz bei dem Opfer so intensiv, dass es beim Hochwürgen des Papierknäuels den Knebel aus dem Mund herausgedrückt hat. Jedenfalls lag der Knebel mit dem Speichel des Toten und Resten des Erbrochenen in der Betnische.«

»Mensch, Pietro, machen Sie mich nicht verrückt. Ich habe doch Augen im Kopf. Da war nichts! Weder neben noch vor dem Toten. Wo soll dieser Knebel denn hin verschwunden sein? Haben die Mönche –?«

»Nein, nein! Es ist ganz einfach, Commissario! Auf dem Boden der Betnische ist ein mit einem Eisengitter gesichertes Loch, vielleicht 30 Zentimeter breit und knapp einen halben Meter lang. Darunter haben Archäologen die antiken Fundamente des Klosters freigelegt und für Besucher sichtbar gemacht. Der Knebel lag in dieser Öffnung! Das Opfer hat sich wahrscheinlich wegen des verschluckten Papiers übergeben müssen. Unter dem Druck des Erbrochenen ist der Knebel dann aus dem Mund raus- und in das Loch im Boden gefallen. Erstickt ist der arme Kerl. An dem Papier und an seinem Erbrochenen. Er muss Höllenqualen gelitten haben in seinem Todeskampf. Seine Fingernägel sind alle abgebrochen, weil er sich in den Fugen der Steinplatten auf dem Boden festgekrallt hat. Grausig! Der alte Mann ist langsam und qualvoll krepiert. Hat bestimmt eine Viertelstunde gedauert, wie die Gerichtsmediziner sagen. Der ist an dem gestorben, was er dem Täter vorenthalten wollte, und es deshalb verschluckte.«

Commissario Toscanelli lief in seinem Büro auf und ab. Die neue Sachlage dokumentierte einerseits die hervorragende Arbeit der Gerichtsmediziner und der Kollegen von der Spurensuche. Andererseits ließ sie neue Fragen aufkommen. »Wer, zum Teufel, hat Charles Bahri geknebelt? Wie ist der Täter ins Kloster gekommen?«

»Wer es war, weiß ich noch nicht. Aber ich weiß, wer es nicht war! Nämlich der tote Mönch Elias!«

»Wer sagt das?«

»Meine Logik, Chef! Die Armbanduhr von Elias ist um 17.16 Uhr stehengeblieben.«

»Als man ihn ins Wasser warf, gestern Nachmittag.«

»Richtig! Aber die Gerichtsmediziner sagen, dass der Tod von Charles Bahri mit an Sicherheit grenzender Wahrscheinlichkeit erst gegen Viertel nach sechs eingetreten ist. Da war Bruder Elias aber schon tot. Was den Schluss zulässt, dass einer der Besucher der Mörder gewesen war, also einer der Franziskanermönche –«

»Oder einer der fünf Klosterbrüder«, unterbrach Commissario Toscanelli seinen jungen Kollegen.

Der Assistent schaute seinen Vorgesetzten an und verdrehte die Augen. »Um Gottes willen! Diesen Verdacht sollten Sie vorerst lieber nicht an die große Glocke hängen, Commissario. Wir sind hier in Venedig. Nach Rom ist das die heiligste Stadt Italiens. Hier gibt es mehr Kirchen als Bars, mehr Klöster als Bordelle und mehr heilige Kirchenmänner als Zuhälter. Und jetzt auch noch der Konvent der Franziskaner! In Venedig wimmelt es derzeit vor Männern in braunen Mönchskutten. Allesamt Franziskaner! Als Polizist sollte man in Venedig nicht mal laut denken, dass ein Mönch jemanden umgebracht haben könnte. Sonst haben Sie gleich eine Privataudienz beim Polizeipräfekten. Und seien Sie sicher, Chef, der Erzbischof höchstpersönlich würde auch dabei sein.«

»Wir haben aber nun mal gleich zwei tote Mönche, Pietro! Einen richtigen und einen, der früher zu diesem Orden gehört hat. Das ist ein Fakt. Es ist nur eine Frage der Zeit, bis das auch in den Zeitungen steht. Bis dahin sollten wir zumindest eine Ahnung haben, wer von diesen achtzehn Mönchen, die zur Tatzeit im Kloster waren, der Mörder war.«

»Es war keiner von diesen achtzehn!«

Die Worte seines Assistenten ließen den Commissario herumwirbeln. »Was? Wer sagt das? Kommen Sie, Pietro, lassen Sie sich nicht alle Details aus der Nase ziehen.«

»Der Täter war wahrscheinlich gar kein Mönch, kein richtiger Mönch! Es war keiner von den dreizehn, die mit dem Boot zum Kloster kamen. Und es war auch keiner der fünf Mönche vom Kloster. Keiner von diesen achtzehn war es. Es war der neunzehnte!«

Commissario Toscanelli war kurz davor, ungehalten zu werden. Die kryptischen Andeutungen seines Assistenten brachten ihn in Rage: »Pietro, hören Sie auf mit diesem Unsinn! Erzählen Sie, was Sie wissen – und zwar alles!«

»Venedig, Chef, ist zwar für Sie als Landratte aus Mailand ein Horror, weil hier nichts ohne Boote geht. Aber Venedig ist für uns hiesige Polizisten auch ein Paradies! Bei Ermittlungen haben wir einen unvorstellbaren Vorteil. Wer immer sich in dieser Stadt oder innerhalb der Lagune bewegt, kann das nicht ohne ein Boot. Alle Boote sind registriert, haben feste Anlegeplätze. Das ist die eine Seite der Medaille. Die andere ist: Wer sich hier ohne eigenes Boot bewegt, benutzt entweder ein Wassertaxi oder die Vaporetti. Die Fahrten der Wassertaxis sind nachprüfbar. Die Vaporetti haben feste Fahrzeiten, feste Haltestellen, haben Personal, das beim Einstieg behilflich ist, haben Kontrolleure und Kapitäne. Und alle haben sie Augen und Ohren! Nichts, fast nichts, Chef, geschieht in dieser Stadt, ohne dass nicht ein Boot involviert ist! Überall hier sind Boote. Und Augen! Das hat manchmal auch sehr lustige Begleiterscheinungen. Da die Vaporetti nach einem festen Zeitplan fahren, trifft man auf ihnen irgendwie immer die gleichen Leute. Ich habe meine Freundin mal an einem Tag an vier verschiedenen Orten in der Stadt auf einem Wassertaxi getroffen. Drei Mal habe ich mich gefreut. Beim vierten Mal war es dann unangenehm, weil ich gerade eine andere Frau, eine alte Liebe von mir, im Arm hatte. Das zum Thema Zufall hier in Venedig.«

»Pietro, entweder ich entlasse Sie fristlos oder ich degradiere Sie zum Laufburschen, wenn Sie jetzt nicht sofort ausspucken, was Sie sonst noch wissen. Los! Aber jetzt bitte alle Fakten!« Der Commissario versuchte, seinen Worten durch eine finstere Miene Nachdruck zu verleihen. Aber es gelang ihm nicht. Er musste plötzlich grinsen. Er mochte und schätzte seinen jungen Assistenten. Er war ein cleverer Bursche, loyal und sehr umtriebig. »Nichts für ungut, Pietro! Erstklassige Arbeit, wirklich perfekt, ihre Ermittlungsansätze. Aber jetzt erzählen Sie!«

»Die dreizehn Franziskaner kamen, wie die anderen Besuchergruppen des gestrigen Tages auch, nachweislich alle zusammen auf einem Vaporetto aus Venedig nach Burano, wo sie zunächst eine kurze Besichtigungstour machten. Der Ort ist für seine farbenprächtigen Häuser, die romantischen Winkelchen und Kanäle und für seine vielen Mode- und Stoffgeschäfte bekannt. Als die Gruppe dann mit dem Wassertaxi Richtung Kloster San Francesco del Deserto ablegen wollte, das war am Nachmittag, gab es ein großes Durcheinander, weil der Besuchergruppe gesagt worden war, dass sie von einem Bruder Elias empfangen und begleitet werden würden. Der jedoch war nicht da. Stattdessen kam plötzlich ein Mönch in der Kleidung der Franziskaner herbeigeeilt. Laut Aussagen des Kapitäns war dieser Mönch angeblich taubstumm. Jedenfalls hat er so getan, als könne er nicht sprechen und hat in Gebärdensprache angedeutet, dass Bruder Elias verhindert sei und später nachkäme.«

»Wahnsinn! Grandios, Pietro. Hervorragend! Der neunzehnte war gar kein Mönch!«, platzte Commissario Toscanelli heraus.

»Richtig! Es waren dreizehn Mönche, die zur Insel fuhren – und ein Mörder in der Kutte von Bruder Elias, der zu diesem Zeitpunkt bereits tot im Wasser trieb!«

»Und Sie wissen natürlich schon, wer der Mörder war? Kommen Sie, Pietro, spannen Sie mich nicht auf die Folter!«

»Noch nicht ganz, Commissario. Nicht ganz! Aber fast! Wir haben den Wassertaxifahrer von Burano ausgemacht. Es ist ein ziemlich versoffener Typ. Aber er ist der Einzige in Burano, der ein Taxiboot besitzt. Wir haben ihn in der Bar *Primavera,* am Park direkt gegenüber der Anlegestelle der Linie 1, ausfindig gemacht, ziemlich betrunken. Es war zwar recht konfus, was der Kerl gelallt hat. Wenigstens hat er sich noch daran erinnern können, dass er sich gewundert habe, wieso Bruder Elias nicht gekommen und stattdessen plötzlich ein ihm unbekannter Mönch aufgetaucht sei. Der kannte Bruder Elias nämlich seit Jahren! Da aber den ganzen Tag über so viele ihm fremde Mönche in Burano angekommen und mit ihm zum Kloster gefahren seien, habe er nicht weiter darüber nachgedacht. Erst als er am Abend wieder in der Bar bei Signora Donatelli saß und mit ihr über die vielen Mönche an diesem Tag sprach, begann er, sich Gedanken zu machen, dass da etwas nicht stimmte. Denn der angeblich taubstumme Mönch hatte einen auffallend braunen Teint und sah fast wie ein Araber aus. Und der Mann hatte ein Pflaster auf der Stirn.«

Commissario Toscanelli verharrte regungslos vor dem Fenster und starrte auf den kleinen Kanal vor dem Polizeipräsidium. Ohne sich umzudrehen, sprach er zu seinem Assistenten: »Pietro, Sie sind ein Ass! Und weil Sie so perfekt und wir hier in Venedig sind, wo bekanntlich auch Mörder mit dem Boot anreisen müssen, werden Sie mir jetzt sicherlich gleich auch noch sagen wollen, mit welchem Vaporetto der vermeintliche Täter nach Burano kam – und von dort wieder wegfuhr, richtig?«

»Richtig! Ich sehe schon, Chef, Sie beginnen bereits, die Vorteile Venedigs schätzen zu lernen. Also, der vermeintliche Mörder von Bruder Elias und wahrscheinlich auch der Täter, der für den Tod von Charles Bahri verantwortlich ist, stammt aus dem Ausland. Er ist um die vierzig und auffallend braungebrannt. Ein Südländer, vielleicht auch ein Mann arabischen

Ursprungs. Er trug zur Tatzeit Jeans und ein blaues, kurzärmliges Hemd. Das zumindest ist die Personenbeschreibung von Signora Donatelli, der Barbesitzerin. Sie beobachtete gestern einen Mann mit dieser Beschreibung, wie er gegen vier Uhr nachmittags mit der Linie T am Landungssteg von Burano ankam. Um diese Uhrzeit ist nicht viel los in der kleinen Bar, die nur wenige Meter vom Landungssteg entfernt liegt. Die meisten Touristen fahren zu der Zeit schon wieder zurück nach Venedig. Die Signora plauderte draußen vor der Bar an ihrem Eisstand mit ihren Enkeln und beobachtete dabei, wie das Boot mit dem Fremden anlegte. Der Mann – sie sagt, er habe Englisch gesprochen und ein Pflaster auf der Stirn gehabt – stieg aus dem aus Venedig kommenden Schiff aus und erkundigte sich bei ihr, wie man nach San Francesco del Deserto gelange. Sie schickte ihn daraufhin zu Pater Elias, der auf einer Bank am Wasser saß und auf das nächste Schiff mit Franziskanermönchen aus Venedig wartete. Und, jetzt kommt der Hammer, Commissario: Derselbe Mann fuhr nach Aussagen der Fahrscheinkontrolleurin Francesca Sacchetti um 19.43 Uhr mit ihr auf der Linie 1 nach Venedig zurück, wobei er sich noch bei ihr erkundigte, wie er am besten zur Piazza Roma komme.«

»Wie viele Hotels gibt es dort in der Nähe?« Die Frage des Commissario hallte wie ein Peitschenschlag durch das Zimmer.

»Sieben Hotels in unmittelbarer Nähe, vierzehn im näheren Umkreis«, triumphierte der Assistent und fügte stolz hinzu, »die Kollegen sind schon ausgeschwärmt. Die Fahndung nach einem braungebrannten, etwa vierzigjährigen, arabisch aussehenden Mann in Jeans und einem blauen Hemd läuft bereits.«

Commissario Toscanelli kombinierte blitzschnell: »Entweder hat der Verdächtige dort in der Nähe der Piazza Roma in einem Hotel geschlafen, was bedeuteten würde, dass er jetzt vielleicht noch da ist. Oder er ist am Bahnhof an der Piazza Roma in einen Zug gestiegen oder in einen Bus oder mit einem Taxi zum Flughafen gefahren. Dann ist er weg.« Hektisch fingerte er nach seiner Dienstwaffe in der Schreibtischschublade und wollte gerade die Bürotür öffnen, als er abrupt stehen blieb: »Sagen Sie, Pietro, was ist das eigentlich für ein Blatt Papier, an dem dieser Charles Bahri erstickt ist? Stand da was drauf?«

Der junge Polizist schien auf diese Frage gewartet zu haben. »Es war eine Seite aus einem alten Buch. Durch den Speichel und das Erbrochene des Toten ist zwar nicht mehr allzu viel zu erkennen, aber es scheint so etwas wie eine Landkarte zu sein. Allerdings sagten mir die Gerichtsmediziner, es sei ziemlich wirres Zeug, was darauf abgebildet sei, mit sehr komischen Buchstaben und in verschiedenen Sprachen. Morgen erfahren wir mehr darüber. Jetzt, so denke ich, sollten wir schleunigst nach unserem Mann, dem vermeintlichen Mörder, suchen. Wir haben ja eine sehr gute Täterbeschreibung.«

Abdul Qadir Dschila, Sufi und damit Derwisch des Ordens Al Sakina, fühlte sich unwohl.

Die Fahrt zur Amr-Ibn-al-As-Moschee im Süden der Stadt hatte ihm bei der unerträglichen Hitze dieses Morgens sehr zu schaffen gemacht. Kairo lag unter einer Dunstglocke aus Abgasen und roten Sandpartikeln, die ein Wüstensturm in der Nacht zuvor über die Stadt am Nil geweht hatte. Das Atmen fiel ihm schwer. In Masr el-edima, dem Viertel der koptischen Christen, hatte er fast eine Stunde lang in einem Stau gestanden. Er war froh, endlich die Moschee erreicht zu haben. Schwer keuchend musste er im Schatten des Brunnens inmitten des Innenhofs rasten. Unter dessen Kuppel war es ange-

nehm kühl. Eine Windböe wirbelte seinen weißen Vollbart hoch und ließ sein Gewand flattern.
Für einen Moment gab er sich wehmütigen Gedanken hin. Was für ein geschichtsträchtiger Ort für ein solches Treffen! Die nach dem einstigen Heerführer benannte Amr-Ibn-el-As-Moschee war die älteste auf afrikanischem Boden. Legenden wussten sogar zu berichten, dass der Brunnen, in dessen Schatten er gerade ruhte, vom Wasser der heiligen Moschee in Mekka gespeist wurde. Und eine der acht Säulen des Brunnens war angeblich vom Kalifen Omar mit einem einzigen Peitschenschlag vom heiligen Mekka hierher befördert worden. Hier in al Fustat hatte vor 1400 Jahren die Eroberung Ägyptens durch moslemische Heere und damit der Siegeszug des Islams über Nordafrika bis hin nach Spanien begonnen. Von hier aus, der heutigen Altstadt Kairos, hatten islamische Heerführer die südlich von Ägypten gelegenen Christenreiche von Aksum und Lalibela überrannt und dort Christen, Juden und Ungläubige dem Wunsche Allahs gemäß bekehrt – oder getötet. Afrika, Heimat ungläubiger Schwarzer und widerspenstiger Christen, Bollwerk des Satans USA fiel nach und nach. Der große islamische Gottesstaat am Horn von Afrika war nur mehr eine Frage der Zeit. Ja, die Moschee Amr Ibn el-As war wahrlich ein guter Ort, um sich mit Hasan al-Basri zu treffen.
»Es-Sabr gamil …«, murmelte er leise ein arabisches Sprichwort vor sich hin. Ja, Geduld war wirklich schön, wenn man im rechten Glauben lebte. Geduld hatten er und seine Glaubensbrüder vom Al-Sakina-Orden sicherlich. Am rechten Glauben mangelte es ihm und seinen Brüdern auch nicht. Allerdings war ihnen das Glück derzeit nicht wirklich hold. Doch der Allmächtige würde ihnen Kraft geben.
Ausgeruht und voller Elan richtete sich Abdul Qadir Dschila

auf und ging über den Innenhof zur Moschee. Der Ruf des Muezzins ließ ihn erkennen, dass er pünktlich war. Zu seiner Freude saß Hasan al-Basri bereits auf einem Gebetsteppich rechts neben der Minbar an der Qibla-Wand. Hier, unter der Kanzel, dessen war er sich sicher, würden sie ungestört über die neuesten Entwicklungen sprechen können. Kein Abtrünniger, kein Spitzel der ägyptischen Regierung und schon gar keine zionistischen Spione würden sich an diesen Ort trauen. Dieses Bewusstsein beruhigte ihn. Denn sein Gespräch mit Hasan al-Basri war brisant. Die Angelegenheit mit diesem Charles Bahri drohte aus dem Ruder zu laufen. Sahib al Saif, der Mann, den alle im Orden »Statthalter des Schwertes« nannten, hatte ihn informiert, dass es ihm weder im Haus des Christen am Roten Meer noch in dem Kloster gelungen sei, an die Dokumente zu gelangen. Dummerweise war der ehemalige Mönch inzwischen tot. Wie das passieren konnte, wusste er zwar noch nicht, aber Sahib al Saif würde gleich Bericht erstatten. Dann galt es, einen neuen Plan zu schmieden, denn wie es aussah, besaßen nun dieser Deutsche und eine Frau die wichtigen Dokumente. Hoffentlich, dachte Abdul Qadir Dschila und ging auf seinen Glaubensbruder zu, hat Hasan al-Basri von seinen Informanten beim ägyptischen Geheimdienst mittlerweile weitere Informationen erhalten. Sein Freund und Ordensbruder saß in Gedanken versunken auf dem Gebetsteppich.

»Salam aleikum, Hasan.«

»Wa aleikum al salam!«

»Izzayyak? Ahlan wa sahlan, Bruder!«

»Ahlan bik! Al hamdullilah – sei ebenfalls willkommen! Lob sei dem Herrn.«

Abdul Qadir Dschila setzte sich auf den Gebetsteppich neben Hasan al-Basri.

Hasan al-Basri trug wie immer eine Nickelbrille. Der gestutzte Kinnbart akzentuierte sein schmales, weit nach vorn stehendes Kinn. Er machte ein sorgenvolles Gesicht. »Na, Abdul? Kif Halak – wie ist die Lage?«
»Nun ja, was soll ich sagen, Hasan? Der Allmächtige scheint uns mit mancherlei Prüfungen zu strafen! Was sich der Statthalter des Schwertes da geleistet hat, könnte unseren Plan zunichtemachen.«
»Ach, Abdul, du weißt doch, was im Koran geschrieben steht: ›Dann schickte Allah auf Seinen Gesandten und auf die Gläubigen innere Ruhe herab und ließ unsichtbare Kräfte herabkommen! Er ist es, der innere Ruhe in die Herzen der Gläubigen legte, damit sie noch mehr Glauben gewinnen.‹ So steht es geschrieben. Also, sei nicht so pessimistisch. Unsere Wege sind von Ihm gewollte Pfade der Fügung. Die Dinge sind zwar komplizierter geworden, aber du wirst sehen. Am Ende werden wir in Besitz nehmen, was den muslimischen Völkern seit Jahrtausenden gehört. Aron ha'brit, wie die Juden es nennen, wird zu uns zurückkehren, und es wird der Beginn einer neuen Zeit sein. Dann werden die Juden die Wahrhaftigkeit des Imam Mahdi erkennen und die Aufrichtigen unter ihnen werden sich ihm anschließen. Sie wird göttliche Gegenwart ausstrahlen und Quelle des Friedens sein. So sagt es der Koran. Und so wird es sein. Weil Er es in seiner Allmacht und Weisheit so fügen wird! Übrigens, Abdul, Ich habe heute Morgen ein sehr aufschlussreiches Gespräch mit Abdallah geführt. Du weißt schon, unser enger Vertrauter und Glaubensbruder im Außenministerium. Er zeigte sich wie immer sehr hilfreich.«
Abdul Qadir Dschila blickte misstrauisch um sich, bevor er leise fragte: »Hast du Informationen über den Deutschen und diese Frau erhalten?«

»Ja, habe ich. Unser Freund im ägyptischen Außenministerium hat exzellente Kontakte zu Glaubensbrüdern bei Interpol. Ich habe von ihm Fotos und weitere Informationen erhalten. Was immer dieser Deutsche und diese Christin fortan tun werden, wir erfahren es frühzeitig! Glücklicherweise hat dieser Narr von Mönch immer so unglaublich unvorsichtig am Telefon geplappert und seinen Vertrauten Faxe geschickt, ohne auch nur auf die Idee zu kommen, dass er abgehört wird. Dieser Deutsche ist wohl ein Freund von Bahri. Er ist nun im Besitz der Karte und anderer Dokumente. Ob er schon weiß, wohin ihn diese Dokumente führen werden, ist mir allerdings noch nicht bekannt. Aber schon ab morgen werden wir mithören, wenn er über sein Handy telefoniert. Über diese Frau wissen wir allerdings noch nicht sehr viel. Doch auch das wird sich bald ändern –«

Hasan al-Basri wollte gerade weitersprechen, als sein Blick auf einen Mann in einem weißen Gewand fiel, der zielstrebig durch die Moschee auf sie zuschritt. »Da kommt Sahib al Saif, der Statthalter des Schwertes«, murmelte er leise. »Lass uns später weiterreden. Der Einfältige muss nicht mehr wissen als unbedingt notwendig. Allah hat ihm den Verstand eines Lamms, die Kraft eines Büffels und den Mut eines Löwen gegeben. Die Schlichtheit eines Fellachen müssen wir mit Nachsicht würdigen. Er muss nicht unbedingt verstehen, was er tut. In seiner grenzenlosen Ergebenheit zu Allah und seiner Treue zu Al Sakina wird er befolgen, was wir ihm auftragen.«

Sahib al Saif versuchte, so demütig wie möglich zu wirken. Ihm war klar, dass diese beiden Sufis in dem Dünkel lebten, besonders weise zu sein und in ihm lediglich einen dumpfköpfigen Bauern und Befehlsempfänger sahen. Sollten sie nur! Ihm war es egal, was die beiden Derwische dachten. Bisher waren sie mit seinen Diensten zufrieden gewesen. Wenn der Orden be-

sonders heikle Dinge zu regeln hatte, wandte man sich stets an ihn. Seit seiner Zeit bei der Armee eilte ihm der Ruf voraus, exzellent mit Waffen und Sprengstoff umgehen zu können, loyal und zuverlässig zu sein. Da sein Sohn vom israelischen Mossad als vermeintlicher Terrorist liquidiert worden war und er seitdem einen grenzenlosen Hass gegen Christen und Zionisten in sich trug, stuften die Leute von Al Sakina ihn als besonders vertrauenswürdig ein. Sie zahlten gut. Was sie letztendlich als Ziel vor Augen hatten, war ihm bis heute nicht klar. Ihm war es eigentlich auch gleichgültig, solange sich seine Arbeit gegen Zionisten, Christen und Verbündete des Satans USA richtete. Allerdings kannte er sehr wohl jene Passage Sure 48, die sich auf den Namen des Al-Sakina-Ordens bezog. Dort stand geschrieben: »Er ist es, der Sakina in die Herzen der Gläubigen legte, damit sie noch mehr Glauben gewinnen. Allah gehören die Heerscharen der Himmel und der Erde. Als die Ungläubigen in ihren Herzen blinden Eifer trugen, den blinden Eifer der Unwissenheit, da senkte Allah Seine Sakina auf Seine Gesandten und die Gläubigen und machte ihnen ständiges Gottesbewusstsein zur Pflicht; denn sie waren dessen am würdigsten und verdienten es am meisten.«
In früheren Gesprächen hatte er zudem erfahren, dass sich der Orden auf Muhammad ibn Hasan, bei Muslimen bekannt als Imam Mahdi, begründete. Nach Vorstellung der Schiiten lebte dieser letzte der zwölf Imame noch immer in der Verborgenheit und wird vor dem Ende der Welt erscheinen. Zu seinen Erscheinungsmerkmalen, so sagt man, wird ein legendäres Schwert namens Dhul-Fiqar gehören, das der Prophet Mohammed ihm geschenkt hat. Und genau das war sein Tarnname, wenn er für den Orden Al Sakina tätig wurde: Dhul-Fiqar – die Doppelschneide. Synonym für die Trennlinie von Wahrheit und Falschheit.

Mit gesenktem Blick verbeugte er sich vor den beiden alten Männern und murmelte ein demütiges »La fatá illa Ali, la saif illa Zulfiqar – es gibt keinen Helden außer Ali und kein Schwert außer Dhul-Fiqar.«
Die beiden Sufis forderten ihn auf, Platz zu nehmen. Der mit der Brille flüsterte: »Was, beim Allmächtigen, ist geschehen? Warum musste der alte Mann sterben, bevor du die Dokumente sichergestellt hattest?«
Sahib al Saif versuchte, reuevoll zu klingen: »Er hatte die Karte hinuntergeschluckt. Mehr hatte er nicht dabei. Gerade als ich ihn zwingen wollte, die Karte auszuspucken, kam eine Gruppe von Mönchen in die Kirche. Ich –«
»Schweig«, zischte nun der andere. »Erspar uns diese Details! Du hast versagt. Das sind wir von dir nicht gewöhnt. Aber wir werden Nachsicht walten lassen. Du bist ein treuer Diener Allahs. Du wirst noch eine Chance haben. Dafür wirst du mehr tun müssen als geplant. Andere besitzen inzwischen die Dokumente, die uns zu dem Zeichen führen werden, das den Beginn einer neuen Zeit einläuten wird. Damit du verstehst, wie bedeutsam deine Mission für die Moslems dieser Welt ist, du daher strengste Verschwiegenheit wahren und mit all deiner Kraft und Weisheit vorgehen musst, haben wir beschlossen, dich in ein Geheimnis einzuweihen. Das Gesetz unseres Ordens sagt, dass jeder mit einer Fatwa belegt werden wird, der ein solches Geheimnis nicht wahrt. Du weißt, was das bedeutet!«
Hasan al-Basri hielt inne, wandte sich seinem Ordensbruder zu und sagte: »Abdul Qadir Dschila wird dich jetzt mit Dingen vertraut machen, die nur einigen wenigen Auserwählten bekannt sind. Dein Schweigen setzen wir als selbstverständlich voraus.«
Der genannte Sufi wiegte sein Haupt und begann, bedächtig

zu sprechen: »Wie du weißt, lebt der Imam Mahdi, der Fürst der Zeit und der letzte der zwölf Imame, in der Verborgenheit. Er nimmt jedoch an Versammlungen der Gläubigen teil, ohne dass die Menschen dies erkennen. Nur Allah weiß, wie lange seine Verborgenheit noch andauern wird. Adschal-allahu-faradschahun – möge Allah die Befreiung seiner Bindung an die Verborgenheit beschleunigen. Seine Wiederkunft wird, so steht es geschrieben, angekündigt werden durch Zeichen des Allmächtigen. Einige sind bereits eingetroffen oder sie zeichnen sich ab. Dazu gehörte eine Sonnenfinsternis in der Hälfte des Fastenmonats Ramadan und eine Mondfinsternis am Endes des Ramadan; die Ägypter werden ihren Herrscher töten; ein schwarzer Wind, der des Todes, wird sich in Bagdad erheben; Syrien wird zerstört werden und drei Flaggen werden über Syrien uneins sein. Zu den Zeichen der Wiederkunft des Imams Mahdi gehört aber auch ein mystischer Gegenstand, der göttliche Gegenwart ausstrahlt und eine Quelle des Seelenfriedens, der Sakina, ist. Die Juden nennen es Aron ha'brit. Sie, wie auch die Christen, trachten danach! Dieser Gegenstand war lange Zeit verschollen. Es heißt, er sei einst bei der Besetzung Jerusalems durch Nebukadnezar zerstört worden. Wir gehen davon aus, dass es Menschen – Ungläubige, Christen und Juden – gibt, die wissen, wo diese Aron ha'brit verborgen ist. Charles Bahri, der nun tot ist, besaß Dokumente, die uns zu diesem heiligsten aller heiligen Zeichen hätte führen können. Leider besitzen andere Ungläubige jetzt diese Unterlagen. Du hast die ehrenvolle Aufgabe, ebendiese Dokumente für uns, für das Heil aller Muslime dieser Welt, zu beschaffen. Mit allen zur Verfügung stehenden Mitteln! Du wirst noch heute Informationen erhalten über die Menschen, die im Besitz der Dokumente sind und die danach trachten, des heiligen Zeichens der Wiederkehr des Imams

Mahdi habhaft zu werden. Du, der Statthalter des Schwertes, musst dir im Klaren darüber sein, dass du, wenn nötig, als Märtyrer sterben musst, um die Muslime der Welt in den Besitz dieses Gegenstandes zu bringen. Dein Weg wird dich dabei nach Äthiopien führen. Alah yisallimak – Allah möge dich unversehrt halten.«

3.

Peter war enttäuscht, wütend und traurig. Was soeben passiert war, hatte ihn aus der Fassung gebracht. Seine Nerven lagen wegen der Geschehnisse der letzten Tage ohnehin blank. Und nun auch noch das! Er entschied sich, bei einer Tasse Kaffee über seine weitere Vorgehensweise nachzudenken.

Nur wenige Touristen schlenderten durch die Gassen des Stadtteils San Polo. Er setzte sich vor eine Eisdiele und bestellte sich einen Cappuccino. Seine Gedanken überschlugen sich. Zwischen ihm und Yvonne war es zu einem Eklat gekommen. Wieder einmal. Seit vier Jahren war er mit ihr zusammen. Kennen gelernt hatte er sie hier in Venedig. Yvonne arbeitete damals als Restauratorin für mittelalterliche Handschriften in der Biblioteca Nazionale Marciana. Zum ersten Mal begegneten sie sich vor der Vitrine, in der das Testament Marco Polos ausgestellt war und weswegen er nach Venedig gereist war. Am Tage seines Museumsbesuchs war Yvonne gerade damit beschäftigt, die handschriftlichen Aufzeichnungen des berühmten Forschungsreisenden aus der Vitrine zu nehmen, um sie zu restaurieren. Aus den wenigen Sätzen, die sie gewechselt hatten, war schnell gegenseitige Begeisterung geworden. Sie kam aus München, er auch; sie liebte alte Bücher und hatte ihre Passion zu ihrem Beruf gemacht, er sammelte alte Bücher; sie war schüchtern, er nicht; er hasste das Alleinsein – und Yvonne gab beim ersten gemeinsamen Mittagessen in einer kleinen Trattoria in der Nähe des Palazzo Tiepolo zu, dass sie einsam sei. Es ging schnell mit ihnen: Sie aßen zusam-

men, lachten, verloren sich in ihrer Begeisterung für alte Bücher, tranken ein wenig zu viel, vergaßen die Zeit – und verbrachten eine sehr turbulente Nacht miteinander.
Aus dem lodernden Feuer der ersten Tage und Nächte entwickelte sich nach wenigen Monaten eine tiefe Freundschaft, eine, die auch Spielraum für Sex ließ. Vieles verband sie. Einiges jedoch schien dagegen zu sprechen, dass aus ihrer Freundschaft mehr werden würde. Zumindest er war sich dessen ziemlich sicher und sagte ihr das auch deutlich. Bei Yvonne hatte er, trotz ihrer verbalen Bekenntnisse, hin und wieder Zweifel. Er hielt es nicht für ausgeschlossen, dass sie insgeheim hoffte oder sich danach sehnte, dass sich aus der Freundschaft vielleicht doch noch Liebe entwickeln würde. Sie gab das zwar nicht zu, aber wenn es bei ihnen einmal kriselte, dann beruhte das fast immer auf Yvonnes Eifersuchtsszenen. Eine entscheidende Rolle spielte dabei, seine noch immer währende Liebe zu seiner Frau Nicole zu akzeptieren. Nicole war vor sechs Jahren bei einem Verkehrsunfall ums Leben gekommen. Doch in seiner Erinnerung lebte sie unauslöschlich. Genau das war Yvonnes Problem. In ihrem tiefsten Inneren sehnte sich Yvonne nach derselben Liebe, die er für Nicole empfand und aus der er auch nie einen Hehl machte. Aber diese tiefen Gefühle konnte er Yvonne nicht geben. Erinnerungen an Nicole lähmten ihn. Sieben Jahre war er mit ihr verheiratet gewesen, und es war die glücklichste Zeit seines Lebens gewesen. Er hatte sie grenzenlos geliebt. Und er vermisste sie noch immer. Es hatte ihn in eine schwere Depression gestürzt, dass sie bei diesem unverschuldeten Verkehrsunfall auf der Autobahn bei Konstanz ums Leben gekommen worden war. Mit Nicole war nicht nur die größte Liebe seines Lebens, sondern auch das Kind in ihrem Bauch gestorben. Sie war im sechsten Monat schwanger gewesen. Ihr gemeinsamer Traum von Kindern –

zerstört durch einen betrunkenen Autofahrer. Er hatte Jahre gebraucht, um den Tod seiner Frau und des ungeborenen Kindes halbwegs zu verkraften. Überlebt hatte er lediglich dank therapeutischer Hilfe. Dennoch war er nur noch ein Schatten seiner selbst gewesen. Er trieb durchs Leben, weil um ihn herum gelebt und gearbeitet wurde. Willenlos, abgestumpft nahm er daran teil, obwohl er nicht wusste, wofür er lebte. Es erschien ihm undenkbar, dass das Vakuum in seiner Seele, in seinem Herzen, das durch den Tod Nicoles entstanden war, jemals wieder aufgefüllt werden könnte.
Bis er an jenem Junitag vor vier Jahren Yvonne getroffen hatte. Anfänglich dachte er, dass seine Begeisterung für sie, der schnelle Pulsschlag beim ersten Blick auf ihren reizvollen Körper, auf ihr langes blondes Haar und ihre glitzernden blauen Augen nur ein Aufbegehren seines Überlebenstriebes war. Dann aber spürte er, wie in ihrer Gegenwart starkes Verlangen und wohlige Gefühle aufwallten und sich wie ein gutartiges Geschwür in ihm ausbreiteten. Yvonne war nicht nur attraktiv. Er schätzte ihren scharfen, analytischen Verstand. Und ihr Lachen, das so viel positive Lebensenergie verströmte und auf ihn so ansteckend wirkte. Sie tat ihm gut, so wie auch sie zugab, dass er ihr Leben bereicherte. Sie passten zusammen, irgendwie. Yvonne war eine gute Freundin. Eine, die auch gerne mit ihm schlief. Sex bedeutete ihr so viel, dass er manchmal glaubte, sie verwechsle körperliches Verlangen mit Liebe. Das vertraute Gefühl, nachdem sie miteinander geschlafen hatten, die anregenden Diskussionen und Gespräche, die vielen spontanen Reisen und übereinstimmenden Interessen schienen für sie ein solides Fundament für ein gemeinsames Leben zu sein.
Und auch er hatte das am Anfang für möglich gehalten, obwohl er es zunächst gleichsam als Verrat an Nicole empfun-

den hatte. Er hatte sich ein wenig geschämt, als er mit Yvonne ins Bett ging – die erste erotische Begegnung mit einer Frau seit Jahren – und mit Elan und Gedanken an ein Morgen und Übermorgen an Yvonnes Seite wieder aufgewacht war. Es hatte ihn schockiert und ihn dazu veranlasst, Yvonne unter fadenscheinigen Gründen am Morgen nach der gemeinsamen Nacht schnell zu verlassen. Aber der lautlose Kampf der Gefühle und des Verlangens hatte nur wenige Wochen gewährt. Seit zu langer Zeit war er einsam und verzweifelt gewesen. Er hatte sich nach Nähe, Austausch und Geborgenheit gesehnt. Und Yvonne hatte das gespürt. Sie trat in sein Leben. Unaufhaltsam. Auch wenn seine Gefühle anders waren als jene, die er weiterhin für Nicole hegte, erkannte er doch, dass er ins Leben zurückgekehrt war. Dank Yvonne. Sie gab ihm Lebensmut, Perspektiven – wenn sie nicht gerade eifersüchtig war. So wie heute Morgen.

Nachdem sie am Abend in Venedig gelandet waren und im Hotel eingecheckt hatten, waren sie noch in dem gemütlichen Restaurant *á Leon* am Canale Tolentini gewesen. Dort hatte er ihr in groben Zügen von Charles und von dem Überfall in Hurghada erzählt. Er war froh gewesen, dass Yvonne Zeit gehabt hatte, mit ihm nach Venedig zu fliegen. Sie kannte die Stadt von diversen Restaurationsaufträgen, beherrschte dank ihrer italienischen Mutter die Sprache fließend und hatte hier gute Kontakte. Außerdem hatte er sich auf den Austausch mit einem Menschen gefreut, dem er trauen konnte, denn die Geschehnisse der letzten Tage hatten ihn sehr aufgewühlt. Der laue Abend und ihre Gespräche hatten ihn entspannt. So lustvoll-zärtlich sie schließlich miteinander geschlafen hatten, so dramatisch hatten sich die Dinge nach dem Frühstück entwickelt.

Der Anlass war nichtig gewesen, Yvonnes Reaktion heftig.

Während er bei der Bootsfahrt durch die Kanäle der Stadt einige Aufnahmen gemacht hatte, war ihm eine ungewöhnlich attraktive junge Frau mit dunkler Hautfarbe aufgefallen. Nur wenige Schritte von ihnen entfernt hatte sie die prachtvollen Paläste entlang des Canal Grande bewundert. Auf seinen Reisen durch Nordostafrika hatte er schon öfter solche Frauen gesehen: grazile Schönheiten mit feinen, nilohamitischen Gesichtzügen, die auf eine sehr eigene Art eine gewisse Unnahbarkeit ausstrahlten. Durch das Objektiv seiner Kamera hindurch hatte er sie sehr genau beobachten können. Im sanften Morgenlicht hatte ihre bräunlich schwarze Haut wie Bronze geschimmert. Die langen Wimpern hatten ihre großen, sehr dunklen Augen betont. Gebannt hatte er ihre sehr markanten, hervorstehenden Wangenknochen und ihr auffallend langes schwarzes Haar mit den raffinierten, heller schimmernden Strähnen, das mit einem Band aus Kaurimuscheln zusammengehalten wurde, betrachtet. Ihr Busen hatte sich unter der luftigen Bluse deutlich gegen das Licht abgezeichnet. Der weite, weich fallende Rock hatte im Gegenlicht schemenhaft erahnen lassen, dass sie einen makellosen Körper hatte. Was für eine Schönheit – eine unaufdringliche, aparte, fast unschuldige Schönheit, die auf harmonische Weise zu ihren ruhigen, geschmeidigen Bewegungen passte.

»Schau mal, die Frau dort drüben«, hatte er Yvonne auf sie aufmerksam gemacht, »hat sie nicht eine faszinierende Ausstrahlung? Sie sieht aus wie eine Prinzessin aus *Tausendundeiner Nacht!* Ich denke, sie ist aus Somalia, vielleicht auch aus Eritrea.«

Mehr hatte er nicht gesagt. Aber Yvonnes sanftmütige Stimmung war in Bruchteilen von Sekunden in einem unvorstellbar heftigen und bitterbösen Eifersuchtsanfall explodiert. Yvonne mochte keine Frauen, die mehr – oder etwas anderes – aus-

strahlten als sie selbst. Er hatte so etwas schon drei Mal erlebt. Und jedes Mal war sie sehr ausfallend geworden.
»Wenn du auf blutjunge, gertenschlanke afrikanische Prinzessinnen mit prallem Hintern stehst, dann lass dich nicht aufhalten, lieber Peter. Ich kenne ja deine Vorliebe für die Verlockungen des dunklen Kontinents!«
Obwohl sie eigentlich zur Kirche Santa Maria Gloriosa dei Frari wollten, um Charles ausfindig zu machen, war sie bei der nächsten Haltestelle wutentbrannt ausgestiegen und blitzschnell in einer Seitengasse bei San Toma verschwunden. Er war unglaublich wütend gewesen über diese Überreaktion. Und es war ihm unendlich peinlich gewesen, dass die Afrikanerin die lautstarken Worte offenbar gehört und scheinbar auch richtig gedeutet hatte, denn sie hatte sich zu ihm umgedreht und ihn angeschaut. Es war ein tiefgründiger, fast arroganter, in gewisser Hinsicht sogar herablassend wirkender Augenaufschlag gewesen. Mehr nicht. Doch da war noch etwas anderes in diesem Blick gelegen, das ihn innerlich hatte erzittern lassen.
Entschlossen trank Peter seinen Cappuccino aus, verbannte Yvonne und die geheimnisvolle Schöne aus seinen Gedanken und beschloss, sich darauf zu konzentrieren, was ihn eigentlich nach Venedig geführt hatte – die Notiz von Charles.

Der von Charles erwähnte Heilige von Montpellier, dessen war er sich sicher gewesen, konnte nur der heilige Rochus, San Rocco sein, der Ende des 13. Jahrhunderts dem Reichtum seiner edlen Familie in Frankreich abgeschworen und sich in ganz Europa um die Pflege Pestkranker gekümmert hatte. Auch in Venedig, wo er nach einer schweren Pestilenz zum Mitschutzheiligen der Stadt ernannt und in der Kirche Santa Maria Gloriosa dei Frari, vor deren Portal Peter nun stand, begraben worden war. An diesem Ort spielte ein Blinder oft auf seiner Gitarre, das wusste er, und dass Charles diesen Blinden meinte, lag nahe. Ja, dieser Gittarist war fraglos »jener, der hört, was andere sehen«. Charles hatte ihm öfter erzählt, wie er früher in dieser Kirche zur Messe gegangen war und sich anschließend mit einem Freund aus der Erzbruderschaft Scuola Grande di San Rocco heimlich getroffen hatte, um über Dinge zu sprechen, die so geheimnisvoll waren, dass Charles sich immer bekreuzigte, und »Gott möge mir meine sündigen, von Zweifeln erfüllten Gedanken verzeihen« murmelte, wenn er dieses Thema erwähnte. Worum es dabei ging, hatte Charles nie auch nur mit einem Wort angedeutet. Allmählich begann Peter jedoch zu ahnen, dass es direkte Zusammenhänge zwischen den Geschehnissen der letzten Tage und diesen geheimnisvollen Äußerungen von damals gab.

Der Blinde saß auf den Stufen vor dem Kirchenportal. Seine Gitarre stand neben dem Notenhalter. Es war ein futuristisch anmutendes Instrument. An Stelle des hölzernen Klangkörpers waren die Saiten über einen schlichten, dreieckigen Aluminiumrahmen mit einem Verstärker im Zentrum gespannt. Zwei Lautsprecherboxen befanden sich auf den Treppenstufen. Der Blinde selbst war nicht minder auffällig. Seidig-blondes Haar wallte dem ungewöhnlich gut aussehenden, etwa 30-jährigen Mann bis auf die Schulter. Auf seinem markanten Gesicht lag ein gewinnendes Lächeln. Auf den Stufen der Kirche und auf der Mauer der gegenüberliegenden Scuola Grande di San Rocco saßen auffällig viele junge Frauen und warteten darauf, dass der schöne Gitarrist zu spielen begann. Aber er tat es nicht. Als spüre er die bedrohliche Nähe eines Menschen, richtete der Musiker plötzlich seine eigentümlich leblos wirkenden Augen in Richtung der Backsteinkirche von Santa Maria Gloriosa dei Frari. Doch der Mann, den er intui-

tiv in seiner Nähe wähnte, stand bereits hinter ihm. Der auffallend braun gebrannte, etwa Vierzigjährige trug Jeans, ein blaues Hemd und eine Sonnenbrille.
Er sprach leise, mit einem fremdländischen Akzent: »Buon giorno.«
Der Blinde wirbelte herum. Seine Augen versuchten zu fixieren, was er zwar nicht sah, aber unangenehm nahe spürte. Sein Lächeln wirkte gequält.
»Wer ist da?«, fragte er mit zittriger Stimme. Seine Mundwinkel zuckten nervös.
Peter konnte sich nicht erklären, warum der Mann zitterte. Noch nie hatte er Angst in den Augen eines Blinden gesehen. Es berührte ihn unangenehm, wie der Gitarrist seine Pupillen auf ihn richtete, doch durch ihn hindurch zu starren schien.
»Tut mir leid, dass ich Sie so erschreckt habe, Carlo«, sagte er in der vagen Hoffnung, der Blinde würde ihn an seiner Stimme wiedererkennen, könne sich an die wenigen Worte erinnern, die er vor zwei Jahren mit ihm gewechselt hatte. Damals war er mit Charles hier gewesen, hatte fasziniert dem klassischen Gitarrenspiel gelauscht und sich bei dem Gedanken ertappt, nur ein Blinder könne so herzergreifend feinfühlig spielen. Seither hatte er die melancholischen Gitarrenklänge dieses Mannes stets mit dem einzigartig romantischen Ambiente des Campo San Rocco im Stadtteil San Polo assoziiert, der für ihn einer der schönsten Winkel Venedigs war. Überthront und umringt von dem von Säulen getragenen weißen Portal der Scuola Grande di San Rocco, der gegenüberliegenden Kirche und der beinahe störend schlichten gotischen Franziskanerkirche, schlug auf diesem Platz noch immer das Herz jenes Venedigs, das er wohl nie kennen gelernt hätte, wenn er Yvonne nicht getroffen hätte.
Plötzlich klang die Stimme des Blinden sehr selbstbewusst:

»Buon giorno! Kann ich Ihnen helfen? Möchten Sie vielleicht eine meiner CDs kaufen?«
Peter hatte das Gefühl, als habe der Blinde ihn erwartet. »Ein Freund von mir hat mir mitteilen lassen, dass Sie ein Libretto für eine Oper von Jakob Meyer für mich haben.«
Da der Blinde mit einem Mal ungewöhnlich ernst wirkte, glaubte Peter, dass er in seinem näheren Umfeld nach Geräuschen lauschte, die ihm die Anwesenheit anderer Menschen signalisieren würden.
Der Gitarrist räusperte sich. »Sie kennen diese Oper?«
»Nein, leider noch nicht«, antwortete Peter. »Um ehrlich zu sein, ich habe noch nie von einem Komponisten mit diesem Namen gehört. Aber mein Freund kennt meine musikalischen Vorlieben. Er will mir damit sicherlich eine große Freude bereiten.«
»Wissen Sie, um welche Oper es sich handelt?« Der Gitarrist lächelte bei dieser Frage.
Abermals fühlte Peter sich verunsichert, als der Blinde ihm direkt in die Augen zu schauen schien.
»Den Namen Jakob Meyer kennen wirklich nur wenige Menschen. Da ich versucht habe, Musik zu studieren, das aber aufgeben musste, weil alle Dozenten dieser Welt glauben, man müsse Musik in Form von Noten auf Blättern lesen können, habe ich von Jakob Meyer schon gehört, bevor unser gemeinsamer Freund mich auf ihn ansprach. Dieser Komponist hieß in Wirklichkeit Jakob Meyer Beer – ein deutscher Doppelname. Sein Vater war ein jüdischer Bankier in Berlin und seine Mutter eine gebürtige Meyer. Weil viele Leute diesen Namen Mitte des 19. Jahrhunderts in Paris und auch während seiner Studien bei Salieri in Wien und in Italien nicht aussprechen konnten, hat er daraus Giacomo Meyerbeer gemacht, was sich doch wirklich toll anhört, oder?« Ohne auf eine Antwort

zu warten, sprach der Blinde weiter. »Seine Oper *Il crociato in Egitto* ist nicht gerade sehr bekannt. Haben Sie schon davon gehört?«

Peter horchte auf. Er sprach leidlich Italienisch und wusste daher, dass »Egitto« nichts anderes als Ägypten hieß. Und »crociato« bedeutete Kreuzfahrer. Oder Kreuzritter? Ein Kreuzfahrer oder ein Kreuzritter in Ägypten! Das musste ein versteckter Hinweis von Charles sein. Ging es hier um Jerusalem oder um Ägypten?

Aufgeregt antwortete er: »Nein, von der Oper habe ich noch nie gehört, vom Meyerbeer auch nicht viel. Um was geht es in der Oper?«

Der Blinde lächelte geradezu triumphierend. »Nein, nein, das ist nicht die Oper, um die es geht. War nur ein Scherz. Ich versuche, mit meinem Wissen zu kokettieren! Ich bitte um Nachsicht. Außerdem plaudere ich gerne. Wer den ganzen Tag über Gitarre spielt, erstickt an seinen eigenen Gedanken. Unser gemeinsamer Freund Charles, so glaube ich zu wissen, versteht sich zwar ein wenig als Kreuzritter der Gerechtigkeit. Das Libretto, um das es geht, ist aber ein anderes. Ich kenne nur den französischen Titel, *L'Africaine*. Es geht wohl um einen portugiesischen Seefahrer und dessen Liebe zu einer dunkelhäutigen Schönheit, die in Wirklichkeit eine Prinzessin ist. Das Ganze endet sehr grausam: Alle portugiesischen Seefahrer werden umgebracht. Aber das wird Ihnen unser Freund sicherlich alles selbst erzählen können. Er bat mich, Ihnen das Libretto zu dieser Oper zu geben und Ihnen zu sagen, wo sie ihn erreichen können. Ist schon ein sehr eigenwilliger alter Mann geworden, unser Freund! Nie weiß man, was ihn so umtreibt. Gestern kam eine Frau zu mir, der ich auch etwas von Charles geben sollte. Ich glaube, es war ein altes Buch. Sie war Ausländerin. Ihr Englisch klang sehr seltsam. Doch sie roch unglaublich aufregend, so ganz anders als europäische Frauen! Na ja, er war schon immer ein eher weltlicher, den irdischen Dingen zugewandter Mann gewesen, unser lieber Charles. Sie finden ihn übrigens im Kloster San Francesco del Deserto. Es ist eine etwas längere Fahrt hinaus in die Lagune von Venedig.«

Yvonne lag im Hotelzimmer auf dem Bett und weinte bitterlich. Sie schaute nicht auf, als er das Zimmer betrat.

Peter hatte sich fest vorgenommen, ihr die Überreaktion nicht zu verzeihen, spielte sogar mit dem Gedanken, sich von ihr zu trennen. Er versuchte, selbstbewusst und unnachgiebig zu wirken. Aber ihr Schluchzen war so ehrlich und so herzergreifend, dass sie ihm leidtat. Wieder einmal wurde ihm bewusst, wie viel sie für ihn empfand. Wortlos schloss er die Hotelzimmertür hinter sich.

Yvonne flüsterte ihm entgegen: »Es tut mir leid, Peter. Bitte glaub mir. Ich bin eine blöde Kuh. Ich habe mir geschworen, dass mir das nicht mehr passiert. Doch diese Frau hatte wirklich einen so perfekten Körper, dass ich bei deinen Worten ausgerastet bin. Außerdem war sie tatsächlich so schön wie ein Prinzessin.«

»Vergiss es, Yvi. Vergiss es! Wir haben das Thema ja schon öfter gehabt. Streichen wir das Ganze, okay?«

Versöhnlich gestimmt ging er zum Bett, beugte sich über sie, gab ihr einen eher brüderlichen Kuss auf die Stirn und tupfte ihr mit dem Zipfel des Kopfkissens die Tränen ab. »Komm, lass uns was trinken gehen. Es gibt viel Spannendes zu berichten.«

Wenige Minuten später saßen sie vor dem Café an dem kleinen Kanal. Peter starrte gebannt auf einen Stapel vergilbter Notenblätter, die er von dem Blinden erhalten hatte. In dem

Libretto lag ein Blatt Papier mit der krakeligen Handschrift von Charles: »Lieber Peter, nichts ist so, wie es sich darstellt. Der Narr von Komponist hat geglaubt, was schon die Päpste, was Kolumbus und auch Vasco da Gama als Held dieser Oper glaubten. Du, mein Freund, weißt, dass es ein Irrglaube ist, einer, der sie alle in die Fremde, ins Reich der Illusionen und Fantasien geführt hat. Du, verehrter Geograf, weißt, wo die weltlichen Wahrheiten liegen. Und ich weiß, dass die göttliche Wahrheit selbst beim Stellvertreter Gottes auf Erden nicht immer gut aufgehoben war und ist. Nun denn, ich denke, die Zeit ist gekommen, Lügen zu entlarven. Machst du mit?«

Peter glaubte zu ahnen, worum es bei all den kryptischen Formulierungen seines Freundes ging.

Yvonne schaute ihn erwartungsvoll an. »Erzähl schon! Du bist ja ganz aus dem Häuschen. Was ist das? Sieht aus wie Notenblätter!«

»Es sind Notenblätter, Yvi, Noten samt Libretto. Und zwar von einer Oper mit dem Titel *L'Africaine*. Es geht um die Suche der Portugiesen nach einem Seeweg nach Indien und um eine Liebesgeschichte zwischen Vasco Da Gama und einer indischen Prinzessin.«

Yvonne griff nach den Notenblättern, als ihr die Karte, die obenauf lag, in die Hände fiel. Mit dem fachkundigen Blick einer Buchrestauratorin studierte sie diese.

»Das ergibt keinen Sinn, was ich da sehe«, murmelte sie. »Mit den geografischen Begriffen kann ich absolut nichts anfangen. Scheint mir eine ziemlich wirre Kombination von Latein, Portugiesisch und sabäischen Schriftzeichen zu sein –«

Peter unterbrach sie. »Sabäisch? Woher, zum Teufel, weißt du, wie sabäische Schriftzeichen aussehen?«

»Ganz einfach, mein lieber Afrikadurchquerer! Ich musste mal ein Buch restaurieren, in dem es um hebräische Schriftzeichen ging. Hebräisch hat sich aus Aramäisch entwickelt wie auch Sabäisch. Sabäisch wurde im südlichen Arabien verwendet. Es ist ein sehr kompliziertes Konsonantenalphabet, dessen Grundelemente du noch heute im Arabischen und vereinzelt auch in Indien findest. Und in Äthiopien, glaube ich, auch.«

Peter riss die Augen auf. »Sag das noch mal!«

»Was?«

»In Indien – und in Äthiopien?«

Yvonne schaute ihren Freund verwundert an. »Mit Verlaub, aber du schaust gerade ziemlich bescheuert drein! So einen Blick habe ich ja noch nie bei dir gesehen! Was hast du denn auf einmal?«

Er grinste. »Ich hab's! Ich habe des Rätsels Lösung! Äthiopien und Indien! Das hat er gemeint. Mein Gott, bin ich blöd! Dass ich das erst jetzt erkenne.«

Hektisch nahm er Yvonne die Karte aus der Hand, drehte sie seitenverkehrt und betrachtete das Ganze von der Rückseite gegen den Himmel.

»Wahn ... sinn ...«, stotterte er und schluckte mehrmals. »Ich raste aus, meine Liebe! Das ist es. Ich Idiot!«

»Soll ich dir da etwa beipflichten«, lächelte Yvonne und freute sich über die vor Begeisterung sprühenden Augen ihres Freundes. »Komm, erzähl! Was, glaubst du, entdeckt zu haben?«

»Ganz einfach, Yvi, im Laufe der Jahrhunderte hat sich die Kartografie mehrfach gewandelt. Nicht nur inhaltlich, sondern auch in der Konzeption. Eine ganze Zeit lang wurden die Karten nach Osten ausgerichtet, wurden Jerusalem und Konstantinopel quasi ins Zentrum des abendländischen Weltbildes gerückt. Das resultierte maßgeblich aus den geografischen Angaben in der Bibel, die das irdische Paradies im Osten der Welt, also östlich vom Heiligen Land, gelegen sahen. Es gab auch eine Zeit, in der Karten nach Norden oder nach Süden ausgerichtet wurden. Dann stand die Welt, so gesehen, plötzlich auf dem Kopf. Das hat bei Entdeckern und Seefahrern immer wieder für Irritationen und Missverständnissen gesorgt. Wobei sich das schnell erklären lässt: Wenn du dich in Europa, also nördlich des Äquators aufhältst, dann reisen die Seefahrer auf der südlichen Halbkugel logischerweise – von hier aus betrachtet – nach rechts, also nach Westen, um nach Südamerika zu kommen. Umgekehrt reisen wir aus dem Betrachtungswinkel der Menschen südlich des Äquators nach links, um nach Südamerika zu kommen. Wenn also damals jemand etwas aufzeichnete und nicht deutlich machte, wo sein Standpunkt war, ergab das ein großes Durcheinander. Der eine schipperte ostwärts, der andere westwärts. Hört sich ziemlich banal an für uns, da wir ein so perfekt vermessenes Weltbild haben. Aber vor 500 Jahren war das noch anders. Wenn du dir unter diesen Aspekten jetzt mal diese Skizze genau anschaust, sie auf den Kopf stellst und dann auch noch von hinten betrachtest, findest du plötzlich Elemente, die ganz deutlich zeigen, um welche Kontinente es sich tatsächlich handelt: Afrika und Indien. Und ich glaube, hier löst sich das Rätsel um diese kryptischen Zeilen von Charles.«

Gespannt hatte Yvonne den Worten ihres Freundes gelauscht. Forschend blickte sie ihn an. »Du hast doch diesen Blinden vor der Kirche San Rocco getroffen, oder?«

»Ja, richtig. Er spielt dort schon seit Jahren Gitarre. Charles hat ihn mir mal vorgestellt. Warum fragst du?«

»Weil ich diese Kirche sehr gut kenne. Genauer gesagt, ich kenne das Gebäude gegenüber sehr gut, die Scuola Grande di San Rocco. Darin befindet sich für mich eines der schönsten Kunstwerke Europas. Wenn du da reingehst, stockt dir der

Atem! Musst mal hoch in den Versammlungsraum in der ersten Etage gehen. Derart perfekte und makellose Proportionen habe ich noch nirgendwo auf der Welt gesehen. Jacopo Robusti, bekannt als Tintoretto, der dieser Erzbruderschaft angehörte, hat achtzehn Jahre lang die Wände und Decken mit Gemälden geschmückt. Eins wunderbarer als das andere –«

Peter unterbrach sie ungeduldig. »Was willst du mir eigentlich über diese Scuola sagen?«

Yvonne lächelte selbstbewusst. Sie mochte das Gefühl, Dinge zu wissen, von denen Peter keine Ahnung hatte. »Diese Schulen sind untrennbar verbunden mit dem Aufstieg Venedigs zu einem der mächtigsten Stadtstaaten des Mittelalters. Diese Laienbruderschaften, von denen es in dieser Stadt damals ungefähr vierhundert gab, befanden sich immer unter dem Patronat eines Heiligen. In diesem Falle des heiligen Rochus aus dem französischen Montpellier. Ziel der Erzbruderschaften war es, die Interessen einzelner Gewerbe oder Künste optimal zu vertreten. Die von San Rocco gehörte zu den sechs größten, ein absoluter Machtfaktor in Venedig. Wer zu dieser Bruderschaft gehörte, drehte mit an den Rädern der Weltgeschichte, mein Lieber!«

Fasziniert lauschte Peter den Ausführungen seiner Freundin und blickte sie gebannt an. Wie sie ihm so gegenüber im Halbschatten vor dem Hintergrund des kleinen Kanals saß, mit ihren langen, blonden Haaren, dem kleinen Grübchen auf der rechten Wange und hoch konzentriert dozierend, spürte er eine tiefe Zuneigung und grenzenlosen Respekt für sie.

»Du bist eine grandiose Frau«, murmelte er. »Aber sag mir doch bitte, warum du mir das alles erzählst. Was hat das mit diesen Skizzen und dem Libretto zu tun?«

Yvonne spürte, wie plötzlich wieder jenes Gefühl in ihr aufwallte, von dem sie schon lange wusste, dass es Liebe war.

Traurigkeit krampfte ihren Magen zusammen. Peter mochte sie, das war gerade deutlich zu erkennen. Er begehrte sie körperlich, schätzte ihre Belesenheit, hatte sie als Freundin sehr gern. Doch er liebte sie nicht. Oder es gelang ihm perfekt, seine wahren Gefühle zu kaschieren. Schämte er sich, sie zu lieben, weil er glaubte, damit seine tiefe Liebe für seine verstorbene Frau zu verraten?
Ihre Stimme flatterte. »Also du hast mir doch diese Notiz deines Freundes gegeben, den du in Ägypten von der Putzfrau erhalten hast. Da stand unter anderem drauf: ›Das Gute wandelt sich zum Bösen, aus Osten wird Westen und aus oben wird unten – und der maurische Bruder hat es schon damals gewusst‹. So in etwa hat er es doch geschrieben, oder?«
»Richtig, so in etwa.«
»Und du hast gesagt, dass mit dem maurischen Bruder mit an Sicherheit grenzender Wahrscheinlichkeit der weltberühmte Kartograf Fra Mauro gemeint war, oder?«
»Ja, genau, damit war Fra Mauro gemeint. Er hat im Jahre 1459 eine für die damalige Zeit geradezu revolutionäre Weltkarte geschaffen. Wie du ja weißt, hängt sie in der Biblioteca Nazionale Marciana. Dieser Mönch hat so ziemlich alles, was damals an Wissen überhaupt von der Welt verfügbar war, zusammengetragen. Antike und auch arabische Quellen hat er berücksichtigt. Er war genial, dieser Fra Mauro!«
»Und woher kam dieser Mönch?«, fragte Yvonne schnippisch.
Peter grinste. Er schaute sie liebevoll an. »Du bist genial! Einfach umwerfend! Ja, du hast Recht: Fra Mauro schuf diese Karte im Kloster San Michele, draußen in der Lagune von Venedig bei Murano, wo er übrigens auch begraben ist. Diese wunderschöne Friedhofsinsel ist nicht weit von dem Kloster entfernt, wo sich Charles jetzt wohl aufhält. Wahnsinn! Ich denke, wir

sollten schnellstmöglich zusehen, dass wir zu diesem Kloster kommen. Langsam glaube ich nämlich nicht mehr, dass es eine solche wundersame Aneinanderreihung von Zufällen gibt.«

»Was meinst du damit?«, fragte Yvonne stirnrunzelnd. Der nachdenkliche Ton ihres Freundes war ihr nicht entgangen.

Peter schwieg einen Moment. Dann resümierte er: »Der Besitz von Landkarten war damals ein Privileg der Mächtigen. Nur Monarchen, die Kirche und der Adel wussten, wo die wirtschaftlichen wie auch religiösen Zentren der Welt lagen. Auf Karten verbargen sich Staatsgeheimnisse. Europa, wie wir es heute nennen, war jedoch ab dem achten Jahrhundert im Süden und Südosten von islamischen Heeren umzingelt. Was außerhalb des Abendlandes geschah, entzog sich dem Wissen der Europäer. Damals wurde sogar von einer ägyptischen Finsternis gesprochen, weil plötzlich niemand mehr wusste, was im Schatten der Pyramiden und im Fernen Osten geschah. Nordafrika und der Nahe Osten waren fest in arabischer Hand. Das hat den Handel der europäischen Handelshäuser fast zum Erliegen gebracht. Seefahrernationen wie Spanien, Portugal, die Niederlande – besonders aber die italienischen Hafenstädte Genua und Venedig – litten extrem darunter. Stoffe, Gewürze, Zedernholz, Edelsteine und der so heiß begehrte Weihrauch kamen aus dem Orient, und plötzlich saßen dort in all den Häfen die Araber! Der so genannte Levantehandel kam fast zum Erliegen. Natürlich haben sich diese Staaten überlegt, wie sie den Zwischenhandel mit den Arabern umgehen können. Dafür war geografisches Wissen nötig. Man brauchte Karten: Land- wie auch Seekarten. Unter diesen Gesichtspunkten ist es allerdings enorm aussagekräftig, dass die weltberühmte Karte von Fra Mauro letztendlich eine Auftragsarbeit war.«

Yvonne schaute ihren Freund fasziniert an. Sie bewunderte

seine Fähigkeit, komplexe Zusammenhänge so prägnant zusammenzufassen. »Jetzt sag schon, wer ihm diesen Auftrag erteilt hat! Ein Doge aus Venedig?«
»Nein, meine Liebe, kein Doge. Es war der portugiesische König, Alfons V.! Damals trachteten die Portugiesen ebenso wie die Spanier nach der Kontrolle des Seewelthandels. Eine solche unter handels- wie auch militärstrategischen Aspekten unglaublich bedeutsame Karte, wie sie Fra Mauro anfertigte, weckte die Begehrlichkeiten vieler Staaten. Damals ging es darum, den großen Handelskuchen Welt aufzuteilen!«
»Das hört sich ja fast wie ein Politthriller an, was du da erzählst. Fehlen nur noch Intrigen, Wirtschaftsspionage, Agenten, Mord und Totschlag«, warf Yvonne ein und fuhr fort: »Zur Erzbruderschaft Scuola Grande di San Rocco gehörten damals die mächtigsten Männer Venedigs! Bestimmt wussten die Mitglieder genau, woran Fra Mauro arbeitete. Und –«
Peter signalisierte ihr durch eine dezente Handbewegung, dass er etwas sagen wollte. »Direkt gegenüber dem Sitz der Erzbruderschaft liegt die Kirche Santa Maria Gloriosa dei Frari.«
Yvonne blickte ihn fragend an: »Ja, und?«
»Ganz einfach, es ist eine Franziskanerkirche! Charles war früher Franziskanermönch. Und das Kloster, in dem Charles früher lebte und wo er sich gerade versteckt hält, ist ein Franziskanerkloster. Yvonne, hier geht es um die Franziskaner! Die Dimension dessen, was ich dir jetzt erzähle, wird allerdings erst dann klar, wenn du weißt, dass damals jede Expedition, also auch die Erkundungsfahrten der portugiesischen Seefahrer, in Begleitung eines Kirchenrepräsentanten stattfanden. Der Papst schickte Aufpasser mit. Nichts geschah ohne Wissen Roms, da es bei diesen Expeditionen angeblich auch um die Missionierung der Heiden ging. Und einer der ersten

portugiesischen Entdeckungsreisenden, die damals zum heutigen Äthiopien vordrangen, war Francisco Álvares. Und der war auch Franziskaner! Das ist kein Zufall. Hier geht es eindeutig um die Franziskaner. Außerdem hat Charles in seinem Brief noch etwas sehr Seltsames geschrieben. Warte mal …«

Peter kramte den Zettel seines Freundes hervor. Hektisch überflog er die handschriftlichen Notizen. »Hier, das ist die Stelle: ›… und der maurische Bruder hat es schon damals gewusst! Auch die Geschichte mit Johannes wusste er‹.« Er atmete nun auffällig schnell. »In dieser nach außen hin sehr schlichten gotischen Frari-Kirche, liebe Yvi, liegt nicht nur Tizian begraben. Da steht auch eine weltberühmte Skulptur von Donatello. Die Skulptur von Johannes! Ich fasse das alles nicht. Mein armer kleiner Kopf! Fra Mauro, der damals schon alles wusste … und nun auch noch Johannes, den Charles ebenfalls in seinem Brief erwähnt. Und soll ich dir noch was sagen? Auf dieser Karte von Fra Mauro gibt es am Rand unzählige handschriftliche Kommentare. Bei einem dieser Kommentare geht es, na, was glaubst du wohl?«

Yvonne grinste. »Lass mich raten! Um einen Johannes?«

»Genau! Um einen mystischen Johannes. Der Franziskaner Francisco Álvares schrieb nach seiner Rückkehr aus Äthiopien damals ein Buch *Verdadeira Informação das Terras do Preste João das Índias* – wobei ›João‹ nichts anderes als ›Johannes‹ heißt! Und ›Índias‹ entspricht ›Indien‹. Auf dem Umschlag des Buches war sogar ein schwarzhäutiger Regent auf seinem Thron abgebildet. Auf der genuesischen Weltkarte von 1457 ist ein mystifizierter Johann sogar gleich zwei Mal abgebildet. Auf einer späteren Ortellius-Karte auch. Und dort sitzt er ebenfalls in einem prächtigen Ornat auf einem Thron. Ich werde verrückt! Ich weiß nämlich, worum es bei diesem ganzen Versteckspiel geht: um den legendären, unvor-

stellbar reichen und mächtigen christlichen Priesterkönig Johannes! Charles muss etwas über ihn und über sein sagenumwobenes christliches Reich erfahren haben.«
Vor lauter Aufregung verschluckte sich Peter und musste etwas trinken.
Yvonne schaute ihn fragend an. »Und was hat es mit diesem Priesterkönig auf sich?«
»Er ist eine mystische Figur, die über Jahrhunderte hinweg europäische Herrscher und vor allem die Kirchenfürsten, ganz besonders aber die Päpste beschäftigte. Es hieß damals, dass dieser Priesterkönig über ein unvorstellbar großes Christenreich in einem fernen Land herrsche, unglaublich reich sei und ein Heer mit zwei Millionen Soldaten befehlige. Wobei man keine Ahnung hatte, wo dieses Christenreich liegen sollte. Dennoch geisterte vom zwölften Jahrhundert an dieser Johannes durch die Köpfe der Mächtigen Europas. Man hat ihn sogar gesucht. In ihm sah man einen strategischen Partner im Kampf gegen die Moslems, die Jerusalem und das Heilige Land besetzt hielten und scheinbar militärisch von den abendländischen Heeren nicht zu schlagen waren. Man träumte von einer heiligen Allianz der Christenreiche gegen den Islam. Diese Sache hatte damals für das Abendland weltpolitische, geostrategische Dimensionen. Du hast doch die Reiseaufzeichnungen von Marco Polo restauriert, richtig?«
Yvonne blickte Peter nun sehr sanft in die Augen. Einen Moment lang erinnerte sie sich an ihr erstes Zusammentreffen in dieser Stadt. Ihr Herz begann, wild zu pochen.
»Was, bitte, hat der denn jetzt mit dieser ganzen Sache zu tun«, versuchte sie abzulenken. »Ich blicke bald gar nicht mehr durch.«
Peter bemerkte zwar ihre flatterige Stimme, war aber gedanklich zu sehr mit der Legende um Johannes beschäftigt.

»Einer der Aufträge von Marco Polo war, dieses Christenreich zu suchen, den Kontakt mit diesem Priesterkönig herzustellen. Es gab Gerüchte, dass er irgendwo in dem riesigen Mongolenreich herrschte. Yvi, dieser mystische Priesterkönig Johannes war eine der größten Geheimnisse des Mittelalters! Die Welt gierte nach seinem legendären Reichtum.«

»Aber Marco Polo hat ihn nie gefunden, oder?«, fragte Yvonne. Ihr Herz hatte sich etwas beruhigt.

»Nein, aber noch etwas spielt eine Rolle. Nämlich Indien beziehungsweise Äthiopien. Vereinfacht ausgedrückt war es nämlich so, dass es in dem damaligen Weltbild gleich drei Indien gab. Unter anderem ein diesseitiges und ein jenseitiges. Bis ins späte Mittelalter hielt sich die These, dass die Kontinente im Süden durch Landmassen verbunden seien. Also dachte man, dass Afrika nicht vom Meer umspült, sondern im Süden mit dem indischen Kontinent verbunden sei. Fakt jedenfalls ist, dass es sich bei einem der drei Indien gar nicht um Indien, sondern um das heutige Äthiopien handelte. Damals wurde es mal Abyssinien, mal Axum oder auch Aksum genannt. Was Marco Polo in Asien suchte, nämlich ein riesiges, mächtiges Christenreich, lag in Wirklichkeit am Horn von Afrika, im heutigen Äthiopien.

Das ist für viele Wissenschaftler ein unantastbarer Fakt.«

Nachdenklich sah Peter seine Freundin an. Nach einer kurzen Pause fuhr er schließlich fort.

»Ich glaube, genau um ihn, um den Priesterkönig Johannes, geht es. Diese Karte von Charles zeigt nicht Indien, also den uns bekannten Subkontinent Indien. Hier handelt es sich um Afrika. Nordostafrika – um Äthiopien! Dort hatte sich schon in den ersten Jahrhunderten nach Christus tatsächlich eine große frühchristliche Gemeinde entwickelt. Was immer Charles mir sagen will, es hat etwas mit diesem Priesterkönig, mit diesem Mythos um Johannes zu tun. Und dann auch noch dieser mysteriöse Brief. Wenn du den liest, denkst du zunächst, da habe jemand vor ewigen Zeiten in einem Anfall von Wahnvorstellungen aberwitzige Dinge geschrieben: über Fabelwesen, Gold, Edelsteine und so weiter. Quasi das Paradies auf Erden. Charles hat mir das zugefaxt. Aber mir schwant, dass dieser Brief vielleicht gar kein Fantasieprodukt ist, Yvi. Vielleicht ist er sogar von –« Peter schwieg abrupt. Seine Augen glänzten.

»Warte, ich lese dir das mal vor.«

Er griff nach seinem Rucksack. Für Sekunden glitt sein Blick auf die andere Seite des kleinen Kanals. Nichts an dem Mann, den er dort sah, war besonders auffällig. Aber intuitiv spürte er, dass mit diesem Mann etwas nicht stimmte. Doch bevor er sich Gedanken machen konnte, was ihm an diesem jungen Mann mit der Sonnenbrille so auffällig erschien, ging alles sehr schnell. Stühle stürzten um; die Besucher an den Nachbartischen schrien auf; Geschirr zerbarst auf dem Boden. Ein Tisch fiel um. Der Mann auf der anderen Kanalseite, kaum mehr als acht Meter entfernt, machte eine extrem schnelle Bewegung. Seine rechte Hand griff unter sein Jackett. Plötzlich hielt er eine Waffe in seiner Hand. Barsche Männerstimmen hallten an den Fassaden der engen Gasse wider. Ein hünenhafter Mann mit kantigem Kinn hetzte heran. Peter sah ihn nur aus dem Augenwinkel. Ein zweiter Mann stürzte sich mit einem gewaltigen Satz auf Yvonne. Peter sah den Hünen, sah dessen stieren Blick und die Waffe in der Hand des Mannes und wollte gerade aufschreien, als der Hüne mit der vollen Wucht seines massigen Körpers auf ihn sprang und ihn samt Tisch zu Boden riss. Dabei prallte Peter mit seinem Kopf gegen das Geländer. Er hörte gerade noch, wie eine männliche Stimme auf Italienisch rief: »Wir haben ihn – lebend.«

4.

Jahzara Jan-Zela stockte der Atem. Sie konnte nicht glauben, was sie da in der Zeitung entdeckt hatte. Ostentativ starrte sie hinaus auf die Lagune. Das Boot passierte soeben die Friedhofsinsel Cimitero di San Michele, nur wenige Fahrminuten von Venedigs Altstadt entfernt. Sie hatte gelesen, dass auf diesem so wunderschön in der Lagune gelegenen Idyll berühmte Menschen wie der Dichter Esra Pound und der Komponist Igor Strawinsky ihre letzte Ruhe gefunden hatten. Und von ihrem Bekannten wusste sie, dass auch der berühmte Mönch und Kartograf Fra Mauro einst auf der Insel in einem Kloster gelebt hatte. Für sie war es der schönste Friedhof, den sie jemals gesehen hatte. Das waren ihre letzten Gedanken gewesen, bevor ihr Blick auf dem Titelbild einer italienischen Zeitung haften geblieben war, die neben ihr auf der Bank lag. Sie verstand die in großen roten Lettern gedruckte Bildüberschrift nicht, aber sie kannte den Mann, der dort abgebildet war. Seitdem raste ihr Puls.

Abermals schaute sie auf die Lagune, schielte erneut nach der Zeitung, drehte sich abrupt um und ließ ihren Blick über die Menschenmasse auf dem Vaporetto wandern. Panisch fixierte sie ein männliches Gesicht nach dem anderen. Nein, der Mann war nicht auf dem Boot! Vielleicht versteckte er sich irgendwo vorne bei der Kajüte des Kapitäns? Oder hatte sie sich getäuscht? Bildete sie sich nur ein, dass sie ihn gesehen hatte, diesen Mann mit dem blauen Hemd und den Jeans? Verfolgte er sie? Nervös fuhr sie mit den Händen durch ihr langes Haar, sträubte sich dagegen, wieder auf die Zeitung zu schauen. Sie zitterte am ganzen Leib. Sie wollte, konnte es nicht glauben. Trotzdem prangte das Antlitz des Toten auf der Titelseite: aschfahl, gequält. Und doch hatte sein Gesicht nicht jene Güte verloren, die ihn so ausgezeichnet hatte. Jahzara wusste nicht, was sie tun sollte. Schreien vor Schmerz? Weinen, weil dieser alte Mann, den sie erst vor wenigen Wochen noch gesehen und gesprochen hatte, nun tot, offensichtlich ermordet worden war? Ermordet, kurz bevor sie ihn besuchen konnte! Ja, sie war auf dem Weg zu Charles. Den ganzen Morgen hatte sie sich maßlos darauf gefreut, den alten Mann wiederzusehen.

Vor zwei Jahren hatten sie sich in Kairo zum ersten Mal getroffen hatten, zusammen mit ihrem Vater, der den ehemaligen Mönch viele Jahren zuvor kennen gelernt hatte. Ihr Vater war es auch gewesen, der ihr empfohlen hatte, sich mit Charles in Verbindung zu setzen. »Der alte Mönch wird dir sicherlich sehr behilflich sein können bei deiner Dissertation«, hatte ihr Vater gesagt. Und so war der Kontakt zu Charles Bahri entstanden, dem ehemaligen Franziskanermönch, der so unglaublich viel Aufregendes wusste über die Geschichte des Christentums in Äthiopien und der sich sofort bereiterklärt hatte, ihr bei ihrer wissenschaftlichen Arbeit zu helfen. Über zwei Jahre hinweg hatten sie einen sehr gedeihlichen und warmherzigen Kontakt gepflegt. Charles war ein Grandseigneur. Sein Charme war umwerfend. Seine kleinen Augen funkelten stets verschmitzt. Und er war ein wandelndes Lexikon in Sachen Afrika. Schon bald hatte er ihr Dokumente und Bücher gegeben, die ihr die Sprache verschlagen hatten.

»Mein Kind«, hatte er mal gesagt, »ich möchte, dass die Öffentlichkeit erfährt, was das päpstliche Rom unseren christlichen Mitbrüdern in Afrika im Zeichen und Namen Christi angetan hat. Die Welt soll erfahren, dass die Stellvertreter

Gottes auf Erden nicht ohne Makel, nicht ohne menschliche Schwächen sind. Ja, das möchte ich. Und ich will, dass du, eine Afrikanerin, dies der Welt zur Kenntnis bringst. Denn mir, einem verstoßenen Mönch, wird man nicht glauben. Rachegelüste und von Hass geprägtes Gedankengut würde man mir unterstellen.«

Das war vor wenigen Wochen in Kairo gewesen. In der Folgezeit waren ihr geheimnisvolle Päckchen mit unbekanntem Absender zugestellt worden. Päckchen, um deren Inhalt sie jeder Historiker, jeder Religionswissenschaftler beneidet hätte: jahrhundertealte Dokumente in lateinischer, portugiesischer und spanischer Sprache. Aber auch Dokumente in der altäthiopischen Sprache Ge'ez. Auf keiner dieser mysteriösen Postsendungen stand der Name von Charles Bahri als Absender darauf. Doch sie war sich sicher, dass sie von ihm stammten. Denn jedes Mal, wenn sie miteinander sprachen, stellte er Fragen, die einen direkten Bezug zu dem Inhalt der Päckchen hatten. Charles, darüber war sie sich schnell klar geworden, hatte Angst. Große Angst. Vor wem und warum, würde sie nun wohl nie mehr erfahren. Denn Charles war tot.

»Excuse me«, sprach sie einen ihr gegenübersitzenden jungen Mann an, der sie schon die ganze Zeit unverhohlen anstarrte. »Do you speak English or Portuguese? Können Sie mir sagen, was in diesem Artikel steht«, fragte sie und hielt dem Mann die Zeitung entgegen. Der etwa Fünfundzwanzigjährige antwortete in akzentfreiem Englisch: »Ja, natürlich. Ich spreche Englisch. Wie kann ich Ihnen helfen? Woher sind Sie, wenn ich fragen darf?«

»Ich komme aus Lissabon«, antwortete Jahzara und vermied es, ihre wahre Herkunft zum Gesprächsthema werden zu lassen. Sie war diese penetranten Fragen gewohnt und ging ihnen aus dem Weg. Ihr exotisches Aussehen und ihre Attraktivität ließen besonders Männer in Europa sehr einfallsreich werden, um mehr über sie zu erfahren. Die wenigsten von ihnen kamen auf die Idee, dass sie aus Äthiopien stammte.

Ohne auf seine Frage einzugehen, lächelte sie zurück und deutete dezent auf den Artikel in der Zeitung. Gebannt starrte sie den Mann an, der die wenigen Zeilen auf der Titelseite überflog und dabei entsetzt das Gesicht verzog. Er blätterte einige Seiten weiter und las einen weiteren Artikel. Dann atmetet er tief durch, bevor er antwortete: »Allmächtiger! Das ist ja grauenhaft! Ein ehemaliger Mönch wurde im Kloster San Francesco del Deserto umgebracht. Und nur wenige Kilometer entfernt von hier, in Murano, wurde ein weiterer Mönch tot aufgefunden. Einer aus demselben Kloster. Auch er wurde wahrscheinlich ermordet. Wirklich schlimm! Und so etwas in dieser Stadt.«

Abrupt stand Jahzara auf, bedankte sich bei dem jungen Mann und ging schnellen Schrittes zum Bug des Schiffes, um weiteren Fragen auszuweichen. Plötzlich hatte sie grenzenlose Angst. Panisch schaute sie sich um. Schon seit Tagen konnte sie sich des Gefühls nicht erwehren, beobachtet zu werden. Heute glaubte sie die Nähe eines Verfolgers geradezu zu spüren. Vielleicht lag dieses Gefühl aber auch nur an der Brisanz der Unterlagen, die sie vorgestern von dem blinden Gitarristen am Campo San Rocco im Namen von Charles erhalten hatte. Diese geheimnisvolle Übergabe hatte sie aufs Neue in der Erkenntnis bestärkt, dass Charles im Besitz von kompromittierenden Dokumenten war, die den Vatikan in peinliche Erklärungsnöte bringen und die Christen der Welt schockieren würden. Der nette Musiker hatte ihr schließlich mitgeteilt, dass Charles sie heute Mittag um zwei Uhr an der Anlegestelle des Vaporettos in Burano erwarten würde. Und nun war er tot!

Bestimmt war es besser, Venedig bald zu verlassen. Panisch überflog sie den Stadtplan in ihrer Hand. Mit der Linie N würde sie zurück zur Stadt und dann mit der Linie 43 weiter zu ihrem Hotel nahe der Ponte di Rita kommen. Zuvor musste sie allerdings noch etwas erledigen. Eines der Dokumente, das Charles ihr hatte zukommen lassen, verwies auf das Museo Storico Navale, nur eine Haltestelle von der Pizza San Marco entfernt. Sie musste dorthin. Unbedingt! Wenn sie das portugiesische Dokument aus dem 15. Jahrhundert richtig gedeutet hatte, lagen dort Zeugnisse, die vieles beweisen würden. Ohne diese Beweise würde ihr niemand Glauben schenken. Das Unglaubliche würde belächelt, ihre Thesen für verrückt erklärt werden. Ihr Professor würde die Dissertation nicht mal entgegennehmen, wenn sie solch schwere Anschuldigungen gegen die römisch-katholische Kirche, gegen den Papst, nicht beweisen konnte. Sie musste dorthin. Auch wenn sie Angst hatte. Angst vor einem unsichtbaren Verfolger – und vor dem, was ihre sensationelle Entdeckung weltweit bewirken würde. Sie ahnte, dass sich ihr Leben bald radikal ändern würde.

Es dauerte fast eine Stunde, bis sie endlich die Haltestelle San Zaccaria erreichte. Sie hatte sich verfahren, hatte versehentlich jenes Vaporetto der Linie 43 genommen, das entgegen dem Uhrzeigersinn um die Altstadt von Venedig herumfuhr. Die ungewollte Bootstour durch die schönsten Kanäle, vorbei an prächtigen Palästen und unter der Rialto-Brücke hindurch, hatte ihre Nerven übermäßig strapaziert. In Höhe des Yachthafens vor der mächtigen Kuppel der Kirche San Georgio Maggiore hatten grauenhafte Kopfschmerzen begonnen, sie zu quälen. Der Lärm der Touristenscharen, die sich beim Anlegen des Bootes nahe der Piazza San Marco an Deck drängten, hatte das Hämmern in ihrem Kopf verstärkt. Die

frühe Nachmittagssonne hatte in ihrem Nacken gebrannt, und ihr war übel geworden.
Nun beim Verlassen des Bootes musste sie sich am Geländer des Stegs festhalten. Wohl zum hundertsten Mal suchte sie die Menschenmassen nach dem Mann mit den arabischen Gesichtszügen ab. Aber ihr Blick war verschwommen. Leicht schwankend ging sie rechts am Kai entlang über eine weiße Sandsteinbrücke auf ein neuzeitliches Ziegelbauwerk zu. Die Fassade des fünfstöckigen Gebäudes war mit Plastikplanen verhüllt. Handwerker trugen Zementsäcke umher. Erleichtert betrat sie die herrlich kühlen Räume des Museums, in dem die Geschichte Venedigs als seefahrende Weltmacht präsentiert war. Dem Reiseführer war zu entnehmen, dass hier neben Modellen von Kriegs- und Handelsschiffen auch die Bucintoro stand, die Prunkbarke, auf der der Doge in den Blütezeiten Venedigs einmal im Jahr die rituelle Vermählung mit dem Meer vollzog. Jahzara fühlte sich jedoch zu schwach, war zu angespannt, um auch nur einen schnellen Blick auf diese zeitgeschichtlich so bedeutsamen Ausstellungsstücke zu werfen. Sie wusste, wonach sie suchen musste, allerdings nicht genau, wo.
Doch schon im ersten Raum in der ersten Etage spürte sie, dass sie hier richtig war. Ein monströser, wunderschön handbemalter Holzglobus von Vincenzo Coronelli aus dem 17. Jahrhundert ließ ihr Herz schneller schlagen. Ja, hier war sie richtig! Überall hingen mittelalterliche nautische Karten von Europa und Nordafrika an den Wänden. In den Vitrinen waren prächtige, handkolorierte Sphärenkarten ausgestellt.
Ihr Blick huschte über ein Türschild. Das Büro des Museumsdirektors! Ein Mann saß hinter einem Schreibtisch. Zigarettenqualm nebelte ihn ein. Sein strähniges, dunkles Haar schimmerte im Gegenlicht des Fensters. Ihr Herz schlug

schneller. Er war da! Was für ein Glück! Sie überflog eine Tafel neben der Tür des Direktors. Es war ein Dekret des Magistrats von Venedig aus dem 16. Jahrhundert: »Die Stadt der Venezianer von edler Herkunft, gegründet in den Gewässern, geschützt von ihnen selbst, ist behütet durch eine Mauer aus Wasser. Wer immer es wagt, aus welchen Gründen auch immer versucht, den Gewässern Schaden zuzufügen, wird als Staatsfeind gesehen.«
Blitzschnell wanderte ihr Blick nochmals zu dem Mann hinter dem Schreibtisch. Was sollte sie ihm sagen? Wie würde er reagieren, wenn sie ihm Grüße von Charles ausrichtete? Wusste er bereits, dass Charles tot war? Würde er ihr Zeit widmen, ihr das erzählen, was sie wissen wollte? Verunsichert ging sie weiter. Niemand sonst war in der ersten Etage anwesend. Die Ruhe in den Ausstellungsräumen entspannte sie. Dann sah sie es: Schon von Weitem erkannte sie die große, in satten Farben handkolorierte Portelan-Karte an der Wand. Sie war wunderschön. Die Jahrhunderte hatten ihr eine fast mystische Brillanz angedeihen lassen. Ehrfurchtsvoll blieb sie vor der Karte stehen. Sie betrachtete den Kupferdruck, fixierte Details, bis sie das Kreuz mit den zwölf Ecken, die an die zwölf Apostel erinnern sollen, fand. Jenes Kreuz, das seit dem ersten Jahrhundert nach Christus mit dem heiligen Evangelisten und Märtyrer Markus von Ägypten aus einen Siegeszug des Glaubens durch das nordöstliche Afrika feierte – bis die Päpste der römisch-katholischen Kirche ihren Bannstrahl gen Afrika und Konstantinopel schleuderten und die Christen Äthiopiens als Häretiker abstempelten.
Jahzara war aufgewühlt. Sie atmete schnell und laut. Aus ihrem Studium der Religionswissenschaften wusste sie nur zu gut, dass die Päpste Roms alles in ihrer Macht Stehende versucht hatten, sich die abtrünnigen so genannten Ostkirchen

untertan zu machen, sie zu isolieren, sie in die Bedeutungslosigkeit zu verbannen oder sie zu vernichten.
Fasziniert starrte sie auf das Kreuz. Es war südlich von Ägypten, nahe dem Horn von Afrika eingezeichnet. Ihr Herz schlug schneller. Sie beugte sich noch näher an die Karte heran. Die Konturen Afrikas schienen vor ihren Augen zu verschwimmen. Schließlich entdeckte sie die vier Symbole der Evangelisten neben dem Kreuz, von Meisterhand in Kupfer gestochen, klein, in zartem Braun koloriert. Ein Engel für Matthäus, der Löwe für Markus, ein Stier für Lukas und … ja, da war er, der Adler! Sein Symbol, Johannes' Symbol! Der Evangelist, nach dem wahrscheinlich der mystische Priesterkönig Johannes benannt worden war, von dem auch in dem Buch, das Charles ihr über den blinden Gitarristen hatte zukommen lassen, so viel geschrieben stand. Sogar ein angeblicher Brief dieses Priesterkönigs aus der Zeit von Papst Eugen III. war darin abgebildet. Es war ein ungewöhnlich langes, vor Selbstbewusstsein, mithin vor Arroganz strotzendes Schreiben, das mit den Worten begann: »An alle christlichen Herrscher, insbesondere an Kaiser Friedrich I.« Ein Antwortschreiben von Papst Alexander III. aus dem Jahre 1177 war auch abgebildet, gerichtet an »Johannes, erhabener und herrlicher König«. Alles in diesem Buch über die geheimnisvollen und spektakulären Geschehnisse im mittelalterlichen Äthiopien war sensationell.
Sie erinnerte sich noch an die ersten Zeilen: »Ich habe geschrieben, dass vor geraumer Zeit, als Eugen III. auf dem Stuhl Petri saß, der syrische Bischof Hugo von Gabala, der mit einer armenischen Gesandtschaft zu Besuch beim Papst war, ihm erzählte, dass es in der Nähe des Irdischen Paradieses das Reich eines Priesterkönigs gab, des so genannten Presbyters Johannes, der ein christlicher König sei, wenn auch ein

Anhänger der nestorianischen Häresie, und dessen Vorfahren jene Magier aus dem Morgenlande gewesen seien, Priesterkönige auch sie, aber Inhaber einer uralten Weisheit, die das Jesuskind an der Krippe besucht hatten.«

Gänsehaut lief ihr über den Rücken. Vor ihr an der Wand hing eine Karte, die beinahe identisch war mit der in jenem Buch. Vor ihr hing der Beweis, zumindest ein Indiz. Alles, was ihr alter Freund erzählt hatte, stimmte.

Jahzara spürte, wie Tränen der Freude über ihre Wangen rannen. Ihre Dissertation würde weltweit für Furore sorgen. Die Medien würden sie hofieren. Ihr Professor, die Universität von Lissabon würden sie in höchsten Tönen loben. Und in ihrer äthiopischen Heimat würde das, was sie nun beweisen konnte, für Sonderausgaben der Zeitungen und für stundenlange Fernsehberichte sorgen. Sie, Jahzara Jan-Zela, würde berühmt werden. Weltberühmt. Im Vatikan würde es gewaltige Turbulenzen geben. Papst Benedikt XVI. würde nicht umhinkommen, die Mitschuld der römisch-katholischen Kirche am Tod und an der Versklavung vieler christlicher Glaubensbrüder durch die Araber in Nordostafrika einzugestehen. Menschen, die der Machtgier der römisch-katholischen Kirche zum Opfer gefallen waren. Wenn sie mit ihrem Wissen an die Öffentlichkeit ginge, würde sich der Papst dafür entschuldigen müssen, dass seine Vorgänger dieses einst so mächtige Christenreich am Horn von Afrika dem Untergang geweiht hatten. Sie, Jahzara Jan-Zela, aus einem kleinen Dorf am Tanasee, würde den Christen Äthiopiens nach 600 Jahren die Genugtuung zukommen lassen, die ihnen zustand.

»Salam aleikum!« Die arabischen Worte aus dem Munde eines Mannes rissen sie aus ihren Träumen, ließen ihr das Blut in den Adern gefrieren. Paralysiert verharrte sie in der leicht gebückten Stellung. Sie wagte nicht, sich umzudrehen. In der

Glasscheibe vor ihr spiegelte sich ein schlanker Mann. Er stand dicht hinter ihr. Sie fühlte seinen Atem in ihrem Nacken. Der Mann trug ein blaues Hemd. So wie der Araber, den sie auf dem Vaporetto gesehen hatte.

Commissario Franco Toscanelli tobte. Keiner seiner venezianischen Kollegen hatte ihn je zuvor derart aufgebracht gesehen. Wutschnaubend rannte er im Raum hin und her. Sein Assistent blickte betroffen aus dem Fenster auf den Innenhof des Polizeipräsidiums. Der Einsatzleiter der Spezialeinheit, Gianfranco Telleddu, schluckte verlegen.

»Habe ich es hier mit Anfängern, mit Idioten zu tun, verdammt noch mal? Das kann doch nicht wahr sein! Was, glaubt ihr, geschieht, wenn das an die Presse durchsickert, hm? Tolle Titelseiten werden das: ›Venezianische Spezialeinheit lässt Mörder von zwei Priestern entkommen!‹. Toll, wirklich toll«, echauffierte sich der Kommissar, setzte sich hinter seinen Schreibtisch und zwang sich zur Ruhe. »Wie konnte das nur passieren, Gianfranco?«

Der Einsatzleiter kratzte sich verlegen im Nacken. »Es war eine fatale Aneinanderreihung unglücklicher Umstände, Commissario! Die Statur war ähnlich, die Kleidung – Jeans und ein blaues Hemd – nahezu identisch. Die Festnahme erfolgte außerdem nur wenige hundert Meter entfernt von der Haltestelle, nach der sich der Täter bei der Fahrkartenkontrolleurin auf der Rückfahrt vom Tatort nach Venedig erkundigt hatte. Das Hotel *Sofitel* liegt in unmittelbarer Nähe. Und der Teint des Festgenommenen war auffallend braun, weil er unlängst mehrere Wochen in Afrika war. Fast schwarze Haare hat er auch. Der geht schnell mal als Araber oder als ein Mann südlicher Herkunft durch –«

Der Commissario unterbrach ihn. »Und Sie, Gianfranco, Sie,

ein Mann mit mehr als zwanzig Jahren Berufserfahrung, halten es für möglich, dass ein Täter faktisch zwei Tage lang in ein und derselben Kleidung herumläuft? Sie halten es für möglich, dass ein Mörder sich seelenruhig mit einer Frau turtelnd vor eine Bar setzt, nachdem er tags zuvor zwei Menschen umgebracht hat? Sie halten das wirklich für denkbar?«
Bevor der Einsatzleiter antworten konnte, stand Commissario Toscanelli auf, signalisierte seinem Assistenten Pietro, ihm zu folgen, und verließ das Büro. Auf dem Flur dachte er nach. Die Situation war mehr als unangenehm. Es bestand so gut wie keine Chance, der Presse dieses Missgeschick vorzuenthalten. Die spektakuläre Festnahme vor der Bar am Canale Tolentini hatte für so viel Aufsehen gesorgt, dass es nur eine Frage der Zeit war, bis die Presse Fragen stellen würde. Das Schlimmste, was außerdem passieren konnte, war, dass der festgenommene Deutsche und seine Freundin an die Öffentlichkeit gehen würden. Damit würde wahrscheinlich die letzte Chance, den wirklichen Täter zu fassen, zunichtegemacht werden. Immerhin war es nicht auszuschließen, dass der Täter noch in der Stadt war. Eine kleine Chance, ihn dingfest zu machen, bestand noch. Aber dafür musste man sich der Verschwiegenheit der beiden in seinem Büro sicher sein können.
»Seien Sie extrem nett zu den beiden, Pietro«, flüsterte er vor der Tür seines Büros, »die da drinnen haben keine besonders hohe Meinung von der venezianischen Polizei. Und das zu Recht!«
Als sich die Bürotür öffnete, tupfte Peter Föllmer gerade mit einem Papiertaschentuch die noch leicht blutende Schürfwunde seiner Freundin ab, die sie sich während des Zugriffs der Polizei zugezogen hatte. Yvonne Steimer schaute den eintretenden Commissario und dessen Assistenten verächtlich an. Ihre linke Schulter schmerzte, und der Schock über das,

was vor zwei Stunden geschehen war, saß tief. Noch nie in ihrem Leben hatte sie in die Mündung einer Waffe geschaut. Kaum, dass sie samt Stuhl umgestürzt und auf dem Rücken zum Liegen gekommen war, hatte sich eine Frau mit kurzen Haaren auf sie geworfen und ihr die Pistole so Furcht erregend nahe vor den Kopf gehalten, dass sie geglaubt hatte, sterben zu müssen. Dass zwei Männer, einer von ihnen mit einem unglaublich kantigen Schädel, den gestürzten Peter ebenfalls mit Waffen bedroht hatten, war dann zu viel für sie gewesen. Sie hatte das Bewusstsein verloren und war erst in einem Ambulanzwagen wieder zu sich gekommen. Neben ihr war ein Beamten in Uniform gesessen, und sie hatten angefangen zu ahnen, dass sie nicht von Verbrechern, sondern von Polizisten überfallen worden waren. Im Polizeipräsidium hatte sich dann auch schnell herausgestellt, dass es sich bei dem brutalen Zugriff um ein Missverständnis gehandelt hatte. Einerseits konnten Peter und sie anhand ihrer Flugtickets und Bordkarten nachweisen, dass sie zur Tatzeit noch nicht in Venedig gewesen waren. Andererseits hatte die Fahrscheinkontrolleurin eines Vaporettos bei einer Gegenüberstellung zweifelsfrei erklärt, dass Peter nicht der gesuchte Mann sei. Wobei weder Peter noch sie wussten, wer eigentlich gesucht wurde. Der Commissario hatte sich zwar mehrfach für das Missgeschick entschuldigt. Aber um was es wirklich ging, hatte man ihnen nicht gesagt. Das empfand sie als ungerecht. Wenn sie schon wie eine Kriminelle behandelt wurde, dann wollte sie zumindest wissen, mit wem Peter da verwechselt worden war. »Commissario –«, wollte sie ihren Unmut erneut kundtun, als Peter sie abrupt mit sehr ernster Stimme unterbrach.

Er saß am Schreibtisch und hantierte an seiner Digitalkamera herum, die man ihnen nebst ihren anderen persönlichen Gegenständen wieder zurückgegeben hatte. »Sie sagten, Commissario, dass sie mich mit einem Mann verwechselt haben, der mir ähnelt – zumindest in der Statur und in der Kleidung. Ist das richtig?«

Commissario Toscanelli hatte noch nicht Platz genommen. Er blieb mitten im Raum stehen. Der Unterton in den Worten des gut Englisch sprechenden Deutschen ließ ihn aufmerken. »Das ist richtig, Signore Föllmer. Wir haben eine sehr gute Beschreibung von dem Mann, den wir suchen. Wie ich schon mit Bedauern zum Ausdruck brachte, hat er wirklich eine gewisse Ähnlichkeit mit Ihnen. Was unsere Leute zu diesem peinlichen Zugriff veranlasst hat, war die Tatsache, dass Sie ebenso wie der Verdächtige Jeans und ein blaues Hemd getragen haben. Und, das vermuten wir, dass der Täter sich mit an Sicherheit grenzender Wahrscheinlichkeit ebenfalls in einem Hotel nahe der Piazzale Roma aufgehalten hat – also irgendwo in der Nähe des Hotels, in dem Sie und Ihre Begleiterin wohnen. Das sind viele Gemeinsamkeiten, deshalb bitte ich nochmals um Ihr Verständnis, dass es zu dieser Verwechslung kam. Ich möchte mich auch nochmals entschuldigen, dass –«

Peter unterbrach den Kommissar mit einem Handzeichen und richtete sich langsam auf. Er hatte einen ungewöhnlich angespannten Gesichtsausdruck, als er nach seiner Digitalkamera griff und auf Commissario Toscanelli zuging. Er atmete sehr schnell, suchte nach Worten: »I think … ich denke, ja, doch, ich bin mir fast sicher!« Er blickte von dem Display der Kamera auf und schaute verlegen zu Yvonne. Abermals atmete er tief durch: »Ich denke, ich habe ein Foto von dem Mann, den Sie suchen!«

Im Raum herrschte plötzlich angespannte Stille. Yvonne schaute ungläubig zwischen Peter und dem Commissario hin und her. Ihr Blick blieb an Peters Augen haften. Sie kannte diesen Blick, wusste aber nicht, was er zu bedeuten hatte. Ihr

Freund sprach plötzlich sehr leise, sehr konzentriert, dabei wirkte er verlegen.

»Als wir auf dem Canal Grande entlangfuhren, habe ich einige Fotos gemacht …« Peter räusperte sich und vermied jeglichen Augenkontakt mit Yvonne, »… dann sah ich eine ungewöhnlich hübsche Afrikanerin auf dem Boot. Ich habe sie durch den Sucher meiner Kamera hindurch lange beobachtet. Und ich habe sie auch fotografiert. Mehrmals.«

Yvonne erstarrte. Warum Peter das erzählte, wusste sie nicht. Aber sie fühlte, wie maßlose Eifersucht in ihr aufwallte, wie sich ihr Magen zusammenkrampfte. Also doch, dachte sie. Er hat sie begehrt! Ja, das hat er. Er hat nur so getan, als fotografiere er die Paläste entlang des Kanals. In Wirklichkeit hat er diese Afrikanerin heimlich beobachtet, ihren reizvollen Körper mit seinen Blicken abgetastet. Und er hat sie fotografiert. Warum hat er sie fotografiert? Peters Worte unterbrachen ihre Gedanken. »Während ich diese Afrikanerin durch die Kamera hindurch beobachtete, fiel mir im Hintergrund ein Mann auf, der irgendwie arabische Gesichtszüge hatte. Er stand vielleicht fünf Meter von der Frau entfernt. Zuerst dachte ich, er gehöre vielleicht zu ihr, weil sie auch arabische Gesichtszüge hatte. Doch dann merkte ich, wie unangenehm es dem Mann offensichtlich war, dass ich mit meiner Kamera in seine Richtung fotografierte. Er hat sich umgedreht. Ich sah sein blaues Hemd nur noch von hinten. Doch er ist auf zwei der Fotos drauf.«

Commissario Toscanelli hatte das Gefühl, noch nie in seinem Leben so perplex dreingeschaut zu haben. Das war ja unglaublich.

»Zeigen Sie her!«, schoss es aus seinem Mund. Zusammen mit seinem Kollegen Pietro schritt er hastig auf den Deutschen zu. Aus dem Augenwinkel heraus sah er, wie dessen Freundin

plötzlich sehr wütend aussah. Er konnte sich nicht erklären, warum. Hektisch drängte er sich am Schreibtisch vorbei. Der Deutsche hielt die Kamera in der Hand. Commissario Toscanelli stierte auf das große Display.
Das Bild war gestochen scharf. Vor dem Hintergrund der Palazzi zeigte es eine sehr attraktive dunkelhäutige Frau, die unzweifelhaft kokett in die Kamera blickte. Plötzlich verstand er, warum diese Yvonne Steimer ihren Freund die ganze Zeit so entgeistert anstarrte. Ja, sie wusste, dass da auf dem Boot etwas geschehen war. Und er, Commissario Toscanelli, ahnte, um was es ging.
»Wahnsinn!«, riss er sich selbst aus seinen Gedanken heraus. »Absoluter Wahnsinn, Signore Föllmer.«
Er beugte sich näher über die Kamera und fixierte einen Mann, der, ein wenig verdeckt durch eine Wand, nur wenige Meter hinter der Afrikanerin stand. Der etwa 45-jährige Mann, bekleidet mit einem blauen, kurzärmligen Hemd, hatte kurze, krause Haare und einen auffällig braun-schwarzen Teint. Und doch war er anscheinend kein Afrikaner. Dafür war seine Nase zu schmal und zu dünn. Die Stirn war auffällig hoch. Aber er war auch kein Araber. Der Commissario atmete hektisch ein und aus. Er konnte die Augen des Mannes deutlich sehen. Er hatte genug Lebens- wie auch Berufserfahrung, um zu erkennen, dass es zwischen diesen beiden Menschen eine unsichtbare, imaginäre, nur intuitiv spürbare Verbindung gab. Man sah es in den Augen des Mannes. Der Mann kannte die Frau. Er sah die Afrikanerin nicht direkt an. Und doch beobachtete er sie. So wie ein Täter, der sein Opfer nicht spüren lassen möchte, dass er es beobachtet. Es war ein Blick, etwas, was auf keiner Polizeiakademie gelehrt wurde, weil es nicht gelehrt werden kann. Und über eins war sich Commissario Toscanelli im Klaren: Dieser Mann war nicht zufällig auf

dem Boot gewesen. Er war der Verfolger, der Jäger. Vielleicht war er der Mörder. War die Frau sein nächstes Opfer?

»Signore Föllmer, Sie werden verstehen, dass wir diese Fotos unbedingt als Beweismittel einbehalten müssen. Vieles spricht tatsächlich dafür, dass Sie einen Täter fotografiert haben, den wir als extrem gefährlich und brutal einschätzen. Vielleicht ist er sogar noch in der Stadt. Wenn ich bloß eine Ahnung hätte, welcher Nationalität dieser Mann auf dem Foto sein könnte. Seine Physiognomie ist ungewöhnlich, erschwert eine deutliche Einordnung. Aber genau das würde uns bei einer Fahndung sehr helfen. Wenn wir wüssten, woher dieser Mann kommt, wüssten wir wahrscheinlich auch, wohin er fliehen wird. Oder bereits geflohen ist.«

Peter wagte immer noch nicht, seine Freundin direkt anzuschauen. Aus dem Augenwinkel heraus sah er, wie sie mit gesenktem Kopf den Gesprächen lauschte. Er wusste, in welch dumpfe Gedankenwelt sie bereits abgetaucht war. Und er ahnte, dass diese Angelegenheit noch ein Nachspiel haben würde.

»Ich denke, ich weiß, woher dieser Mann auf dem Foto kommt.«

Die Worte von Peter ließen den Commissario herumwirbeln. »Woher?«

»Es ist wahrscheinlich ein Fellache aus Ägypten. Die meisten Fellachen sind Bauern. Eventuell stammt er vom oberen Nil. Dort haben sich, vereinfacht ausgedrückt, über die Jahrtausende altägyptische und arabische Ethnien mit schwarzhäutigen Menschen aus dem so genannten Nubien vermischt. Die Nubier sind sehr schwarzhäutig, meistens sehr groß. Der Man dort hat zwar arabische und auch einige für Ägypter typische Gesichtszüge, aber auch afrikanische. Und er hat ein Zeichen auf seiner Stirn.« Peter flüsterte fast, als er weiter sprach: »Er

hat ein Kreuz eintätowiert. Ein koptisches Kreuz. Der Mann auf diesem Foto scheint Christ zu sein. Ein koptischer Christ. Und wenn Sie sich jetzt mal das Foto der Frau genau anschauen, Commissario, erkennen Sie, dass sie eine goldene Kette mit einem orthodoxen Kreuz trägt. Solche Kreuze sehen Sie oft in Äthiopien. Sie ähneln den Kreuzen der Kopten. Was immer diese beiden sonst noch verbindet: Beide sind offensichtlich orthodoxe Christen. Ein seltsamer Zufall, oder?«
Commissario Toscanelli machte keinen Hehl aus seiner Hochachtung für ihn. »Ich bin begeistert, Signore Föllmer. Woher wissen Sie das alles?«
»Ich kenne mich in Afrika recht gut aus«, antwortete Peter leise. Seine Gedanken waren längst woanders. Es fiel ihm schwer, unbedarft zu klingen: »Sagen Sie, Commissario, um was geht es hier eigentlich wirklich? Was ist geschehen? Was hat dieser Mann mit dem blauen Hemd getan – wenn er es denn war?«
Commissario Toscanelli entschied sich, mit offenen Karten zu spielen. Seine Intuition sagte ihm, dass dieser Peter Föllmer ihm noch hilfreich sein konnte. »Wenn dieser Mann auf dem Foto wirklich der Mann ist, den wir mit einem Großaufgebot an Polizisten seit gestern suchen, Signore Föllmer, dann ist es ein sehr gefährlicher Täter. Wahrscheinlich hat er zwei Männer getötet oder war maßgeblich an ihrem Tod beteiligt. Es waren zwei Mönche. Einer stammt aus dem Kloster San Francesco del Deserto, draußen in der Lagune vor Venedig. Und der andere war ein ehemaliger Mönch aus demselben Kloster. Beide wurden gestern umgebracht beziehungsweise starben eines unnatürlichen Todes. Einer von den beiden lebte zuletzt in Ägypten. Wir fanden in seinem Mund ein Blatt Papier, eine mysteriöse Karte, an der er elendiglich erstickt ist. Es ist ein sehr ungewöhnliches Dokument. Unsere Krimi-

naltechniker und Spezialisten tun sich schwer, diese Karte einzuordnen. Scheint nur wirres Zeug zu sein. So wie es aussieht, wird der Tote sein Geheimnis mit ins Grab nehmen. Offensichtlich war er aber bereit, für dieses Geheimnis zu sterben. Das Einzige, was ich im Moment mit Sicherheit weiß, ist, dass diese hübsche Afrikanerin ebenfalls in sehr großer Gefahr schwebt. In Lebensgefahr. Ich kann mir bloß nicht erklären, warum.«

Langsam drehte sich Commissario Toscanelli zu Peter Föllmer um. Der Deutsche war blass geworden. Seine Betroffenheit schien echt. Dennoch wirkte er gefasst. Abermals sagte ihm sein Instinkt, dass dieser Föllmer mehr mit der ganzen Sache zu tun hatte, als sich vordergründig darstellte.

»Kennen Sie einen Mann namens Charles Bahri, Signore Föllmer?« Commissario Toscanelli hatte sich entschieden, auf den Überraschungseffekt zu setzen.

Der Deutsche schaute ihn selbstbewusst an. Seine Augen signalisierten, dass er die Wahrheit sagen wollte, doch er kam nicht dazu.

»Ja, er kennt ihn!« Die Worte von Yvonne Steimer hallten wie Schüsse durch den Raum.

Commissario Toscanelli und sein Assistent Pietro schauten verwundert auf. Sie verstanden nicht, warum sie geantwortet hatte.

Aber Peter wusste es: Yvonne wollte sich rächen. Sie war maßlos eifersüchtig. Sie wollte ihm wehtun. Oder vielleicht hatte sich so auch nur die unerträgliche Anspannung entladen. Die Geschehnisse der letzten Tage überforderten sie.

Mit zittriger Stimme stotterte sie auf Italienisch: »Er kennt den Mönch schon seit Jahren. Bevor wir nach Venedig kamen, war er in Ägypten. Dort wollte er sich mit Bahri in dessen Haus am Roten Meer treffen. Aber der Mönch war nicht da.

Stattdessen wäre Peter beinahe umgebracht worden. Vielleicht sogar von diesem Mann da auf dem Foto. Und heute oder morgen hätten wir Charles Bahri in einem Kloster treffen sollen. Es geht um diese Karte.«

Peter war wütend, beherrschte sich jedoch. Noch während er sprach, ahnte er, dass die Zwischenfälle der letzten 24 Stunden nicht ohne Auswirkungen auf die Beziehung zwischen Yvonne und ihm bleiben würden.

»Ja, es stimmt, was sie sagt.« Er presste die Worte kaum hörbar hervor. »Es geht um diese Karte und um Informationen über ein frühes Christenreich in Ostafrika. Doch nichts davon wäre ein Grund, Charles umzubringen. Hier geht es um mehr. Allerdings weiß ich nicht, worum. Ich weiß nur, dass mir alles, was derzeit geschieht, grenzenlos Angst macht. Ich habe damit nichts zu tun. Aber die Konsequenzen überfordern mich.«

Seine letzten Worte waren kaum mehr hörbar gewesen. Yvonne wusste, dass diese Sätze auch an sie gerichtet waren. Sie hatte abermals einen Fehler begangen. Einen großen Fehler. Sie schaute Peter in die Augen. Seine Augen verrieten, dass er aufgebracht und traurig war. Doch da lag noch etwas anderes in seinem Blick. Etwas, das sie bei Peter noch nie gesehen hatte.

5.

Carlo Ponti war missmutig.
»Viel Arbeit für nichts«, fluchte er vor sich hin, steckte den Untersuchungsbericht in einen Umschlag und verließ sein Büro. Die ganze Nacht hindurch hatten er und seine Mitarbeiter der Kriminaltechnischen Abteilung im Polizeipräsidium von Venedig versucht, der Karte, die der Tote von San Francesco del Deserto im Mund hatte, ihr Geheimnis zu entlocken. Sonderlich erfolgreich waren sie nicht gewesen. Das Papier war zu lange dem ätzenden Erbrochenen ausgesetzt gewesen. Selbst mit modernsten Techniken waren Teile der Karte nicht mehr sichtbar zu machen. Nachdem das Blatt gereinigt und geglättet worden war, ließen sich nur mit viel Fantasie die Umrisse von Kontinenten erahnen. Die Schriftfragmente ergaben keinen Sinn. Einige der Schriftzeichen waren überhaupt keiner gängigen Sprache zuzuordnen. So gesehen, war die Arbeit von drei erfahrenen Kriminaltechnikern umsonst gewesen. Enttäuscht ging Carlo durch die langen Flure des Polizeipräsidiums zum Büro von Commissario Toscanelli, um seinen Bericht abzugeben.
Im Büro seines Kollegen aus Mailand saßen eine Frau und ein Mann. Carlo Ponti hatte nicht den Eindruck, dass es sich um Verdächtige oder gar Festgenommene handelte. Commissario Toscanelli wirkte allerdings sehr angespannt. Die Frau mit den blonden Haaren schien wütend zu sein. Der etwa 45-jährige, auffällig braungebrannte Mann neben ihr war sichtlich nervös.
»Ciao, Commissario«, grüßte er knapp, »ich habe hier den Bericht über den Toten. War nicht besonders erfolgreich, un-

sere Arbeit. Das Blatt Papier war schon sehr zersetzt. Was wir noch herausgefunden haben, steht im Bericht. Ist nicht sonderlich viel. Warum der arme Kerl Kerzen gefressen hat, konnten wir beim besten Willen nicht klären.«

Commissario Toscanelli hatte seinem Kollegen von der Kriminaltechnik nicht wirklich zugehört. Seine Gedanken kreisten um die Frage, was dieser Deutsche wirklich wusste und was nicht. Gab es zwischen ihm, dieser Afrikanerin auf dem Bild, dem Täter und Charles Bahri eine Verbindung, die über das hinausging, was Peter Föllmer behauptete? Die ganze Angelegenheit war verworren. Geistesabwesend schaute er seinen Kollegen an, der noch immer im Türrahmen stand. »Wieso Kerzen?«

Carlo Ponti kratzte sich am Kopf. »Nun ja, welche andere Erklärung soll es sonst dafür geben, dass der Tote auffällig viel Wachs im Mund und in der Speiseröhre hatte? Sogar im Magen haben wir Wachsreste gefunden. Wir konnten ziemlich genau bestimmen, wann er dieses Wachs zu sich genommen hat: nämlich kurz vor Eintritt des Todes. Aber der Grund dafür ist uns schleierhaft. Ebenso, was wir mit dieser Karte und den Wortfragmenten anfangen sollen. Schade, denn wir hatten schon gedacht, dass es vielleicht eine Schatzkarte ist. Doch selbst wenn, die Karte ist jetzt nicht mehr lesbar. Diesen Schatz wird mit Sicherheit niemand mehr bergen.«

Yvonne hatte die Worte des Kriminalbeamten nur vage wahrgenommen, dennoch richtete sie sich plötzlich auf, blickte fragend zwischen dem Commissario und dem Mann an der Tür hin und her. Aus dem Augenwinkel heraus sah sie, wie Peter sie anstarrte.

»Entschuldigen Sie, dass ich mich einmische, Signore Toscanelli. Habe ich das richtig verstanden? Der Tote aus dem Kloster hatte Wachs im Mund?«

Der Commissario blickte Yvonne Steimer verwundert an. Sie hatte lange nichts mehr gesagt. Der Konflikt zwischen ihr und ihrem Freund hatte eine lähmende Atmosphäre kreiert.
»Carlo ...«, hüstelte er, »... war das richtig? Wachs?«
»Ja, Wachs! Es ist ganz eindeutig Wachs. Und zwar von Kerzen in einer Konsistenz, wie sie heutzutage üblich ist.«
Yvonne stand langsam auf und schritt auf den Kriminaltechniker zu: »Kann ... kann ich die Karte mal sehen?«
Toscanelli blickte seinen Kollegen fragend an, der mit einem Achselzucken signalisierte, dass dagegen nichts einzuwenden sei. Der Kriminaltechniker öffnete die Akte, holte eine Plastikfolie hervor und reichte sie der Frau mit den blonden Haaren.
Yvonne nahm die Folie entgegen, zog das gelbliche Blatt vorsichtig heraus und betrachtete die Karte gegen das Fensterlicht. Ihre Augen blitzten auf: »Haben Sie Kaffee?«
Ihre Frage erschien dem Commissario so absurd, dass er auflachte: »Tut mir leid, Signora, wir haben im Automaten draußen auf dem Flur nur Softdrinks!«
Yvonne schaute ihn nicht mal an. Ihr Blick haftete noch immer auf der Karte. »Ich meine Kaffeepulver. Ganz ordinäres Kaffeepulver. Fertigkaffee ...«
Sowohl der Commissario als auch sein Kollege wollten soeben nachfragen, was sie damit bezwecke, als sie erklärte: »Gehen Sie bitte mal davon aus, dass ich genau weiß, was ich hier tue. Ich bin Buchrestauratorin. Und keine Angst, ich werde Ihr Beweismittel nicht beschädigen.«
Commissario Toscanelli ging wortlos hinter seinen Schreibtisch, zog eine der Schubladen auf, kramte nach längerem Wühlen einen kleinen Beutel Kaffeepulver hervor und hielt ihn Yvonne Steimer entgegen. »Der ist aber mindestens zwei Jahre alt! Wach werden Sie davon nicht mehr«, versuchte er zu scherzen.

Yvonne reagierte nicht darauf. Hoch konzentriert ging sie auf den Schreibtisch zu, legte die Karte darauf und riss behutsam den Kaffeebeutel auf.
Der Commissario und sein Kollege traten schweigend an den Tisch heran und verfolgten gespannt, was die Deutsche tat. Yvonne zitterte ein wenig. Peter saß wie versteinert auf dem Stuhl nahe dem Fenster und starrte sie erwartungsvoll an. Vorsichtig streute sie einen Teil des Kaffeepulvers auf das Papier. Mit Kennerblick hatte sie längst registriert, dass dies kein Blatt aus einem alten Buch war. Es war schnödes Industriepapier mit hohem Holzanteil. Aber sie hatte auch noch etwas anderes entdeckt.
Das Kaffeepulver lag nun als kleines Häufchen auf dem Blatt. Yvonne beugte sich langsam über den Schreibtisch. Aus dem Augenwinkel heraus sah sie, wie sich der Commissario und sein Kollege mit Achselzucken und Augenaufschlägen verständigten, sie gewähren zu lassen. Im Raum herrschte angespannte Ruhe. Sie konnte ihren eigenen Atem hören. Nur wenige Zentimeter über dem Blatt mit dem Kaffeehäufchen spitzte Yvonne ihre Lippen und blies das Pulver ganz vorsichtig über das Papier. Sorgfältig wiederholte sie den Vorgang. Sie versuchte, sich ihre Überraschung nicht anmerken zu lassen. Tatsächlich! Das braune Pulver hatte sich auffallend unregelmäßig verteilt. Sie wusste, was das bedeutete. Insgeheim hoffte sie, dass die anderen nicht das erkannten, was sie nun auf dem Blatt sah. Es war nicht sehr deutlich zu erkennen, dennoch eindeutig. Die drei Männer im Raum starrten sie fragend an.
Plötzlich richtete sie sich auf. Sie wirkte sehr selbstbewusst. Ihr Blick wanderte vom Commissario zu dessen Kollegen. Peter traute sie sich nicht anzuschauen. Wissend lächelte sie: »Volltreffer! Wachs!« Mehr sagte sie nicht. Der Blick des Kri-

minaltechnikers verriet ihr jedoch, dass dieser sofort verstand, was geschehen war.

Commissario Toscanelli fiel es schwer, nicht so irritiert zu wirken, wie er es letztendlich war. »Signora Steimer, können Sie mir, bitte, freundlicherweise mal sagen, was hier eigentlich vor sich geht?«

»Demaratos, Commissario!«, murmelte der Kriminaltechniker kaum hörbar.

Yvonne griff das Stichwort auf: »Ja, das hier ist die angewandte Erkenntnis aus der Geschichte von Demaratos. Aufgeschrieben von niemand anderem als von Herodot. Den, so vermute ich mal, werden Sie ja kennen, Signore Toscanelli.«

Bevor der Commissario auf die Überheblichkeit der Deutschen reagieren konnte, mischte sich der Kriminaltechniker ein. Auch er hatte sich zwischenzeitlich über den Schreibtisch gebeugt und starrte das Blatt Papier mit dem Kaffeepulver an. Anerkennend murmelte er: »Ohne Frage: Wachs! Wie bei Demaratos! Ein uralter Trick. Eine Geheimschrift. Gratuliere, Signora, meine Hochachtung!«

Ohne auf die Frage des Commissarios zu warten, dozierte Yvonne stolz: »Geheimschriften gibt es schon seit Jahrtausenden. Herodot war einer der ersten, der davon berichtete. In seinem Werk *Historien* schreibt er unter anderem über den Verlauf des Kriegs zwischen Griechen und Persern. Damals war Xerxes I. König von Persien. Er stellte die größte Streitmacht der Geschichte zusammen, um gegen Athen und Sparta zu ziehen. Ein in Persien im Exil lebender Grieche namens Demaratos bekam die Vorbereitungen für den Überraschungsangriff mit und machte sich Gedanken, wie er seinen Landsleuten eine geheime Nachricht zukommen lassen konnte. Sein Trick ging in die Geschichte ein. Demaratos schabte das Wachs einer Holztafel ab, ritzte seine Nachricht direkt auf die Holztafel, übergoss die Tafel erneut mit Wachs – womit seine Warnung an seine Landsleute nicht mehr zu sehen war – und schmuggelte die verdeckte Nachricht an den Wachen des Perserkönigs vorbei nach Griechenland. Die geheime Information über die Kriegsvorbereitungen wurde entdeckt. Daraufhin rüsteten die Griechen ihre Flotte auf und schlugen bei der Schlacht bei Salamis die Perser vernichtend.«

»Und was hat dieser historische Ausflug nun mit dieser Karte zu tun?«, unterbrach Commissario Toscanelli Yvonnes Redefluss, weil dessen Geduld inzwischen überstrapaziert war.

»Nun«, fuhr Yvonne unbeirrt weiter, »aus dieser Geheimschrift entwickelte sich später eine andere – eine, die ohne Zweifel bei dieser Karte angewandt wurde. Jemand hat ein Blatt genommen, es mit Wachs eingestrichen und es mit der Wachsseite auf diese Karte gelegt. Auf der Rückseite des Blattes mit der Wachsschicht hat man dann mit großem Druck etwas aufgezeichnet. Sehen Sie hier: Das Wachs hat sich an den Druckstellen auf die Karte übertragen. Es ist nur noch gegen das Licht zu sehen. Wenn ich jetzt dieses Kaffeepulver oder irgendein anderes feines Pulver über dieses Blatt streue, bleibt das Pulver auf dem Wachs kleben – und die Nachricht wird sichtbar. Bedauerlicherweise hat das Erbrochene das Blatt und den Wachs zum größten Teil aufgelöst. Das erklärt allerdings, warum Wachs im Magen und in der Mundhöhle des Toten gefunden wurde. Leider ist nicht mehr genug von der versteckten Nachricht zu erkennen. Der Tote nimmt sein Geheimnis mit ins Grab.«

Yvonne genoss die ebenso erstaunten wie auch anerkennenden Blicke der beiden Kriminalbeamten.

Der Commissario hielt seinen Kopf schräg dicht über die Karte. »Genial …«, flüsterte er. Er sah zu Peter Föllmer, der auf der anderen Seite des Schreibtisches saß. Die Augen des Deutschen hatten einen höchst seltsamen Ausdruck. Wieder beschlich Commissario Toscanelli das unrühmliche Gefühl, als tausche dieser Mann mit seiner Freundin Nachrichten aus. Irgendetwas stimmte hier nicht.

Yvonne hoffte, dass niemand im Raum ihre Lüge bemerkt hatte. Der Kriminaltechniker schien ihr jedenfalls zu glauben. Sie bemühte sich, nicht nervös zu wirken. Verstohlen schielte sie zu Peter. Ihre Blicke kreuzten sich. Ein kurzes Aufblitzen in seinen Augen verriet ihr, dass er spürte, dass sie gelogen hatte. Er kannte sie zu gut. Was er spürte, war für sie Gewissheit. Da war tatsächlich etwas auf der Karte zu sehen. Nicht wirklich viel. Aber zusammen mit Peters Überlegung, dass auf seiner geheimnisvollen Karte der afrikanische Kontinent abgebildet war, ergaben die Wachsfragmente mit dem daran hafteten Kaffeepulver Sinn. Von den Umrissen des Kontinents war zwar kaum mehr was zu erkennen, dennoch sagten die Fragmente ihr, dass es um Afrika ging.

Eine Linie zog sich im Zickzackkurs quer über das Blatt, von Ostafrika westwärts bis zum Zentrum des Kontinents. Dort, wo die Linie offenbar endete, nahe einem Bogen, der wahrscheinlich eine Flussbiegung darstellte, waren auf dem Blatt die Wachsfragmente von sechs seltsamen Schriftzeichen zu sehen. Sie nahm an, dass es sabäische Buchstaben waren. Der erste der Buchstaben, der wie zwei übereinander angeordnete Dreiecke aussah, ließ erahnen, dass es der Buchstabe M war. Der zweite und die beiden letzten Buchstaben waren nicht mehr zu identifizieren. Die zwei in der Mitte ähnelten auf dem Kopf stehenden dreizackigen Gabeln, weshalb Yvonne vermutete, dass es ein doppeltes sabäisches SS war. Also konnte dort »M.SS.« geschrieben stehen. Doch mehr als eine Vermutung war das nicht. Unterhalb dieser Schriftzeichen standen klar und deutlich in lateinischen Buchstaben die Begriffe »IDA« und »ELENI«. Was sie bedeuteten, wusste sie nicht, und doch war sie grenzenlos nervös. Für sie stand fest, dass auf dieser Karte eine Route eingezeichnet war, die zu einem bestimmten Punkt in der Sahara führte. Dort musste etwas verborgen sein, das Charles Bahri und einem Mönch das Leben gekostet hatte. Und Peter beinahe auch.

Yvonne sah, wie Peter aufstand und langsam auf den Schreibtisch zukam. Fragend schaute er abwechselnd auf sie und auf die Karte.

»Signore Föllmer, Sie werden Verständnis dafür haben, dass ich Ihnen einen Blick auf diese Karte verwehren muss. Es ist ein polizeiliches Beweismittel.« Die Worte von Commissario Toscanelli hallten wie ein Befehl durch den Raum und stoppten Peter kurz vor dem Schreibtisch. Im Zimmer herrschte extreme Anspannung. Yvonne schluckte verlegen. Der Kriminaltechniker griff, irritiert von den Worten des Commissarios, blitzschnell nach der Karte und steckte sie hastig zurück in die Plastikfolie.

Eine Viertelstunde später verließen Yvonne Steimer und Peter Föllmer das Polizeipräsidium. Wortlos schritten sie durch die Gassen, bis Peter auf einer Brücke nahe der Kirche San Francesco della Vigna abrupt stehen blieb. Er schaute ihr direkt in die Augen. Sie konnte erkennen, dass er nicht mit ihr streiten wollte, dennoch schien er verärgert. »Können wir uns jetzt mal wie zwei erwachsene Menschen benehmen? Das ist ja nicht mehr auszuhalten! Ich weiß doch ganz genau, dass du auf dieser Karte mehr gesehen hast, als du dem Kommissar gesagt hast.«

Yvonne überlegte angestrengt. Suchte Peter die Versöhnung oder wollte er nur herausfinden, was sie wusste? Sie zwang sich zur Ruhe: »Findest du nicht auch, dass wir uns erst mal

umarmen sollten? Komm, lass uns diese blöde Sache vergessen. Du hast mir wehgetan, als du diese afrikanische Schönheit fotografiert hast. Und ich habe überreagiert. Lass uns wegen so einer Lappalie nicht alles andere infrage stellen.«
Yvonne schmiegte sich an ihn und umarmte ihn. Sie spürte den Widerstand in seinem Körper.
Seine Worte zerstörten ihre Hoffnungen: »Es ist sinnlos, Yvonne, wenn wir uns in regelmäßigen Abständen wegen ein und derselben Sache streiten, um uns dann wieder zu versöhnen. Wir haben ein grundsätzliches Problem. Und du weißt, dass dieses Problem bei dir angesiedelt ist. Du ignorierst gewisse Tatsachen, verdrängst, was ich immer gesagt habe. Du lebst anscheinend nach wie vor in der Hoffnung, dass sich meine Einstellung im Lauf der Zeit wandeln wird. Aber das wird nicht der Fall sein, Yvi! Du willst mehr, als ich dir geben kann. Damit zerstörst du, was uns verbindet. Und das ist sehr viel. Aber ich denke, darüber sollten wir später reden. Ganz in Ruhe, ja?«
Yvonne fühlte, wie sich ihre Beziehung in diesem Moment veränderte. Angestrengt überlegte sie. Sollte sie ihr Wissen über die Zeichen auf der Karte nutzen? Ja, sie könnte auf diesem Wege sicherstellen, dass er weiterhin ihre Nähe suchte, sie brauchte.
Seine Worte unterbrachen ihre Überlegungen. »Mach jetzt nicht den Fehler, Yvi, diese Karte als Druckmittel zu verwenden. Es wäre sehr unklug zu glauben, dass dies etwas an unserem Problem ändern würde. Ich weiß genau, dass du den Kommissar belogen hast. Aber diese Landkarte mit den versteckten Hinweisen wird kein Weg zu meinem Herzen sein. Ich möchte bestehen lassen, was ist, Yvi. Du bist mir wichtig. Ich mag dich. Ich bin gerne mit dir zusammen. Ob mit oder ohne Karte. Aber mehr wird nicht sein.«

Yvonne schluckte. Nicht, was Peter sagte, sondern das Wie, dieser Unterton in seinen Worten, beunruhigte sie. Nie zuvor hatte er so gefühllos zu ihr gesprochen. Sie ahnte, dass es nicht klug wäre, ihr Wissen zu missbrauchen.
Mit leiser Stimme sagte sie: »Auf dieser Karte war eine Route eingezeichnet. Für mich stellt es sich so dar, als führe sie vom heutigen Äthiopien westwärts quer durch die Sahara bis in den Westen Afrikas. Die Route endet dort, wo offensichtlich ein Fluss von Süden kommend einen großen Bogen gen Westen macht. An dieser Stelle konnte ich aus den Wachsabdrücken Zeichen lesen. Von den sechs Buchstaben des ersten Wortes waren nur ein M und zwei S zu erkennen. Wahrscheinlich sabäische Buchstaben. Drunter stand in lateinischen Buchstaben ›IDA‹ geschrieben. Und daneben ›ELENI‹. Was das heißt, weiß ich nicht. Doch ich denke, dass dieses Wissen tödlich sein kann. Auch für unsere Beziehung.«

»Das Meer der Dunkelheit oder das Meer der Finsternis, wie es auch genannt wurde, ist ein Terminus, den portugiesische Seefahrer für ein Naturphänomen verwendeten, das diese wagemutigen Entdecker in Angst und Schrecken versetzte.«
Gebannt lauschte Peter den Ausführungen seines Freundes Markus. Der kleinwüchsige Hamburger mit dem rötlichen Vollbart und den seit jeher vor unbändiger Lebenslust funkelnden Augen hatte bereits während seines Archäologiestudiums einen Privatpilotenschein gemacht und sich dann auf Luftbildarchäologie spezialisiert. Deswegen hatte Peter ihn gebeten, ihm behilflich zu sein. Markus war ein viel gefragter Experte. Im Mittelmeerraum und in Nordafrika kannte er sich besonders gut aus. Seit sich Libyen zunehmend dem Westen öffnete, richtete sich das Augenmerk europäischer Wissenschaftler vermehrt auf dieses nordafrikanische Land.

In der einstigen römischen Provinz Cyrenaica vermuteten die Archäologen bedeutsame Kunstschätze. Luftbildaufnahmen waren eine gute Möglichkeit, sie zu ausfindig zu machen. Dabei war das Fliegen über der Sahara manchmal extrem gefährlich, wie Markus an diesem Abend durch allerlei persönliche Erlebnisse untermalt hatte. Eines der größten Risiken waren Sandstürme. Davon erzählte Markus nun schon seit einer halben Stunde.

»Das Meer der Finsternis wird von den Bewohnern Nordafrikas Harmattan, Ghibli oder auch Kamsin genannt. Es ist ein extrem trocken-heißer Südostpassatwind in der Westsahara, der feinste Sandpartikel mit einem hohen Anteil an rotem Lateritstaub mit sich trägt. Ich sage euch, wenn ihr einen solchen Sandsturm mal erlebt habt, dann wisst ihr, warum die Portugiesen damals glaubten, sie befänden sich an der Pforte zur Hölle! Die Getreuen von Heinrich dem Seefahrer, die an der Westküste Afrikas entlang südwärts schipperten, glaubten wirklich, dass die Luft mit Blut angereichert sei. Dieser rote Staubsturm ist mit Worten nicht zu beschreiben. Er kann hunderte von Kilometern breit sein und reicht bis weit hinauf in die Atmosphäre. Wenn du mit deinem Flugzeug da reinfliegst, war es das! Da kommst du lebend nicht mehr raus. Im Winter weht der Harmattan manchmal weit auf den Atlantik hinaus, wo die portugiesischen Seefahrer mit diesem Phänomen konfrontiert wurden. Hin und wieder erreichen seine Ausläufer Spanien und die Alpen. Es hat sogar Jahre gegeben, da rieselte roter Schnee auf die Gipfel der Alpen. In Extremfällen lädt sich der Harmattan an den Leeseiten der nordafrikanischen Gebirgsketten wie ein Fönsturm auf und erreicht dann Temperaturen bis zu 50 Grad Celsius. Dann stirbt alles. Die Hitze saugt Menschen und Tieren das Leben aus den Körpern. Selbst Bäume verdorren in diesem gigantischen Sand-

strahlgebläse. Es ist wie im dichtesten Nebel. Alles um dich herum ist rot und dunkel und glühend heiß. Und das ist es wohl, was dein Freund auf dieser mystischen Karte mit dem Meer der Dunkelheit meinte: ein Wüstensturm. Wahrscheinlich ist diese Karawane in einen tödlichen Sturm geraten.«
Peter nickte seinem Freund dankend zu. Seit Stunden saß er mit ihm und mit Jens zusammen. Noch von Venedig aus hatte er die beiden über sein Anliegen informiert und sie gebeten, ihm bei der Lösung des Rätsels zu helfen. Beide hatten in der Kürze der Zeit noch befreundete Wissenschaftler kontaktiert und Informationen zusammengetragen. Das Treffen gestaltete sich immer spannender. Markus hatte ihm auf seinem Laptop unglaublich interessantes Luftbildmaterial aus dem nördlichen und nordöstlichen Afrika gezeigt. Sein Studienfreund Jens wiederum hatte ihn mit seinem Fachwissen als Geologe beeindruckt. Von Markus hatte er heute auch erfahren, dass Wissenschaftler es für möglich hielten, dass die unter den Dünen der Sahara verborgenen Kulturschätze vielleicht sogar mit jenen Ägyptens zu vergleichen wären. Vor tausenden von Jahren war Nordafrika fruchtbares Kulturland gewesen. Weite Teile der jetzigen Sahara waren einst Urwald gewesen, mit riesigen Seen und mächtigen Strömen. Dramatische klimatische Veränderungen hatten aus dem Grünland Wüste werden lassen. Unter deren Dünen verbargen sich viele Geheimnisse.
Jens starrte soeben gebannt auf einige Luftbildaufnahmen von Markus: »Ist ja Wahnsinn! Da sind ja hunderte von Pyramiden! Mitten in der Wüste. Wo ist das?«
Markus zoomte das Bild heran. Peter schaute ihm fasziniert über die Schulter. Markus hatte all die Luftbildaufnahmen ausgewählt, die vermutlich entlang der Route lagen, die Charles auf der Karte eingezeichnet hatte. Was er zu den einzelnen Aufnahmen zu erzählen hatte, war fantastisch.

»Das sind die Pyramiden des einstigen Reiches von Meroe. Sie liegen ungefähr 200 Kilometer nordöstlich der sudanesischen Hauptstadt Khartum – und damit genau an der Route der Karte. Diese meist aus Stein erbauten Pyramiden von Meroe sind mit einer Höhe von unter 30 Meter zwar kleiner als die bekannten ägyptischen Pyramiden. Aber es sind ungefähr 900 an der Zahl. Stellt euch das mal vor! 900 Pyramiden! Sie dienten den Königen, Königinnen und hohen Beamten des Reiches von Kusch als Grabstätten. Ihr Entstehungszeitraum reicht hauptsächlich von 300 vor bis etwa 300 nach Christus. Da könnt ihr mal erahnen, um was für ein mächtiges Reich und um was für eine hochstehende Kultur es sich gehandelt hat. Aber wir wissen ziemlich wenig darüber.«

»Warum grabt ihr die Sahara nicht längst um?«, fragte Peter seinen Freund.

Markus lächelte.

»Wenn das mal so einfach wäre«, schaltete sich nun Jens ein. »Ein Großteil der Saharastaaten ist militärisches Sperrgebiet. Oder es herrscht Krieg. In den Norden des Sudans, also dort, wo die Pyramiden stehen und wo diese Karawanenroute durchführt, lassen die Sudanesen niemanden hin. Für die ist jeder Archäologe ein verkappter CIA-Agent. Nein, lieber Peter, was unter diesen Dünen der Sahara verborgen liegt, bleibt uns wahrscheinlich noch für lange Zeit verschlossen.«

Peter setzte sich auf einen Sessel und nippte an einem Glas Wein. Vor ihm auf dem Tisch lagen Charles' Briefe mit den kryptischen Andeutungen sowie die Karte. Daneben lag eine Kopie, die er angefertigt hatte. Auf ihr war eine Route nach den Angaben von Yvonne eingezeichnet. Sie führte vom Norden Äthiopiens westwärts in die Sahara. Er beugte sich über die Unterlagen, fuhr mit dem Zeigefinger über die einzelnen Karten, kritzelte mit einem Bleistift Notizen auf die Kopie,

legte eine vierte, auf Klarsichtfolie aufgezeichnete Karte Nordafrikas über die Kopie und richtete sich plötzlich auf: »Ich hab's! Das muss Mali ein. Die geheimnisvolle Route endet in Mali, irgendwo nördlich von Timbuktu. Timbuktu hatte sich wegen des Karawanenhandels zu einer der blühendsten Städte Afrikas gewandelt. Von dort brachen die Karawanen nach Marokko, Tunesien, Libyen, Ägypten und auch zum Roten Meer auf. Und dort macht der aus dem Süden kommende Niger eine große Schleife, um dann westwärts zu fließen. Das, liebe Freunde, ist es, was auf dieser Karte eingezeichnet ist.«
Eine Stunde später zischte Jens ein stolzes »Voilà« in die Runde. Wieder und wieder hatten die drei Männer Karten von alten Karawanenrouten, selbst gefertigte Skizzen und Folien eingescannt und über eine spezielle Software, die Jens als Geologe besaß, in eine fiktive Route quer durch Afrika umgewandelt. Schließlich hatte Jens diese Daten im Laptop mit den aktuellen geomorphologischen Gegebenheiten im nördlichen Afrika abgeglichen, während Markus seinen Datenbestand aus den jeweiligen nordafrikanischen Ländern zu einem parallel zu der fiktiven Route passenden Mosaik von Luftbildaufnahmen zusammengefügt hatte. Nach kurzer Zeit baute sich auf dem Bildschirm ein gestochen scharfes Bild auf.
»Wow! Das ist allererste Sahne!«, rief Peter aus und starrte fasziniert auf das vollbrachte Werk. »Jungs, wir sind Weltklasse. Teamwork in Perfektion.«
Jens legte ein Raster aus Längen- und Breitengraden über das Bild und zoomte das Endprodukt an der Stelle heran, wo die vermutete Route in Nordostafrika begann. Dann gab er die ungefähren Koordinaten – zwölf Grad, 36 Minuten Nord und 37 Grad, 28 Minuten Ost – in die Suchmaske ein. Die Umrisse des afrikanischen Kontinents erschienen auf dem

Bildschirm. Ein See tauchte auf. Aus der Satellitenperspektive waren Gebirge, Flüsse, Straßen und Ansiedlungen zu sehen. Einige der Aufnahmen waren so gestochen scharf, dass Autos und Menschen zu erkennen waren.

»Yeeep! Ein Hoch auf die Technik! Und auf uns!«, jubelte Jens. »Das da, liebe Leute, ist der Tanasee im Nordosten von Äthiopien. Das viel gepriesene Dach Afrikas. Da gibt es 4000 Meter hohe Berge. Der Tanasee ist keineswegs ein Tümpel. Das ist ein kleines Meer. Schätzungsweise 80 Kilometer lang und fast 70 Kilometer breit. Er gehört, wie auch die anderen großen Seen Nord- und Ostafrikas, zum ostafrikanischen Grabenbruch. Am Tanasee entspringt der Blaue Nil und strömt dann westwärts, bis er in der sudanesischen Hauptstadt Khartum in den Weißen Nil mündet. Und eins ist klar: Wo so ein großer Fluss seinen Weg findet, gibt es auch einen Weg für Menschen – für Karawanen. Auf diesen Karawanenrouten wurden über Jahrhunderte Elfenbein, Gold, Edelsteine, aber auch Sklaven quer durch Afrika transportiert. Würde mich nicht wundern, wenn Charles auf eine alte, kaum bekannte Karawanenroute hinweisen wollte.«

Wie elektrisiert horchte Peter bei diesen Stichworten auf: Gold, Edelsteine, Elfenbein. Er erinnerte sich an die fantastisch anmutenden Passagen aus dem Brief, in dem es um hundsköpfige Menschen, Giganten, Zyklopen und um unvorstellbare Schätze ging. Aufgeregt wühlte er in seinen Unterlagen und zog schließlich den Brief hervor.

»Hört mal zu, Leute. Was hier geschrieben steht, liest sich wie ein Märchen aus *Tausendundeiner Nacht:* ›An Gold und Silber und Edelsteinen haben unsere Hoheit Überfluss … unter dem Übrigen, was sich wunderbarerweise in unserem Land befindet, ist ein sandiges Meer ohne Wasser–‹«

Markus unterbrach ihn. »Ach ja, das hätte ich fast vergessen.

Du hast mich doch gebeten, irgendetwas über diesen ominösen Brief herauszufinden. Ich konnte! Ein Freund von mir, seines Zeichen Religionswissenschaftler, hat die Zeilen sofort zuordnen können. Es ist ein Brief aus dem zwölften Jahrhundert, der in verschiedenen Sprachen existiert und zu den am meisten diskutierten Dokumenten der Neuzeit gehört. Verfasser dieses Werkes soll angeblich – und jetzt halte dich fest, Peter – der mysteriöse christliche Priesterkönig Johannes gewesen sein.«

Im Raum herrschte angespannte Stille. Peter konnte seine Nervosität nicht weiter unterdrücken. Seine Augen glänzten.

»Wer, zum Teufel, war das nun wirklich, dieser Priesterkönig Johannes? Alles, was ich bis jetzt herausgefunden habe, deutete darauf hin, dass es eher eine Fantasiegestalt war, ein Mythos. Ich dachte, der Brief sei ein Sammelsurium aus orientalischen Märchen, christlichen Fantasien und mittelalterlichen Hirngespinsten. Jetzt hat diese vermeintliche Fantasiegestalt namens Johannes angeblich einen Brief geschrieben? Das ist ja Aberwitz!«

Markus grinste. »Aberwitz? Keineswegs. Dieser Brief, der angeblich aus dem Griechischen ins Lateinische und später in alle möglichen europäischen Sprachen übersetzt wurde, ist Gegenstand höchst kontroverser wissenschaftlicher Untersuchungen geworden. Im Original ist er viel länger. Und noch viel fantastischer. Angeblich wurde der Brief im Jahre 1165 an Kaiser Manuel I. Komnenos von Byzanz geschrieben. Es gibt allerdings auch Leute, die sagen, der Brief sei eine perfekte Fälschung, die einzig und allein das Ziel hatte, die erschlaffte Bereitschaft der Europäer für Kreuzzüge gegen die Moslems wieder mit neuem Leben zu erwecken. Quasi mit einem mächtigen Christenkönig als Verbündeten. Andere sagen, es sei sehr wohl das Original, es mangle den Wissenschaftlern der Neuzeit lediglich an geistiger Flexibilität und Fantasie, um zu glauben, was dort geschrieben steht. Denn, lieber Peter, eins hat mir mein Freund, der Universitätsprofessor, auch noch gesagt: Dieser Brief wurde beantwortet. Und zwar von Papst Alexander III.! Dieser Priesterkönig hatte nämlich ein sehr konkretes Anliegen vorgetragen. Er wollte einen Altar in der Grabeskirche in Jerusalem errichten lassen. Wartet, ich habe hier einen Auszug aus diesem Brief vom Papst, gerichtet an: ›Johannes, erhabener und herrlicher König der Inder … Je erhabener und großmütiger sein Verhalten sein wird, je weniger er sich seiner Macht und seines Reichtums zu rühmen gedenkt, desto williger werden wir seinem Wunsch, einen Altar in der Grabeskirche zu Jerusalem zu erhalten, Beachtung schenken.‹«

Peter verdrehte ungläubig die Augen. »Willst du mir etwa erzählen, dass der Papst mit diesem Priesterkönig Johannes korrespondierte?«

»Könnte sein! Der Brief des Priesterkönigs erregte damals ein solches Aufsehen, dass sich Papst Alexander III. wohl zu einer umfassenden Gegendarstellung genötigt sah. Die Reaktion des Papstes war zwiespältig. Er fürchtete zum einen um seinen Alleinvertretungsanspruch, erhoffte sich aber zum anderen die tatkräftige Hilfe des sagenhaften Priesterkönigs bei der Befreiung Jerusalems. Aber es kommt noch besser: Noch im gleichen Jahr entsandte dieser Papst seinen Arzt Philipp mit einer persönlichen Botschaft an Johannes nach Asien, in der er um Unterstützung für einen weiteren Kreuzzug gegen die Muslime ersuchte. Philipps Reise endete offenbar ohne Ergebnis, er blieb verschollen. Aber du siehst, der Papst hat die Existenz des Priesterkönigs Johannes nicht angezweifelt. Wie auch immer, fest steht derzeit nur, dass dein Freund Charles offenbar eine Verbindung zwischen diesem mysteriösen christlichen Priesterkönig und Äthiopien sowie zu dieser Karawanenroute hergestellt hat. Aber warum? Ist schon eigentümlich, dass eine Karawane im Nordosten Äthiopiens aufbricht, um quer durch die Sahara gen Westen zu ziehen. Und warum werden deswegen heute Menschen umgebracht?«

»Am besten, du fährst die Route mal ab«, scherzte Jens. »Wenn du Glück hast, findest du zwischen Äthiopien und Mali eine im Sand verschollene Karawane. Vielleicht liegt da ein Schatz in der Sahara. Und vielleicht auch die Gebeine des mystischen Priesterkönig Johannes.«

Die Männer schauten sich wortlos an. Alle drei hatten denselben Gedanken. Aber keiner wagte, ihn auszusprechen.

Markus war es schließlich, der nüchtern resümierte: »Der Gedanke ist ebenso verlockend wie verrückt. Stellt euch das mal vor – eine Expedition von Äthiopien quer durch die Sahara nach Mali. Geil! Da wäre ich sofort dabei. Doch das könnt ihr vergessen. Überall militärische Sperrgebiete. Räuberische Wüstennomaden. Und völlig unbekannte Sandmeere, die mit keinem Geländewagen zu schaffen sind. Wenn da ein Schatz liegt, dann liegt er auch in tausend Jahren noch dort.«

Peter tat sich schwer, die Flut der Informationen dieses Tages zu verarbeiten. Zudem lösten die letzten Worte von Jens bei ihm wirre Fantasien aus. Die Sahara von Ost nach West durchqueren – was für eine Herausforderung! Monate würde man dafür brauchen. Nachdenklich schritt er durch den Raum, grübelte vor sich hin und sprach schließlich in einem auffallend ernsten Ton: »Ich erinnere mich an eine Geschichte, von der ich im Laufe meiner Saharatouren immer wieder mal gehört habe. Die Tuareg in Algerien hatten mir davon erzählt und die Haussa in Nordnigeria ebenfalls. Sogar die Fulani im Osten des Senegals haben darüber gemunkelt. Stets war von einer legendären Karawane die Rede gewesen. 2000 Kamele, beladen mit Elfenbein, Gold und Edelsteinen, so erzählten mir diese Wüstenvölker, waren angeblich vor hunderten von Jahren irgendwo in der Sahara, an einem Ort, den die Tuareg das Land der Leere nennen, für immer verschwunden. Ist eine nette Geschichte, die man sich abends am Lagerfeuer erzählt. Habe ich bis heute jedenfalls gedacht. Vielleicht hat es diese Karawane aber tatsächlich gegeben. Und möglicherweise liegt da sogar noch was ganz anderes unter dem Sand begraben. Etwas, das mit diesem Priesterkönig Johannes und mit den Portugiesen zu tun hat. Ich sag's euch, mir ist ganz mulmig zu Mute!«

Plötzlich merkte Peter, wie seine beiden Freunde ihn entgeistert anstarrten.

»Schaut mich bloß nicht so an! Ihr wisst, dass ich nicht so ein Verschwörungstyp bin. Aber seid doch mal ehrlich, diese Geschichte ist so unvorstellbar und doch so nahe an gewissen historischen Geschehnissen, dass wir da weitermachen müssen. Irgendwo müssen wir ansetzen. Vielleicht in Äthiopien. Dort suchte man den mystischen Priesterkönig Johannes ja auch. Und eins weiß ich, im Tanasee liegen viele Inseln, auf denen sich jahrhundertealte christliche Klöster befinden. Da oben liegt das legendäre Lalibela – auch Neu-Jerusalem genannt. Mit den weltberühmten Felsenkirchen. Nicht weit davon entfernt liegt Aksum, eine der mystischsten Städte Afrikas. Dort existierten einst mächtige Königreiche, christliche Reiche. Irgendwo dort, so vermute ich, brach vor vielen hundert Jahren eine Karawane auf Richtung Khartum, westwärts durch die Sahara bis nach Mali, in die Nähe von Timbuktu. Hunderte Tage Wüste, schroffe Gebirge, Trockenheit, Tod und Verderben. Wahnsinn! Die Frage ist, wer diese Leute waren, die diese eigentlich von Menschen kaum zu bewältigende

Strecke quer durch die Sahara zurücklegten. Was transportierte diese Karawane? Und wo verschwand sie? Diese Karte ist laut Yvonne einem portugiesischen Buch entnommen worden. Die Portugiesen waren ja auch auf der Suche nach dem legendären Christenreich des Priesterkönigs Johannes. Es gab Abgesandte des portugiesischen Königs, die mit den damaligen Königen von Aksum und Lalibela verhandelten. Wenn portugiesische Seefahrer die Meere durchkreuzten, waren immer Spione des Papstes dabei. Einer von ihnen war ein Franziskaner. So wie die beiden Toten von San Francesco del Deserto. Glaubt ihr an solche Zufälle?«
Er schaute seine beide Freunde fragend an, erhielt aber keine Antwort.
»Sagt mal, kann einer von euch beiden Portugiesisch?«
Jens und Markus schüttelten verwundert den Kopf.
»Mist, das hatte ich befürchtet. Dann werde ich notgedrungen Yvonne bitten müssen, mit mir nach Lissabon zu fliegen. Dort finde ich wahrscheinlich Antworten auf viele Fragen.«

Zur gleichen Zeit, da Peter zusammen mit seinen Freunden Markus und Jens seine Wohnung in der Rosenheimer Straße verließ, um in einem nahegelegenen Restaurant essen zu gehen, stieg Jahzara am Flughafen von Lissabon in ein Taxi und wies den Fahrer an, sie zu ihrer Wohnung im Stadtteil Alfama zu fahren. Ängstlich drehte sie sich auf der viertelstündigen Fahrt in die Stadt mehrmals um und beobachtete die hinter ihnen fahrenden Autos. Nichts Auffallendes war zu sehen.
Das auf einem Hügel hoch über der Stadt thronende Castelo de São Jorge erstrahlte in gelblichem Flutlicht und hob sich romantisch gegen den sternenklaren Abendhimmel ab. Die Bruchsteinmauern des Kastells vermittelten ihr ein Gefühl der Geborgenheit. Endlich wieder zuhause, in einem vertrau-

ten Umfeld. Und doch war sie nervös. Der Tod von Charles Bahri hatte sie erschüttert. Das Gefühl, dieses dumpfe Bewusstsein, verfolgt zu werden, wollte einfach nicht weichen. Wovor hatte Charles Bahri Angst gehabt? Vor der katholischen Kirche? Vor dem Papst? Diese Dokumente waren brisant, würden weltweit für Aufregung sorgen. Aber deswegen war er bestimmt nicht umgebracht worden. Außerdem fragte sie sich, was diese Geschehnisse mit jenen Dingen zu tun hatten, die der Direktor des Museo Storico Navale von Venedig ihr erzählt hatte? Gänsehaut lief ihr über den Rücken, als sie sich an den Moment erinnerte, in dem sie in dem Schifffahrtsmuseum plötzlich diese Männerstimme hinter sich gehört hatte. Ihr Herz wäre beinahe stehen geblieben, solch panische Angst hatte sie gehabt. Der Araber! Das war ihr erster Gedanke gewesen. Jener dunkelhäutige Mann mit diesem seltsamen Mal auf der Stirn. Der, dessen Gegenwart sie noch immer zu spüren glaubte, obwohl sie ihn seit dem Zwischenfall auf dem Vaporetto nicht wiedergesehen hatte. Seit der Sache auf dem Boot fühlte sie sich verfolgt. Dabei hatte sich der Araber nicht einmal auffällig verhalten. Er hatte auf dem Vaporetto nahe der Kapitänskajüte gestanden und sich, ebenso wie alle anderen Passagiere, die prächtigen Paläste entlang des Canal Grande angeschaut. Nur einmal, für Bruchteile von Sekunden, hatten sich ihre Blicke gekreuzt. Sehr flüchtig, unbeabsichtigt. Und doch war da etwas in diesen Augen gewesen, das sie hatte erstarren lassen. Dieser Mann trug Böses in sich! Ein undefinierbarer, eiskalter, gefühlloser Blick war es gewesen. Sie kannte den Fremden nicht. Aber er kannte sie, das spürte sie. Ja, dieser Araber wollte etwas von ihr. So, wie der andere Mann auch.

Einen Augenblick lang musste sie an den gut aussehenden Mann denken, der sie auf dem Boot fotografiert hatte. Aufge-

fallen war er ihr eigentlich nur, weil er so braungebrannt war und weil sein schwarzes Haar im Fahrtwind ständig über sein Gesicht fiel und ihn am Fotografieren hinderte, was ihn zu lustigen Grimassen und seltsamen Handbewegungen veranlasst hatte. Dann hatte sie bemerkt, dass dieser breitschultrige Mann mit dem kantigen Gesicht sie durch das Objektiv seiner Kamera hindurch beobachtete, sie fotografierte. Sie hatte seine Blicke auf ihrem Körper geradezu gespürt. Und sie hatte es genossen. Ohne zu wissen, warum. Dieser Mann strahlte etwas aus, das sie faszinierte. Vielleicht war es seine selbstbewusste Körperhaltung oder sein Lächeln, seine Mimik. Es war eine eigentümliches Situation gewesen: hinter ihr ein Araber, vor dem sie sich fürchtete, vor ihr ein Europäer, der fast die gleiche Kleidung wie der Araber trug und der sie durch die Linse seiner Kamera beobachtete, sie in seinen Fantasien vielleicht sogar auszog. Angst im Nacken und ein Kribbeln im Bauch – das hatte sie auf dem Boot empfunden. Geblieben war die Angst. Bis hierher nach Lissabon.
Am Platz vor dem Teatro National bat sie den Taxifahrer, zwei Mal um den Kreisverkehr herumzufahren. Misstrauisch taxierte sie jedes Fahrzeug, das hinter ihnen fuhr. Niemand schien ihnen zu folgen.
»Hast du Angst, dass dir dein Mann auf die Schliche kommt und dich mit deinem Liebhaber ertappt? Oder hast du etwa für heute Nacht noch keinen Lover? Das ließe sich schnell ändern«, sagte der junge, ungepflegt wirkende Fahrer in schlechtem Portugiesisch und starrte ihr über den Rückspiegel völlig ungeniert auf ihren Busen.
Die anzüglichen Bemerkungen ärgerten sie. Er hatte Ekel erregenden Mundgeruch und fettiges Haar. Ohne Zweifel war er Brasilianer. Wahrscheinlich einer dieser mittellosen Immigranten aus den einstigen portugiesischen Kolonien, die zu

hunderten tagsüber am Platz nahe der Statue von Dom Pedro IV. herumlungerten. Ihre Reaktion war harsch.
»Sehe ich etwa so aus, als würde ich mich mit einem Taxi fahrenden Clochard mit einer Mutter und vielen Vätern einlassen?«, fauchte sie und starrte demonstrativ aus dem Fenster.
Wenige Minuten später erreichten sie die Kathedrale am Fuße des Stadtteils Alfama. Der Anblick des unscheinbaren Backsteingebäudes mit den zwei quadratischen Glockentürmen beruhigte sie. Hier kannte sie jeden Winkel, jede Gasse – und viele Menschen. Hier lebten ihre Freunde. In Alfama war sie sicher. Sie stieg aus, überquerte die Straße und ging die für Fahrzeuge gesperrte Rua da Saudade hinauf, bis sie die enge Rua das Damas erreichte. Nochmals verharrte sie, prüfte, ob jemand ihr gefolgt war. Sie sah nur einen jungen Mann, der auf einer Bank am Ende der Gasse unter einem Baum saß und eine Zigarette rauchte. Gegen das Licht der Straßenlaterne sah er ein wenig wie ein Araber aus. In Alfama wohnten allerdings sehr viele Afrikaner, Südamerikaner und auch Araber. Schon im zwölften Jahrhundert war es Heimat maurischer Handwerker und Händler gewesen. Seit Künstler und Intellektuelle dieses Viertel für sich entdeckt hatten und immer mehr avantgardistische Szenenlokale hier öffneten, veränderte sich das Flair dieses Viertels zunehmend. Aber noch galt Alfama in Lissabon als Refugium für Ausländer, Ausgegrenzte und Verarmte. Es war eine in sich geschlossene Welt der Andersartigkeit.
Sie atmete auf. Niemand war ihr gefolgt. Ihr Blick schweifte über das altblau getünchte Haus, an dessen brüchige Fassade defekte Strom- und Telefonleitungen herabhingen. So sah es im gesamten Viertel aus. Alfama war eine marode Welt mit mittelalterlichem Flair.
Wenig später stand sie auf dem winzigen Balkon ihrer kleinen

Wohnung im Dachgeschoss und genoss den Blick über die Stadt und die Kais. Die Nacht war mild. Wie immer wehte eine Brise vom Rio Tejo herauf. Die beiden weißen Türme der Iglesia de San Vicente de Fora und die Kuppel von Santa Engracia hoben sich, von Scheinwerfern angestrahlt, zu ihrer Linken gegen den Nachthimmel ab. Auf der anderen Seite des Flusses funkelten die Lichter der Stadtteile Barreiro und Lavradio. Weiter entfernt, zu ihrer Rechten, schimmerten die Lichterketten der Ponte 25 de Abril.

Sie liebte dieses Panorama. Mit viel Zeit, Geld und viel Liebe zum Detail hatte sie aus der einst tristen Zweizimmerkaschemme ein wahres Schmuckstück gemacht. Als sie vor Jahren hier einzog, hatte es nur zwei mickrige kleine Fenster gegeben. Die Lehmwände bröckelten, das Schindeldach war undicht gewesen. Es war ein dunkles Loch gewesen, mehr nicht. Inzwischen bestand die gesamte Wohnungsfront hin zum Fluss aus Glas. Helles Laminat und weiße Wände ließen die sechzig Quadratmeter großzügiger erscheinen. Selbst wenn sie im Bett lag, konnte sie den Tejo und die darauf fahrenden Schiffe sehen. Wenn der Wind aus dem Westen wehte, konnte sie sogar den Atlantik riechen. Von hier oben konnte sie alles überblicken, aber niemand konnte sie sehen.

Plötzlich fühlte sie sich entspannt und glücklich. Ihr Blick fiel auf die Bücher und Dokumente, die sie von Charles und vom Museumsdirektor erhalten hatte. Morgen würde sie mit ihrer Recherche anfangen. Und bald würde sie weltweit Aufsehen erregen! Sie zog sich auf dem Weg ins Schlafzimmer aus, ließ ihre Kleider auf den Boden gleiten, legte sich auf das Bett und starrte durch das Panoramafenster auf das Flusstal. Ihre Gedanken kreisten um Charles, seine sensationellen Bücher und um diese geheimnisvolle Karte, mit der sie nichts anzufangen wusste. Wie Wetterleuchten huschten tausende Gedanken durch ihren Kopf. Sie verdrängte den kurz aufkommenden Gedanken an den Araber und lächelte vor sich hin bei der Erinnerung an den sympathischen Mann mit der Kamera und dessen warmherziges Lächeln.

Langsam fielen ihr die Augen zu. Schläfrig hörte sie ein Containerschiff den Tejo ostwärts Richtung Atlantik schippern. Das Tuckern der Dieselmaschinen vereinte sich in ihrem Halbschlaf mit den Worten des Direktors vom Museo Storico Navale in Venedig, die wie ein Echo durch ihre Erinnerung hallten: »Diese abenteuerliche Geschichte, Signora, fing an, als Heinrich, dritter Sohn des portugiesischen Königs Johann I., im Jahre 1434 den Kapitän Gill Eanes und fünfzehn auserwählten Männern den geheimen Auftrag erteilte, das Mar Tenebroso, das Meer der Finsternis, zu durchqueren. Dom Anrrique, wie der Königssohn in Portugal genannt wurde, befahl diesen wagemutigen Männern, die von der Kurie proklamierten Grenzen des Universums zu ignorieren, um eines der größten Geheimnisse der damaligen Zeit zu lüften. Jene furchtlosen Seemänner fuhren los, um etwas zu suchen, was der Papst und seine Vasallen weder hofften, dass es überhaupt existiert, geschweige denn wollten, dass es je gefunden werde: das legendäre Christenreich des Priesterkönigs Johannes. Die katholische Kirche sah in dem mystischen Priesterkönig eine Bedrohung des Alleinvertretungsanspruches des Papstes. Der Heilige Vater hoffte, dass dieses angeblich so mächtige Christenreich nie gefunden oder Informationen darüber die Christen Europas erreichen werde. Dafür war man in Rom bereit, alles zu tun. Alles! Der visionäre Dom Henrique hingegen sah in diesem Christenkönig einen potenziellen Verbündeten im Kampf gegen die ungläubigen Mauren. Und einen Mitstreiter bei der Befreiung Jerusalems. Jetzt, nach dem Tod von Charles Bahri, wird ans Licht der

Öffentlichkeit gelangen, was damals wirklich passierte. Denn jemand hat aufgeschrieben, was geschah. Vielleicht war der anonyme Verfasser ein portugiesischer Getreuer des Infanten. Oder einer der zum Tode Verurteilten aus den Kerkern Portugals, die als Seeleute für dieses Abenteuer angeheuert worden waren mit dem Versprechen, dass sie, sollten sie jemals vom Ende der Welt zurückkehren, freie Männer sein würden. Vielleicht war es auch ein Franziskaner. Was damals geschah, ist eine sehr traurige Geschichte über Macht und Missgunst, Hass und Liebe. Ein unrühmliches Kapitel in der Geschichte der katholischen Kirche.«

In dem Moment, in dem Jahzara in ihrer Dachgeschosswohnung einschlief, warf Mohammed seine Zigarette weg. Seit Ankunft der Äthiopierin waren zwei Stunden vergangen. Davor hatte er vier Stunden lang auf der Bank unter dem Baum am Ende der Rua das Damas auf sie gewartet. Nachdem sie dann endlich das Haus betreten hatte, hatte er sofort Abu Fares angerufen. Statt von diesem langweiligen Auftrag entbunden zu werden, war ihm aufgetragen worden, zu warten, bis er abgelöst werden würde. Er hatte keine Ahnung, um was es hier ging. Es wollte und musste es auch nicht wissen. Er war es gewohnt, in Unwissenheit gelassen zu werden. Die Männer, für die er gelegentlich Aufträge durchführte, mochten es nicht, mit Fragen malträtiert zu werden. Was sie wollten, tat man. Was sie befahlen, führte man bedingungslos aus. Ihre Ehrenhaftigkeit stand außer Frage.
Die heiligen Männer von Al Sakina waren mächtige Männer, von denen niemand in der moslemischen Gemeinde so genau wusste, was sie eigentlich wollten. Wer für sie arbeitete, tat das aus Überzeugung, im Namen Allahs.
Kurz nach Mitternacht sah er Abu Fares auf sich zukommen.

Der breitschultrige Hüne mit dem Vollbart und den eng zusammenliegenden Augen schritt nahezu lautlos über das Kopfsteinpflaster. So, wie ihm befohlen worden war, stand Mohammed auf und ging wortlos und ohne Abu Fares anzuschauen davon. Er kannte diesen Mann nur vom Sehen, kannte seine Stimme, wusste aber nichts von ihm. Doch so wie alle anderen Glaubensbrüder auch hatte er Angst vor Abu Fares. Jeder ahnte, was der Hüne für die Derwische des Ordens tat.

6.

Federico Pessagno hielt die Schmerzen nicht mehr aus. Die Narben seines Beinstumpfes schwollen an und die nässende Wunde am Oberschenkel begann, grauenhaft zu jucken. Er kannte das zwar mittlerweile, aber es überforderte seine Selbstbeherrschung, wenn sich unter dem Schorf Millionen Ameisen zu bewegen schienen. Kratzen half nichts. Stattdessen infizierte sich das Bein dort, wo ihm bei dem Unfall der Metallbügel der Vorderradgabel vom Motorrad in den Oberschenkel eingedrungen war. Aus einer anfänglich gut heilenden Wunde war ein fast handgroßes, permanent juckendes, eitriges Wundmal geworden. Das Jucken war längst zu einem größeren Problem geworden als der fehlende Unterschenkel.

Seit sie ihm vor sechs Monaten sein Bein bis oberhalb des Knies amputiert hatten, litt er zudem unter Witterungsumschwüngen. Schon Stunden bevor anderes Wetter aufzog, spürte er die Veränderungen des Luftdrucks in seinem Bein. Manchmal litt er höllische Qualen. Mehr als Schmerzmittel konnte der Arzt nicht verschreiben. Doch die Pillen machten ihn willenlos, betäubten nicht nur die Schmerzen, sondern auch den Verstand. Es war ein Teufelskreis, der sein Leben radikal verändert hatte.

Auch heute hatte er gegen Mitternacht plötzlich im Schlaf gespürt, dass eine Schlechtwetterfront aufzog. Die Schmerzen kamen schneller, als die Tabletten wirkten. Unruhig stampfte er, auf seine Krücke gestützt, durch sein Wohnzimmer bis zum Flur. Er krümmte sich vor Schmerzen, verlor das Gleich-

gewicht, taumelte, stürzte nahe der Haustür und kam mit seinem Kopf davor zum Liegen. Ein stechender Schmerz schoss durch den Beinstumpf. Völlig benommen sah er dennoch durch den Türschlitz einen Lichtkegel im Treppenhaus. Augenblicklich verdrängte Angst seine Schmerzen. Da war jemand. Einbrecher!
Abermals schielte er durch den Schlitz unter der Tür hindurch. Da war er wieder, ein kleiner Lichtkegel. Federico atmete schneller. Diebe! Schon wieder! Seit 15 Jahren war er hier Hausmeister. Ein dutzend Mal war bereits eingebrochen worden. Das Viertel hatte sich mit dem Zustrom der Emigranten aus Afrika, Südamerika und aus arabischen Ländern zu einem Sammellager krimineller Elemente entwickelt. Die Häuser in Alfama waren alt und baufällig, die Mieten daher niedrig.
Federico überlegte angestrengt. Die Polizei zu rufen, war sinnlos. Polizisten ließen sich immer absichtlich viel Zeit, wenn sie nach Alfama mussten. Sie hassten die Immigranten. Was, wenn dieser Einbrecher in seine Wohnung wollte? So, wie er hier lag, wäre er ein leichtes Opfer. Wahrscheinlich würde er sogar umgebracht werden. Das würde er zu verhindern wissen. Die Mieter im Haus waren ihm gleichgültig. Er mochte sie nicht. Und sie mochten ihn nicht. Die einzig wirklich Nette war die hübsche Äthiopierin oben unter dem Dach. War sie überhaupt da? Bedacht darauf, keine Geräusche zu machen, drehte sich Federico langsam auf den Bauch. Er musste an den Schrank gelangen. Dort lag die Schrotflinte. Er besaß sie noch aus der Zeit, als er Tontaubenschütze gewesen war. Einer der besten an der Algarve. Auch das war vorbei. Mit einem Bein, auf Krücken, ließ sich schlecht schießen. Dennoch konnte man sich selbst mit einem Bein gegen Einbrecher, Räuber und Mörder schützen. Nach wenigen Sekunden hatte er den Einbauschrank erreicht. Mühsam gelang es

ihm, die Tür zu öffnen. Der kalte Holzschaft der englischen Bockdoppelflinte beruhigte ihn. Er zog die Waffe hervor und kippte den Lauf nach vorne. In beiden Kammern waren Patronen. Viererschrot. Perfekt! Auf kurze Distanz hob das selbst ein Wildschwein von den Beinen. Lautlos ließ er beide Läufe einschnappen, entsicherte die Flinte und robbte langsam zurück zur Tür. Millimeter um Millimeter drehte er den Haustürschlüssel um. Er hielt den Atem an und lauschte angestrengt. Wusste der Eindringling womöglich von seiner Münzsammlung?

Federico setzte sich vorsichtig auf und zog mit der linken Hand die Türklinke herunter. Die Flinte hielt er mit der rechten Hand umklammert, der Zeigefinger lag am Abzug. Als der Türspalt groß genug war, schob er den Lauf der Flinte hindurch. Er spähte hinaus. Da schien niemand zu sein. War der Einbrecher schon weg? Er vergrößerte den Türspalt, um das Treppenhaus überblicken zu können. Es war stockfinster. Aber was war das da vorne, in der Ecke auf den Stufen unter dem kleinen Fenster – das Schwarze? Er beugte sich ein wenig weiter nach vorne. Die schwere Flinte deutete in Richtung Treppe. Er spürte, wie sein Arm zitterte. Plötzlich bewegte sich das Schwarze auf der Treppe. Es war ein Schuh. Dann noch einer. Gegen das spärliche Licht des Fensters hob sich eine Gestalt ab. Ein Mann. Ein Hüne! Federico erstarrte. Es war ein Monster von Mensch! So hünenhaft die Gestalt war, so schnell bewegte sich der Mörder plötzlich. Federico ahnte, dass er keine Zeit mehr für einen Warnschuss hatte. Mit dem Rücken an die Wand gelehnt, zog er den Lauf der Flinte ruckartig hoch.

»Halt, Stopp!«

Dann ging der Schuss los. Im Widerschein des Mündungsfeuers sah er den Vollbart des Mannes. Und er sah Augen, wie sie nur Mörder haben. Die schwarze Gestalt wurde an die Wand geschleudert, fiel jedoch nicht zu Boden. Die Wucht des Schusses riss Federico die Flinte aus der Hand. Die Waffe schepperte zu Boden. Jäh stürzte sich der Hüne auf ihn. Dann wankte er auf einmal, stöhnte, taumelte – und fiel rückwärts die Treppe herunter. An den dumpfen Aufschlägen konnte Federico erahnen, wie riesig dieser Mann sein musste. Sehen konnte Federico nichts. Doch er wusste, dass er getroffen hatte. Plötzlich quietschten die Scharniere der Eingangstür. Ein Lichtschein von der Straßenlaterne fiel ins Treppenhaus. Dann war der Hüne weg. Ob er oben bei der Äthiopierin gewesen war? War sie eigentlich wieder da? Egal! Ihn hatte dieses Monster nicht erwischt! Auch Krüppel können mit Schrotflinten umgehen. Dann schrie er um Hilfe.

Es war ein nettes Hotel, und von ihrem Zimmer aus hatte man einen herrlichen Blick auf die Altstadt. Aber Peter konnte weder den Ausblick noch das Ambiente genießen. Die Stimmung zwischen ihm und Yvonne war eisig. Längst bereute er seine Entscheidung, sie gebeten zu haben, mit nach Lissabon zu fliegen, um ihm bei seiner Recherche zu helfen. Er hatte keine andere Wahl gehabt, denn sie sprach neben Italienisch auch Spanisch und Portugiesisch. Da er zudem davon ausging, dass einige der Unterlagen in den Bibliotheken gute Lateinkenntnisse erforderten, hatte er sich leichtfertig über seine anfänglichen Bedenken hinweggesetzt. Das war ein Fehler gewesen. Yvonne hatte seine Bitte missverstanden, was sie ihm soeben unmissverständlich mitgeteilt hatte.
Er versuchte, die Stimmung zu retten: »Also gut, Yvi, ich habe weder das Geld noch die Zeit, um länger als vier bis fünf Tage hierzubleiben. Ich bin froh, dass mir mein Chef so kurzfristig Urlaub gegeben hat. Lass uns bitte wie erwachsene Menschen

miteinander umgehen. Ich verspreche dir, wenn wir zurück in München sind, werden wir über unsere Freundschaft reden. In aller Offenheit. Ist das okay?«

Yvonne nippte an ihrem Espresso. So früh am Morgen waren sie die einzigen Gäste in der Hotelbar.

»Gut, wenn ich schon so blöde war zu glauben, dass ich nicht nur als Dolmetscherin erwünscht bin, dann bleibt mir nichts anderes übrig, als mich zu beherrschen. Aber um eines bitte ich dich, rühr mich im Bett nicht an. Du weißt, dass ich dir nicht widerstehen könnte. Das wäre nicht fair von dir. Wir liegen wie Bruder und Schwester nebeneinander, ja? Was also machen wir heute zuerst? Schwesterchen ist bereit. Auf geht's! Ergründen wir das Geheimnis von ›IDA‹ und ›ELENI‹.«

Jahzara traute sich nicht, in die U-Bahn einzusteigen. Sie stand auf dem Bahnsteig. Die Türen des Wagons waren geöffnet. Sie schaffte es jedoch nicht, sich zu bewegen. Sie hatte den Schock über die jüngsten Ereignisse noch nicht verdaut. Was in ihrem Haus mit dem einbeinigen Federico passiert war, hatte sie in eine Welt aus Angst und Schrecken versetzt. Der offiziellen Version über das, was da eine Etage unter ihr geschehen war, schenkte sie keinen Glauben. Den Schuss aus der Schrotflinte hatte sie nur im Unterbewusstsein, im Tiefschlaf wahrgenommen. Doch dieser panische Hilfeschrei des Hausmeisters hatte sie in ihrem Bett erstarren lassen. Der Araber! Der Verfolger! Der Mörder von Charles Bahri! Das waren ihre ersten Gedanken gewesen. Dann waren Schreie von anderen Mietern durch das Haus gehallt. Jemand hatte »Polícia! Polícia!« geschrien. Tatsächlich war wenig später die Polizei gekommen. Angeblich hatte Federico einen Einbrecher überrascht und auf ihn geschossen. Blutspuren im Trep-

penhaus und auf der Straße ließen den Schluss zu, dass er getroffen hatte.
Die Polizei neigte zu der These, dass es sich um einen Dieb gehandelt hatte. Jahzara jedoch glaubte kein Wort davon, denn da gab es etwas, was die Polizisten im Treppenhaus gefunden hatten: eine Drahtschlinge mit zwei hölzernen Griffen. Der Eindringling hatte sie im Treppenhaus verloren. Sie hatte gehört, wie einer der Polizisten zu seinem Kollegen gemeint hatte, wie ungewöhnlich es sei, dass ein Einbrecher eine Scarpia dabeihabe, eine jener Drahtschlingen, mit denen professionelle Killer ihre Opfer erdrosseln. So wie bei den Mafiosi in Italien. Das hatte Jahzara in Panik versetzt, zumal der einbeinige Hausmeister den Polizisten auch noch gesagt hatte, dass er das Gesicht des Hünen gesehen habe. Und dass er deshalb glaube, der Hüne sei ein Araber gewesen. Seitdem fühlte sich Jahzara wie gelähmt vor Angst. Sie traute sich nicht, den Polizisten mitzuteilen, was sie vermutete. Dieser Mann hatte sie vielleicht töten wollen.
Das erschütterte sie. Erst dieser Araber in Venedig. Und nun ein weiterer hier, in dem Haus, in dem sie wohnte. Beide lebten noch. Was wollten diese Männer von ihr? Hatten sie etwas mit Charles zu tun? Seit Venedig wusste sie allerdings, wo sie wahrscheinlich Antworten finden würde: in Santa Maria de Belém. Dort hinzukommen, stellte sie jedoch vor große Probleme. Es war eine Art Klaustrophobie, die sie daran hinderte, die U-Bahn zu betreten. Panikattacken schüttelten sie. Eine Stunde brauchte Jahzara schließlich mit dem Fahrrad, das sie sich von einer Freundin geliehen hatte. Am Rio Tejo entlang, unterhalb des Bairro Alto, war sie Richtung Belém gestrampelt. Erschöpft von der langen Fahrt, stand sie schließlich vor dem Eingang des Museu de Marinha, am Ende des Westflügels des Mosteiro dos Jerónimos. Das prachtvolle

Kloster, das Manuel I. Anfang des 16. Jahrhunderts hatte bauen lassen, um den in Spanien angesiedelten Hieronymus-Orden nach Portugal zu holen, entfaltete im sanften Morgenlicht seine wahre Pracht. Das rote Dach schimmerte unnatürlich intensiv. Der Sakralbau aus hellem Kalkstein, der auf wundersame Weise Stilelemente aus der Renaissance mit gotischen und orientalischen Einflüssen eint, war einer ihrer Lieblingsplätze in Lissabon. Oft hatte sie schon in dem orientalisch anmutenden Kreuzgang vor dem Springbrunnen gesessen und die einzigartige Atmosphäre dieses kolossalen und doch so verspielt wirkenden Bauwerks auf sich wirken lassen. Im Marinemuseum war sie allerdings noch nie gewesen. Der Museumsdirektor aus Venedig hatte ihr jedoch dringend geraten, es zu besuchen.

Die prächtige Eingangshalle mit dem fantastischen Kreuzgewölbe und den farbenprächtigen Bleiglasfenstern wurde geprägt von einer überdimensionalen, aus weißem Marmor modellierten Statue. Gänsehaut lief ihr über den Rücken. Da war er! Der Mann, der ganz offensichtlich in diesem Puzzle von Charles eine so große Rolle spielte: Infante Dom Henrique! Heinrich der Seefahrer, sie ahnte es, war der Schlüssel zum Verständnis all jener Dinge, die in den Büchern und Dokumenten geschrieben standen. Das alte portugiesische Buch las sich zwar eher wie ein Roman, aber was, wenn der Museumsdirektor aus Venedig die Wahrheit gesagt hatte? Dann würde sie hier in der Biblioteca Central da Marinha Dokumente finden, die all das bestätigen. Dann wäre die Sensation perfekt.

Die riesige Weltkarte an der Stirnwand der Eingangshalle beeindruckte sie enorm. Neben den wichtigsten Seerouten portugiesischer Seefahrer war auch die Grenzlinie westlich der Kapverdischen Inseln eingezeichnet, die nach der Einigung zwischen der portugiesischen und der spanischen Krone im

Vertrag von Tordesilhas die Welt in zwei zur Eroberung freigegebene Gebiete unterteilt hatte: jene westlich der von Nord nach Süd verlaufenden Linie für die Spanier, die im Süden und Osten für Portugal. Damit hatte sich Portugal Afrika einverleibt. Der Papst hatte diese Aufteilung der Welt abgesegnet.
Jahzara atmete tief durch. Diese Karte war ein Synonym für die grenzenlose Arroganz und Beweis für das repressive, imperialistische Gedankengut abendländischer Mächte. Wie einen Kuchen hatten sie die Erde und die Völker der Welt unter sich aufgeteilt. Legitimiert von der katholischen Kirche als »Missionierung heidnischer Völker«, hatten erst Spanien und Portugal, später dann auch andere europäische Staaten die Meere durchkreuzt, um dem Rest der Welt mit Feuer und Schwert ihre Vorstellung von christlicher Nächstenliebe zu lehren. Aber in Äthiopien – ihrer Heimat –, so stand es in diesem alten Buch, hatten die Portugiesen offensichtlich auch noch nach etwas anderem gesucht. Es hatte mit Eleni zu tun gehabt. Jeder in Äthiopien kannte Eleni. Was aber wollten die Portugiesen damals von ihr?
Jahzara stand nur einen Meter von der riesigen Wandkarte entfernt. Ihre Augen fixierten die Regionen am Horn von Afrika. Da war es! Dort, wo sich das Gebiet des heutigen Äthiopien erstreckte, stand unter einem Kreuz »Terras do Preste João« geschrieben. Der Anblick dieses Namens überwältigte sie. Die Portugiesen hatten es gewusst oder wenigstens vermutet, dass das Christenreich des legendären Priesterkönig Johannes im heutigen Äthiopien liegen könnte. Und sie hatten offensichtlich konkrete Vorstellungen darüber gehabt, wie man dort hingelangte. Alle Land- sowie Seewege von Europa nach Ägypten und in das Reich von Aksum waren damals von muslimischen Heerscharen versperrt gewesen. In dem Buch von Charles stand geschrieben, dass die Portugie-

sen nur eine Chance sahen, diesen sagenumwobenen Preste João zu erreichen: von der afrikanischen Westküste aus über die großen Flüsse Afrikas ostwärts. Dabei stützten sie sich auf uralte arabische und ägyptische Landkarten, die eine direkte Verbindung aller großen afrikanischen Flüsse untereinander und zu den großen innerafrikanischen Seen aufzeigten. Wenn diese so genannte Niger-Nil-These zutraf, dann musste es möglich sein, über die großen westafrikanischen Flüsse Senegal, Gambia, Niger oder über den Zaire ostwärts quer durch Afrika zum Nil und von dort weiter ins Reich des Preste João nach Nordostafrika zu gelangen. Per Schiff! So zumindest stand es in dem Buch.

Jahzara erschauerte, denn dann war die weltbekannte These, dass die Portugiesen den Seeweg nach Indien gesucht hatten, nichts anderes als ein Täuschungsmanöver gewesen. Der anonyme Autor behauptet sogar, dass der portugiesische König seine Geheimpolizisten und die im Ausland residierenden Diplomaten angewiesen hatte, gezielt Desinformationen von einer angeblichen Suche nach dem Seeweg nach Indien zu verbreiten. Es war ein perfekt eingefädeltes Komplott. Man wollte lediglich sicherstellen, dass weder die Spanier noch andere europäische Staaten – und schon gar nicht die Araber – Wind davon bekamen, was Portugal in Wirklichkeit plante: eine heilige Allianz mit dem Christenreich des Preste João! Kein Wunder, dass es allen Teilnehmern dieser Expeditionen bei Androhung der Todesstrafe verboten gewesen war, über diese Reise und ihr wirkliches Ziel zu sprechen.

Plötzlich wurde sich Jahzara der Brisanz dieser Thesen bewusst. Was in diesem Buch geschrieben stand und was sich auf dieser Karte hier zu bestätigen schien, war ein Politthriller. Portugal hatte den Rest der Welt gezielt an der Nase herumgeführt. Geradezu zynisch mutete es Jahzara an, dass die katholische Kirche zu dieser Zeit offiziell noch immer die Lehre verkündete, dass die Welt eine Scheibe sei, und die heilige Inquisition alle jene in Kerker verbannte oder gar auf dem Scheiterhaufen verbrannte, die das Gegenteil behaupteten, während sich an Bord der portugiesischen Karavellen auch Repräsentanten Roms befanden. Darunter Francisco Álvares, ein Franziskaner, der persönliche Berater und Kaplan des portugiesischen Königs. Was immer die kühnen Seefahrer draußen in der neuen Welt taten, der Papst war darüber bestens informiert.

Jahzara war schockiert, und wie hatte der Verfasser des Buches geschrieben? »Der Heilige Vater in Rom wollte unbedingt wissen, wer dieser Priesterkönig war, der diesen arroganten Brief an den Kaiser von Byzanz geschrieben hatte. Der Papst musste wissen, ob tatsächlich ein solch mächtiges und unvorstellbar reiches Christenreich in Afrika existierte. Denn so wie Rom seit jeher danach strebte, sich die Ostkirchen einzuverleiben, so war es die Intention des Papstes bei dieser Expedition, sich den Priesterkönig Johannes entweder untertan zu machen – oder den Abtrünnigen als Häretiker, als Ketzer, in die Bedeutungslosigkeit zu verbannen.«

Jahzara fühlte sich angewidert. Sie selbst war eine gläubige äthiopische Christin. Hatte die Kurie in Rom Millionen Christen des Abendlandes belogen und in die Irre geführt, weil sie fürchtete, dass der Alleinvertretungsanspruch des Papstes durch den Priesterkönig Johannes, durch andere Christengemeinden ins Wanken geriete? Unvorstellbar! Was aber hatte diese Karawane damals wohin und zu wem in Sicherheit bringen sollen? Und was hatten die Araber damit zu tun, die plötzlich ihr Leben auf den Kopf stellten?

Fassungslos angesichts der sich aufdrängenden Verdachtsmomente, wandte sie sich von der Karte ab. Ihr Blick wanderte

nach links, wo Modelle der portugiesischen Karavellen ausgestellt waren, mit denen die Seefahrer die Meere durchkreuzt hatten.
Plötzlich stockte ihr der Atem. Nein, das konnte nicht sein! Unmöglich! Der Mann da vorne, zwischen den Vitrinen! Sie erkannte ihn, obwohl nur sein Kopf zu sehen war.
Im selben Augenblick drehte sich der Mann um und entdeckte auch sie. Ihre Blicke trafen sich. Sie sah in seinen Augen, dass er sie sofort wiedererkannt hatte. Grenzenloses Erstaunen spiegelte sich in ihren Augen wider. Auf einmal trat eine blonde Frau hinter einer Vitrine hervor. Sie starrte Jahzara an. In ihrem Blick lagen Ohnmacht, Verwunderung und grenzenlose Traurigkeit.
Yvonne wandte sich um und schaute zu Peter. In seinen Augen sah sie, was sie seit Venedig geahnt hatte. Wortlos, mit gesenktem Blick wandte sie sich ab und ging schnellen Schrittes durch den Saal zum Ausgang. Sie spürte, wie die Blicke der afrikanischen Schönheit ihr folgten.

Wenig später saß Yvonne auf der Aussichtsplattform des nahegelegenen Entdeckungsdenkmals und schaute wehmütig auf den Tejo hinab. An dem zum 500. Todestag von Heinrich dem Seefahrer erbauten Padrão dos Descobrimentos herrschte Hochbetrieb. Touristen strömten durch die Unterführung zwischen dem Kloster und dem Fluss und bestaunten die 16 in Stein gemeißelten bedeutendsten Entdecker Portugals, angeführt von Heinrich dem Seefahrer. Von hier aus waren die Karavellen vor 600 Jahren aufgebrochen und hatten die Welt erkundet. Und hier endete nun für sie abrupt, was mit Peter vor vier Jahren angefangen hatte. Sie war traurig und weinte, weil sie ahnte, dass sie ihn verlieren würde. Er war ein beeindruckender Mann, aber er wurde von Wissbegierde und einem unbändigen Freiheitsdrang getrieben. Unbekanntes, Neues zog ihn wie ein Magnet an. Regelmaß, Routine, bourgeoises Mittelmaß, wie er es stets nannte, waren hingegen für ihn ein Horror. In seinem Schlafzimmer hing ein Zitat aus Hermann Hesses Gedicht *Stufen*:

Wir sollen heiter Raum um Raum durchschreiten,
An keinem wie an einer Heimat hängen,
Der Weltgeist will nicht fesseln uns und engen,
Er will uns Stuf' um Stufe heben, weiten.

Kaum sind wir heimisch einem Lebenskreise
Und traulich eingewohnt, so droht Erschlaffen,
Nur wer bereit zu Aufbruch ist und Reise,
Mag lähmender Gewöhnung sich entraffen.

Genauso dachte und fühlte Peter. Sie liebte ihn. Doch sie hatte schon früh geahnt, dass sie einen Mann liebte, der nie in einer von beruflichen und familiären Zwängen geprägten Welt wie der ihren leben wollte und konnte. Nicht, dass er sich gegen Beziehungen wehrte. Er sehnte sich nach Gleichklang, Austausch, Nähe und Vertrautheit. Aber er hasste, wie er ihr es mal vor geraumer Zeit gesagt hatte, »goldene Käfige, die von anderen modelliert wurden und in denen ich nach den Regeln anderer leben und lieben muss. Deine Liebe, Yvonne«, das hatte er gesagt, »ist konditioniert. Du gibst sie nur dem, der seine Liebe deinen Vorstellungen anpasst, sie dem Diktat deiner Lebensrahmenbedingungen unterwirft.«
Yvonne schluchzte. Peter war, was seine Gefühle anging, stets ehrlich zu ihr gewesen. Was heute geschehen war, hatte sich schon lange abgezeichnet. Er verließ eigentlich nicht sie, sondern das Leben, in das sie ihn hatte hineinzwingen wollen.

Yvonne kramte ihr Handy aus der Handtasche. Zittrig wählte sie seine Nummer.

Ergriffen von der Flut seiner Gedanken und Empfindungen, stand Peter, umgeben von Gemälden und Exponaten, inmitten des riesigen Saals und starrte die Frau mit dem ebenmäßigen Antlitz an. Er fühlte sich wie in einem Traum. Eben noch hatte Yvonne neben ihm gestanden. In Gedanken war er bei Heinrich dem Seefahrer und bei dem Geheimnis gewesen, auf dessen Spuren er sich befand. Und plötzlich sah er die Frau vor sich, die er in Venedig durch das Objektiv seiner Kamera bewundert hatte.
Plötzlich klingelte sein Handy. Hastig zog er es aus seiner Jackentasche. Er konnte hören, dass Yvonne versuchte, ihr Schluchzen zu unterdrücken. Es machte ihn traurig und es tat ihm grenzenlos leid, dass sie irgendwo da draußen saß, wahrscheinlich völlig aufgelöst, enttäuscht, hoffnungslos und allein. Ihre Stimme schien aus einer anderen Welt zu ihm vorzudringen.
»Peter, was immer soeben geschehen ist, es war nur eine Frage der Zeit. Ich weiß nicht, ob es Bestimmung oder eine in Erfüllung gegangene Hoffnung, ein sehr starker Wunsch von dir war, dass diese Frau hier im Museum auftauchte. Ich weiß es nicht. Ich weiß nicht, was zwischen dir und ihr war, ist, sein wird. Es ist besser, wenn wir uns für eine Zeit lang nicht sehen. Ich muss nachdenken. Was ich dir aber noch sagen wollte, ich habe gefunden, was wir in diesem Museum gesucht haben! Dreh dich mal um.«
Peter spürte, wie ihn die Situation überforderte. Yvonne klang sehr melancholisch. Reue und Trauer übermannten ihn. Nun, da sie weg war, da sich abzeichnete, dass er sie vielleicht nie wiedersehen würde, hatte er grenzenlose Angst, sie zu verlie-

ren. Gestritten hatten sie sich hin und wieder mal. Aber noch nie hatte im Raum gestanden, dass sie sich trennen könnten. Was sollte er tun? Er hörte Yvonne schluchzen. Verflucht noch mal: Sie liebte ihn so sehr, dass sie selbst in diesem Moment noch an den Grund ihrer Reise nach Lissabon dachte. Wie soll ein Mensch mit solchen Situationen umgehen? Sollte er Yvonne suchen, sie in den Arm nehmen?

Aus dem Augenwinkel heraus beobachtete er, wie die geheimnisvolle Schöne sich umdrehte. Sein Herz pochte. Sie geht! Panisch überlegte er, wie er sie aufhalten könne.

Aus dem Handy klang Yvonnes Stimme in sein Bewusstsein.

»Peter? Peter, hörst du mich?«

Er stotterte. »Ja, Yvi, ja …«

»Peter, hinter dir an der Wand hängt ein großes Gemälde. Es zeigt drei Männer. Der Mann in der Mitte trägt ein braunes Gewand. Siehst du es?«

Peter wandte sich zu dem Gemälde um. Drei Männer waren darauf abgebildet. Der rechte trug ein blaues, bis zum Boden reichendes Gewand und hielt ein Schiffsmodell aus Holz in der Hand. Der Mann links im Hintergrund umklammerte einen Sextanten. Dann fiel sein Blick auf den Mann im Zentrum des Bildes. Er erkannte ihn sofort an seinem Schnauzbart. Es war Heinrich der Seefahrer. In seinem Schoß hielt er eine Landkarte. Selbst von Weitem konnte er erkennen, dass es eine Karte der westafrikanischen Küste war.

»Siehst du das Bild, Peter?«

Yvonnes Stimme riss ihn zurück in die traurige Gegenwart.

»Ja, ich sehe es. Es ist Infante Dom Henrique.«

»Ja, es ist Heinrich der Seefahrer. Aber darum geht es nicht, Peter. Du hast doch nach einer Erklärung für die drei Buchstaben ›IDA‹ auf der Landkarte gesucht, richtig? Jene drei Buchstaben, die auf der Karte vermerkt waren, dort, wo die

Karawane in der Wüste verschwunden ist. Geh näher an das Bild ran, Peter. Ganz nahe!«

Peter folgte Yvonnes Anweisungen. Was wollte er ihr nicht alles sagen, fand aber keine passenden Worte. Macht- und hilflos hatte er das Gefühl, auf einer Wolke dahinzutreiben. Er fixierte jeden Zentimeter des Bildes. Wo war das Geheimnis verborgen? Fraglos zeigte die Karte die Region, von der aus die Portugiesen auf dem Senegalstrom und später dann auf dem Gambia flussaufwärts Richtung Osten ins Innere Afrikas vorgedrungen waren – auf der Suche nach dem Weg zum Priesterkönig Johannes. Dann blieb sein Blick auf dem Treppchen haften, auf das Heinrich der Seefahrer leger seinen linken Fuß gestellt hatte. In sehr zartem, kaum sichtbarem Braun standen drei Buchstaben auf der Front des Treppchens: IDA. Unglaublich! Sein Blick huschte zu der Legende neben dem Gemälde: Infante Dom Henrique – in jenen Zeiten auch Infante Dom Anrrique genannt. Die Seefahrer befestigten an ihren weißen Segeln mit den roten Kreuzen des Christusordens, dessen Gouverneur der Königssohn war, kleine Wimpel mit den drei Buchstaben IDA, was »Aufbruch« bedeutete, aber auch das Kürzel für Infante Dom Anrrique war.

Peter zitterte vor Aufregung. IDA – Heinrich der Seefahrer! Vor ihm an der Wand hing der Beweis dafür, dass es einen direkten Zusammenhang zwischen Heinrich dem Seefahrer und der geheimnisvollen Karte gab. Blieb noch die Frage, wieso das Kürzel IDA ausgerechnet dort auf der Karte stand, wo die Karawane wahrscheinlich verschollen war. Und wer oder was war ELENI? Ein Gedankenblitz durchzuckte ihn. Vielleicht war diese Karawane in Äthiopien aufgebrochen, um sich an der afrikanischen Westküste mit portugiesischen Seefahrern zu treffen. Wenn ja, dann stellte sich die Frage, was diese Karawane mit sich geführt hatte: Gold, Edelsteine, wert-

volle Geschenke für den portugiesischen König? Womöglich war das die legendäre Karawane gewesen, von der alle Wüstenvölker Nordafrikas auch heute noch sprachen. Aber warum sollten die Äthiopier solche Schätze quer durch die Sahara transportiert haben, um sie dann den Portugiesen zu übergeben? Wie auch immer, denn die Karawane war nie angekommen, war in den Sanddünen der Sahara, im Land der Leere, im Meer der Finsternis verschollen.
Sein Verstand arbeitete auf Hochtouren. Seine Gefühle überschlugen sich: Yvonne – IDA – die Afrikanerin – ELENI!
Völlig verwirrt drehte er sich um. Die schöne Afrikanerin ging zu einer anderen Vitrine. Dann schaute sie ihn abermals an. Ein scheues Locken, eine Herausforderung lag in ihrem Blick. Sie erinnerte ihn an eine Thomsongazelle: schlank, elegant, voller Anmut, in vollendeter Ästhetik proportioniert, voller Kraft und doch sanftmütig. Ihr Busen hob sich unter der Bluse deutlich ab. Die Konturen ihres Gesichtes, ihres Halses und ihres Dekolletees wirkten verführerisch sanft. Sie war beunruhigend makellos! Wie in Trance schritt er auf sie zu. Er sah wenig Überraschung und viel Freude in ihren Augen.
»Sehen wir uns heute Abend?« Er hatte es auf Englisch gesagt, ohne darüber nachzudenken, wieso.
Ihre Antwort kam schnell: »Ja, natürlich! Um acht, bei Lucinda Gouveia.«

Am Ringfinger der linken Hand trug Lucinda zwei Ringe: einen protzigen aus Rotgold, mit aufgesetzten falschen Perlen. Der andere war noch größer und im billigen Kaugummiautomaten-Jugendstil gehalten. Beide ramschigen Schmuckstücke passten perfekt zu den monströsen Ohrringen, die ihr, halb verborgen unter ihrem rötlichen Haar, von den Ohren bis auf die Schultern hingen. Alles an Lucinda war rund, voluminös und ständig in Bewegung. Sie war kaum mehr als ein Meter 65, wog aber gut und gerne 90 Kilo. Eher mehr. So genau konnte Peter das nicht einschätzen. Die Fado-Sängerin hüllte sich in extrem weite Kleider. So füllig wie sie war, so wundersam leichtfüßig schwebte sie in den wallenden Röcken durch das Restaurant. Ihr gigantischer Busen wogte dabei unter einem kitschig bunten Seidenschal. Wenn sich Lucinda an einem hohen C versuchte, was ihr nicht sonderlich gut gelang, bebte ihr Körper wie der eines Elefanten, der seine Lebensfreude in die Welt trompetet. Lebensfreude schien sie mehr zu haben, als ihre wehmütigen Lieder es erahnen ließen. Weder ihre melancholischen Augen, akzentuiert durch fast schwarzen Lidschatten, noch ihre blau-lila geschminkten Lippen, denen der schwarze Konturenstift etwas von einem Vampir angedeihen ließ, konnten darüber hinwegtäuschen, dass diese Frau vor Lebenskraft strotzte. Inbrünstig und mit lachenden Augen intonierte sie, was sie von Leid und Liebe wusste.

Lucinda Gouveia zu finden, war nicht sonderlich schwer gewesen. Jedermann in Lissabon schien sie zu kennen. Dass sie heute Abend bei *Maria da Fonte* im einstigen Judenviertel singen würde, hatte Peter vom Rezeptionisten seines Hotels erfahren. Bei ihm hatte er für Yvonne ein zusätzliches Zimmer gebucht, damit sie nicht in die peinliche Situation käme, neben ihm liegen zu müssen. Dann hatte er Yvi angerufen. Es war ein kurzes, trauriges Telefongespräch gewesen. Wann sie sich wiedersehen würden, hatte keiner von ihnen angesprochen. Das Telefonat endete mit lieben Floskeln, die kaum mehr als Ausdruck ihrer Sprach- und Hilflosigkeit waren.

Das winzige Restaurant *Maria da Fonte* lag in der Largo do Chafariz de Dentro, im Stadtteil Alfama. Mehr als 20 Gäste passten nicht in die zwei Kämmerlein hinein. Stühle und Tische waren spartanisch. Kunterbunter Ramsch hing an den Wänden, lag auf Tischen und Büfetts. Aber es war unglaublich gemütlich, und es roch nach scharfer Fischsuppe, Weiß- und Portwein. Der Hausherr des winzigen Etablissements, ein kleinwüchsiger Sechzigjähriger mit schneeweißen Haaren, roter Krawatte, schwarzem Pullunder und glänzenden Augen, hatte ihn wie ein Freund begrüßt. Sein Handschlag war kräftig und sein Lächeln ehrlich gewesen. Er schien gespürt zu haben, dass Peter zu der Afrikanerin an dem kleinen Tisch in der Nische rechts hinter der Theke wollte. Jahzara hatte schon auf ihn gewartet. Sie hatte ihr Haar im Nacken zu einem Knoten geschlungen, was ihre hohe Stirn noch mehr betonte. Ihre Stimme klang sanft, als sie geflüstert hatte: »I'm Jahzara, nice to meet you.« Es hatte Peter irritiert, wie perfekt ein Name zu einem Menschen passen konnte. Jahzara! Der Name vereinte all das in sich, was er an Afrika liebte.

Seit einer halben Stunde saßen sie nun schon zusammen, und es kam ihm so vor, als kenne er diese Frau aus einem früheren Leben. War sie die personifizierte Erfüllung eines Traumes? Nur wenige Sätze hatten sie benötigt, bis jegliche Verkrampftheit und Unsicherheit gewichen waren. Sie plauderten, lachten, scherzten und hatten völlig vergessen, darüber zu sprechen, welcher Vorsehung es zu verdanken war, dass sie sich zwei Mal getroffen hatten. Peter spürte, dass Jahzara tausend Fragen stellen wollte, aber Lucinda Gouveia verhinderte es.

Die dralle Fado-Sängerin schien zu ahnen, dass ihre wehmütigen, von Schmerz, Schicksal, Sehnsüchten und wahrer, großer Liebe erzählenden Lieder bei ihren letzten beiden Gästen wohlwollende Zuhörer fanden. Sie stand in der Nähe ihres Tisches, hauchte oder schmetterte die für den Fado so charakteristischen vielen Tonhöhen und Molltöne in die Welt hinaus. Die beiden Gitarristen waren müde, schienen jedoch ebenfalls zu der Erkenntnis gekommen zu sein, ein verliebtes Paar vor sich zu haben. Der Wirt schenkte Wein nach, ohne zu fragen. Und Lucinda Gouveia sang einfach weiter.

»Diese Fado-Lieder tragen viel Wehmut in sich. Man weiß nicht, ob man traurig oder fröhlich sein soll«, unterbrach Peter eine längere Zeit des Schweigens.

Jahzara schaute ihn nicht an, während sie sprach: »Ich liebe den Fado. Er drückt den Schmerz aus, der viele Portugiesen miteinander verbindet. Es ist eine Musik für sozial Schwache gewesen, für Menschen, die aus Armut und Elend nur mittels Musik und der Sehnsucht nach Liebe entfliehen konnten. In Äthiopien haben wir auch solche Lieder.«

Peter hörte den Schwermut in ihren Worten.

Jahzara schien mit der Musik zu entrücken. Ihre Augen schimmerten verträumt.

»Als die Königin des Fados, Amália Rodrigues, vor einigen Jahren starb, rief der damalige portugiesische Premierminister eine dreitägige Staatstrauer aus und der laufende Wahlkampf wurde unterbrochen. Sie war eine Göttin! Man hat sie im Lissaboner Pantheon in der Kirche Santa Engracia bestattet. Ich kann von meiner Wohnung aus auf das Pantheon schauen. Man sagt, dass man sie bei geschlossenen Augen nächtens noch immer singen hört! Das ist es, was ich an den Portugiesen schätze: Sie lieben Wunder, die Wehmut, den Pathos und die Liebe. Ich mag solche Menschen.«

Peter musste schlucken. Lucindas Gesang, die Gitarren, die romantische Atmosphäre im Restaurant und Jahzaras Gegenwart versetzten ihn in eine wohlige Stimmung, die er schon lange nicht mehr empfunden hatte. Alles um ihn herum kam ihm wie in einem Märchen aus *Tausendundeiner Nacht* vor.

Plötzlich wurde die Tür aufgestoßen. Ein Zeitungsbote betrat das Restaurant. Es war bereits zwei Uhr morgens. Der Padro-

ne kaufte dem Händler zwei Exemplare der Nachtausgabe ab und legte sie achtlos auf den Nebentisch.
Jahzara wurde leichenblass. Panik überlagerte in Bruchteilen von Sekunden die Verträumtheit, die noch vor wenigen Augenblicken in ihren Augen geschimmert hatte. Ungläubig schüttelte sie den Kopf und starrte dabei auf die Zeitungen.
Peter hatte keine Ahnung, was mit ihr los war. Dann sah er die Angst in ihrem Blick. Die Fado-Sängerin hörte abrupt auf zu singen, stierte erst zu Jahzara und dann auf die Zeitung. Jahzara richtete sich langsam auf, ging wie paralysiert zum Nebentisch und griff nach der Zeitung.
Peter konnte sehen, dass auf der Titelseite ein Toter abgebildet war. Er sah grausig aus, hatte ein Loch in der Stirn. Er war offensichtlich Araber. Jahzara schwankte und musste sich hinsetzen. Sie atmete schnell. Der Padrone griff nach der Zeitung und überflog die Titelseite.
»Verrückt«, murmelte er und schaute Peter und Jahzara an. »da hat sich doch glatt der Dieb, der letzte Nacht hier ganz in der Nähe einbrechen wollte und dem der Hausmeister mit der Schrotflinte eins verpasst hatte, selbst eine Kugel in den Kopf gejagt! Unglaublich! Selbstmord! Diese Araber sind schon sehr komische Typen. Ich werde nie verstehen, wie die denken und was sie wirklich wollen.«

7.

Das Ambiente des *Restô do Chapitô*, das sich unterhalb der Festung etwas versteckt in Alfama befand, ließ Peter wieder einmal zu dem Schluss kommen, dass Lissabon eine der faszinierendsten und atmosphärischsten Städte Europas war. Im Innenhof saßen einige wenige Gäste eingehüllt in warme Kleidung und trotzten dem kühlen Abendwind. Jahzara schien hier Stammgast zu sein. Die Kellner grüßten sie vertraut und in der Bar im Erdgeschoss des Hauses winkte sie mehreren Gäste zu. Auch in der eher schlicht eingerichteten Bar war es ungewöhnlich kühl. Die Gäste scharten sich in Winterpullovern um zwei riesige Heizstrahler an der Theke. Gezielt stieg Jahzara eine schmale Wendeltreppe hinauf in die erste Etage. Im Gegensatz zu den schnöden Holzstühlen und Tischen im Innenhof und in der Bar strahlte die gediegene Einrichtung des Restaurants im Obergeschoss eine anheimelnde Atmosphäre aus. Von ihrem Tisch aus hatten sie durch die großen Glasfronten einen grandiosen Ausblick über die Altstadt und den Tejo, auf dem sich das letzte Sonnenlicht und die ersten Straßenlaternen widerspiegelten.

Jahzara wirkte sehr entspannt. »Das ist mein Lieblingslokal. Ich wohne nur wenige Schritte von hier. Es ist kein normales Restaurant, sondern eine Künstlerkooperative. Außerdem ist das *Chapitô* eine Schule für Clowns, Feuerschlucker und Jongleure, und die Besitzer kümmern sich um sozial benachteiligte Jugendliche. Was ich dir von der Speisekarte besonders empfehlen kann, sind Raia com Alcaparras und das köstliche Peito de Pato com Laranja.«

Peter schaute Jahzara bewundernd an. Gegen das Panorama des abendlichen Lissabon sah sie bezaubernd aus. Ihre schwarze Haut reflektierte das Kerzenlicht. Sie trug Jeans und eine weite, farbenfrohe Bluse im afrikanischen Ethnostil. »Warum warst du in Venedig?«

Peter fühlte sich überrumpelt. Mit dieser Frage hatte er in diesem Moment nicht gerechnet. Intuitiv entschied er sich, nur das Notwendigste zu sagen.

»Ich sammle alte Landkarten. Ein Freund von mir bat mich, nach Venedig zu kommen, weil er eine sehr ungewöhnliche Karte besaß und meine Meinung dazu hören wollte.«

Plötzlich zitterte Jahzara. Sie wich seinem fragenden Blick aus und schaute an ihm vorbei auf die Altstadt, während sie sehr leise fragte: »Heißt ... hieß dein Freund Charles Bahri?«

Peter war geschockt. Tausend Gedanken schossen ihm durch den Kopf. Woher kannte sie Charles? Sie war Äthiopierin, kam also aus dem Land, das bei dieser ganzen mysteriösen Sache eine so große Rolle spielte. Nein, unmöglich! Das konnte kein Zufall sein! Jahzara hatte Angst, das war nicht zu übersehen. Aber was veranlasste sie dann, so ehrlich und direkt zu ihm zu sein? Er entschied sich, sie mit Fakten zu konfrontieren.

»Charles ist tot. Wahrscheinlich hat ein Araber ihn umgebracht. Vor kurzer Zeit hat ein Araber in Ägypten versucht, mich zu berauben. Und der Mann in der Zeitung von gestern Abend war ebenfalls ein Araber!«

Jahzara starrte ihn entgeistert an. Ihre Oberlippe zitterte. Ihre Augen ließen ihn erkennen, dass sie die Wahrheit sagte: »Charles war ein Bekannter meines Vaters. Wir haben schon seit einigen Jahren Kontakt. Ich beschäftige mich im Rahmen meiner Dissertation mit den frühen Christenreichen Äthiopiens. Charles wollte mir in Venedig interessantes Material

zukommen lassen. Dazu ist es nicht mehr gekommen.« Sie schaute abermals aus dem Fenster und über die Stadt, so, als fürchtete sie das, was er sagen würde.
Peter versuchte, seine Überraschung zu überspielen. »Ich kenne Charles schon seit Jahren. Auch ich habe von ihm Dokumente und eine alte Karte bekommen, die mich hierher nach Lissabon geführt haben. Es geht um die frühen Christenreiche Äthiopiens – und um Heinrich den Seefahrer.«
Peter hatte kurz überlegt, ob er Jahzara auch etwas über die geheimnisvolle Karawane erzählen sollte. Aber er hielt es nicht für klug. Was wusste er schon über sie? Nichts! Sie studierte Religionswissenschaften und schrieb an ihrer Dissertation. Wie Phönix aus der Asche war sie in seinem Leben aufgetaucht. Nur eins war klar: Wo immer sie erschien, gab es Tote. Vielleicht existierte zwischen ihr und diesen geheimnisvollen Arabern eine Verbindung, die ihm gefährlich werden konnte. Es galt, vorsichtig zu sein.
Jahzara schaute ihn nun direkt an. Viel Sanftes und Trauriges sah er in ihren großen, dunklen Augen – nur keine Bestätigung für sein Misstrauen.
»Ich habe Angst!« Sie sagte es so eindringlich, dass er ihr glaubte. »Ich habe fürchterliche Angst vor den Dingen, die um mich herum geschehen, Peter! Wir kennen uns kaum, eigentlich gar nicht. Aber ich weiß nicht, wem ich mich sonst anvertrauen kann. Ich spüre, dass diese mysteriösen Geschehnisse etwas mit uns beiden zu tun haben. Der Araber, der gestern in der Zeitung abgebildet war, ist in der Nacht zuvor in dem Haus, in dem ich wohne, bei einem angeblichen Einbruchsversuch ertappt worden. Dieser Araber, Peter, wollte nicht in irgendeine Wohnung des Hauses einbrechen. Er wollte zu mir! Als ich nachts durch den Lärm aufwachte, hatte ich das Gefühl, als sei jemand in meiner Wohnung gewesen. Es

roch so streng nach dem Schweiß eines fremden Menschen. Und nach kaltem Zigarettenrauch. Ich habe noch nie geraucht, Peter. Ich weiß, dass jemand in meiner Wohnung war, während ich schlief. Er hat etwas gesucht. Vielleicht ein besonderes Buch, das ich von Charles habe. Es lag unter meiner Bettdecke, weil ich vor dem Einschlafen darin gelesen hatte. Nun ist der Einbrecher, der Mann, der wahrscheinlich in meiner Wohnung war, tot! Angeblich war es Selbstmord. Ich sterbe bald vor Angst, weil ich weiß, dass ich schon in Venedig von Arabern verfolgt oder beobachtet wurde. Auch an dem Tag, an dem wir uns auf dem Boot trafen. Ich ertrage diese Angst nicht mehr.«

Peter runzelte die Stirn. Was sollte er davon halten, was denken, glauben, tun? Alles schien zusammenzupassen. Charles hatte einmal angedeutet, dass er noch jemanden kenne, der sich für diese Unterlagen interessieren würde. Und er hatte in der ihm eigenen Art hinzugefügt: »Manche Türen lassen sich nur mit zwei Schlüsseln öffnen. Und manche Wahrheiten sollte man nicht nur einem Menschen anvertrauen, weil dieser Mensch zu schwach sein könnte, um diese Bürde allein zu tragen.«

Endlich verstand er, was Charles damit gemeint hatte.

»Hast du von Charles außer diesem Buch und den Dokumenten auch eine Karte bekommen, eine alte, die mit Äthiopien zu tun hat?«

Seine Frage schien Jahzara überhaupt nicht zu überraschen. Ruhig schaute sie ihm in die Augen.

»Ja, er hat sie mir schon vor geraumer Zeit gegeben. Darauf stehen seltsame Dinge in Portugiesisch und in Ge'ez geschrieben. Und die Namen Eleni und IDA, also Heinrich der Seefahrer. Ich kann damit nicht sonderlich viel anfangen. Warum fragst du?«

Peter starrte sie an. »In Portugiesisch und in was?«
»Ge'ez! Das ist eine altäthiopische Sprache, die sich aus dem Sabäischen entwickelte. Nur wenige Priester und Wissenschaftler in Äthiopien verstehen diese Sprache heute noch. Unsere Nationalchronik, das *Kebra Nagast*, was du mit ›Ruhm der Könige‹ übersetzen kannst, wurde in Ge'ez verfasst. Warum starrst du mich so an?«
Er blinzelte verlegen. Für einen Moment lang hatte er an Yvonne gedacht. Sie hatte Recht gehabt. Yvi hatte schon in Venedig angedeutet, dass die Ziffern auf der alten Karte dem Sabäischen sehr ähneln.
Irritiert räusperte er sich: »Was steht da drin, in dieser Nationalchronik?«
Jahzara lächelte. »Du bist vielleicht gut, wie soll ich dir in wenigen Sätzen sagen, was auf hunderten von Seiten geschrieben steht? Dieses heilige Buch ist für uns Äthiopier gleichbedeutend mit eurer Bibel. Es ist ein Bericht über die Herkunft der salomonischen Kaiser von Äthiopien. Der vorhandene Text ist mindestens 700 Jahre alt und wird von äthiopischen Christen als unantastbare Wahrheit angesehen. Vieles davon erinnert an das Alte Testament. Über die Bundeslade steht sehr viel darin. Unter anderem, wie sie von Jerusalem nach Äthiopien gelangte.«
Peter hatte die letzten Worte von Jahzara kaum wahrgenommen. Die Bundeslade! Er hatte schon davon gelesen, dass Wissenschaftler sich mit der These beschäftigten, dass die Bundeslade früher in Äthiopien war – oder sich vielleicht sogar noch dort befindet. Obwohl er ziemlich sicher war, dass sein Misstrauen Jahzara gegenüber unbegründet war, entschied er sich, taktisch vorzugehen.
»Du hast gesagt, auf der Karte stünden die Namen Eleni und Heinrich der Seefahrer drauf, richtig?«

Jahzara antwortete ohne Umschweife. »Ja. Allerdings steht da nicht Heinrich der Seefahrer, sondern IDA. Das war das Kürzel für den portugiesischen Entdecker: Infante Dom Anrrique. Du hast doch im Museum, wo wir uns trafen, vor dem Bild von Dom Anrrique gestanden.«

Peter schaute sie lächelnd an. Plötzlich war er sich sicher, dass er Jahzara trauen konnte.

»Wer oder was ist Eleni?«

Ihre Augen blitzten vergnügt. »Jeder in meiner Heimat kennt Eleni! Sie war eine berühmte, couragierte Frau, die Großmutter des äthiopischen Kaisers, des Negus Lebna Dengel. Als er ohne Nachfolger starb, wurde sie zur Kaiserinmutter. Sie war es, Peter, die ein Hilfegesuch an den portugiesischen König Manuel I. richtete und um die militärische Hilfe Portugals im Kampf gegen die Türken des Osmanischen Reiches bat. Du wirst sicherlich wissen, wer Francisco Álvares war, oder?«

Peter schluckte. Ihr selbstbewusstes Lächeln faszinierte ihn.

»Sicher doch. Er war ein enger Vertrauter des portugiesischen Königs. Er hat das berühmte Buch *Verdadeira Informação das Terras do Preste João das Índias* – Wahrhaftiger Bericht aus dem Reich des Priesters Johannes von Indien – geschrieben und –«

Jahzara unterbrach ihn. »Er war ein Franziskaner, Peter – so wie unser toter Freund Charles! Die Franziskaner spielten damals eine sehr bedeutende Rolle bei der Entdeckung der Welt. Sie wussten alles, schrieben alles auf. Der Papst wollte wissen, was in der Welt geschah. Charles hat in den Bibliotheken des Franziskanerordens Dinge aus jener Zeit aufgespürt, die ihm zum Verhängnis wurden. Er hat mir das mal erzählt. Weil er nicht schweigen wollte, hat man ihn aus dem Orden ausgestoßen. Um aber auf Álvares zurückzukommen: Dieser Franziskaner begleitete nachweislich eine streng geheime diplomatische Mission nach Äthiopien, die von Dom Rodrigo de Lima angeführt wurde. Sie erreichten das einstige Königreich von Aksum, allerdings erst nach fünf Jahren und auf Umwegen über Indien. Wenn ich mich nicht täusche, war das im Jahre 1520. Álvares war es wohl, der auf die Idee kam, die zerbrechlichen Bande zwischen Portugal und Äthiopien durch die Heirat eines portugiesischen Edelmannes mit einer äthiopischen Prinzessin zu festigen, was ein Versuch des Papstes war, das Christenreich Äthiopien der römisch-katholischen Kirche einzuverleiben. Für die römisch-katholische Kirche waren die Christen Äthiopiens schon immer Häretiker!«

Peter bewunderte den Scharfsinn und das enorme Wissen Jahzaras, konnte aber ihren Ausführungen nicht so recht folgen.

»Ich verstehe das nicht, Jahzara. Einerseits bittet die Kaiserin Eleni quasi um Hilfe, bietet eine heilige Allianz im Kampf gegen die Moslems an. Aber in Rom stempelt man die Christen Äthiopiens zu Ketzern ab. Andererseits schickt der Papst diesen Francisco Álvares los, um eine Heirat zwischen Portugal und Äthiopien zu arrangieren. Das passt doch nicht zusammen!«

»Doch, Peter, das passt sehr wohl zusammen. Nur fällt es uns noch immer schwer, in den Päpsten jener Zeit nicht nur ehrenhafte Heilige Väter zu sehen, sondern auch machthungrige und skrupellose Männer.«

»Also hatte der Papst von Anfang an überhaupt keine Intention, beide christlichen Kirchen, die äthiopische und die abendländische zu vereinen? Er wollte sie schlichtweg missionieren.«

Jahzara lachte laut auf. Ihre Augen strahlten nun eine unglaubliche Wärme aus. Während sie sprach, strich sie mit ihrer Hand über seinen Handrücken. Er erschauerte.

»Ja, anscheinend. Wie auch immer, die Portugiesen und der Franziskaner Álvares kamen nachweislich in Äthiopien an. Dann aber geschahen dramatische Dinge, die alle Pläne Portugals und Roms änderten. Zumindest, wenn ich dem unbekannten Verfasser dieses alten Buches Glauben schenken kann.« Jahzara schwieg abrupt. Etwas schien sie zu beschäftigen. »Was ich noch erwähnen wollte, Peter, die ruhmreiche Kaiserin Eleni hat mich übrigens auf die Idee für meine Dissertation gebracht. Sie war eine sehr mutige Frau. Sie wurde nur Kaiserin, weil es dem Kaiser an Nachfahren mangelte. Kinderlosigkeit war auch damals schon –« Jahzara beendete den Satz nicht.

Peter wunderte sich, wieso sie dieses Thema überhaupt angesprochen hatte. Was immer es auch war, was sie ihm eben beinahe gesagt hatte, es schien sie sehr zu beschäftigen.

Verträumt schaute sie aus dem Fenster hinaus über Lissabon. Der Halbmond stand über dem Rio Tejo. Das Restaurant hatte sich längst geleert. Die Kellner waren bereits damit beschäftigt, neue Gedecke für den nächsten Tag aufzulegen.

Jahzara schaute auf die Uhr. »Es ist bereits eins. Ich bin sehr müde. Wenn alles klappt, habe ich morgen ein interessantes Gespräch in einem Museum.«

Am Ausgang verharrte Jahzara. Es hatte geregnet. Das Kopfsteinpflaster war nass.

»Pass bloß auf, Peter. Lissabon ist, im wahrsten Sinne des Wortes, ein gefährliches Pflaster. Die nassen Basalt- und Granitsteine sind glitschig. Als Frau bleibst du mit hohen Absätzen permanent stecken. Und mit Ledersohlen rutscht du ständig aus.«

Jahzaras Blick wanderte misstrauisch von rechts nach links durch das Dunkel der Nacht. In den engen Gassen war niemand zu sehen. »Bringst du mich zum Taxistand? Ich schlafe heute Nacht nicht bei mir zuhause, sondern bei einer Freundin.«

Peter hörte den ängstlichen Unterton in ihren Worten. Einen Augenblick lang hatte er das Verlangen, sie zu umarmen. »Kein Problem. Ich kann gut nachvollziehen, was in dir vorgeht. Verrätst du mir noch etwas? Was bedeutet dein Name – Jahzara?«

Sie lächelte ihn an. »Ich wurde auf den Namen Jah-za-ra getauft. Das bedeutet ›gesegnete Prinzessin‹.«

Am Mittag des nächsten Tages trafen sie sich erneut. In der Nacht hatte Peter kaum ein Auge zugetan. Seine preiswerte Pension im Stadtteil Bairro Alto lag direkt an einer Hauptstraße und war umgeben von Bars. Das Zimmer war grauenhaft eng, das Bett kaum mehr als eine Pritsche. Überall im Haus waren Stöhnlaute zu hören. Es war ein Stundenhotel, was er zu spät bemerkt hatte. Aber auch in einem komfortableren Bett hätte er nicht schlafen können. Die Fülle der Informationen bescherte ihm grauenhafte Kopfschmerzen. Wo immer er gedanklich auch ansetzte, vermeintliche Fakten analysierte und Zusammenhänge zu erkennen glaubte, eine Frage blieb stets offen: Warum hatte Charles geplant, ihn mit Jahzara zusammenzubringen? Es stand außer Frage, dass er das initiiert hatte. Alles, was sich bislang als Zufall dargestellt hatte, war von Charles angebahnt worden. Der Alte hatte das clever eingefädelt. Doch was hatte ihn dazu veranlasst? Wie hatte Charles gesagt: »Manche Türen lassen sich nur mit zwei Schlüsseln öffnen. Und manche Wahrheiten sollte man nicht nur einem Menschen aufbürden, weil der Mensch zu schwach sein könnte, sie allein zu tragen«. Womöglich war er der eine Schlüssel und Jahzara der zweite! Nur, zu welcher Tür und welche Wahrheit? Die Antwort war ihm schließlich im Mor-

gengrauen gekommen. Seitdem halfen auch keine Tabletten mehr gegen seine Kopfschmerzen.
Sie hatten sich in der *Pastelaria Suica* an der Metrostation Rossio verabredet, direkt an dem gleichnamigen Platz im Zentrum. Die Sonne schien, und Jahzara roch nach Afrika. In ihr schienen sich all jene Düfte zu vereinigen, die er von seinen vielen Reisen auf dem schwarzen Kontinent kannte und die er so liebte. Sie lächelte ihn offen und ehrlich und irgendwie auch glücklich an. Ihre Wiedersehensfreude war nicht gespielt, ihrer beider Begrüßung sehr warmherzig.
Hastig zog Peter die Kopie der Karte hervor: »Ist das die Karte, die du auch hast?«
Jahzara schaute sich nervös im Café um. Ihre Blicke huschten über das Blatt. »Nein, nicht wirklich. Da fehlen Kleinigkeiten. Und diese Punkte quer durch die Karte sind auf meiner überhaupt nicht vorhanden. Alles andere scheint identisch zu sein. Auf meiner sind die Worte in Ge'ez noch gut zu lesen. Ich habe sie allerdings noch nicht übersetzen und deuten lassen, hoffe aber, bald eine Antwort aus Äthiopien zu bekommen. Bei deiner Kopie hier sind einige Buchstaben nicht deutlich zu lesen. Was ist das für eine Route, die da eingezeichnet ist?«
Peter hatte diese Antwort erhofft. Er jubelte innerlich. Der alte Charles war clever gewesen. Er hatte sicherstellen wollen, dass sein Wissen nicht in eine einzige Hand gelangte. Sein Anliegen war es ganz offensichtlich gewesen, die Informationen zu teilen, sodass zwei Parteien mit höchst unterschiedlichen Interessen über ein Wissen verfügten, dass nur zusammengeführt einen Sinn ergab. Jahzara interessierte sich als Äthiopierin und Religionswissenschaftlerin vornehmlich für die Geschehnisse um Kaiserin Eleni, die Portugiesen, das Christenreich von Aksum sowie für die suspekten Aktivitäten des

Papstes. Ihm hingegen hatte Charles eine Karte zukommen lassen, auf der die Karawanenroute die wichtigste Nachricht war. Jahzara und er waren also auf Gedeih und Verderb aufeinander angewiesen. Sie besaß Dokumente, hatte Wissen und Kontakte, ohne die er nicht weiterkommen würde. Er wiederum wusste von der verschollenen Karawane. Nur gemeinsam würden sie herausfinden, was damals wirklich geschehen war. Der Nebeneffekt war, dass sie sich gegenseitig kontrollieren würden. Charles hatte das wirklich perfekt eingefädelt.

»Auf dieser Karawanenroute, Jahzara, sind, zumindest nach meinem jetzigen Wissensstand, Menschen von Äthiopien Richtung Westafrika aufgebrochen. Quer durch die Sahara. Ein unglaublich strapaziöses, lebensgefährliches Abenteuer. Wer diese Menschen waren und was sie transportierten, weiß ich nicht. Es muss etwas sehr Kostbares gewesen sein, etwas Geheimnisvolles, von großer mystischer Bedeutung für Äthiopien. Mehr weiß ich noch nicht. Aber ich hoffe, dass wir nachher mehr erfahren werden. Ich habe da was arrangiert.«

Vor dem Hauptportal des Hieronymusklosters bogen sie nach links ab, folgten einigen Treppenstufen hinab in einen idyllischen Hof. Mächtige Bananenbäume flankierten den Haupteingang der Biblioteca Central da Marinha, der Zentralbibliothek des Marinemuseums. Der hässliche Betonbau mit den Aluminiumtüren bildete einen an Stillosigkeit nicht mehr zu übertreffenden Kontrast zu den wundervollen Sakralbauten des Klosters.

Jahzara war sich nicht sicher, ob Peter im Café nicht doch etwas gemerkt hatte. Schon als Kind hatte sie nicht gut lügen können. Wenn sie es tat, bekam ihre Stimme einen eigentümlichen Klang. Wer sie kannte, wusste das. Aber Peter kannte sie noch nicht gut genug. Es waren diese wenigen Worte in

Ge'ez auf der Landkarte von Peter gewesen, die ihr den Atem hatten stocken lassen. Sie hatte ihm zwar gesagt, dass diese Worte nicht identisch seien mit denen auf ihrer Karte. Doch das war eine Lüge gewesen. Ebenso, wie es eine Lüge war, dass sie nicht wisse, was da geschrieben stand. Es hieß M-u-s-s-i-e!

Seitdem war sie sehr nervös und hatte noch mehr Angst als zuvor. Es würde nur eine Frage der Zeit sein, bis auch Peter in Erfahrung bringen würde, was dieses Wort bedeutete: M-u-s-s-i-e war gleichbedeutend mit Moses! Sie wusste von der uralten Kirche in der altäthiopischen Kapitale Aksum, die Zellate-Mussie genannt wird. Und sie kannte den Passus aus einem altäthiopischen Text, in dem es hieß: »… in diesem Gotteshaus ist das höchste Heiligtum der abessinischen Religion verwahrt, die Tafeln Moses' mit den Zehn Geboten …« Damit war klar, dass hier eine direkte Verbindung zu einem der mystischsten Gegenstände des Christentums angedeutet wurde: der Bundeslade.

Im Foyer eilte ein junger Sicherheitsbeamter mit grimmigem Blick auf sie zu: »Tut mit leid, wir haben wegen Umbau geschlossen –«

Bevor er weitersprechen konnte, öffnete sich die Tür hinter dem Empfang und eine ältere Dame kam auf sie zu. Jahzara ging lächelnd auf sie zu, küsste sie auf die Wangen und wandte sich zu Peter: »Darf ich dir Pauline vorstellen, meine Mutter?«

Pauline Jan-Zela war fast 60 Jahre alt, groß, extrem übergewichtig und hatte unter ihrem tief in die Stirn fallenden Pony sehr kecke, vor Lebenskraft sprühende braune Augen, mit denen sie Peter ungeniert musterte. Der Schalk in ihren Augen war nicht zu übersehen: »Liebe Jahzara, du bist die klügste und wahrscheinlich auch hübscheste Äthiopierin in Lissa-

bon. Alle Männer dieser Stadt, die klugen wie die einfältigen, die reichen wie die armen, liegen dir zu Füßen. Und was macht du: Kommst mit einem Mann daher, der dein Vater sein könnte – jedenfalls fast.«
Peter schaute verblüfft zu Jahzara. Ihr waren die Worte ihrer Mutter sichtlich peinlich. Verschämt schaute sie auf den Boden und schubste sie mit dem Ellbogen an: »Ach, du! Was du schon wieder denkst. Wir helfen uns nur gegenseitig bei einigen Nachforschungen. Mehr nicht. Peter kennt sich in Afrika gut aus. Aber das habe ich dir ja schon erzählt. Sag mir lieber, ob dein Freund hier in der Bibliothek was gefunden hat.«
Peter musste grinsen, allerdings stimmten ihn Jahzaras Worte auch nachdenklich. Er fragte sich, ob das ein unmissverständliches Signal gewesen war. Und ob sie in den letzten zwei Tagen gespürt hatte, dass er sie begehrte. Er hatte Jahzara erzählt, dass er sich von Yvonne getrennt hatte und dass sie nach Deutschland zurückgeflogen sei. Aber glaubte Jahzara das? Sie war noch sehr jung. Vermutlich trennten sie gut und gerne 15 bis 20 Jahre. Außerdem trennten sie nicht nur Jahre, sondern auch andere Dinge, ihre Kulturen, Lebenseinstellungen, Wünsche, Träume, Hoffnungen. In einem hatte ihre Mutter aber Recht: Eine so attraktive, junge, und zudem kluge Frau wie Jahzara hatte sicherlich keinen Mangel an interessierten Männern. Er stutzte. Wieso hatte sie eigentlich keinen Freund? Mit Ende 20 hatten die meisten Frauen zwischen Kapstadt und Kairo bereits sogar Kinder.
Pauline unterbrach seine Gedanken: »Mein guter alter Freund, der stellvertretende Direktor dieses Museums, hat gefunden, wonach du gefragt hast, Jahzara. Aber ich sage dir gleich, er handelt sich dicken Ärger ein, wenn jemand dahinterkommt, dass er dir diese Dokumente über mich zugänglich macht. Was, wenn ich fragen darf, sucht ihr eigentlich genau? Wer

interessiert sich schon für den Schriftverkehr zwischen dem portugiesischen Königshaus und dem Vatikan im 16. Jahrhundert? Damals herrschte doch eitler Sonnenschein zwischen Rom und Lissabon. Der Papst hatte jedem seiner gottgläubigen Vasallen die Hälfte der zu entdeckenden Welt zugesprochen. Was die Völker dort von ihren neuen Herren dachten, interessierte den Heiligen Vater wohl kaum. Für ihn waren das sowieso Heiden.«

Pauline führte sie durch die Flure des Museumsarchivs in einen klimatisierten und verdunkelten Raum, der bis unter die Decke mit Kartons vollgepackt war. »Das Archiv ist leider eine Baustelle. Mein Freund lässt sich entschuldigen. Er hat einen Termin außerhalb, hat aber arrangiert, dass wir hier wissenschaftliche Forschungen tätigen dürfen – ganz offiziell! All diese Kisten stehen wahrscheinlich schon seit dem großen Erdbeben im Jahre 1755 hier. Niemand weiß so recht, was da drin ist!«

Peter konnte sich das Grinsen nicht verkneifen. Pauline war ein sympathisches Unikum. Wenn sie sprach, verdrehte sie viel sagend ihre großen Augen, gestikulierte mit Händen und Armen, legte Falten des Grimms über ihre Stirn und wusste, darüber war er sich sehr schnell im Klaren, sehr genau, was sie sagte. »Sind sie Historikerin, Pauline?«

Sie hielt beim Auspacken einiger verstaubter Akten inne. »Weil ich schon immer wissen wollte, warum alle Portugiesen so traurig, wehmütig und melancholisch sind und ihre Wehmut mit viel Wein und Fado auch noch nähren, habe ich Psychologie studiert. Seitdem verstehe ich meine Landsleute überhaupt nicht mehr. Dann dachte ich, dass für ein Verständnis der Geschehnisse auf dieser Welt ein Studium der Geschichte hilfreich sein könnte. Das war Anfang der 70er-Jahre, zu der Zeit, da ganz Portugal *Grândola vila morena* sang und die Nelkenrevolution die vage Hoffnung aufkeimen ließ, dass sich wirklich etwas ändert. Leider habe ich als nunmehr promovierte Historikerin erkennen müssen, dass die Menschen sehr einfältige Geschöpfe sind, dass sie aus den Geschehnissen der Vergangenheit nicht lernen können, ergo dazu verdammt sind, immer und immer die gleichen Fehler zu begehen. Seit ich das weiß, suche ich Erlösung als Bibliothekarin. Ich verwalte Altes. Und ich versuche Wissen zu ordnen, damit wenigstens die nächste Generation aus der Vergangenheit lernen kann.«

Peter war beeindruckt. Pauline hatte in nur wenigen Sätzen sowohl ihren beruflichen Werdegang als auch ihre persönliche Lebenseinstellung skizziert. Gewisse Enttäuschungen waren nicht zu überhören gewesen. Dennoch ahnte er zumindest, zu welchen Informationen Jahzaras Mutter Zugang hatte.

Eine Stunde später, Pauline hatte sie in dem Archivraum allein gelassen, stieß Jahzara auf die Unterlagen, die sie gehofft hatte, zu finden: »Ich glaube es einfach nicht! Wahnsinn!«

Sie wühlte hektisch in einem Karton mit vergilbten Schriftrollen und Dokumenten. Einige trugen prächtige Siegel. Sie war fassungslos.

»Das *Sion*-Dossier.« Mehr sagte sie nicht.

»*Sion*-Dossier?« Peter hatte das Gefühl, dass die geheimnisvolle Aura, die Jahzara plötzlich ausstrahlte, auch ihn erfasste.

Sie flüsterte: »Das hier sind Briefe, Protokolle und teils als streng geheim klassifizierte Berichte von Spitzeln des damaligen portugiesischen Königs. Sion ist die griechisch-lateinische Schreibweise für Zion, die auserwählte Stadt Gottes – Jerusalem! Das äthiopische Volk, das solltest du wissen, versteht sich seit jeher als Volk Zions, dessen auserwählte Stadt Aksum ist. Dort steht auch die Kirche Maryam Sion, und dort soll sich die Bundeslade befunden haben – oder noch immer dort stehen. Es gibt allerdings auch eine äthiopische Legende, die besagt, dass die Bundeslade schon viel früher nach Äthiopien gebracht und jahrhundertelang auf einer Insel im Tanasee in einem Kloster aufbewahrt wurde, bevor sie dann in diese Kirche gelangte.«

Peter horchte auf. Angestrengt überlegte er. Ging es am Ende um die Bundeslade, eines der größten Mysterien der Christenheit? Was ihn so aufwühlte, war Jahzaras Erwähnung des Tanasees, also des Ortes, an dem die geheimnisvolle Karawane mit an Sicherheit grenzender Wahrscheinlichkeit aufgebrochen war.

Jahzaras Worte rissen ihn aus seiner Nachdenklichkeit. »Sag ganz ehrlich, Peter, was hältst du von alldem?«

Er überlegte. Jahzara wusste noch nicht, dass die Karawane am Tanasee aufgebrochen war. Sie wusste überhaupt nichts von der verschollenen Karawane. Sollte er ihr die Wahrheit sagen? Er entschloss sich, das später zu tun.

»Weißt du, Jahzara, ich bin Geograf, Wissenschaftler. Ich habe gelernt, mich mit Fakten auseinanderzusetzen. Um diese Bundeslade ranken sich so viele Legenden und abenteuerliche Geschichten, dass ich mich an dieses Thema nicht wirklich herantraue. Mit der Bundeslade ist es wie mit dem Heiligen Gral. Keiner weiß mehr, was Wahrheit und was Dichtung ist. Wir bewegen uns hier in einem Bereich, in dem sich Scharen so genannter Grenzwissenschaftler tummeln. Zwar habe ich in Afrika gelernt, dass alle Mythen und Legenden Wahrheiten in sich bergen. Doch zum jetzigen Stand der Dinge halte ich Skepsis für sehr angebracht. Weder wissen wir, wer dieses ominöse Buch geschrieben und diese Karte angefertigt hat. Noch wissen wir genau, was in diesem *Sion*-Dossier aufgezeichnet ist. Und schon gar nicht, ob es auch stimmt. Das

müssen wir prüfen. Dafür brauchen wir allerdings Kopien von allen Schriftstücken. Schau doch mal, ob da vielleicht ein Exemplar der Karte enthalten ist, die wir beide besitzen.«
Jahzara wühlte in dem Karton. Immer wieder hielt sie inne, überflog die teils in Lateinisch, teils in Portugiesisch und Spanisch verfassten Dokumente. Ihre Mimik zeigte deutlich, dass sie wieder und wieder Erstaunliches entdeckte.
»Nein, Karten kann ich in dem Karton nicht finden.« Plötzlich richtete sie sich auf. Ihre Augen überflogen ein mit einem roten Wachssiegel versehenes Dokument in lateinischer Sprache. Offensichtlich konnte sie nicht alles entziffern, was dort geschrieben stand. Sie atmete schnell. Ohne ihn anzuschauen, las sie mit zittriger Stimme vor: »Abtrünnige vom wahren christlichen Glauben ... Mysterium der Christenheit ... Christentum erschüttern ... erlauben sich Seine Exzellenz ... in weiser Einschätzung ... mit dem Heiligen Vater ... und König João ... von Portugal die Vermählung des Wohlgeborenen Dom Duarte de Sei... seiq... mit Prinzessin Sahel ... leibliche ... der Kaiserin Eleni ... dem Wunsche des Heiligen Vaters ... und ... anzustreben ...«
Jahzara verstummte. Sie hatte Tränen in den Augen und zitterte am ganzen Leib. »Charles hat es gewusst! Dieses *Sion*-Dossier ist eine Sensation, Peter. Was hier geschrieben steht, ist unglaublich.«
Peter war sich im Klaren darüber, dass sich gerade, im wahrsten Sinne des Wortes, Unglaubliches abzeichnete. Er ahnte, dass Jahzara, als Religionswissenschaftlerin und als Äthiopierin, in diesen Dokumenten ganze andere Dimensionen erkannte, als er das tat. Er legte seinen Arm um ihre Schulter.
»Wir sollten Vernunft walten lassen, Jahzara. Was wir brauchen, sind Kopien dieser Dokumente. Dann müssen wir sie auswerten. Sehr vorsichtig, ohne ein Wort darüber zu ver-

lieren, denn was dort geschrieben steht, ist auch für andere Leute von größtem Interesse. Warum sich ausgerechnet Araber dafür interessieren, weiß ich noch nicht. Aber das sind skrupellose Leute. Die scheuen vor nichts zurück. Also müssen wir extrem vorsichtig sein.«

Er kramte in seiner Tasche und zog eine Digitalkamera hervor.

Jahzara schaute ihn entsetzt an. Sie wollte etwas sagen, aber er unterbrach sie: »Ich weiß, was du sagen willst. Doch ich möchte nur einige wenige dieser Dokumente ablichten. Dieses da, zum Beispiel, das du eben vorgelesen hast. Dann werden wir deine Mutter fragen, ob sie uns von dem kompletten Dossier Kopien anfertigen lassen kann. Ich verspreche dir, dass wir diese Aufnahmen nie veröffentlichen werden. Wir benutzen sie nur als Rechercheansatz, einverstanden? Nur wir beide wissen davon. Es ist unser erstes gemeinsames Geheimnis.«

Wenige Minuten später kam Pauline zurück. Peter hatte zwischenzeitlich etwa 20 Dokumente fotografiert. Jahzaras Mutter war von dem Gedanken, das komplette Dossier zu kopieren, nicht sonderlich angetan.

»Ihr beide seid vielleicht lustig. Wer weiß, was da für Staatsgeheimnisse drinstehen! Vielleicht werde ich vom Heiligen Vater in Rom persönlich in die Hölle entsandt, wenn ich euch helfe. Ewige Verdammnis! Was für eine grausige Vorstellung. Obwohl, da unten in der Hölle treffe ich wahrscheinlich eine Menge guter alter Freunde. Hm, also gut, lasst mich überlegen, wie ich euch helfen kann. Ich muss wohl nicht betonen, dass wir die ganze Sache streng vertraulich behandeln müssen. Wenn das auffliegt, ist mein Freund seinen Job los. Und verdammt wird er auch. Und mit ihm will ich lieber nicht in der Hölle schmoren. Der wollte mir schon auf der Uni immer an die Wäsche. Nein, lieber nicht! Haltet also bitte euren Mund, auch im eigenen Interesse. Sonst geht ihr womöglich noch ins Gefängnis. Und bestimmt nicht in ein und dieselbe Zelle.«

Pauline lächelte süffisant. Sie stand bereits an der Tür, als sie sich noch einmal umdrehte. »Was ich noch sagen wollte, Charles Bahri war hier, vor vielen Jahren, das habe ich Jahzara schon erzählt. Er hatte damals einen Antrag gestellt, Einsicht in dieses Dossier zu erhalten. Es wurde ihm erlaubt. Bemerkenswert ist allerdings, dass es noch einen Interessenten für dieses Dossier gab. Im Besucherverzeichnis des Marinemuseums steht, dass es der deutsche Pater Benedikt Lindner war. Dieser Mönch gehört zum Orden Hagia Maria Sion, der eine Abtei am Berg Zion in Jerusalem unterhält. Ist ein ziemlich mysteriöser Orden, wie ich herausfand. Das Ordenssymbol ist das Regenbogenkreuz, das von frühen Christen, die sich ihrer jüdischen Wurzeln bewusst waren, verwendet wurde. Mehr weiß ich nicht über ihn. Seltsam finde ich aber, dass dieses Dossier scheinbar nach diesem Orden benannt wurde. Vielleicht findet ihr eine Erklärung für das Interesse dieses Paters an diesen Dokumenten. Ich jedenfalls fand das damals höchst eigentümlich, dass dieser Orden hier recherchieren durfte. Das kann nur jemand ganz oben in unserer Regierung befürwortet haben. Oder in Rom. Wie auch immer, morgen bringe ich euch eine Kopie des Dossiers.«

8.

Pauline atmete tief durch. Alles war gut gegangen. Vor wenigen Minuten hatte ihr ein Expressbote die Originale des *Sion*-Dossiers – als Werbebroschüren deklariert – in einem Paket zugestellt. Das Dossier war unbemerkt in die Bibliothek zurückgelangt. Jahzara würde sich in etwa zwei Stunden die Kopien bei Andreia abholen. Das Ganze hatte sie viel Nerven gekostet. Große Bedenken waren ihr gekommen, als sie sich die Frage gestellt hatte, wie und vor allem wo sie so viele Dokumente heimlich kopieren könne. Ein Kopierladen schied aus. Einige der alten Schriften waren in einem sehr schlechten Zustand. Sie mit der Hand anzufassen, war nicht ratsam. Die Säuren auf den Fingern zersetzten erfahrungsgemäß mit der Zeit die Seitenränder. Schließlich war ihr gestern am späten Abend der rettende Gedanke gekommen. Ihre Freundin Andreia arbeitete im Centro Cultural de Belém, nicht weit von der Bibliothek entfernt. Das Kultur- und Kunstzentrum verfügte über einen hochmodernen Scanner, die jede Seite automatisch umblätterte und digital kopierte. Deshalb hatte sie ihrer Freundin noch am Abend die Dokumente übergeben. Sonderlich wohl hatte sie sich dabei nicht gefühlt. Wie eine Diebin war sie sich vorgekommen, als sie das komplette Dossier, unter ihrer Kleidung versteckt, an dem Sicherheitsbeamten des Hauses vorbei rausgeschmuggelt hatte. Aber es hatte geklappt. Vereinbarungsgemäß hatte Andreia dann das Original per Boten zurückgeschickt. Niemand wäre auf die Idee gekommen, ein ankommendes Paket nach vertraulichen Unterlagen aus dem Museum zu durchsuchen.

Pauline schaute auf die Uhr und verließ ihr Büro. Sie hatte sich mit Jahzara zum Mittagessen in der Cafeteria *Quadrante* im Kulturzentrum verabredet. Am Haupteingang des Hieronymosklosters herrschte Hochbetrieb. Sie drängte sich durch die Menschenmassen vor dem archäologischen Nationalmuseum, setzte sich für einige Minuten auf eine Bank im Praça do Império und schlenderte dann zu dem bunkerähnlichen Betonkomplex des Kultur- und Kongresszentrums, den viele als hypermodernes architektonisches Wunderwerk bezeichneten, den sie selbst jedoch als grauenhaft hässlich empfand.

Im Café wartete Jahzara bereits auf sie. Ihre Augen glänzten.

»Hallo, Mama. Ich bin so aufgeregt. Danke, dass du das für mich getan hast!«

»Meine liebe Prinzessin, ich weiß, ehrlich gesagt, nicht, warum ich mich auf diese Sache eingelassen habe. Versprich mir, um Gottes willen, mit diesem Dossier sehr sorgsam umzugehen. Das ist Sprengstoff, sage ich dir! Wenn deine Dissertation dieses sehr unrühmliche Kapitel der Beziehung zwischen der römisch-katholischen Kirche und den Christen Äthiopiens enthüllt, wird es viel Aufregung geben. Im Vatikan ebenso wie hier in Lissabon. Dein Vater hat sich übrigens, wie von dir erbeten, mit einigen Freunden in Addis Abeba in Verbindung gesetzt. Er wird versuchen, dass diese Leute dir als Gesprächspartner zur Verfügung stehen, wenn du nach Hause fliegst. Jetzt aber genug von diesem Thema. Mich interessiert was ganz anderes. Und zwar dieser Peter. Er ist nett, ein sehr interessanter Mann. Aber ein bisschen alt für dich, oder?«

Pauline lächelte ihre Tochter an. Sie sah, wie Jahzara verlegen wurde.

»Was du schon wieder denkst. Sicherlich ist er nett. Sehr nett sogar. Er ist einer der wenigen Männer, die nicht gleich mit mir ins Bett gehen wollen. Zudem ist er sehr einfühlsam und klug.«

Pauline riss erstaunt die Augen auf. »Der will nicht mit dir ins Bett? Mit der hübschesten Äthiopierin Lissabons?«

»Ach, Mama, du weißt schon, wie ich das meine. Natürlich sehe ich in seinen Augen auch Begierde. Aber er stiert mir nicht so unverfroren auf meinen Hintern wie die anderen Männer. Er hat Stil. Außerdem respektiert er mich. Und er liebt Afrika.«

Pauline lachte schelmisch. »Vorsehung, meine kleine Prinzessin! Was da geschieht, kannst du als Wink des Schicksals betrachten. Charles wollte, dass ihr euch in Venedig kennen lernt. Gottes Fügung hat es verhindert. Und jetzt habt ihr euch hier in Lissabon getroffen. Vielleicht will er mit dir nach Äthiopien fliegen. Weiß er schon, dass du demnächst abreist?«

»Nein, ich habe es ihm noch nicht gesagt. Momentan ist alles so aufregend. Ich komme überhaupt nicht dazu, in Ruhe nachzudenken. Er ist jetzt in der Nationalbibliothek. Heute Abend treffen wir uns wieder. Bis dahin habe ich mir das Dossier durchgelesen. Und vielleicht sage ich ihm dann auch, dass ich fliegen werde. Ob ich aber möchte, dass er mitkommt, weiß ich noch nicht so recht. Er ist Mitte, vielleicht sogar schon Ende vierzig, und ich bin gerade mal achtundzwanzig! Außerdem nimmt mich meine Dissertation voll in Beschlag. Das ist die Chance meines Lebens! Jetzt fahre ich erst mal nach Hause und vergrabe mich in diese Dokumente.«

Wenig später verließen Pauline und Jahzara das Kulturzentrum. Arm in Arm schlenderten sie durch die Parkanlagen entlang der Avenida da Índia. Es war angenehm warm. Die Palmen wiegten sich im Mittagswind. Zwei Hochseeschiffe tuckerten am Entdeckerdenkmal vorbei den Rio Tejo entlang.

Jahzara hielt ihre große Handtasche mit den Dokumenten unter ihrem rechten Arm gepresst. In Höhe der Straßenbahnhaltestelle gegenüber dem Kloster blieben beide am Straßenrand stehen.

»Lass es dir gut gehen, Jahzara! Sei vorsichtig. Wenn ich ehrlich sein soll, dann wäre es mir lieber, wenn dieser Peter sich für dich interessieren und in deiner Nähe bleiben würde. Was in Venedig und hier geschehen ist, bereitet mir große Sorgen. Das ist eine sehr gefährliche Sache, an der du recherchierst. Ein Mann in deiner Nähe würde mich beruhigen.«

Eine Viertelstunde später stieg Jahzara an der Straßenbahnhaltestelle an den Cais do Sodré aus. In der völlig überfüllten Straßenbahn hatte sie sich nicht getraut, ihre Handtasche zu öffnen, um in den Dokumenten zu blättern. Sie brannte darauf, endlich nach Hause zu kommen, um das Dossier zu sichten. Nervös stieg sie aus. Wie immer herrschte auf der Avenida da Ribeira das Naus extrem viel Verkehr. Die Fußgängerampel zeigte rot an. Ihre Gedanken waren bei Peter. Er war irgendwo in der Stadt, um von den Fotos, die er von den Dokumenten gemacht hatte, Abzüge machen zu lassen. Die würden sie nun nicht mehr benötigen. Sie hatten nun Kopien des kompletten Dossiers – und damit vielleicht Beweise für all das, was bislang nur als vager Verdacht oder als Fantasien des unbekannten Buchautors im Raum gestanden hatte.

Plötzlich hatte Jahzara das Gefühl, beobachtet zu werden. Panisch blickte sie sich um. Hinter ihr standen dutzende Menschen: Männer, Frauen, Kinder. Aber kein Araber! Ihr Blick schweifte über die Menge. Die Ampel schaltete um. Ängstlich presste sie ihre Handtasche unter den Arm und ließ alle Fußgänger an sich vorbei auf den Zebrastreifen gehen. Da war niemand, der verdächtig aussah.

»Du fängst an zu spinnen, Jahzara«, murmelte sie leise vor

sich hin. Demonstrativ hängte sie ihre Handtasche leger über die Schulter. Ganz locker, ermahnte sie sich, nicht so verkrampft. So wie du hier gehst, ahnt jeder Handtaschendieb, dass du etwas Wertvolles mit dir trägst. Also ganz ruhig!
Sie war gerade zwei Schritte auf dem Zebrastreifen vorwärtsgegangen, als sie das Geräusch hörte. Sie konnte nicht ausmachen, woher es kam. Doch es war da. Ganz plötzlich. Der Lärm der Hauptverkehrsstraße dämpfte das Geräusch. Links von ihr standen viele Autos in Schlange vor dem Zebrastreifen. Sie starrte suchend in die Autos hinein. Alles harmlose Menschen. Nur das Geräusch war noch da und wurde immer lauter. Dann sah sie es. Geschockt erstarrte sie mitten auf dem Zebrastreifen. Ein Motorrad mit zwei Männern raste zwischen den wartenden Autoschlangen hindurch auf den Zebrastreifen zu. Jahzara sah das schwarze Helmvisier des Fahrers, sah den ausgestreckten, muskulösen Arm des Soziusfahrers. Sie wusste, was diese Männer wollten. Ihr Verstand riet ihr, wegzulaufen. Aber ihre Beine reagierten nicht. Dann war das Aufheulen des Motors neben und über ihr. Die Wucht des Zusammenpralls mit dem Vorderrad warf sie zu Boden. Sie schrie auf. Ihre Hüfte schmerzte. Der Sozius wirkte plötzlich wie ein Monster, als er neben ihr stand. Der behaarte Arm griff nach ihrer Handtasche und riss sie brutal an sich. Die Lederriemchen der Tasche rissen. Ihre Bluse wurde zerfetzt. Ihre Haare fielen ihr ins Gesicht, und sie konnte nur noch hören, wie das Motorrad mit aufheulendem Motor davonraste.

Heftiger Regen prasselte gegen die Panoramascheiben und übertönte die Musik. Die melancholischen Fado-Lieder passten zum Wetter. Lissabon lag unter einer dichten Nebeldecke. Die Scheinwerfer der Kirchen unten im Tal sahen im Zwielicht der Abenddämmerung wie gigantische Augen grässlicher Monster aus. Jahzara lag auf ihrem Bett und starrte aus dem Fenster. Sie tat das schon seit einer halben Stunde, ohne ein Wort zu sagen.

Peter konnte nur ahnen, welche Gedanken und Ängste sie plagten. Er wusste nicht, wie er ein Gespräch einleiten sollte. Die letzten Tage war sie kaum zugänglich gewesen. Wann immer sie sich getroffen hatten, war ihr anzusehen, dass sie kurz davor war, zu weinen. Ihr Elan war einer Furcht erregenden Lethargie gewichen. Sie redete wie in Trance. Die Situation hatte ihn veranlasst, seinen Rückflug nach Deutschland zu stornieren. Er fühlte sich verpflichtet, Jahzara beizustehen. Er sah es als Vertrauensbeweis an, dass sie ihn schließlich gebeten hatte, in ihre Wohnung zu kommen. Aber auch als Ausdruck ihrer nicht zu übersehenden depressiven Stimmung. Sie hatte Angst. Panische Angst. Wie gerne hätte er sie in diesem Moment in den Arm genommen, sie getröstet, gestreichelt und seine Gefühle vermittelt. Doch er traute sich nicht. Es schien, als hätten die Ereignisse einen Keil zwischen sie getrieben.

Plötzlich klingelte das Telefon. Jahzara ließ das Handy lange klingeln, bevor sie sich widerwillig über das Bett rollte und danach griff. Der Tonfall dokumentierte ihre Stimmung: »Ja?«

Peter konnte eine Frauenstimme aus dem Handy hören. Es war offenbar Pauline. Jahzara bekam glänzende Augen. Plötzlich huschte ein unübersehbarer Anflug von Trotz über ihr Gesicht. In ihren Augen zeigte sich ein abrupter Stimmungswandel.

Jahzara klang auf einmal sehr bestimmt: »Das ist sehr beunruhigend! Und erstaunlich. Hast du eine Ahnung, woher diese Anweisung kommt? Schade! Nein, nein, daran ist nichts zu rütteln. Ich werde fliegen. Niemand wird mich abhalten. Die

Äthiopier haben ein Recht darauf, von diesen Dingen zu erfahren. Mach dir keine Sorgen. Peter ist bei mir. Ich werde ihn fragen, ob er mitkommt. Bis dann.«

Peter mochte seinen Ohren nicht trauen. Jahzara war wie ausgewechselt. Was immer es auch gewesen war, was ihre Mutter gesagt hatte, es hatte sie endlich aus ihrer Lethargie gerissen. Und noch etwas war geschehen. Sie hatte, vielleicht ohne dabei an seine Gegenwart zu denken, erkennen lassen, dass sie sich sehr wohl, sicher und geborgen in seiner Gesellschaft fühlte. Peter spürte, wie diese Erkenntnis seinen Endorphinspiegel hochschnellen ließ.

Jahzara schaute ihn trotzig an. Ihre Stimme klang selbstbewusst: »Das war Pauline. Unglaublich! Der Leiter der Bibliothek hat vom Kultusministerium die Anweisung bekommen, das *Sion*-Dossier wie eine Verschlusssache zu klassifizieren und von nun an im Tresor des Archivs zu verwahren. Ein Zugriff darauf erfolgt nur noch mit persönlicher und schriftlicher Genehmigung des zuständigen Staatssekretärs.«

Peter riss erstaunt die Augen auf. »Was? Wie kommt das denn zu Stande? Hat man bemerkt, dass wir es in den Fingern hatten?«

»Nein, dass glaubt sie nicht. Weder sie noch wir haben irgendjemanden davon erzählt, dass mir die Kopie des Dossiers gestohlen wurde –« Jahzara hielt abrupt inne und schaute ihn entsetzt an. Sie suchte nach Worten und verdrehte die Augen auf höchst merkwürdige Weise. Dann schritt sie eilig zu ihrem Glasschreibtisch vor dem Fenster, riss ein Blatt Papier aus dem Drucker und griff nach einem Kugelschreiber. Bevor sie zu schreiben begann, blickte sie in seine Richtung und signalisierte ihm mit einem über den Mund gepressten Zeigefinger, zu schweigen. Hastig kritzelte sie einige Sätze auf das Blatt. Er konnte sehen, wie aufgeregt sie atmete. Von Weitem streckte sie ihm das Papier entgegen: »Wir werden abgehört. Mein Handy! Lass uns in eine Bar gehen.«

Jahzara begann wie ein Wasserfall zu reden, kaum dass sie einen Platz in der Bar des *Chapitô* gefunden hatten. Ihre Augen funkelten. Sie war wütend, aber auch ängstlich.

»Außer dir habe ich nur einem Menschen von dem Zwischenfall mit dem Dossier erzählt: meiner Mutter. Dir habe ich es persönlich gesagt. Da konnte niemand mithören. Mama habe ich es am Telefon erzählt! Peter, das Kultusministerium hat heute verfügt, dass das *Sion*-Dossier unter Verschluss genommen wird. Mama hat keine Ahnung, wieso. Sie ist sicher, dass niemand im Archiv was von der Aktion mitbekommen hat. Also gibt es nur eine Erklärung. Mein Handy wird abgehört! Da sind Leute bestrebt, den Inhalt dieses Dossiers der Öffentlichkeit vorzuenthalten. Wer immer das auch ist, sie haben mitgehört. Erst klauen sie mir die Kopien. Und jetzt wollen sie sicherstellen, dass ich nicht mehr an das Dossier rankomme. Das ist absoluter Wahnsinn! Was sind das für Leute, Peter? Wer hat so viel Macht, die bis in Kultusministerium reicht?«

Peter nahm ihre Hand und versuchte, sie zu beruhigen. »Wahrscheinlich hast du Recht mit deiner Vermutung. Möglicherweise sind in deiner Wohnung auch Wanzen versteckt. Die haben gewusst, dass du dich mit deiner Mutter getroffen hast, um die Kopien des Dossiers abzuholen. Wenig später haben sie dich überfallen. Die wussten wahrscheinlich auch, dass du nach Venedig reist. Und von meiner Verabredung mit Charles am Roten Meer und in Burano. Sie wussten alles! Nicht nur dein Handy wird abgehört. Charles ist auch abgehört worden. Vielleicht ist mein Handy ebenfalls angezapft. Das sind mächtige, sehr gefährliche Leute, Jahzara! Die wollen etwas haben, von dem wir beide nicht mal genau wissen, was es ist.«

Er bemerkte plötzlich, dass er noch immer Jahzaras Hand festhielt. Ihre Handflächen waren feucht. Dennoch spürte er, dass sie den Körperkontakt mit ihm als angenehm empfand. Verlegen wich er ihrem Blick aus. Ihre Handtasche erregte seine Aufmerksamkeit. Ein Gedankenblitz durchzuckte ihn. Die großen Seemuscheln, die als Halterung für die Träger in das Leder eingearbeitet waren! Hatte sie nicht erzählt, dass sie das Gefühl gehabt habe, ein Fremder sei in ihrer Wohnung gewesen? Nun legte er einen Zeigefinger über seinen Mund und signalisierte ihr damit, zu schweigen. Er holte einen Kugelschreiber aus seiner Jacke, schrieb etwas auf einen Bierdeckel: »Nur noch Belangloses sprechen. Wanzen! Du musst dich ausziehen!«

Jahzara starrte ihn entgeistert an. Er griff nach einem zweiten Bierdeckel. Ihre Augen folgten seinen Zeilen: »Wir gehen auf die Toilette. Zieh dich dort aus. Ganz. Ich auch. Vielleicht tragen wir Abhörgeräte mit uns.«

Peter sah Jahzara in die Augen. Ihr Blick signalisierte ihm grenzenloses Vertrauen – und Panik. Sie standen auf und gingen durch den Garten auf zwei Türen des Nebentraktes zu. Jahzara verharrte, schaute ihn verunsichert an.

Durch ein Kopfnicken deutete Peter auf die Damentoilette. Er blickte sich um. Niemand beobachtete sie. Sein Puls begann, schneller zu pochen. Er war sich bewusst, was für eine skurrile Situation gleich entstehen würde.

In der Damentoilette gab es zwei nebeneinanderliegende Kabinen. Er wies sie lautlos an, die rechte zu nehmen. Mittels Handzeichen forderte er sie auf, sich gänzlich auszuziehen und ihm ihre Sachen unter der Trennwand der beiden Toiletten hindurchzuschieben.

Jahzara grinste. Sie presste sich eine Hand auf den Mund, um nicht lauthals loszulachen. Auch er musste sich beherrschen. Sie schauten sich in die Augen. Für einen Moment war da keine Angst mehr, nur Vertrauen und Begehren.
Peter atmete tief durch, öffnete seine Kabine und schloss die Tür hinter sich. Er hörte, wie sich Jahzara nebenan auszog. Er zitterte. Die Vorstellung, dass sie sich – nur durch eine hauchdünne Holzwand getrennt – neben ihm entkleidete, tauchte ihn in eine Welt erotischer, lasziver Fantasien. Das Rascheln von nebenan verstummte abrupt. Unter der Trennwand tauchten ihre Jeans auf. Dann ihre Handtasche, die Bluse und ihre Schuhe. Es war still im Raum. Er wusste, dass sie ein T-Shirt und einen BH trug. Von Abhörwanzen hatte er keine Ahnung, ging jedoch davon aus, dass sie nicht in einem BH oder in einem T-Shirt versteckt werden konnten. Sollte er? Er grinste vor sich hin. Leise klopfte er gegen die Trennwand. Ahnte sie, was er forderte? Ihr Atmen hörte sich nun lauter an. Er glaubte, ihre Erregung zu spüren. Oder war es Wut, Hilflosigkeit? Seine Fantasie überschlug sich. Die attraktivste Frau, die er seit Langem getroffen hatte, stand nahezu nackt neben ihm. Einige Sekunden vergingen. Dann schob sie ihren Büstenhalter und das T-Shirt zu ihm herüber. Er musste abermals grinsen. Das war die verrückteste Situation, die er je erlebt hatte. Er bückte sich, tastete ihre Kleidungsstücke ab. Der BH war noch warm von ihrer Haut. Wollust durchströmte ihn. Die Luft war erfüllt von ihrem Geruch und von ihrer Aura.
Peter riss sich zusammen und konzentrierte sich auf die Handtasche. Sie stammte fraglos aus Äthiopien. Feine Garnfäden in den äthiopischen Nationalfarben Grün, Gelb und Rot waren in die Tragegurte eingewirkt. Er entleerte die Tasche: Make-up-Utensilien, ein Notizbuch, OBs, Taschentücher. Was im-

mer er untersuchte, er konnte keinen Gegenstand finden, der seines Erachtens geeignet wäre, ein Abhörgerät zu verbergen. Die Schuhe waren zu fein, als dass sie Möglichkeiten boten, darin etwas einzubauen. Sein Blick fiel abermals auf die zwei fast faustgroßen Seemuscheln. Vorsichtig nahm er die Tasche, hielt sie an sein Ohr und schüttelte sie. Tatsächlich war ein leises Scheppern zu hören. Technisch war es wahrscheinlich möglich, eine Wanze oder einen Peilsender in eine dieser Muscheln einzubauen. Er wusste es nicht. Aber es galt, das Risiko auszuschließen.

Ein sehr dezentes Klopfen an der Zwischenwand ließ ihn erahnen, dass Jahzara, so nackt, wie sie in dem kühlen Raum stand, allmählich ungeduldig wurde. Die Vorstellung, dass sich Gänsehaut über ihren Busen ausbreitete, erregte ihn. Auf seinen Reisen in Afrika hatte er an den Stränden schon viele Afrikanerinnen in Bikinis gesehen. Wassertropfen perlten auf deren geschmeidigen, glänzenden Haut wie Regentropfen auf einem Blatt ab. Afrikanerinnen hatten eine andere Haut als Europäerinnen. Schnell atmend schob er ihre Sachen unter der Trennwand zurück. Er hörte, wie sie sich hastig ankleidete. Sein Blick ging zum Fußboden. Der schwarze BH lag noch immer da. Er schob ihn dezent zu ihr hinüber und klopfte an die Wand, um sie darauf aufmerksam zu machen. Sie hob ihn nicht auf. Er erstarrte. War das Absicht?

Nun zog er sich aus, tastete Knöpfe, Gürtelschnalle, Jackett, Schuhe und sein Hemd ab. Nichts Verdächtiges! Ein leises Klopfen von nebenan riss ihn aus seinen Gedanken. Wieder klopfte es. Diesmal fordernd. Er schaute auf den Boden. Der BH lag noch immer dort. Das konnte nicht sein! Nein, nicht Jahzara! Oder doch? Beinahe hätte er lauthals losgelacht. Waren es seine lasziven Gedanken, die ihn auf solch absurde Ideen brachten? Vielleicht war sie gar nicht so prüde, wie sie tat. Warum ließ sie den Büstenhalter liegen? Sie musste ihn doch sehen. Er entschied, es auf einen Versuch ankommen zu lassen. Er ließ seine Cordhose fallen und schob sie mit dem Fuß so dicht an die Trennwand, dass sie glauben konnte, es sei keine Absicht. Schneller als erwartet verschwand die Hose auf der anderen Seite. Er unterdrückte ein lautes Lachen. Wahnsinn! Sie spielte, kokettierte mit ihm! Erneut klopfte es. Er konnte sich vorstellen, dass Jahzara lächelte. Ob sie noch nackt war?

Stück für Stück schob er seine Wäsche zu ihr hinüber. Nur wenige Sekunden vergingen. Ihre schlanke Hand mit den rosafarbenen Innenflächen fingerte nach seinen Kleidern. Ihm war noch nie zuvor aufgefallen, dass eine Hand so erotisch sein konnte. Mensch, Peter, dachte er, beherrsch dich. Er holte tief Luft, unterdrückte seine Fantasien. Kein Geräusch, kein Kleiderrascheln. Nur ihr Atmen.

Auf einmal hörte er die Tür ihrer Kabine aufgehen. Nein, das wird sie nicht tun! Niemals! Dafür war die Situation wahrlich zu prekär. Schritte hallten durch den Toilettenraum. Er versuchte, sie zu lokalisieren. Das darf nicht wahr sein! Die Eingangstür knarrte und fiel scheppernd zu. Hinter ihr! Er schüttelte ungläubig den Kopf, blickte an sich hinunter. Jahzara war weg! Er hatte außer einem Slip nichts an. Der BH lag noch auf dem Boden. Nein, das konnte sie doch nicht tun!

Eine Minute verging. Er fröstelte. Was, zum Teufel, sollte er tun? Halb nackt durch den Innenhof in die Bar rennen? Er fror, zugleich war ihm heiß. Und er spürte, wie sich ein nicht mehr zu kontrollierendes Lachen und grenzenloses Verlangen nach ihr in ihm aufbaute. Dann brüllte er los, laut, vor Tollheit und in kindlichem Übermut. Sein Lachen hallte durch den Raum, und er war sich sicher, dass es auch noch in der Bar zu hören war. Er fühlte sich so unglaublich glücklich und befreit, dass ihm der Rest der Welt gleichgültig war. Übermütig riss er die Kabinentür auf, wollte so schnell wie möglich hinter sich bringen, was wahrscheinlich hochpeinlich werden würde. Er erstarrte. Auf dem Boden inmitten des vorderen Toilettenraums lagen seine Kleider, fein säuberlich gestapelt, die Schuhe obenauf gestellt. Der Gürtel penibel zusammengerollt daneben. Wieder schüttelte er sich vor Lachen und wankte gerade auf seine Sachen zu, als die Tür aufging. Eine Frau stand in der Tür. Das Mütterchen war um die 70, hatte mehr Falten als Haare und kleine, sehr liebe Augen, die ihn fragend und irritiert anstarrten. Sie taxierte den BH in seiner Hand, ließ ihre alten Augen über seinen knappen Slip wandern. Auch er schaute auf den schwarzen Büstenhalter, der von seiner Hand baumelte wie eine Trophäe. Er schämte sich, wartete auf ihren Schrei. Aber das Mütterchen blickte nur überrascht auf das Schild an der Toilettentür, schien es für möglich zu halten, sich in die Männertoilette verirrt zu haben, murmelte etwas vor sich hin und ging.

Peter konnte sich nicht erinnern, sich jemals so schnell angezogen zu haben. Schnell zog er den Reißverschluss seiner Hose hoch, fuhr sich mit der Hand durch die Haare und stürmte aus der Toilette auf den Hof.

Eine Frauenstimme stoppte ihn. »Was machen Sie denn da in der Damentoilette?«

Einige der Gäste wandten sich zu ihm um, taxierten den BH in seiner Hand. Peter las in ihren Augen, was sie dachten. Es war ihm grenzenlos peinlich.

Jahzara hockte direkt neben dem Eingang, mit dem Rücken an die Wand gelehnt. Sie versuchte krampfhaft, ernst zu bleiben. Es gelang ihr nur kurz. Dann prustete sie los, weinte vor Lachen. Tränen kullerten über ihre schwarze Haut, rannen über ihr Dekolletee. »Kann … kann … kann ich meinen Büs-

tenhalter wiederhaben, oder brauchst du ihn noch?«, presste sie hervor und krümmte sich vor Lachen.
Peter ging leicht verärgert auf sie zu. Der BH baumelte noch immer von seiner Hand. Gäste kamen aus der Bar und schauten sie beide lächelnd an. Er ging vor ihr in die Hocke. Jahzara hob den Kopf und schaute ihn mit den glücklichsten Augen, die er je in seinem Leben gesehen hatte, an. Ihr Haar war zerzaust, und ihre Schminke rann ihr in bläulichen Streifen über die Wangen. Er ließ den BH fallen, grinste und prustete ebenfalls los, bevor er ihren Kopf mit beiden Händen umfasste und zu sich heranzog. Sie wehrte sich nicht, lehnte sich an seine Brust, zitterte am ganzen Körper und schluchzte ihre Angst und Glückseligkeit ungehemmt in die Welt hinaus.

Wenig später saßen sie in einem Internetcafé. Jahzara hatte ihre Handtasche mit den verdächtigen Seemuscheln in der Bar abgegeben und um Verwahrung gebeten. Ihr Handy lag in ihrer Wohnung. Sein Handy hatte er ins Hotel gebracht.
»Du siehst hässlich aus mit deiner verwischten Schminke«, versuchte er, sie zu necken. Sie reagierte nicht darauf. »Ich habe mich noch nie so schön gefühlt. In mir ist heute alles schön und weich und sanft und glücklich. Aber konzentrier du dich jetzt mal auf deinen Chat. Schau mal, dein Freund wartet auf deine Antwort.«
Peter blickte auf den PC. Frank hatte ihm geantwortet. Sein alter Freund aus Schulzeiten war einer jener Internetjunkies, deren Leben nur aus Chats und Blogs und Foren zu bestehen schienen. Wo immer Frank auch war, sein Laptop war online. So hatte es nur wenige Minuten gedauert, bis Frank auf seine Mail-Anfrage reagiert hatte. Frank, so hoffte er, würde ihm weiterhelfen können. Er war ein absoluter Technikfreak. Ein Chatfenster öffnete sich. Peter tippte seine Frage ein.

»Alter, grüß dich! Ich bin in Lissabon. Viel Zeit habe ich nicht, dir zu erklären, was hier läuft. Sag, kennst du dich mit Wanzen und Abhörgeräten aus?«

»Denke schon. Was willst du wissen?«

»Wie spüre ich Wanzen und so was auf? In der Wohnung, im Handy, in der Kleidung?«

»Ist kompliziert und schweineteuer! Am besten ist ein Funkscanner. Das Ding muss eine brauchbare Feldstärkenanzeige haben. Du musst herausfinden, auf welcher Frequenz das Objekt deiner Begierde sendet. Im Zweifelsfalle findest du damit harmlose Sachen wie den Funkkopfhörer der schwerhörigen Oma. Die Dinger werden oftmals als Spionageequipment angeboten und sind einfachste Breitbandempfänger. Die melden aber nur das, was sendet.«

»Uff, das hört sich kompliziert an. Bei mir geht es wahrscheinlich um Wanzen. Vielleicht auch Peilsender.«

»Professionell würde man mit Messempfängern, Richtantennen und Spektrumanalysatoren rangehen. So ein Ding kostet so viel wie ein Mittelklassewagen. Tut mir leid, Peter, aber ich denke, du solltest dir lieber einen anderen Job suchen. Oder die Finger von dem lassen, was du gerade vorhast. Dann hast du auch keine Wanzenprobleme.«

»Ist schon klar, Alter. Noch eine Frage: Kann man ein Handy verwanzen? Oder wird das über den Provider abgehört? Kann man ein Handy als Peilsender manipulieren?«

»Alles geht! Absolut alles! Aber wenn du glaubst, dass du über dein Handy abgehört wirst, kann ich dir nur eins raten: Steck das Ding in einen Briefumschlag und schicke es rund um die Welt. Dann haben die Jungs, die dich abhören oder anpeilen, viel Spaß, während du in Afrika unter einer Palme sitzt. That's it, Peter. Hoffe, dir geholfen zu haben. Ich habe gleich noch einen Termin. Pass auf dich auf.«

Die Handys zu verpacken, hatte nicht lange gedauert. Jahzara hatte ihres postlagernd an eine Freundin in London geschickt, mit der Bitte, es erst nach zwei Wochen abzuholen. Peter hatte seines mit einem ähnlichen Begleitschreiben an einen Freund in Deutschland auf den Weg gebracht. Beide grinsten triumphierend, als sie das Postamt am Praça dos Restauradores verließen. Wer immer auch ihre Handys abhörte oder per satellitengestütztem Peilsender zu lokalisieren versuchte, würde in nächster Zeit viel zu tun haben und sich sehr wundern. Sie hatten zudem beschlossen, sich nicht mehr in Jahzaras Wohnung aufzuhalten. Ob dort Wanzen untergebracht waren, ließe sich nicht ohne großen technischen Aufwand klären. In einem Elektronikgeschäft kauften sich beide schließlich neue Handys mit Prepaid-Karten und schlenderten dann hinunter zum Tejo. Der Ausflugdampfer, den sie ausgewählt hatten, legte wenig später ab und tuckerte den Fluss entlang. Sie waren die einzigen Passagiere auf dem Deck des Schiffes. Genüsslich streckten sie ihre Gesichter der Sonne entgegen und schwiegen lange Zeit.

Jahzara ergriff als Erste das Wort: »Was machen wir jetzt?«

Peter fiel es schwer, auf ihre Frage zu antworten. Seine Gedanken drehten sich im Kreis. Seit er Jahzara nach der gleichsam peinlichen wie auch lustigen Situation vor der Damentoilette des *Chapitô* in die Arme genommen hatten, war er emotional völlig aus der Balance. Wie Blitze zuckte ein Konglomerat aus Erinnerungen, Emotionen und Fragmenten rationalen Denkens durch seinen Kopf. Er dachte an seine verstorbene Frau, wusste nicht damit umzugehen, dass sich tief in ihm irgendetwas in seinen Gefühlen zu wandeln schien. Er wollte das nicht. Dennoch geschah es. An Yvonne dachte er auch. Sie tat ihm leid. Er vermisste sie. Die wenigen Momente vor der Damentoilette gingen ihm nicht mehr aus dem Kopf.

Ohne Zweifel: Jahzara empfand viel für ihn. Vielleicht hatte ihre Angst aber auch nur seinen Beschützerinstinkt geweckt. Möglicherweise gierten seine Triebe nur nach ihrem reizvollen Körper. Sie zog ihn auf jeden Fall an, wie ein Magnet haltloses Metall anzieht. Ja, das war es wohl! Er war haltlos, wusste nicht, was er wollte – sollte, durfte, konnte. Nicole – Yvonne – und nun diese äthiopische Schönheit. Jahzara faszinierte ihn maßlos. Doch etwas stand zwischen ihnen. Vielleicht die Andersartigkeit, die kulturellen und sozialen Unterschiede zwischen einer Afrikanerin und einem Europäer. Er hatte sich noch nie wirklich Gedanken über multikulturelle Beziehungen gemacht. Sexuell hatte das sicherlich seinen Reiz. Aber alles darüber hinaus, mit dem er sich nun konfrontiert sah, verunsicherte ihn. Sie lebten beide nach höchst unterschiedlichen Werten und Normen, wobei ihre Religiosität sicherlich eine große Rolle spielte. Jahzara war politisch wie gesellschaftlich eher konservativ, orientierte sich an traditionellen afrikanischen Denkweisen und strengen christlichen Normen und Werten. Er kannte diese Denkweisen, hatte sich jedoch noch nie damit auseinandersetzen oder sie leben müssen. Schon gar nicht in einer Beziehung.
Peter wunderte sich, warum er auf einmal über eine Beziehung grübelte, Yvonne hingegen all die Jahre gesagt hatte, dass er dazu nicht wirklich fähig sei. Liebte er Yvonne und begehrte Jahzara nur körperlich? Schlagartig wurde ihm bewusst, dass er die letzten Jahre ein sehr oberflächliches Leben geführt hatte. Alles war in Bewegung gewesen. Doch eigentlich suchte er ein Zentrum, innere Zufriedenheit, die Balance, die er nach dem Tod von Nicole verloren hatte. Yvi hätte ihm das gerne geboten, hatte es ihm fast schon aufgedrängt. Nur hatte er es nie angenommen, hatte sie vielmehr von sich weggestoßen.

Die plötzlich aufkeimende Erkenntnis, dass Yvonne ihm diese fehlende Balance wahrscheinlich eher geben konnte als Jahzara, erschütterte Peter. Verunsichert verdrängte er seine emotionalen Turbulenzen und versuchte, Jahzaras Frage losgelöst von solchen Gedanken zu beantworten. Er sah sich um. Jahzara schaute vom Boot Richtung Ufer, wo die Avenida Infante Dom Henrique unterhalb von Alfama stadtauswärts führte. Er zog in Erwägung, seinen Arm um sie zu legen, tat es dann aber nicht.

»Ich mache keinen Hehl daraus, dass die Geschehnisse der letzten Zeit eine so brisante Eigendynamik entwickelt haben, dass ich nicht mal richtig zum Nachdenken gekommen bin. Aber genau das ist es, Jahzara, was wir unbedingt tun sollten. Ich habe zwar einen gewissen Hang zu Abenteuern. Doch nur solange ich das Risiko kalkulieren kann! Und das scheint mir hier nicht wirklich der Fall zu sein. Wir haben es mit extrem gefährlichen Leuten zu tun. Wobei wir nicht mal wissen, wer sie sind und was sie wollen. Vielleicht sollten wir besser die Finger davon lassen.«

Jahzara schaute ihn für Sekunden mit einem Hauch von Verständnis an. Dann bekamen ihre Augen wieder jenen Glanz, der bei ihr Aufsässigkeit und Trotz signalisierte.

»Das geht nicht! Das ist die Chance meines Lebens. Außerdem habe ich jetzt schon so viele Leute heißgemacht auf meine Dissertation mit diesen sensationellen Thesen, dass ich nicht mehr zurückkann. Nein, Peter, ich werde nicht kneifen. Mein Vater hat weltweit sehr gute Kontakte. Er wird uns helfen, dass uns diese Kriminellen nicht mehr ins Handwerk pfuschen. Wie immer du für dich auch entscheiden wirst, Peter, ich mache weiter! Ich habe schon vor geraumer Zeit einen Flug nach Äthiopien gebucht. Und ich werde auch fliegen. Jetzt erst recht. Wenn du willst, kannst du mitkommen. Ich würde mich sehr darüber freuen. Sehr! Aber ich fliege auch allein.«

Peter war erstaunt, mit welcher Vehemenz Jahzara sprach. Allmählich wurde ihm klar, dass sie nicht nur eine äußerst selbstbewusste, sondern auch eine sehr ehrgeizige Frau war. Er hatte enormen Respekt vor ihr. Letztendlich reizte es ihn ja auch, in dieser Sache weiterzurecherchieren. Es würde viel Zeit und Geld kosten. Und er nahm in Kauf, dass er höchstwahrscheinlich seinen Job kündigen musste. Er war gut in seinem Job, und er hatte schon einige lukrative Angebote anderer Firmen bekommen. Das Geschäft mit GPS-Satellitennavigation boomte. Über seine berufliche Zukunft brauchte er sich keine Sorgen zu machen. Seine Ersparnisse würden reichen, ein Jahr zu überbrücken. Aber was, wenn sich die Sache mit der verschollenen Karawane als Hirngespinst herausstellen würde? Da lag der große Unterschied zwischen ihm und Jahzara: Ihn reizte die Schatzsuche maßlos. Er liebte Abenteuer. Jahzara hingegen hatte ideelle Motive. Zudem wusste sie noch nicht, was da eventuell im Sand der Sahara verborgen lag. Oder doch? Bislang hatte er Jahzara jedenfalls noch nicht gesagt, dass es sich hier möglicherweise um die legendäre Schatzkarawane handelte. Allerdings hatte sie schon mehrfach angedeutet, dass diese mysteriöse Karawane etwas mit der Bundeslade zu tun haben könnte. Immerhin gab es einige Indizien, die nachdenklich machten. Er hatte mal davon gehört, dass Tempelritter die Bundeslade von Jerusalem nach Rom gebracht hätten. Und Templer waren angeblich von Jerusalem aus in Äthiopien gewesen. Und das genau in jener Zeit, in der dieser mysteriöse Brief des Priesterkönigs Johannes in Europa für Aufregung sorgte. Aber waren das nicht abstruse Verschwörungstheorien? Ein guter Freund, der an der Uni Arabistik lehrte, hatte vor Jahren mal scherzhaft gesagt: »Was, wenn in dieser Bundeslade überhaupt nicht das drin war oder ist, was die Kirchenfürsten in Rom uns seit Jahrtausenden einreden? Was, wenn es die Zehn Gebote gar nicht gibt? Stell dir mal vor, da liegen Steintafeln in arabischer Schrift drin! Vielleicht steht da nichts von Moses, sondern von Mohammed, nicht von Gott, sondern von Allah. Wer weiß?« Natürlich hörte sich das absurd an. Fakt jedoch war, dass sich alle drei großen Weltreligionen im Laufe der Zeit unter den Völkern der arabischen Wüste entwickelt hatten. Als Erstes das Judentum, danach das Christentum, schließlich der Islam. Zwischen diesen Religionen gab es höchst wundersame Parallelen. Das Christentum zählt zu seinen heiligen Büchern auch das Alte Testament der Juden; die Moslems wiederum sehen neben den jüdischen Propheten ebenso Johannes und Christus als ihre Propheten an. Stammvater aller Religionen ist Abraham. Der Erzengel Gabriel ist Mohammed angeblich in menschlicher Gestalt erschienen. Und die Bundeslade spielt für die Juden und Christen und erstaunlicherweise auch für die Moslems eine Rolle.

Peter war sich sicher, dass Jahzara über diese eigentümlichen Übereinstimmungen viel mehr wusste als er. Charles auch. Dennoch gab es irritierende Aspekte. Jahzara hatte ein Gespräch mit dem Direktor des Marinemuseums in Venedig geführt. Bislang wusste er von diesem Gespräch absolut keine Einzelheiten. Wieso eigentlich nicht? Charles hatte gewollt, dass Jahzara auf ihn und er auf sie angewiesen war. Ihm blieb also nichts anderes übrig, als mit ihr gemeinsam weiterzurecherchieren. Es gab nur eine Möglichkeit herauszufinden, was Jahzara wirklich wollte und was sie wusste: mit ihr zusammen nach Äthiopien fliegen.

»Jahzara, ich bin dabei! Ich kann nicht widerstehen. So etwas passiert einem nur ein Mal im Leben. Außerdem komme ich dann endlich wieder nach Afrika! Vorher sollten wir allerdings sicherstellen, dass wir diese Kriminellen loswerden. Dazu sollten wir uns in nächster Zeit an einem anderen Ort aufhalten, nicht bei dir in der Wohnung. Weiß der Teufel, was diese Mistkerle aushecken! Jetzt sind sie erst mal damit beschäftigt, unsere Handys auf der Reise durch Europa zu verfolgen. Sehen wir es mal ganz pragmatisch: Wir haben einige Trumpfkarten in der Hand! Zum Beispiel die zwanzig Seiten des *Sion*-Dossiers, die ich fotografiert habe. Zusammen mit dem Buch von Charles, der Landkarte, den Informationen vom Direktor des Museums in Venedig sowie deinen Hintergrundinformationen über Kaiserin Eleni und Heinrich den Seefahrer wissen wir mehr, als die ahnen. Da sollten wir etwas draus machen.«

9.

Kairo lag unter einer Dunstglocke aus Abgasen und rotgelbem Wüstenstaub. Das Atmen fiel den beiden Sufis des Al-Sakina-Ordens schwer. Die dicken Gläser der Brille des einen Mannes waren von dem feinen Staub, der in der Luft lag, verdreckt. Selbst in seinem gestutzten Kinnbart hingen Sandpartikel. Abdul Qadir Dschila und Hasan al-Basri saßen auf der Terrasse des Hotels *Ramses Hilton* am Ostufer des Nils, gleich hinter dem Ägyptischen Museum. Sie blickten über den Nil, den Kairo Tower und das Opernhaus. Angestrengt starrte Hasan al-Basri hinunter zur Qasr el-Nil. Dort, in dieser Straße, überlegte der Sufi, hatte die ganze Geschichte vor vielen Jahren begonnen. Es hatte viele Anstrengungen und der Hilfe einflussreicher Freunde in der ägyptischen Regierung bedurft, dem Ex-Mönch Charles Bahri seinen Buchladen *L'Orientaliste* mit all den kostbaren Büchern, Bildern und Karten wegzunehmen, ihn zu enteignen. Eines der vielen Bücher stammte aus dem 15. oder 16. Jahrhundert und war in Portugiesisch geschrieben worden. Bei der Inventur zur Übernahme der Bibliothek war es aufgefallen. Der Autor war zwar anonym, das Buch in einem extrem schlechten Zustand, aber die darin aufgestellten Behauptungen waren sensationell. Und plötzlich war es bei der Auflösung von Bahris Sammlung auf mysteriöse Weise verschwunden. Die Karte in diesem Buch war ein Vermögen wert. Aber was immer er und Abdul sich in den letzten Monaten auch hatten einfallen lassen, um an dieses Buch und an diese Karte zu gelangen, Charles Bahri war ihnen stets einen Schritt voraus ge-

wesen. Langsam hatte Hasan al-Basri das Gefühl, als wären übernatürliche Kräfte im Spiel. In den letzten Wochen war alles schiefgelaufen, sogar die Sache in Lissabon.
Hasan al-Basri nahm seine Brille ab, wischte sie mit einem Zipfel seines weiten Gewands ab und schaute seinen Glaubensbruder an: »Abdul, die Dinge laufen aus dem Ruder. Erst dieser Misserfolg am Roten Meer, dann in Venedig. Und jetzt eine Kette von Fehlschlägen in Lissabon. Das geht nicht mit rechten Dingen zu. Wir haben unsere besten Leute angesetzt. Vielleicht ist es der tödliche Fluch der Aron ha'brit oder, wie die Juden sie nennen, der Aron ha'kodesch, der uns nicht zum Ziel kommen lässt.«
Abdul Qadir Dschila strich nachdenklich über seinen weißen Vollbart. »Jetzt fängst du auch schon an, diesem mystischen Gefasel der Christen und Juden Glauben zu schenken!«
»Du solltest das nicht so abtun, Abdul. Hüte deine Zunge! Auch wenn nur ein Funken von dem wahr ist, was in der Bibel und in den Apokryphen geschrieben steht, dann geht göttliche Macht von diesem Ding aus. Als König David den Kasten nach Jerusalem holen wollte, brachen die Rinder aus, die den Wagen mit dem Schrein zogen. Usa, der Lenker des Wagens, der ihn anfasste, wurde von der Hand des Herrn getötet. Und als Nadab und Abihu, die Neffen von Moses, heimlich dem Schrein ein Opfer darbringen wollten, überlebten sie das nicht. Im Buch Levitikus wird beschrieben, dass von dem Schrein Feuer ausging und die beiden Männer an Ort und Stelle tötete. Auch die Philister, die den heiligen Schrein einst eroberten, wurden von der Macht des göttlichen Throns gestraft. Ihr Volk wurde von der Pest heimgesucht. Du solltest solchen wundersamen Ereignissen also mehr Glauben schenken, auch wenn sie von Mündern der Christen und Juden erzählt werden. Und bedenke eins, auch das Buch

der Bücher, der Heilige Koran, sagt, dass sie göttliche Gegenwart und Sein Einwirken bewirkt und garantiert – besonders im Kriegsfall. Wie heißt es doch in der Sure 2:248: ›Das Zeichen seiner Königschaft sei, dass unter ihm die Lade wieder zu euch kommt, getragen von den Engeln, ausgestattet mit Sakina und Baqija von Eurem Herren, Hinterlassenschaft der Sippe Moses' und Aarons.‹ Du tust also besser daran, deinen Lippen mehr Weisheit und Ehrfurcht angedeihen zu lassen, wenn du sprichst.«

Abdul Qadir Dschila wiegte sein Haupt nachdenklich. Die ermahnenden Worte seines Ordensbruders verfehlten ihre Wirkung nicht. »Du hast Recht! Um ehrlich zu sein, auch ich hatte schon das Gefühl, dass hier geheimnisvolle Mächte am Werk sind. Ich hoffe nicht, dass die Söhne der Zerstörung, dass Yajuj und Majuj oder Gog und Magog, wie sie bei den Christen heißen, ihr unheilvolles Tun und damit das Ende der Menschheit ankündigen. Denn im Koran heißt es in der Sure 18, dass Yajuj und Majuj die Mauer, hinter der sie verbannt wurden, vor dem Jüngsten Tag durchbrechen werden, um gegen den Mahdi zu kämpfen. Wehe uns, wenn dieser Tag sich ankündigt! Das wäre eine Erklärung, warum derzeit alles schiefgeht! Gegen die Söhne der Zerstörung sind wir machtlos. Aber mal abgesehen davon, dass wir und die Gelehrten unseres Ordens ohnehin zu dem Schluss gekommen sind, dass der heilige Schrein vermutlich gar nicht mit dieser Karawane transportiert wurde und wir das diesem Einfaltspinsel Sahib al Saif nur erzählt haben, damit er die wahren Gründe seines Auftrages nicht erfährt, sollten wir uns Gedanken machen, wie wir mit der veränderten Lage klarkommen. Wir müssen diese Karte haben. Unbedingt! Ohne Karte werden wir nie erfahren, wo die Karawane in der Wüste verschollen ist. Es konnte niemand ahnen, dass die Karte nicht in dem

Sion-Dossier enthalten war. Obwohl, wenn wir ein wenig logischer gedacht hätten, wären wir schon früher auf die Idee gekommen, dass Charles Bahri dieses Buch und die Karte aus dem Dossier entwendet hat. Er war nachweislich in Lissabon gewesen und hatte Zugang zu dem Dossier. Ist schon ein starkes Stück! Ein Mönch klaut ein Buch aus einer Bibliothek!«

»An das Dossier kommen diese Jahzara und der deutsche Geograf jetzt allerdings auch nicht mehr ran. Zumindest das konnten wir über unsere Freunde im Kultusministerium in Lissabon sicherstellen. Die haben nichts in der Hand – außer dem Buch und der Karte.«

»Aber genau daran kommen wir nicht ran! Wie konnte das nur passieren, dass unser Mann in Lissabon sich von einem Hausmeister anschießen lässt? Zumindest war er ein Mann des Wortes und zeigte Ergebenheit, als er sich selbst richtete und den Tod eines Märtyrers starb, bevor die Polizei ihn erwischte. Unser Problem liegt jetzt ganz woanders. Die beiden haben die Wanzen entdeckt oder zumindest erahnt und haben uns in die Irre geführt, indem sie ihre Handys per Post durch halb Europa geschickt haben. Außerdem sind sie abgetaucht. Wir wissen nicht, wo sie sich verborgen halten. Das war clever. Dahinter kann sich nur die Idee eines Profis verbergen. Wer weiß, mit wem die beiden kooperieren. Vielleicht sogar mit der Polizei. Einfacher werden die Dinge dadurch nicht. Wir können ihre Telefongespräche nicht mehr abhören. Wir wissen nur, dass sie demnächst nach Äthiopien fliegen wird. Er vermutlich auch –«

Hasan unterbrach ihn mit einem Handzeichen. »Vergiss nicht, dass sie den Trojaner in ihrem Laptop nicht entdeckt haben! So klug sie sind, so sehr unterschätzen sie uns. Ihren Laptop hat diese Jahzara zwar in letzter Zeit nicht eingeschaltet. Aber in ihrer letzten Mail an ihren Vater hat sie die Reisetermine für Äthiopien bestätigt. Wir wissen also nicht, wo sie – und damit die Karte und das Buch – sind. Aber wir wissen, wohin sie fliegen wird: nach Äthiopien. Was liegt näher, als sie dort zu erwarten? Wir haben gute Freunde am Horn von Afrika. Sahib al Saif wird nicht noch mal versagen.«

Diesmal war es Abdul Qadir Dschila, der seinen Ordensbruder unterbrach: »Auf Dhul-Fiqar sollten wir lieber nicht mehr zählen. Aus der Doppelschneide ist ein doppelzüngiger, gieriger, verräterischer Hund geworden! Wie du weißt, haben uns Informanten zugetragen, dass er hinter unserem Rücken heimlich Nachforschungen betrieben hat. Er weiß von Mohammed Agiza, dem Kunsthändler. Somit steht zu vermuten, dass er etwas von dem Schatz in der Wüste ahnt. Gier hat sich seines Herzens bemächtigt und seine Ergebenheit Al Sakina gegenüber in heuchlerisches Tun gewandelt. Wahrscheinlich ist er längst dahintergekommen, dass es uns nicht um den Schrein geht. Er hintergeht uns. Und er weiß zu viel. Deswegen sollten wir nicht mehr ausschließlich auf ihn zählen. Wir müssen mehrgleisig operieren. Wenn es Dhul-Fiqar in Äthiopien gelingen sollte, an diese Karte zu kommen, ist es gut. Dennoch werden wir uns seiner entledigen müssen. Der Rat unseres Ordens wird sich nicht schwertun, ihn mit einer Fatwa zu belegen. Er ist bereits ein toter Mann. Es ist nur die Frage, ob wir über ihn an die Karte kommen. Das Leben dieses ungläubigen, hinterhältigen Wurms ist von nun an in Allahs Händen. Die Zeit wird ihn richten. So oder so. Wir sollten das unseren Freunden in Addis Abeba mitteilen und sie bitten, dafür Sorge zu tragen, dass sein Weg in die Hölle vorbereitet wird.«

»Und was machen wir, wenn diese Jahzara und der Deutsche die Karte und das Buch nicht mit nach Äthiopien nehmen oder unser Mann sie ihnen nicht entwenden kann?«

»Dann, mein lieber Bruder Hasan, wird die Zeit für uns spielen. Allahs Wege zur Erleuchtung und Glückseligkeit sind oftmals verschlungen. Wir können uns des Wohlwollens des Allmächtigen sicher sein, auch wenn Er uns derzeit auf harte Proben stellt. Kriegen wir die Karte nicht in Äthiopien, werden wir den Spuren der beiden folgen, so wie der Tod der Dürre und der Schatten dem Licht folgen. Sie werden uns über kurz oder lang dorthin führen, wo die Karawane in der Wüste verschollen ist. Sie haben das Buch, die Karte und die Gier im Herzen. Wir jedoch haben die Geduld und Allahs Segen. Seine Eingebungen werden uns lenken und leiten, so wie einst Sterne die Karawane der Hoffnung durch die Wüste leiteten.«
Hasan al-Basri kannte seinen Ordensbruder viel zu lange, als dass er nicht ahnte, dass sich hinter dessen Andeutungen bereits ein Plan verbarg. »Abdul, sprich nicht so kryptisch. Sag, was du vorhast. Die beiden sind doch längst so vorsichtig, dass sie kaum so dumm sein werden, uns zu der Karawane zu führen. Die werden sich kluge Schachzüge einfallen lassen, um uns abzuwimmeln. Was also ist dein Plan?«
Abdul Qadir Dschila lachte dämonisch. »Falls in Äthiopien wider Erwarten etwas schiefgehen sollte, lassen wir die beiden fortan im Bewusstsein, dass sie uns abgehängt haben. Lassen wir sie doch in die Wüste reisen! Sollen sie die Karawane ruhig suchen und finden. Dieser Geograf scheint ein kluger, einfallsreicher Mann zu sein. Der kennt sich in der Wüste aus. Und sie hat in Äthiopien exzellente Kontakte. Sie werden schon finden, was wir suchen, Bruder! Was immer sie tun und wo immer sie suchen, sie werden Spuren hinterlassen: Visaanträge, Reisevorbereitungen und so weiter. Wir brauchen nur aufmerksam zu sein und unsere Freunde in den Saharastaaten um Hilfe bitten. Und wenn sie sie dann finden,

werden wir es wissen und es ihnen abnehmen. Sie machen die Arbeit. Und wir freuen uns über den größten Schatz, der seit Jahrtausenden geborgen werden wird. Einer, der vielleicht eins der größten Mysterien der Christen, Juden und Moslems beinhaltet! Das, mein Bruder Hasan, sollten wir als Plan zwei betrachten. Und damit der wirklich funktioniert, ist Plan drei erforderlich!«

Hasan wusste, dass Abdul in der Wahl seiner Mittel zum Erreichen seiner Ziele äußerst einfallsreich und, wenn erforderlich, skrupellos sein konnte. So angestrengt er auch überlegte, was sein Mitbruder wohl mit Plan drei im Schilde führte, er hatte beim besten Willen keine Ahnung.

»Was ist Plan drei?«, fragte er ohne Umschweife und starrte Abdul an.

»Ganz einfach: dass die beiden die Karawane finden, ist denkbar. Dieses Team ist perfekt. Das hat der alte Charles Bahri gut eingefädelt. Damit sie uns das Gold, die Edelsteine dann auch wirklich überlassen, gilt es schon im Vorfeld, sich ihrer Bereitschaft zu versichern!«

»Und wie willst du das machen?«

»Liebe ist das Zauberwort! Das Vermögen, das uns der Schatz bringt, wird uns helfen, den heiligen Krieg gegen die Ungläubigen zu finanzieren. Der Liebe des Allmächtigen für unser Tun können wir also sicher sein. Der Liebe von Yvonne Steimer zu Peter Föllmer können wir ebenfalls sicher sein, oder nicht?«

Hasan schaute seinen Ordensbruder erstaunt an. »Du willst –«

»Ja«, unterbrach Abdul ihn, »ich will! Auch, wenn wir im Moment nicht wissen, was die beiden tun und wo sie sich aufhalten. Wir wissen, wo Yvonne Steimer ist. Und wir wissen, dass sie ihn liebt. Sie weiß, wie aus den früheren Telefonaten ersichtlich wurde, was auf der Karte eingezeichnet war. Zwar nicht alle Details. Aber was sie uns nicht sagen kann, wird er dann tun – aus Liebe zu ihr. Notgedrungen! Für sie wird Peter Föllmer alles tun, was wir von ihm verlangen. Liebe ist oftmals der Anfang des Verderbens.«

Das kleine Haus lag auf einem Hügel oberhalb von Sintra, knapp 20 Kilometer von Lissabon entfernt. Von der Terrasse des Bruchsteinhäuschens sah man das mächtige, über der Altstadt gelegene Schloss mit seinen beiden riesigen konischen Türmen. Der Atlantik glitzerte am Horizont. Die Luft war erfüllt von den betörenden Düften der Sierra. Peter war begeistert. Seit ihrer Ankunft saß er bei jeder Gelegenheit im Schatten der Pinien und starrte ins Tal.

»Ein wunderbares Fleckchen Erde! Mir scheint, als sei hier die Zeit stehengeblieben.«

Jahzara schaute von den Unterlagen, die über den Tisch verstreut lagen, auf. »Du bist nicht der Einzige, der hier ins Schwärmen gerät. Meine Großeltern wussten schon, warum sie sich dieses Idyll gekauft haben. Der englische Poet und Playboy Lord Byron hat schon geschrieben, Sintra enthält Schönheiten aller Art, natürliche und künstliche, Paläste und Gärten, die sich inmitten von Felsen zwischen Wasserfällen und Abgründen erheben. Der Araber Al-Bakr kam zu dem Schluss, dass die Einwohner hier sehr alt werden. Und José Saramago bekannte begeistert: ›Alle Wege führen nach Sintra.‹ Du bist also in guter Gesellschaft, Peter, Dichter, Forschungsreisende und sogar ein Playboy schwärmten von diesem Fleckchen Erde.«

Peter horchte auf. Den Seitenhieb mit dem Playboy, womit fraglos Lord Byron gemeint war, hatte er sehr wohl gehört, ging aber nicht darauf ein. Jahzara war seit gestern auffallend nervös und manchmal ziemlich schnippisch. Er führte das darauf zurück, dass sie in dem wahrlich sehr kleinen Ferienhäuschen ihrer Oma auf engstem Raum zusammenlebten. Es gab nur zwei Zimmer, eine winzige Küche und ein Bad, dafür aber riesige Terrassen mit einem fantastischen Ausblick. Sie konnten sich nicht aus dem Weg gehen, was für Jahzara mehr ein Problem zu sein schien als für ihn. Hinzu kam noch die Anspannung der letzten Tage.

Je intensiver sich Jahzara mit den 20 fotografierten Seiten des Dossiers beschäftigte, desto nachdenklicher und schweigsamer wurde sie. Die Unterlagen von Charles waren in ihrem Zimmer verstreut. Das alte Buch lag vor ihr auf dem Tisch. Es war in einem schlechten Zustand. Der Umschlag fehlte gänzlich. Die meisten der etwa 300 Seiten waren stockfleckig und klebten aneinander. Nur etwa 80 Seiten waren lesbar. Ihr Laptop stand auf dem Tisch. In dem Hochtal bekam sie allerdings kaum WLAN-Empfang, was ihre Recherche einschränkte.

Peter bedauerte, dass er die zumeist in Portugiesisch verfassten Briefe aus dem *Sion*-Dosier nicht wirklich lesen konnte. Wieder einmal, schoss es ihm durch den Kopf, bin ich auf sie angewiesen. Er machte sich vermehrt Gedanken, ob Jahzara ihm wirklich alles erzählte. Da er sich seit ihrer Ankunft vornehmlich mit seinen eigenen Nachforschungen beschäftigte, waren sie am Morgen übereingekommen, sich zu einem Resümee zusammenzusetzen. Ein mulmiges Gefühl überkam ihn, denn sie beide würden gezwungen sein, ihr Wissen auf den Tisch zu legen. Die Stunde der Wahrheit war gekommen. Er zauderte allerdings immer noch, ob er Jahzara von der legendären verschollenen Karawane mit dem Schatz erzählen sollte.

Es konnte sein, dass sie im *Sion*-Dossier längst Hinweise darauf entdeckt hatte. Die Frage war, ob sie es ihm sagen würde.

Würde sie ihm die Wahrheit von der Prinzessin Sahel, der Kaiserin Eleni und von dem portugiesischen Edelmann, der gen Äthiopien gereist war, um durch die Heirat mit Prinzessin Sahel eine heilige christliche Allianz zwischen Portugal und dem Reich des Priesterkönigs Johannes zu besiegeln, erzählen? Das Thema mit der Bundeslade stand ebenso an wie dieser Priesterkönig Johannes. Für ihn war noch immer völlig offen, ob der unbekannte Autor vielleicht nur ein Fantast gewesen war. Nur Jahzara wusste dazu mehr.

Peter räusperte sich, um ihre Aufmerksamkeit zu erlangen. In ihren Augen zeichnete sich Nachdenklichkeit ab.

»Jahzara, du wirkst sehr bedrückt! Gibt es etwas, worüber wir reden sollten, bevor wir uns mit den Unterlagen beschäftigen?«

Sie wich seinem Blick aus und schaute über die Sierra: »Ich kann damit nicht umgehen!«

»Womit?«

»Mit dem, was seit dem Tag in der Damentoilette zwischen uns ist.«

»Was meinst du genau?«

»Ich muss dauernd daran denken, wie du meinen Kopf genommen und an deine Brust gepresst hat. Das war wunderschön! Es tut mir gut, von dir in die Arme genommen zu werden.«

Peter war sprachlos. Damit hatte er nicht gerechnet. Jahzara hatte all das so ruhig, fast sachlich und doch aus tiefstem Inneren gesagt, dass er am liebsten sofort zu ihr gegangen wäre, um sie zu umarmen und zu küssen. Doch eine innere Stimme mahnte ihn, dass sie das nicht wirklich wollte, dass ihren Worten noch ein unangenehmer Nachsatz folgen würde. Sie schaute ihn weiterhin nicht an.

»Peter, mein Leben ist seit geraumer Zeit das reinste Chaos! Mein Kopf droht zu zerplatzen. Der Mord an Charles, dem anderen Mönch, der Araber in meiner Wohnung, der Überfall mit dem Motorrad – und dann auch noch du! Ich schaffe das nicht. Ich bin mit den Nerven am Ende. Hinzu kommt, dass mir das *Sion*-Dossier Angst macht. Ich habe so was noch nie gelesen. Da geht es um Geheimdiplomatie. Mit Mord und Totschlag! Auch wenn diese wenigen Seiten nur eine grobe Einschätzung zulassen, scheint sich zu bestätigen, dass es damals um eine Verschwörung zwischen dem Papst und Spanien gegen Portugal – und gegen die Christen in Äthiopien ging. Das ist Sprengstoff! Aber dazu später mehr. Was mir am meisten zu schaffen macht, bist du. Ich gerate ins Trudeln. Wir können diese brisante Angelegenheit nicht angehen, wenn wir unser Verhältnis nicht geklärt haben.«

Abermals erkannte Peter, dass sich hinter der manchmal so feinfühligen, romantischen und vermeintlich schwachen Fassade von Jahzara noch eine andere Wesensart verbarg. Sie konnte erschreckend rational sein, ihre Gefühle steuern, unterdrücken – Prioritäten setzen. Warum sie das tat, wusste er nicht. Aber er spürte, dass er seine wahren Empfindungen und Hoffnungen für sie im Moment besser verschweigen sollte. Es erschien ihm taktisch klüger, sie erst mal zu beruhigen, ihre Ängste zu zerstreuen und Vertrauen aufzubauen. Ohne Jahzara würde er nicht weiterkommen. Sie konnte Portugiesisch, hatte gute Kontakte in Äthiopien und kannte sich sowohl mit der Kirchengeschichte des Abendlandes wie auch mit der ihrer Heimat aus. Natürlich hatte er ein grenzenloses Verlangen nach ihr. Ihr Körper reizte ihn. Ihre Seele auch. Und doch erschien es ihm in Anbetracht ihrer Worte sinnvoller, dieses Verlangen nicht zu deutlich werden zu lassen.

»Ich weiß, was du meinst. Zwischen uns knistert es manchmal kräftig. Aber was mich betrifft, Jahzara, kann ich nur um ein wenig Verständnis und Nachsicht bitten. Du bist eine sehr

attraktive Frau, bist klug, gebildet, lieb und sehr feinfühlig. Jeder Mann würde gerne mit dir ins Bett gehen, mit dir zusammen sein. Nicht nur für eine Nacht. Das geht mir auch so! Doch ich kann dieses Verlangen problemlos steuern. Ich kann dein Freund sein, wenn du willst, dass es dabei bleibt. Ich kann Gentleman oder Liebhaber sein. Allerdings auch beides zusammen!« Peter zwinkerte ihr bei dem Nachsatz aufheiternd zu. Er wollte die angespannte Stimmung auflockern. »Also, was schlägst du vor? Wer darf ich sein, an welche Regeln muss ich mich halten?«
Jahzara lächelte. Seine Bemühungen, die Situation zu entkrampfen, schienen erfolgreich zu sein, denn erleichtert erwiderte sie: »Gut! Ich erwarte zwei Dinge von dir: Don't touch my body, don't touch my soul!«
Ihre Worte kamen wie Peitschenhiebe und ließen ihm eine Gänsehaut über den Rücken laufen. Unmissverständlicher hätte sie es nicht ausdrücken können. Weder ihren Körper noch ihre Seele sollte er also berühren. Das war desillusionierend. Er brauchte eine Weile, um darauf gefasst reagieren zu können: »Also Bruder und Schwester? Seelenverwandte mit menschlichen Schwächen, die es zu kontrollieren gilt – im Interesse eines auf Effizienz und Erfolg ausgerichteten Joint Ventures in Sachen investigativer Wahrheitsfindung, richtig? Neutrum meets Neutrum.«
Sie lachte herzlich auf. Ihre Augen glänzten vor Freude. »Das hast du wirklich brillant formuliert! Ja, ein multikulturelles Joint Venture sollte es werden. Auch ich mag dich, Peter. Du gibst mir ein Gefühl der Sicherheit, bist ein sehr interessanter, kluger und gut aussehender Mann. Ich fühle mich in deiner Gegenwart sehr wohl. Aber ich denke, dass es nie mehr sein wird. Uns trennen Welten. Nicht nur altersmäßig. Das müssen wir ganz realistisch sehen. Und ich halte mich an das, was

mir meine Intuition sagt! Außerdem fühle ich mich sehr unwohl bei dem Gedanken, dass deine ehemalige Freundin denkt, dass ich dich dazu animiert habe, sie zu verlassen. Das war nicht so. Versprich mir, dass du nicht versuchen wirst, mich umzustimmen. Sag mir, dass du dir keine Hoffnungen machen wirst, dich keiner Illusion hingeben wirst. Dann sind wir ein perfektes Paar! Nicht unbedingt wie Bruder und Schwester, denn die streiten sich ja bekanntlich öfter. Ich habe keine Probleme damit, dass du mich als Frau begehrst. Doch ich sage dir ganz offen und ehrlich, dass es dazu nie kommen wird. Wenn wir uns darüber einig sind, steht auch einer gemeinsamen Reise nach Äthiopien nichts im Wege. Kannst du das so akzeptieren? Willst du mit mir kommen?«

Es kostete Peter ein Höchstmaß an Selbstbeherrschung, diese sehr ernüchternden Worte einfach so zu schlucken. Die aberwitzige Diskrepanz zwischen jenen Momenten, da er Jahzara im Arm gehalten hatte, und diese sich neu abzeichnenden Perspektiven schockierten ihn. Hatte er sich wirklich so sehr getäuscht? Wollte Jahzara überhaupt nichts von ihm – außer einer Freundschaft und gemeinsamer Interessen? Er fiel ihm schwer, mit der Situation umzugehen, entschied sich jedoch, die Zeit zu seinem Verbündeten zu machen. Waren sie erst mal auf Reisen, würde sich bald herausstellen, ob Jahzara all das nur aus Selbstschutz gesagt hatte. Plötzlich durchzuckte ihn ein schmerzhafter Gedanke. Er selbst hatte schon oft in seinem Leben so ähnlich gehandelt, hatte nach dem Motto gelebt: If you don't like it, change it. If you can't change it, leave it. Nun schien ihn sein eigenes Motto auf sehr unangenehme Weise einzuholen. Nein, er konnte wahrlich nicht behaupten, dass er Yvonne nicht gemocht hatte. Aber er hatte sie mit seinen Regeln auf Distanz gehalten. Der entscheidende Impuls war von Jahzara gekommen. Und nun verließ Jahzara faktisch ihn, bevor er sich ihr überhaupt genähert hatte. Siedend heiß wurde ihm zum ersten Mal klar, wie Yvonne sich fühlen musste. Er hatte ihr wehgetan! Und fundamentale Dinge seines Lebens waren in den letzten Wochen aus den Fugen geraten. Viel schlimmer noch: Die Gefahr bestand, dass er einen Menschen verlor, den er sehr schätzte. Wofür? Für eine Fantasie – eine Illusion?

Jahzaras Räuspern schreckte ihn auf. »Du warst gedanklich gerade sehr weit weg, richtig?«

»Ja, schon. Deine Worte haben mich aus einer Traumwelt zurück in die Realität geholt. Das tut weh. Aber es ist auch gut so. Ich finde es bewundernswert, dass du mir all das so offen und ehrlich gesagt hast. Und ich kann dir eins versprechen: Ich werde ein Gentleman sein! Und zwar aus Überzeugung. Ich würde mehr verlieren, als ich gewinnen könnte, wenn ich mich nicht daran hielte, was du erbittest. Du wirst es bekommen, Jahzara, meine Freundschaft, meine Ehrlichkeit und Zurückhaltung. Versprochen!«

Er stand auf, ging zu ihr, schaute sie mit strahlenden Augen freundschaftlich an, umarmte sie wie eine Schwester und sagte grinsend: »So, das war, deinem Wunsch gemäß, das letzte Mal, dass ich dich angefasst habe. Aber ich warne dich! Solltest du jemals das Verlangen haben, dass ich dich berühre, dann werde ich erbarmungslos sein und dich gegebenenfalls mit deinen Träumen und Sehnsüchten allein lassen. Gnadenlos werde ich sein und Nein sagen! Glaub es mir!« Er machte eine kurze rhetorische Pause und fügte dann zwinkernd hinzu: »Aber nach deinem Po darf ich trotzdem gelegentlich schielen, okay?«

Jahzara lachte. Es war ein erleichtertes Lachen: »Okay, weil du es bist! Aber vergiss nicht, Peter, never touch my soul and body.«

Von diesem Moment an war das Eis zwischen ihnen gebrochen. Jegliche Anspannung war gewichen. Voller Elan wühlte jeder in seinen Unterlagen, sortierte die Dokumente und machte sich Notizen. Nach einer Stunde signalisierte Jahzara, dass sie bereit sei.

Peter schaute sie erwartungsvoll an: »Also, ich fasse die Dinge mal so zusammen, wie sie sich für mich darstellen. Unser gemeinsamer Freund Charles gelangte in den Besitz dieses alten Buches, dessen Verfasser unbekannt ist. Leider ist nur noch ein Drittel lesbar. Vieles spricht dafür, dass der Autor zu einer geheimen portugiesischen Delegation gehörte, die mit dem Hof des äthiopischen Kaiserhauses Kontakt aufgenommen hatte. Im Original dieses Buches befand sich eine Karte, auf der die Route einer geheimnisvollen Karawane von Äthiopien westwärts durch Afrika eingezeichnet war. Diese Karawane scheint in der Sahara, wahrscheinlich in der Nähe von Timbuktu, verschollen zu sein. Für den Autor scheint es ein Fakt gewesen zu sein, dass das heutige Äthiopien identisch ist mit dem Reich des mystischen Priesterkönigs Johannes. Offensichtlich plante Portugal damals, durch die Heirat eines Aristokraten mit der äthiopischen Prinzessin Sahel einen militärstrategischen Pakt und eine christliche Allianz gegen die Moslems und zur Befreiung Jerusalems zu festigen. Aus dem *Sion*-Dossier wiederum ist ersichtlich, dass diese Pläne Portugals den Zorn des Papstes und den Argwohn Spaniens erregten. Laut Verfasser des Buches haben der Papst und Spanien daher geheimdienstliche Operationen initiiert, um mit allen Mitteln zu verhindern, dass diese Karawane Europa jemals erreicht.«

Jahzara schaute Peter erwartungsvoll an. »Sehr gut! Darf ich jetzt was dazu sagen?«

»Warte, einen Moment noch. Historisch gesicherter Fakt ist,

dass der äthiopische Kaiser Zara Yaqob in jener Zeit eine Delegation zu Papst Nikolaus V. und zum portugiesischen König Alfons V. sandte, um Beistand gegen die aus Ägypten vorrückenden islamischen Heere zu erbitten.«

Jahzara unterbrach Peter durch ein Handzeichen. »Dieser Kaiser heiratete übrigens die legendäre Prinzessin Eleni, die Tochter des Königs von Sidama, ein Reich im Süden Äthiopiens. Nach dem Tod von Zara Yaqob ernannte einer seiner Söhne Eleni zur Königinmutter.«

Peter wiegte anerkennend seinen Kopf.

Eifrig fuhr Jahzara fort: »Mit einer Urkunde, genauer gesagt, mit der Bulle Romanus Pontifex, übertrug Papst Nikolaus V. dem portugiesischen König Alfons V. die Verwaltung der Länder, Häfen, Inseln und Meere Afrikas samt dem Patronat über die Kirchen sowie das Handelsmonopol.«

»Genau! Und Heinrich der Seefahrer, für den das auf der Karte verzeichnete Kürzel IDA steht, war Onkel des portugiesischen Königs und gleichzeitig weltlicher Administrator des Ordens der Christusritter. Er übernahm die Koordination der weltweiten portugiesischen Entdeckungsfahrten.«

»Wobei vielleicht von Bedeutung ist, dass der Orden der Christusritter immer wieder als die tragende Nachfolgeorganisation der Templer genannt wird! Seltsam ist auch, dass genau dieser Orden federführend bei der Kolonisierung Afrikas war.«

»Womit deutlich wird, dass die Entdeckung Afrikas stets unter den Augen des Papstes stattfand. Und damit nun absolut nichts schiefging, hat Rom mit Francisco Álvares auch noch einen getreuen Franziskaner an Bord eines portugiesischen Schiffes nach Äthiopien reisen lassen.«

»Was den Schluss zulassen könnte, der Autor dieses alten Buches sei vielleicht ein Franziskaner gewesen. Vielleicht ein

Diener von Álvares. Einer, dem diese Intrigen des Papstes missfallen haben.«

»Volltreffer! Die gleiche Intention hatte wohl auch Charles, als er uns diese Sachen zukommen ließ. Ist schon irre: Der Christusorden als machtgierige Speerspitze Roms – und als Nachfolgeorganisation der Templer! Die angeblich ja auch die Bundeslade nach Rom gebracht haben sollen –«

Jahzara unterbrach ihn abrupt. Sie fuhr sich mit beiden Händen durch ihre Haare und wirkte auffällig ernst. »Lass uns dieses heikle Thema mal außen vor lassen! Das sind Vermutungen, sehr vage Vermutungen.«

»Aber du hast mir selbst gesagt, dass in eurer Nationalchronik geschrieben steht, dass die Bundeslade von Jerusalem nach Aksum gebracht worden sei. Liegt da nicht die Vermutung nahe, dass Templer oder ihre Nachfolger die Lade von Aksum nach Rom brachten? Vielleicht mit der Karawane?«

Jahzara reagierte verstimmt. »Komm, Peter, lass uns bei den Fakten bleiben, ja? Mit solchen Thesen werden wir uns später noch herumschlagen müssen.«

Zu gerne hätte Peter die Gelegenheit genutzt, um herauszufinden, was Jahzara zu diesem Thema noch wusste. Ihre Gereiztheit ließ ihn argwöhnen, dass sie sich mit der Bundeslade intensiver beschäftigte, als sie zugab. Er täuschte Verständnis vor und übernahm das Wort.

»Die Portugiesen entschieden also, die Suche nach dem Priesterkönig Johannes als Suche nach dem Seeweg nach Indien – um Afrika herum – zu kaschieren. Die haben den Rest der Welt an der Nase herumgeführt.«

Jahzara nickte nachdenklich und ergänzte: »Wäre die Karawane nach Europa gelangt, wäre der geniale Plan mit der Heirat von Prinzessin Sahel aufgegangen. Das hätte die Machtverhältnisse der Welt auf den Kopf gestellt.«

»Aber sie kam nie in Europa an! Warum, das wissen wir nicht. Wir wissen nur, dass wenige Jahre später die einst so bedeutsamen Reiche von Aksum und Lalibela in der Bedeutungslosigkeit versanken – was dem Papst sicherlich gefallen hat.«

Jahzaras Augen sprühten vor Aufregung. »Hört sich richtig gut an, unsere Theorie! Historisch gesicherte Fakten scheinen das zu bestätigen. Zum Beispiel tauchte im Jahre 1515 am Königshof zu Lissabon ein gewisser Matthäus auf, seines Zeichens Botschafter des Priesterkönigs Johannes aus Äthiopien! Er überbrachte im Namen der Kaiserin Eleni einen Brief, in dem die Äthiopier Interesse an einer Allianz mit Portugal und an einem heiligen Krieg gegen die Ungläubigen signalisierten.« Jahzara wühlte in ihren Dokumenten. »Hier ist es. ›Wir werden euch Berge von Esswaren und Männer wie Sand am Meer zur Verfügung stellen‹, schrieb Kaiserin Eleni. Umgehend schickte König Emanuel I. von Portugal diesen Matthäus zusammen mit portugiesischen Gesandten retour nach Äthiopien. Matthäus ging allerdings verschollen. Erst sechs Jahre später erreichte Francisco Álvares zusammen mit Dom Rodrigo de Lima den äthiopischen Hafen Massaua und traf Kaiserin Eleni. Laut *Sion*-Dossier war noch jemand mit, nämlich der portugiesische Aristokrat Dom Duarte de Sequeira – der zukünftige Ehemann der äthiopischen Prinzessin Sahel – meiner Vorfahrin! Wäre sie jemals in Portugal angekommen, hätte sie das Adelsverzeichnis Portugals um einen wunderschönen Namen bereichert: Donna Sahel de Sequeira.«

Peter war gerührt. Er sah Jahzaras glänzende Augen und begann zu ahnen, wie sehr diese herzergreifende Geschichte sie aufwühlte. Er atmete tief durch: »Historiker sagen, portugiesische Musketenschützen hätten die Kaiserin Eleni – und wahrscheinlich auch Prinzessin Sahel und ihren zukünftigen

Gemahl – eine Zeit lang auf einer Bergfestung bewacht. Portugiesische Soldaten hüteten, so gesehen, die Zukunft Äthiopiens und Portugals! Aber das Schicksal hat es mit den beiden wohl nicht besonders gut gemeint. Dramatische Dinge geschahen. Offensichtlich wurden Prinzessin Sahel und ihr portugiesischer Ehemann durch die See- und Landblockade der Moslems viele Jahre lang an ihrer Reise nach Lissabon gehindert. Sie waren umzingelt, saßen in Äthiopien fest. Sage und schreibe erst 13 Jahre später erhält Papst Clemens VII. aus Äthiopien ein Hilfeersuchen, worin dringlichst um Beistand gegen die islamischen Heere gebeten wurde. So, und nun kommt das Entscheidende! Nach diesem Hilferuf an den Papst geschah nichts! Absolut nichts! Keine Truppen, keine Unterstützung – nichts. Der Papst schwieg. Das Christenreich Äthiopien starb. Zwischen 1531 und 1543 zerstörte der Imam Ahmed Granj – genannt der Linkshänder – weite Teile Äthiopiens. Christen wurden zu abertausenden getötet oder mussten konvertieren. Das einst so mächtige christliche äthiopische Reich hörte beinahe auf zu existieren!«
Peter sah Jahzara an, dass sie am liebsten geweint hätte. Die traurigen Fakten um den Untergang eines so mächtigen Reiches gläubiger Christen, Christen aus ihrer Heimat, gingen ihr sehr nahe. Er stand auf und schritt nachdenklich auf und ab. Jahzara starrte über die Sierra auf das am Horizont schimmernde Meer. Langsam ging er zu ihr und legte von hinten beide Hände auf ihre Schultern.
Sie versuchte, ihr Schluchzen zu unterdrücken, während sie kaum hörbar flüsterte: »Ich habe doch gesagt, don't touch my body, don't touch my soul.«
Peter überlegte nur kurz. Er entschied, seine Hände auf ihren Schultern zu lassen.
Sie wehrte sich nicht dagegen. Ohne ihren Kopf zu wenden,

murmelte sie: »Im *Sion*-Dossier gibt es eine Seite, die ahnen lässt, was damals wirklich geschah. Da aus Europa keine Hilfe kam, entschied der äthiopische Herrscher – oder auch Kaiserin Eleni –, dass die Prinzessin Sahel und der portugiesische Edelmann auf dem Landwege quer durch die Sahara zur westafrikanischen Küste fliehen sollten. In einem Bittbrief an den Papst wurde darum ersucht, portugiesische Schiffe an einen kleinen Ort namens Tendaba an der westafrikanischen Küste zu schicken. Das war eine Karawanenstation 150 Kilometer flussaufwärts des Gambia-Stroms. Dort, so hofften die Prinzessin und ihr Mann, würde man mit den portugiesischen Karavellen zusammentreffen. Aber die Karawane verschwand für immer in der Wüste, im Meer der Finsternis, wie es auf der Karte heißt. Viel schlimmer noch! Der unbekannte Autor schreibt, Prinzessin Sahel hätte Lissabon ohnehin nie erreicht. Rom und Madrid hatten den Hilferuf aus Äthiopien nämlich nicht nach Lissabon weitergeleitet. Stattdessen warteten gedungene Mörder in Gambia auf das Brautpaar und auf den Staatsschatz. Der Plan der Portugiesen wäre so oder so gescheitert. Grausig, diese Vorstellung! Aber so steht es in dem Buch.«

Beide schwiegen lange Zeit.

Jahzara hatte zwischenzeitlich ihren Laptop eingeschaltet. Plötzlich richtete sie sich auf. »Großartig! Ich habe Internetverbindung. Endlich!« Aufgeregt tippte sie in die Tasten. »Ist irrsinnig langsam das Ding. Und mein Virenschutzprogramm scheint auch nicht zu funktionieren.« Sie rief ihre Mailbox auf. »Perfekt. Die Antwort meines Vaters. Er hat einige Leute in Äthiopien kontaktiert, die mir sehr helfen können.« Ihr Blick wanderte zu Peter.

Er kam ihrer Frage zuvor: »Prinzessin, du kannst ihm ruhig schreiben, dass ich mitkommen werde. Ich war noch nie in

Äthiopien. Schreib ihm, dass ein Gentleman dich begleiten wird. Ein Freund, der herausfinden will, wer der mystische Priesterkönig Johannes war. Schreib ihm das! Und dann möchte ich bitte auch zwei kurze Mails schreiben. Meine Kündigung – und ein paar Zeilen an Yvonne.«

10.

Hwotash Negash war enttäuscht. In der Hotellobby saß niemand mehr. Die Bar im Erdgeschoss war ebenfalls gähnend leer. Die wenigen Touristen, die zum Abendessen gekommen waren, hatten sich bereits auf ihre Zimmer zurückgezogen. Sie kamen ohnehin nicht in Betracht, denn es waren vornehmlich ältere Paare. Die drei alleinstehenden Männer der Reisegruppe waren ihr zu alt. Wie es aussah, würde sie an diesem Abend ohne einen Dollar in der Tasche nach Hause gehen. Die Situation beunruhigte sie. Seit drei Tagen lief hier absolut nichts. Und im *Gihon*-Hotel hatte sie Hausverbot. Ein Kunde, ein fetter Amerikaner mit einem Pockennarbengesicht, hatte sie dort vor einer Woche reingelegt. Erst hatte er sie auf seinem Zimmer zwei Stunden lang mit unglaublich perversen Praktiken gedemütigt. Für 100 Dollar hatte sie es über sich ergehen lassen. Das war nun mal ihr Job. Als sie dann das Zimmer verlassen hatte und gerade am Sicherheitsbeamten des Hotels vorbeigehen wollte, war der Dicke angerannt gekommen und hatte dem Sicherheitsmann gesagt, er vermisse 100 Dollar. Wenn die junge Reiseleiterin, mit der er sich im Zimmer über seine Reisepläne am Tanasee unterhalten habe, das Geld freiwillig zurückgäbe, würde er auf die Einschaltung der Polizei verzichten. Reiseleiterin hatte dieser Scheißkerl sie genannt! Als Hure hatte er sie mit aufs Zimmer genommen, sonst nichts. Aber was war ihr anderes übriggeblieben, als das Geld rauszurücken?

Kein Polizist, kein Hotelangestellter störte sich normalerweise daran, dass Prostituierte in der Lobby ihre Freier suchten.

Prostitution war in Äthiopien gang und gäbe. Wo Armut herrscht, verkauft jeder, was er noch hat: Körper und Seele, Stolz und Selbstachtung. Aber wenn dann ein Kunde oder gar ein Tourist mit derart üblen Methoden nach der Polizei rief, kam die auch. Und das endete stets übel für die Mädchen. Die Polizisten nahmen ihnen alles Geld weg, sperrten sie ein – und missbrauchten sie in der Arrestzelle. Polizisten waren, wie viele Staatsbeamte in Äthiopien, korrupte Despoten.

Hwotash Negash versank in tiefe Nachdenklichkeit. Seit drei Jahren hatte sie keinen Job mehr. Doch sie hatte ein Kind, das sehr krank war und Medizin brauchte. Notgedrungen verkaufte sie ihren Körper. Sie war sehr hübsch. Die Männer aus Europa und Amerika mochten ihre kecken, blond gefärbten Rastalocken, die ihr bis zum Po gingen. Und sie hatte sehr schöne, große Augen. Die Natur hatte ihr von allem, was Männer mögen, viel gegeben. Und sie war jung. Übermorgen würde sie 18 werden. Ein Tourist, eine schnelle Nummer, und eine kleine Geburtstagsfeier wäre gesichert. Aber danach sah es nicht aus. In den letzten beiden Jahren war es ohnehin immer schwieriger geworden. Der Schöpfer hatte sich ein bizarres System ausgedacht, um das von Kriegen und Dürren heimgesuchte äthiopische Volk zu schinden. Regnete es nicht, verdorrten erst die Felder, dann starben Kühe, Ziegen und Schafe und schließlich die Menschen. Da das weltweit in den Zeitungen stand, kamen keine Touristen mehr, weil sie aus Pietät nicht in einem Land Urlaub machen wollten, in dem die Hungernden auf den Straßen lagen. Wodurch dann ein, zwei Jahre später noch mehr Menschen hungerten, weil die Hotels leer blieben und die Angestellten in ihre Dörfer zurückgeschickt werden mussten. Dorthin, wo der größte Hunger herrschte. Es war ein zynischer Kreislauf. Auch sie litt darunter. Über eine Stunde war sie heute vergeblich draußen auf der Terrasse mit dem herrlichen Blick über den See auf und ab gegangen. Nichts war gelaufen. Nur der Oberkellner hatte gefragt, ob er sie mal bumsen dürfe. Sie hatte ihn gelassen, weil er der Sohn des Hoteldirektors war und das Hotel einer staatlichen Gesellschaft gehörte und sie vom Stillschweigen des Hotelmanagements abhängig war.

Die Saison fing gerade erst an. Es sah nicht viel versprechend aus. Immer weniger Besucher kamen an den Tanasee, um die Quellen des Weißen Nils oder die uralten Klöster auf den Inseln zu sehen. Missmutig stand sie auf und verließ durch den Hintereingang das Hotel. Im Garten war es stockdunkel. Sie hoffte nur, dass ihr keine Polizisten begegneten, die Tribut für etwas einfordern würden, was sie heute nicht getan hatte. Wenn sie Pech hatte, war es eine Streife mit drei oder gar vier Polizisten.

Plötzlich schrak sie aus ihren Gedanken hoch. Aus dem Schatten eines Kasuarine-Baumes trat ein Mann hervor. Der vagen Hoffnung, es sei ein Tourist, folgte die große Enttäuschung. Es war ein Priester. Im Halbschatten sah er in seinem schwarzen Anzug mit dem weißen Stehkragen gut aus. Er war höchstens Mitte 40, hatte ein sehr markantes Gesicht mit einer auffallend schmalen Nase und rauchte eine Zigarette. Der Mann sah wie ein Araber aus. Seltsam, dachte sie. Ein Araber in einem christlichen Priestergewand! Priester und Mönche aus fernen Ländern waren hier zwar nichts Ungewöhnliches. Die Relikte des frühen Christentum, des einstigen Aksums und Abessiniens, bescherten dem Land viele heilige Kirchenmänner. Aber ein Araber, der sie zudem noch so gierig anschaute? Sie kannte diesen taxierenden Blick. Alle Männer, die Sex von ihr wollten, starrten so schamlos auf ihren üppigen Busen. Es irritierte sie, dass ein Priester es tat. Egal, dachte sie, auch Priester sind Männer.

Der Mann kam direkt auf sie zu. Sie spürte, was er wollte. Und sie signalisierte, dass sie bereit war zu geben, was er suchte.

»Hallo, junge Frau«, murmelte er in Englisch. Er hatte einen eigentümlichen Akzent. »Ist wohl niemand mehr hier, mit dem ich ein wenig plaudern kann. Alle schon brav im Bett.«

Sie lächelte kokett zurück, damit der Mann verstand, dass er nicht mehr um den heißen Brei reden musste.

»Bist du hier aus der Gegend?«

Erst in dem Moment bemerkte sie, dass er ein Kreuz auf der Stirn eintätowiert hatte. Die Haut dort war eigentümlich hell.

»Ja, ich bin aus Forae Jesus, am Westufer des Tanasees. Ein kleines Dorf.«

»Ein schöner Name für ein Dorf in Äthiopien: Marktplatz Jesu – oder so ähnlich heißt das wohl. Wirklich ein ungewöhnlicher Name.«

»Ich habe auch einen schönen Namen«, lockte sie.

Sein Augenaufschlag ließ sie erkennen, dass er ihre Nachricht verstanden hatte. »Und wie heißt du?«

»Hwotash, Hwotash Negash! Hwotash ist Amharisch und bedeutet ›offen‹. Ich bin offen für vieles!«

Der Priester starrte sie lüstern an. »So, du bist also offen für alles Schöne auf dieser Welt? Na, dann komm. Wir machen es uns gemütlich und plaudern ein wenig. Ich habe Getränke in der Minibar auf dem Zimmer. Wie du siehst, bin ich Priester, ein heiliger, ein keuscher Mann.«

Der Fremde war kein Priester, das wusste Hwotash Negash bereits nach einer Viertelstunde. Er trug weder Demut noch Keuschheit in sich. Im Hotelzimmer wurde er zu einem Tier mit bösartigen Augen. Er nahm sie so brutal, dass sie am liebsten geschrien hätte. Nach wenigen Minuten war er fertig und ging ins Bad, ohne sie anzuschauen. Ihr vor Ekel und Schmerz verzerrter Blick huschte durch den Raum. Da waren nur ein sehr kleiner Koffer und eine Tasche, nicht das typische Reisegepäck eines Touristen. Hier stimmte etwas nicht. Angst überkam sie. Hastig sprang sie auf.

Geld! Hol dir, was dir zusteht! Denk nur an dein Kind! Leise öffnete sie den Reißverschluss seines Koffers. Er war gefüllt mit arabischen Kleidungstücken. Obenauf lag das Foto einer Frau. Sie war sehr schön, sah wie eine Äthiopierin aus und trug eine Kette mit einem Kreuz um ihren Hals. Das andere Foto zeigte einen Europäer. Ihre Hand tastete im Koffer nach einer Geldbörse. Ihr Puls raste. Plötzlich fühlte sie einen harten, glatten Gegenstand auf ihrer Haut. Sie erstarrte. Eine Pistole!

»Nicht doch, Süße!« Die eiskalte Stimme des Mannes ließ sie herumwirbeln. Nackt und hässlich stand er vor ihr. Er lachte dämonisch.

»Ich habe nach einem Taschentuch gesucht«, log sie stotternd. Seine geröteten Fischaugen ließen sie erstarren.

»Ich bin sehr enttäuscht von dir, wirklich! Du würdest doch auch so bekommen, was dir zusteht. Aber nein, du willst mich bestehlen. Mich, einen Mann Gottes! Aber ich verzeihe dir, du prachtvolles Geschöpf Gottes! Komm, zieh dich an. Ich bringe dich bis zur Straße, damit dir draußen im Park nichts zustößt. Nachts sollten kleine Mädchen nicht allein herumlaufen.«

Sie gingen unter riesigen Tulpenbäumen am See entlang. Die gelb-orangefarbenen, sehr fleischigen und fast faustgroßen Blüten rochen betörend. Plötzlich presste sich seine linke Hand auf ihren Mund. Es war eine kräftige Hand mit vielen Schwielen. Nicht die sanfte Hand eines Gottesmannes. Angststarre bemächtigte sich ihres Körpers, und sie ergab sich ihrem Schicksal wie eine Gazelle, die von einem Löwen gerissen

wird. Dann hallte das Plopp aus einer Pistole mit Schalldämpfer über den Tanasee.
Die 17-jährige Hwotash Negash aus dem Dorf Forae Jesus am Tanasee im Nordwesten Äthiopiens spürte nicht, wie ein Bleigeschoss mit Stahlmantel vom Kaliber .22 durch ihren Kopf drang. Wenig später trieb ihr lebloser Körper in den Fluten des Sees in Richtung der Klosterinsel Cherkos davon.

»Pietro, tut mir leid, ich hab das nicht so gemeint!« Commissario Toscanelli hatte so unflätig geflucht, dass er sich bei seinem Assistenten entschuldigen musste. Er war extrem angespannt. Seit einigen Tagen lag dichter Herbstnebel über Venedig. Die Stadt schien von einem mächtigen Wattebausch eingepackt zu sein. Selbst die ansonsten alles übertönenden Glocken von San Marco hörten sich an, als kämen sie aus einer gedämpften Welt. Der Nebel machte ihm zu schaffen. Nebulös gestalteten sich auch die Ermittlungen. Er versuchte, seine Gereiztheit nicht weiter an seinem Mitarbeiter auszulassen.
»Über diesem Fall liegt ein Fluch! Ganz im Ernst, Pietro. Manchmal habe ich das Gefühl, als sei eine imaginäre Macht am Werke. Da bitten wir schon mal Interpol um Amtshilfe, und prompt wird uns mitgeteilt, dass die Akte aus so genannten übergeordneten staatlichen Interessen derzeit nicht verfügbar sei. Aber wohin sie geschickt wurde, sagt man uns auch nicht. Was drin steht, schon gar nicht. Die ägyptischen Kollegen wiederum schweigen wie die Mumien in den Pharaonengräbern. Was immer wir auch anfragen, in Kairo weiß man angeblich nichts darüber. Charles Bahri? Noch nie gehört. Er war weder amtlich gemeldet noch als Besitzer eines Hauses an der Küste registriert. Und Eigentümer eines Buchladens in Kairo war er angeblich auch nicht. Ich sage Ihnen,

Pietro, diese Araber gehen mir gewaltig auf die Nerven. Und nicht nur die. Aus Rom ereilt uns über unseren werten Herrn Polizeipräsidenten quasi päpstlicher Tadel, weil wir angeblich nicht in der Lage seien, den heimtückischen Mord an zwei unschuldigen Glaubensbrüdern aufzuklären. Ja, wie denn auch, Pietro? Das Ganze stinkt doch zum Himmel! Da ist was faul.«

Der Commissario stapfte missmutig durch sein Büro. Pietro kannte diese Stimmung seines Chefs. Er setzte an, etwas zu sagen, aber sein Vorgesetzter ließ ihn nicht zu Wort kommen.

»Woher wusste, zum Beispiel, der Mörder von Charles Bahri, wo sich der Alte in dem Kloster aufhielt? Der ist doch nicht in der Kutte des toten Mönches ziellos durch San Francesco del Deserto geirrt und hat Bahri gesucht! Der wusste genau, wo er ihn finden würde! Außerdem haben es die Franziskaner bis heute abgelehnt, uns mitzuteilen, warum ihr einstiger Mitbruder Charles Bahri aus dem Orden ausgeschlossen wurde. Dieser Tage war ein Vertreter vom Ordo Fratrum Minorum, also vom Orden der Minderen Brüder, wie sich die Franziskaner selbst bezeichnen, da. Der war so nett und freundlich und so unglaublich heilig, dass ich mich beinahe entschieden hätte, ins Kloster einzutreten. Ehrlich, ich war kurz davor, mich vor ihm in den Staub auf den Boden zu werfen, so erhaben redete der daher. Zum Abschluss hat der dann gesagt, dass er, als unbedeutendes Sandkorn im Meer der Diener Gottes leider keinen Einfluss darauf habe, wenn der Heilige Vater dem verehrten Herrn Innenminister sein Missfallen über die Ermittlungen der venezianischen Polizei in den Ordensinterna der Franziskaner kundtun würde. Pietro, der hat Druck ausgeübt! Mit der Stimme eines Lammes – aber knüppelhart. Der will, dass wir die Ermittlungen über Charles

Bahri einstellen. Die Vergangenheit, so sagte er, solle man ruhen lassen, den Blick in die Zukunft lenken. Wortwörtlich hat der das gesagt! Und jetzt auch noch das!«

Commissario Toscanelli ging zu seinem Schreibtisch und nahm eine Nachricht der Europolzentrale zur Hand. Der für Terrorismusbekämpfung zuständige italienische Europol Liaison Officer in Den Haag hatte gute Arbeit geleistet. Ein internationaler Datenabgleich hatte Erstaunliches ergeben.

»Chef, wir müssen uns wirklich keine Vorwürfe machen«, schaltete sich Pietro nun ein. »Wer kommt schon auf die Idee, dass der vermeintliche Täter nicht direkt, sondern über Umwege nach Ägypten flieht. Wer fährt schon gen Norden, wenn er eigentlich in den Süden will? Genau das hat der Mistkerl getan. Der hat uns an der Nase herumgeführt.«

»Das war ein Profi, Pietro. Glauben Sie es mir. Der hat das nicht zum ersten Mal gemacht. Erst fährt er, völlig unauffällig, mit dem Zug von Venedig nach Verona, bucht dort unter dem Namen Ghoumal bei Germanwings einen Flug, storniert den kurz vor Abflug und düst dann zwei Tage später unter dem Namen Ben Allouh von Verona zum Flughafen Köln/Bonn, wo sich seine Spur erst mal verliert. Dann taucht er plötzlich auf der Passagierliste der Ethiopian Airlines von Frankfurt nach Addis Abeba mit Anschlussflug nach Kairo auf. In der äthiopischen Hauptstadt ist er offensichtlich auch angekommen, obwohl uns die Bestätigung der Fluggesellschaft für den Flug von Addis nach Kairo noch nicht vorliegt. Unser Mann ist also offensichtlich Ägypter. Der sitzt jetzt irgendwo im Schatten der Pyramiden und grinst vor sich hin. Wie und wo auch immer: Husch, weg ist er!«

Pietro war den Ausführungen seines Vorgesetzten nicht wirklich gefolgt. Sein Blick war auf eine Nachricht der Kollegen aus Deutschland gerichtet, die vor wenigen Minuten reinge-

kommen war. Dem Fax war ein Foto beigefügt. Erstaunt riss er die Augen auf. »Das ist ja … nicht zu glauben! Unser Tedesco, dieser Deutsche, Peter Föllmer, hat einen Flug gebucht: von Frankfurt nach Addis Abeba. Und zwar nicht allein!«
Commissario Toscanelli schluckte erstaunt. »Nach Addis Abeba? Äthiopien? Mit seiner Freundin … dieser Yvonne Steimer?«
»Nein, Chef, unser mysteriöser Geograf plant keineswegs, mit seiner Freundin zu verreisen. Er hat sich offensichtlich neu orientiert. Glücklicherweise haben wir ihn zur weltweiten beobachtenden Fahndung ausgeschrieben. Peter Föllmer beabsichtigt mit einer sehr attraktiven jungen Frau gen Afrika zu düsen: mit Jahzara Jan-Zela, äthiopische Staatsangehörige, achtundzwanzig Jahre jung, geboren in Bahir Dar, Äthiopien. Hier, schauen Sie sich mal die Kopie des Passfotos an, das uns die Kollegen geschickt haben.«
Commissario Toscanelli nahm das Fax in die Hand. Ungläubig schaute er seinen Kollegen an. »Das ist doch nicht möglich! Das ist doch die Frau, die dieser Föllmer auf dem Vaporetto hier in Venedig fotografierte und dabei angeblich zufällig unseren Hauptverdächtigen ablichtete! Wahnsinn! Er hat doch gesagt, dass er sie nicht kennt, oder? Und jetzt fliegt er mit dieser schwarzen Schönheit nach Äthiopien – und damit genau dorthin, wo der Mordverdächtige auch hingeflogen ist? Pietro, entweder die drei kennen sich, haben uns also belogen. Oder diese Äthiopierin schwebt in größter Lebensgefahr. Und Föllmer auch.«
»Das sehe ich ebenfalls so, Chef. Wer weiß, ob unser Tatverdächtiger überhaupt von Addis Abeba nach Kairo geflogen ist? Vielleicht ist der in der äthiopischen Hauptstadt geblieben, weil er wusste, dass dieser Föllmer oder diese Äthiopierin auch dorthin fliegen werden. Der Mörder ist ihr Schatten.

Wo sie sind, ist er auch – und zwar schon vorher! Stellt sich doch die Frage, woher der immer weiß, wo die beiden sind und was sie planen. Der will was von denen. Aber was, zum Teufel –«

Pietro brach abrupt ab, sein Blick haftete auf der zweiten Seite der Nachricht. Über den Zeilen stand »STRENG GEHEIM«.

»Na, sauber, das fehlt uns gerade noch«, murmelte er vor sich hin. Toscanelli schaute ihn fragend an. »Commissario, jetzt wird es kompliziert. Die Abteilung Terrorismus des Deutschen Bundeskriminalamtes teilt nachrichtlich zu unserer Kenntnisnahme mit, dass der Name Ben Allouh, also der Name, unter dem unser Tatverdächtiger von Verona nach Köln geflogen ist, im Rahmen internationaler Ermittlungen gegen eine extremistische islamische Organisation aufgetaucht ist. Moment, ich lese mal vor. ›Der von Ihnen zur Fahndung ausgeschriebene Tatverdächtige namens Ben Allouh ist mit an Sicherheit grenzender Wahrscheinlichkeit identisch mit einem bei verschiedenen westlichen Staaten wegen Mitgliedschaft in einer extremistischen islamischen Vereinigung und wegen Mordverdachtes gesuchten Täter, der sich Sahib al Saif oder auch Dhul-Fiqar nennt. Der Name Sahib al Saif kann, in Anlehnung an islamische Mythologien als Statthalter des Schwertes übersetzt werden. Nachrichtendienstliche Erkenntnisse gehen davon aus, dass der Gesuchte ein so genannter Racheengel, also Auftragsmörder, einer Organisation mit dem Namen Al Sakina ist. Für weitere Informationen bitten wir aus Gründen der Geheimhaltung um persönliche Kontaktaufnahme mit dem Bundeskriminalamt.‹«

Commissario Toscanelli schritt hektisch durch sein Büro. »Ist ja irre! Pietro, ich denke, hier besteht Gefahr im Verzug. Da läuft was in Äthiopien. Wir sollten den Kollegen dort Bescheid sagen, was sich in ihrem Land zusammenbraut. Aber schreiben Sie ihnen auch, dass sie dieses Trio nur beobachten und nur einschreiten sollen, wenn es unbedingt erforderlich ist. Hinter dieser ganzen Sache stecken andere Leute. Da bin ich mir sicher. Um was es letztendlich geht, weiß ich nicht. Doch ich will die Hintermänner haben. Und den Mörder der beiden Mönche. Und zwar möglichst lebend. Ich hoffe nicht, dass es schon zu spät ist. Leider habe ich das unrühmliche Gefühl, dass dieser islamische Racheengel uns um einige Schritte voraus ist.«

Sahib al Saif fluchte. Sosehr er auch mit der Bürste rubbelte und sich Salbe auf die Stirn schmierte, das Kreuz wollte nicht ganz verschwinden. Was er sich vor einigen Wochen als Trick ausgedacht hatte, um sich besser unter den koptischen Christen in Ägypten bewegen zu können, entwickelte sich zu einem ernsthaften Problem. Dieser Bahri, das hatten ihm seine Auftraggeber gesagt, kannte in Ägypten viele Kopten. Auch sein Ferienhaus am Roten Meer stand in einer Siedlung, in der sich ausschließlich koptische Christen aus Ägypten ein Haus gekauft hatten. Viele von ihnen hatten ein tätowiertes Kreuz auf der Stirn. Insofern war es ein cleverer Schachzug gewesen, sich als Christ zu tarnen. Aber dieses kleine Kreuz, das er sich von seinem Freund mit Tätowierungstinte auf seine Stirn hatte aufmalen lassen, war tief in die Haut eingedrungen. Mit Wasser und Seife war die Tinte nicht wegzukriegen. In Venedig hatten ihn deswegen viele Leute verwundert angestarrt, weshalb er sich für die Fahrt zu dem Kloster ein Pflaster auf die Stirn geklebt hatte. Leider war er damit noch auffälliger geworden. Er, als gläubiger Moslem, empfand dieses Zeichen längst als Teufelsmal. Durch das viele Rubbeln und die Cremes war die Haut auf der Stirn auffällig hell geworden. Solange er sich am Tanasee im Schutz der Nacht bewegte, fiel nicht auf,

dass es kein äthiopisches, sondern ein ägyptisch-koptisches Kreuz war. Bei Tageslicht würde es ohne Pflaster allerdings nicht gehen. Dann würde er noch mehr Aufmerksamkeit auf sich ziehen. Und das war das Letzte, was er gebrauchen konnte, wenn die beiden hier auftauchten.
Verdammt! Diese Hure hatte die Dinge kompliziert. Was musste das dumme Ding auch in seinem Koffer herumstöbern? Wahrscheinlich hatte sie nicht nur die Bilder, sondern ebenso die Waffe gesehen. Das Risiko war ihm zu groß gewesen. Er hatte sie unmöglich am Leben lassen können. Eigentlich war es schade um die Kleine. Sie war sehr hübsch und jung gewesen. Aber eben nur eine Hure.
Abrupt richtete er sich auf. Die Klimaanlage trocknete seine Kehle aus. Doch er traute sich nicht, das Fenster zu öffnen. Er war sich sicher, dass es hier Moskitos gab. Vor Malaria hatte er panische Angst. Eigentlich gab es nur wenige Dinge, vor denen er Angst hatte: Schlangen, Malaria und – wie jeder Moslem – vor unreinen Hunden. Wenn die Dinge allerdings wie geplant liefen, würde er spätestens in drei, vier Tagen wieder im Flugzeug zurück nach Ägypten sitzen. Sicherlich würden die beiden diese Karte oder zumindest eine Kopie bei sich haben. Hoffentlich! Er stand unter enormem Erfolgsdruck. Diese ganze Sache gefiel ihm längst nicht mehr. Er hasste es, Aufträge durchzuführen, von denen er nichts Genaues wusste. Hinter diesem Auftrag, das war ihm längst klar geworden, steckte mit Sicherheit mehr, als Abdul Qadir Dschila und Hasan al-Basri ihm erzählt hatten. So untadelig der Ruf dieser beiden Derwische auch war und so verwerflich es war, die Ehrenhaftigkeit der beiden Sufis anzuzweifeln, so sehr war ihm doch in der letzten Zeit bewusst geworden, dass sie ihm nur einen Teil der Geschichte erzählt hatten.
Er erinnerte sich an ihr letztes Zusammentreffen in Kairo, in

der Amr-ibn-el-As-Moschee. Was sie ihm damals von diesem Ding, das die Juden Aron ha'brit nennen, erzählt hatten, mochte ja stimmen. Vielleicht traf es auch zu, dass dieses Ding eigentlich den Moslems gehörte und dass mit der Rückkehr eine neue Zeit beginnen würde. All das hatte er geglaubt. Aber dann hatte er Hasan al-Basri zwei Stunden später zufällig im Laden von Mohammed Agiza gesehen. Das hatte ihn sehr nachdenklich gestimmt. Er kannte Mohammed. Sehr gut sogar. Der Typ ging über Leichen. Im wahrsten Sinne des Wortes. Wenn irgendwo in Ägypten wertvolle Kunstschätze illegal verschoben wurden, dann hatte er mit Sicherheit seine Finger im Spiel. Dass ausgerechnet der ehrwürdige Sufi Hasan al-Basri den Kunsträuber Mohammed Agiza in seinem Geschäft besucht hatte, und das zwei Stunden nach ihrem Treffen in der Moschee, war sicherlich kein Zufall gewesen. Entsprechend hatte er sich bei Freunden kundig gemacht über Aron ha'brit. Erste Rückmeldungen hatte er schon bekommen. Alles klang sehr mystisch. Von einem Meer der Finsternis war da die Rede, von Gog und Magog und einem Schatz. Alles an diesem Auftrag war irgendwie mysteriös und verworren! Mit dieser schwarzen Frau hatte es in Venedig angefangen. Irgendwie hatte sie bemerkt, dass er ihr folgte. Dann tauchte noch dieser seltsame Europäer auf, der scheinbar versucht hatte, ihn zu fotografieren. Das beunruhigte ihn maßlos, seit er wusste, dass ebendieser Europäer mit der Äthiopierin in Lissabon gewesen war und nun mit ihr an den Tanasee kommen würde. Wie war das zu erklären? Im Zusammenhang mit den neusten Entwicklungen drängten sich ihm ohnehin viele Fragen auf. Die Sufis hatten genau gewusst, in welchem Zimmer der alte Mann in dem Kloster wohnte. Sie kannten die Pläne des Klosters. Gab es in dem Kloster der Franziskaner jemanden, der mit den Männern des Al-Sakina-

Ordens unter einer Decke steckte? Möglich wäre auch, dass jemand in der Zentrale dieses Ordens mit den Derwischen zusammenarbeitete. Möglicherweise hatte sogar Mohammed, der kriminelle Kunsthändler, etwas damit zu tun. Reines Pech war allerdings gewesen, dass Charles Bahri die Gefahr gespürt hatte und quer durchs Kloster in die Kapelle geflohen war, um dann hinunterzuschlucken, was er ihm hätte abnehmen sollen. Wäre nicht diese Besuchergruppe gekommen, er hätte den Alten so lange mit der Kordel gewürgt, bis er das Papier wieder ausgespuckt hätte. So jedoch hatte er fliehen müssen – ohne dieses Papier, von dem er mittlerweile wusste, dass es eine Karte gewesen war, hinter der die Derwische des Al-Sakina-Ordens her waren. Mohammed, der Kunsthändler, wahrscheinlich auch. Dennoch bestand eine Chance, diese Karte aufzuspüren. Die Äthiopierin würde hierherkommen – zusammen mit diesem Deutschen. Woher Hasan al-Basri das wusste, entzog sich auch seiner Kenntnis. Die Sufis wussten sogar, welche Klöster sie besuchen würden, in welchem Hotel sie wohnten und dass sie einen Geländewagen reserviert hatten. Das war seine Chance. Bald würde er erfahren, was es mit dieser Karte und der Karawane auf sich hatte. Von diesen beiden greisen Derwischen, das stand für ihn fest, würde er sich jedenfalls nicht aufs Kreuz legen lassen. Hier ging es nicht nur um dieses mysteriöse Ding, das für die Juden und Moslems angeblich so bedeutend war. Hier ging es um Geld. Um sehr viel Geld.

Pater Benedikt war schockiert. Armut im Garten Eden! Das hatte er nicht erwartet. Schon gestern, auf der Fahrt vom Flughafen zum Hotel in Addis Abeba, waren ihm die Heerscharen von Bettlern und Krüppeln entlang der Straßen aufgefallen. Elend und Armut zu relativieren, empfand er zwar

als zynisch. Aber wenn er sich die Verhältnisse in den Armenvierteln Palästinas und denen von Jerusalem vor Augen hielt, dann lebten die Menschen dort geradezu im Überfluss im Vergleich zu jenen bemitleidenswerten Hungerleidern, die das Stadtbild im Schatten der Beton- und Glaspaläste von Addis Abeba prägten. Bei dem kurzen Spaziergang vom Hotel *DeLeopold* aus hatte er sich gestern höchst unwohl gefühlt. Da hatten sehr suspekte Gestalten herumgelungert. Vor dem Hotel wachten nicht ohne Grund vier bewaffnete Sicherheitsbeamte. Noch nie zuvor in seinem Leben hatte er Angst gehabt, sich im Dunkeln durch eine fremde Stadt zu bewegen. Zu absurd war der Gedanke, dass er in seiner Ordenskleidung Opfer von Räubern werden könnte. Gestern Abend hatte er allerdings dieses bedrohliche Gefühl sehr wohl gehabt. Wo grenzenlose Armut herrscht, er wusste das, zählte ein Menschenleben nicht viel.
Es machte ihn traurig, dass er auch hier am Tanasee, weit entfernt von der Hauptstadt, mit dieser Armut konfrontiert wurde. Dabei war es so ein wunderschöner Flug gewesen. Das Land hatte ihn maßlos fasziniert. Die grandiose Bergwelt mit den Viertausendern hatte ihn an die Schweiz erinnert. Überall waren Seen und Flüsse zu sehen gewesen, und die Ebenen zwischen den majestätischen Bergketten schienen sehr fruchtbar zu sein. Dieser Eindruck hatte sich beim Landeanflug auf Bahir Dar und auf der Fahrt zum Hotel noch verstärkt. Wasser gab es zu Genüge. Palmen, üppige Bananenstauden, prachtvolle Blumenbeete und blühende Ziersträucher säumten die Hauptstraßen. Auch in seinem Hotel am Seeufer hatte er zunächst das Gefühl gehabt, im Garten Eden Afrikas zu sein. Doch der erste Eindruck war schnell in maßlose Enttäuschung umgeschlagen. Bettler, Krüppel und ausgemergelte Menschen waren allgegenwärtig. Wie konnte

es sein, dass in einem so fruchtbaren Land derart viele Menschen hungerten?
Die vielen Eindrücke erschöpften ihn. Gestern noch war er am frühen Morgen von Jerusalem aus aufgebrochen, hatte in Kairo viele Stunden auf den Anschlussflug nach Addis Abeba warten müssen und war erst in der Nacht im Hotel angekommen. Nach knapp fünf Stunden Schlaf hatte er schon wieder zum Flughafen gemusst. In den wenigen Stunden seit seiner Ankunft in Bahir Dar war er ein wenig herumgelaufen und hatte sich in der Stadt umgesehen. Es war ein sehr quirliges, modernes Handelszentrum. Die Menschen schienen zufrieden. Auf einem Markt etwas außerhalb des Zentrums wurde er dann aber erneut mit dem Elend dieses Landes konfrontiert. Und dort hatte er auch diesen seltsamen Mann in dem Priestergewand gesehen. Obwohl ihn nur noch wenige Schritte von dem vermeintlichen Bruder getrennt hatten, hatte ihn plötzlich ein unbestimmtes Gefühl veranlasst, den Priester nicht anzusprechen. Der Mann hatte sich sehr ungewöhnlich verhalten. Sein Blick war stier nach vorne gerichtet gewesen. Obwohl ihn einige Menschen angelächelt und gegrüßt hatten, hatte er eher rüde und abweisend reagiert. Schließlich hatte er einem sehr jungen Mädchen mit entblößtem Oberkörper lüstern und ungehörig auf die Brüste gestarrt. Dann hatte der Fremde sich abrupt umgedreht und ihn direkt angeschaut. Der Hass in den Augen dieses Mannes hatte ihn erschauern lassen. Es war der Blick eines Menschen, der nicht Demut, Gottesfurcht und Menschenliebe, sondern Böses in sich trug, gewesen. Die eng zusammenstehenden Augen und die tiefen, vertikalen Gesichtsfalten ließen erahnen, dass die Seele dieses Mannes zerrissen war, er schon viel Leidvolles erlebt hatte. Oberhalb der Nasenwurzel hatte er ein eigentümliches Mal, das wie ein tätowiertes Kreuz aussah, vielleicht ein koptisches

Kreuz. Der Blick dieses Mannes mit dem arabischen Einschlag hatte so viel Aggression und Furchterregendes in sich geborgen, dass Pater Benedikt sich wortlos abgewandt hatte und ins Hotel zurückgegangen war. Er konnte diese merkwürdige Begegnung nicht einordnen, verdrängte aber den Verdacht, dass dieser Mann kein Glaubensbruder gewesen sein könnte.
Irritiert von diesem Vorfall, hatte er beschlossen, sich mit seinen Unterlagen zu beschäftigen. Für den heutigen Tag stand nichts mehr an. An der Rezeption hatte man ihm für den nächsten Tag ein Boot und einen Dolmetscher besorgt, mit dem er zunächst die in Ufernähe liegenden Klosterinseln besuchen würde. Allerdings bezweifelte er, dass er in diesen Klöstern Antworten auf seine Fragen bekommen würde. Viel wahrscheinlicher war es, dass er in Aksum oder in Lalibela fündig werden würde.
Pater Benedikt setzte sich auf den Balkon. Die warme Nachmittagssonne machte ihn schläfrig. Der Blick über den See, der Schrei eines Seeadlers und die betörenden Düfte exotischer Bäume und prächtiger Blumen ließen ihn melancholisch werden. Was für ein geheimnisvolles Land! Eines dieser Geheimnisse wollte er ergründen. Er stand unter Zeit- und Erfolgsdruck. Seine Gedanken schweiften zurück nach Jerusalem, wo die ganze Angelegenheit vor mehr als drei Jahren begonnen hatte. Der altehrwürdige Pater Lindemann, Abt der Abtei Dormitio Beatae Mariae Virginis und gleichsam treibende Kraft der benediktinischen Stiftung Hagia Maria Sion, hatte ihn damals völlig entgeistert angeschaut, als er ihm von seiner Idee erzählt hatte, in den Saharastaaten nach Spuren frühchristlicher Gemeinden und nach Spuren von Kreuzrittern zu suchen. Ja, Bruder Lindemann, dessen kahler Schädel ihn stets wie einen Asketen aussehen ließ, war anfänglich

sehr skeptisch gewesen. »Die These, dass es in Nordostafrika schon im dritten und vierten Jahrhundert nach Christus frühchristliche Gemeinden gegeben hat, Bruder Benedikt, ist nichts Neues. Dass es sogar im fernen westafrikanischen Mauretanien solche Christengemeinden gegeben haben soll, halte ich allerdings, bei allem Respekt vor Ihren exzellenten Kenntnissen, für sehr wagemutig.« Das hatte der Abt damals gesagt und dann nachdenklich hinzugefügt: »Wenn sich allerdings Beweise erbringen lassen könnten, dass Tempelritter schon im zwölften Jahrhundert von Jerusalem aus nach Aksum reisten, um mit dortigen Christenkönigen Kontakt aufzunehmen, dann dürfen wir gewiss sein, dass dies weltweit für Aufsehen sorgen wird. Dann hat sich der Aufwand Ihrer Recherche gelohnt! Sie wissen ja, dass es seit jeher Gerüchte gibt, dass Templer die Bundeslade nach Rom gebracht haben sollen. Und es heißt auch, dass sich die Bundeslade in Äthiopien befand.«

Das war die erste Reaktion seines Abtes gewesen. Und daraus war schließlich die Aufgabe für ihn entstanden, die ihn hierhergeführt hatte.

Ohne Charles Bahri wäre er nie auf diese Idee gekommen! Den ehemaligen Franziskanermönch hatte er in Kairo kennen gelernt. Von ihm hatte er den Hinweis auf das *Sion*-Dossier erhalten. Mit diesen sensationellen Unterlagen hatte er alle Mäzenen und Gönner überzeugt, dass dieses Forschungsprojekt den eigentlichen Stiftungszielen entsprach: nämlich Juden, Christen und Muslime in Gebeten und Gesprächen, in Konferenzen und Seminaren bei vollem Respekt aller Unterschiedlichkeiten zusammenzuführen. Kaum ein Ort auf der Welt war dafür besser geeignet, als die Benediktinerabtei Dormitio im Zentrum von Jerusalem. In Fußnähe zur jüdischen Klagemauer, zur christlichen Grabes- und Auferstehungskirche, zur islamischen Moschee El Aksa und zum Felsendom lag Dormitio zwischen symbolhaften und historischen Gebets- und Wallfahrtsstätten der drei monotheistischen Weltreligionen. Wenn alles gut ginge, würden seine Nachforschungen in Äthiopien maßgeblich dazu beitragen, das Verständnis zwischen den Religionen zu fördern. Wenn wirklich zutraf, was die Christen Äthiopiens glaubten, dann hatte sich ein für alle drei Religionen bedeutsames Relikt und eines der größten Mysterien der Christen sehr lange hier befunden – oder befand sich vielleicht noch immer hier: die Bundeslade!

Ach, was für eine aufregende Reise! Vielleicht würde ihn seine Recherche sogar noch ins ferne Mali und nach Mauretanien – ins Meer der Dunkelheit führen. Wenngleich er diesbezüglich sehr zwiespältige Gefühle hegte. Einige Dokumente im *Sion*-Dossier hatten ihn sehr nachdenklich gemacht. Offensichtlich hatte es damals enorme Spannungen zwischen dem Heiligen Vater und dem portugiesischen König gegeben. Auch das Verhältnis Roms zu den christlichen Mitbrüdern in Äthiopien war höchst diffizil gewesen. Da waren sehr unrühmliche Dinge geschehen.

Als Pater Benedikt gegen zehn Uhr abends nochmals auf den Balkon ging und den unglaublich klaren und scheinbar zum Greifen nahen Sternenhimmel über dem Tanasee bestaunte, fiel ihm unter einem Baum am Seeufer ein Mann auf. Wahrscheinlich ein Sicherheitsbeamter des Hotels, dachte er, zog die Vorhänge des Fensters zu, legte sich ins Bett und betrachtete im Licht der Nachttischlampe ein letztes Mal die eigentümliche Karte, die ihm Charles Bahri einst als Kopie gegeben hatte.

Tekle Hayman, Offizier des äthiopischen Geheimdienstes, war sich sicher. Er stand unter einem Baum und beobachtete

die Seeseite des Hotels. Seit über die Zentrale in Addis Abeba die Nachricht gekommen war, dass nach Informationen europäischer Sicherheitsbehörden der konkrete Verdacht bestehe, dass islamistische Gewalttäter nach Äthiopien eingereist waren und es zu Anschlägen in Bahir Dar kommen könne, herrschte höchste Alarmstufe. Besonders viel hatte er von seinem Vorgesetzten zwar nicht erfahren. Wenn es um brisante politische Hintergründe ging, galt in Äthiopien stets die Maxime, dass man das Fußvolk an der Front, Beamte wie ihn, nur mit den notwendigsten Informationen versorgte. Erste Ermittlungen in Addis Abeba hatten jedoch bestätigt, dass ein als christlicher Priester getarnter Mann in Bahir Dar gelandet war und das Zimmer 212 im zweiten Stock bezogen hatte. Das konnte nur der Araber sein, vor dem die europäischen Kollegen gewarnt hatten und um dessen Observierung gebeten worden war. Ein Mörder, ein extrem gefährlicher islamistischer Terrorist sei dieser angebliche Priester, so hatte sein Chef gesagt und alle sieben Beamten der Geheimdienstniederlassung von Bahir Dar beauftragt, das Hotel und den Terroristen zu beobachten. Zwei Antiterrorspezialeinheiten aus der Hauptstadt würden bald als Verstärkung eintreffen.
Tekle Hayman war aufgeregt. Islamistische Terroristen in Bahir Dar! Mit derart gefährlichen Leuten hatte er es hier noch nie zu tun gehabt. Er wusste, dass moslemische Bruderschaften in Somalia schon seit geraumer Zeit von dem Gedanken beseelt waren, sich das mehrheitlich christliche Äthiopien einzuverleiben und in einen islamischen Gottesstaat am Horn von Afrika zu verwandeln. Aber was wollten diese Leute in Bahir Dar?
Sein Blick richtete sich auf den Balkon, auf dem sich der Terrorist eben noch befunden hatte. In der Dunkelheit hatte er ihn nicht richtig erkennen können. Gefährlich sah der Mann

nicht wirklich aus. Und wie ein typischer Araber auch nicht. Aber es bestand kein Zweifel: Der da oben war ein Killer. Ein skrupelloser Terrorist. In Europa hatte er schon zwei Männer ermordet. Und hier hatte er ebenfalls einen Mord begangen. Ein Fischer, der nachts am Ufer des Tanasees seine Reusen aufgestellt hatte, hatte in der Dunkelheit gesehen, dass ein Mann in einem schwarzen Anzug einen Frauenkörper ins Wasser geworfen hatte. Die junge Frau war wenig später tot geborgen worden. Sie hatte einen Einschuss in der Schläfe. Ein aufgesetzter Schuss mit Schalldämpfer, abgegeben aus einer Kleinkaliberwaffe, vermutlich Kaliber .22 mit Highspeed-Munition.

Ein Mord in Bahir Dar. Das allein schon hatte die Polizei und die Geheimdienstler in Aufruhr versetzt. Warum er die Frau getötet hatte, war ein Rätsel. Fest stand nur, dass der Terrorist auf zwei oder gar mehrere Personen wartete. Das hatte seine Zentrale in Addis Abeba mitgeteilt. War der Killer allein hier? Vielleicht hatte er ja Mittäter. Hoffentlich kamen die Jungs von der Antiterroreinheit aus Addis bald. Das waren Profis – Sprengstoffexperten und Scharfschützen. Die würden den Killer unschädlich machen.

Aufgewühlt von diesen Gedanken, lugte er hinter dem Baum hervor und hinauf zum Fenster des Terroristen. Soeben war das Licht ausgeschaltet worden. Es war kurz vor Mitternacht. Tekle Hayman kramte sein Funkgerät hervor: »Bahir elf-eins an Zentrale. Zielperson hat das Licht ausgeschaltet. Sieht so aus, als habe er sich hingelegt. Keine ungewöhnlichen Vorkommnisse. Ende.«

11.

Der Anblick der Wüste ließ Peters Herz schneller schlagen. Während Jahzara schon kurz nach dem Start eingeschlummert war, hatte er stundenlang fasziniert aus dem Fenster auf die unter ihnen dahinfliegenden Landschaften geschaut. Die wie Schwalbennester in die karstigen Hänge gebauten weißen Dörfer entlang der Küsten Griechenlands sahen fast kitschig-schön aus, so deutlich und von sanftem Sonnenlicht koloriert waren sie an diesem Tag zu sehen. Soeben waren hinter der libyschen Küstenstadt Bengasi die ersten Dünen der Sahara aufgetaucht. Die Wüste! Kein Wölkchen trübte heute den Blick auf diese bizarre Welt aus Sand und Gestein. Die sich zwischen Horizont und Unendlichkeit im Nichts auftürmenden Dünen und die wie Panzer urzeitlicher Riesenechsen im Zickzack durch das Sandmeer verlaufenden Gebirgsketten sahen aus dieser Höhe winzig aus. Dort unten war eine Welt, die er kannte, liebte – aber auch schon zu hassen gelernt hatte. Was aus dem Flugzeug in den Pastellfarben einer afrikanischen Dämmerung so friedlich und anheimelnd aussah, war in Wirklichkeit ein tödlicher Glutofen. Dort unten lagen tausende Quadratkilometer Einöde, zerfurcht von gigantischen Trockenflüssen, überthront von schroffen Bergmassiven – unendlich viel Nichts. Und genau das liebte er! Was sich als menschenfeindliche Landschaft darstellte, war für ihn persönlich das größte Refugium grenzenloser Freiheit auf diesem Planeten. In der Wüste galt seit Jahrtausenden nur ein einziges Gesetz: Wer stark ist, überlebt, wer Schwäche zeigt, stirbt.

Vor seinen Augen verschmolzen Gegenwart und Vergangenheit. Was in jüngster Zeit geschehen war, hatte sein Leben auf den Kopf gestellt. Seit er entschieden hatte, mit Jahzara nach Äthiopien zu fliegen, waren nur wenige Tage vergangen. Sein Chef hatte seine Kündigung mit einer einzigen Zeile zur Kenntnis genommen. Was nun auf ihn zukommen würde, war ein noch größeres Abenteuer als alles, was er jemals in den Wüsten Afrikas erlebt hatte.

In seinen Erinnerungen erwachten Fragmente von Bildern und Gerüchen zu neuem Leben. Wäre sein Vater nicht gewesen, dann wäre diese glühende Symbiose aus Tod und Schönheit ihm wahrscheinlich für immer verschlossen geblieben.

»Wenn du dein Abitur gemacht hast, fahren wir zusammen in die Sahara«, hatte er vor mehr als zwanzig Jahren gesagt. Damals arbeitete sein Vater bei der Gesellschaft für Technische Zusammenarbeit in Eschborn. Als Experte für Wasserbautechnik war er für die Betreuung von Entwicklungshilfeprojekten in Uganda, Zaire, Niger und Mali zuständig gewesen. Achtzehn Jahre war Peter alt gewesen, als sie dann tatsächlich nach mehrmonatiger Vorbereitung in Vaters Landrover nach Marokko aufgebrochen waren. Bei dieser Fahrt von Deutschland ins südmarokkanische Tafraoute, wo die eigentliche Wüstentour begann, wurde er krank. Unheilbar krank. Bereits nach vier Tagen zeigte er Symptome, die sein Vater gut kannte. »Worunter du leidest, mein Junge«, hatte sein Vater an jenem Abend im Windschatten einer prächtigen Wanderdüne nahe der mauretanischen Grenze gesagt, »was dich so melancholisch und doch so überglücklich macht, Peter, ist die schlimmste Krankheit, die du dir als Weißer in Afrika einhandeln kannst. Die Kolonialbriten nannten das Bacillus Africanus! Diese Krankheit ist unheilbar. Jene zwiespältigen Gefühle, die Aversion gegen Hitze, Staub und Elend einerseits und das Verlangen andererseits, mehr von diesen grandiosen Landschaften, von der paradiesischen Tierwelt und von diesen so unglaublich herzlichen Menschen sehen und spüren zu wollen, diese Sucht hat mich schon in jungen Jahren erwischt. Und dieser Bazillus schlummert noch immer in mir. Deine Mutter hingegen hat Afrika zu hassen begonnen, als unser erstes Kind in einem mickrigen Spital in der Kalahari im Alter von zwei Jahren an Malaria starb. Glaube mir, Peter, die Liebe zu Afrika kann tödlich sein!«

So hatte es ihm sein Vater damals an diesem unvergesslichen Abend in der Wüste erklärt. Noch nie hatten sein Vater und er sich so nahe, so vertraut miteinander gefühlt. Sie lagen damals auf dem Boden neben dem Lagerfeuer, schwiegen, tranken Bier, schwiegen, stierten in einen Sternenhimmel, den er in solcher Klarheit und so scheinbar greifbar nahe noch nie zuvor gesehen hatte. Sie lauschten in wundersamem emotionalem Gleichklang dem Kläffen der Wüstenfüchse, tranken sehr viel Whisky, lachten wie alberne Kinder über zwei Skorpione, die in aberwitzigem Tempo gut ein dutzend Mal liebestoll ums Feuer herumrasten, und schliefen um Mitternacht sturzbetrunken, aber unfassbar glücklich ein. Seitdem waren sie nicht mehr Vater und Sohn, sondern die besten Freunde. Und seit dieser Tour trug er den Bacillus Africanus in sich. Diese erste Tour nach Nordafrika war der Beginn einer Passion gewesen, die er schließlich auch zu seinem Beruf gemacht hatte: das Reisen.

Sein Studium hatte ihm die Möglichkeit dazu gegeben. Da Geografie »ein Orchideenstudium« ist, wie sein Vater es so treffend ausdrückte, hatte er sich an der Universität in Frankfurt noch für Politologie eingetragen. Schnell hatte er erkannt, dass Fremdsprachen in Einheit mit diesen beiden Studiengängen der goldene Schlüssel zu einer von ihm angestrengten in-

ternationalen beruflichen Tätigkeit sein könnte. Zunächst hatte er Spanisch gelernt. Arabisch hatte er später hinzunehmen wollen. Mit Englisch, Französisch, Spanisch und Arabisch, so war sein Kalkül gewesen, würde sein Doppelstudium eine gute Ausgangsbasis sein, um später in den diplomatischen Dienst beim Auswärtigen Amt zu gelangen. Für internationale Themen hatte er sich schon in der Schule interessiert. An der Uni Frankfurt hatte er diese Affinität ausleben können. Bald schon war er mit Leuten in Kontakt gekommen, die seine linksliberalen Vorstellungen teilten. Mario, ein Studienkollege, hatte ihn dann im zweiten Semester gefragt, ob er nicht Interesse habe, bei einem Zeitungsprojekt mitzumachen. Die linke Szene Frankfurts war damals von radikalen Sponti-Thesen geprägt.
Peter ertappte sich dabei, wie er süffisant vor sich hin lächelte. Es war eine verrückte Zeit gewesen, damals in Frankfurt. Seine ehrenamtliche Tätigkeit bei dem linken Blatt *Informationsdienst für unterbliebene Nachrichten*, kurz *ID* genannt, brachte ihn mit politisch engagierten, aber auch mit radikalen Leuten zusammen. Nachrichten über staatliche Repression, den Gefängnisalltag linker Genossen, die Anti-Atomkraftszene und die Internationalen Linken gehörten zum Selbstverständnis des *ID*, dessen Redaktionsräume in der Hamburger Allee direkt neben denen des *Pflasterstrands* lagen. Es war eine hektische, aber auch interessante Zeit gewesen. Er hatte Adorno, Habermas, Hegel, Kant, Fichte und natürlich auch Mao gelesen. Er hatte sich auf Afrika spezialisiert. Gut zwei dutzend Mal war er für den *ID* auf den schwarzen Kontinent gereist, um über Kolonialismus, Unterdrückung und Ausbeutung in Afrika zu schreiben. Bald würden sie in Khartum zwischenlanden. Zwei Mal war er schon dort gewesen. Was damals, vor zwanzig Jahren, geschehen

war, begann erneut Einfluss auf sein Leben zu nehmen und beschäftigte ihn sehr.
Peter schaute zu Jahzara. Sie saß neben ihm und schlief. Er musste es ihr sagen! Aber er hatte Angst vor ihrer zu erwartenden Reaktion. In dem Thema lag viel Konfliktpotenzial. Jahzara liebte ihr Land. Sie war eine sehr bodenständige, pragmatische und mit Sicherheit alles andere als politisch links orientierte Frau. Sie hatte sehr traditionelle, konservative afrikanische Werte und Normen. Für ihn war es manchmal sehr schwierig, ihre Einstellungen zu tolerieren, ihr Gedanken nachzuvollziehen, die wirkliche Dimension dessen, was sie sagte, dachte und fühlte, zu verstehen. Jahzara war ganz einfach anders. In vielerlei Hinsicht.
Sie war weder prüde noch verklemmt, konnte ungemein kokett sein, lockte, verführte mit den Augen und signalisierte mit ihrem Körper, was tief verborgen in ihr vorging. Manchmal konnte er sehen, wie ihre Oberlippe ganz leicht, kaum sichtbar und ungemein erotisierend zitterte, wenn sie ihn anschaute. Ihre unverwechselbar geschmeidige, manchmal laszive Art zu gehen – selbstbewusst, aufrecht, mit schwingenden Hüften – konnte ihn rasend machen vor Verlangen. Doch er hatte sie durchschaut. Sie lockte mit der rechten Hand, zeigte ihm aber gleichzeitig mit der linken Grenzen auf. Außerdem hatten sie eine Vereinbarung getroffen: Er musste, durfte Gentleman und Freund sein. Mehr nicht.
Peter atmete tief durch. Eine Stewardess mit grausam krächzender Stimme avisierte über Bordlautsprecher die Landung in Addis Abeba. Blitze zerfurchten im Nordosten den Nachthimmel und ließen ihn erahnen, dass die Regenzeit noch nicht zu Ende war. Jahzara schlief noch immer. Grenzenlose Zufriedenheit lag über ihrem Antlitz. Verschämt huschte sein Blick über ihr Dekolletee hin zu dem kleinen goldenen Kreuz,

das sie stets um den Hals trug. Für sie war dieses Kreuz mehr als nur Schmuck. Ihr Glaube kam so tief aus ihrer Seele, dass ihn das irritierte. Noch nie in seinem Leben hatte er einen Menschen getroffen, dessen Gottgläubigkeit so unerschütterlich zu sein schien. Unlängst hatte er sie gefragt, woher ihre tiefe Gläubigkeit rührte. »Gott hat uns keine Worte gegeben, um über Ihn zu sprechen«, hatte sie in ihrer afrikanischen, fast stoischen Art geantwortet und hinzugefügt: »Glaube lässt sich weder vermitteln noch erklären. Du glaubst. Oder eben nicht. Wie hat Antoine de Saint-Exupéry geschrieben? ›Worte sind die Quelle aller Missverständnisse.‹ Dem ist wohl so.« So war Jahzara! Sie brachte mit einem einzigen, schnörkellosen Satz komplexe Themen auf den Punkt. Was sie sagte, wirkte unantastbar, absolut.

Jahzara öffnete nun ihre Augen, schaute ihn verschlafen an und räkelte sich wie ein unschuldiges Baby in der Wiege.

Angst machte sich plötzlich bei ihm breit. Wie würde Jahzara damit klarkommen, dass er – zumindest nach Einschätzung deutscher Ermittler – Unterstützer einer terroristischen Vereinigung gewesen war? Wie würde sie seine damalige Reise nach Äthiopien, nach Eritrea beurteilen? Für das deutsche Bundeskriminalamt war es damals eine klare Sache gewesen: Er war in Begleitung von baskischen Linksextremisten über den Sudan illegal nach Eritrea eingereist und hatte sich dort fast zwei Monate lang in militärischen Ausbildungscamps einer marxistischen eritreischen Befreiungsbewegung aufgehalten. Keiner hatte ihm geglaubt, dass er für den *ID* nur dorthin geflogen war, um über den widersinnigen Krieg zwischen Äthiopien und Eritrea zu schreiben. Auch die Richter hatten ihm nicht abgenommen, dass er sich in einem Redaktionsplenum für diese Veröffentlichung eines Bekennerschreibens vom RAF-Terroristen Christian Klar eingesetzt hatte, weil er von seinen Eltern liberal erzogen worden war und der freien Meinungsäußerung stets einen hohen Stellenwert einräumte, und nicht, weil er sich mit den Zielen und Mitteln der RAF identifizierte. Also wurde er wegen Unterstützung einer terroristischen Vereinigung zu einem halben Jahr Freiheitsstrafe auf Bewährung verurteilt. Dieses Urteil hatte seine Zukunftspläne zunichtegemacht. Sein Traum von einem Job beim Auswärtigen Amt war geplatzt.

Peter runzelte die Stirn. Diese Vergangenheit würde ihn nun einholen. Er wusste, welche Einstellung Jahzara zu Eritrea hatte. Für sie war es eine abtrünnige Provinz Äthiopiens. Ihr Vater würde wahrscheinlich auch die in Äthiopien gängige Einschätzung teilen, dass alle Freiheitskämpfer Eritreas Terroristen sind und Eritrea keinerlei Ansprüche hat, als unabhängiger Staat anerkannt zu werden. Das sah er allerdings anders. Der Konflikt war damit vorprogrammiert.

Der futuristisch anmutende Flughafen von Addis Abeba erstrahlte im Licht tausender Scheinwerfer. Alles roch nach einem neuen, modernen, kosmopolitischen Afrika. Aber nur wenige Fahrminuten vom Flughafen entfernt lauerte die bedrückende Realität.

Jahzaras Vater hatte ihnen einen Wagen mit Chauffeur zum Flughafen geschickt. Der kleine Fahrer trug eine Uniform mit goldenen Bordüren und fuhr grauenhaft langsam. Das verleitete die Heerscharen der Krüppel, Entstellten, Obdachlosen und Bettler, den Wagen bei jedem Halt zu umzingeln. Verstümmelte Finger von Leprakranken pressten sich gegen die Autoscheiben. Einbeinige auf Holzkrücken begannen, mit Staubwedeln die Windschutzscheibe des Luxuswagens zu putzen. Peter fühlte sich sehr unwohl.

Jahzara sah das Entsetzen in seinen Augen. »Der Krieg! Wir

haben zu lange Krieg gehabt in unserem Land. Fast dreißig Jahre. Und dann auch noch die verheerenden Dürrkatastrophen in den letzten Jahren.«
Peter starrte durch die Windschutzscheibe. Er versuchte, das Elend entlang der Straßen und ihre Worte zu ignorieren. Es gelang ihm nicht. »Eure Kriege hier in Äthiopien sind mit die absurdesten Afrikas überhaupt!«
Jahzara erstarrte. Ihre Reaktion kam schnell, ohne jeglichen Sanftmut. »Lieber Peter, die meisten Kriege Afrikas in den zurückliegenden fünfzig Jahren sind Spätfolgen der imperialistischen Kolonialpolitik europäischer Staaten. Der weiße Mann hat Afrika ins Chaos gestürzt!«
Peter ärgerte sich. Warum hatte er seinen Mund nicht gehalten? Nun war der Konflikt schneller da als geahnt. »Jahzara«, versuchte er die Stimmung zu retten, »du solltest wissen, dass ich eher die Positionen der Afrikaner teile, als dass ich die Kolonialisierung Afrikas durch die Europäer rechtfertigen würde. Ich weigere mich schlichtweg, Unrecht zu relativieren. Aber ich sträube mich auch, aus historisch auferlegten Schuldkomplexen heraus zu schweigen.«
»Was heißt hier relativieren, Peter? Fakt ist doch, dass die Kolonialmächte Afrika willkürlich unter sich aufgeteilt hatten. Das fing schon mit den Portugiesen, mit Heinrich dem Seefahrer an! Wenn Afrika sich dagegen auflehnte, war Völkermord die Antwort. Die damaligen Kolonialgrenzen sind die Ursache der meisten Kriege und Grenzstreitigkeiten im Afrika der Neuzeit. That's it!«
Peter versuchte, die Provokation zu ignorieren. »Jahzara, hier in Addis Abeba wurde vor fast fünfzig Jahren die Organisation für Afrikanische Einheit gegründet. Damals wurde beschlossen, die von den Kolonialmächten gezogenen Grenzen als normative Kraft des Faktischen zu akzeptieren.«

»Und was, bitte, hat das mit dem zu tun, was ich eben gesagt habe?«, unterbrach Jahzara ihn. Sie schien sehr aufgebracht.
Peter versuchte, sachlich zu bleiben. »Jahzara, seit Bestehen der OAU hat es in Afrika so viele Grenzkonflikte wie nie zuvor gegeben. Abgesehen von der Tatsache, dass dieser Kontinent vor dem Eintreffen der Weißen keineswegs ein Paradies auf Erden war, in dem es keine Kriege gab, so wie das heute gerne dargestellt wird, ist die OAU eine Organisation von Schwätzern, mehr nicht. Niemand hält sich an die einst so hochgesteckten Ziele. Und besonders absurd ist der Konflikt zwischen deiner Heimat Äthiopien und Eritrea. Viele Menschen sind deshalb gestorben. Euer Rüstungsetat ist aberwitzig hoch – während überall im Land Menschen hungern! Schau dich mal um! Schau mal aus dieser Luxuslimousine raus auf die Straße! Da ist die traurige Realität angesiedelt! Ich liebe Afrika, und das weißt du. Doch auf diesem Kontinent sind zu viele Knarren in den Händen von Idioten! Das macht mich traurig und wütend. Aber bitte, lass uns später darüber reden. Ich denke, wir haben hier andere Dinge vor. Über Politik streiten wir nur.«
Er wusste, dass er mit den letzten beiden versöhnlichen Sätzen nicht viel Erfolg haben würde. Es war nur noch eine Frage der Zeit, bis er Jahzara von damals erzählen musste.
Das Hotel *DeLeopold* lag unmittelbar an der Schnellstraße zwischen Flughafen und Innenstadt. Der Fahrer setzte ihn dort ab. Jahzara stieg gemeinsam mit ihm aus, schwieg aber, als sie sich mit einem oberflächlichen Wangenkuss verabschiedeten. Sie selbst würde bei einer Verwandten in einem Vorort von Addis Abeba nächtigen. Morgen würden sie gemeinsam zurück zum Flughafen fahren, um nach Bahir Dar an den Tanasee zu fliegen.
Die beiden jungen Rezeptionistinnen lachten ihn herzlich an.

Ihre strahlend weißen Zähne bildeten einen skurrilen Kontrast zu ihren schmuddeligen Uniformen. Sie wussten von keiner Zimmerreservierung für ihn. Mit zehn Dollar animierte er sie, sich zu erinnern. Ein unrühmliches Gefühl beschlich Peter. Das war das korrupte Afrika, das er hasste. In der im Zebralook dekorierten Bar im Erdgeschoss wollte er in Ruhe noch etwas trinken, konnte es jedoch nicht, weil außer ihm kein Gast da war, dafür aber zehn Huren. Keine von ihnen war unter sechzehn – vermutlich. Allerdings auch keine über achtzehn. Ganz sicher. Sie waren unverschämt aufdringlich und hauchten ihm im Duett »We love you« zu. Ein beklemmendes Gefühl überkam ihn. Die Tristesse dieses Hotels, dieser Millionenstadt erschütterte ihn. Frustriert schlich er in sein Zimmer. Das Bettlaken zeigte Spuren von den Diensten der Huren und ihrer Freier. Der Warmwasserboiler im Bad schien aus einer russischen Kolchose zu Beginn des letzten Jahrhunderts zu stammen. Teppichboden und Möbel ebenfalls. Er fühlte sich müde. Ein letztes Mal schaute er aus dem Fenster. Unten am Schlagbaum strahlten dutzende Scheinwerfer gen Himmel. Ein Mann stand im Schatten eines Frangipani-Baumes und unterhielt sich mit einem der Wachmänner.
»Jetzt fängst du aber an zu spinnen«, murmelte Peter vor sich hin und lachte halbherzig. Für einen Moment lang hatte er geglaubt, der Mann dort unten vor dem Hotel habe Ähnlichkeit mit dem Araber. Doch das konnte kaum sein. Nicht hier in Addis Abeba, so weit weg von Venedig.
Als er nach einer unruhigen Nacht gegen sechs Uhr morgens aufstand, stieg die Morgensonne über den Bergkämmen des Hochtals auf, und es schien, als würde es ein guter Tag für eine Reise zum Tanasee werden, an die Quellen des Weißen Nils und zu dem alten Kloster.

Sahib al Saif, Statthalter des Schwertes, ärgerte sich über die Unzuverlässigkeit des Angestellten der Autovermietung. Zwei Stunden hatte er vergeblich auf den reservierten Wagen gewartet, um nun zu erfahren, dass sein Wagen gestern Abend versehentlich im *Papyrus*-Hotel abgestellt worden war. Nervös schaute er auf die Uhr. Es war bereits neun. Um kurz nach elf würde das Flugzeug aus Addis landen. Der Flughafen war zwar nicht allzu weit entfernt von Bahir Dar, aber ihm wäre es lieber gewesen, wenn er vor der Ankunft der beiden das Terrain zwischen Flughafen und Stadt hätte sondieren können. Am Flughafen selbst sah er kaum eine Möglichkeit, aktiv zu werden. In Äthiopien wurden die Flughäfen strengstens bewacht. Auch hier war er weiträumig abgesperrt, und überall patrouillierten bewaffnete Soldaten. Nichts klappte wie geplant!
Seit sich das Pärchen versteckt hielt, flossen die Informationen aus Kairo sehr dürftig. Das Einzige, was feststand, war die Ankunftszeit des Deutschen und der Äthiopierin. Von wem sie am Flughafen abgeholt und wen sie wo treffen würden, war völlig offen. Ohne Mietwagen musste er seine Pläne ohnehin ändern. Er sah keine Möglichkeit, die beiden vom Flughafen weg zu observieren. Missmutig bat er die Rezeptionistin, ihm ein Taxi für eine Fahrt zum *Papyrus*-Hotel zu bestellen. Die junge Frau schaute ihn verärgert an, weil er wenige Stunden zuvor entschieden hatte, sein Zimmer frühzeitig zu kündigen. Begründet hatte er das mit den fehlenden Moskitonetzen. Aber in Wirklichkeit hatte er keine andere Wahl gehabt, als das Hotel zu wechseln. Aus unerfindlichen Gründen hatte Jahzaras Vater sehr kurzfristig die bestehende Hotelreservierung geändert. Statt im *Papyrus*-Hotel würden sie nun im *Tana* wohnen, was ihm die beiden Derwische glücklicherweise mitten in der Nacht noch per Telefon mitgeteilt

hatten. Woher die beiden Sufis das so schnell erfahren hatten, ließ die Vermutung zu, dass der Al-Sakina-Orden auch hier in Äthiopien exzellente Kontakte hatte. Wie auch immer: Jahzara, der Deutsche und ihr Vater würden hier nächtigen. Die Wahrscheinlichkeit, sich im Hotel über den Weg zu laufen, war ihm zu groß. Blöde Zufälle hatte es in dieser Sache schon zu viele gegeben. Entsprechend hatte er im *Papyrus*-Hotel ein Zimmer reserviert und einen Mietwagen ins *Tana*-Hotel bestellt. Der aber war versehentlich ins *Papyrus* geliefert worden.

Er ging hinaus auf die Rampe vor dem Hotel. Misstrauisch taxierte er sein Umfeld. Auf dem Parkplatz standen nur vier Fahrzeuge. Drei davon schienen unverdächtig. Dann erstarrte er. Der dunkelblaue Toyota Land Cruiser! Sahib al Saif sah den Wagen und wusste sofort, dass hier etwas nicht stimmte. Wer stets im Bewusstsein lebt, beobachtet oder gesucht zu werden, betrachtet alle Geschehnisse mit Argwohn. Angst vor gegnerischen Geheimdienstleuten und Polizisten in Zivil schärft im Laufe der Zeit den Verstand und den Blick. Manchmal waren es nur Kleinigkeiten, die über Leben und Tod, zwischen Festnahme und Freiheit entschieden.

Sahib al Saif überlegte angestrengt. Anfänger, dachte er sich. Die Äthiopier operierten noch immer wie Anfänger. Solche fünftürigen Land Cruiser, nagelneu, mit Rammschutz, getönten Scheiben und Wechselkennzeichen, hatte er schon in Addis vor diversen Ministerien gesehen. Am Flughafen der Hauptstadt auch. All diese Fahrzeuge wiesen ein gemeinsames verräterisches Merkmal auf: zwei weiße Plastikknöpfe auf den Kennzeichen. Darunter verbargen sich Druckknopfverschlüsse, die den schnellen Wechsel der Kennzeichen ermöglichten, was bei geheimdienstlichen Einsätzen vonnöten sein konnte.

Sahib al Saif atmete schneller. War es Zufall, dass dieses Fahrzeug hier auf dem Parkplatz des Hotels stand, in dem er bis heute gewohnt hatte – und in dem ab heute seine Zielpersonen nächtigen würden? Äthiopien, das wusste er, war ein repressiver Staat. Der Staatschef ließ sein Volk überwachen. Die Opposition wurde unterdrückt, Andersdenkende wurden von der Geheimpolizei verfolgt und Regimekritiker verschwanden gelegentlich auf Nimmerwiedersehen. Es konnte also Zufall sein, dass dieser Wagen dort stand. Aber wo waren die Insassen? Hatte er, als er die Hure umgebracht hatte, verräterische Spuren hinterlassen? War die Polizei hinter ihm her?

Entsprechend erleichtert war er, als sein Taxi vorfuhr. Der Racheengel hievte sein Gepäck eigenhändig in den Kofferraum und stieg im Fond ein. Der Fahrer, ein dümmlich arrogant grinsender Fettwanst mit unglaublich schwarzem Gesicht, lachte ihn an. Bevor er etwas fragen konnte, wies Sahib al Saif ihn an: »Ich warte noch auf einen Freund von mir. Fahren sie mich da drüben in den Schatten des Baumes. Wir werden dort auf ihn warten.«

Knapp eine halbe Stunde später wusste Sahib al Saif, dass ihn seine Intuition wieder einmal nicht getäuscht hatte. Zwei Männer kamen aus dem Hotel und gingen die Rampe hinunter auf den verdächtigen Geländewagen zu. Ihre Gesichter verbargen sich hinter riesigen Sonnenbrillen. Der eine war ein Hüne mit kantigem Kopf und Glatze, der andere bewegte sich auffallend geduckt und strahlte Aggressivität aus. Sein Taxifahrer drehte sich um und deutete auf die beiden: »Very dangerous people! Geheimpolizei! Man geht ihnen besser aus dem Weg.« Der Fettwanst verdrehte seine Augen und murmelte leise: »Seit heute Nacht wimmelt es überall in der Stadt vor Geheimdienstleuten. Die suchen jemanden.«

Sahib al Saif fiel es schwer, ruhig zu bleiben. Also doch! Irgendetwas lief hier ab. Dieser Auftrag machte ihn zunehmend nervös. Überall schienen unsichtbare Mächte mit im Spiel zu sein. Nichts lief so wie geplant. Der kurzfristige Hotelwechsel seiner Zielpersonen war schon wieder so etwas gewesen. Und nun auch noch Bullen im Hotel. Und zu allem Überfluss die Sache mit seinem Mietwagen. Statt am Flughafen zu stehen und zu beobachten, wer die beiden dort abholte und mit welchem Wagen sie fahren würden, saß er hier vor seinem Hotel wie die Maus in der Falle. Sollte er die ganze Aktion abbrechen, sich in Sicherheit bringen – nach Kairo abhauen? Zum ersten Mal, seit er für Al Sakina arbeitete, schien ein Auftrag nicht realisierbar zu sein.
Nein, schoss es ihm durch den Kopf. Den Auftrag abzubrechen, wäre unklug und durch nichts zu rechtfertigen. Dann wäre er aus dem Spiel raus. Für immer. Es war klüger, das Hotel zu wechseln und dann mit dem Leihwagen hierher zurückzufahren, um an der Auffahrt zum *Tana*-Hotel auf die Zielpersonen zu warten. Zumindest würde er so sehen, welche Fahrzeuge sie hätten und wie viele Leute noch dabei waren.
Wütend über die sich ständig ändernde Ausgangslage herrschte er den Taxifahrer an: »Mein Freund scheint nicht zu kommen. Fahr mich zum *Papyrus*-Hotel.« Er zog das Jackett seines Priestergewandes aus. »Ganz schön heiß heute«, murmelte er und riss sich die weiße Halsmanschette ab. Es erschien ihm sinnvoller, auf der Fahrt nicht als Priester erkannt zu werden. Er blickte auf seine Armbanduhr. Das Flugzeug war vermutlich schon gelandet. Er musste sich beeilen.

Tekle Hayman versank vor Ehrfurcht beinahe im Boden. Der General der Antiterroreliteeinheit, der da soeben als Oberkellner des Hotels verkleidet Anweisungen an seine Leute gab, war zwar der arroganteste Offizier, den er jemals getroffen hatte. Aber er war ein Profi. Der kleinwüchsige General schritt in seiner etwas zu engen Kellnermontur durch den Garten des Hotels und ließ seine ebenfalls als Hotelangestellte verkleideten Leute zur Tarnung ein Frühstücksbüfett unter einem Baum aufbauen. Niemand konnte ahnen, dass sich unter den Servierwagen, Tischdecken und Obstplatten Waffen verbargen. Tekle Hayman war beeindruckt. Niemand schien zu bemerken, dass da soeben zehn Spezialisten Vorbereitungen für die Erstürmung eines Hotelzimmers trafen. Zwanzig weitere Männer des Generals hatten das Hotel umstellt. Sogar auf dem Flachdach des Zimmertraktes, in dem sich der Mörder aufhielt, saßen drei als Handwerker getarnte Elitemänner. Ein als Gärtner verkleideter Scharfschütze bestieg einen Baum in der Nähe des Balkons.

Tekle Hayman versuchte, seine Nervosität zu unterdrücken. Wenn das mal alles gut ginge! Nach seinen Informationen würde der Verdächtige bald das Hotel verlassen. Er hatte ein Boot für die Fahrt zu einem Kloster gebucht. Seines Erachtens gäbe es an der Bootsanlegestelle viel bessere Möglichkeiten, risikolos zuzugreifen. Doch der General hatte ihn nicht einmal nach seiner Einschätzung der Lage gefragt.

Offensichtlich war für diesen Einsatz von höchster Stelle der Befehl »Shoot on sight« gegeben worden. Ein Schuss – und das Problem war erledigt. Im wahrsten Sinne des Wortes.

Pater Benedikt hatte kaum geschlafen. Die ganze Nacht hindurch hatten ihn laut surrende Mücken malträtiert. Moskitonetze gab es im Zimmer nicht. Entsprechend war die Nacht ein Martyrium gewesen. Im Halbschlaf hatte er versucht, die Plagegeister zu vertreiben. Vergeblich. Dann war er auf die

Idee gekommen, sein Bettlaken wie ein Zelt über sich zu spannen. Erst im Morgengrauen war er in einen an Ohmacht grenzenden Tiefschlaf gefallen.
Die Detonation zerriss ihm fast das Trommelfell. Ein harter Gegenstand traf seinen Kopf. Er schrie auf. Schlaftrunken, schmerzerfüllt, orientierungslos und von grenzenloser Angst gepeinigt, sprang er aus dem Bett. Er kannte diese Geräusche, diesen Gestank von Tränengas und Qualm aus Jerusalem und Gaza. Das waren Bomben, Granaten! Damals, in den Hochzeiten der Antifada, hatte dieser Gestank wochenlang über Palästina gelegen. Sein Kopf dröhnte. Blut rann über sein Gesicht. Er hatte Todesangst. Dichter Nebel im Zimmer nahm ihm jegliche Sicht. Dennoch glaubte er einen Lichtschein am Fenster zu sehen. Raus! Auf den Balkon! Plötzlich war es Furcht erregend still. Die Detonation hatte ihn taub werden lassen. Aber da waren Schatten – Männer und Waffen. Er hastete vorwärts zur rettenden Balkontür. Die Schatten waren dicht hinter ihm. Er prallte mit seinem Schienbein gegen ein Möbelstück, strauchelte, ruderte mit den Armen in der Luft, suchte nach Halt. Ein stechender Schmerz in seiner linken Schulter wirbelte ihn um die eigene Achse. Er wusste zwar nicht, wie sich ein Geschoss anfühlt, wenn es durch Fleisch und Blut dringt, aber er ahnte, dass ihn eine Kugel getroffen hatte. Glassplitter des Fensters prasselten ihm ins Gesicht. Er schrie. Eine unsichtbare, mächtige Hand schleuderte ihn mehrere Meter weit gegen eine Zimmerwand. Er sackte in sich zusammen, hörte und fühlte nichts mehr. Die Schatten bekamen plötzlich Konturen von Menschen mit hasserfüllten schwarzen Fratzen. Dann waren sie über, neben und vor ihm. Eine schwarze Faust zischte aus den Nebelschwaden hervor gegen seinen Kopf. Dann glaubte er tot zu sein.

Peter konnte sich während der gesamten Fahrt vom Flughafen nach Bahir Dar des Gefühls nicht erwehren, dass es zwischen Jahzara und ihrem Vater Misstöne gab. Seyoum Jan-Zela hatte sie schon am Gepäckband empfangen. Peter kannte das aus anderen afrikanischen Ländern. Menschen mit Privilegien schöpften in Afrika ihre Position aus, wo immer es möglich war. Wer Beziehungen hatte, wurde an den Zoll- wie auch an der Einwanderungsbehörde vorbei nach draußen geschleust. Ohne Kontrollen. Die Beamten am Flughafen schienen zu wissen, dass Jahzaras Vater früher Botschafter Äthiopiens gewesen war. Sie wurden überall durchgewinkt. Bereits nach zehn Minuten saßen sie in dem unmittelbar vor dem Eingang stehenden Geländewagen. Das blaue Regierungskennzeichen mit den Buchstaben ETH ließen ihn ahnen, dass Jahzaras Vater auch in Bahir Dar einen Sonderstatus genoss.

Seyoum war auf den ersten Blick ein sehr netter Mann, mit exzellenten Umgangsformen und einem jovialen Lächeln. Seine kurzen Kraushaare waren hellgrau und verliehen ihm – in Einklang mit seiner eleganten, schlanken Erscheinung und dem hellen Anzug – die Aura eines afrikanischen Gentlemans. Er lachte viel, gab sich betont herzlich und hatte ihn wie einen alten Bekannten begrüßt.

Nur wenige Fahrminuten später wusste Peter jedoch, dass dieses Lachen das eines weltgewandten, erfahrenen Diplomaten war, dessen wahre Gedanken sich hinter einer Maske verbargen. Dieser Mann, vermutete Peter, mochte ihn nicht. Mit Jahzara hatten der etwa 55-jährige Seyoum nur wenige Worte gewechselt. Ihre Begrüßung war auffallend kurz und emotionslos gewesen. Entsprechend angespannt war die Stimmung, als sie die Auffahrt zum *Tana*-Hotel entlangfuhren.

Plötzlich wandte sich Seyoum um. Seine Augen fixierten ein

Fahrzeug, das auf dem Parkplatz stand. Es war ein Geländewagen mit getönten Scheiben. Er wirkte sehr ernst und schien angestrengt nachzudenken.
Peter wunderte sich, dass auf dem Parkplatz kein weiteres Fahrzeug stand. Nirgendwo waren Touristen zu sehen. Seltsam! Das Hotel wirkte eigentümlich verlassen. Nur einige Gärtner lungerten herum. Sie gossen im Zeitlupentempo Blumenbeete. Jahzaras Vater parkte den Wagen unter einem Baum. Peter stieg aus und ging zum Heck des Fahrzeugs. Jahzara blieb neben der Beifahrertür stehen.
Die Explosion war ohrenbetäubend und kam aus dem Gebäudetrakt links neben der Rezeption. Holzsplitter und Metallteile der Brüstung flogen durch die Luft. Männer schrien. Schüsse fielen. Seyoum duckte sich und rannte wie ein fronterfahrener Soldat gebückt um das Auto herum auf Jahzara zu. Er stürzte sich auf seine Tochter und riss sie zu Boden. Noch mehr Männer schrien. Die Gärtner warfen ihre Wasserschläuche zur Seite. Plötzlich hatten sie Waffen in der Hand und rannten auf das Hotel zu. Ein schmächtiger Afrikaner mit riesigen Augen lief auf ihren Wagen zu. Er hielt eine Maschinenpistole in seinen Händen. Aus dem Augenwinkel heraus sah Peter, wie Seyoum sich über seine Tochter beugte. Jahzara war leichenblass, ihre Augen hatten einen Ausdruck voller Panik. Der Mann mit der Maschinenpistole hechtete in einem riesigen Satz auf Seyoum zu, rollte sich ab und kniete sich schützend, die Waffe im Anschlag, vor ihn und Jahzara.
Dem Staub der Explosion folgten Rauchschwaden, die aus einem der Zimmer des Gästetraktes kamen. Befehle hallten durch den Garten. Überall waren Hotelangestellte mit Waffen in den Händen.
Peter lag auf dem Boden neben dem Wagen. Entgeistert starrte er zum Hotel. Eine Gruppe von bewaffneten Männern

zerrte soeben einen fast unbekleideten Mann mit heller Haut und sehr unmodernen Unterhosen aus dem Gebäude. Der Weiße blutete an der linken Schulter. Man hatte ihm eine Kapuze über den Kopf gezogen und zerrte ihn brutal über den Innenhof zu einem wartenden Kübelwagen ohne Scheiben.
Wenige Minuten später war der Spuk zu Ende. Letzte Rauchschwaden zogen durch den Garten Richtung Tanasee. Ein Zivilist kam aus dem Hotel. Er trug mehrere schwarze Kleidungsstücke in der Hand.
Jahzara lag noch immer auf dem Boden. Sie wandte ihren Kopf zu ihm, und Peter konnte sehen, dass auch sie erkannt hatte, was der Zivilist in der Hand hielt: die Kleidung eines Priesters.

12.

Intuitiv spürte Peter, dass der Mann am Nebentisch ein Russe war. Der etwa 50-jährige, mürrisch dreinblickende Weiße mit dem breiten Kinn trug zivile Kleidung, saß aber mit drei äthiopischen Soldaten im Hotelrestaurant zusammen. Die Rangabzeichen der Äthiopier ließen vermuten, dass es hochrangige Offiziere waren. Die Stimmung unter den Männern schien nicht sonderlich gut zu sein. Alle starrten schweigend auf ihre Teller.

Jahzara erhob sich. »Ich muss mal auf mein Zimmer. Bitte esst weiter.«

Peter nutzte die unerwartete Gelegenheit, um ungestört mit Jahzaras Vater sprechen zu können. »Ich wusste gar nicht, dass es in Äthiopien noch russische Militärberater gibt.«

Seyoum hielt beim Essen inne, blickte kurz zum Nachbartisch und sagte leise: »Peter, da du dich meines Wissens in Äthiopien, nein, ich meinte natürlich in Eritrea, recht gut auskennst und schon mal mit einigen, nennen wir sie mal Gesinnungsgenossen, hier warst, solltest du wissen, dass es zwischen dem äthiopischen Volk und Moskau seit jeher ideologische Gemeinsamkeiten gab – und immer noch gibt!«

Peter schluckte betroffen. Damit hatte er nicht gerechnet. Die Äthiopier wussten offensichtlich über seinen Aufenthalt bei der eritreischen Befreiungsfront Bescheid. Wahrscheinlich hatte Jahzaras Vater Kontakte zum äthiopischen Geheimdienst genutzt, um Erkundigungen über ihn einzuziehen. Vielleicht war das der Grund für Jahzaras Distanziertheit. Er versuchte, durch Ehrlichkeit einer kontroversen Diskussion auszuweichen.

»Ich habe damals für ein linksliberales Blatt geschrieben, deswegen war ich in Eritrea. Was ich damals dachte und schrieb, dazu stehe ich auch heute noch.« Peter schaute Seyoum direkt in die Augen. Er rechnete mit einem Eklat.

Aber Seyoum reagierte anders als erwartet. »Keine Sorge, Peter. Ich kreide dir das von damals nicht an. Ich habe mich nur ein wenig über dich kundig gemacht, weil ich gerne weiß, zu welchen Menschen ich uneingeschränktes Vertrauen haben kann und zu wem nicht. Wissen ist Macht. Und Wissen erspart dir unangenehme Überraschungen. Tut mir aufrichtig leid, Peter, dass ich in deinem Leben herumgeschnüffelt habe. Aber es geht um die Sicherheit meiner Tochter – um ihr Leben! Dennoch unterstütze ich Jahzara und dich bei dieser Sache, an der ihr jetzt dran seid, denn wie schon im 15. Jahrhundert, so ist auch heute noch Äthiopien nur ein Spielball der Großmächte.«

Peter war ebenso erleichtert wie sprachlos. Die Befürchtung, seine Vergangenheit könnte zum Zerwürfnis mit Jahzara führen, hatte sich in kürzester Zeit zerschlagen. Er mochte diesen klugen, charismatischen Mann irgendwie.

Seyoum schaute sich kurz zu den Militärs am Nebentisch um und sprach dann weiter: »Nein, Peter, das ist kein russischer Militärberater. Das ist ein russischer Entwicklungshilfeexperte – formell jedenfalls. So nennt sich das heutzutage. Früher haben sie uns Panzer geschickt; heute schicken sie uns Landwirtschaftsexperten – wahrscheinlich im Rang eines Generals! Du siehst, alle wollen sie uns helfen. Ganz uneigennützig natürlich!«

Peter musste grinsen. Der Sarkasmus in Seyoums Worten war nicht zu überhören. Aber eine Sache brannte Peter noch auf der Zunge. »Weiß Jahzara von meiner Eritreareise?«

Seyoum lächelte. Er schien auf diese Frage gewartet zu haben.

»Nein, keine Angst. Sie weiß nichts. Und sie muss es auch nicht wissen. Aber du solltest berücksichtigen, Peter, dass Jahzara eine extrem stolze, sehr nationalbewusste junge Äthiopierin ist. So jung, wie du es damals in Eritrea warst. Sie sieht das mit den Unabhängigkeitsbestrebungen Eritreas anders als ich. Es gibt da eine Sache, die du wissen solltest. Aber ich bitte dich, Peter, und zwar in aller Eindringlichkeit, sprich nicht mit Jahzara darüber!«

Peter sah, wie schwer es Seyoum fiel, die richtigen Worte zu finden. Der Mann mit den grauen Haaren wirkte eigentümlich verunsichert. Er hüstelte mehrmals.

»Jahzaras Zwillingsbruder war Offizier in der äthiopischen Armee und kämpfte gegen Eritrea. Er fiel in einer dieser absurden Offensiven, in denen sozialistische Brüder gegen sozialistische Brüder kämpften. Ein Teil von Jahzara ist mit ihrem Bruder gestorben. Bei eineiigen Zwillingen ist das manchmal so. Sie sind in ihren Seelen vereint. Für immer und ewig. Sie liebte ihren Bruder über alles. Als er starb, starb auch in ihr etwas. Und sie hat daraufhin auch ihre Zukunft als Frau verloren. Aus Gram und Schmerz wollte sie sich damals das Leben nehmen. Es misslang. Den Versuch hat sie dennoch teuer bezahlt. Sie hatte schwere innere Verletzungen. Sie wird niemals in ihrem Leben Kinder haben können. Darunter leidet sie sehr. Sie meidet Männer. Für sie ist es eine grauenhafte Vorstellung, dass ein Mann, den sie liebt, sie verlassen könnte, weil sie keine Kinder mehr bekommen kann. Sie sieht sich nur als halbe Frau. Als eine weibliche Hülle, deren Inhalt nutzlos ist. Und weil sie mit diesem Trauma nicht fertig wurde, hat sie sich eine eigene Realität geschaffen. Sie macht Eritrea für alles verantwortlich. Hätte Eritrea nicht um Unabhängigkeit gekämpft, ihr Bruder würde noch leben. Deswegen hasst sie die Menschen in Eritrea. So einfach ist das für sie.«

Peter versuchte, seine Gedanken zu ordnen. Tiefes Mitgefühl überlagerte sein Denken. Plötzlich erinnerte er sich daran, wie Jahzara in dem Lokal in Lissabon so seltsam darüber gesprochen hatte, dass es auch damals schon, zu Zeiten von Kaiserin Eleni, als Makel galt, wenn keine Nachfahren existierten. Er atmete tief durch. Damit hatte Jahzara sich selbst gemeint!
Seyoum schien zu spüren, dass ihm tausend Fragen auf der Zunge lagen. »Ich weiß, dass du Jahzara sehr magst und sie auch begehrst. Jeder normale Mann würde eine solch attraktive Frau begehren.«
Peter fühlte sich ertappt. Sah Seyoum ihm etwa an, wie sehr er Jahzara begehrte? Seine Gedanken überschlugen sich. »Wenn ich das richtig sehe, dann hat Jahzara noch nie …«
»Nein, Peter, sie hat noch nie mit einem Mann geschlafen. Noch nie! Sie will es nicht und sie kann es nicht. Sie hat panische Angst davor, dass das Leben sie mit grausamen Tatsachen konfrontiert.«
Peter schluckte. Er rang nach Worten. »Ein Mann, einer, der sie wirklich liebt, könnte damit klarkommen und ihr helfen, oder nicht?« Erst während des Sprechens wurde er sich bewusst, dass er sich noch nie über solche Dinge Gedanken gemacht hatte. Würde er mit einer solchen Situation wirklich umgehen können? Damit, dass er wahrscheinlich nie mit einer körperlich so begehrenswerten Frau schlafen könnte? Vielleicht würden ja Liebe, Vertrauen, Nähe und Einfühlsamkeit ihr Trauma langsam auflösen? Vielleicht brauchte sie einen Menschen, der mit ihr darüber sprach?
Peter merkte, wie ihn die theoretische Auseinandersetzung mit diesem Thema völlig überforderte. Er verdrängte seine Gedanken, suchte nach pragmatischen Ansätzen. »Aber es gibt heute Methoden, Kinder zu bekommen ohne …«
Seyoum schaute ihm in die Augen.

Zum ersten Mal, seit er ihn kennen gelernt hatte, spürte Peter, dass Jahzaras Vater ihn mochte. Sie waren Freunde geworden, ohne sich näher zu kennen.

»Nein, Peter, diesen Weg gibt es nicht! Meine Prinzessin hat sich in den Glauben geflüchtet. Sie brauchte den Glauben an Gott, um überleben zu können. Sie würde nichts in ihrem Leben tun, was nicht gottgegeben ist. Für sie wäre eine künstliche Befruchtung, das ist es ja wohl, was du andeuten wolltest, undenkbar. Als Ersatz hat sie sich zu diesem Studium entschlossen. Daraus erklärt sich auch ihr manchmal völlig überzogenes Interesse an den Geschehnissen damals mit den Portugiesen. Sie arbeitet wie eine Irre, verdrängt Realitäten und nährt ihre Kraft für die Zukunft aus der Vergangenheit. Sie ist fast fanatisch. Das ist Jahzaras Weg. Ich hingegen habe nach dem Tod meines Sohnes meinen Dienst bei der äthiopischen Regierung an den Nagel gehängt. Ich konnte nicht mehr damit leben, dass mein Sohn, mein einziger Sohn, für die absurde Idee von einem äthiopischen Sozialismus von sozialistischen Freiheitskämpfern erschossen wurde. Ich will mit Politik möglichst wenig zu tun haben. So, jetzt weißt du all das, Peter! Aber versprich mir, dass du es vertraulich behandelst. Jahzara mag dich sehr, aber sie hasst Eritrea. Sie braucht diesen Hass, um mit dem Verlust ihres Bruders und ihrer Weiblichkeit fertig zu werden. Es wäre bedauerlich, wenn eure Freundschaft an deiner und ihrer Vergangenheit zu Bruch gehen würde. Sie hat grenzenloses Vertrauen zu dir, Peter. Ich übrigens auch. So, und jetzt vergessen wir die Vergangenheit. Da kommt unsere Prinzessin wieder.«

Jahzara kam mit forschem Schritt die Treppe hinunter. Kaum hatte sie sich gesetzt, wandte sie sich an ihrem Vater und überreichte ihm ein Kuvert. »Das wurde vor einer halben Stunde an der Rezeption für dich hinterlegt.«

Seyoum öffnete den Umschlag und überflog die Zeilen. Ohne aufzuschauen, flüsterte er: »Sagt euch der Name Pater Benedikt von der Abtei Dormitio in Jerusalem was?«
Peters Puls raste plötzlich.
Jahzara hatte offensichtlich die gleichen Gedanken wie er. Sie starrte ihn fassungslos an.
Peter antwortete hektisch. »Ja! Dieser Mann hat vor langer Zeit aus unerklärlichen Gründen die Genehmigung bekommen, Einsicht in das *Sion*-Dossier zu nehmen. Pauline hat uns das erzählt. Warum?«
Jahzaras Blicke wechselten unruhig zwischen Peter und ihrem Vater hin und her. Peter sah die Angst in ihren Augen. Seyoum schien darauf bedacht, keine Ängste zu schüren. »Das ist der Mann, der heute Vormittag von einer Eliteeinheit festgenommen wurde. Er liegt im Krankenhaus. Er hat Glück gehabt und ist nicht sehr schwer verletzt. Nur ein Schulterschuss. Das ist die gute Nachricht!«
Jahzara schien kurz davor zu sein, hysterisch zu werden. Schweißperlen standen auf ihrer Stirn. Sie atmete sehr schnell. Peter versuchte, ihre Hand zu nehmen, doch sie entzog sich seinem Griff.
Seyoum resümierte weiter: »Nun ja, das war die gute Nachricht. Er lebt! Er war nämlich unschuldig. Eine tragische Verwechslung. Eine Verkettung unglücklicher Umstände …«
Jahzara konnte sich nicht mehr beherrschen. Sie zischte ihren Vater flehend an: »Jetzt sag schon, was die schlechte Nachricht ist! Sag es, bitte!«
»Die schlechte Nachricht ist: Der Mann, den die Polizisten eigentlich festnehmen wollten, war bis heute Morgen in dem Zimmer direkt neben Pater Benedikt untergebracht. Es war ein Araber. Als Priester verkleidet! Er hat heute Morgen das Hotel verlassen. Nach ihm wird gefahndet. Der Pater aus

Jerusalem wurde nur angeschossen, weil die Leute an der Rezeption die Zimmernummern versehentlich vertauscht hatten. Beide hatten sich als Priester eingetragen.«

Seyoum griff nach Jahzaras Hand. Sie zitterte und stierte gedankenversunken auf den Tisch.

Peter suchte nach Erklärungen. Wieso war dieser Pater aus Jerusalem hier? Und warum dann auch noch der Mörder von Charles, der wahrscheinlich identisch war mit dem Araber auf dem Vaporetto in Venedig. Hatte er hier auf sie gewartet?

Jahzara unterbrach seine Gedanken. Kaum hörbar flüsterte sie: »Mein Laptop! Die Schweine haben meinen Laptop angezapft! Der Mann, der in meinem Haus in Lissabon angeschossen wurde, war in meiner Wohnung und hat den Laptop manipuliert! Nur so konnten sie wissen, dass wir hierherfliegen. Die Mails an dich, Vater! Die Mails haben uns verraten. Ein Killer hat hier auf uns gewartet! Ich halte das nicht mehr aus! Ich sterbe bald vor Angst.«

Seyoum gelang es kaum, seine Tochter zu beruhigen. Aufgewühlt und vorsichtig zugleich schaute er sich um. Der Russe nebenan schielte zu ihnen herüber. Die äthiopischen Offiziere taten so, als interessiere sie Jahzaras Schluchzen nicht. Seyoum überflog nochmals den Brief, der ihm offensichtlich von einem Vertrauten bei der ortsansässigen Polizei geschickt worden war.

»Da ... da ist noch was«, stotterte er ein wenig. »Die Information kann man so oder so interpretieren. Versuchen wir es mal mit vorsichtigem Zweckoptimismus. Vor zwei Stunden wurde in einer Schlucht zwei Stunden von Bahir Dar entfernt in Fahrtrichtung Debre Markos ein völlig ausgebranntes Taxi gefunden. Der Fahrer war bis zur Unkenntlichkeit verbrannt. Aber um seinen Hals fand man Reste eines Rosenkranzes. Er trug ein Priestergewand. Zudem konnten Rückstände eines ägyptischen Passes sichergestellt werden. Er scheint so, als habe der Araber ein Taxi geraubt und den Fahrer umgebracht. So wie es aussieht, ist er dann aber auf der Flucht verunglückt und verbrannt. Es gibt, so gesehen, zwei Möglichkeiten. Wenn es sich bei der Leiche in dem Fahrzeug um den Araber handelt, hat sich euer Problem von selbst erledigt. Wenn nicht, wenn es sich bei dem Toten um den Taxifahrer handelt, dann ist klar, dass der falsche Priester auf der Flucht ist. Der will mit Sicherheit auf dem Landweg nach Addis. Wie auch immer, er ist tot oder auf der Flucht! Die Gefahr ist vorbei. Also, Prinzessin, auch wenn ich verstehe, dass du mit den Nerven fix und fertig bist, Angst brauchst du jetzt nicht mehr zu haben. Da ist niemand mehr hier, der euch auflauert. Ihr könnt weitermachen! Morgen fahrt ihr zu den zwei Klöstern. Ich habe über Freunde einige Treffen arrangiert. Vielleicht ist ja auch dieser mysteriöse Pater aus Jerusalem bald vernehmungsfähig. Ich möchte doch zu gerne wissen, was der hier zu suchen hatte. Fahrt ihr jetzt erst mal zu den Klöstern.«

Kriminaloberrat Wilhelm Schumacher, Leiter der beim deutschen Bundeskriminalamt für islamistische Gewalttäter zuständigen Abteilung für Staatsschutz, überflog den Bericht seines Mitarbeiters. Er runzelte die Stirn und sah zu Hauptkommissar Gert Fröbig auf.

»Was wissen wir eigentlich über diese Gruppierung, diesen Al-Sakina-Orden? Klingt, mit Verlaub gesagt, ziemlich mysteriös, was Sie da geschrieben haben. Ich bin mir nicht mal sicher, ob diese Angelegenheit überhaupt in den Zuständigkeitsbereich des BKA fällt. Für mich liest sich das eher wie die Vorbereitung zu einer Entführung. Dann wären die Kollegen von den lokalen Dienststellen zuständig. Oder das Bayerische Landeskriminalamt. Wenn es aber, wie Sie hier andeuten, einen terroristischen Hintergrund gäbe, wäre es angebracht, das Bayerische Landesamt und auch das Bundesamt für Verfassungsschutz zu informieren.«

Gert Fröbig hatte keine andere Reaktion seines Vorgesetzten erwartet. Sein Bericht war tatsächlich ziemlich vage formuliert. Aber die informelle Quelle, ein sehr vertrauenswürdiger arabischer Informant, hatte höchst brisante Hintergrundinformationen geliefert, die er in seinem offiziellen Bericht nicht hatte erwähnen wollen. Entsprechend selbstbewusst antwortete er: »Ich habe mich nur an die Dienstanweisung gehalten. Und die besagt, dass wir Informationen von V-Männern unter dem Aspekt des Quellenschutzes nicht in offiziellen Berichten, sondern nur in Form vertraulicher Vermerke für die Handakte niederschreiben sollen. Solche Informationen spielen hier eine bedeutende Rolle. Zumal sie von einer Quelle eines befreundeten arabischen Dienstes kommt: aus Ägypten. Aber ich denke, die Sache ist so brisant, dass Sie darüber Bescheid wissen sollten.«

Der Abteilungsleiter nickte. »Und diese Gruppierung Al Sakina? Was sind das für Leute? Lassen die sich zuordnen? Schiiten, Sunniten, Wahhabiten – al-Qaida? Was wollen die? Wer soll da entführt werden?«

Hauptkommissar Fröbig kannte die Ungeduld seines Chefs. Dessen Nähe zu politischen Entscheidungsträgern und zum Koordinator der Geheimdienste im Bundeskanzleramt hatte aus dem einst so erfolgreichen Kriminalbeamten der Abteilung Organisierte Kriminalität einen nur noch unter Opportunitätsprinzipien denkenden Schreibtischkriminalisten werden lassen. Gert Fröbig versuchte, überzeugend zu argumentieren: »Wir wissen, dass sich Al Sakina so genannter Racheengel, also Auftragsmörder, bedient, um ihre Ziele zu erreichen. Einer dieser Racheengel nennt sich unter anderem

Sahib al Saif – Statthalter des Schwertes. Er hat seine blutigen Spuren in Venedig hinterlassen. Zwei Mönche wurden ermordet. Wir stehen in Kontakt mit dem zuständigen Commissario Toscanelli. Der ist sich sicher, dass die ominöse Entführung, die uns der Informant gemeldet hat, etwas mit den Geschehnissen der letzten Wochen zu tun. Da läuft ein großes Ding ab, Chef! Was es ist, weiß ich nicht. Ich weiß aber, dass dabei ein deutscher Staatsbürger namens Peter Föllmer eine Rolle spielt. Föllmer tauchte in Venedig als Zeuge auf. Und jetzt ist er in Äthiopien. Diesen Föllmer haben wir im NADIS-System. Beim BND und beim Bundesamt für Verfassungsschutz gibt es ebenfalls brisante Erkenntnisse über ihn. Der Mann war als Redakteur eines linken Szenenblattes mal sehr nahe am Kader der Roten-Armee-Fraktion dran. Und er hatte Kontakte zu anderen europäischen Linksterroristen. In Eritrea hielt er sich zusammen mit Topleuten der baskischen ETA in militärischen Ausbildungslagern marxistisch-leninistischer Freiheitskämpfer der EPLF auf. Das ist zwar alles schon länger her. Ich persönlich glaube aber nicht, dass es Zufall ist, dass Föllmer zur selben Zeit wie der Racheengel von Al Sakina in Äthiopien ist. Vielmehr vermute ich, dass diese ominöse Entführung in einem kausalen Zusammenhang mit islamistisch-terroristischen Aktivitäten und mit diesem Racheengel steht. Daher würde ich es für angebracht halten, wenn Sie BND und Verfassungsschutz um Amtshilfe ersuchen würden. Vielleicht erfahren wir über deren Kontakte im Ausland, wer da aus welchem Grund von Al Sakina entführt werden soll.«

Commissario Toscanelli wollte soeben zusammen mit Pietro das Büro verlassen, als über Interpol Lyon eine Nachricht aus Äthiopien kam. Er überflog die Zeilen des Innenministeriums aus Addis Abeba, nickte zufrieden und gab den Bericht dann seinem Kollegen.

Pietro las laut vor: »… in aller gebotenen Freundlichkeit dürfen wir uns nachträglich für Ihre Informationen über den vermutlichen Aufenthalt eines mutmaßlichen Mörders in Äthiopien bedanken. Nach dem Einsatz einer äthiopischen Sondereinheit in einem Hotel in Bahir Dar war es dem Tatverdächtigen zunächst gelungen, mit einem entwendeten Taxi Richtung Addis Abeba zu fliehen. Das Fahrzeug kam jedoch südlich von Bahir Dar von der Straße ab, stürzte in eine Schlucht und brannte völlig aus. Der Tatverdächtige, der sich als Priester verkleidet hatte, kam zu Tode. Erste Untersuchungen haben ergeben, dass es sich mit an Sicherheit grenzender Wahrscheinlich um den in Ihrer Mitteilung erwähnten Sahib al Saif handelte. Über weitere Ermittlungsergebnisse werden wir Sie unaufgefordert informieren.«

Commissario Toscanelli blickte seinen Assistenten fragend an. »Damit hat sich die Sache wohl erledigt, oder?«

Pietro überlegte nur kurz. »Hm, das war auch mein erster Gedanke. Aber wenn ich es mir genau überlege, würde ich den Kollegen in Addis Abeba doch lieber antworten, dass sie mit an Sicherheit grenzender Wahrscheinlichkeit einem Täuschungsmanöver aufgesessen sind. Dafür verwette ich ein Monatsgehalt!«

Commissario Toscanelli machte aus seiner Überraschung keinen Hehl. »Pietro, bei aller Wertschätzung für Ihren kriminalistischen Spürsinn. Aber was, bitte, bringt Sie auf die Idee, dass der Unfall nur ein Täuschungsmanöver war?«

»Intuition, Commissario! Ich bin eben der geborene Zielfahnder, ein perfekter Profiler. Diese Kakerlake, Chef, ist zwar bislang, wenn ich das richtig sehe, nicht sonderlich erfolgreich gewesen, aber er ist beharrlich. Wahrscheinlich, weil ihm seine Auftraggeber im Nacken sitzen. Der steht unter Erfolgszwang! Und er ist clever. Erinnern Sie sich noch? Als er von Venedig über Verona nach Deutschland flog, um letztendlich nach Äthiopien zu reisen? Wissen Sie noch, was ich damals sagte?«

»Nein, nicht wirklich. Was haben Sie gesagt?«

»Ich sagte, wer kommt schon auf die Idee, dass jemand, der nach Süden will, Richtung Norden flieht.«

Commissario Toscanelli griff nach der Meldung aus Äthiopien und überflog die Zeilen. »Sie meinen diesen Satz: ›Das Fahrzeug kam jedoch südlich von Bahir Dar von der Straße ab‹?«

Der Commissario schaute auf. Aber Pietro war bereits zum Schreibtisch gegangen und fuhr den Computer hoch. Nach wenigen Minuten murmelte er triumphierend: »Ein Hoch auf Google-Earth! Kommen Sie her, Commissario! Schauen Sie mal, das hier ist eine Landkarte von Äthiopien.«

Commissario Toscanelli ging um den Schreibtisch herum und blickte auf den Bildschirm. Der Cursor zeigte auf einen Fleck nahe einem See.

»Hier liegt die Stadt Bahir Dar, am Tanasee«, referierte Pietro. »Laut Bericht fuhr der Mörder südwärts in Richtung Addis Abeba, was sinnvoll ist, denn von dort gehen die internationalen Flüge ab. Irgendwo zwischen Bahir Dar und Debre Markos, also irgendwo auf dieser Straße hier im Süden, kam es zu dem vermeintlichen Unfall. Aber, schauen Sie mal ...«

Pietro beugte sich näher zum Bildschirm und zoomte eine Ausschnittsvergrößerung heran. »In der nächsten südlich gelegenen Stadt, also in Debre Markos, gibt es gar keinen Flughafen. Bis Addis Abeba sind es viele hundert Kilometer. Also viel zu risikoreich für einen Flüchtenden, der möglichst schnell aus dem Land will. Nördlich von Bahir Dar dagegen zeigt diese Karte zwei größere Städte mit einem Zeichen für einen Flughafen an – sehen Sie, hier? Das ist Gonder. Und ziemlich weit vom Tanasee entfernt liegt die etwas kleinere Stadt Aksum.«

Der Commissario starrte auf den Bildschirm. »Sie meinen also –«

»Ich meine nicht nur, Chef. Ich bin mir absolut sicher! Dieser Typ hat die Äthiopier reingelegt. Wer immer das auch war in dem ausgebrannten Taxi, es war nicht der Killer. Ich wette, der Typ sitzt jetzt irgendwo in Gonder oder in Aksum und lacht sich ins Fäustchen. Entweder wartet er mit einem anderen Pass und womöglich mit verändertem Aussehen auf das nächste Flugzeug. Oder der will gar nicht aus dem Land raus, will nur den Eindruck erwecken, dass er geflohen ist. Der hat einen Auftrag! So skrupellos, wie der Typ Menschen umbringt, zieht der seine Aufträge auch durch. Ich denke, Commissario, wir sollten den Kollegen in Äthiopien den Tipp geben, ihr Augenmerk auf Gonder oder auf Aksum zu richten.«

»Alles gut und schön, Pietro. Könnte sein, dass Sie Recht haben. Die Frage ist nur, nach was beziehungsweise nach wem die äthiopischen Kollegen da suchen sollen. Keiner weiß, wie der Täter inzwischen aussieht. Nichts wissen wir –«

Pietro unterbrach ihn. »Doch, wir wissen etwas! Dieser Killer hält sich stets da auf, wo Föllmer und seine äthiopische Begleiterin sind. Der will was von denen!«

Commissario Toscanelli signalisierte Pietro durch einen nach oben ausgestreckten Daumen, dass er dessen Kombinationsgabe für grandios hielt. »Perfekt! Wirklich genial! Die Äthiopier müssen sich nur an Föllmer und seine Freundin halten, sie unauffällig observieren und beschützen. Früher oder später wird der Killer auftauchen. Das Dumme daran ist, Pietro, leider war es bislang immer so, dass dieser Racheengel uns stets ein paar Schritte voraus war. Der mordet – und wir folgen wie Bluthunde seiner Fährte. Wir sind ihm von Venedig nach Afrika gefolgt, und ich fürchte, die Blutspur ist noch nicht zu Ende.«

Sahib al Saif, Statthalter des Schwertes und Racheengel des Al-Sakina-Ordens, war sich im Klaren darüber, dass er nur eine sehr kleine Chance hatte, aus dieser verfahrenen Situation lebend herauszukommen. Ein Fluch lag über diesem Auftrag! Er schob seinen Schleier etwas beiseite und spuckte verächtlich auf den Boden. Verflucht sei Shaitani! Der Teufel pfuschte ihm ständig ins Handwerk. Gog und Magog schienen sich gegen ihn verschwört zu haben. Seine Chancen standen schlecht. Aber das war es nicht wirklich, was ihn ängstigte. Vielmehr kreisten seine Gedanken um die Tatsache, dass er hier, in diesem Land der Ungläubigen, fern seiner Heimat, seiner Familie und Freunde sterben würde. Eine Furcht erregende Vorstellung. Viele Fragen malträtierten ihn. Würde der Allbarmherzige zu würdigen wissen, dass er für den rechten Glauben gemordet hatte? Würde er zum Schahid, zum Märtyrer, werden, wenn er sich selbst richtete, bevor die äthiopische Polizei ihn erwischen würde? Er hatte längst beschlossen, dass er das tun würde. Er würde sich nicht foltern lassen. Die letzte Kugel würde er für sich selbst aufsparen. Doch genau darin lag das Problem.
Nach eigener Einschätzung hatte er stets ein rechtschaffenes Leben geführt. Zwei Mal schon war er beim Haddsch in Mekka an der Kaaba gewesen. Ja, er war ein gottesfürchtiger Mann. Wie stand es doch geschrieben? »Wer durch die Hände der ungläubigen Feinde des Islams … oder auf dem Schlachtfeld des Dschihads tot aufgefunden wurde, wird ein Schahid.« Ja,

er war bereit, den Tod eines Märtyrers sterben. Damit wäre sein Weg ins Paradies gesichert. Aber ginge das, wenn er sich selbst richtete? Verzieh Allah Selbstmord? Oder würde er in der Hölle schmoren?

Sahib al Saif war verzweifelt. Vorsichtig schaute er sich um. Niemand beobachtete ihn. Langsam wandte er sein Gesicht gen Osten, nach Mekka, und murmelte kaum hörbar vor sich hin: »O Allah, vergib unseren Lebenden und Toten, den Anwesenden und Abwesenden, unseren Jungen und Alten, den Männern und Frauen. O Allah, wen du am Leben hältst, lass ihn im Islam leben. Und wen du sterben lässt, lass ihn im echten Glauben sterben. Allahu-Akbar, Gott ist größer.«

Der Statthalter des Schwertes atmete tief durch. Er schwitzte extrem unter dem braunen Sackleinenumhang. Der Kopfschleier erschwerte ihm das Atmen. Das grobe Tuch des Bettlers stank erbärmlich nach Urin und scheuerte an seinem nackten Oberkörper. Bis nach Gonder war er gekommen. Wie er Addis Abeba erreichen sollte, war ihm schleierhaft. Er schaute sich abermals um. Die Sonne stand noch ziemlich hoch. Nur wenige Menschen befanden sich in der Nähe der Christenkirche. Bedacht darauf, wie ein gebrechlicher, alter Mann zu wirken, schleppte er sich zur Außenmauer. Er hockte sich mit dem Rücken zur Wand und umwickelte mit den schmuddeligen Tüchern seine Hände. Der Verkleidung war perfekt. Jeder würde ihn für einen der vielen Bettler in der Stadt halten. Seine umwickelten Hände und die Tücher um seine Füße würden alle vermuten lassen, er sei ein Aussätziger. So einer wie der arme Teufel, den er erschlagen hatte, um ihm seine stinkenden Bettlerklamotten abzunehmen.

Sahib al Saif atmete ein wenig erleichtert durch. Wären nicht der Durst und dieser grauenhafte Geruch, der an diesen Bettlerfetzen haftete, es ginge ihm gar nicht so schlecht für einen

Mann, der noch vor wenigen Stunden um Haaresbreite den Kugeln von Scharfschützen entkommen war. Die Pistole drückte unter dem Umhang gegen seine Rippen. Das kalte Metall verlieh ihm ein Gefühl der Sicherheit. Ja, bis hierhin war es gut gegangen. Allah hatte ihn in seinem grenzenlosen Wohlwollen geleitet. Und Glück hatte er auch gehabt!

Genau in dem Moment, in dem er mit dem Taxi wieder zurück zum Hotel *Tana* gekommen war, hatte er die Detonation gehört. Schüsse waren gefallen. Was wirklich geschehen war, konnte er nur ahnen. Wahrscheinlich hatte die Polizei sein leeres Zimmer gestürmt. Sie hatten ihn also irgendwie aufgespürt, waren ihm dicht auf den Fersen. Aus diesem Grund hatte er beschlossen, die Polizei zu narren. Dafür hatte er diesen Taxifahrer umbringen und den Fettwanst an seiner Stelle und mit seinem Pass verbrennen müssen. Diese niedrige Kreatur von Bettler hatte auch dran glauben müssen. War nicht schade um die beiden. Ein, zwei Tage Vorsprung würde ihm das sicherlich bringen.

Wenigstens gab es in Gonder einen Flughafen und damit zumindest eine theoretische Chance, früher oder später mit falschen Papieren nach Addis Abeba zu gelangen. Vielleicht musste er vorher noch nach Aksum. Aus dem Mailverkehr zwischen Jahzara und ihrem Vater wusste er, dass in Aksum ein Treffen stattfinden würde. Übermorgen! Bis dahin musste er unentdeckt bleiben. Er war optimistisch. Kein Polizist würde einen stinkenden, bis auf einen schmalen Sehschlitz verhüllten Aussätzigen kontrollieren. Schon gar nicht vor einer Kirche! Überleben würde er also. Was er genau tun würde, wusste er noch nicht. Doch er hatte eins entschieden: Die verschollene Karawane im Land der Finsternis würde er nicht so einfach vergessen. Von Gog und Magog würde er sich auch nicht abhalten lassen! Hier ging es nicht nur um irrsinnig viel

Geld! Wenn er diesen Auftrag zu Ende führen würde, wäre auch sein Weg als Märtyrer ins Paradies sichergestellt.

Die Fahrt mit dem kleinen Boot zum Kloster Bete Kebran Gabriel dauerte knapp eine Dreiviertelstunde. Kurz bevor sie die kleine Insel erreichten, sprang Jahzara plötzlich auf und deutete aufgeregt in Richtung einer Schilfbank nahe dem Ufer.

»Da, schau mal, Nilpferde mit einem Jungtier!«

Peter registrierte ihr fast kindliches Lächeln. Jahzaras Augen glänzten, und ihre Haare flatterten im Fahrtwind des marode wirkenden Bootes, das sich mühsam durch die Wellen des Tanasees kämpfte. Er freute sich, dass sich Jahzara wieder beruhigt hatte. Der gestrige Abend war geprägt gewesen von endlosen Diskussionen zwischen ihr, ihrem Vater und ihm, ob sie ihre Recherche weiterführen oder die Reise aus Sicherheitsgründen abbrechen sollten. Jahzara war in einer sehr depressiven Stimmung gewesen. Mehrmals hatte sie angedeutet, dass es vielleicht eine höhere Macht gebe, die verhindern wollte, dass die Wahrheit und die Geschehnisse von damals ans Licht der Öffentlichkeit kämen. Letztendlich war es dann Seyoums Hinweis auf die zwei Polizisten in Zivil, die sie begleiten würden, gewesen, der Jahzara zum Umdenken bewegt hatte.

Nun schien sie wie ausgewechselt. Enthusiastisch wechselte sie in einer Sprache, die Peter nie zuvor gehört hatte, mit dem jungen Mann am Steuer des Outborders ein paar Worte. Der junge Afrikaner, dessen rotes T-Shirt ein Portrait der Reggae-Legende Bob Marley schmückte, lächelte und steuerte auf die Flusspferde zu.

Jahzara war völlig aus dem Häuschen. »Sieh mal, das Kleine, ist es nicht süß! Diese winzigen Öhrchen, die kleinen Äuglein und die rosarote Schnute! Und da! Die Mutter! Wow! Sie hat ein Maul so groß wie ein Scheunentor. Und diese Zähne. Länger als dein Zeigefinger.«

Zum ersten Mal, seit er Jahzara kennen gelernt hatte, hatte Peter das Gefühl, dass in dieser Frau zwei Seelen schlummerten. Sie konnte unglaublich abweisend und extrem rational sein. Bei ihrem kurzen Ausflug am Morgen zu den Wasserfällen des Blauen Nils hatte sie sich allerdings schon einmal von einer ganz anderen Seite gezeigt. Mit großen, überglücklichen Augen hatte sie die tosenden Wassermassen bestaunt und war in lautes Jauchzen ausgebrochen, als ein Adler über den Fluten mit seinem lauten Ruf kreiste. Auch für ihn war dieser Abstecher zu den Nilquellen ein unvergessliches Erlebnis gewesen. Der Nil hatte in der Entdeckungsgeschichte seit jeher eine mystische Rolle gespielt. Was für die Hochkulturen Ägyptens Aorta allen Seins gewesen war, die fruchtbaren, weil schlammhaltigen Wassermassen der »Mutter aller Flüsse«, sie hatten auch die alten Griechen und Römer beschäftigt. »Caput Nili quaerere«, die Quelle des Nils suchen, war zu einer sprichwörtlichen Redensart geworden, die Unmögliches umschrieb. Dieser Strom war schon immer eines der großen Rätsel Afrikas gewesen. Die Herrscher der Kaiserreiche von Aksum und Lalibela hatten den moslemischen Herrschern in Kairo sogar damit gedroht, den Nil umzuleiten, Ägypten faktisch auszutrocknen. Die ägyptische Regierung verstieg sich noch bis zum Jahre 2004 in die Drohung, man werde jedes nicht mit ihnen abgesprochene Nilwasserprojekt als Kriegserklärung betrachten. Ja, in diesem Strom einten sich unzählige Legenden und fantastische Mythen. Die Suche nach den Quellen eines der längsten Flüsse der Welt hatte wagemutige Forscher und Abenteurer aus aller Welt nach Afrika geführt. Viele waren bei dem Versuch umgekommen, seine Geheimnisse zu ergründen.

Peter ging all das seit dem Besuch der Wasserfälle des Blauen Nils nicht mehr aus dem Kopf. Hier, am Tanasee, lagen noch andere Geheimnisse verborgen. Nicht weit von den Wasserfällen des Blauen Nils war wahrscheinlich vor mehr als 600 Jahren eine geheimnisvolle Karawane aufgebrochen und dann irgendwo im Meer der Finsternis verschollen. Was immer damals auch passiert war, die Erklärungen für diese Geschehnisse lagen am Tanasee verborgen.
Allerdings beschäftigte Peter noch ein ganz anderes Geheimnis: Jahzara. Laszive Fantasien keimten erneut in ihm auf. Diese Frau verwirrte ihn in all ihrer Widersprüchlichkeit. Sie war ganz einfach anders als alle Frauen, die er je kennen gelernt hatte. Eine Äthiopierin mit einer europäischen Mutter. Sie beherrschte die Spielregeln des Abendlandes, war aber in ihrem Denken tief in Afrika verwurzelt. Auch wenn er bemüht war, sie zu verstehen, es gelang ihm nur selten. Dass er von ihrem Vater diese tragischen Zusammenhänge mit ihrem verstorbenen Zwillingsbruder erfahren hatte, erfüllte ihn mit Stolz, weil es ihm zeigte, dass Seyoum ihm vertraute. Aber was sollte er mit seinem Wissen anfangen? Er konnte nicht mit Jahzara darüber reden – das hatte er Seyoum versprochen. In seinem Verhalten ihr gegenüber konnte er es nicht berücksichtigen, ohne sie hellhörig werden zu lassen. Zu gerne hätte er sie in diesem Moment, in dem sie so herrlich unbefangen und glücklich die fünf Flusspferde bewunderte, in die Arme genommen. Doch das durfte er nicht!
Als das Boot langsam auf die kleine Klosterinsel zusteuerte, wusste Peter, dass zwischen ihm und Jahzara wahrscheinlich immer eine unüberbrückbare Kluft existieren würde. Sie lag in ihr begründet. Und nur sie konnte daran etwas ändern. Plötzlich schoss ihm ein Gedanke durch den Kopf: Jahzara hatte nach dem Tod ihres Bruders Barrieren errichtet, hatte

sich abgekapselt, ihre eigene Realität als Schutzschild kreiert. War es ihm nach dem Tod seiner Frau nicht ebenso ergangen? Erst Yvonne hatte ihn nach Jahren der Trauer ins Leben zurückgeholt. Und er hatte Yvonne immer ein wenig abgewiesen, sie auf Distanz gehalten, weil er es als Verrat an seiner Liebe zu Nicole empfand. Ja, die Parallelen waren erschreckend. Und was half ihm diese Erkenntnis?

Die Insel war kleiner, als er sich das vorgestellt hatte. Mächtige Bäume und urwaldähnliches Gestrüpp ließen den Eindruck entstehen, als gäbe es keinerlei menschliche Behausungen. Nur oben auf dem Hügel schimmerte ein Metalldach durch die Baumwipfel. Niemand erwartete sie an dem schlichten Anlegesteg. Seyoum griff nach seinem Rucksack und ging zum Bug, um das Tau am Steg festzuzurren. Jahzara machte keinerlei Anstalten, sich zu erheben. Demonstrativ schaute sie in eine andere Richtung. Aufmunternd versuchte Peter, sie zu necken: »Na, du traust dich wohl nicht in ein Kloster, hm? Hast wohl Angst, dass sie dich hierbehalten werden?«

Jahzara starrte ihn völlig emotionslos an.

Peter zuckte innerlich zusammen. Eben noch hatte sie sich wie ein Kind gefreut. Und nun dieser Blick, dieser kalte, starre, irgendwie traurige Blick!

»Nur Männern ist der Zutritt auf diese Klosterinsel gestattet. Frauen sind hier unerwünscht. Auch, wenn sie noch nicht zur Frau geworden sind.«

Jahzara blickte an ihm vorbei auf den Tanasee. Peter ahnte, dass sie Tränen unterdrückte. Kaum hörbar flüsterte sie gegen die auffrischende Mittagsbrise: »Weibliche Tiere sind übrigens auf dieser Klosterinsel auch verboten. Diese kleine Welt hier draußen ist männlich. Hier gibt es nur Gott und ein paar weise Mönche.«

13.

Der Mönch ignorierte die Frage nach seinem Namen und signalisierte mit einem herzergreifenden Lächeln, dass er es als ausgesprochen müßig betrachtete, über solch banale Dinge wie sein Alter zu sprechen. Peter fiel es schwer, das Alter des Greises zu schätzen. Lebenslange Enthaltsamkeit hatte dem Mann das Aussehen einer Mumie angedeihen lassen. Seine Haut schien aus zerknülltem Pergament zu bestehen. Die Wangen waren eingefallen. Reste eines Oberlippenbartes und die spärlichen Relikte eines grau melierten Backenbartes ließen erahnen, dass der Alte früher dunkelhaarig gewesen war. Die Sonne Afrikas hatte ihm Gesichtsfalten so tief wie die Schlucht am Wasserfall des Blauen Nils in sein Antlitz gebrannt. Selbst ein Blick in die Augen des Mannes führte Peter nicht zu der Erkenntnis, ob der Mönch mit diesen leblosen Pupillen überhaupt noch in der Lage war, zu sehen. Das Augenweiß war mit roten und gelblichen Punkten durchsetzt. Die Pupillen hatten jeglichen Glanz verloren und starrten ins Endlose. Ein weißer Turban thronte auf seinem greisen Haupt und akzentuierte die ockerfarbene Filzdecke, die er um seinen Oberkörper geschlungen hatte. Ein Krückstock verlieh ihm Halt und Würde, geschnitzt aus einem Stück Holz, mit Verzierungen am Knauf zu einem Kunstwerk gereift.

Seyoum kniete demütig vor dem Alten nieder, beugte sein Haupt, ergriff die Hand, die der Mönch ihm entgegenstreckte, führte sie zu seiner Stirn und murmelte einige Worte. Peter spürte den grenzenlosen Respekt, den Seyoum vor dem

Mönch hatte. Er war ergriffen, schaute vom Gesicht des Methusalems auf dessen nackte Füße. Sie hatten so viele Falten wie die Beine eines 100-jährigen Elefanten. Die Fußnägel waren gelb-braun. Wenn der Gottesmann monoton und leise sprach, dann schien selbst der Wind zu verstummen, damit man den Mönch überhaupt hören konnte. Dieser Mann, der älteste der auf dieser winzigen Insel lebenden Mönche, war ein wandelndes Geschichtsbuch. Wenn er stirbt, dachte Peter, hätte das für dieses Kloster ebenso dramatische Auswirkungen wie ein Großbrand, der die komplette Bibliothek vernichtet.

Wegen dieser Bibliothek waren sie hierhergekommen. Seyoum hatte in Erfahrung gebracht, dass in diesem Kloster Bücher lagerten, die Fragen über den Priesterkönig Johannes beantworten konnten. Fragen, die offensichtlich noch niemals gestellt worden waren. Entsprechend zurückhaltend hatte der Abt zunächst auf die einleitenden Begrüßungsworte von Seyoum reagiert. Erst der mit Birr-Scheinen gefüllte Umschlag, den Seyoum ihm mit dem Hinweis zusteckte, die Spende sei für den Erhalt des Klosters gedacht, entlockte ihm Wohlwollen.

»Gott sei mit euch«, flüsterte er und fügte kryptisch hinzu: »Wer den säuselnden Wind als Gehilfen ruft, tut gut daran, sich in Acht zu nehmen, dass ihn der aufkommende Sturm nicht hinwegträgt.«

Seyoum übersetzte für Peter die merkwürdigen Worte des Mönches, da der Greis kein Englisch sprach. Peter runzelte bei dem Gehörten die Stirn.

Mittlerweile setzte der Mönch mühsam seine rheumatischen Füße in Bewegung und führte sie zum Herzen des Klosters – der kleinen Rundkirche.

Peter war fasziniert. Schon am Landungssteg hatte er geahnt,

dass er hier in eine andere, eine uralte Welt eintreten würde. Zwei Boote, geflochten aus Papyrus, lagen am Ufer. Er kannte solche Boote von Bildern des Titicacasees in Südamerika. Auf dem Tschadsee fuhren diese urzeitlichen Boote noch immer. Und er hatte sie auch auf Wandgemälden in Ägypten gesehen. Vor tausenden von Jahren waren diese aus Schilfrohrbündeln konstruierten Barken auf dem Nil gefahren. Am Tanasee galten sie nach wie vor als Transportmittel. Alles hier schien der Zeit entrückt zu sein. Der steinerne Pfad von der Anlegestelle zum Kloster auf dem Hügel war ihm wie eine abenteuerliche Dschungeldurchquerung vorgekommen. Gigantische, mit armdicken Lianen durchwirkte Bäume mit einem Umfang von mehreren Metern überthronten exotische Sträucher, üppig-prächtige Pflanzen und baufällige Bruchsteinmauern. Im Wald roch es modrig-süß. Die Luft schien zu stehen. Gestern Nacht noch hatte er im Bett ein wenig über diese Klosterinsel gelesen. Sie galt als eine der schönsten, weil das Kloster Anfang des 14. Jahrhunderts noch im strengen Stil frühchristlich-äthiopischer Rundkirchen erbaut wurde. Getragen wurde das Schilfdach von Säulen, je eine für einen der zwölf Apostel. Hierher hatten sich Christen bei der Invasion des arabischen Heerführers Ahmed Granj geflüchtet. Und hier waren zwei Söhne des Kaisers Iyasu bestattet worden, einer von ihnen bekannt als »der Verfluchte«. Von Seyoum hatte er erfahren, dass in diesem malerischen Kloster bibliophile Schätze gehütet wurden, deren Wert nicht in Zahlen bemessen werden konnte. Darunter ein Evangeliar aus dem 15. Jahrhundert.
Peters Euphorie wurde allerdings ein wenig gedämpft, weil Jahzara nicht dabei sein durfte. Zu gerne hätte er in diesem Moment ihre glänzenden Augen gesehen.
Aufgeregt folgte er dem Mönch, der auf ein am Hang gelege-

nes Bruchsteinhäuschen zuwankte. Ihr Weg führte durch den äußeren Wandelgang der von Säulen getragenen Kirche. Die Wand war mit einem fast vier Meter hohen Gemälde geschmückt. Peter verharrte. Seine Gedanken überschlugen sich. Was er sah, ließ ihm eine Gänsehaut über den Rücken laufen. Die menschliche Gestalt, die da in verblichenem Rot, Ocker und Gelb vor Jahrhunderten auf die Lehmwand aufgemalt worden war, schien ihm vertraut. Ja, er kannte dieses in Weisheit und Erhabenheit erstrahlende Antlitz! So ähnlich war der Priesterkönig Johannes auf alten Landkarten und Gemälden dargestellt worden. Bis heute hatte er geglaubt, all diese Abbildungen des Priesterkönigs seien Fantasiegemälde gewesen, entstanden in den Köpfen einfallsreicher abendländischer Maler. Und nun dieses Wandgemälde, tausende von Kilometern von Europa entfernt! Ohne Zweifel: der weiße Vollbart, diese gütigen Augen, das bis zum Boden reichende Gewand eines Königs und Priesters, das deutliche Ähnlichkeit mit den prachtvollen Ornaten orthodoxer Geistlicher hatte. War das ein Abbild des mystischen Priesterkönigs? Hatte er vielleicht sogar hier auf der Insel …?
Der Mönch war zwischenzeitlich weitergegangen. Peter konnte sich nur schwer dem Bann des Wandgemäldes entziehen. Er fragte sich, ob er der Wahrheit über den legendären Herrscher näher war, als er es jemals erwartet hatte. Vielleicht lag in diesem Kloster die Antwort auf eines der großen Mysterien vieler Jahrhunderte. Plötzlich blieb sein Blick an einem Detail des Gewandes hängen. Die Zeit hatte die Naturfarben des Gemäldes zwar verblassen lassen, doch dieses Zeichen war nicht zu übersehen. Es war ein rotes Kreuz in Brusthöhe. Ein Kreuz mit einer höchst ungewöhnlichen Form. Es hatte frappierende Ähnlichkeit mit dem Kreuz, das die Templer einst auf ihren Gewändern trugen. Und es sah dem roten

Kreuz, das die Segel portugiesischer Schiffe schmückte, verblüffend ähnlich: dem Tatzenkreuz!

Die Schatzkammer des Klosters war durch schwere Eisenschlösser und daumendicke Ketten gesichert. Seyoum signalisierte Peter durch ein Handzeichen, dass er die Schuhe vor dem Heiligtum ausziehen musste. Der Mönch schlurfte in den winzigen Raum. Auf dem gestampften Lehmfußboden lagen Bastmatten und Teppiche. Der Greis fingerte aus einem der Eisenregale ein monströses Silberkreuz hervor, drückte es gegen seine Lippen, bekreuzigte sich mehrmals und murmelte mystisch klingende Worte.

Respektvoll ging Peter in die Hocke. Seyoum ließ sich neben ihm nieder. Auch seine Augen glänzten. Sie lachten sich an. Ihre Augen tasteten den Raum ab. An den Wänden standen grob gezimmerte Vitrinen neben schnöden Eisenregalen. Sie waren beladen mit überdimensionalen Büchern, schweren Folianten und ledernen Prachtbänden. Dazwischen standen liturgische Gefäße. Einige von ihnen schienen aus Asien, vielleicht aus Indien zu sein. Peter zitterte vor Aufregung. Indien! Auch dort hatte man das legendäre Reich des Priesterkönigs Johannes gesucht. Viele Details in dem Brief des Priesterkönigs hatten Rückschlüsse auf Indien zugelassen. Vielleicht waren diese Gefäße Indizien dafür, dass es zwischen dem indischen Kontinent und Äthiopien Kontakt unter christlichen Brüdern gegeben hatte. Wer weiß, eventuell war der Priesterkönig wirklich so einflussreich gewesen, dass seine Macht über Kontinente hinweg gereicht hatte. Denkbar wäre auch, dass er so mächtig gewesen war, dass es die Vorstellungskraft der Menschen im Abendland schlichtweg überfordert hatte.

Aufgewühlt durchsuchte Peter einige der Dokumente, die er mitgebracht hatte. Er fand den Brief, den Charles ihm hatte zukommen lassen. Da stand es: 72 Könige waren ihm tributpflichtig gewesen. Sein Reich erstreckte sich über die drei Indien, durch die Wüste bis zum Aufgang der Sonne. Wenn das eine Indien nachweislich das heutige Äthiopien gewesen war, dann ließ diese Beschreibung den Schluss zu, dass sich das Reich des Priesterkönigs von Nordostafrika bis ins heutige Indien erstreckte. Eine geradezu unvorstellbare These! Das Unvorstellbare war jedoch bei vielen Legenden der Schlüssel zur Wahrheit.

Peter stellte sich die Frage, wie er dem Mönch all diese verwirrenden Informationen in verständlicher Form vermitteln sollte. Dessen Weltbild, das stand zu vermuten, war geprägt von den Dingen, die er hier, auf dieser abgeschiedenen Insel, erlebt und gehört hatte. Die Insel war sein Kosmos. So weise dieser Greis auch sein mochte, er würde kaum mit den geografischen und politischen Gegebenheiten der Welt zwischen dem zwölften und dem 14. Jahrhundert vertraut sein. Die einzigartige Aura ließ Peter erschauern. Er roch, spürte, sog das Geheimnisvolle dieses Kämmerleins mit seinen Stapeln uralter Bücher in sich auf.

Der Abt schloss eine der Vitrinen auf. Das erste, armdicke Buch, nach dem er griff, war so schwer, dass er es kaum halten konnte. Der zweite Prachtband trieb Peter beinahe Freudentränen in die Augen. Es war ein wunderschönes Buch, gebunden in scharlachrotem Leder, mit farbenprächtigen Zeichnungen auf dem Einband. Auch dieses Buch war so schwer, dass der Mönch es nur mit großer Anstrengung tragen konnte. Der Alte setzte sich mühsam auf den Boden, tastete mit seinen Fingern liebevoll über die beiden Lederbände auf seinen Knien und orakelte: »Wer suchet, was es vielleicht nie gegeben hat, findet manchmal Dinge, von denen andere nicht wollen, dass es sie gab. Manchmal kommen so Wahrheiten ans Licht, die niemand wissen will. Was also sucht ihr? Welche

Wahrheiten wollt ihr diesen alten Büchern entlocken? Wem nutzt diese Wahrheit?«
Seyoum schaute Peter an. »Peter, nur du bist mit den Einzelheiten vertraut. Also ist es besser, wenn du dem ehrwürdigen Abt die Zusammenhänge erklärst und die Fragen stellst. Ich werde weiterhin übersetzen. Und wir werden uneingeschränktes Vertrauen zu ihm haben müssen. Diese jahrhundertealten Bücher sind ausnahmslos in der altäthiopischen Schrift Ge'ez geschrieben. Nur wenige Menschen können sie lesen, sie deuten. Was er sagt, wird für uns die Wahrheit sein müssen. Ob es stimmt, werden Jahzara und du später oder vielleicht auch nie herausfinden.«
Peter konnte nicht widerstehen. Ohne auf Seyoums Worte einzugehen, fragte er: »Darf ich die Bücher mal in die Hand nehmen? Sie sind wunderbar. Ich liebe alte Bücher!«
Seyoum übersetzte. Der Mönch zauderte, murmelte etwas und tat sehr ernst. »Ja, Peter, das eine Buch darfst du berühren. Nur das eine! Es ist das *Mashafa Mestir* – das *Buch der Wunder*. Es wurde vor vielen hundert Jahren auf Ziegenleder geschrieben und mit Farben ausgemalt, die Mutter Natur uns gegeben hat, auf das sie ewiglich erhalten bleiben. In diesem Buch finden sich Schilderungen über Mirakel, die Menschen in ihrer Einfalt nicht verstehen können. Das andere Buch ist eine Abschrift des Berichtes über die Herkunft der salomonischen Kaiser von Äthiopien. Nur Auserwählte dürfen es in die Hand nehmen und es lesen. In diesem *Kebra Nagast*, dem *Ruhm der Könige*, wird berichtet, wie die Königin von Saba König Salomon traf und wie die Bundeslade mit Menelik I. nach Äthiopien gelangte. Was darin geschrieben steht, Peter, ist 700 Jahre alt. Es ist die Wahrheit, so wie wir Äthiopier sie sehen und immer sehen werden.«
Der Alte schob ihm das schwere Buch zu. Ehrfürchtig blät-

terte Peter in den Ziegenlederseiten. Sowohl die handbemalten Bilder als auch die Texte waren in einem ungewöhnlich guten Zustand. Neben biblischen Szenen waren Furcht erregende Tiere, Menschen ohne Kopf, aber mit einem Auge in der Brust, Einhörner, grüne Löwen, Amazonen, Feuer speiende Drachen und andere Fabelwesen abgebildet. Laut des Briefes des Priesterkönigs Johannes mussten das Abbilder jener Wesen sein, die angeblich in seinem Reich gelebt hatten. Peters Herz pochte immer schneller. Solch ein wundervolles Buch hatte er noch nie in seinem Leben anfassen dürfen. Von welchen Wundern darin wohl die Rede war? Vielleicht waren es keine Wunder, sondern reale Geschehnisse, die damals nur über den Verstand der Menschen gegangen waren. So, wie die fantastischen Schilderungen des Priesterkönigs Johannes.
Dankend schob Peter das Buch zurück. Er überlegte, um den richtigen Ansatz zu finden. Was sollte er dem Greis sagen? Es war schwierig, die höchst komplexen Fakten, Vermutungen, Legenden und Mythen in der Kürze der Zeit zu vermitteln. Er entschied sich für eine direkte Frage: »Hat er schon mal was von einem Priesterkönig, einem Presbyter Johannes gehört?«
Der Mönch lauschte den Worten Seyoums. Die Antwort kam unerwartet schnell. »Mein Sohn, ich dachte, du willst mit meiner Hilfe nach Wahrheiten forschen, die noch keiner kennt? Johannes? Das ist kein Mirakel, kein Geheimnis! Dort drüben in der Kirche markiert eine Steinplatte ein Grab. Es ist die Gruft jenes Mannes, der im Jahre 1350 von Shoa kam, um hier am Tanasee die Lehre Gottes zu verbreiten. Dieser Mann hieß Abba Za-Johannes! Abba bedeutet in der amharischen Sprache ›Vater‹ oder auch ›Ältester‹. Du musst wissen, Alter ist bei uns gleichbedeutend mit Weisheit. Alle geistlichen Würdenträger unserer Kirche werden so genannt. Dieser Bei-

name wurde auch von Kaisern verwendet. Der Begriff ›Presbyter‹ kommt ja aus dem Griechischen. Es bedeutet ›Bevollmächtigter‹, ›Ältester‹ – so wie ›Abba‹. Sprichst du also von dem Johannes, der hier bei uns begraben liegt? Er war ein Heiliger, ein Mann Gottes.«

Peter geriet außer Fassung. Und er schämte sich auch ein wenig. Er hatte diesen Mönch unterschätzt. Nun signalisierte dieser so vermeintlich einfältige Mönch, dass er sogar der griechischen Sprache mächtig war. Aber konnte das sein? War all das, was für ihn und viele Wissenschaftler ein Mythos war, für die Menschen hier faktischer Bestandteil ihrer Geschichte? Nein, unmöglich. Oder?

»Ich denke, wir reden über einen anderen Johannes. Der Mythos vom Presbyter Johannes entstand fast 200 Jahre, bevor euer Johannes hierherkam. Damals erzählte ein indischer Patriarch namens Johannes am päpstlichen Hof von Kalixt II. von seinem mächtigen Christenreich. Wenige Jahre später berichtete der deutsche Bischof Otto von Freising von einem gewissen Johannes, einem König und Priester in Personalunion, der angeblich plante, Jerusalem von den Arabern zu befreien. Also gab es diesen Presbyter Johannes schon lange, bevor der Abba Za-Johannes hier aufgetaucht ist.«

Bevor er weitersprechen konnte, unterbrach der Abt ihn: »Ihr Menschen aus dem fernen Europa seid seltsame Geschöpfe. Bei euch muss alles einen Namen haben. Wundersame Geschehnisse verseht ihr mit Zahlen. Ist es wirklich so wichtig zu wissen, wann etwas geschah? Oder ist es nicht bedeutsamer zu sehen, dass es geschah – und warum?«

Der Alte wies mit seiner Hand durch die Tür nach draußen. »Schau mal, dieser Baum neben unserer Kirche. Er ist wunderschön und mehrere hundert Jahre alt. Er spendet köstliche Früchte und herrlichen Schatten. Es ist ein Baum. Er ist länger hier als ich und wird wohl auch noch meinem Nachfolger Schatten spenden. Warum muss ich seinen Namen, sein Alter kennen? Aber warte, in Kenntnis eures Kommens habe ich mich schon ein wenig kundig gemacht in unseren Büchern. Im *Buch der Wunder* habe ich Dinge gefunden, die deine Neugier stillen werden. Du solltest aber eines dabei berücksichtigen. Alles, was in der Zeit vor der Zeit des *Buches der Wunder* geschah, existierte ausschließlich in den Köpfen der Ältesten. Wir glauben auch Dinge, die nicht geschrieben stehen, weil wir wissen, dass es Wunder gibt, für die es weder Worte noch Zahlen gibt, sie also nicht aufgeschrieben werden können. So, und jetzt lass mich nachschauen, ob es in diesem Buch Hinweise auf jenen Mann gibt, den du suchst. Ihr könnt euch in der Zwischenzeit ein wenig im Kloster umschauen. Es ist ein Haus Gottes. Jeder ist willkommen. Nur keine Geschöpfe, die Sünde in sich tragen.«

Nur wenige Schritte von der Bibliothek entfernt blieb Peter stehen. »Seyoum, der alte Mann meinte mit den Geschöpfen, die Sünde in sich tragen, weibliche Wesen – Frauen, richtig?«

»Ja, das ist wohl so. Deswegen durfte Jahzara auch nicht mit auf die Insel.«

Peter schwieg für eine Weile. Ähnliche religiös begründete Befindlichkeiten kannte er aus islamisch geprägten Staaten. Es wunderte ihn, dass es solche Frauen diskriminierenden Traditionen in Äthiopien gab. »Woher kommt diese Tradition, Seyoum? Es ist ein christliches Kloster.«

Seyoum suchte nach Worten. »Weißt du, das äthiopische Christentum birgt jüdische Brauchtümer in sich. Das war schon immer so. Männer werden bei uns wie bei den Juden beschnitten. Diese fest verankerten jüdischen Sitten waren – neben der Frage, ob Jesus eine göttliche wie auch eine menschliche Natur hatte – ein Grund dafür, dass die römisch-katholische Kirche uns als Häretiker brandmarkte. Darüber kann dir aber Jahzara viel mehr erzählen als ich. Was die Frauen betrifft: Die Monatsblutung, die sich aus der Nichtbefruchtung und dem Tod einer Eizelle ergibt, macht die Frau in der Vorstellung des traditionellen Judentums unrein. Einige Christen Äthiopiens sehen das ebenso. Lange Zeit war es bei uns wie auch bei den Juden so, dass Frauen sich bei Gottesdiensten hinter einem Gitter oder einem Vorhang zu verstecken hatten. Das hat sich im Laufe der Zeit gewandelt. Für diesen Priester sind alle weiblichen Geschöpfe mit dem Ruch der Unreinheit behaftet. Und es ist sinnlos, mit diesen alten Männern über solche Dinge zu diskutieren. Diese Insel ist ihr Reich. Hier gelten ihre Regeln.«

Peter hielt es für angebracht, seine persönliche Meinung zu solch mittelalterlich anmutenden frauenfeindlichen Praktiken zurückzuhalten. Doch auch das war erneut ein Beispiel dafür, wie sehr Jahzara von afrikanischen Normen und Werten geprägt war. Einerseits gab sie sich wie eine den europäischen Werten verpflichtete, neuzeitlich orientierte Frau, die sich gegen frauenfeindliche Tendenzen in Europa auflehnte. Andererseits fügte sie sich hier in ihrer Heimat kritiklos solchen Traditionen.

Seyoum stand unter dem alten Baum, den der Mönch erwähnt hatte. Kaum hatte er in seine Tasche gegriffen, um sich eine Zigarette anzuzünden, da kam irgendwo aus dem Schatten der Kirche ein unmissverständlicher Zischlaut. Ein Mönch saß mit dem Rücken an einen Pfeiler gelehnt am Eingang der Kirche und signalisierte durch Gesten, dass Rauchen hier nicht erlaubt sei. Seyoum reagierte wie ein beim Lügen ertapptes Kind. Demütig verbeugte er seinen Oberkörper in Richtung des Mannes, ließ die Zigarettenschachtel wieder in der Jacke verschwinden und flüsterte lächelnd: »Ich glaube, das wäre kein

Leben für mich! Keine Frauen, keine Zigaretten. Und ein gutes Glas Wein wird hier wohl auch nicht drin sein. Aber dafür sind sie weise! Ein hoher Preis für Weisheit. Komm, lass uns nachschauen, was der alte Mann gefunden hat.«

Der Mönch wirkte völlig geistesabwesend. Minuten vergingen, bis er zu ihnen aufsah. Er schien beunruhigt.

Seyoum tat sich schwer, seine Worte synchron zu übersetzen. »Wundersame Dinge stehen in diesem Buch geschrieben. Sehr wundersame Dinge! Es sind Ereignisse, die weit vor jener Zeit stattgefunden hatten, da dieses Buch geschrieben wurde. Und ich ahne, dass Dinge geschehen werden, die wie ein unheilvoller Sturm über unsere kleine Insel hinwegfegen werden. Ich habe grässliche Fratzen durch Wolken hindurch auf die Erde herabstarren sehen, Fratzen, die mich ängstigen. So wurden dereinst Gog und Magog in alten Überlieferungen dargestellt: grausame, niederträchtige und blutrünstige Monster, die ihrem Gefängnis entfleucht waren und als Sendboten des Weltunterganges die Herzen aller Gläubigen in Angst und Schrecken versetzten! Und ich habe letzte Nacht einen Traum gehabt, in dem ich einen linkshändigen Mann, einen Araber mit einem bösen Blick, sah. Erst hat er die Wellen des Tanasees mit der Macht des Bösen in einen ewigen Schlaf versetzt und sie dann mit seinem Hass aufgepeitscht. Ich weiß diesen Traum nicht zu deuten. Aber er peinigt mich, weil ich spüre, dass dieser Traum mit euch zu tun hat.«

Peter schielte zu Seyoum. Auch dieser war sichtlich betroffen von den Worten des Mönches. Ein Linkshänder? Ein Araber? Hatte der Mönch von dem Araber geträumt, der ihm und Jahzara seit Venedig wie ein Schatten, wie ein böses Omen folgte? War der Mörder von Charles Linkshänder – so wie der berüchtigte Ahmed Granj, der die Christen Äthiopiens im Mittelalter von Ägypten aus verfolgt hatte? Vielleicht hatte

der Alte seherische Fähigkeiten. Peter hatte in Afrika schon öfter von solchen übernatürlich anmutenden okkulten Phänomenen gehört. Anfänglich hatte er das belächelt, dann aber gelernt, dass in diesen Kulturen das Übernatürliche und Übersinnliche, Dämonen und Geister eine nicht zu unterschätzende Rolle spielten. In Afrika geschahen immer wieder Dinge, die die rationale Denkweise eines Europäers sprengten. Niemand zwischen Kairo und Kapstadt fragte danach, warum es geschah. Es geschah. Niemand zweifelt auf dem Schwarzen Kontinent an der Existenz übernatürlicher Kräfte. Dieser Mönch nicht und Jahzara mit Sicherheit auch nicht.
Der Gottesmann starrte geistesabwesend auf das Buch. »Der Allmächtige hat uns nur einen Verstand so klein wie Früchte einer Doumpalme gegeben. Wie soll ich elendige Kreatur dann solch fantastischen Dinge verstehen? Erst dieser Traum. Und nun das, was in diesem *Buch der Wunder* geschrieben steht. Hier wird von Welten und Wesen erzählt, von denen ich noch nie gehört habe und von denen ich nicht weiß, ob es sie überhaupt gab oder gibt. Und all das soll mit jenem Johannes zu tun haben, dessen Legende euer Herz so laut schlagen lässt, dass selbst ich, der halb taub bin, es hört?«
Peter glaubte zu erröten. Sein Herz schlug tatsächlich unglaublich schnell und laut. Doch das konnte der Mönch unmöglich hören. Die Finger des Greises tasteten über die in Ge'ez verfassten Zeilen. Peter beobachtete ihn. War der Alte blind? Ertastete er nur, was dort geschrieben stand?
Mit monotoner Stimme sprach der Mönch weiter: »Aber was soll's! Nicht ich suche die Wahrheit, von der ich bezweifle, dass sie den Menschen Frieden und Erlösung bringen wird. Nein, ihr sucht sie. Entscheidet ihr, was ihr glauben könnt, wollt oder glaubt, wissen zu müssen. Ich erzähle nur, was war. Also: Diese seltsamen Dinge begannen zu jener Zeit, da der

ruhmreiche König Lalibela vom Allmächtigen den Auftrag bekam, in seiner Königsstadt ein zweites Jerusalem und einen Hügel zu bauen wie jener, auf dem Jesus laut den Evangelien gekreuzigt wurde und den die Juden Golgotha nennen. Das war in der Stadt Roha, die wir heute Lalibela nennen. Der Chronist des *Buches der Wunder* schreibt, dass König Lalibela sich für diese unvorstellbare Aufgabe der Hilfe von Ferendschis, also von Fremden, bediente, die aus dem fernen Jerusalem kamen. Es waren hellhäutige Hünen mit Brustkörben aus Metall und Hüten, die ihnen auf den Kopf geschmiedet worden waren. Einige von diesen Fremden hatten rote Haare. Sie alle trugen ein weißes Gewand mit einem Kreuz, wie es auch heute noch die Sarkophage bei den Kirchen von Lalibela ziert. Ein solches Kreuz ließ König Lalibela in die Innendecke einer dieser Kirche einarbeiten, auf dass ein jeder Gläubige, der zum Allmächtigen emporschaue, sehen könne, mit wessen Hilfe dieses Wunder aus Fels entstand. Zwölf prächtige Kirchen wurden dereinst in Lalibela dem Wunsche des Allmächtigen entsprechend gebaut. Eine jede ward aus einem einzigen purem Felsen herausgeschlagen.«

Der Mönch hielt inne und blätterte in dem Buch. Peter wagte kaum zu atmen. Was er eben gehört hatte, schien die These von Templern, die nach Äthiopien gereist waren, zu bestätigen. Die Beschreibungen aus diesem Buch waren unmissverständlich: die eisernen Brustkörbe, die Teil der Rüstung waren; die weißen Gewänder mit dem roten Kreuz. War es dasselbe Kreuz, das hier im Kloster die Brust des Mannes auf der Wand zierte? Er harrte weiterer Einzelheiten.

Der Alte schien inzwischen gefunden zu haben, wonach er suchte. »Die Spur dieses ruhmreichen Königs Lalibela und seiner treuen christlichen Glaubensbrüder und Helfer aus Jerusalem verliert sich in jenen dunklen Jahrhunderten unseres

Kontinents, in denen eines der ersten christlichen Königreiche des Universums, das von Aksum, unterging und das Wort Gottes nur noch als Echo vergangener Zeiten über die Berge und Täler unseres Landes hallte. Stattdessen drangen aus den Kehlen der Ungläubigen, die unter der grünen Fahne ihres Propheten wie Heuschrecken über unser Land herfielen, schrille Allahu-Akbar-Schreie bis zu den mächtigen Steinsäulen von Aksum, brachen sich an den Felsenhängen von Lalibela und verwandelten die Fluten des heiligen Nils in einen blutgetränkten Strom der Verzweiflung für alle christlichen Völker zwischen Nubien und den Ländern der Zagwe-Dynastien. Dann, so steht es hier im *Buch der Wunder* geschrieben, eilte plötzlich die Kunde von Männern auf Schiffen durch das Land, deren riesige Segel dasselbe rote Kreuz wie das der rotschöpfigen Ferendschis aus Jerusalem trugen. Diese Fremden schützten ihre Brust durch Lederharnische, hatten Federn auf den Köpfen und Rohre aus Eisen, aus denen der Tod mit Getöse und Qualm hervorbrach. Die Fremden kamen aus der aufgehenden Sonne, erkundigten sich nach dem Presbyter Johannes und fragten, wo seine Heere stünden und wie viele an der Zahl es seien. Noch während diese Fremden unsere Gäste waren, brachten Karawanen, die aus den Ländern der untergehenden Sonne quer durch das Meer aus Sand zu uns kamen, die Nachricht, dass noch mehr Männer mit denselben Federn auf den Köpfen und demselben Kreuz auf den Segeln ihrer Schiffe jenes ferne Meer, in das die Sonne sich nächtens bettet, durchkreuzten und überall verlauten ließen, dass der Apostel Johannes aus seinem Grab auferstanden sei, um die Heere der Gläubigen gegen die Ungläubigen zu führen und die Hure Babylon auszumerzen.«

Peter signalisierte Seyoum, dass er Fragen habe. Bis hierhin hatte er der mystischen Geschichte problemlos folgen können. Offenbar wurde von den Portugiesen erzählt, die einerseits über den Indischen Ozean nach Ostafrika und andererseits von der Westküste Afrikas über den Gambia-Fluss ins Innere des afrikanischen Kontinents vorgedrungen waren. Obwohl der zeitliche Ablauf dieser Erzählungen nicht ganz mit den ihm bekannten historischen Fakten übereinstimmte, so trafen sie im Kern doch zu.

Der alte Mönch reagierte ein wenig ungehalten auf die Unterbrechung. Es schien, als sei auch er von den Schilderungen im *Buch der Wunder* fasziniert. Der Greis senkte seinen Kopf und lauschte mit geschlossenen Augen den Fragen Peters.

»Sieh mir bitte nach, wenn ich solche Fragen stelle. Aber ich verstehe diese Sache mit dem Apostel Johannes, der aus dem Grab emporstieg, nicht. Ist da nicht Jesus gemeint? Wer oder was ist die Hure Babylon?«

Ein Anflug von Arroganz legte sich über das Gesicht des Greises. »Die Hure Babylon ist eine der biblischen Allegorien für die Gegner der Gläubigen. Gemeint sind also die moslemischen Heere! Und was die andere Frage betrifft: Du solltest bei der Suche nach jenen Wahrheiten, die dich umtreiben, wissen, dass der Apostel Johannes in frühen christlichen Überlieferungen als Presbyter Johannes bezeichnet wurde. In zwei der neutestamentlichen Texte bezeichnet er sich selbst als Presbyter. Die apokryphen Johannes-Akten besagen außerdem, dass der Apostel Johannes sich zwar in sein Grab legte, aber nicht starb, denn er war von Jesus dazu auserkoren, bis zur Wiederkehr Christi unerkannt auf der Welt umherzuwandeln, um dann gemeinsam mit dem Messias die paradiesischen Zustände des himmlischen Jerusalem auf ewig herzustellen. Wie du wahrscheinlich auch nicht weißt, war dieser Johannes der Verfasser der Apokalypse, in der das Jüngste Gericht gegen die Feinde Gottes verkündet wird! Das

sollfest du aber wissen. Denn jene Männer unter den weißen Segeln mit dem roten Kreuz ließen damals verlauten, dass ein apokalyptischer Erlöserkönig, der sich Presbyter Johannes nennt, gekommen sei, um das Christentum von der Knute der Horden mit den grünen Fahnen ihres Propheten zu befreien. Sie, diese Fremden unter den weißen Segeln, so sagt es das *Buch der Wunder*, hatten das Unbekannte durchquert, um den erhabenen Presbyter Johannes bei uns zu suchen, um gemeinsam mit seinen Heerscharen die Ungläubigen aus Jerusalem zu vertreiben. So steht es geschrieben!«
Der Mönch schaute Peter nun direkt an. Seine winzigen Äuglein verunsicherten ihn. Noch immer war er sich nicht sicher, ob dieser Mann blind war oder nicht. Vielleicht bewegte er sich nur deswegen so scheinbar sicher, weil er auf dieser kaum mehr als 500 Meter langen Insel längst jeden Millimeter kannte, jeden Schritt tausendfach getan hatte. Vielleicht hatte er den Baum neben der Kirche noch nie in seinem Leben gesehen. Alles, was er wusste, kannte er womöglich nur aus Erzählungen. Las er mit seinen Fingerkuppen, ertastete er die Schriftzeichen? Lebte der Greis in einer anderen, in einer dunklen Welt? Waren seine anderen Sinnesorgane deswegen so geschärft und hatte er deshalb seherische Fähigkeiten?
Als habe der Mönch seine Gedanken erraten, klappte er plötzlich das Buch der Wunder zu. »Mein Sohn, was ich dir jetzt sage, steht nicht in diesem Buch geschrieben. Der Abba des Klosters Tana Cherkos, also des Klosters, das ihr morgen besuchen wollt, hat mir das mal erzählt. Er weiß von den damaligen Geschehnissen sehr viel. Er hat gesagt, dass Äthiopien erstmals in den Briefen des Dominikanermönchs Jordanus als ›Reich des Priesterkönigs‹ auftauchte. Wieso, konnte sich hier niemand erklären. Später wurde dann sogar eine äthiopische Delegation zum Konzil nach Florenz eingeladen. Dort wur-

den unsere Glaubensbrüder gefragt, ob sie den Presbyter Johannes kennen würden. Sie verneinten, wunderten sich dann aber sehr, dass ihre abendländischen Brüder unseren äthiopischen König weiterhin als Priesterkönig Johannes bezeichneten! Du siehst, das scheint euch Menschen aus Europa eigen zu sein: Ihr müsst allem einen Namen geben! Hat es keinen Namen, könnt ihr nicht daran glauben. Wenn ihr euch nach etwas sehnt, dann heißt diese Sehnsucht plötzlich Priesterkönig Johannes. Und wenn es ihn nicht gibt, dann erfindet ihr ihn oder lasst diesen Titel unserem König angedeihen. So war es wohl damals. Und das Wundersame daran ist, dass alle es glaubten. Denn eure Landkarten wiesen plötzlich ein Regnum Presbyteri Johannis in Nordostafrika auf. Das Konzil von Konstanz erwartete sogar eine Delegation des Priesterkönigs. Wir fanden das alles sehr seltsam, was da geschah. Doch auch in unseren Herzen keimte plötzlich Hoffnung auf, denn die Moslems bedrohten unser Land. Ohne Hilfe konnten wir uns der Ungläubigen nicht mehr erwehren. Was lag da näher, als sich mit den Christen im Abendland zu verbünden? Warum sollten wir deren Illusion, ihren Traum, dass unser König der Priesterkönig Johannes sei, zerstören? Man muss den Glauben der Menschen schüren, nicht zerstören! Wer glauben will, den soll man glauben lassen. Glauben lässt aus Ameisenhügeln Berge und aus einem afrikanischen Christenkönig einen Erlöser werden. Diese Geschichte beweist das.«
Peters Gedanken überschlugen sich. Die Dinge, die der Greis soeben gesagt hatte, verliehen der ganzen Angelegenheit eine völlig neue Dimension. Womöglich hatten sich einfallsreiche Kleriker in Rom eine mystische Geschichte ausgedacht, sie mit biblischen Prophezeiungen ergänzt, um die erschlaffte Bereitschaft der abendländischen Staaten, Kreuzzüge durchzuführen, zu reaktivieren. Dieser scheinbar absurde und doch

irgendwie naheliegende Gedanke ließ Peter nicht mehr los. Wenn plötzlich ein angeblich mächtiges Christenreich mit einem Priesterkönig Johannes als Anführer eines gigantischen Heeres im Süden der moslemischen Staaten existierte, würden Europas Herrscher sich im Rahmen einer heiligen Allianz fraglos wieder zu neuen Feldzügen überreden lassen. Wo Hoffnung keimt, gedeiht die Bereitschaft zu neuen Anstrengungen! Ja, so konnte es gewesen sein! Irgendjemand in Europa hatte irgendwann damit angefangen, die äthiopischen Herrscher als Priesterkönig Johannes zu bezeichnen. Nicht als Eigenname, sondern als Titel! Die Äthiopier nannten schließlich ihre Könige und Priester Abba – Ältester. Die Europäer nannten sie Presbyter – was ebenfalls Ältester hieß!
Der Mönch richtete plötzlich seinen Oberkörper auf und lauschte angestrengt. Als habe ihm ein Vogel die Uhrzeit zugezwitschert, sagte er: »Es ist wenige Minuten vor dem Nachmittagsgebet. Ich hoffe, dass ich euch ein wenig helfen konnte, Wahrheiten zu finden. Ob ihr sie mögt, wage ich zu bezweifeln. Vielleicht werdet ihr morgen im Kloster Tana Cherkos mehr erfahren. Dort weiß man, wie Kaiserin Eleni mit den Portugiesen einen Plan schmiedete, unser Land, das Abendland und Jerusalem von den Moslems zu befreien. Was ihr wissen wollt, sind Wahrheiten, die in diesem *Buch der Wunder* geschrieben stehen – aber zwischen den Zeilen. So wie der Blinde im Dunkeln sehen kann, so kann nur der Weise zwischen den Zeilen finden, was der Glaube dort an Wahrheiten versteckt hat. Aber seht euch vor. Mir geht dieser Traum von Gog und Magog und dem Araber, der das Böse mit der linken Hand lenkt, nicht aus dem Sinn.«

Es war eine sehr kurze Nacht gewesen. Er und Seyoum hatten versucht, Jahzara die teils so blumig dargelegten Erzählungen des Mönches in all ihrer Aussagekraft zu vermitteln. Bis nach Mitternacht hatten sie auf der zum See hin gelegenen Terrasse des *Tana*-Hotels gesessen, hatten Fakten, Thesen und wagemutige Denkmodelle diskutiert. Jahzara hatte sich anfänglich mit Peters sensationeller Vermutung, der Priesterkönig Johannes sei eine Fiktion, eine personifizierte Projektion abendländischen Wunschdenkens oder aber auch eine raffinierte Täuschung Roms gewesen, nicht anfreunden mögen. Doch je mehr Spielraum sie alle ihrer Fantasie gelassen und Fakten lediglich als Orientierungshilfe mit einem gewissen Wahrheitskern betrachtet hatten, desto schneller war bei ihnen die Erkenntnis gereift, dass sich viele Geschehnisse von damals geradezu ernüchternd klar darstellten, wenn man die Rolle des Papstes, der römisch-katholischen Kirche, im Kontext mit den damaligen Gegebenheiten in Europa und im Orient betrachtete.

Rom lag im Zwist mit den abtrünnigen Ostkirchen. Der Patriarch von Byzanz wehrte sich gegen den Alleinvertretungsanspruch des Papstes ebenso wie die weltlichen Kaiser des wiederbelebten Heiligen Römischen Reiches. Die Macht des Papstes bröckelte. Und plötzlich tauchte in Afrika noch ein anderes Christenreich auf: Häretiker, die sich dem Glaubensdiktat Roms nicht beugen wollten. Ihre jüdischen Traditionen waren dem Papst ein Dorn im Auge. Für ihn waren Äthiopiens Christen Ketzer. Fraglos sann er nach Möglichkeiten, wie er diese Ketzer entweder missionieren oder sie als Gleichgesinnte in sein Macht- und Glaubensgebilde einverleiben konnte. Wenn du einen Feind nicht besiegen kannst, dann mache ihn zu deinem Freund!

Seyoum war es schließlich gewesen, der abschließend gemeint hatte: »Vielleicht war der Verfasser des *Sion*-Dossiers ein Abgesandter, ein Spion des Papstes. Einer, der die Portugiesen bei ihrer Reise nach Äthiopien begleitet hatte, um aus erster Hand nach Rom berichten zu können, wie gefährlich oder auch hilfreich das Christenreich in Afrika für Rom werden könnte und welche wahren Intentionen die Portugiesen bei der Kontaktaufnahme mit dem vermeintlichen Priesterkönig Johannes hatten. Ja, der Papst traute den Portugiesen nicht! Er hatte Angst, dass sich neben Byzanz im Osten, den aufsässigen Kaisern des Heiligen Römischen Reiches im Norden nun auch noch mithilfe Portugals eine Front im Süden der damaligen Welt gegen ihn auftun könne. Der Spion des Papstes sollte herausfinden, ob der Priesterkönig Johannes, wie sie den äthiopischen König nannten, ein potenzieller, unterwürfiger Verbündeter sei. Der Teufel, den du kennst, ist besser als der Teufel, den du nicht kennst, so wird der Papst wohl gedacht haben.«

So hatte Seyoum mit viel Wohlwollen seitens Jahzaras resümiert. Schließlich waren sie alle drei zu der Erkenntnis gelangt, dass der Schlüssel zu den Geschehnissen auf der Klosterinsel Tana Cherkos zu finden sein würde.

Das gemietete Boot machte einen recht stabilen Eindruck. Seyoum hatte für reichlich Essen und Getränke gesorgt. Mehrere Stunden, so schätzte er, würde die Fahrt zu der entlegenen Insel dauern. Per Funk war die Insel über ihre Ankunft informiert worden. Die zwei Sicherheitsbeamten, die während der Nacht vor den Zimmern von Jahzara und Peter gewacht hatten, blieben zurück. Die Morgensonne tauchte das Ufer und Bahir Dar in warme Pastelltöne, als sie schließlich ablegten.

Peter empfand eine seltsame Anspannung. Dennoch genoss er die Ruhe des Sees, die herrlichen Ausblicke auf die Uferregionen mit den mehreren tausend Meter hohen Bergmassiven

im Hintergrund. Farbenprächtige Vögel begleiteten sie längsseits des Bootes, und eine leichte Brise trieb Federwölkchen von Horizont zu Horizont. So groß hatte Peter sich den See nicht vorgestellt. Er schien ein Meer zu sein. Der sanfte Wellengang machte ihn schläfrig.
Seine Gedanken trieben mit den Wolken am Himmel dahin. Viel war passiert in den letzten Wochen. Was Yvonne wohl gerade machte? Wieso dachte er eigentlich ausgerechnet in diesem Moment an Yvonne? Er schaute zu Jahzara, die mit Seyoum auf dem Bug saß und sich angeregt zu unterhalten schien. Ihr Haar wehte im Fahrtwind, ihr klares Profil hob sich gegen den blauen Himmel ab. Sie war schön, ja. Und doch spürte er, dass sich in den letzten Tagen seine Gefühle und Empfindungen für sie verändert hatten. Ihre Attraktivität faszinierte ihn noch immer. Die Lust, das Verlangen nach ihrem Körper schien jedoch mit dem Fahrtwind davonzuwehen. Vielleicht wuchs in ihm mehr und mehr die Erkenntnis, dass zwischen ihm und Jahzara nie mehr als eine tiefe Freundschaft sein würde, sein konnte. Wieder huschten Erinnerungen an Yvonne durch seine Gedanken. Er verdrängte das Gefühl, sie zu vermissen. Erneut fiel sein Blick auf Jahzara. Sie schaute zu ihm herüber, wirkte sehr angespannt und lächelte ihm nett zu. Nett, mehr nicht.
Je weiter sie sich von Bahir Dar entfernten, umso mehr stieg die Spannung. Unvorstellbar der Gedanke, dass die Mönche in der Lage wären, die Frage nach dem Priesterkönig Johannes, nach Kaiserin Eleni und vielleicht sogar über den Verfasser des geheimnisvollen Buches oder des *Sion*-Dossiers zu beantworten. Drei Stunden würden sie noch bis zur Insel brauchen. Zeit genug, sich noch einmal mit seinen Notizen zu beschäftigen.
Es war eine wunderschöne Bootsfahrt. Alle waren ange-

spannt, doch bester Stimmung. Aber die dramatischen Geschehnisse der zurückliegenden Wochen holten sie unversehens ein, als der dickliche Bootseigner bei einem gemeinsamen Picknick an Bord plötzlich anfing zu schwatzen: »Ich bin so froh, dass ihr euch zu dieser Fahrt entschlossen habt. Nicht viele Besucher wagen diese lange Fahrt nach Tana Cherkos. Vor einigen Tagen hatte sich schon mal jemand dazu angemeldet. Ich hatte bereits Diesel, Getränke und Essen gekauft und das Boot klargemacht. Aber dann war der Kunde plötzlich verschwunden, kam einfach nicht mehr. In seinem Hotel haben sie mir dann gesagt, dass er überraschend abgereist sei. War schon ein komischer Typ. Wir leben in einer seltsamen Welt. Nicht mal mehr auf Priester kann man sich verlassen. Aber glücklicherweise habe ich ja jetzt euch als neue Passagiere.«
Jahzara blickte erst ihren Vater und dann Peter schockiert an. Seyoum räusperte sich verlegen und versuchte mit einer hilflos wirkenden Geste, der dramatischen Information Banalität angedeihen zu lassen. Ohne Erfolg.
Peter fühlte, wie sein Puls in den Adern schneller pochte. Das konnte nicht sein! Gestern, der Mönch – er hatte von einem Araber geträumt, einem Linkshänder, einem mit bösem Blick, der die Wellen des Tanasees mit seinem Hass aufpeitscht. War der Araber aus Venedig Linkshänder gewesen?
Peter schaute Jahzara an. Er wusste nicht, was er sagen sollte, sah aber in ihren Augen, dass sie Angst hatte. Seyoum schien mit der Situation überfordert. Keiner wagte, dem anderen seine Gedanken und Ängste mitzuteilen. Der Bootseigner grinste etwas dümmlich und stellte sich dann wieder an das Steuerrad. Er warf einen etwas besorgten Blick auf den nördlichen Horizont, wo sich winzige Kumuluswolken wie Wattebäusche über dem Wasserspiegel aufbauten.

Von diesem Moment an war jegliche Unbedarftheit gewichen. Jeder schwieg vor sich hin. Der Gedanke an den Araber stand allen ins Gesicht geschrieben. Schließlich beobachtete Peter, wie sich aus den winzigen Wölkchen am Horizont langsam, aber beständig bedrohlich mächtige Wolkenberge mit zartrosa farbigen Rändern und einem dunkelblauen Zentrum entwickelten. Er kannte solche Wolkenkonstellationen. Sie gehörten zu Afrika. In der Serengeti hatte er sie gesehen, Stunden bevor sintflutartige Regenfälle aus Rinnsalen tosende Flüsse hatten werden lassen. Er kannte sie aus Namibia, wo diese Wolkengebilde Jahr für Jahr ankündigten, dass nach heftigen Regenfällen in den weit entfernten Bergen Angolas die Trockenflüsse in wenigen Minuten zu todbringenden Strömen anschwellen würden. Diese Wolkengebilde waren Vorboten heftiger Unwetter.
Und genau so, wie der Mönch es geträumt hatte, kam es. Erst legte sich der Wind. Die Oberfläche des Tanasees wurde so glatt wie ein Spiegel. Nirgendwo war ein Vogel am Himmel zu sehen. Kein Insekt umschwirrte das Boot. Kein Fisch sprang mehr aus dem Wasser empor. Die Natur signalisierte ihren Kreaturen durch geheime Botschaften, dass es besser sei, sich in Sicherheit zu bringen. Aber was Vögel, Fische und Fliegen angesichts des sich ankündigenden Unwetters taten, war ihnen als Menschen auf dem Boot versagt. Sie waren noch mindestens eine Stunde von Tana Cherkos, aber bereits Stunden von Bahir Dar entfernt. Es gab keinen Weg zurück. Das wusste auch der Bootsbesitzer. Sorgenfalten hatten sich auf seine Stirn gelegt. Sein Grinsen wirkte gequält. Er fing plötzlich an, von Gog und Magog zu faseln, und ließ seine Gebetskette immer schneller durch seine Finger gleiten. Jahzara wandte sich von den Männern ab und bekreuzigte sich heimlich. Seyoum schaute auf die Uhr, erkannte, dass die Zeit

gegen sie war, und zündete sich die dritte Zigarette binnen weniger Minuten an.

Dann brach der Zorn aller Götter, Geister und Dämonen Afrikas, die sich über dem Tanasee zu einer unheilvollen Machtdemonstration gegen die zerbrechlichen Wesen zusammengerottet hatten, über sie her. Gog und Magog vereinten sich mit ihnen. Der Himmel verzog sein am Morgen noch so nettes, blaues Antlitz zu einer Fratze mit aufgeblähten Wangen und schwarzen Augen. Die erste Sturmböe kam ohne Ankündigung und hob das Boot wie eine mächtige Hand aus dem Wasser empor. Seyoum prallte mit dem Kopf gegen einen Fahnenmast und sank benommen nieder. Peter wurde in die Kajüte geschleudert und riss den Skipper mit um. Er krallte sich am Ruder fest und schaute hinter sich. Jahzara sprang gerade auf, um ihrem Vater zu helfen. Die nächste Böe erfasste das Boot, kurz bevor sie ihren Vater erreichte. Das Boot wurde durchgerüttelt, drehte sich steuerlos im Kreis, neigte sich bedrohlich zur Seite, wippte, schaukelte, bäumte sich am Bug gen Himmel auf und schlug wie ein toter Fisch wieder auf dem Wasser auf. Der Skipper lag festgekrallt am Steuer. Er blutete an der Stirn.

Peter wurde umhergeschleudert. Ein loses Wasserfass prallte gegen seine Rippen. Der stechende Schmerz ließ ihn aufschreien. Er versuchte, sich zu orientieren, sah mal auf der Leeseite den Horizont und wurde auf der Luvseite gewahr, dass da kein See mehr, sondern nur noch Wolken und Himmelsfetzen waren. Dann hörte er durch den Sturm hinweg Seyoum brüllen. Er brüllte nicht vor Schmerzen. Es war Entsetzen, nackte Angst, was er dem Sturm entgegenschrie. Peter wirbelte herum. Panisch suchten seine Augen das Boot ab. Seyoum lag noch immer auf dem Boden. Sein Oberkörper hatte sich in Seilen verfangen. Seine starren Pupillen schrien

Peter lautlos zu, wo Jahzara am Heck über Bord gegangen war.
Das Böse fauchte unablässig den Zorn der Götter in die tosende Welt herab. Ein Schlund – so riesig wie ein Tal zwischen zwei Gipfeln – tat sich am Himmel auf und spuckte eine Flut an Wasser auf das umherschleudernde Boot. Binnen Bruchteilen von Sekunden stand das Wasser kniehoch im Bootsinneren. Der Dieselmotor bäumte sich noch einmal auf, bevor sein Tuckern aussetzte. Das Boot drohte zu kentern, trieb durch ein Wellental zum nächsten.
Peter klammerte sich an die Reling und versuchte aufzustehen. Seyoum schien hilflos in den Seilen gefangen zu sein. Der Skipper bibberte vor Angst. Triefend nass und in Todesangst sah er bemitleidenswert aus. Peter hangelte sich mit aller Kraft an der Reling hoch, wurde von rechts nach links geworfen. Wohin er auch schaute, er sah nur Wasser und Wolken. Kein Rettungsring, keine langes Seil, keine Jahzara, keine Hoffnung. Da war nur Angst.
Plötzlich schien die Sonne. Nur wenige Minuten waren vergangen. Es war eine heiße Mittagssonne. Prall und glühend stand sie fast im Zenit über dem Boot, das auf dem spiegelglatten Sees wie fest verankert dalag. Es war ein Wunder! Kein Wind, kein Sturm, kein Regen. Nur das Wasser im Boot zeugte davon, was soeben geschehen war. Nicht eine winzige Welle war auf dem See auszumachen. Gen Süden, über das Heck hinweg, konnte Peter bis zum Horizont sehen. Außer Wasser war da nichts. Wo war Jahzara?
»Jaaahzaaaraaa!«, schrie er und schlug sich beim Aufspringen das Knie an der Bank. Die Sonne blendete seine weit aufgerissenen Pupillen. Seyoum lag leblos in den Seilen. Peter schrie und schrie.
»Peeeteeer!«

Er hörte sie, konnte sie aber nirgends entdecken. Dann tauchte ihre Hand auf. Die zarten, feingliedrigen Finger mit den hell lackierten Fingernägeln streckten sich ihm aus der Kuhle am Heck des Bootes, dort, wo Seile und Kanister unter einer Plane gelagert waren, entgegen. Erst war es die rechte, dann die linke Hand, die sich am Rand der Vertiefung festhielten. Ihr Kopf tauchte auf. Sie richtete sich auf, stand durchnässt so schön und groß und unglaublich attraktiv, wie der Schöpfer sie geschaffen hatte, am Heck in der Luke. Ihr Busen zeichnete sich unter dem nassen Hemd ab. Sie sieht pudelnass sehr hübsch aus, schoss es Peter in seiner grenzenlose Freude und Erleichterung durch den Kopf. Er lächelte, lachte sie an, erwartete Tränen der Erleichterung zu sehen. Aber Jahzara starrte panisch an ihm vorbei. Ihre Augen bestanden nur aus Weiß. Ihre Lippen waren geöffnet, suchten, fanden aber keine Worte. Seyoum kniete sich auf den Boden, nicht weit von Jahzara entfernt. Er schaute zum Himmel hoch. Was er dort sah, schien er nicht zu glauben. Peter wandte sich irritiert um. Auch der Bootseigner starrte zum Himmel. Er zitterte am ganzen Körper.

Dann sah Peter es. Er war nicht ganz so erstaunt wie die anderen, ahnte, dass er der Einzige an Bord war, der wusste, was da vor ihnen lag. Nicht weit von ihnen entfernt, vielleicht einen Kilometer oder gar weniger, endete die Welt, der See. Dort war nur noch eine Wand, eine Mauer zu sehen. Rot, braun und ein wenig gelb. Sie reichte vom spiegelglatten Wasser des Sees bis hinauf zur Sonne. Aber es gab keine Schatten! Die Sonne war da, schien über dem Boot, wärmte seinen nassen Körper. Doch die Wand blieb ohne Schatten! Und sie bewegte sich, schien, wie von magischer Hand geschoben, über den See zu wandern. Wo sie sich hinbewegte, verfärbte sich das Wasser rot.

Peter schluckte. Er wusste, dass dies den Tod bedeuten würde, wenn diese Wand sich dem Boot näherte. Das da war das Meer der Finsternis, der Dunkelheit! Der Wüstensturm, den die Portugiesen einst so gefürchtet hatten, weil er alles verschluckte: Dörfer, Schiffe und Karawanen. Wie eine gigantische Walze aus rotem und gelbem Sand schlich die monströse Wand in Zeitlupentempo über den See auf sie zu.
Peter hatte Todesangst. Er kniff seine Augen zu engen Schlitzen zusammen und blinzelte gegen die Sonne in die Welt aus Sand und Wind. Ja! Ganz eindeutig! Der Sturm trieb ostwärts, wälzte Myriaden Tonnen Sand, angereichert mit heißer Luft, auf das Festland zu, dorthin, wo das Meer der Finsternis hergekommen war. Dorthin, wo der Harmattan den Sand von Mutter Erde aufgesogen und ihn auf den Tanasee getrieben hatte. Dann verschwand die Wand wie von Zauberhand, ließ durch wunderschöne, rötliche Wolken am Horizont im Norden erahnen, wohin er beabsichtige, den Tod zu bringen. In den Sudan. Oder nach Ägypten.
Zitternd drehte Peter sich um. Jahzara saß zusammengekauert auf dem Heck. Sie schluchzte. Seyoum paffte an einer Zigarette, zündete sich mit der alten eine neue an. Der Skipper stammelte wirres Zeug. Plötzlich hörten sie das Tuckern eines Bootes und verstanden nicht, warum dieses Boot auf sie zusteuern und dabei über die Stellen gleiten konnte, wo eben noch der Tod gelauert hatte.

14.

Der Hunger grollte in seinem Magen wie ein böses Tier. Eines, das bereit war zu töten. Seit er vor zwei Tagen mit dem Überlandbus von Gonder nach Aksum gekommen war, hatte der Racheengel des Al-Sakina-Ordens keine richtige Mahlzeit mehr zu sich genommen. Gestern hatte er auf einem Markt wenigstens noch einige Bananen stehlen und das Hungergefühl zumindest in der Nacht dämpfen können. Heute Morgen wäre er beim Versuch, einem Straßenhändler ein Fladenbrot zu entwenden, beinahe erwischt und vom aufgebrachten Mob verprügelt worden. Ihm war übel. Nicht nur, dass er diesen grauenhaften Hunger hatte. Mit der ansteigenden Tageshitze nahm auch sein Durst zu. Aber er hatte Angst, aus einem öffentlichen Brunnen zu trinken. Tags zuvor hatte er aus einem Brunnen getrunken und danach Durchfall bekommen. Hunger, Durst und Durchfall waren zu viel für seinen ohnehin geschwächten Körper. Schwindelgefühlen folgten Magenkrämpfe und Schüttelfrost.

Sahib al Saif konnte sich nicht erinnern, dass er sich jemals zuvor in seinem Leben so schlecht gefühlt hatte. Er kam sich vor wie ein in die Enge getriebenes, verletztes Raubtier. Aus dem Jäger war ein Gejagter geworden. Sein vermeintlich kluger Schachzug, sich als Aussätziger zu tarnen, hatte sich längst als fataler Fehler entpuppt. Die Menschen dieser Stadt trugen kein Mitleid in ihren Herzen. Sie hatten Angst vor einem Aussätzigen in einem zerlumpten Sackleinenkleid. Keinen einzigen Birr hatte er bislang bekommen. Verfluchte Christen! Der Heilige Koran schrieb jedem gläubigen Moslem vor,

Almosen zu geben. Zakat, die religiöse Pflichtabgabe, war eine der fünf Säulen des Islams. Aber hier, bei den Christen? Pah! Selbst zu trinken bekam er nichts. Er fühlte sich krank, todkrank! Seine Lage erschien ihm aussichtslos. Bei der gestrigen Flucht vor dem Mob hatte er zudem den einzigen Draht zur Außenwelt, sein Handy, verloren. Abdul Qadir Dschila hatte er zuvor zwar in Kairo noch anrufen können. Seine missliche Lage war denen also bekannt. Aber das Problem war, dass er sich heute Abend telefonisch wieder melden müsste. Die beiden Derwische hatten ihm versprochen, ihn aus Äthiopien rauszuholen. Ohne Handy ging das nicht. Mist, verdammter! Er saß in der Falle. Das unrühmliche Gefühl beschlich ihn, dass Allah ihm zürnte. War der Allmächtige vielleicht zornig, weil er sich zur Sünde mit dieser Christen-Hure in Bahir Dar hatte hinreißen lassen? Oder ließ Allah ihn leiden wie einen räudigen Hund, weil er sich schon mehrere Tage in Folge nicht zu den obligatorischen Gebeten gen Mekka verneigt hatte?
»Allahu-Akbar«, murmelte er, schielte dabei vorsichtig gen Mekka und versuchte trotz des Hungergefühls versöhnlich zu klingen. Er spürte, wie der Wahn sich seiner Zunge bemächtigte. »Barmherziger, verzeih mir elendigem Sünder! Aber wie und wo soll ich mich in dieser mir fremden Stadt der äthiopischen Christen zum Gebet gen Mekka verneigen? Vielleicht lauern die Häscher des äthiopischen Geheimdienstes vor oder gar in den Moscheen.« Die täglichen fünf Pflichtgebete waren ihm unmöglich. Nein, das ginge nicht! Allah würde ihm das verzeihen. Er befand sich schließlich im Krieg. Im Dschihad muss das Gebet der Pflicht des Kampfes weichen. »Übe Nachsicht, Allmächtiger! Sieh, ich habe mein Angesicht in Aufrichtigkeit zu Dir gewandt, zu Jenem, der Himmel und Erde erschuf. Schenk mir al-Sakina, inneren Frieden

und Zufriedenheit, auf dass ich dieses Land der Christen lebend verlassen werde.«

Nach dieser Fürsprache fühlte er sich besser. Gottvertrauen würde ihm Kraft geben. Aber er wusste auch, dass er sich nicht ausschließlich auf die Hilfe Allahs verlassen durfte. Er musste etwas tun. So schnell wie möglich!

Der Baum in der Nähe der großen Kirche, unter dem er sich niedergelegt hatte, spendete zur Mittagszeit angenehmen Schatten. Instinktiv spürte er, dass dies ein guter Platz war. Was er suchte, worauf er wartete, wusste er nicht. Doch seine Sinne waren geschärft. Mit lauerndem Blick schaute er sich um. Die Kirche zur Linken war riesig und ziemlich neu. Ein hässlicher, pompöser Betonbau. Nicht weit davon war ein ziemlich unscheinbares Kirchengebäude zu sehen. Eingezäunt von einem hellblau gestrichenen Zaun, verriet eigentlich nur das Kreuz auf der Kuppel, dass es sich um eine Kirche handelte. Auffällig waren allerdings die alten Ruinen und Reste von Fundamenten nahe der Kirche. Misstrauisch taxierte Sahib al Saif die Leute in seinem Umfeld. Nein, die wenigen Einheimischen sahen nicht wie zivile Polizisten aus. Vor der kleinen Kirche standen einige Touristen und fotografierten den grauen Bau mit den zwei vergitterten Fenstern in der Front. Was das wohl war? Er wurde neugierig. Vorsichtig schlenderte er zu einem Hinweisschild und überflog den Text. Sahib al Saif musste grinsen. Hier in Aksum hatte im vierten Jahrhundert die Christianisierung des Landes durch den Mönch Frumentius angefangen. Aber zerstört wurde die Stadt von seinem Glaubensbruder, jenem, den sie damals den »Linkshänder« nannten.

»Schau mal einer an«, murmelte Sahib al Saif vor sich hin, »bis hierher sind meine Glaubenbrüder damals gekommen, um das Wort Allahs zu verbreiten.«

Plötzlich erregte ein Satz auf dem Schild seine Aufmerksamkeit. Er starrte auf die Tafel, konnte nicht glauben, was er da las. Der Imam Ahmed Granj hatte nicht nur diese Stadt zerstört, sondern auch diese Kirche. Und was für eine Überraschung: In dieser winzigen Kirche, die früher mal eine riesige Kathedrale gewesen war, hatte angeblich die Bundeslade gestanden! Sahib al Saif war verwirrt. War diese Bundeslade nicht genau das, was die beiden Sufis suchten? Sie hatten ihm doch gesagt, dass die Wiederkehr dieser Lade den Beginn einer neuen Zeit einleiten, göttliche Gegenwart ausstrahlen und Quelle des Friedens sein würde. Die Juden, so hatten die Derwische sogar behauptet, würden dann die Wahrhaftigkeit des Imam Mahdi anerkennen und die Aufrichtigen unter ihnen sich dann sogar dem Imam anschließen. Wie war das denn möglich? Er suchte etwas, brachte Menschen um und riskierte sein eigenes Leben für etwas, das angeblich hier stand. Der Statthalter des Schwertes wusste nicht so recht, wie er damit umgehen sollte. War das der Grund, warum Föllmer und seine Freundin nach Aksum kommen würden? Was, zum Teufel, war hier los? Je länger er nachdachte, desto mehr überkam ihn der Gedanke, dass die beiden Sufis ihn aufs Kreuz legen wollten. Um was ging es hier wirklich? Was hatte diese Bundeslade mit der Karawane zu tun, von der ihm die Derwische ja auch nichts gesagt hatten?
Der Racheengel fühlte sich plötzlich überhaupt nicht mehr krank. Misstrauen marterte ihn. Der Hunger schien wie weggeblasen zu sein. Diese miesen, alten Sufis! Sie belogen ihn! Sie wussten mehr, als sie ihm sagten. Er musste die Drecksarbeit machen und diese beiden Greise sahnten dann womöglich zusammen mit dem Kunsthändler aus Kairo ab! »Nicht mit mir! Nicht mit dem Statthalter des Schwertes! So nicht«, zischte er völlig außer sich und wollte sich schon wieder in

den Schatten des Baumes zurückziehen, als er zwei Touristen bemerkte. Es war ein älteres Paar. Sie war sehr fett, er lief an einem Gehstock. Beide trugen rote Schirmmützen und sahen wie Amerikaner aus. Mit dem Instinkt eines Raubtieres erkannte Sahib al Saif, dass die beiden prädestinierte Opfer waren. Die Fette postierte ihren Mann soeben vor der Kirche und machte mit ihrem Handy ein Foto. Der Racheengel war hoch konzentriert. Ein Handy! Hilflose Greise! Kaum keimte die Hoffnung in ihm, als die Frau wenige Schritte zur Seite ging, das Handy in ihre an einem Zaum hängende Handtasche steckte, einen Fotoapparat hervorholte und zurück zu ihrem Mann watschelte.
Sahib al Saif erkannte sofort seine Chance. Mit schnellen Blicken prüfte er sein Umfeld. Kein Polizist, kein junger Mann, der ihm hinterherrennen würde. Er atmete schnell. Ohne zu zögern, schritt er erst langsam, dann immer bestimmter auf die Handtasche zu. Dann hetzte er los. Zehn Schritte, noch fünf – ein schneller Griff. Und ein rascher Blick: das Handy und eine Geldbörse. Als er mit der Handtasche der alten Touristin in der Hand losrannte, jubelte er innerlich. Geld – ein Handy. Die Rettung! Allah hatte sein Flehen erhört, hatte ihm zwei dumme, reiche und behäbige Christen als Opfer geschickt. Allahu-Akbar!

Abba Giyorgis war der lustigste Priester, den Peter je kennen gelernt hatte. Er musste um die siebzig Jahre alt sein und trug eine Hornbrille mit Gläsern so dick wie ein Vergrößerungsglas. Er kicherte permanent. Der Schalk saß dem Ältesten des Klosters Tana Cherkos im Nacken. Kaum hatte das Boot beigedreht, war Abba Giyorgis mit seinen beiden Mitbrüdern an Bord gekommen. Zunächst begrüßte er Seyoum auf vertraute Weise, konnte sich jedoch beim Anblick von Jahzara ein keckes

»Oh, Herrgott, beschütze unsere Seelen! Die Sünde wandelt über die Meere, um uns zu versuchen« nicht verkneifen. Jahzara lächelte gequält. Gedankenverloren saß sie in der Kajüte und beobachtete, wie die Bootskapitäne der beiden Schiffe fachsimpelten. Nach einem kurzen Wortwechsel wurde entschieden, dass das Boot der Mönche sie zurück nach Bahir Dar schleppen würde.

Peter versuchte zu intervenieren: »Wir sind nicht weit vom Kloster Tana Cherkos, aber sehr weit von Bahir Dar entfernt. Warum fahren wir nicht zum Kloster, das geht schneller?«

Abba Giyorgis schüttelte seinen Kopf. »Solche Sandstürme, wie ihr ihn erlebt habt, sind zu dieser Jahreszeit keine Seltenheit. Der heimtückische Wind dreht blitzschnell. Das wäre zu gefährlich!«

Peter horchte auf. »Wieso haben nur wir den Sturm erlebt? Ihr seid direkt durch diese Sandwand hindurch auf uns zugefahren. Ihr müsst doch mittendrin gewesen sein?«

Die beiden anderen Mönche, zwei dünne Gestalten mit flatternden Gewändern und missmutigen Blicken, schauten sich verwundert an.

Der Abt druckste verlegen herum, schielte dann zu Jahzara und scherzte zweideutig: »Wir Mönche sind manchmal so weit entfernt von den weltlichen Dingen, dass unser Blick getrübt ist für die Schönheiten und Naturgewalten dieser Welt. Was das eine Auge sieht, entzieht sich oft dem Blick des anderen. Wir jedenfalls haben nur geahnt, dass dieses Unwetter aufkommt. Erlebt haben wir es nicht. Die See war ruhig, die Sonne schien. Allerdings hatte ich heute Nacht einen seltsamen Traum, eine Vision. Da war ein Mann ohne Gesicht. Er schien über dem See zu schweben und türmte mit seiner linken Hand die Fluten des Tanasees zu riesigen Wellen auf. Das hat mich sehr nachdenklich gemacht. Weil uns dann heute

Vormittag auch noch die Zeichen der Natur sagten, dass ein Unwetter aufziehen würde, hielten wir es für besser, euch entgegenzufahren, um euch zu warnen. Weißt du, wir haben ein Erdhörnchen bei uns im Kloster. Lange bevor ein Unwetter aufzieht, wird es extrem unruhig und versteckt sich in seiner Höhle. Es weiß oder spürt Dinge, von denen wir nicht mal wissen, dass sie existieren. Das Erdhörnchen hat uns dazu angehalten, euch zu Hilfe zu eilen.«

Jahzara hatte den Worten des Mönches aufmerksam gelauscht. Schon seit geraumer Zeit machte sie sich Gedanken, wie all diese geheimnisvollen Geschehnisse der letzten Zeit zu deuten seien. Was in den letzten Wochen geschehen war, konnte rational nicht mehr erklärt werden. Sie war zu sehr in den traditionellen Denkweisen ihres Volkes verhaftet, um nicht an überirdische Kräfte, an Geister und Dämonen zu glauben. Dämonen waren für sie engelsgleiche Geschöpfe Gottes, die nicht an Räume und menschliche Welten gebunden waren.

Eine ebenso große Bedeutung hatte die Vorsehung im Denken ihres Volkes. Vorsehung, das war sie schon als Kind gelehrt worden, steuert das irdische Dasein. Vorsehung, so hatte ihre Großmutter gesagt, »ist eine zweite, eine parallele Kraft. Unser Leben auf Erden ist kaum mehr als der ewige Kampf zwischen diesen beiden Kräften«. Davon war auch Jahzara fest überzeugt. In den letzten Wochen hatte sich das bestätigt. Seit gestern war sie nicht mehr von dem Gedanken abzubringen, dass überirdische Kräfte ihr Leben begleiteten. Peter hatte ihr von dem Traum des greisen Mönches erzählt. Nun schien es, als habe auch dieser Mönch einen ähnlichen Traum gehabt. Da war der Mann, der Linkshänder, der beiden erschienen war. War es der Araber, der ihr seit Venedig folgte? Dann dieser Sturm! Hatten überirdische Kräfte sie von einem Besuch der Insel Tana Cherkos abhalten wollen? Nur hier, in

diesem Kloster, wusste man von der geheimnisvollen Karawane. Und wahrscheinlich auch von der Bundeslade. Hoffentlich würde dieser Abba ihnen davon erzählen.
Abba Giyorgis begann schon nach einer Viertelstunde Boostfahrt zu plaudern. Er sprach so offen, dass Peter Jahzaras Vater fragte: »Wieso erzählt er uns das alles? Wir sind doch Fremde für ihn.«
»Nein, Peter, wir sind keine Fremden für ihn«, antwortete Seyoum. »Das Band der Ahnen, das uns verbindet, ist die Basis für das Vertrauen, dass Abba Giyorgis in mich und in Jahzara hat. Was er uns erzählen wird, ist über viele hundert Jahre ein wohlgehütetes Geheimnis gewesen. Du solltest wissen, dass Tana Cherkos unter den mehr als zwanzig Klosterinseln des Tanasees diejenige ist, um die sich die meisten Legenden ranken. Die Heilige Familie soll hier auf der Flucht von Palästina nach Ägypten hundert Tage geruht haben. Hier wird ein Halsband aufbewahrt, dass der Jungfrau Maria gehört haben soll. Auf dieser Insel soll sogar die Bundeslade versteckt worden sein, nachdem Menelik I. sie aus Jerusalem entwendet hatte. Azarius, der Enkel des Hohepriesters Zadok aus Jerusalem, der die Bundeslade hierher begleitete, liegt ebenfalls hier begraben. Es gibt noch andere für unsere Religion bedeutsame Geschehnisse, die mit Tana Cherkos in Verbindung gebracht werden. Du siehst also: Abba Giyorgis wacht auf dieser Insel über mehr als 2000 Jahre Geschichte unseres Landes. Es gibt keinen besseren Ort in Äthiopien, um über die Geschehnisse zu reden. Ich hoffe, du bist dir im Klaren darüber, welches Vertrauen wir dir alle entgegenbringen.«
Peter schwieg. Seine Blicke folgten Jahzara, die sehr anmutig auf den alten Abt zuging und sich vor ihm niederkniete. Demütig senkte sie ihren Kopf, ergriff mit beiden Händen die Hand des Abtes und drückte sie lange gegen ihre Stirn.

Wieder einmal wurde ihm bewusst, dass hier in Jahzara all die Dinge zum Leben erwachten, die sie so ungewöhnlich und anders machten. Ja, Jahzara trug unantastbares afrikanisches Gedankengut und eine afrikanische Gefühlswelt in sich. Eine, die völlig anders war und nie die seine sein konnte. In diesem Moment war sie ihm unglaublich nahe und doch so weit weg.

Während die beiden Boote nebeneinander Richtung Bahir Dar tuckerten, begann Abba Giyorgis zu erzählen: »Die Welt verändert sich. Viele Jahrhunderte hindurch waren wir Mönche der Klöster hier am See die Hüter allen Wissens. Niemand interessierte sich wirklich für uns. Seit einiger Zeit kommen aber immer mehr Fremde ins Land. Meistens sind es ehrliche, wissbegierige und sehr gläubige Besucher, die erkennen, welch große Rolle unser Land bei der Entstehung des Christentums gespielt hat. Doch es mehren sich auch die Zeichen und Hinweise, dass Menschen, die vielleicht Arges im Sinn haben, sich für unsere Inseln interessieren. Da gibt es einen Pater aus Jerusalem. Er gehört zur Benediktinerabtei Dormitio. Vor langer Zeit schon ersuchten erlauchte Männer vom Vatikan in Rom unseren Patriarchen, diesen Pater Benedikt bei einem bedeutsamen Forschungsprojekt zu unterstützen. Sogar der ehrwürdige Nabura Ed, Bischof unserer heiligen Stadt Aksum, wurde um Hilfe ersucht. Dieses Ansinnen aus Rom beunruhigte uns allerdings mehr, als dass wir es als Ehre empfanden. Die Verbindung zwischen der römisch-katholischen Kirche und den Christen Äthiopiens ist nicht immer sonderlich gedeihlich gewesen.«

Der Mönch schwieg eine Zeit lang und blickte hinaus auf den Tanasee, der im Licht des frühen Nachmittags friedfertiger denn je wirkte.

Jahzara schaute zu Peter. Hatte er bei diesen Worten des Abbas die gleichen Gedanken wie sie? Bei dem erwähnten Pater Benedikt handelte es sich ohne Zweifel um jenen Pater, der Zugang zum *Sion*-Dossier in Lissabon gehabt hatte. Und nun tauchte er hier in Äthiopien auf! Peter nickte ihr unauffällig zu. Mit seinem über den Mund gelegten Zeigefinger signalisierte er ihr, dass es besser sei, den Mönch nicht zu unterbrechen.

Abba Giyorgis holte tief Luft und sprach dann weiter: »Rom mochte uns nie. Und Rom mag uns noch immer nicht. Sie, die das Zölibat verteidigen, mögen nicht, dass unsere Priester vor der Weihe verheiratet sein müssen; sie mögen nicht, dass wir jüdisches Brauchtum als festen Bestandteil unseres Glaubens sehen; sie verurteilen es, dass wir nur eine Natur Christi, die göttliche, anerkennen. Nie haben sie verziehen, dass wir die Beschlüsse des Konzils von Calzedon nicht anerkannt haben. Eigentlich, das müssen wir bei aller Ehrfurcht vor dem Heiligen Vater in Rom sagen, gab und gibt es nicht gerade sonderlich viel Christenliebe zwischen Rom und Addis Abeba! Deswegen wundert es uns schon sehr, dass wir jetzt um Unterstützung für einen Pater gebeten werden, der sich mit den Geschehnissen lange vor jenen, die euch interessieren, beschäftigt. Argwohn leitet unsere Herzen, wenn es um diesen Pater Benedikt geht. Das Seltsame ist: Er müsste sich eigentlich schon längst gemeldet haben. Wir haben ihn dieser Tage erwartet. Aber er kam nicht! Wenn er noch auftauchen sollte, werden wir ihm zuerst erzählen, wie unsere Vorfahren Gastfreundschaft praktiziert haben. Willkommen war bei uns in Aksum, Lalibela, in Abessinien, Äthiopien oder wie immer auch unser Land von euch Europäern im Laufe der Jahrtausende genannt wurde, jeder. Aber nicht alle, die da kamen, haben sich auch wie Gäste verhalten. Wer versuchte, uns zu bestehlen, uns übel nachredete oder gar Verschwörungen gegen uns initiierte, den haben wir bestraft, indem er für immer und ewig unser Gast bleiben musste. Wir verwehrten ihnen die Heimreise, gaben ihnen jedoch Haus und Weib und gestalteten ihr Leben sehr angenehm. Wir haben es nicht so wie die Herrschenden in Rom, Venedig, Lissabon oder Madrid gemacht. Unsere Abgesandten, die wir dorthin schickten, immer und immer wieder, hoffend, dass unser Ruf nach Hilfe von christlichen Brüdern erhört werden würde, diese Abgesandten sind spurlos verschwunden. Vielleicht wurden sie umgebracht! Wir haben sogar mal Boten zum Papst nach Rom geschickt, ihn gebeten, uns im Kampf gegen die Ungläubigen beizustehen. Bis zum Patriarchen von Alexandria sind sie nachweislich gekommen. Dann aber verschwanden sie spurlos auf dem Weg von Alexandria nach Rom. Seltsamerweise auf einem Boot, das unter den Segeln der Kurie das Mittelmeer durchquerte. Die Boten verschwanden, die Nachricht verschwand. Damit sank unsere Hoffnung auf die Hilfe unserer Christenbrüder. Und wir wurden misstrauisch!«

Abba Griyorgis musste abermals tief Luft holen, dann setzte er fort: »Später haben wir Gäste, von denen wir wussten, dass sie uns nicht wirklich wohlgesinnt waren, in unserem Reich behalten. Das war so mit einem Italiener namens Pietro Rombulo, der siebenunddreißig Jahre am Hofe unseres Kaisers David verbrachte. Und so war es mit einem sicherlich auch euch bekannten Mann: mit Francisco Álvares. Er war ein Franziskaner – und ein Spion des Heiligen Vaters aus Rom! Auf einem Schiff der Portugiesen war er angereist. Wir gaben ihm, unserem christlichen Bruder, was er benötigte, erzählten ihm, was er wissen wollte – behandelten ihn wie einen Freund. Dann aber wurden wir gewahr, dass er alles, was er erfuhr, die Stärken unserer Heere und die Schwächen unserer Herrscher, aufschrieb. Wir gelangten in den Besitz von Dokumenten, die

Francisco Álvares mit sich führte. Daraus konnten wir ersehen, dass machthungrige Männer in Rom einen hinterlistigen Plan ersonnen hatten, um unser Reich in den Abgrund zu stürzen. Dieser Álvares war Teil dieser Intrige. Also durfte er sieben Jahre lang nicht unser Land verlassen. Alles, was er ausspioniert und niedergeschrieben hatte, lag lange Zeit in einer Truhe hier auf Tana Cherkos. Es verschwand vor vielen Jahren spurlos. Niemand weiß, wer es gestohlen hat. Es kann nur ein Besucher gewesen sein. Doch ich glaube, diese Notizen sind es, die jetzt die wundersame Aufmerksamkeit so vieler Fremder auf sich ziehen. Vielleicht kommt dieser Pater Benedikt aus Jerusalem nur wegen dieser Aufzeichnungen. Und vielleicht erklärt sich so auch das Interesse einiger Araber aus Kairo, die sich schon vor mehr als einem Jahr mit höchst fadenscheinigen Argumenten hier nach Francisco Álvares erkundigt hatten.«

Bei der Erwähnung der Araber schauten sich Peter und Jahzara fragend an. Der Abba redete indessen weiter.

»Wahrscheinlich rührt daher auch mein Traum der letzten Nacht. Ich spüre, meine Freunde, dass Dinge geschehen, die den Sturm des Wandels über unser Land fegen lassen werden. Ich ahne, dass es besser ist, Menschen, denen wir vertrauen können, davon zu erzählen, bevor Hab- und Machtgier die Wahrheiten für immer verschleiern. Das, Jahzara, ist der Grund, warum ich dir – euch all das erzähle. Du bist mir, deinem Vater und deinen Vorfahren verpflichtet. Der Geist der Ahnen wird dir Weisheit und Ehrlichkeit auferlegen. Das Blut jener Prinzessin Sahel, die einst hier am Tanasee aufbrach in ferne Länder, um uns vor den Horden der Moslems zu retten, strömt in unser aller Blute. Vollende, was Prinzessin Sahel nicht gelang.«

Peter sah, wie Jahzara die Tränen kamen. Sie schluchzte ungehemmt. Der Abba tat so, als sei ihm eine Fliege ins Auge geflogen, um zu verschleiern, dass die Tränen Jahzaras ihn rührten. Die beiden Bootsführer stierten ostentativ auf den See hinaus.

Es dauerte lange, bis Jahzara sehr leise zu sprechen begann: »Im fernen Italien, in einem Kloster namens San Francesco del Deserto, sind unlängst zwei Franziskanermönche umgebracht worden. Einer dieser toten Mönche hat uns vor seinem Ableben sensationelle Dokumente zukommen lassen. Darunter eine alte Landkarte und Teile eines sehr alten Buches. Darin wird von einer geheimnisvollen Karawane von Äthiopien quer durch die Sahara berichtet. Bislang wussten wir nicht, wer der Verfasser dieser Texte war. Jetzt, nach all dem, was du uns erzählt hast, ahne ich es: Es war Francisco Álvares! Also der Mann, dem ihr als vermeintlicher Spion des Papstes sieben Jahre lang die Heimreise verwehrt und seine Manuskripte zurückgehalten habt. Ein Franziskaner! Erst viele Jahre nach seiner Rückkehr nach Europa veröffentlichte man in Lissabon seinen Reisebericht unter dem Titel *Verdadeira Informação das Terras do Preste João das Índias*. Allerdings nur eine gekürzte Version. Ich denke, es waren Gedankenprotokolle, mehr nicht. Das Original tauchte nie in Europa auf. Es galt als verschollen. Wir wissen nun, warum. Es lag hier im Kloster Tana Cherkos unter Verschluss. Ehre gebühre den Toten! Aber ich ahne, wer dieses Original zuletzt besessen hat: der ehemalige Franziskanermönch Charles Bahri. Woher er das Originalmanuskript von Francisco Álvares hatte, weiß ich nicht. So, wie ich auch nicht weiß, ob all das stimmt, was in dem Dossier geschrieben steht. Nur du, ehrwürdiger Abba Giyorgis, kannst uns helfen, unsere Vermutungen zu Wahrheiten werden zu lassen. Was geschah vor 600 Jahren hier am Tanasee? Ich denke, wir müssen uns beeilen. Es gibt, wie

damals, auch heute Menschen, die aus anderen, sehr niedrigen Beweggründen nach der Wahrheit suchen. Christen wie Moslems. Dazu könnte auch der Pater aus Jerusalem gehören. Er gehört dem Orden Hagia Maria Sion an. Den gleichen Namen trägt seltsamerweise unsere heilige Kirche Maryam Sion in Aksum. Und das *Sion*-Dossier! Diese Namensgleichheit ist sicherlich kein Zufall! Und da sind auch noch die Araber. Diese Leute sind skrupellos, schrecken sogar vor Mord nicht zurück. Doch ich lasse mich nicht mehr aufhalten. Gott wird uns beschützen. Und du, Abba Giyorgis, kannst uns helfen. Ohne dich wird der Staub der Vergangenheit und des Vergessens nicht nur die verschollene Karawane zudecken, sondern auch den Tod unschuldiger Menschen unaufgeklärt lassen.«
Peter versuchte, seine Ergriffenheit zu unterdrücken. Zum ersten Mal nach dem Tod seiner Frau hatte er das Gefühl, weinen zu können. Was und mit welcher Herzenswärme Jahzara soeben resümiert hatte, rang ihm grenzenlose Hochachtung ab. Er war begeistert von ihr, schätzte ihren Sachverstand, bewunderte ihre analytischen Fähigkeiten.
Abba Giyorgis rieb sichtlich aufgewühlt seine Handflächen gegeneinander. Die Sonne ließ seinen ohnehin lebhaften Augen einen eigentümlichen Glanz angedeihen. Die Brise des späten Nachmittags fuhr ihm durch seine wenigen Haare. Ihm war anzusehen, dass ihn Gewissenskonflikte plagten. Ungelenkt winkte er die beiden anderen Mönche herbei und flüsterte ihnen etwas zu. Ohne ihre Blicke zu erheben, gingen sie zum Bug des Bootes, ließen sich dort nieder und hielten sich die Ohren zu. Es sah sehr lustig aus.
»Was hast du den beiden gesagt?«, fragte Seyoum. Es fiel ihm schwer, angesichts der beiden Mönche nicht zu lachen.
»Ich habe ihnen gesagt, dass der Zorn des Herrn ihnen die Fähigkeit zu hören nehmen wird, wenn sie ihre Ohren nicht

verschließen. Was der eine hören soll, muss nicht das Gewissen eines anderen belasten. Meine beiden Brüder sind sehr schlichte Menschen. Es ist besser, wenn sie später sagen können, dass sie von alldem nichts mitbekommen hätten. Wenn ich euch jetzt erzähle, was damals geschah, könnte der Allmächtige mit Blitz und Donner und ewiger Verdammnis reagieren. Vielleicht höre auch ich danach nicht mehr. Wer weiß? Wenn er meine Ohren mit ewiger Stille belegt, wäre das zu ertragen. Ich habe so viel Schlimmes in meinem Leben gehört! Jetzt aber sollte ich beginnen, bevor ein göttlicher Blitz mir den Kopf verwirrt und mich zum lallenden Dummkopf werden lässt. Was ich euch erzähle, ist jene Wahrheit, die mir so von den Ältesten des Klosters überliefert wurde und die ich als Wahrheit verinnerlicht habe.«

Abba Giyorgis nahm seine Hornbrille ab und wischte die monströsen Gläser an seinem Gewand ab. Der alte Mönch rang sichtlich nach Luft, schien für einige Momente die Fassung zu verlieren. Für ihn war es wohl ein unrühmlicher Rückblick in eine Zeit, da die Kaiser- und Christenreiche dieses Landes in hoher Blüte gestanden hatten.

Der Alte starrte fast apathisch auf den See hinaus. Er schien seine Erinnerungen aus den Wolken am Horizont herbeizuholen. An die Reling angelehnt, begann er zu sprechen: »Mein Herz wird schwermütig, wenn ich über diese Dinge spreche. Um das zu verstehen, müsst ihr wissen, dass die Beziehungen zwischen den altäthiopischen Reichen und den Moslems früher ungewöhnlich gut waren. Der erste Kontakt des Islams mit Äthiopien fand schon zu Lebzeiten des Propheten Mohammed statt. Einige Muslime, darunter auch die Ehefrau des Propheten, flohen nach Äthiopien, wo sie freundlich aufgenommen wurde. Unser König weigerte sich, die Verfolgten nach Mekka auszuliefern, weil er keinen großen Unterschied zwischen dem orthodoxen Christentum und dem Islam sehen konnte. Ob ihr es glaubt oder nicht, aber in Äthiopien entstand die erste muslimische Gemeinde der Welt außerhalb Mekkas! Ab dem neunten Jahrhundert entwickelten sich sogar einige islamische Fürstentümer bei uns, vor allem im Osten und Südosten unseres Landes. Doch die Herzen derer, denen wir unsere Gastfreundschaft offenbart hatten, wurden alsbald vom Hass geblendet. Sie trachteten danach, unser christliches Reich der Herrschaft der grünen Fahnen des Propheten zu unterwerfen. Sieben Jahrhunderte schon waren die Krummdolche schwingenden Reiter auf ihren Pferden von Osten kommend über Nordafrika hinweggefegt, hatten die Meerenge bei den einstigen Säulen des Herakles überschritten und mit ihren gellenden Schreien sogar die Iberische Halbinsel erzittern lassen, da schwand unserer Herrscher Hoffnung, dass der Allmächtige Gott der Christen den Heeren Allahs Mut und Kraft, ihren Pferden den Atem nehmen würde.«

Jahzara hüstelte leise. Der Alte verharrte kurz, dann erzählte er weiter.

»Der Sultan von Kairo, so trug der Wind die Nachricht nilaufwärts, trachtete allen Christen unseres Reiches nach dem Leben. Wo er auftauchte, färbten sich die Fluten der Flüsse alsbald mit dem Blut von Christen. Geier und Hyänen lebten im Überfluss. Wir schickten Boten durch die Wüsten und das Rote Meer zum Bischof nach Alexandria und baten um christlichen Beistand. Aber alle Boten verschwanden spurlos. Wir sandten Boten nach Lissabon und Madrid. Aber sie kehrten nicht zurück. Wir waren umringt von den Horden Allahs! Die Wege des Herrn, des Allmächtigen, sind unergründlich. Er ließ uns allein mit unseren Ängsten und Hoffnungen. Die Sultane metzelten unsere Krieger nieder, nahmen sich unsere schönsten Frauen, schlugen unseren Edelsten die Köpfe ab und zwangen uns dazu, fünf Mal am Tag zu lügen, dass Allah der einzige Gott sei. Unser Stolz wurde vom Wind in die Wüste geweht. Dorthin, wo es keine Hoffnung gab. Aber genau von dort drangen plötzlich von Karawanenführern Nachrichten durch das Meer aus Sand zu uns, dass Schiffe mit gewaltigen Segeln und einem Kreuz darauf die Meere durchsegelten, um uns Christen von Aksum und Lalibela Beistand zu leisten. Schon bald tauchten tatsächlich jene riesigen Karavellen an unseren Küsten des Eritreischen Meers auf. Männer in Harnischen und bewehrt mit Musketen nahmen den weiten, beschwerlichen Weg von den Küsten ins Landesinnere auf sich. Sie brachten frohe Kunde mit – und Männer in Kutten und mit Bibeln.«

Jahzara hörte dem Alten gebannt zu. Sie kannte die historischen Fakten aus jenen Zeiten. Tatsächlich waren die Portugiesen im Jahre 1493 am Hofe des Negus erschienen, um ein Bündnis mit Äthiopien zu schließen. Unter dem Sohn von Vasco da Gama war es portugiesischen Hilfstruppen sogar gelungen, die islamischen Truppen aus dem Sultanat Adal vernichtend zu schlagen. Dann aber waren dramatische Dinge geschehen.

Abba Giyorgis hatte zwischenzeitlich abermals seine Brille abgenommen. Beim Sprechen hielt er die Augen geschlossen. »Wahrlich, unter den Abgesandten des portugiesischen Königs waren achtbare Männer. Sie trugen Gutes im Herzen. Einer von ihnen, von edelster Abstammung und mächtiger Statur, erwärmte das Herz einer äthiopischen Prinzessin vom Hofe der Kaiserin Eleni mit Liebe. Doch da waren diese Männer aus Rom, allesamt Priester. Sie predigten Nächstenliebe, säten aber Hass. Wieder und wieder verlangten sie, dass unsere Priester und Gläubigen sich Rom unterwerfen sollten. Sie taten es mit so viel Lug und Trug, dass man sie und ihre gespaltenen Zungen in einsame Klöster verbannte, wo sie keinen Unfrieden mehr stiften konnten. Die Welt erzitterte derweil unter dem Trommeln der Hufe der Rösser des Sultans. Sie ritten so unglaublich schnell durch Nubiens Wüsten, dass kein Zweifel bestehen konnte, dass der Satan Gog und Magog, die Fürsten der Unterwelt, am Jüngsten Tag befreit hatte und die Sendboten des Verderbens die Pferde der Muslime auf ihren Rücken gen Süden trugen. Welch Wehklagen erhob sich in unserem Land! Es war der Beginn der dunkelsten Zeit unseres Volkes. Gott hatte unser Land verlassen! Todesangst ließ uns schließlich zu willfährigen Bittstellern werden. Wir verpfändeten unsere Seelen! Denn die Untertanen des Papstes, die wir in einsame Klöster verbannt hatten, lockten uns nun mit Versprechungen und trügerischen Worten. Sie versprachen uns Heere von Kreuzrittern und Legionen gläubiger Ritter, die uns zur Hilfe eilen würden, wenn wir nur bereit wären, unserem wahren Glauben abzuschwören und uns der Allmacht des Heiligen Vaters in Rom zu unterwerfen! Was, so frage ich euch, hätten wir denn damals tun sollen? Wir waren dem Untergang geweiht. Tod und Knechtschaft unter den Arabern oder reuige Unterwürfigkeit, das war unsere Wahl. Die Entscheidung traf unsere Kaiserinmutter, die ruhmreiche Kaiserin Eleni, aus Liebe zu ihrem Volk: Sie willigte ein, sich Roms Forderungen zu beugen. Daraufhin wurden in aller Hast weltliche und sakrale Schätze zusammengetragen und an das Ufer des Tanasees in Sicherheit gebracht. Darunter der Garant für Gottes Gegenwart inmitten des Volkes, Symbol des Bundes Gottes mit uns.«

Jahzara stockte beinahe der Atem. Was der Mönch soeben fast beiläufig und sehr kryptisch formuliert erzählt hatte, war der Beweis! Ja, er sprach von der Bundeslade – dem Garanten für Gottes Gegenwart inmitten des Volkes. Ihr Herz pochte.

Sie wollte Fragen stellen, sah dem Abba aber an, dass er nicht gewillt war, über diese Dinge weiterzusprechen. Der Abt schien sehr nervös zu sein. Es war nicht zu übersehen, dass er nach Worten suchte, um seine Erzählung zu beenden. Sie hatte sich nicht getäuscht.

Der altehrwürdige Abba Giyorgis räusperte sich, stand auf, schritt auf Jahzara zu und sagte: »Mein Herz pocht schneller, als die Ströme des Blutes in meinen Adern dies ertragen. Darum lass mich abschließen und noch jene Fragen, die aus deinen Augen zu mir dringen, beantworten: Alles, woran der Kaiserinmutter und des Volkes Herz damals hing, wurde hierher, in die Klöster des Tanasees, gebracht. Alles! Dort drüben, am westlichen Ufer des Sees, dort, wo der Nil sich tosend seinen Weg durch die Berge in die Freiheit gebahnt hat, genau dort wurde die größte Karawane, die Afrika jemals gesehen hat, zusammengestellt. In unseren heiligen Büchern steht geschrieben, dass das Brüllen der vielen Kamele lauter war als das Tosen der Wasserfälle. Einige wenige portugiesische Soldaten und mehr als 1000 unserer Krieger bewachten das Wertvollste, das unser Volk besaß. Die Karawane trug die Prinzessin Sahel und den portugiesischen Edelmann westwärts durch das Meer aus Sand dorthin, wo die Sonne am Abend verglüht. Dort, irgendwo in einem fernen Land, an einem Ort namens Tendaba, so hatten uns die Portugiesen versprochen, würden Schiffe mit weißen Segeln und roten Kreuzen und mutigen Kreuzrittern auf sie warten, auf dass nach ihrer Ankunft christliche Heere im Abendland aufbrechen und unser Volk retten würden. So war uns berichtet worden. Aber es steht auch geschrieben, dass Gog und Magog der Karawane folgten und dass Lüge und Gier in den Herzen jener Priester mit auf die Reise gingen. Sie kamen nie an.«

Stunden später, die Dunkelheit hatte sich bereits über Bahir Dar gelegt, erreichten sie das Städtchen am Ufer des Tanasees.
Peter hatte aberwitzige Kopfschmerzen. Er wusste die Flut der Informationen nicht so recht einzuordnen. Was der Mönch erzählt hatte, wirbelte sein Weltbild durcheinander. Alles, was bislang als Hypothese im Raum gestanden hatte, schien sich zu bestätigen. Die Sensation war perfekt. Es hatte diese Karawane gegeben. Die Prinzessin Sahel ebenfalls. Es war unglaublich!
Was ihn nicht minder intensiv beschäftigte, war seine eigene emotionale Schieflage. Auf eigentümliche Weise fühlte er sich plötzlich mit diesen Menschen, mit Jahzara, Seyoum, mit dem Mönch, den Menschen Äthiopiens – mit Afrika aufs Innigste verbunden. Noch nie hatte er sich mit der Geschichte Afrikas so intensiv und von einem derart anderen Betrachtungswinkel aus beschäftigt. Mochte ein Teil dessen, was Abba Giyorgis in den letzten Stunden erzählt hatte, aus Legenden, Mythen oder vom Hörensagen stammen und vielleicht sogar ein wenig erfunden gewesen sein: Es hatte ihn sehr ergriffen, hatte ihn mit der afrikanischen Sicht der Geschichte dieses Kontinents konfrontiert. Eine Geschichte, die ihm nun geradezu logisch erscheinen ließ, warum viele Menschen Afrikas die Weißen hassten, ihnen misstrauten. Sie waren von ihren christlichen Brüdern im Abendland schlichtweg im Stich gelassen worden. Und selbst wenn der Alte sich bei diesem Thema sehr kryptisch ausgedrückt hatte, so ahnte Peter doch, dass da noch eine ganz andere Sensation lauern könnte: die Bundeslade!
Abba Giyorgis verharrte nochmals am Ufer. »Meine Freunde, der Allmächtige hat unsere Wege zusammengeführt und Er hat vorgegeben, dass sie sich wieder trennen werden. Hier.

Heute. In dieser Welt werden wir uns nicht wiedersehen. Alles, was ich euch erzählte, ist wahr. Ich weiß es, ihr wisst es jetzt. Ich jedoch werde es nie wieder jemandem erzählen können. Gott hat mir in der Nacht des bösen Traums durch ein Zittern meines Herzens mitgeteilt, dass meine Zeit auf dieser Welt bald zu Ende gehen wird. Ich weiß, dass ich bald sterben werde. Mein altes Herz quält mich, flattert wie ein Blatt im Wind. Ich folge dem Ruf des Herrn. Folgt ihr eurem Herzen! Aber etwas wollte ich euch noch sagen: Ihr sucht nach der Karawane, sucht den Priesterkönig Johannes, forscht in der Vergangenheit und seid doch blind für die Zeichen der Gegenwart! Was der Papst damals, zu Zeiten der Kaiserin Eleni und des Negus Lebna Dengel, wusste, weiß auch der Papst, der heute über die römisch-katholischen Christen wacht. Warum fragt ihr ihn nicht selbst? Öffnet eure Augen! Schaut euch doch mal das Wappen eures Papstes an. Wie heißt er noch mal? Benedikt XVI.? Er hat ein wunderschönes Wappen. Fragt ihn, wieso sich in seinem Wappen links oben ein Mohr befindet. Einer mit einer Krone auf dem Haupt. Sie nennen diesen Mohren ›caput aethiopicum‹. Ist das nicht überaus seltsam? Der äthiopische Kopf! Dieser gekrönte Mohr aus Äthiopien ziert das Wappen des jetzigen Papstes. Glaubt ihr nicht auch, das müsse einen Grund haben?«
Peters Gedanken überschlugen sich. Unglaublich! Er hatte das Wappen des neuen Papstes bei seiner Recherche über den Priesterkönig Johannes zwar schon mal gesehen und auch den abgebildeten Mohren mit der Krone auf dem schwarzen Haupt im Unterbewusstsein registriert. Aber er wäre nie darauf gekommen, dass dies etwas mit dem Priesterkönig Johannes zu tun haben könnte. Was sich da abzeichnete, barg eine neue, eine fantastische Dimension! Er wusste, dass man diesen Mohren im Wappen des Papstes auch den Freisinger Mohren

nannte, benannt nach Bischof Otto von Freising. Also jenem Bischof, der bereits im 12. Jahrhundert einen gekrönten Mohren in seinem Wappen trug – und der als einer der Ersten galt, die das Abendland mit der fantastischen Geschichte vom Priesterkönig Johannes in Aufruhr versetzten. Wahnsinn! Der Papst der Gegenwart trug denselben gekrönten Mohren in seinem Wappen. Viele Erklärungen für die mysteriösen und tragischen Geschehnisse, die zum Aufbruch einer Karawane gläubiger und verzweifelter Christen von Äthiopien aus gen Westafrika geführt hatten, müssten im Vatikan zu finden sein. Dort fänden sich wahrscheinlich auch Dokumente, die erklären würden, warum vom dramatischen Hilferuf der Kaiserin Eleni an den Papst im Kampf gegen die moslemischen Heerscharen bis zur Ankunft eines Truppenkontingents von vierhundert portugiesischen Musketenschützen in Äthiopien fast zwanzig Jahre vergingen. Zwanzig Jahre! Unvorstellbar! Das war der Untergang von Aksum und Lalibela, der Tod vieler tausend äthiopischer Christen gewesen. Diese Karawane, das stand für Peter fest, war unter größter Geheimhaltung aufgebrochen, um zu retten, was vom einst so ruhmreichen Christenreich in Äthiopien noch zu retten war. Aufgebrochen waren sie, aber nie angekommen. Das Meer der Finsternis hatte sie verschluckt. Dennoch musste es Überlebende der Tragödie gegeben haben, denn nur Überlebende hatten die mysteriöse Karte anfertigen können, die sie von Charles bekommen hatten. Wer waren sie gewesen? Spione des Papstes? Franziskaner?

Als habe der Abt seine Gedanken erraten, wandte er sich nochmals zu Jahzara um. »Was werdet ihr jetzt tun? Wollt ihr aus Wissen Weisheit werden lassen und euren Kindern und vielleicht auch fremden Menschen erzählen, was damals geschah? Wollt ihr zum Papst nach Rom reisen und ihn wegen des Mohren in seinem Wappen befragen? Was, Jahzara, wollt ihr tun?«

Jahzara war verlegen. Der Hinweis des Mönches auf Kinder verunsicherte sie. Peter sah, wie sie für einen Augenblick ihre Fassung verlor. Sie schaute ihn an, blickte zu ihrem Vater, ging zu Abba Giyorgis, umarmte ihn und flüsterte: »Wir werden die Kirche in Aksum besuchen, wo einst die Bundeslade stand. Und danach suchen wir die Gebeine der Prinzessin Sahel und die ihres Mannes. Du hast uns erzählt, dass sie sich liebten und dass es eine große Liebe war. Sahel ist ein wunderschöner Name. Es bedeutet im Arabischen ›Ufer‹ – das Ufer zum Meer aus Sand, dem Meer der Finsternis – zur Wüste Sahara. Also werden wir sie in der Wüste suchen und ihre Gebeine wie die Reliquien einer Heiligen zurück in ihre Heimat, nach Äthiopien, bringen. Und mit ihr die Wahrheit, auf dass sie nach deinem Tod nicht in Vergessenheit geraten werde.«

15.

Commissario Toscanelli wusste für einen Moment nicht, ob ihm die Situation peinlich sein oder ob er lauthals losbrüllen sollte. Ihm ging es so grauenhaft schlecht, dass er keinen klaren Gedanken fassen konnte. Er warf einen kurzen Blick auf seinen deutschen Kollegen, der mit aschfahlem, eher grünlichem Gesicht am Bug des Polizeibootes stand und sich übergab. Toscanelli konnte sich nicht länger zurückhalten. Er prustete los, krümmte sich – ob vor Magenschmerzen oder Lachen, war nicht zu unterscheiden – und schämte sich nur ein wenig. Auch der Carabiniere, der am Ruder stand und die ganze Zeit verzweifelt versuchte, sein Lachen zu unterdrücken, konnte sich nicht mehr beherrschen. Tränen liefen den beiden über ihre Wangen.

Pietro suchte lange nach Worten, bis er schließlich abgehackt hervorpresste: »Das … das hat Venedig in seiner glorreichen Geschichte mit Sicherheit noch nie gesehen. Zwei kotzende Kommissare im Einsatz!« Er brüllte es so laut gegen den Fahrtwind, dass selbst Hauptkommissar Gert Fröbig vom deutschen Bundeskriminalamt nicht anders konnte, als zwischen seinen Würgeanfällen gequält zu grinsen.

Es dauerte gut eine Viertelstunde, bevor sich alle Polizisten auf dem Boot wieder beruhigten. Lange Zeit genügte nur der Blickkontakt zu einem ihrer Kollegen, um abermals wie albernde Kinder loszukichern. Schließlich tuckerte das Polizeiboot durch seichtes Wasser auf die Klosterinsel San Francesco del Deserto zu. Mit festem Boden unter den Füßen grinsten sich Toscanelli und Fröbig an. Sie kannten sich erst seit knapp

zwei Stunden. Aber dieses unrühmliche Erlebnis hatte sie auf eigentümliche Weise einander nähergebracht.
Commissario Toscanelli war darüber erleichtert, denn die ersten Gespräche mit seinem Kollegen aus Deutschland waren alles andere als erbaulich gewesen. Hauptkommissar Fröbig, der sehr kurzfristig nach Venedig gekommen war, hatte anfänglich nicht sonderlich gesprächig, mithin ziemlich arrogant gewirkt. Auf nahezu jede dritte Frage hatte er lapidar mit »Das unterliegt strengstem Quellenschutz, dazu kann ich nichts sagen« oder mit »Diese Information ist als streng geheim klassifiziert, deshalb brauche ich eine Genehmigung des Innenministers, um darüber detailliert Auskunft zu geben« geantwortet. Unter diesen Umständen, hatten Commissario Toscanelli und sein Assistent Pietro gemutmaßt, würde es in dieser Ermittlungssache kaum Fortschritte geben. Das Synchronkotzen hatte also auch sein Gutes gehabt.
Gemeinsam gingen die beiden auf das Tor des Klosters zu und klingelten. Toscanelli machte aus seiner Verwunderung keinen Hehl, als sich die Tür öffnete und dort ein Mönch stand, den er zuvor noch nie gesehen hatte. Nicht weniger überrascht war er, zu erfahren, dass Pater Giovanni, der damals Charles Bahri tot aufgefunden hatte, nicht mehr in San Francesco del Deserto sei. Der ehemalige Abt des Klosters ebenfalls nicht mehr! In welchem Kloster die beiden nun seien, wusste der Mönch angeblich nicht.
»Rom hat gesprochen, und unsere beiden Brüder folgten dem Ruf des Heiligen Vaters. Ihrer Pflicht, Gott zu dienen, werden sie überall auf der Welt mit gleicher Inbrunst nachkommen«, kommentierte er ziemlich unfreundlich ihre Frage nach dem Verbleib der beiden wichtigen Zeugen. Entsprechend kurz war der Aufenthalt im Kloster. Nachdem der Commissario seinem Kollegen den damaligen Tatort gezeigt und ihn mit den Ört-

lichkeiten des Klosters vertraut gemacht hatte, bestiegen beide knapp eine halbe Stunde später erneut das Boot.

Hauptkommissar Fröbig war missmutig, konnte sich aber ein spöttisches Grinsen nicht verkneifen.

»Die Kirche lebt von Wundern! Das hier ist eins. Husch, weg sind die beiden Hauptzeugen. Und keiner weiß, wo sie sich aufhalten. Na gut, was soll's. Wenn wir umsonst hier draußen waren, dann können sich zumindest die Fische in der Lagune freuen, dass sie so großzügig von zwei Kriminalbeamten gefüttert werden. Hoffentlich überlebe ich die Rückfahrt.«

Beide Kommissare nahmen am Heck des Bootes Platz. Die Nachmittagssonne streifte die alten Klostermauern und verlieh der Insel eine idyllische Atmosphäre.

Commissario Toscanelli nutzte die Stimmung, um den BKA-Beamten ein wenig gesprächiger zu machen.

»Ich denke, es gibt einen triftigen Grund dafür, dass die beiden Mönche verschwunden sind. Irgendjemand will verhindern, dass wir den beiden Hauptzeugen im Nachhinein noch Fragen stellen. So wie das bisher gelaufen ist, weiß ich schon jetzt, dass unsere Anfrage bei der Ordensleitung mit dem Hinweis auf das Schweigegebot freundlichst abgefertigt werden wird. Erst zwei tote Mönche, nun noch zwei verschwundene. Da steckt der Wurm drin!«

Hauptkommissar Fröbig schaute seinen italienischen Kollegen von der Seite her an. Der relativ junge Mann mit dem flachsfarbenen Haar wirkte sehr sympathisch. Er mochte diesen irgendwie lustigen und so offenherzigen, manchmal allerdings auch ein wenig tollpatschig wirkenden Beamten. An seiner fachlichen Kompetenz bestand kein Zweifel. Was Commissario Toscanelli ihm seit seiner Ankunft über diesen Fall und die Vorgehensweise der venezianischen Kripo erzählt hatte, verdiente viel Lob. Auch dessen Assistent Pietro

war ein cleverer Typ. Die beiden schienen sich optimal zu ergänzen. Eigentlich wirkten sie wie Freunde. Vielleicht, dachte er, war das der Grund, warum die venezianische Polizei so auffallend umtriebig in diesem Fall war.
Versöhnlich sagte Gert Fröbig: »Nun gut, wenn die beiden Zeugen nicht zur Verfügung stehen, werden wir nicht mehr klären können, wer dem Killer damals im Kloster Interna verraten hat. Von irgendjemandem musste der Auftragsmörder damals gewusst haben, dass sich Charles Bahri im Kloster aufhielt und dass er diese Karte bei sich hatte. Der Tipp kann eigentlich nur aus dem Orden gekommen sein. Irgendetwas soll vertuscht werden. So eine Art franziskanische Verschwörung!«
»Nicht zu vergessen das *Sion*-Dossier, basierend auf Unterlagen des Franziskaners Francisco Álvares«, ergänzte Toscanelli. »Ist nur schade, dass die portugiesischen Kollegen ansonsten arg zugeknöpft sind, was die Hintergründe dieses Dossiers betrifft. Es war schon verwunderlich, dass sie uns mitteilten, dass Charles Bahri vor einigen Jahren vermutlich Dokumente dieses Dossiers gestohlen hat. Womit wir jetzt auch noch einen Ex-Mönch als Dieb haben.«
Gert Fröbig ließ seinen Blick über die Lagune schweifen. Er war das erste Mal in Venedig, doch die Stadt machte ihn neugierig. Mit diesem netten Commissario als Ansprechpartner würde er sicherlich noch mal diese faszinierende Lagunenstadt besuchen.
»Die ganze Sache hat offensichtlich einen historisch brisanten Hintergrund«, erwiderte er. »Wer weiß, was damals geschehen ist. Wer weiß, was die beiden verschwundenen Mönche für eine Rolle spielten. Wir werden es wohl nie erfahren. Wer als Bulle an den Pforten des Vatikans anklopft, dem wird erfahrungsgemäß nicht aufgetan. Ist nun mal ein eigener, souve-

räner Staat, der Vatikan. Der Papst als Präsident, Innen- und Außenminister! Und Stellvertreter Gottes auf Erden ist er auch! Da werden wir nicht weit kommen.«
Pietro nahm mit Freude zur Kenntnis, dass sich das anfangs verkrampfte Verhältnis des Deutschen zu seinem Chef so entspannt hatte. Er sah die Gelegenheit gekommen, Fragen zu stellen. »Was ich nicht verstehe, Kollege Fröbig, ist, wie Sie an die Informationen über Peter Föllmer rangekommen sind. Der Mann ist ein unbescholtenes Blatt. Wir haben ihn über Interpol abgeklärt. Offizielle kriminalpolizeiliche Akten gibt es nicht über ihn. Der ist harmlos. Und trotzdem wissen Sie so viel über ihn.«
Der Hauptkommissar zögerte einen Moment. Seine offene Antwort überraschte auch Commissario Toscanelli.
»Liebe Kollegen, das, was ich nun erzähle, muss absolut vertraulich behandelt werden, versprochen?«
Commissario Toscanelli und Pietro nickten zustimmend.
»Dieser Föllmer ist vor vielen Jahren ins Visier unserer Geheimdienste geraten. Aber das sind alles Verschlusssachen. Aus den abgehörten Telefongesprächen und den vertraulichen Vermerken diverser Nachrichtendienste ist zu schließen, dass Föllmer wahrscheinlich nur durch Zufall in einen Strudel krimineller Geschehnisse geraten ist. Ihm ist bislang nichts anzulasten. Seiner Freundin Yvonne Steimer übrigens auch nicht. Und dieser Äthiopierin, mit der er unterwegs ist, schon gar nicht. Der Mann scheint eine Vorliebe für Abenteuer zu haben. Er tappt dauernd in Fettnäpfchen, die ihm beinahe Kopf und Kragen kosten. Er sucht die Gefahr, weiß aber offensichtlich nicht, dass er darin umkommen kann. Egal, ob er die Wüste durchquert oder nun in dieser Sache verstrickt ist. Tatsache jedenfalls ist, dass er sich vor vielen Jahren für die Linken in Deutschland engagiert hat, deshalb weiß ich so viel über ihn.«

Pietro runzelte zwar die Stirn, aber es war immerhin eine Art von Antwort auf seine Frage.
Hauptkommissar Fröbig seufzte und fuhr dann fort: »Glück hat dieser Föllmer bislang gehabt, sonst nichts! Und diese Jan-Zela, seine Bekannte, auch. Sein Pech ist, dass diese Leute von Al Sakina hinter ihm her sind, was allerdings wiederum unser Glück ist. Das sind extrem skrupellose, ungewöhnlich konspirative Leute. Die hätten wir so schnell nicht unter Kontrolle gebracht. Aber jetzt eröffnen sich für uns fantastische Möglichkeiten. Mit Yvonne Steimer haben wir einen idealen Lockvogel; Jahzara Jan-Zela und ihr Vater halten Föllmer unter Kontrolle und graben zusammen mit ihm Dinge aus, von denen wir noch keine Ahnung haben. Für seine Freundin würde er alles machen. Und für diese Äthiopierin auch. Das ist wichtig zu wissen. Denn in Mali werden wir operativ kaum tätig werden können. Was dort geschehen wird, entzieht sich unserer Kontrolle. Diese Wüstensöhne sind nämlich nicht sonderlich kooperativ. Und sie sind extrem korrupt. Wir haben uns erst gar nicht mit der Bitte um Unterstützung an Bamako gewandt. Ich denke, wir können uns auf Föllmer verlassen. Er ist ein Mann mit Prinzipien, charakterstark, eigenwillig und scharfsinnig und ein Afrikakenner. Das, liebe Kollegen, ist die heißeste Operation, die ich seit Beginn meiner Dienstzeit mitmache!«
Commissario Toscanelli freute sich, dass sein deutscher Kollege endlich Vertrauen gefasst hatte. Die Euphorie des Deutschen schien ihm jedoch übertrieben.
»Wenn ich das vorhin im Büro richtig verstanden habe, planen die Derwische von Al Sakina, Yvonne Steimer als Geisel zu nehmen, weil sie nur so noch in den Besitz der Dinge kommen können, die der Racheengel bislang nicht in der Lage war, zu besorgen. Richtig?«

»Genau«, antwortete der BKA-Mann. »Dieser Sahib al Saif, oder wie immer er auch wirklich heißt, hat mit einem gestohlenen Handy von Äthiopien aus den Sufi Abdul Qadir Dschila in Kairo angerufen. Die Kollegen vom ägyptischen Geheimdienst, denen diese Al-Sakina-Leute ein Dorn im Auge sind, hören schon seit Langem die Telefone der Derwische ab. Der Racheengel hatte anscheinend in Äthiopien Pech gehabt. So, wie hier in Venedig auch. Die Sufis waren stinksauer, dass er aufs Neue versagt hat. Sie haben ihm aber zugesagt, ihn aus Äthiopien rauszuholen, damit er diesem Föllmer und der Äthiopierin in Mali das abluchsen kann, was sie haben wollen. Damit das diesmal auch wirklich klappt, wollen die Sufis Yvonne Steimer als Geisel nehmen und Föllmer zwingen, sie dahin zu führen, wo sie alle hin wollen: zu einer verschollenen Karawane, die irgendwo im Wüstensand begraben liegt. Das ist der Plan der Sufis. Doch wir sind bei diesem Spiel mit dabei! Was das mit der Karawane genau auf sich hat, wissen wir noch nicht. Irgendetwas Mystisches. Alle, die mehr wissen, Äthiopier wie auch Portugiesen, schweigen sich diesbezüglich aus.«

Der deutsche Hauptkommissar hatte sich ein wenig in Rage geredet. Erst in diesem Moment schien ihm bewusst zu werden, dass er seinen italienischen Kollegen mehr als eigentlich nötig erzählt hatte.

Pietro nutzte die günstige Gelegenheit. »Hört sich nach einer perfekten Ausgangslage an. Aber es kann auch schiefgehen! Was ist, wenn sie diesen Föllmer eliminieren? Der ist ja wohl noch in Äthiopien, wenn ich das richtig verstanden habe. Das Risiko für Jahzara Jan-Zela erscheint mir ebenfalls noch sehr groß. Und was ist mit Yvonne Steimer? Ihr könnt doch nicht zulassen, dass sie wirklich entführt wird, oder?«

Hauptkommissar Fröbig nickte zustimmend. »Föllmer wird

nichts passieren. Der macht längst keinen Schritt mehr ohne die Bewachung äthiopischer Spezialeinheiten. Er wird observiert, rund um die Uhr. Das hat der Bundesnachrichtendienst eingefädelt. Wieso die Äthiopier so toll mitspielen, weiß ich nicht. Es geht um irgendein nationales Heiligtum, das in die äthiopische Heimat zurückgebracht werden soll. Wie auch immer: Föllmer, Jan-Zela und ihr Vater sind derzeit vermutlich die am besten behüteten Menschen Afrikas. An die kommt auch der Racheengel nicht mehr ran. Den lassen die Äthiopier übrigens auf Wunsch des BND entkommen. Die Sufis haben schon eine Aktion gestartet, um ihn aus Äthiopien zu schleusen. Die haben exzellente Kontakte! Den Killer brauchen wir ja für unseren Plan. Denn er ist die Maus, die uns zum Speck führen wird – während Yvonne Steimer uns in Deutschland als Lockvogel für die Topleute von Al Sakina dient. Sie ist unser Schatz. Und den hüten wir bestens. Den anderen Schatz, der irgendwo in der Wüste liegt, kriegen wir auch. Bin mal gespannt, was da unter den Dünen so Spektakuläres und Wertvolles begraben liegt. Und diese Kakerlake schnappen wir uns dann ebenfalls. Alles, Kollegen, ist unter Kontrolle. Alles! Nur mein Magen nicht.«

Während des Landeanflugs genoss Peter den Anblick der bayerischen Metropole. München erstrahlte im letzten Abendlicht. Die Seen in der Umgebung schimmerten zwischen den Hügeln und Bergen wie Perlen in einem grünen Paradies. Die Gipfel der Alpen erinnerten ihn an Äthiopien. So kurz er sich dort auch aufgehalten hatte, so maßlos beeindruckt war er von den phänomenalen Landschaften. Seine Begeisterung für Äthiopien wuchs mehr und mehr.

Nichtsdestotrotz beunruhigte ihn diese Sache mit den Pickeln auf seinem Körper. Es hatte in Aksum mit Schüttelfrost, ein-

hergehend mit Kopfschmerzen und Übelkeit, begonnen, was er zunächst den extremen Höhenunterschieden auf der Reise und der Kälte in seinem Hotelzimmer zugeschrieben hatte. Die Übelkeit hatte sich allerdings dramatisch schnell verschlimmert. Sogar das Mineralwasser, das er zur Vermeidung von Dehydrierung und Höhenkrankheit in sich hineingeschüttet hatte, hatte er nicht bei sich behalten können. Hinzu waren ein eigentümliches Kribbeln und Jucken gekommen. Zuerst an der Wade des rechten Beines, dann an beiden Oberarmen und schließlich am Rücken. An seinem rechten Unterschenkel war eine Stelle inzwischen auf Handgröße angeschwollen. Es sah wie ein Hämatom aus, blau-rot, mit eigentümlichen Pusteln in der Mitte. Und es juckte ebenso unangenehm, wie längst auch seine Bauchdecke, seine Oberarme und sein Rücken. Wo es kribbelte, entstanden in kurzer Zeit stecknadelgroße Pickel, die nässten. Panisch fragte er sich, was mit seinem Körper geschah. Was hatte er getrunken, gegessen oder angefasst? Da war der Bettler gewesen, diese Mitleid erregende Gestalt an der Einfahrt zum Hotel in Bahir Dar. Ein Greis mit spindeldürren Ärmchen, die sich ihm flehend entgegengestreckt hatten. Der alte Mann war so dankbar über die zwei Birr-Münzen gewesen, die er ihm in die geöffnete Hand gelegt hatte, dass er mit seinen ausgezehrten Händen nach seinen gegriffen und sie umklammert hatte. Sekunden später hatte er erst bemerkt, dass dieser Mann Lepra hatte! Das hatte Peter schockiert. Er wusste nicht viel über diese Krankheit. War sie durch Hautkontakt übertragbar? Hatte er sich angesteckt?
Diese rot-blauen Flecken am ganzen Körper ängstigten ihn zunehmend. So krank er sich schon in Aksum gefühlt hatte, so wenig Zeit war ihm dort geblieben, sich die Relikte aksumitischer Hochkulturen anzuschauen. Zwischenzeitlich hatte

er einen Rückflug nach Deutschland gebucht, denn für das, was Jahzara und er vorhatten, brauchte er unbedingt ein GPS-Gerät. Ohne ein solches satellitenunterstütztes Navigationssystem würden sie in der Wüste von Mali keine Chance haben. Entsprechend waren Jahzara und er übereingekommen, dass er zurück nach Deutschland fliegen solle, um ein GPS-Gerät und andere Ausrüstungsgegenstände und Karten zu besorgen sowie ein Visum zu beantragen. Jahzara hingegen würde von Addis Abeba über Nairobi nach Bamako, der Hauptstadt Malis, reisen. Dort würden sie sich treffen, gemeinsam weiter nach Timbuktu fliegen, um von dort aus das Meer der Finsternis zu suchen. Mehr als eine erste Inaugenscheinnahme der Region, in der die Karawane vermutlich von einem Wüstensturm überrascht worden war, konnte diese Reise nicht sein. Erst danach wäre eine gezielte Suche nach der Karawane mit einer gut ausgerüsteten Expedition realisierbar. Denn darüber waren sie sich im Klaren: Existierte diese verschollene Karawane tatsächlich, dann lagen dort irgendwo in der Wüste mehr als 2000 Kamele, beladen mit einem Schatz. Eine Bergung würde nicht möglich sein, ohne die Aufmerksamkeit der Behörden zu wecken. Die Nachricht würde sich wie ein Lauffeuer rund um den Globus verbreiten und Begehrlichkeiten wecken. Diese Karawane war eine Sensation! Die Suche nach ihr musste genauso geheim ablaufen wie damals die Vorbereitungen für die Karawane.
Peter ahnte, dass dies schwierig werden würde. So menschenleer die Wüste auch schien, man war dort nie allein. Unsichtbare Augen folgten einem, wenn man die Ergs, Wadis und Dünen durchquerte. Was auch immer man in der Wüste tat, man hinterließ Spuren. Seyoum war es gewesen, der noch zu bedenken gegeben hatte: »Wir haben es ja nicht nur mit diesen Arabern zu tun. Da ist auch noch dieser Priester aus Jerusa-

lem. Die äthiopischen Behörden mussten ihn freilassen. Es scheint, als sei er ein friedfertiger Mann Gottes, der sich nur für frühe Christengemeinden in Afrika interessiert. Es scheint, denn es geht schließlich um einen Schatz.«
Peter hatte sich über diese kryptischen Formulierungen Seyoums gewundert. Für einen Moment lang dachte er abermals an Aksum, wo sie auch die Kirche hatten besuchen wollen, in der früher die Bundeslade gestanden haben soll. Heerscharen von Polizisten hatten ihnen den Aufenthalt an diesem mystischen Ort verleidet. Angeblich war kurze Zeit vor ihrer Ankunft dort eine amerikanische Touristin ihrer Handtasche beraubt worden. Einige Zeugen behaupteten, der Flüchtende habe wie ein Araber ausgesehen. Peter starrte nachdenklich aus dem Fenster des Flugzeuges. Schon wieder ein Araber!
Mit der Aufforderung der Stewardess, die Sitzgurte für die Landung in München festzuziehen, überkam Peter eine ganz andere Angst. Warum er Yvonne kurz vor seinem Abflug in Addis Abeba eine SMS geschickt und sie gefragt hatte, ob sie ihn sehen wolle, konnte er sich im Nachhinein nicht erklären. Mit allem hatte er gerechnet, doch nicht mit dieser schnellen Antwort. Yvonne hatte nur ein einziges Wort geschrieben: »Gerne«. Das freute ihn ungemein. Dennoch spürte er, wie bei dem Gedanken an ein Wiedersehen mit ihr seine Hände schweißnass wurden. Unbewusst begann er, sich an seinem rechten Bein zu kratzen. Er schrak hoch. Durch den Stoff der Hose hindurch konnte er fühlen, dass sich die Haut aufgeworfen hatte. Ungläubig krempelte er erst das Hosenbein und dann seinen rechten Ärmel hoch. Da waren sie wieder, die Pickel am Ellbogen! Am Bizeps hatte sich die Haut erneut rötlich verfärbt. Der Rücken juckte. Das Bild des Leprakranken einte sich mit einem von Yvonne. Zwiespältige Empfindungen machten sich in ihm breit. Seine Freude wurde über-

lagert von der Angst vor dem Treffen. Noch mehr fürchtete er sich allerdings vor diesen Flecken auf seinem Körper.

Jahzara war sehr aufgewühlt. Der Antrag auf ein Visum für Mali hatte sich zu einem Spießrutenlauf entwickelt. Vor wenigen Minuten hatte sie die Botschaft der Republik Mali in Addis Abeba verlassen, war aber noch immer in Rage. Der für die Visa zuständige Mann hatte sie wie eine Hure behandelt, hatte sich dazu hinreißen lassen, die Vergabe eines Visums von einem »netten gemeinsamen Abend« abhängig zu machen.

»Schwein, verdammtes«, zischte Jahzara vor sich hin, »du meinst wohl, eine alleinstehende Frau in Äthiopien, die auch noch allein nach Mali reisen will, kannst du einfach bumsen, bevor du ein Visum ausstellst. Aber das habe ich dir vermiest, du Hurensohn.«

Da in Äthiopien eine Frau in ihrem Alter, die keine Kinder hatte und nicht verheiratet war, als Freiwild galt, hatte sie keine andere Chance gesehen, als mit der Position ihres Vaters und seinen Kontakten zu drohen. Das hatte den Typen zur Räson gebracht. Sie hatte das Visum. Doch damit hatte sie gegen die Absprache mit Peter verstoßen. Statt so unauffällig wie möglich zu agieren, war sie schon beim ersten Schritt der Realisierung ihrer Reise aufgefallen. In der Botschaft wusste man nun Bescheid, wann sie abfliegen, wann sie in Bamako ankommen, in welchem Hotel sie wohnen und wann und mit wem sie nach Timbuktu weiterreisen würde.

Sie überquerte die Straße und setzte sich in ein Café.

Ihre Gedanken schweiften zu Peter. Ob Peter Yvonne in München treffen würde? Liebte er sie noch? Jahzara konnte ihre Gefühle nicht so recht einordnen. Beide hatten sie dieses Thema während ihrer Reise durch Äthiopien gemieden. Peter gab ihr Sicherheit. Und sie genoss seine körperliche Nähe.

Aber die Angst vor dem, was kommen würde, wenn sie einem Mann intensive Gefühle zeigen würde, lähmte sie, aktivierte Verdrängungsmechanismen. Sie wusste, mit welch bitterer Realität sie sonst konfrontiert würde. Der ersten Berührung würde die Sehnsucht nach Nähe und Geborgenheit folgen. Von Peter kamen solche Impulse. Doch er war zu einfühlsam und zu rücksichtsvoll und hielt sich an ihre Abmachung. Das schätzte sie an ihm. In dem Häuschen ihrer Großmutter in Sintra hatte er einen Regenwurm gerettet, der in dem Teich um sein Leben rang. Peter hatte Respekt vor allen Kreaturen. Und mit Sicherheit hatte er sehr viel Respekt und Hochachtung vor ihr. Es war ein wunderbares Gefühl, von einem Mann wie ihm begehrt und respektiert zu werden. Sein Selbstbewusstsein war beeindruckend. Peter wusste, wer er war, was er wollte und vor allem, was er nicht wollte. All das zog sie an, führte sie zu dem Gedanken, Peter könne vielleicht der Mann sein, der sie lieben würde, obwohl sie ihm nie Kinder schenken konnte. Ja, manchmal glaubte sie das. Aber nur manchmal, denn dann wucherte wieder die Angst in ihrer Seele. Sie hielt es für besser, die zum Selbstschutz konstruierte Distanz zu ihm zu wahren. So lebte sie seit vielen Jahren. Nein, wenn sie ehrlich zu sich selbst war, so lebte sie nicht – sie überlebte bloß.
Plötzlich ahnte Jahzara, warum sie an Yvonne hatte denken müssen. Sie war eifersüchtig! Diese Selbsterkenntnis schockierte sie. Sie kannte das Gefühl von Eifersucht eigentlich gar nicht. Wieso ausgerechnet bei Peter? Sie zwang sich, nicht weiter darüber nachzudenken. Die Zeit würde zeigen, wer Peter wirklich war und was sie für ihn empfand. In der Wüste würden sich viele Gelegenheiten ergeben, ihr Verhältnis zueinander zu hinterfragen. Dann würde sich auch herausstellen, ob sie Peter sagen könnte, was damals, nach dem Tod ih-

res Bruders, geschehen war. Und ob sie ihm sagen könnte, was der Mönch von Tana Cherkos ihr zu dem Thema Bundeslade erzählt hatte. Der alte Mann hatte auf ihre in Amharisch gestellte Frage, ob es sein könne, dass die Karawane nicht nur den Staatsschatz, sondern auch die Bundeslade außer Landes gebracht habe, sehr rätselhaft geantwortet: »Du weißt, es hat schon einmal jemanden gegeben, der eine Kopie der Lade angefertigt und sie in den Felsentempel von Jerusalem gestellt hat, damit nicht Ungläubige Besitz von ihr ergreifen und er das Original nach Äthiopien in Sicherheit bringen konnte. So steht es in der Chronik unserer Könige geschrieben. Also ist es die Wahrheit! Aber vielleicht gibt es noch eine weitere Kopie? Vielleicht hat Gott die Karawane im Meer der Finsternis mit Sand zugedeckt, bevor die Lade hinter den Mauern Roms verschwinden konnte. Vielleicht! Ich weiß es nicht. Es liegt an euch, die Wahrheit zu ergründen. Doch bedenke, Gottes Zorn hat schon manchen Zweifler gestraft. Die Bundeslade birgt Göttliches in sich – aber auch den Tod!«
Seither war Jahzara geradezu von dem Gedanken besessen, dass sie in der Wüste Malis nicht nur die Gebeine der Prinzessin Sahel, die deren geliebten Ehemannes und den Schatz finden könnten. Möglicherweise war da noch mehr, aber eben nur möglicherweise. Es bestand also kein Grund, Peter vorab darüber zu informieren. Bald würden sie sich in Bamako treffen. Ihr Visum hatte sie nun; Peter würde seines in Deutschland beantragen. Wenn alles gut ginge, würden sie sich in zwei Wochen treffen.

Zur selben Zeit, da Jahzara in Gedanken versunken in einem Café in Addis Abeba saß, positionierte sich vor dem Apartmenthaus, in dem Yvonne Steimer in einem Münchener Vorort wohnte, ein Kleinlastwagen. Der Kastenwagen parkte auf der gegenüberliegenden Straßenseite. Der Werbeaufdruck wies das Fahrzeug als Servicewagen der Stadtwerke München aus. Zwei Männer in Arbeitsmontur stellten zwei Holzböcke auf und überdachten sie mit einem Zelt, auf dem »Gasarbeiten« geschrieben stand. Bis zum späten Nachmittag hallten Hammerschläge und andere Geräusche aus dem Zelt. Dann verließen die beiden Arbeiter das Zelt, stiegen in einen wartenden Pkw der Stadtwerke und machten Feierabend.

Als Peter gegen acht Uhr abends mit einem Taxi vorfuhr, nahm er die Warnbarken und den Kastenwagen kaum wahr. Er war zu sehr damit beschäftigt, was er Yvonne sagen sollte und ob er überhaupt in der Lage sein würde, ihr zu erklären, was damals in Lissabon geschehen war. Was war eigentlich wirklich geschehen? Was konnte sie ihm letztendlich vorwerfen? Was musste er sich selbst vorwerfen? Betroffen gestand er sich ein, dass ihre Eifersucht gerechtfertigt gewesen war. Nervös klingelte er. Der parkende Kastenwagen war zu weit entfernt, als dass er hätte hören können, wie in dem Wagen der Verschluss einer Kamera mehrmals surrte und ein Mann in ein Mikrophon flüsterte: »Er ist da.«

Pater Benedikt gewöhnte sich langsam daran, dass hier die Dämmerung nur knapp eine halbe Stunde dauerte und die Nacht schon um acht Uhr hereinbrach. Das Zwielicht des frühen Abends verlieh dem Tanasee eine bilderbuchartige, romantische Stimmung. Der See schien zu brennen, so tiefrot färbte die untergehende Sonne das Wasser. Das Gezwitscher der Vögel in den Bäumen übertönte selbst den Lärm der nahen Straße. Auch wenn sein Arm noch ein wenig schmerzte, so fühlte er sich heute zum ersten Mal seit dem Zwischenfall wohl. Die Schusswunde verheilte schnell. Er deutete es als einen Wink des Schicksals, dass er dieses Missverständnis äthiopischer Polizisten nur überlebt hatte, weil er kurz vor dem Schuss gestolpert war, das Geschoss dadurch sein Herz verfehlt und im Arm nur eine Fleischwunde hinterlassen hatte. Die Behörden hatten sich mehrfach entschuldigt. Der Hoteldirektor hatte ihm sogar angeboten, sich so lange kostenlos im *Tana*-Hotel zu erholen, wie er wollte. Aber er wollte nicht mehr länger bleiben. Der Schöpfer hatte es gut mit ihm gemeint, hatte ihn schnell genesen lassen. Ihm war schließlich eine verantwortungsvolle Aufgabe übertragen worden. Und die galt es, zu erfüllen, zumal er gestern ein sehr aufschlussreiches Gespräch geführt hatte. Faktisch hatte sich darin bestätigt, was er aus dem *Sion*-Dossier bereits wusste und was einige streng gehütete Dokumente aus der Bibliothek des Vatikans, die er hatte einsehen dürfen, längst hatten vermuten lassen. Mit dieser Gewissheit waren allerdings auch grauenhafte Zweifel gekommen. Nach seiner Rückkehr aus Mali würde er genug Informationen haben, um eine abschließende Beurteilung abgeben zu können.

Pater Benedikt setzte sich auf den Balkon seines Zimmers und schaute schläfrig über den See. Zwiespältige Gedanken marterten ihn. Sein Blick ging zum Himmel. Die afrikanische Nacht kokettierte mit einer Sternenpracht, die ihm unglaublich nah, intensiv und überdimensional vorkam. Ohne die allgegenwärtige Armut wäre Äthiopien ein unglaublich schönes Land. »Herr, warum strafst Du diese Menschen mit Hunger und Leid? Die Vergänglichkeit haust schon viel zu lange in diesen Täler und prachtvollen Bergen. Es könnte ein Paradies sein! Vergib mir meine Zweifel an Deinem Tun, Herr. Aber es sind doch nicht die einfachen Menschen, die für dieses Leid verantwortlich sind. Es sind die Generäle und Herrschenden, die Du rügen solltest, oder zweifelst Du an den einfachen Menschen?«

Bei dem Wort Zweifel griff Pater Benedikt nach dem Glas Wasser auf dem Tisch. Was tadelte er, was fragte er den Allmächtigen, ob er Zweifel habe? Er selbst hatte doch auch Zweifel. Sogar sehr viele! Und das schon länger. Dabei hatte er bislang verdrängt – mehr aus wissenschaftlichen Erwägungen heraus, berücksichtigend, dass der erste Eindruck nicht die Wahrheit sein musste und sich oftmals im Laufe der Zeit manch wagemutige und Furcht erregende Gewissheit als Irrtum herausstellte.
Schon in Lissabon hatte er nicht wahrhaben wollen, was sich ihm als Fazit aus den *Sion*-Dokumenten aufgedrängt hatte. Seit gestern kam er nicht umhin zu sehen, dass er auf der Suche nach frühen Christengemeinden in Afrika auf ein sehr unrühmliches Kapitel der römisch-katholischen Kirchengeschichte gestoßen war. Was sollte er nun tun? Seine Mitbrüder in Jerusalem und sicherlich auch der Heilige Vater in Rom würden ihn ins entlegenste Kloster auf Erden verbannen, wenn er auch nur andeuten würde, was er seit gestern wusste. Wie sollte er mit seinem Wissen umgehen? Die Geschichte mit dem portugiesischen Ehemann der Prinzessin Sahel und vor allem das Verhalten der Päpste damals würden in den Medien für Schlagzeilen sorgen. »Lieber Gott«, flüsterte er, faltete seine Hände zum Gebet und schloss die Augen. »Lass es bitte nicht wahr sein, was geschah. Der Belzebub muss sich damals in den Herzen unserer Franziskanerbrüder und, verzeih mir bitte, auch in den Gemächern des Heiligen Vaters und seiner ehrwürdigen Berater eingenistet haben! Sag mir, dass das *Sion*-Dossier das Machwerk eines bösartigen Fantasten oder das Hirngespinst eines Verrückten war! Schicke mir Erleuchtung, auf dass ich verstehe, warum niemand die Hilferufe unsere christlichen Brüder in Afrika erhörte. Auch wenn ihr Glaube nicht den Dogmen der römisch-katholischen Kir-

che entsprach, sie irregeführt auf Pfaden der Widerspenstigkeit und nahe der Häresie wandelten, so waren sie doch gläubige Christen! Weise mir einen Weg nach Mali, auf dem ich Beweise finde, die widerlegen, was sich bis jetzt als schier unglaubliche Wahrheit darstellt. Lass mich eine Wahrheit finden, mit der ich leben kann. Denn ich glaube nicht, dass ich schweigen kann und darf.«

Nach einer langen, staubigen Fahrt in einem Überlandbus war Sahib al Saif endlich von Aksum nach Addis Abeba gelangt. Die beiden Sufis des Al-Sakina-Ordens hatten ihm befohlen, eine Villa am Stadtrand aufzusuchen. Dort erwartete ihn bereits ein elegant gekleideter Mann.
Er stellte sich nicht vor und sprach nur wenige Sätze in Arabisch: »Hier sind der neue Pass, Bargeld und einige Sachen zum Anziehen. Im Pass ist ein Visum für Mali. Du hast einen diplomatischen Status. Dein Flugzeug geht übermorgen. Bis dahin solltest du hier im Haus bleiben. Es ist die Residenz unseres Herrn Botschafters, also exterritoriales Terrain. Kein Polizist wird dich hier behelligen. Was du noch wissen solltest: Föllmer ist in München und hat dort seine frühere Freundin getroffen. Jan-Zela hat ein Visum für Mali beantragt. Details hierzu findest du in diesem Umschlag. In Mali wirst du am Flughafen von einem Bruder von uns empfangen werden. Er wird dich einweisen, dir helfen, das zu Ende zu führen, was dir bisher nicht gelang. Du hast mehrfach versagt! Ich rate dir daher, Vorsicht walten zu lassen. Allahs Geduld und Güte währen nicht ewiglich. In Mali wirst du in die Identität eines Targi schlüpfen. Wie ich hörte, sind schon viele dieser Söhne der Wüste in der Sahara verschwunden oder darin umgekommen. Du solltest darauf achten, dass dir das nicht auch passiert.«

16.

Timbuktu hatte sich Jahzara ganz anders vorgestellt. Ihre mystifizierten Vorstellungen von der legendären Karawanenstadt in der Sahara wichen in kürzester Zeit einer ernüchternden Realität. So hatte sie erwartet, dass das sagenumwobene Zentrum des afrikanischen Karawanenhandels, einst Umschlagplatz für Gold, Edelsteine, Elfenbein, Salz und Sklaven, am Niger liege. Idyllische, von Palmen überthronte, am Ufer des mächtigen Stroms liegende Sakralbauten und prächtige Paläste hatte sie sich erhofft. Aus dem Flugzeug heraus war es zunächst ein fantastischer Anblick gewesen, wie sich der träge Niger wie eine fette, glänzende Schlange durch die Endlosigkeit der Sahara westwärts wälzte. Was für ein Kontrast: ein mächtiger Strom inmitten der Wüste. Dann kam die Enttäuschung. Schon beim Landeanflug war zu sehen, dass Timbuktu mittlerweile viele Kilometer vom Niger entfernt lag. Die Wüste hatte ihren Tribut gefordert. Sie hatte ihre Dünen über Jahrhunderte weiter südlich wandern lassen und alles zugedeckt, was Menschenhand einst geschaffen hatte.

Jahzara war froh, das Flugzeug, mit dem sie von Bamako nach Timbuktu geflogen war, endlich verlassen zu können. Die Maschine war alles andere als Vertrauen erweckend. Die spartanischen Sitze sahen wie jene in Militärtransportern aus. Was an Gepäck keinen Platz im Rumpf gefunden hatte, war im Heck vor den Toiletten gestapelt worden. Nicht zuletzt, weil ein Wüstensturm über das Land wehte und den Himmel verdunkelte, war der Pilot in einer Zickzacklinie geflogen. Turbulenzen hatten das Gepäck immer wieder umhergeschleu-

dert und einige der Passagiere aufkreischen lassen. Es war ein sehr unangenehmer Flug gewesen.
Obwohl die Sonne wegen des Sandsturms eher wie ein blasser Mond am Himmel stand, war die Hitze auf dem Flughafen von Timbuktu kaum auszuhalten. Eine halbe Stunde nach der Landung ahnte sie, was in nächster Zeit auf sie zukommen würde. Die Stadt war sehr heruntergekommen. Jahzara war geschockt. Im Flugzeug hatte sie noch gelesen, dass ein Sultan des früheren Mali-Reiches im 14. Jahrhundert bei einer legendären Pilgerreise nach Mekka angeblich von 60 000 Bediensteten begleitet worden war. Mansa Musa soll dabei zwei Tonnen Gold mit sich geführt haben. Nein, von diesem Glanz, das hatte sie schon auf der Fahrt in dem Gruppentaxi durch die Stadt geahnt, war nichts mehr vorhanden. Sand wehte durch die Gassen der vornehmlich aus Lehm erbauten Häuser. Überall ließen kleine Dünen vor und hinter den ärmlich wirkenden Gebäuden erahnen, dass die Wüste Timbuktu bald so verschlingen würde, wie sie es wohl einst mit der Karawane getan hatte. Grenzenlose Trostlosigkeit lag über der Stadt. Vergänglichkeit und Hoffnungslosigkeit hatten sich eingenistet.
Jahzara hatte im *Campment* ein Zimmer reserviert. Es war ein schlichter Steinbau mit noch schlichteren Zimmerverliesen, der am Rande der Stadt mit Blick auf Sandberge lag. Ein Besucher hatte ins Gästebuch geschrieben: »Nach einer irrsinnig strapaziösen, 24 Stunden dauernden Fahrt endlich in Timbuktu angekommen, wurde mein Kindheitstraum in nur wenigen Stunden zerstört: Bonjour tristesse!« Sie fürchtete sich ein wenig vor der Nacht in dem, was sich Hotel nannte, aber mehr einer Jugendherberge glich. Außer ihr übernachtete niemand hier. Strom gab es an diesem Tag nicht, was den nicht funktionierenden Deckenventilator erklärte. Es war stickig

heiß und eng wie in einer Gefängniszelle. Sie wagte nicht, ihr Quartier für einen Spaziergang durch die Stadt zu verlassen. Die lüsternen Blicke der Männer am Flughafen, die eindeutigen Worte des Taxifahrers und die vor dem Hotel herumlungernden Tuareg in ihren blauen Gewändern und den schwarzen Gesichtsschleiern ließen sie erahnen, dass die Zeit bis zu Peters Ankunft am nächsten Tag zu einem Spießrutenlauf ausarten würde, wenn sie auch nur einen Fuß vor das Hotel setzte.

Schon in Bamako, der in Abgasen erstickenden Hauptstadt Malis, hatte sie kein gutes Gefühl gehabt, hatte sich als schwarze, allein reisende Frau permanent sehr direkten Offerten von Männern erwehren müssen. Das war am Flughafen ebenso gewesen wie im *L'Amitié*-Hotel, das glücklicherweise recht modern war und sehr hübsch am Niger lag. Dass Peter sie nicht, wie vereinbart, in diesem Hotel erwartete, hatte sie nachdenklich gestimmt. Intuitiv spürte sie, dass es etwas mit Yvonne zu tun haben könnte. Dann aber hatte sie von ihm eine Mail bekommen. Er war auf dem Flug von Frankfurt via Casablanca nach Mali in der marokkanischen Hafenstadt verspätet angekommen und hatte seinen Anschlussflug verpasst. Die Flugumbuchung nach Timbuktu war für sie zu einem Abenteuer geraten. Erst als ein netter Hotelangestellter ihr erklärte, dass in diesem Land nichts ohne »Jetons«, also Schmiergeld, ging, hatte sie für Peter einen neuen Flug arrangieren können.

Nun saß sie allein in dieser tristen Wüstenstadt, in diesem schmuddeligen Hotel, nippte frustriert an einer lauwarmen Cola und sehnte sich nach dem nächsten Tag. Jegliche Euphorie war gewichen. Lange wälzte sie sich in dem schmalen Bett von einer Seite auf die andere. Sie war sehr unruhig. Ihre Gedanken kreisten weder um die Prinzessin Sahel noch um den

Priesterkönig Johannes noch um die Bundeslade. Aber auch nicht um Peter. Sie freute sich sehr darauf, ihn zu sehen. Doch jedes Mal, wenn sie die Augen schloss, sah sie nicht sein, sondern das Bild von Yvonne vor sich. Etwas musste geschehen sein.

Peter erreichte das Hotel am späten Nachmittag des nächsten Tages. Er sah erschöpft aus und wirkte sehr nervös. Seine Umarmung war halbherzig. Sie setzten sich auf die Terrasse des *Campments*, und Jahzara fühlte, dass ihm etwas auf der Seele lag.

Peter ließ sie nicht lange warten: »Puh, war das eine anstrengende Reise. Hinzu kommt noch, dass mich dieser Hautausschlag, den ich mir irgendwo eingefangen habe, noch immer ein wenig malträtiert. Ein Hautarzt in München hat mir zwar eine wirksame Cortisonsalbe verschrieben, aber so ganz ist es immer noch nicht weg. Außerdem konnte der Arzt mir auch nicht sagen, um was für einen Ausschlag es sich handelt.«

Peter stockte für einen Moment. Er hüstelte verlegen.

»Jahzara, es ist sehr schwer für mich, dir das zu sagen. Du weißt, dass ich dich mag und dich außerordentlich schätze. Und du wirst sicherlich längst bemerkt haben, dass ich dich auch begehre. Weil das so ist und ich großen Respekt vor dir habe, denke ich, dass ich es dir schuldig bin, ehrlich zu sein.«

Er stockte und nippte an seinem Bier. Dann flüsterte er verlegen: »Yvonne ist schwanger.«

Jahzara erstarrte innerlich. Es fiel ihr schwer, nicht die Contenance zu verlieren. Millionen Gedanken rasten ihr durch den Kopf. Was sollte sie sagen, was nicht sagen? Sie versuchte, ihre Überraschung zu kaschieren.

»Schwanger? Von dir?«

»Ja!«

»Freust du dich? Oder ist es eher ein Problem?«
Peter druckste herum. Noch nie hatte sie ihn so irritiert, so sprachlos gesehen. Er wirkte sehr ernst. Sie ahnte, was er sagen würde.
»Ich war immer ehrlich zu dir, Jahzara. Und ich möchte es auch weiterhin sein – mit allen Konsequenzen! Das bin ich dir schuldig. Ja, im ersten Moment war ich geschockt, als Yvonne es mir sagte. Aber dann habe ich mich plötzlich sehr darüber gefreut. Eigentlich habe ich mich nie mit dem Gedanken beschäftigt, zusammen mit Yvonne ein Kind haben zu wollen. Sie hat verhütet, das weiß ich. Aber es ist passiert, wahrscheinlich in Venedig, am Abend bevor ich dich zum ersten Mal sah. Und jetzt freue ich mich unendlich, dass es so ist. Yvonne und ich sind wieder zusammen, Jahzara. Wir haben uns in München lange darüber unterhalten, was in Lissabon und in den zurückliegenden Jahren geschehen ist. Yvonne war mir nicht böse. Sie ist ein sehr großherziger, uneigennütziger Mensch. Und sie hat freimütig zugegeben, dass du eine außerordentlich attraktive Frau bist. Doch Yvonne hat mir schon in den Wochen nach Lissabon gefehlt. Nur deine Anziehungskraft und die Sache mit der Karawane haben das in den Hintergrund gedrängt. In München habe ich schließlich klar erkannt, dass Yvonne und ich zusammengehören. Yvonne wusste das schon viel früher als ich. Die Trauer um den Tod meiner Frau und meines Kindes haben mich jedoch vor Schmerz blind werden lassen.«
Jahzara wunderte sich, dass sie kein Verlangen hatte, zu weinen. Der Anflug von Neid, der sie kurz überkam, wich einem sehr angenehmen Gefühl der Ruhe. Wie aus heiterem Himmel erkannte sie, dass sie Dinge in Peter projiziert hatte, die mehr Illusion als Realität waren. Ihr Wunschdenken hatte sich darauf fokussiert, dass Peter ihr vielleicht aus diesem tie-

fen, dunklen Loch, in dem sie sich seit ihrem Selbstmordversuch befand, herausholen, ihr helfen würde. Doch mit seinen Worten wuchs nun die Erkenntnis, dass sie viel, sehr viel für Peter empfand – aber keine Liebe. Deswegen tat es ihr auch nicht weh, dass Yvonne schwanger und Peter wieder mit ihr zusammen war. Irgendwie fühlte sie sich sogar erleichtert, befreit. Sie dachte in diesem Augenblick weniger darüber nach, was ihr die Zukunft bringen würde, als vielmehr darüber, dass sich ihr Verhältnis zu Peter mit dieser Nachricht auf wundersame Weise völlig entkrampft hatte. Sie fühlte sich wohl, fast glücklich dabei. Ihn in Zukunft als Freund zu haben, nicht mehr darüber nachzudenken zu müssen, was sich zwischen ihr und ihm entwickeln könnte, empfand sie als eine wunderbare Bereicherung ihres Lebens. Peter war ein Freund! Ein toller Freund, einer, den sie brauchte, immer schon gebraucht hatte und mit dem sie nun vielleicht auch über ihr Problem sprechen konnte, ohne Angst zu haben, dass er sie danach verlassen würde. Zu Peter hatte sie Vertrauen. Lösen konnte er ihre Probleme nicht. Aber er konnte ihr zuhören, sie in den Arm nehmen, den Schmerz lindern, sie trösten. Und mit ihm als Freund konnte sie ihren großen Wunschtraum realisieren: die tragische Geschichte der Prinzessin Sahel und den Versuch Roms, die Christen Äthiopien dem Untergang zu weihen, an die Weltöffentlichkeit zu bringen! Während ihr all das durch den Kopf schoss, blickte Peter sie wartend an. Sie sah ihm an, dass er Angst vor ihrer Reaktion hatte. Lächelnd beugte sie sich zu ihm und gab ihm zwei sanfte Küsse auf die Wangen.
»Das waren Küsse von einer Freundin! Nicht die erotischen Küsse einer Geliebten, sondern freundschaftliche Küsse, Peter! Lass uns Freunde sein. Freunde, die wahrscheinlich Glück hatten, dass sie nicht miteinander geschlafen haben. Vielleicht wäre danach weder Freundschaft noch Liebe entstanden.

Vielleicht hätten wir erkannt, dass Wollust nicht gleich Liebe und Liebe nicht gleich Freundschaft ist. Ja, Lust hatte ich manchmal, Peter. Du auch, ich weiß!«

Jahzara griff mit der linken Hand nach seinem Ohrläppchen und zog so lange sanft daran, bis er begann, die Augen zu verdrehen. Ihr Gesicht war nur wenige Zentimeter von seinem entfernt. Sie ballte ihre rechte Hand zur Faust und hielt sie ihm vor das Gesicht. Ihr Stimme wurde sehr sanft, als sie fortfuhr: »Wenn du aber in Zukunft deine neue Freundin noch mal lüstern anschaust, kriegst du von einer sehr moralischen, erzkonservativen Äthiopierin eins auf die Nase. Und zwar mit dieser kleinen, aber sehr effizienten Faust!«

Peter brachte kein Wort heraus. Wie sie so vor ihm saß, ihre wunderschönen großen Augen rollend, wusste er plötzlich, dass dies einer der schönsten Momente seines Lebens war. Jahzara hielt noch immer sein Ohrläppchen fest. Er gab vor, als täte sie ihm weh.

Jahzara ließ ihn daraufhin los und starrte ihn wie hypnotisiert an. Durch den feuchten Glanz seiner Augen hindurch sah sie, wie unglaublich gern er sie hatte. Jahzara empfand ebenso. Sie kannte diesen Blick. Ihr Bruder hatte sie genauso angeschaut. Peter legte seine Arme um sie und drückte sie sehr fest an sich. Eng umschlungen standen sie einen Moment da, und Jahzara war auf einmal grenzenlos glücklich, einen so starken und klugen Bruder-Freund zu haben. Sie hatte das Gefühl, dass gerade etwas geschehen war, was ihr helfen würde, ihre Vergangenheit zu bewältigen.

Tief gerührt von seinen Umarmungen, drückte sie ihn vorsichtig von sich weg, schaute ihm tief in die Augen und sagte: »Aber komm jetzt bloß nicht auf die Idee, Yvonne nachkommen zu lassen! Das fehlte mir gerade noch, dass ihr, vor Glückseligkeit überwältigt, in der Sahara anfangt zu schmusen, während ich leer ausgehe.« Ihre Augen funkelten schelmisch: »Hast du eine Schwester?«

»Nein, warum?«

»Schwestern können grausam, zickig, biestig und unglaublich eifersüchtig sein, wenn ihre Brüder mit anderen Frauen rumknutschen. Also hüte dich vor mir! Ich werde mit Argusaugen darüber wachen, dass Yvonne dir nichts Böses antut. Da ich aber nicht glaube, dass eine Frau, die dich liebt und dein Kind in sich trägt, dir wehtun möchte, würde ich vorschlagen, dass du sie mir nach unserer Rückkehr vorstellst. Vielleicht können wir Freundinnen werden. Wobei du dich dann noch mehr vorsehen musst! Denn wenn ich mich mit ihr zusammentue, hast du schlechte Karte, Brüderlein, solltest du anderen Frauen nachstellen. Ich würde petzen! Dann hättest du die grausamsten Feinde gegen dich vereint, ja! Das hübsche Duo der Femmes fatales würde garantiert dein Schicksal sein. Yvonne würde dich im Liebesspiel heimtückisch überwältigen. Und ich, als blutrünstige Äthiopierin, die weiß, wie man weißen Männern Höllenschmerzen zufügt, würde dich dann schön langsam foltern. Wir Äthiopierinnen wissen, wie das geht, glaub es mir. So, damit sind die Fronten jetzt ja wohl geklärt. Wenn ich mich also nachts in der Wüste vor Angst oder Kälte an dich kuschle, dann denk daran, dass ich deine Schwester-Freundin bin. Behüten musst du mich, beschützen – mich retten, ja! Aber nicht begrabschen. Sonst kriegst du Keile, wie ihr in Deutschland wohl sagt. Und nun lass uns die Karawane suchen, damit du schnell zu deinem Kind zurückkommst – und ich möglichst bald mit Yvonne besprechen kann, wie wir dich freiheitsliebenden Lüstling zähmen können, ohne dass du dabei ein anderer wirst. Ich denke, Yvonne und ich mögen dich nämlich so, wie du bist. Falls ihr übrigens eine Taufpatin sucht, könnt ihr ja an mich denken.«

Wenig später gingen Jahzara und Peter Arm in Arm, scherzend und lachend vom *Campment* quer durch Timbuktu zu einem klotzigen Bauwerk, über dem die Fahne Malis wehte. Ihr kurzer Abstecher zu den Häusern der berühmten Afrikaentdecker Alexander Gordon Laing, René Caillié und Heinrich Barth war ebenso frustrierend gewesen wie die Stippvisite zum Markt. Diese Stadt starb, das fühlte und sah man überall. Einzig die Tatsache, dass es ein Internet-Café und sogar eine Handyverbindung gab, ließ erahnen, dass hier noch ein wenig Hoffnung und zukunftsorientiertes Denken existierten.
Der Palast des Gouverneurs wurde von zwei Soldaten bewacht. Nach ihrem Anliegen befragt, erklärte ihnen Peter, dass sie eine Genehmigung bräuchten, um in eine entlegene Wüstenregion fahren zu können. Der etwa 60-jährige Gouverneur war ein mürrisch wirkender Mann in einem weiten Gewand, mit grauen Haaren und verschlagenem Blick. Sein Büro war bis auf einen riesigen Schreibtisch und eine Couch, auf der eine junge Frau herumlungerte, leer. Er sprach Arabisch, Russisch und so schlechtes Englisch, dass er einen Lehrer aus dem Ort holen ließ, um ihr Anliegen zu verstehen. Die Kommunikation war kompliziert und seitens des Gouverneurs von Anfang an nicht von Wohlwollen geprägt. Als Peter ihm erklärte, er plane, eine Reportage über alte Karawanenrouten der Sahara zu schreiben, schien er mehr beunruhigt als beeindruckt zu sein, denn der Lehrer, ein kleiner Mann mit unruhigem Blick, übersetzte die Ausführungen des Gouverneurs folgendermaßen: »Der Herr Gouverneur bedauert zutiefst, dass er Ihrem Ersuchen nicht nachkommen kann. Das Land der Leere, wie die Tuareg diese Region der Sahara nennen, ist Sperrgebiet. Es ist zu gefährlich, dorthin zu fahren. Treibsand, Sandstürme und Minenfelder aus dem Krieg mit den Franzosen machen es nahezu unmöglich, dorthin zu

reisen. Der Herr Gouverneur sieht leider keine Möglichkeiten, Ihnen das zu genehmigen.«
Jahzara musterte Peter unauffällig. Ohnmacht und Wut einten sich in seinen Augen. Aber die Ablehnung schien ihn nicht aus der Fassung zu bringen.
Ruhig begann er zu sprechen: »Zunächst darf ich Eure Exzellenz von ganzem Herzen danken, dass er uns auf diese Gefahren hinweist. Mit allem gebotenen Respekt möchte ich aber darauf hinweisen, dass wir nicht beabsichtigen, ins Land der Leere zu fahren, sondern von einem Ort namens Likrakar aus der Karawanenroute nach Taoudenni, zu den dortigen Salzminen, folgen wollen. Wir sind uns der Gefahren der Wüste sehr bewusst. Ich selbst, Eure Exzellenz, habe viel Erfahrung. Ich habe die Sahara von Algerien aus zwei Mal bis nach Nigeria durchquert, bin von Marokko aus nach Mauretanien gefahren und habe viel Praxis im Umgang mit Allradfahrzeugen. Wir haben in Bamako einen perfekt ausgerüsteten Geländewagen bestellt, der morgen hier ankommen wird. Ein GPS-Gerät habe ich dabei. Unsere Reise dient lediglich als Vorbereitung einer längeren Expedition, die im nächsten Jahr stattfinden soll und bei der wir Eure Exzellenz selbstverständlich über den Botschafter der Republik Mali in Deutschland involvieren würden. Wobei wir darauf hinweisen möchten, dass wir bei dieser Expedition sicherlich einige erfahrene Führer und Fahrer aus Timbuktu benötigt werden, die wir selbstredend ihren Qualifikationen entsprechend gut bezahlen würden. Über die touristischen Auswirkungen unserer Projekte auf diese Region möchte ich nicht all zu viel sagen, gehe aber davon aus, dass meine Berichte sicherlich dazu beitragen werden, mehr Besucher nach Timbuktu zu locken.«
Jahzara bewunderte Peters Raffinesse und schmunzelte innerlich. Seine Afrikaerfahrung bewog ihn, den Gouverneur

wie einen Pascha zu behandeln und ihn gleichzeitig mit persönlichen finanziellen Vorteilen zu ködern. Der Gouverneur spekulierte wahrscheinlich bereits damit, dass die im nächsten Jahr benötigten Führer und Fahrer aus seiner Familie stammen würden. Der Hinweis auf den Botschafter in Deutschland brachte den Gouverneur zudem in Zugzwang. Wie hatte man ihr im Hotel in Bamako gesagt? Ohne »Jetons« läuft in diesem Land nichts.
Der Gouverneur stand auf und schritt majestätisch durch den riesigen Raum. Peters Reaktion irritierte ihn offensichtlich: »Wie soll ich sagen, Monsieur, Ihr Anliegen ehrt uns. Aber selbst wenn ich Ihnen diese Genehmigung erteilen würde, müsste ich doch darauf beharren, Ihnen zwei erfahrene Führer in einem zweiten Wagen mitzugeben. Niemand fährt allein in die Wüste. Wenn Sie technische Probleme mit Ihrem Wagen hätten, wäre Sie ohne ein zweites Auto verloren. Doch ein solches Fahrzeug mit zwei Wüstenexperten ist nur schwer aufzutreiben. Ich müsste Ihnen quasi ein Fahrzeug des Departments mit zwei staatlichen Angestellten zur Verfügung stellen, um Ihre Sicherheit zu gewährleisten. Sie werden verstehen, dass das für Sie mit ganz erheblichen Kosten für Personal, Treibstoff, Lebensmittel und Gefahrenzulagen für die beiden Männer verbunden wäre.«
Peter fluchte innerlich. Mit allem hatte er gerechnet. Dass er Schmiergeld zahlen müsste, um eine Genehmigung zu bekommen, war ihm klar gewesen. Dass dieser listige Bursche das Gefahrenzulage nannte, kam nicht unerwartet. Der Kerl wollte sie schlicht und einfach schröpfen. Das Letzte, was Jahzara und er aber gebrauchen konnte, waren zwei Aufpasser. Er überlegte angestrengt, ahnte jedoch, dass kein Weg an diesen beiden staatlichen Angestellten vorbeiführen würde. Ihre einzige Chance bestand darin, dieses Angebot zunächst

anzunehmen und dann später durch weiteres Schmieren die beiden dazu zu bringen, sie allein weiterfahren zu lassen.
Eine Stunde dauerten die Verhandlungen über die Kosten für die Führer und das Fahrzeug. Obwohl er die ersten Preisvorstellungen des Gouverneurs, immerhin umgerechnet aberwitzige 3000 Euro, auf unter 2000 heruntergefeilscht hatte, war das für die geplanten vier bis sechs Tage viel zu viel. Aber sie hatten keine Wahl. Würde er das Angebot ausschlagen, würden sie keine Genehmigungen bekommen. Zähneknirschend willigten sie schließlich ein und erhielten vom Gouverneur ein monströses Dokument: »Übergeben Sie diesen Permiss dem Chef des Conseil du Cercle, also dem Bezirksrat von Likrakar. Er wird Ihnen weiterhelfen. Bei ihm müssen Sie sich anmelden und auch wieder abmelden, wenn Sie in die Sahara fahren und sie verlassen.«
Wenige Minuten später traten Peter und Jahzara aus dem Gouverneurspalast. Die Nacht war hereingebrochen, die Luft von mehlartigem, rotem Staub erfüllt. Sie konnten kaum 20 Meter weit sehen.
Nach ein paar Schritten blieb Jahzara abrupt stehen und hielt ihn am Ärmel fest. »Da vorne! Peter, schau mal, an der Hausecke!«
Peter versuchte, durch die von Sandpartikeln erfüllte Nachtluft hindurch etwas zu erkennen. Aber er sah nur eine diffuse Straßenlaterne und graue Lehmhäuser. »Ich sehe nichts. Was meinst du?«
Jahzara stand noch immer bewegungslos neben ihm. Er konnte in ihren Augen sehen, dass sie sich nicht so recht traute, auszusprechen, was sie gesehen hatte.
»Ach, ich denke, ich bin einfach nur paranoid. Ich hatte gedacht, eben einen Mann in einem Priestergewand gesehen zu haben. Blödsinn, so ein Schwachsinn! Die Männer hier tragen

ja alle solche Flattergewänder. Das war bestimmt ein Targi, ein Sohn der Wüste – und kein Mann Gottes.«

Beim Anblick der beiden Söhne der Wüste bekam Peter ein mulmiges Gefühl. Die Tuareg, die am übernächsten Morgen in einem schrottreifen Toyota Land Cruiser mit Regierungskennzeichen vor dem *Campment* vorfuhren und sich als ihre Führer vorstellen, waren in stahlblaue Gewänder gehüllt. Bis auf schmale Sehschlitze, die selbst ihre Augen kaum erkennen ließen, war ihr Kopf mit einem schwarzen Tuch verhüllt. Der Größere von ihnen, nach Statur und Bewegungen zu urteilen eher ein junger Bursche, nannte sich Habib Mounzer. Der andere, ein etwas untersetzter Mann, dessen Alter Peter überhaupt nicht einschätzen konnte, nannte sich Said Fomba. Sie zeigten sich nicht sonderlich gesprächig. Said schwieg völlig. Sein Freund erklärte in radebrechendem Französisch, dass Said weder Französisch noch Arabisch könne: »Er sein Imochar – eine freie Mensch. Er sprecht nur Dialekt vom Stamm der Kel Iforas.«
Was das heißen sollte, konnten Jahzara und Peter nur erahnen, wussten aber nun, dass die Kommunikation mit diesen beiden Tuareg sehr beschränkt sein würde. Nachdem beide Wagen mit zusätzlichen Wasservorräten, frischem Gemüse, Reis sowie Obst vom Markt, allen verfügbaren Konserven und Benzin für etwa 2000 Kilometer beladen worden waren, fuhren sie am darauffolgenden frühen Morgen los. Zu ihrer beider Erstaunen beharrte Habib Mounzer darauf, dass Said Fomba in ihrem Wagen mitfahren sollte. Der Sprachlose, wie Jahzara den missmutigen Nomaden nannte, nahm im Fond ihres Geländewagens Platz und tat das, wie sie und Peter hofften, was er die nächsten Tagen weiterhin tun würde: Er schwieg. Dafür roch er umso mehr. Seine strengen Ausdüns-

tungen, eine fast ätzend riechende Mischung aus Schweiß, Knoblauch und Mottenkugeln, wurden vom Fahrtwind im Wageninneren umhergewirbelt. Jahzara saß auf dem Beifahrersitz und verdrehte ständig ihre Augen, deutete grinsend ihre anstehende Ohnmacht an und hielt ihren Kopf stets sehr nahe am Fenster.

Die Teerstraße Richtung Likrakar endete bereits wenige Kilometer hinter Timbuktu. Viele Reifenspuren ließen den Schluss zu, dass die Piste ziemlich stark befahren wurde. Einzelne Nomaden kamen ihnen auf Kamelen entgegen. Winzige Wanderdünen züngelten, angetrieben von einem heißen Wind, über die Piste. Der Himmel war grau wie auch die Welt, die sie umgab.

Peter fingerte sein Handy aus seinem Rucksack. Zum Schutz gegen Hitze und Staub hatte er es zusammen mit dem GPS-Gerät mit einem Handtuch umwickelt und in eine Plastiktüte gesteckt. Während er weiterfuhr, fiel sein Blick auf das Display. Es zeigte eine akzeptable Feldstärke an. Sie hatten also weiterhin Kontakt mit der Außenwelt, aber Yvonne hatte noch nicht geantwortet. Er hatte ihr am Vortag aus dem Internet-Café eine ausführliche Mail und eine SMS geschickt. Jahzara wiederum hatte ihren Vater darüber informiert, dass sie in etwa einer Woche nach Timbuktu zurückkehren würden.

Peter steckte das Handy wieder weg. Die öde Landschaft machte ihn einsilbig. Seine Gedanken gingen zu Yvonne. Ein Lächeln huschte über sein Gesicht. Würde sie sich darüber freuen, dass Jahzara Patin ihres Kindes werden wollte?

Ein dezenter Piepston aus seinem Rucksack unterbrach seine Gedanken. Er holte das GPS-Gerät hervor. Das Piepsen signalisierte ihm, dass sie von den Koordinaten, die er eingegeben hatte, abwichen. Er schaute auf das Display. Sie befanden sich auf 16° 48' 10.90" Nord und 3° 00' 11.02" West, also nur knapp neben dem Korridor, den er mithilfe von Satellitenbildern errechnet hatte. Zufrieden steckte er das Gerät weg und lächelte Jahzara an. Ihr Haar wehte im Fahrtwind. Die große Sonnenbrille verdeckte fast ihre gesamte Augenpartie. Das Halstuch, das sie zum Schutz gegen den feinen Sandstaub über den Mund gezogen hatte, ließ sie wie eine elegante Räuberin aussehen. Kurz fiel sein Blick auf den Rückspiegel. Der zweite Wagen mit Habib Mounzer am Steuer fuhr eigenartig dicht hinter ihnen. Das war ihm schleierhaft. Jeder Wüstendurchquerer wusste, dass der vom vorausfahrenden Fahrzeug aufgewirbelte Staub in kürzester Zeit nicht nur der Windschutzscheibe, sondern auch dem Motor zusetzen und damit schnell technische Probleme aufkommen lassen würde. Die Gefahr, dass Sand den Luftfilter verstopfte und der Wagen überhitzen würde, war groß. Peter fragte sich, wieso der Targi so nah auffuhr? Er wollte gerade schimpfen, dass der Fahrer wohl zum ersten Mal in der Wüste war, als eine starke Luftböe durch die Seitenfenster ins Wageninnere drückte. Aus dem Augenwinkel heraus sah er im Rückspiegel, wie der Gesichtsschleier von Said Fomba für Bruchteile von Sekunden weggeweht wurde. Die Augen des Mannes waren deutlich zu sehen. Es waren dunkle, unergründliche, böse Augen. Es war dieser Blick, aber auch die hässliche Falte oberhalb der Nasenwurzel des Mannes, die ihm eine Gänsehaut verursachten. Diese Augen kannte er doch! Seine Gedanken überschlugen sich. Im Rückspiegel beobachtete er, wie der Mann nervös auf seine Uhr blickte. Dann klingelte sein Handy. Er kannte die Nummer auf dem Display. Es war Yvonne.

Yvonne saß mit dem Rücken zur Wand auf dem Boden. Sie zitterte am ganzen Körper. Sie konnte kaum ihr Handy festhalten. Mit panischem Blick starrte sie den Mann an, der vor

ihr auf dem Boden kniete und eine Pistole auf ihren Kopf richtete. Der Mann war klein und hatte einen Bauch. Er trug altmodisch gestreifte Hosen und ein kariertes Hemd. Sein Kopf war mit einer Motorradsturmhaube verhüllt. Sie sah nur zwei Augen, die sie gierig anglotzten. Sie schluchzte. Ihr Herz pochte heftig. Hoffentlich erreiche ich ihn, dachte sie. Was, wenn Peter schon in der Wüste ist, wenn er keinen Handyempfang mehr hat? Der Rufton ging durch. O Gott, dachte sie, bitte lass ihn ans Telefon gehen. Der Mann schien zu ahnen, was ihr durch den Kopf ging. Er beugte sich nach vorne und setzte den Lauf seiner Waffe auf ihren linken Busen. Sie fühlte seinen heißen Atem. Seine Augen blitzten auf und tasteten ihren Körper ab. Seine linke Hand legte sich auf ihr Knie und begann, langsam ihren Rock nach oben zu schieben. Sie zuckte zurück. Er starrte sie wütend an, presste seine Waffe erneut drohend auf ihren Busen und begann, mit der Mündung der Pistole an den Knöpfen ihrer Bluse herumzufummeln. Sie hatte schreckliche Angst. Dieser Mann, die drei Männer, die sie vor einer Stunde vor ihrer Haustür abgepasst, sie in ein wartendes Auto gezerrt und sie mit Chloroform betäubt hatten, waren zu allem fähig. Seit sie in diesem Kellerraum saß, ahnte sie, dass sie sterben würde.
Endlich hörte sie Peters Stimme. Ihr Oberkörper richtete sich abrupt auf. Der Pistolenlauf presste sie zurück. Seine linke Hand war inzwischen unter ihren Rock gerutscht; sie war schweißnass. Er roch unangenehm nach kaltem Rauch. Sie wollte angeekelt schreien, weil er nun ihren Slip befingerte. Nur Peters Stimme gab ihr Hoffung.
Ihre ersten Worte gingen in Schluchzen unter. »Pe… Peter? Bist … bist du es?« Sie hörte noch, wie Peter vor Freude ihren Namen in das Handy schrie. Seine Freude hallte mit vielfachem Echo durch ihren Körper. Dann entriss der Mann ihr

das Handy, zog seine Hand unter ihrem Rock hervor und richtete sich auf.

»Hallo, Peter! Oh, Pardon, Mister Föllmer, wollte ich natürlich sagen. Hören Sie mich einwandfrei? Gut! Passen Sie auf, was ich Ihnen jetzt sage. Wir haben Ihre Freundin, Sie wissen schon, die nette Frau mit dem tollen Busen, mit der Sie in Lissabon waren. Sie ist wirklich sehr nett. Sehr sogar! Alles bei ihr fühlt sich so fest an. Leider hat mich unser Telefonat davon abgehalten, mir anzuschauen, was sich unter ihrem Rock verbirgt. Aber ich habe ja Zeit. Im Gegensatz zu Ihnen! Machen wir es kurz, Peter! Geben Sie Ihr Handy mal weiter. An wen? Na, schauen Sie mal auf den Rücksitz Ihres Autos. Geben Sie es Said, machen Sie schon! Und noch eines: Ich rate Ihnen dringend, all das zu tun, was Said Ihnen jetzt sagt. Je schneller Sie da unten in der Wüste fertig sind, umso schneller können Sie mit Ihrer Freundin das tun, was ich jetzt an Ihrer Stelle genießen werde.«

Yvonne erstarrte. Ihre Hoffnung wich blankem Entsetzen. Hatte sie bis vor wenigen Sekunden noch gedacht, Peter könne ihr in irgendeiner Weise helfen, überkam sie nun Todesangst. Was der Mann mit der Pistole eben gesagt hatte, ließ nur einen Schluss zu: Peter und Jahzara waren ebenfalls in der Gewalt dieser Verbrecher. Sie schluchzte. Doch sie wusste, dass das zwecklos war und niemand sie hören würde.

Hauptkommissar Gert Fröbig paffte nervös eine Zigarette nach der anderen. Schweißperlen standen auf seiner Stirn. Sein Blick ging hektisch zu Commissario Toscanelli, der gebannt auf die Lautsprecher auf dem Schreibtisch starrte. Der Funkverkehr zwischen den Einsatzfahrzeugen war auf ein Minimum abgeklungen. Im Raum herrschte eine angespannte Atmosphäre. Auch der italienische Kommissar wirkte unge-

wöhnlich unruhig. Sein Assistent Pietro stand mit einem weiteren BKA-Beamten vor einer überdimensionalen Karte von München, die an einer Wand des provisorischen Lagezentrums im Polizeipräsidium angebracht worden war. Beide diskutierten die aktuelle Lage. Gert Fröbig hörte, wie der italienische Kollege leise fragte: »Meinen Sie, es gibt eine direkte Verbindung des Al-Sakina-Ordens zu diesem islamischen Zentrum? Oder ist es nur Zufall, dass die Wohnung, in der die Geisel festgehalten wird, so nahe an dieser Moschee liegt?«
Der deutsche Beamte flüsterte: »Das ist schwer zu beurteilen. Wir sollten uns mit voreiligen Schlüssen besser zurückhalten. Im letzten Verfassungsschutzbericht wurden die Islamische Gemeinschaft in Deutschland e.V. und ihr Initiator, der ägyptische Muslimbruder Dr. Said Ramadan, zwar erwähnt, aber die festgestellten Äußerungen der Mitglieder dieser Bruderschaft sind eher gemäßigt. Vertreter der Organisation weisen immer wieder darauf hin, dass man sich vom islamistischen Terrorismus distanziere und die Gesetze des Gastlandes zu beachten habe. Formell kann diesen Leuten nichts angelastet werden. Insofern müssen wir zunächst mal davon ausgehen, dass es Zufall ist, dass die Leute von Al Sakina Yvonne Steimer nur zwei Straßen weiter festhalten. Inwiefern es zwischen den beiden Derwischen und diesem islamischen Zentrum persönliche Kontakte gibt, weiß ich nicht. Doch das sollte uns derzeit auch weniger beschäftigen. Dafür ist die Sache zu brenzlig! Wenn das mal nur gut geht.«
Pietro starrte erneut auf die Wandkarte, auf der rote und gelbe Lämpchen den Standort der Fahrzeuge des mobilen Einsatzkommandos anzeigten. Alle hatten sich in sicherem Abstand zu einem Wohnobjekt ganz in der Nähe des islamischen Zentrums in der Wallnerstraße positioniert. Die MEK-Spezialeinheit hatte das Objekt umstellt und wartete auf den Befehl

zuzugreifen. Die Kellerwohnung lag zur Gartenseite des Wohnblocks hin. Nachforschungen hatten ergeben, dass jedes der beiden Zimmer über ein kleines Fenster verfügte. Aus einer Wohnung im dritten Geschoss des gegenüberliegenden Wohnblocks ergab sich sogar ein recht akzeptables Schussfeld für Scharfschützen. Wer immer auch von den Entführern den Raum betrat, in dem Yvonne Steimer festgehalten wurde, musste von der Tür aus zwei Schritte am Kellerfenster entlanggehen. Genug Zeit für einen finalen Todesschuss, zumal sich zwei der Entführer derzeit außerhalb der Wohnung befanden. Sie fuhren durch die Innenstadt von München, standen jedoch unter Observation des MEK. Dennoch zögerte Hauptkommissar Fröbig, den Befehl zum Zugriff zu geben.

Commissario Toscanelli konnte seine Nervosität und seine Befürchtungen nicht mehr länger zurückhalten. »Kollege, tut mir leid, wenn ich das so offen sage, aber wir spielen mit dem Leben dieser Frau! Sie haben doch gehört, was dieses Schwein von Entführer eben in dem Telefonat mit Föllmer gesagt hat. Der vergewaltigt sie! Vielleicht wird sie von allen drei Entführern missbraucht. Die Scheißkerle haben doch nichts zu verlieren. Föllmer weiß jetzt, dass seine Freundin in der Hand dieser Leute ist. Er wird tun, was sie von ihm verlangen. Was bleibt ihm anderes übrig? Er ist doch offensichtlich selbst unter Kontrolle eines Mannes von Al Sakina da unten. Ich bin sicher, der Mann, der im Wagen von Föllmer und Jan-Zela sitzt, ist Sahib al Saif – der Racheengel, Statthalter des Schwertes – unser Hauptverdächtiger. Ein Auftragskiller! Dass der Typ jetzt auch noch unter dem Schutz des Gouverneurs von Timbuktu steht, macht die Dinge nicht leichter. Der legt Föllmer und Jan-Zela um, wenn er hat, was will. Und die drei Typen werden Yvonne Steimer niemals laufen lassen. Die haben sie nur für dieses Telefonat gebraucht. Ich habe ein

schlechtes Gefühl. Das geht nicht gut! Die gesamte Operation läuft uns aus dem Ruder, wenn wir nicht schnell zugreifen.«
Hauptkommissar Fröbig hatte mittlerweile sein Jackett ausgezogen. In einer vertrauten Geste legte er eine Hand auf die Schulter seines italienischen Kollegen.
»Ich weiß, dass wir mit dem Feuer spielen. Es geht nicht anders. Wir müssen warten, bis die Entführer einen der beiden Derwische in Kairo anrufen. Sonst kriegen wir die Sufis nicht. Erst nach einem Anruf können wir einen Zusammenhang zwischen der Entführung und den Derwischen beweisen. Die ägyptischen Kollegen machen seit Tagen nichts anderes, als die beiden Sufis zu observieren. In dem Augenblick, in dem wir die Kollegen in Kairo anrufen und den Zugriff fordern, haben wir sie am Arsch! Ein Anruf von uns, und die Ägypter nehmen diese Ratten hops. Aber dafür müssen wir warten, bis die Entführer Kontakt mit ihren Auftraggebern aufnehmen. Danach dauert es nur Minuten, bis wir die Frau da rausholen. Lebend.«

Tausende Kilometer von München entfernt hatte Peter für Bruchteile von Sekunden unter dem Schock des Telefonats nicht aufgepasst. Der Geländewagen erfasste mit dem rechten Vorderrad eine kleine Wanderdüne und geriet ins Schleudern. Der tonnenschwere Land Cruiser entwickelte eine bedrohliche Eigendynamik. Die Last von Benzin, Wasser und den Vorräten auf dem Dachgepäckträger zogen das Fahrzeug mit jeder abrupten Gegenlenkbewegung extrem zur Seite. Sand wirbelte auf. Der Wagen hüpfte über kleine Sanddünen, Fahrrinnen und Steine. Nach hundert Metern gelang es ihm, das Auto am Pistenrand zum Stillstand zu bringen.
Jahzara war bei den ersten jähen Lenkbewegungen aus dem Schlaf hochgeschreckt. Ihre weit aufgerissenen Augen starr-

ten ihn erst panisch, dann gequält lächelnd an. Mit einem schnellen Blick erfasste sie die Situation.
»Na, wo waren wir denn mit den Gedanken? Ein bisschen zu viel an Yvonne gedacht, hm?«
Peter verzog keine Miene, er starrte in den Rückspiegel. Der Mann auf dem Rücksitz war wütend. Seine Augen blitzten. Er riss sich den Schleier vom Kopf. Peter erkannte ihn sofort wieder.
Der Mann, den er in Venedig unabsichtlich fotografiert hatte, brüllte sofort los: »Verdammter Hurensohn! Ich bringe dich um, wenn du das noch mal versuchst!«
Jahzara wandte sich um. Sie sah die Augen, sah die Aggression in seinem Blick, die Pistole und registrierte Peters versteinertes Gesicht. Dann schrie sie: gellend, in Todesangst. Auch sie erkannte den Mann.
Der Araber riss ihren Kopf an den Haaren brutal nach hinten und presste den Lauf seiner Waffe an ihre Schläfe.
»Ja, ich bin es, Sahib al-Saif, Statthalter des Schwertes, Racheengel des Al-Sakina-Ordens, und endlich hab ich euch! Und damit eins klar ist: Wenn einer von euch beiden in den nächsten Tagen irgendwelche Tricks versucht oder Anstalten macht, zu fliehen, erschieße ich euch sofort. Alle beide! Ihr habt mir schon so viel Ärger bereitet, dass ich euch am liebsten jetzt gleich eine Kugel in den Kopf jagen würde. Aber leider brauche ich euch noch.« Zu Peter gewandt, der apathisch durch die Windschutzscheibe stierte, zischte der Araber: »Denk an deine Freundin in München. Machst du noch mal so eine Scheiße, siehst du sie nie wieder.«
Bei den letzten Worten des Arabers zuckte Jahzara zusammen. Zitternd blickte sie auf.
Peters Stimme verriet ihr, dass auch er grenzenlose Angst hatte.

»Die haben Yvonne. Sie haben sie in München als Geisel genommen. Sie hat eben, als du eingenickt bist, angerufen. Tut mir leid, Prinzessin.«
Nach einer Stunde marternder Gedanken kam Peter zu dem Schluss, dass die Situation nahezu aussichtslos war. Eine vage Hoffnung hatte sich in ihm breitgemacht, als er an das Schreiben dachte, das er dem Bezirksvorsteher in Likrakar übergeben sollte. In der Einöde einer versandeten Ebene mit nur einigen wenigen Akaziensträuchern tauchten vereinzelte Lehmhäuser auf. Kinder winkten ihnen zu. Er traute sich nicht, die freundlichen Grüße zu erwidern. Im Vorbeifahren sah er ein großes Plakat mit dem Namen Sundance. Eine Schweizer Flagge und einige Worte auf dem Plakat ließen ihn erahnen, dass hier eine Schweizer Hilfsorganisation Solaranlagen und Brunnen baute. Aber nirgendwo war ein weißes Gesicht zu sehen. Die letzte Hoffnung schwand mit dem letzten Lehmhaus. Der Araber forderte ihn wortlos auf, weiterzufahren.
Peter begriff nun, dass auch der Gouverneur von Timbuktu Teil dieser Verschwörung war. Der ganze Handel um Genehmigungen war ein Täuschungsmanöver gewesen. Das Geld hatte er völlig umsonst bezahlt. Der Gouverneur hatte fraglos schon vor ihrer Ankunft gewusst, was sie vorhatten. Der Araber hatte sie in Timbuktu bereits erwartet. Wie Idioten waren Jahzara und er in die Falle getappt! Er dachte angestrengt nach. Yvonne war in München in der Gewalt dieser Verbrecher. Hatte sie überhaupt eine Chance, das zu überleben? Hatten Jahzara und er eine Chance, hier lebend rauszukommen? Kaum! Diese Männer wollten den Schatz, die Karawane. Oder waren sie noch hinter etwas anderem her? Sie wussten, dass er und Jahzara die Unterlagen und das Wissen besaßen, die sie zu dem Schatz führen könnten. Sollte es die

Karawane wirklich geben, wäre es nur eine Frage der Zeit, bis diese skrupellosen Männer sie beide töten und in der Sahara verscharren würden. Yvonne konnten sie wohl kaum am Leben lassen. Also war die Situation ausweglos. Woher sollte Hilfe kommen?
Plötzlich schoss ihm ein Gedanke durch den Kopf. Ja, das war es! Nur wenn Jahzara und er überlebten, gab es auch eine theoretische Chance, Yvonne zu retten. Eine theoretische. Mehr nicht! Bei seinen Gedanken an Yvonne füllten sich seine Augen mit Tränen. Schemenhaft nahm er zwei Kamele am Straßenrand wahr. Die Bastkörbe beidseitig der Höcker waren mit Salzplatten beladen. Die Reiter, Tuareg in blauen Gewändern, winkten. Sie mussten mittlerweile ungefähr 20 Kilometer von Timbuktu entfernt sein. Hier in der Nähe verlief die alte Karawanenroute nach Taoudenni, im äußersten Norden von Mali, wo seit Jahrhunderten Salz gewonnen wurde. Er dachte an den Korridor von Koordinaten, in dem sich die verlorene Karawane damals westwärts bewegt haben musste. Ein Funken Hoffnung machte sich in ihm breit. Wenn es einen Ausweg aus dieser Lage gab, dann waren es diese Koordinaten. Noch besaß nur er sie.
Aus dem Augenwinkel heraus sah er zu Jahzara. Sie wirkte apathisch, den Kopf gegen das Fenster gelehnt, in dumpfen Gedanken. Es war ein erbärmlicher Anblick. »Beschützen musst du mich«, hatte sie noch vor zwei Tagen scherzhaft zu ihm gesagt. Scheißkerle, elendige Scheißkerle! Widerstand gegen die vermeintliche Aussichtslosigkeit ihrer Situation wallte in ihm auf. Er hatte eine Idee, ja. Ob es funktionieren würde, wusste er nicht. Aber es war eine kleine Chance.

Das Klingeln des Handys erzeugte Unmut bei Abdul Qadir Dschila. Er war ohnehin den ganzen Tag über sehr gereizt gewesen. Die Luft in Kairo war kaum mehr dazu in der Lage, seiner alten Lunge Sauerstoff zuzuführen. Seit drei Tagen gab es in Heliopolis keinen Strom mehr. Zu allem Überfluss war vor wenigen Stunden auch noch der Generator ausgefallen. In seinem Haus war es stickig. Eigentlich hatte er fernsehen wollen. Aber aus den Nachrichten würde nun nichts mehr werden. Was, so dachte er sich, schert mich alten Mann noch, was irgendwo auf der Welt geschieht? Für ihn waren die Errungenschaften der Neuzeit – Fernsehen, Telefon, Handys und Flugzeuge – nur für kurze Zeit vom Reiz des Neuen und Fantastischen belegt gewesen. Seit es all diese technischen Spielzeuge gab, war sein Leben hektischer geworden. Was hatte es ihn früher interessiert, ob in Bagdad eine Bombe explodiert war? Was hatte er mit den Problemen eines Putins in Moskau oder des Bürgermeisters von New York zu tun gehabt? Nichts! Nachrichten, so war ihm längst bewusst geworden, waren in dieser Zeit meistens nur schlechte Nachrichten. Und die mochte er überhaupt nicht. Entsprechend missmutig nahm er das Gespräch an.

»Ja?«

Er erkannte die männliche Stimme am anderen Ende der Leitung. Diesen Anruf hatte er seit Stunden erwartet. Aufmerksam lauschte er. Ein zufriedenes Lächeln huschte über sein Gesicht.

»Sehr gut! Und unser Mann in der Wüste weiß Bescheid?«, fragte er.

In dem Moment ahnte der alte Sufi nicht, dass er mit dieser Frage eine der größten, weltweit angelegten Operationen der Abteilung Staatsschutz des deutschen Bundeskriminalamtes auslösen würde. Vertrauend auf seinen bislang nahezu ungetrübten mehrjährigen Aufenthalt in Ägypten, auf seine innige Freundschaft mit einigen honorigen ägyptischen Politikern und wissend, dass in Ägypten neben der Macht des Präsidenten noch die Macht des Glaubens an den Allmächtigen die Räder der Zeit langsam vorwärtstrieb, plauderte der Greis recht lange mit dem Anrufer aus München. Hämische Freude überlagerte schließlich seine Verärgerung über den Stromausfall und das grausame Wetter in Kairo. Endlich! Nun konnte eigentlich nichts mehr passieren. Alles lief wie geplant. Es war nur noch eine Frage der Zeit. So, als habe er nie in seinem Leben auch nur einer Fliege etwas zu Leide getan, redete er so unbefangen und fröhlich am Handy, dass ihn erst das laute Knattern eines Hubschraubers über seinem Haus aus seiner euphorischen Stimmung riss.

Was, zum Shaitani, fragte er sich, macht der Hubschrauber hier? Und warum fliegt er so niedrig? Dann hörte er seltsame Geräusche auf seinem Dach.

»Abdullah! Abdullah!«, rief er nach seinem Hausangestellten. Er war zu erschöpft, um selbst nachzuschauen, was da draußen vor sich ging. Abdullah antwortete nicht. Der Hubschrauber schien sich wieder zu entfernen.

Abdul Qadir Dschila setzte sich in einen Sessel. Er wollte soeben nach einem Buch greifen, als die Scheibe hinter ihm klirrend zerbarst. Glassplitter flogen in das Zimmer. Er glaubte, sein Herz würde stehen bleiben. Panisch drehte er sich im Sessel um. Die Männer, die durch das Fenster sprangen, trugen Maschinenpistolen. Dann flog die Tür zu seinem Salon aus den Angeln. Noch mehr Männer in Uniform, mit Waffen und verhüllten Gesichtern stürmten durch die Tür. Abdul Qadir Dschila griff sich an die Brust. Sein Herz schlug erst sehr schnell, setzte dann aus, schlug daraufhin noch viel schneller. Seine kleinen Augen konnten dem, was da so irrsinnig schnell um ihn herum geschah, nicht folgen. Dann traf ihn ein Gewehrkolben am Hinterkopf. Es war ein harter

Schlag. Zu hart für einen alten Mann. Blut spritzte aus seinem rechten Ohr.
Der maskierte ägyptische Polizist, der wenige Minuten später dem auf dem Boden liegenden Derwisch die Halsschlagader abtastete, nickte mitleidslos und sagte auf Arabisch: »Ein Problem weniger in unserem Land. Ruft die Kollegen in Deutschland an und drückt unser Bedauern aus, dass beide Derwische des Al-Sakina-Ordens bei Fluchtversuchen ums Leben gekommen sind.«

Yvonne hockte mit auf dem Rücken zusammengebundenen Händen in der Ecke des Zimmers. Ihre Bluse war blutüberströmt. Sie wollte schreien, aber der Knebel in ihrem Mund machte es ihr unmöglich, ließ ihre Angst zu einem entsetzten Gurgeln werden. Ihre weit aufgerissenen Augen starrten auf den jungen Mann mit dem schwarzen Haar, der reglos zwischen ihren Beinen lag. Eben noch hatte er vor ihr gestanden, hatte seine Sturmmütze ausgezogen, hatte sie triumphierend angegrinst und wollte gerade den Gürtel seiner Hose öffnen, als er plötzlich in ihre Richtung geschleudert worden war. Es war ein Araber und er hatte ein hübsches Gesicht gehabt, das nun grässlich entstellt war. Die Hälfte seines Hinterschädels fehlte. Blut rann aus seinem Kopf über ihre Beine.
Yvonne konnte sich nicht erklären, was geschehen war. Im Zimmer war es still. Da war niemand. Nichts war geschehen: kein Knall, keine Explosion. Alles war wie vorher. Nur in der Scheibe des Kellerfensters war ein kleines Loch. Der Araber war einfach tot auf sie gestürzt. Auf einmal hörte sie im Haus Getrampel und Stimmen. Sie erstarrte, ihr Herz schlug rasend schnell. Die beiden anderen Entführer! Was würde nun mir ihr geschehen?
Mit einem ohrenbetäubenden Knall flog ihr das Türblatt ent-

gegen. Überall qualmte es. Das Erste, was sie sah, war ein Kopf mit einer schwarzen Sturmmaske. Zwei Augen trafen ihren Blick. Dann stürmten andere Männer in Overalls in das Zimmer, mit Schnürstiefeln und Waffen. Alle trugen Sturmmasken – aber alle blieben vor ihr stehen. Ihre Körpersprache signalisierte Yvonne, dass sie ihr nichts tun wollten. Sie fühlte sich leer, konnte nicht mehr denken. Das Einzige, was sie fühlte, war das warme Blut des Toten auf ihren Beinen. Bevor sie ohnmächtig wurde, nahm sie noch eine Frau mit langen, blonden Haaren und einem besorgten Gesichtsausdruck wahr. Sie trug eine bayerische Polizeiuniform. Neben ihr stand ein Mann, den sie aus Venedig kannte: Commissario Toscanelli.

17.

Es geschah am Morgen des zweiten Tages in der Wüste. Völlig unerwartet stieß Peter mit dem Geländewagen auf ein tiefes Sandloch. Es war eines jener Mehllöcher, wie er diese tückischen Sandfallen nannte, die sich auf Schotterebenen bildeten, wenn Stürme feinste Sandpartikel in kaum sichtbaren Mulden abgelagerten. Winzige Sandverwehungen hinter zwei Steinen hatten ihm im allerletzten Moment signalisiert, dass vor ihm eine der Fallen lag, die schon vielen zum Verhängnis geworden war. Wer mit hoher Geschwindigkeit in ein solches Mehlloch fuhr, krachte wie gegen eine unsichtbare Wand und wurde nicht selten durch die Windschutzscheibe katapultiert.

Peter reagierte blitzschnell. Mit voller Wucht trat er aufs Gaspedal. Der Wagen stockte einen kurzen Moment und schlingerte dann mit aufheulendem Motor durch die Sandfalle. Jahzara wurde umhergeschleudert. Der Killer auf der Rückbank prallte mit dem Kopf gegen die Seitenscheibe und schrie schmerzerfüllt auf. Peter starrte gespannt in den Rückspiegel, ahnend, was passieren würde. Und wirklich: Der Fahrer am Steuer des zweiten Wagens reagierte zu spät. Der Geländewagen schoss in die Sandfalle, blieb wie von Geisterhand gestoppt stehen. Der Fahrer prallte gegen das Lenkrad und wurde sofort wieder zurückgeschleudert. Eine riesige Staubwolke hüllte das Fahrzeug ein. Peter bremste seinen Wagen ab.

Der Araber richtete seine Pistole auf ihn und blickte schreiend nach hinten: »Zurück! Los, fahr zurück!«

Habib Mounzer, wie der Targi angeblich hieß, hatte eine Prellung am Kopf und eine ausgerenkte Schulter. Er fluchte und verzog vor Schmerzen das Gesicht. Beim Aufprall auf einen Stein war die rechte vordere Radaufhängung arg in Mitleidenschaft gezogen worden.
Peter schaute Jahzara an, zwinkerte ihr mit einem Auge zu und zischte wütend: »Wenn der Idiot mir noch mal so dicht auffährt, brems ich ihn aus. Der riskiert unser aller Leben!«
Der Zwischenfall verbesserte Peters Stimmung. Die vergangene Nacht hatten sie im Windschatten einer Düne verbracht. Jahzara war an das Lenkrad des Jeeps festgebunden worden. Ihn hatte der Araber mit beiden Händen an der Stoßstange festgezurrt. Es war eine grauenhafte, unbequeme Nacht gewesen. Mit Jahzara hatte er nicht reden können und dürfen. Dennoch hatte er gespürt, in welchem Gemütszustand sie sich befunden hatte. Ihm war es ähnlich ergangen. Verzweifelt hatte er sich den Kopf zermartert, wie sie aus dieser lebensgefährlichen Situation heil herauskommen könnten. Doch die Chancen standen schlecht: Handy, GPS-Gerät und ihre persönlichen Aufzeichnungen hatten die beiden ihnen abgenommen. Peter hatte auf dem Display noch eine Nachricht von Yvonne entdeckt, aber er hatte sie nicht lesen dürfen.
Schnell hatte er jedoch erkannt, dass die beiden nicht mit dem GPS-Gerät umzugehen wussten. Auch die Unterlagen in Deutsch und Portugiesisch konnten sie nicht lesen. Das hatte wieder Hoffnung in ihm geweckt. Solange sie die Karawane nicht gefunden hatten, waren diese Männer auf ihn angewiesen. Das war ihre Lebensversicherung! Und so lange würden sie auch Jahzara in Ruhe lassen. Das war seine größte Sorge. Der Typ, der offensichtlich tatsächlich Habib hieß und aus der Gegend von Timbuktu zu kommen schien, hatte Jahzara am Abend mehrmals lüstern angestarrt. In der Nacht waren

ihm schließlich Dinge aufgefallen, die kleine Chancen erahnen ließen. Der Killer war in der Stadt aufgewachsen. Er schätzte die Anonymität und die Unüberschaubarkeit von Städten. Hier in der Wüste nutzte ihm all das nichts. Er kannte nicht mal die einfachsten Überlebensregeln der Wildnis. Offenbar hatte er vor der Wüste sogar panische Angst. Selbst das Kläffen eines Schakals, der bei Sonnenuntergang in der Nähe des Lagerfeuers umhergeschlichen war, hatte ihn beunruhigt.
Nun, nach dem Zwischenfall mit dem Sandloch, hatte Peter das Gefühl, dass ihre Chance zu überleben stieg. Ganz offensichtlich war dieser Habib Mounzer kein Targi, kein wirklicher Sohn der Wüste. Und er war ein mieser Fahrer!
Damit waren die beiden auf sein GPS und auf seine Fähigkeiten angewiesen. Außerdem lebten sie im festen Glauben, dass Peter wegen Yvonne alles nur Erdenkliche tun würde, um die verlorene Karawane zu finden. Der Killer war in einer sehr misslichen Situation. Er hatte sich wohl darauf verlassen, in dem Targi einen Kenner der Wüste zu haben. Der aber hatte nun eine ausgerenkte Schulter, ein lädiertes Auto und wenig Ahnung vom Leben in der Wüste. Peter empfand Genugtuung. All das hatte den Nebeneffekt, dass sie langsamer als geplant vorwärtskamen. Je länger sie zum Land der Leere brauchen würden, desto länger würden Jahzara und er am Leben bleiben. Yvonne auch. Die Frage war, wie viel Zeit ihnen noch blieb. Nach seinen Berechnungen würden sie übermorgen die Region erreichen, in der die Karawane verschollen war.
Sie fuhren weiterhin in einem von Geröll und kleinen Dünen geprägten Trockenfluss nordostwärts. Gegen Mittag ließen zunehmende Sandverwehungen erahnen, dass sie sich größeren Sanddünen näherten. Sie entschieden, unter einem verdorrten Baum Rast zu machen. Die Temperaturen waren unerträglich. Die Sonne stand milchig weiß über dem Tal. Sie

spannten eine Plane zwischen den Dächern der beiden Wagen und legten sich im Schatten nieder.
Der Killer herrschte Jahzara an: »Mach uns Tee!«
Jahzara schaute vermeintlich unterwürfig auf den Boden. Ohne die beiden Araber anzuschauen, sagte sie: »Ich habe Kopfschmerzen. Kann Peter mir eine Tablette geben?«
Der Killer starrte sie verächtlich an, überlegte kurz, holte eine ihrer beiden Reisetaschen aus dem Wagen und warf sie ihnen vor die Füße. »Danach machst du Tee!«
Peter nickte Jahzara zu. Sie kam zu ihm und kniete mit dem Rücken zu den beiden Arabern nieder. Er sah die Angst in ihren Augen, sah, wie schwer es ihr fiel, nicht den Mut zu verlieren. Peter griff nach dem Beutel mit den Medikamenten. Im Laufe der Jahre hatte er sich eine Standardausrüstung an nützlichen Medikamenten für Reisen in Afrika zusammengestellt. In diesem Moment kam ihm die zündende Idee. Vermeintlich in dem Beutel nach den gesuchten Tabletten wühlend, holte er unbemerkt eine kleine Packung mit osmotischen Laxanzien heraus und schob Jahzara die Tabletten zu. Sie schaute ihn fragend an. Peter erklärte ihr mittels Fingerzeichen, dass sie den beiden Männern jeweils drei dieser Tabletten in den Tee mischen solle. Jahzara nickte. Ein Lächeln huschte über ihr Gesicht. Er zwinkerte ihr zu und bedeutete ihr durch zusammengeballte Fäuste durchzuhalten.
Nach zwei Stunden wusste Peter, dass es ein genialer Plan gewesen war, den beiden Männern Abführmittel in ihren Tee unterzurühren. Der Fahrer hinter ihnen signalisierte durch die Lichthupe, dass sie anhalten sollen. Peter stoppte und blickte in den Rückspiegel.
Der Killer wandte sich um. »Was ist los?«
»Weiß nicht! Vielleicht muss dein Kumpel mal pinkeln. Er sollte aufpassen, dass er dabei nicht im Treibsand versinkt.« Er

konnte sich kaum beherrschen, nicht lauthals loszulachen. Der Wagen von Habib war noch nicht einmal zum Stillstand gekommen, da sprang dieser auch schon aus dem Auto und verschwand mit wehendem blauem Gewand hinter dem Heck.
Jahzaras Augen funkelten. Für einen Moment konnte sie ihre Angst verdrängen und spitzbübisch lächeln.
Der Targi sah etwas gequält aus, als er schließlich wieder einstieg. Zehn Minuten später war es der Killer, der ziemlich abrupt »Stopp« brüllte und fluchend aus dem Wagen flüchtete. Sein Problem war bald darauf zu hören und zu riechen.
Peter konnte ein zufriedenes Lächeln kaum unterdrücken. Es war eine skurrile Situation – eine voller Möglichkeiten. Seine Hoffnung stieg. Wenn die Abführtabletten gut wirkten, würden ihre beiden Peiniger schnell erste Anzeichen von Dehydration zeigen. Das konnte in der Wüste lebensgefährlich werden. Der Teufelskreis, der daraus folgte, war kaum zu durchbrechen, denn die Magenprobleme würden durch die extremen Temperaturunterschiede zwischen den kalten Nächten und den heißen Tagen intensiviert werden. Genau damit spekulierte Peter.
Sein Plan schien aufzugehen. Sowohl der Killer als auch der Targi wirkten nach den permanenten Notstopps am Abend beim Aufbau des Lagers ermattet. Sie aßen kaum, verschwanden nach wie vor immer wieder hinter einer Düne und kamen schließlich zu dem Schluss, ihr Durchfall sei auf verunreinigtes Wasser zurückzuführen. Die gereizte Stimmung schlug blitzschnell in blanke Aggression um, als Jahzara den Wassertopf von der Feuerstelle nahm, um erneut Tee zuzubereiten.
»Du dämliche schwarze Hure«, brüllte Habib Mounzer plötzlich, sprang auf und stürzte sich wutentbrannt auf Jahzara. Seine Augen funkelten vor Hass. Hysterisch brüllte er: »Ich habe dir doch gesagt, dass du das Wasser mindestens zehn Mi-

nuten kochen sollst! Du Miststück willst uns umbringen! Du machst das absichtlich!«

Peter wurde fast wahnsinnig vor Hass und Ohnmacht. An der Stoßstange angebunden, musste er hilflos zusehen, wie der Targi Jahzara an ihren Haaren hinter sich her durch den Sand zerrte. Sie schrie vor Schmerzen und versuchte, sich zu befreien. Doch bei dem Targi entlud sich die Anspannung des anstrengenden Tages. Er warf Jahzara auf den Rücken und setzte sich auf sie. Sie versuchte, ihren Kopf mit beiden Armen zu schützen, bemühte sich, seiner Umklammerung zu entkommen, und traf dabei seinen verletzten Arm. Der Targi brüllte auf. Mit der unverletzten Hand riss er Jahzaras Bluse entzwei. Gierig starrte er auf ihre Brüste. Sie kreischte panisch, versuchte mit letzter Kraft, ihn von sich zu stoßen, und traf ihn erneut. Der Mann verlor vollends die Beherrschung und holte zum Schlag aus. Plötzlich hallte ein Schuss durch die Nacht. Angstvoll riss Peter seine Augen auf. Er konnte in der Dunkelheit nicht erkennen, wer der Schütze war, nur, wie der Targi entsetzt zu dem anderen Araber starrte. Seine zum Schlag geballte Faust verharrte über seinem Kopf. Das Weiß seiner Augen war durchsetzt von Mordlust und Furcht.

»Lass sie in Ruhe, du Idiot«, herrschte Sahib al Saif den Targi an. »Du baust nur Mist! Wenn du der Frau was antust, wird dich der da bei der nächsten Gelegenheit umbringen. Lass sie in Ruhe. Jedenfalls so lange, bis wir am Ziel sind. Dann kannst du mir ihr machen, was du willst.«

Erst in diesem Moment spürte Peter, dass Blut an seinen Handgelenken herablief. Die Hanfseile, mit denen er an der Stoßstange festgebunden war, hatten sich tief ins Fleisch eingeschnitten. Hoffnungslosigkeit und Schuldgefühle überkamen ihn. Die Idee mit dem Abführmittel hätte Jahzara beinahe das Leben gekostet. Entmutigt ließ er den Kopf sinken.

Der Killer hielt die Pistole noch immer in Richtung des Targi gerichtet. Habib Mounzer schluckte. Langsam erhob er sich und spuckte verächtlich neben Jahzara in den Sand. Er sah, dass der Racheengel es ernst meinte. Peter glaubte, Hass in ihren Augen erkennen zu können. Begannen sie, sich selbst zu zerfleischen?
Jahzara wimmerte leise vor sich hin und krümmte sich auf dem Boden neben dem Feuer zusammen, um ihre Blöße zu verdecken. Ihr Körper bebte vor Scham und Schock. Dann schrie sie in ihrer Muttersprache etwas in die Nacht hinaus. Peter ahnte, was es war. Ihr Blick hatte etwas grauenhaft Dämonisches, Wahnsinniges. Dann verstummte sie. Von diesem Moment an, das war ihm klar, bewegte sich Jahzara auf einem gefährlich schmalen Grat zwischen Leben und Tod. So, wie sie dort im Sand lag, klein, zerbrechlich und erbärmlich schluchzend, war aus der stolzen, selbstbewussten Äthiopierin jeglicher Lebenswille gewichen. Die Angst hatte ihre Seele vereinnahmt.

Die Sonne wollte einfach nicht aufgehen. Peter war der Erste, dem auffiel, dass etwas nicht stimmte. Jahzara lag wie ein kleines Kind zusammengerollt auf einer Luftmatratze vor dem Wagen. Seit gestern war sie weit weg von ihm, in einer anderen Welt. Sie hatte nichts gegessen, stattdessen apathisch ins Feuer gestarrt. So, wie sie sich am Abend zuvor hingelegt hatte, mit Angst einflößend leerem Blick lag sie am frühen Morgen noch immer da.
Peters Augen richteten sich zum Himmel. Er war nicht zu sehen. Alles war milchig gelb-rot-weiß. Kein Laut war zu hören. Statt der Kälte des Morgens wehte ein heißer Fallwind von den nahen Dünen herab durch ihr Lager. Er wollte tief durchatmen, aber die Luft war zu heiß. Schweißperlen rannen

ihm über das Gesicht. Seine Kleidung klebte am Körper. Entsetzt blickte er zum Lagerfeuer. Nein, sie waren nicht da! Jeden Morgen waren sie da gewesen, immer waren sie in der Wüste morgens da, die Ameisen und Bienen und andere Insekten, um die wenigen Tropfen Wasser, die beim Teemachen oder Kochen auf den Sand getropft waren, gierig in sich aufzusaugen. In der Wüste rettete und spendete Morgentau Leben. Doch da war kein Morgentau. Irritiert schaute er sich um. Die Sanddünen mussten auf der Windschattenseite morgens etwas feucht sein. Sie waren es nicht. Er wusste, was das bedeutete.

»Weg, nichts wie weg!«, brüllte er.

Der Killer sprang von seinem Nachtlager hoch. Die Pistole in seiner Hand wirkte irgendwie lächerlich. Peter hatte keine Angst vor dieser Pistole. Er hatte Angst vor dem, was da kommen würde.

Auch Habib Mounzer wachte nun auf. Er hatte die Augen noch nicht ganz geöffnet, da erkannte er bereits, was geschehen würde. Angst ließ ihn hastig aufspringen. Sein Blick ging zum Himmel und zu den Dünen. Er schluckte: »Allah, verschone uns! Allmächtiger, zürne nicht mit mir. Hab Erbarmen. Sie ist doch nur eine schwarze Tochter Gogs und Magogs!«

Peter starrte verächtlich auf den Targi. Entsetzen verwandelte dessen Gesicht zu einer Fratze.

Der Targi verneigte sein Haupt demütig und stammelte: »Gog und Magog werden ihre Pfeile in den Himmel schießen und sie werden mit etwas wie Blut an ihnen zur Erde zurückfallen.«

Peter wusste nicht, woher diese Worte stammten. Er hatte nur eine vage Ahnung davon, dass Gog und Magog im Islam für Tod und Verderben standen, ein Zeichen für den Tag des Jüngsten Gerichts waren. Er schrie Jahzara zu: »Wir müssen

hier raus! Ein Sandsturm! Wir sitzen in diesem Tal in der Falle. Renn um dein Leben!«
Eine Viertelstunde später fuhren beide Geländewagen mit höllischem Tempo aus dem Dünental heraus, auf einen mächtigen Bergkamm zu. Hinter ihnen, dort, wo sie eben noch gelagert hatten, war die Welt rot. Die Luft sah wie Blut aus, der Sand wie die Hölle. Sie spürten den Wind nicht. Aber sie hörten ihn. Er war hinter ihnen. Und er war schneller als ihre Autos.
Peter raste ostwärts durch die Wüste. Die breiten Pneus gruben sich durch schweren Sand. Der Wagen schlingerte. Ausrüstungsgegenstände, die sie in aller Hektik ins Fahrzeug geworfen hatten, flogen im Inneren umher. Peter konnte die Angst des Killers riechen. Sie drang ihm mit dem Schweiß aus allen Poren.
Jahzara hatte sich ein Tuch über ihren Kopf gezogen und saß regungslos auf dem Beifahrersitz. Sie wollte nicht sehen, was draußen geschah. Wie ein kleines Kind, das sich die Hände vor die Augen hält, wenn es Angst hat, wähnte sie sich in ihrer dunklen Welt unter dem Tuch in Sicherheit, weil in dieser Welt keine Angst existierte. Allerdings auch keine Hoffnung.

Gog und Magog zeigten sich gnädig. Nur für eine Stunde legten sie ein rotes Leichentuch aus Sand, Hitze und Sturm über die Sahara und hetzten dann weiter südwärts. Binnen weniger Minuten zeigte sich die Wüste von ihrer schönsten Seite, mit einer gnädigen Sonne, sanftem Wind und mit allen prächtigen Farbfacetten, die der Schöpfer kreiert hatte. Die beiden Geländewagen standen, hinten geschützt durch einen Felskegel, nahe einer riesigen Düne, die im sanften Licht des frühen Tages so unglaublich schön aussah, dass Peter für eine Augenblick vergaß, wie sie soeben um Haaresbreite dem Tod entronnen waren. Mehr als zwei, drei Kilometer hatten sie auf ihrer Flucht vor den Sandmassen nicht geschafft. Ein Felskegel am Ende des Tals war ihre Rettung gewesen. In seinem Windschatten hatten sie hintereinander geparkt und dessen geharrt, was in der Wüste oft das Verderben brachte. Aber sie hatten Glück gehabt. Dem Jüngsten Gericht waren Atem und Sand ausgegangen bei dem Versuch, sie lebend zu begraben.

Mit den ersten Sonnenstrahlen wollte Peter die Fahrertür öffnen. Es gelang ihm nicht. Der Sturm hatte um den Wagen herum Sand aufgetürmt.

Jahzara zog die Decke von ihrem Kopf. Sie blickte sich um, schaute durch ihn hindurch und schwieg.

Der Killer atmete tief durch: »Puh, das war knapp. Verfluchte Wüste! Wie lange dauert es noch, bis wir ankommen? Ich habe die Schnauze voll. Mir reicht es!«

Peter fiel es schwer, entspannt zu wirken. »Ich habe keine Ahnung, wo wir jetzt sind. Wir werden von der geplanten Route abgekommen sein. Ich brauche das GPS.«

Der Araber reichte ihm das Gerät. Peter wunderte sich, dass es nicht ohnehin schon piepste und die Abweichung vom eingegebenen Kurs signalisierte. Auf dem Display war nichts zu sehen. Er probierte dieses und jenes aus. Doch das Gerät reagierte nicht. Er fluchte. Das war eine der Schwächen des GPS-Systems, die die Europäer veranlasst hatte, ein eigenes satellitenunterstütztes Navigationssystem aufzubauen. GPS war originär von den Amerikanern für militärische Zwecke entworfen worden. Erst später wurde es für kommerziellen Nutzen freigegeben. Aber noch immer nahmen sich die Amerikaner das Recht, das System abzuschalten, wenn sie irgendwo auf der Welt militärische Operationen planten. Das schien heute der Fall zu sein. Peter konnte sich plötzlich des Gefühls nicht mehr erwehren, dass diese Fahrt in die Sahara, die Suche nach der verschollenen Karawane, von ungewöhnlich vielen dramatischen Geschehnissen überschattet war. Sie waren erst knapp drei Tage unterwegs. Ihm schwante jedoch, dass sie kurz davor waren, sich auf ein kaum mehr kalkulierbares Risiko einzulassen. Über allen Bedenken standen seine Ängste um Yvonne und um Jahzara. Aber was sollte er machen? Diese beiden Männer, die selbst schwache Nerven hatten, würden seine Argumente nie gelten lassen. Ihm war nicht klar, was diese beiden von der Karawane wussten. Sie sprachen nicht darüber. Für sie lag wahrscheinlich irgendwo da draußen in den Dünen ein unermesslicher Schatz. Sie waren gierig. Gier erzeugte Unvorsichtigkeit. Das war das Letzte, was die Wüste verzieh. Nein, diese beiden würden sich nicht davon abbringen lassen, weiterzufahren. Seine Intuition sagte ihm, dass sich die Natur gegen sie zu verschwören begann. Die beiden wollten es nicht wahrhaben. Er wusste, dass Jahzara in einem sehr bedenklichen gesundheitlichen Zustand war. Den Killer und diesen Abschaum von Targi interessierte das mit Sicherheit nicht. Also musste er weiterfahren, musste auf Chancen lauern, den Männern zu entkommen. Die Zeit begann ganz langsam gegen ihn zu arbeiten. Zwei Tage, vielleicht drei, dann wären sie im Land der Leere. Was dort auf sie zukommen würde, war offen. Vielleicht würden sie nichts finden! Nicht mal einen Anhaltspunkt. Vielleicht gab es gar keine Karawane mit einer Prinzessin Sahel und einem Schatz. Wer wusste das schon? Es war müßig, darüber nachzudenken. Der Killer besaß eine Pistole. Er gab die Regeln vor. Und er hatte das GPS-Gerät unter Kontrolle. Also mussten sie weitersuchen. Die große Frage war: Würde Jahzara das überstehen? Fest stand, dass diese beiden Araber wohl kaum ohne seine Hilfe wieder aus der Wüste herausfinden würden. Also wären da nochmals einige Tage Zeit, nach Auswegen oder Flucht-

möglichkeiten zu suchen. Nur dafür brauchte er dieses verfluchte GPS-Gerät.
Betont ernst erklärte er dem Killer: »Manchmal ist das Gerät für ein paar Stunden nicht aktiv. Kann auch sein, dass der Sandsturm die Verbindung zu den Satelliten unterbrochen hat. Wir müssen hier warten. Ich weiß nicht, wo wir sind. Wir haben im Sturm die Orientierung verloren. Dieser Schwachkopf von Targi da hinten im Wagen ist für nichts gut! Der kann nur Frauen verprügeln. Ich kenne mich in der Wüste besser aus als er.«
Im Rückspiegel sah er, wie der Targi ebenfalls versuchte, seine Wagentür aufzudrücken. Es gelang ihm nicht. Er drehte die Seitenscheibe herunter und begann, aus dem Fenster herauszuklettern. Peter wandte sich um und schaute ihm zu. Der Killer blickte ebenfalls nach hinten. Der junge Mann zwängte sich mit dem Oberkörper zuerst durch das Fenster und glitt dann langsam in den Sand neben dem Wagen. Er lachte ihnen zu. Es war das Letzte, was der Targi Habib Mounzer in seinem Leben tat. Eine ohrenbetäubende Explosion hallte durch das Tal. Der Schall brach sich wieder und wieder an den nahen Felswänden. Der schwere Geländewagen, in dem der Targi eben noch gesessen hatte, hob sich um fast einen halben Meter in die Luft. Metallteile und Glassplitter flogen durch die Luft und prasselten nieder. Peter duckte sich nach unten weg. Der Killer wurde durch eine Metallstrebe, die durch das Rückfenster schoss, am Kopf getroffen. Qualm und der widerliche Gestank von verbranntem Fleisch lagen plötzlich in der Luft. Dann war es unglaublich leise. Peter hörte nur das Wimmern von Jahzara, die vom Sitz heruntergerutscht war und zusammengekrümmt und bibbernd im Fußraum des Wagens lag, die Hände auf ihre Ohren gepresst.
Peter konnte sich zunächst nicht erklären, was geschehen war.

Seine Ohren schmerzten. Entsetzt richtete er sich auf. Neben dem hinteren Wagen lagen Fetzen eines stahlblauen Umhangs. Der Mann, dem der Umhang gehört hatte, war nur mehr eine klobige Masse aus Fleisch und Blut und versengten Haaren. Das Auto war völlig demoliert. Flammen züngelten aus dem Motorraum. Sekunden später explodierte das Fahrzeug. Weitere Metallteile flogen umher. Es stank nach verbranntem Gummi und nach Tod.

Kaum, dass der Rauch sich verzogen hatte, folgte die nächste Explosion. Peter duckte sich zur Seite weg, beugte sich schützend über Jahzara. Sand prasselte auf das Dach ihres Wagens. Dann war es still. Nur der Wind war noch zu hören. Er fühlte Jahzaras Herz pochen. Sanft strich er ihr übers Haar. Er sah Blut an der Innenseite ihres rechten Schenkels. Auch das noch! Sie hatte ihre Regel! Der Stress, die Todesangst, die Hitze und die Kälte. Ihr Körper befand sich in einem extremen Ausnahmezustand. Ihre Seele auch.

Peter zwang sich, Jahzara seine Verzweiflung nicht spüren zu lassen. Noch nie zuvor in seinem Leben hatte er sich in einer solch hoffnungslosen Lage befunden. Noch nie hatte er sich so schuldig gefühlt. Ja, er war verantwortlich dafür, dass Jahzara sich in dieser dramatischen, lebensgefährlichen Situation befand. Seine Gefühle wurden überlagert von quälenden Gedanken. Er durfte keine Schwäche zeigen. Das Leben von Jahzara und das von Yvonne hingen an einem dünnen Faden. Sein eigenes auch. Er musste einen kühlen Kopf bewahren, musste bei Kräften bleiben, obwohl er immer schwächer wurde. Aber sein Überlebenstrieb zwang ihn, kühl, berechnend – hart – zu sein.

Was war da eben geschehen? Warum war der Targi mitsamt dem Fahrzeug in die Luft geflogen? Was war das kurz danach für eine seltsame, irgendwie gedämpfte Explosion gewesen?

Sein Blick ging nach hinten. Der Killer lag auf der Rückbank, die Hände schützend über seinen Kopf gepresst, zitternd. Peter empfand kein Mitleid. Er erkannte in diesem Augenblick, dass alles, was von nun an geschehen würde, von ihm selbst abhing. Machte er einen Fehler, wäre das der Tod von Jahzara. Und von Yvonne. Das Zünglein an der Waage zwischen Leben und Tod hieß Peter Föllmer.

Minen! Der Gedanke durchzuckte ihn wie Starkstromschlag. Ja, sie waren in ein Minenfeld geraten. Der Gouverneur in Timbuktu hatte es noch erwähnt, dass das Land der Leere in einer Region lag, in dem die Franzosen als Kolonialmacht Landminen vergraben hatten.

»Scheiße! Scheiße!« Peter fluchte so laut, dass der Killer sich aufrichtete. Jahzara kroch aus dem Fußraum hervor. Ihre Augen hatten jeglichen Glanz verloren. Beide schauten ihn fragend an. Er hielt es für besser, ihre dramatische Situation ungeschönt zu offenbaren: »Wir sind in einem Minenfeld! Landminen. Aus dem Krieg der Franzosen. Habib ist auf eine Mine getreten. Die zweite Explosion muss durch ein herumfliegendes Metallteil ausgelöst worden sein. Weiß der Teufel, wie viele von diesen Scheißdingern hier noch im Sand vergraben sind. Vielleicht liegen unter unserem Auto auch welche. Ich weiß nicht, was ich machen soll!«

Sahib al Saif, Racheengel des Al-Sakina-Ordens, hatte in seinem Leben genug kritische Situation erlebt, um nicht zu erkennen, dass seine Mission gescheitert war und er in einer nahezu ausweglosen Situation steckte. In nur wenigen Sekunden kam er zu dem Schluss, dass er seine Position, die des Starken, des Befehlenden, nicht mehr halten konnte. Die Gefahr bestand vielmehr, dass aus dem Täter das Opfer werden würde. Man hätte ihm einen erfahrenen Mann an die Seite stellen müssen, einen, der sich in der Wüste auskannte. Er hätte ihn gebraucht, denn vom Überleben in der Wüste hatte er keinen blassen Schimmer. Aber der Targi Habib Mounzer war kein erfahrener Mann, sondern ein räudiger Hund, ein leichtfertiger Idiot gewesen. Egal, die Seele dieses Versagers befand sich längst beim Shaitani. Er selbst saß allerdings inmitten eines Minenfeldes, angewiesen auf einen Mann, den er umbringen würde, wenn sie jemals wieder hier rauskämen. Aber wie? Ohne diesen Föllmer hatte er keine Chance. Der Kerl hatte viel Erfahrung mit der Wüste. Er war ein exzellenter Fahrer, konnte mit dem GPS umgehen, verstand es sogar, sich an den Sternen, der Sonne, dem Mond, an Felsen und Bäumen zu orientieren. Es war eine schmerzliche Erkenntnis. Aber es führte kein Weg an der Tatsache vorbei, dass er diesen Föllmer brauchte. Von ihm hing sein Leben ab. Ohne ihn würde er die Sahara nicht mehr verlassen können. Was nutzte ihm seine Pistole jetzt noch? Nichts! Was scherte ihn die Geisel in Deutschland? Auch nichts! Es war lächerlich, diesem Mann mit der Pistole oder mit dem Tod seiner Freundin zu drohen. Der wusste doch genau, dass er ihn nicht erschießen würde, weil er ihn zum Überleben brauchte. Der war clever, ein hochintelligenter Bursche, der genau wusste, was er tat. Und noch eine grausame Erkenntnis erschütterte ihn. Selbst wenn er hier rauskommen würde, die Derwische hatten sicherlich längst beschlossen, sich seiner zu entledigen. Die Sufis würden ihn umlegen lassen. Mit Sicherheit! In ihren Augen hatte er versagt. Außerdem, er ahnte das schon lange, war sein Tod fraglos Bestandteil ihres Plans gewesen. Die würden ihn so oder so umlegen. Als Versager oder als unbequemen Zeugen. Sein Leben war nur dem Umstand zu verdanken, dass sie nicht noch einen Mann mit all diesen Details um den Schatz und die Karawane vertraut machen wollten. Er war doch nicht blöde: Den Sufis ging es nicht um irgend-

einen heiligen, für die Moslems angeblich so bedeutsamen Firlefanz. Die waren hinter dem Schatz her. Sonst nichts. Würde er diesen Auftrag erfolgreich zu Ende bringen, würden die greisen Derwische vor Freude tanzen – und er wäre ein toter Mann. Nein, überlegte er: Wenn du hier rauskommen willst, musst du deinen Feind zum Freund machen. Zumindest auf absehbare Zeit. Du musst diesen Föllmer dazu bringen, dich nicht mehr als Feind zu sehen. Du musst taktisch klug vorgehen. Jedenfalls so lange, bist du hier aus diesem Glutofen raus bist. Dann wird man sehen. Die Zeit des Jägers würde kommen. Bis dahin galt es, zu überleben!
Der Racheengel räusperte sich. Föllmer und die Afrikanerin starrten ihn an. Demonstrativ nahm er seine Pistole und legte sie zwischen den beiden auf die Konsole.
»Okay, ich gebe auf! Wir stecken alle drei in derselben Scheiße. Es geht um nichts anderes mehr als ums nackte Überleben. Ich garantiere euch, dass ich nichts mehr tun werde, was euch schadet. Bringt mich – uns – hier lebend raus, und ich lasse euch in Ruhe. Ich gebe mich geschlagen. Da liegt meine Waffe. Macht, was ihr wollt. Ihr könnt mich auch umbringen.«
Peters Augen verengten sich zu schmalen Sehschlitzen. Für einen kurzen Moment wollte er dem Killer mit geballter Faust ins Gesicht schlagen. Aber er hielt sich zurück, zwang sich zu taktischem Vorgehen. Dieser verfluchte Araber machte sich vor Angst bald in die Hose und versuchte, ihn einzulullen! Der hielt ihn tatsächlich für so blöde, darauf reinzufallen. Nein, du Dreckskerl! Nicht mit mir. Jetzt diktiere ich die Spielregeln! Aber vorher brauche ich Genugtuung. Hasserfüllt zischte er den Killer an: »Du bist das miesestes Schwein, das mir in meinem Leben jemals über den Weg gelaufen ist. Ein eiskalter Killer bist du. Ein Stück Dreck. Abschaum! Erschießen sollte ich dich. Und zwar auf der Stelle.«

Die Augen des Arabers blitzten auf. Peter wusste genau, was in dessen Kopf vorging. Er genoss es, dass er diesen heimtückischen, skrupellosen – nun aber grenzenlos feigen und hilflosen – Araber in der Hand hatte. Der Killer würde sich eher die Zunge abbeißen, als auch nur ein einziges Wort auf diese Beleidigungen zu erwidern.

Das Blatt hatte sich gewendet.

Der Araber schien fast um sein Leben zu winseln, als er kleinlaut sagte: »Ich war mal Soldat. Ich kenne mich mit Minen aus. Zusammen kommen wir hier raus. Was bringt es dir, wenn du mich jetzt erschießt?«

»Du kennst dich mit Minen aus? Du weißt, wie man diese Scheißdinger entschärft?«

»Ja.«

Peter griff nach der Pistole, lud sie mit geübtem Griff durch, triumphierte, als er an dem Geräusch des Verschlusses hörte, dass tatsächlich eine Patrone in der Kammer war, und hielt sie dem verdutzten Araber an die Stirn.

»Gut, mein Freund. Dann zeig mal, was du so drauf hast! Grab sie aus. Buddel um dein und um unser Leben! Aber vorher schauen wir doch mal nach, ob du in deinem Gepäck nicht noch eine Knarre versteckt hast. Ich traue dir nämlich nicht über den Weg, du miese Ratte!«

Sahib al Saif wäre am liebsten vor Wut explodiert. Mit allem hatte er gerechnet. Aber nicht damit, dass dieser Föllmer auf die Idee kommen würde, dass er noch eine Waffe besaß. Genau das aber war sein Plan gewesen. Er hatte tatsächlich noch eine Pistole in seinem Gepäck. Er wusste, dass Föllmer sie finden würden, entschied sich daher, es lieber gleich zusagen: »Sie ist in dem Rucksack. Eine Pistole. Sonst habe ich keine weiteren Waffen.«

Zehn Minuten später sah sich der Racheengel des Al-Sakina-

Ordens in der unrühmlichsten Situation seines Lebens. Peter zwang ihn auszusteigen. Zentimeter für Zentimeter kroch er aus dem Seitenfenster heraus und begann, mit einem kleinen Besen ganz vorsichtig den Sand dort wegzufegen, wo er zuerst mit seinen Füßen aufkommen würde. Er schwitzte Blut und Wasser. Ja, er war in der Armee gewesen und hatte tatsächlich oft mit Minen zu tun gehabt. Doch das war lange her. Und die Dinger, die hier im Sand verscharrt lagen, waren uralt. Er hatte keinen blassen Schimmer, welche Art von Landminen die Franzosen damals verwendet hatten. Er wusste nicht, ob die Minen nach einem bestimmten System oder als Streuminen völlig unkalkulierbar versteckt waren. Sollten sie ursprünglich Lücken in den Gefechtsabschnitten schließen? Oder die Bewegungsmöglichkeiten gegnerischer Kräfte und Fahrzeuge einschränken und schlecht einsehbare Geländeabschnitte sichern? Nichts wusste er von diesen Dingern, absolut gar nichts! Waren es ungelenkte oder Kontaktminen? Besaßen sie Sofort- oder Verzögerungszündung? Waren es Hohlladungs-, Splitter- oder Panzerabwehrminen? Wurde der Zünder nach Entlastung aktiviert? Oder explodierte das Ding unter Druck? Womöglich waren es Erschütterungszünder, die schon in die Luft gingen, wenn man auch nur in der Nähe laut hustete. Verflucht! Es gab viele verschiedene Formen, Arten und Funktionsweisen dieser heimtückischen Minen. Die Entlastungszünder waren für ihn in der Ausbildung Horror gewesen. Er hatte von Fällen gehört, bei denen solche Minen unter den Körpern Schwerverletzter drapiert worden waren. Wurde der Verletzte von Sanitätern oder Kameraden hochgehoben, zerriss der Sprengstoff gleich mehrere Männer auf einmal. Wie also sollte er vorgehen? Wenn diese Minen hier gegen Wiederaufnahme gesichert, also zwei Minen miteinander gekoppelt waren, würde er die eine freilegen und die

andere würde ihn Sekunden später in Stücke reißen. Gab es Stolperdrähte zwischen den einzelnen Minen?
»Allah, steh mir bei«, murmelte er. Er hatte Angst. Nichts wusste er von diesem teuflischen Zeug, das da im Sand lag. Nur eins war klar: Es war tödlich. Trotzdem musste er herausfinden, sondieren, was da vergraben lag. Wie hatte er es damals gelernt: »Der Sondierende sollte bei dieser Arbeit flach auf dem Boden liegen und den Kopf so tief wie möglich halten, um bei einer eventuellen Detonation der Mine den größtmöglichen Schutz vor der trichterförmig nach oben gehenden Splitter- und Detonationswelle zu haben.« Na toll! Wie sollte er das machen? Er hing hier mit den Beinen im Wagen, den Oberkörper nach unten. Läge da eine Mine, würde sie ihm den Kopf abreißen! Plötzlich erinnerte er sich an die Worte eines Ausbilders: »Wenn man mit einem Fahrzeug unterwegs ist, das Auto nur über das Dach und dann über das Heck verlassen, wobei man darauf achten sollte, sich nur in der Fahrzeugspur zu bewegen.« Klar doch! Die Fahrzeugspur dokumentierte, dass da keine Minen lagen. Das Dumme daran war nur, dass die Fahrspur nach hinten versperrt war durch den demolierten Wagen. In diese Richtung ging gar nichts. Wenn es einen Ausweg gab, dann führte er nach vorne.
Sahib al Saif dachte angestrengt nach. In der Wüste unterlag das Vergraben von Minen besonderen Kriterien. Wer immer sie versteckte, wollte, dass die Opfer auf den von der Natur vorgegebenen Wegen erwischt wurden. Genau! In der Wüste gab es Pisten, Trampelpfade – und Karawanenrouten. Er kroch zurück ins Auto.
Peter hielt ihm die Waffe direkt vor den Kopf. »Was ist los, warum machst du nicht weiter?«
»Wir müssen logisch vorgehen. Jeder Fehler ist tödlich. Nicht

nur für mich! Die Franzosen haben diese Minen mit Sicherheit auf einer alten Karawanenroute platziert. Also sollten wir schauen, dass wir abseits der Route weiterfahren. Zurück können wir wegen des Autowracks nicht.«

Peter nickte zustimmend. Sein Blick schweifte über die Landschaft in ihrem näheren Umfeld. Sie befanden sich in einem weiten Tal, höchstwahrscheinlich ein uraltes Flussbett, das von Ost nach West verlief. Gen Osten stieg das Tal leicht an und wurden rechts und links markiert von zwei Felskegeln. Alles sprach dafür, dass die Karawanenroute zwischen diesen beiden Felskegeln hindurchgeführt hatte. Die Wahrscheinlichkeit war groß, dass die Sandfläche gen Süden nicht vermint war, zumal der Norden durch eine hohe Düne blockiert wurde. Er schaute den Killer an. Dieser schien zu dem gleichen Schluss gekommen zu sein. Er kroch durch das Seitenfenster aus dem Wagen auf die Motorhaube und legte sich, den Kopf über der Stoßstange, auf den Kühler.

Trotz der aberwitzigen Hitze in dem Tal gefror Sahib al Sahif das Blut in den Adern, als er wenige Minuten später zehn Zentimeter von der Motorhaube entfernt eine Mine frei fegte. Sie lag nur wenige Zentimeter unter der Sandoberfläche und wies keinerlei Spuren von Erosion auf. Die Wüste hatte das Metall konserviert. Der Racheengel atmete erleichtert auf. Nein, es war keine Erschütterungsmine. Es war eine ganz einfache Mine, die auf Druck reagierte. Er kannte sie sogar. Der Zünder schaute einige Zentimeter aus dem runden Metallgehäuse heraus. Die Briten hatten sie auch in Ägypten gegen die Deutschen verwendet. Mit diesen Dingern konnte er umgehen. Vorsichtig fegte er mit der Handbürste den Sand von der Mine, griff dann mit beiden Händen unter das Metallgehäuse und hob sie aus dem Sand heraus. Der Zündmechanismus war nicht verrostet und ließ sich leicht herausdrehen. Langsam

glitt er von der Motorhaube und stellte sich genau dort hin, wo eben noch die Landmine gelegen hatte.
Nach drei Stunden schweißtreibender, nervenaufreibender Arbeit richtete sich Sahib al Saif auf und schaute nach hinten zu dem mittlerweile gut 20 Meter entfernt stehenden Wagen. Dieser Föllmer und seine Freundin starrten ihn durch die Windschutzscheibe hindurch an. Stolz signalisierte er mit nach oben ausgestrecktem Daumen, dass er es geschafft hatte. Die beiden lächelten sich an. Lacht nur, dachte der Racheengel. Ihr lacht zu früh.

Der Nachmittag verlief während der Weiterfahrt in einer gespenstig entspannten Atmosphäre. Peter hatte die Stunden zusammen mit Jahzara im Auto genutzt, um über seine weitere Vorgehensweise nachzudenken. Jahzara schien sich körperlich zu stabilisieren. Ihre psychische Situation ängstigte ihn jedoch noch immer. Sie wirkte apathisch, hatte allerdings durch die erfolgreiche Minenräumaktion einen gewissen Zweckoptimismus entwickelt. Aber ihr Lachen wirkte gequält, war kaum mehr als ein Versuch, seine Zuversicht zu schüren. Und auch ihm fiel es schwer, positiv zu denken. Er machte sich Sorgen um Yvonne. Das Handy hatte noch immer keinen Empfang. Zu gerne hätte er gewusst, welche Nachricht von Yvonne gekommen war, bevor der Araber ihm das Handy abgenommen hatte. Das GPS-Gerät funktionierte auch nicht konstant. Die wenigen Daten, die er empfing, schienen zu bestätigen, dass sie sich um einige Kilometer südwärts von der geplanten Strecke entfernt hatten. Allerdings verhinderten die landschaftlichen Gegebenheiten, dass er sich weiter nordöstlich hielt, um auf die geplante Route zurückzukehren. Ein mächtiger Gebirgszug zwang ihn, eine Strecke zu nehmen, die sie immer weiter von dem gewählten Korridor wegführte. Zurück konnten sie nicht, ohne Gefahr zu laufen, abermals auf das Minenfeld zu stoßen. Was wäre, wenn? Er hatte also keine andere Wahl, als weiterzufahren. Nur eine vage Hoffnung hielt ihn davon ab, trübsinnig zu werden. Wenn sie die Karawane finden würden, könnte sich daraus eine andere Situation ergeben. Eine, die Yvonne das Leben retten würde.

Peter hoffte nur, dass er diese extreme Anspannung, die schlaflosen Nächte und die körperlichen Strapazen weiterhin aushalten würde. Auch er befand sich längst im Grenzbereich seiner mentalen und physischen Leistungsfähigkeiten. Die Dinge standen nicht gut. Im zweiten Fahrzeug hatten sich neben Nahrungsmittel auch mehrere Kanister mit Wasser befunden. Ihre eigenen Vorräte würden für knapp acht Tage reichen – wenn nichts Unvorhergesehenes geschah. Als erfahrener Wüstenfahrer hielt er sich jedoch an die Regel, stets Reservevorräte an Wasser und Treibstoff zu hüten. Niemand wusste, was passierte. Entsprechend trank er – statt der für seinen Körper notwendigen sechs bis acht Liter Wasser am Tag – nur die Hälfte. Jahzara würde in ihrem Zustand viel Wasser brauchen. Auch für ihre Hygiene. Ihre Regelblutungen waren sehr stark. Sie verlor viel Flüssigkeit. Sorge bereitete ihm auch die Großwetterlage. Die Sonne war nicht zu sehen. Vieles sprach dafür, dass der Wüstensturm noch immer über den nahegelegenen Regionen hinwegfegte. Diese Stürme schwenkten manchmal in nur wenigen Minuten um. Solange die Sonne nur als milchig trübe Scheibe am Himmel zu sehen war, bestand die Gefahr, dass abermals ein Sandsturm aufkommen würde. Ihre Lage war äußerst kritisch.

Am nächsten Morgen jedoch zeigte sich die Sahara von einer wundersamen Schönheit. Sanftes Morgenlicht tauchte die

Sanddünenfelder in alle nur denkbaren Pastellfarbtöne. Der Himmel war stahlblau, und die Sonne stand am Horizont in einer Röte und Klarheit, wie Peter sie nur von Tagen nach Stürmen kannte. Die Nacht war fast entspannt verlaufen. Den Araber hatten sie am Heck des Wagens festgebunden. Er hatte sich sehr kooperativ zu verhalten. Aber Peter hatte ihm nicht getraut. Jahzara hatte auf der Rückbank tief und fest und auffallend ruhig geschlafen. Er selbst hatte es vorgezogen, sein Lager auf einer Schaumstoffmatratze auf dem Dachgepäckträger herzurichten. Er liebte das. Kein Getier störte ihn dort oben, wenn er auf dem Rücken liegend das zum Greifen nahe Firmament bewunderte, Sternschnuppen auf ihrer tödlichen, aber schönen Flugbahn gen Erde verfolgte und seine Gedanken treiben lassen konnte. Diese Nächte in der Wüste hatten seine Liebe zur Sahara entfacht. Die klaren Nächte, die frühen Morgenstunden und das späte Nachmittagslicht waren die Entschädigung für brütend heiße, staubige und anstrengende Tage. Dass sie einen solchen Tag vor sich haben würden, schwante ihm bereits eine Stunde nach Abbruch des Lagers. Vor ihnen tat sich ein bis zum Horizont reichendes Meer grau-gelber Sanddünen auf. In der Mitte schimmerte eine weiße Fläche. Salz – ein ausgetrockneter See! Vor zehntausenden von Jahren mochte hier ein wunderschöner See inmitten üppiger Tropenwälder existiert haben. Nun reflektierten die Salzkristalle das gleißende Sonnenlicht und ließen erahnen, dass sich dort in der Mittagssonne ein tödlicher Glutofen entwickeln würde. Es war absolut windstill. Die Temperaturen im Schatten bewegten sich schon am Vormittag auf die 50-Grad-Celsius-Marke zu. Alles was darüber lag, er wusste das, hemmte die Sauerstoffzufuhr und ließ das Blut in den Adern brodeln und gerinnen und den Menschen in einen Zustand des trübseligen Wahns verfallen. Solche Salzebenen hatte er im Süden Tunesiens erlebt. Sie waren wunderschön. Doch es war der weiße Tod. Wer dort nicht aufpasste, wurde von der Sonne ausgedörrt – oder versank in der brüchigen Salzschicht, unter der sich stinkendes, brackiges Wasser verbarg, in dem schon viele für immer und ewig verschwunden waren.

Plötzlich ahnte er, wo sie waren, wagte aber nicht, es laut auszusprechen. Das grelle Sonnenlicht zwang ihn, die Augen zusammenzukneifen, als er Jahzara anschaute.

Sie hatte fiebrige Augen, überlagert von Schatten der Hoffnungslosigkeit. Ihre kaum hörbare Stimme zitterte, als sie sprach: »Das muss es sein. Das Land der Leere! So sieht der Tod aus. Irgendwo hier draußen liegt sie – die Prinzessin Sahel.«

18.

Der linke Vorderreifen platzte kurz vor der Stelle, die sie als Lagerplatz auserkoren hatten. Für einen Reifenwechsel lag sie äußerst ungünstig. In der tiefen Mulde zwischen zwei gigantischen Dünen war es selbst am frühen Nachmittag noch irrsinnig heiß. Kein Lüftchen ging. Der Untergrund war extrem weich. Der Sand schien unter den Reifen zu fließen. Selbst mit den beiden Sandblechen und dem zweiten Reserverad als zusätzlichen Halt für den Wagenheber bedurfte es mehrerer Versuche, den Wagen aufzubocken. Mit solchen Sandverhältnisse hatte Peter noch nie zu tun gehabt. Er fühlte sich in der Mulde sehr unwohl. Einen Wetterwechsel würden sie hier erst im letzten Augenblick mitbekommen. Außerdem waren die Temperaturen in dem Kessel kaum auszuhalten. Er entschied daher nach zweistündiger schweißtreibender Schufterei, die auserkorene Düne, in deren Abendschatten es kühler sein würde, noch anzusteuern.

Selbst mit Differenzialsperre und Untersetzung arbeitete sich der Geländewagen nur sehr mühselig und langsam durch den Sand. Peter spürte, dass ihn ihre Situation zunehmend zermürbte. Nur die Tatsache, dass sie gegen Mittag seit langer Zeit wieder einmal ganz kurz GPS-Daten empfangen und er zu seiner großen Überraschung festgestellt hatte, dass sie nicht sehr weit von der geplanten Route abgekommen waren, trieb ihn voran, die verlorene Karawane weiterhin zu suchen. Jahzara hatte bereits vor Stunden genau das gesagt, was er nicht hatte aussprechen wollen: »Wenn wir die Karawane nicht finden, werden sie Yvonne umbringen. Finden wir sie,

bringen sie Yvonne auch um. Selbst wenn wir hier dann lebend rauskommen, werde ich nicht mehr leben wollen. Und auch nicht können! Du?«
Seit dieser knappen, aber präzisen Darlegung der Fakten saß sie nur noch stumpfsinnig neben ihm, ihr starrer Blick war stets nach vorne gerichtet. Ihr gebrochener Lebenswille brachte ihn an den Rand der Verzweiflung. Die strapaziösen klimatischen Bedingungen trugen ihr Übriges dazu bei, dass seine Hoffnungen schwanden. Das Gebiet, in dem sie sich inzwischen befanden, war eine der unwirtlichsten Landschaften, die er je in seinem Leben gesehen hatte. Der Salzsee reflektierte die Mittagshitze wie ein Backblech in alle Himmelsrichtungen. Die Luft war am Siedepunkt angelangt. Sogar um den Araber auf der Rückbank machte er sich Sorgen. Sahib al Saif hyperventilierte und hielt sich immer wieder den Bauch. Das Schicksal meinte es nicht gut mit ihnen. Es galt, Entscheidungen zu treffen.
»Ich muss mal!«, rissen ihn die Worte des Killers aus seiner Nachdenklichkeit.
»Kannst du nicht warten, bis wir da drüben an der großen Düne sind? Da ist der Sand etwas feuchter und trägt besser. Wenn ich hier anhalte, kann es sein, dass wir ohne Schieben nicht mehr weiterkommen!«
»Anhalten!«
Der Araber öffnete noch während der Fahrt die Tür. Peter stoppte. Er wunderte sich für einen kurzen Moment, dass der Wagen so abrupt stehen blieb und schlingerte. Das tonnenschwere Gefährt verhielt sich so, als habe es festen Untergrund. Der Killer sprang aus dem Wagen und stolperte durch den tiefen Sand vom Fahrzeug weg. Peter schaute in eine andere Richtung. Er sah nur grellen Sand und Dünen, die sich in der Hitze zu bewegen schienen.

Er wusste nicht, was für ein seltsames Geräusch es war, das ihn plötzlich aufhorchen ließ. Jahzara schien auch etwas gehört zu haben. Sie schaute ihn fragend an. Dann kam der gellende Schrei. Peter fuhr herum. Dort, wo er den Killer vermutet hatte, war niemand. Da war nur Sand. Noch ein Schrei. Unartikuliert, in Todesangst und irgendwie gedämpft. Jahzara riss auf einmal ihre Hände hoch und presste sie vor ihre Augen. Und nun sah er es auch: Der Araber steckte bis zur Hüfte im Sand. Fünf Meter vom Wagen entfernt. Seine Augen waren panisch aufgerissen. Er ruderte mit seinen Händen, in dem ungeschickten Versuch, sich zu befreien.

»Neiiin!«, brüllte Peter durch das Fenster hindurch.

Jahzara zuckte zusammen.

»Nicht bewegen, ruhig bleiben! Das ist Treibsand!«

Peter stieg rasch aus dem Wagen. Tatsächlich, er fühlte etwas Festes unter seinen Füßen. Seine Augen suchten den Fond ab: Abschleppseil, Gurte, Sandbleche – wo waren sie? Er tastete sich am Wagen entlang nach hinten, riss die Hecktür auf. Er entdeckte das Abschleppseil, zerrte es hervor. Hastig befestigte er das Seil an einer Reisetasche, um eine Art Rettungsring zu fabrizieren. Aus dem Augenwinkel sah er, wie der Killer viel zu schnell im Sand versank. Er schien schreien zu wollen, aber aus seinem trockenen Mund drangen nur noch gurgelnde Laute. Seine Augen waren starr gen Himmel gerichtet.

Peter warf die Tasche in seine Richtung, verfehlte ihn, zog sie heran, warf noch einmal. Der Araber bekam sie zu fassen. Seine weißen Handknöchel hoben sich gegen das Schwarz der Tasche ab. Die Adern seiner Schläfen quollen unter der Kraftanstrengung hervor. Er schaffte es nicht. Der Sog war zu stark. Er versank Millimeter um Millimeter. Der Tod schien es nicht eilig zu haben, aber er war beharrlich. Peter schlang das Ende des Seils um die Anhängerkupplung. Das Seil straffte sich, vibrierte. Der Araber ragte nur noch von der Brust aufwärts aus dem Sand. Hoffnung lag in seinem Blick. Seine Augen flehten um Gnade.

»Das Seil unter den Armen hindurchschlingen! Ich lockere es.« Peter schrie es dem Araber zu, weil er merkte, dass plötzlich Wind aufkam. Nur mühsam gelang es ihm, den Knoten an der Anhängerkupplung zu lösen, um dem Seil Spielraum zu geben. Er mochte nicht zu dem Araber hinschauen. Er hörte jedoch an dessen jammervollen, grauenhaften Tönen, wie er weiter versank und gleichzeitig versuchte, das Seil um seinen Brustkorb zu schlingen. Dann straffte sich das Seil. Peter traute sich nicht nach hinten zu schauen. War der Kopf des Mannes unter dem Sand? Oder noch darüber?

Egal! Er sprang um den Wagen herum ans Lenkrad. Etwas war seltsam. Er sah nur einen Teil des Horizonts. Nervös blickte er sich um. Der Wagen hatte Schräglage. Die linke Seite stand auf festem Boden. Aber die rechte Wagenseite neigte sich. Treibsand? Er erstarrte. Sein Blick hetzte zu dem Araber. Er sah den Kopf. Der Killer lebte. Es war ihm gelungen, das Seil um seinen Oberkörper zu schlingen und es vor der Brust zu verknoten. Er lebte. Das Seil war straff. Aber was nun? Wenn er den Wagen starten würde, um den Mann herauszuziehen, würde sich das Fahrzeug vielleicht rechts in den weichen Sand eingraben, würde aus der Balance geraten – umkippen. Sollte er das riskieren? Tod im Land der Leere bei dem Versuch, einem Killer das Leben zu retten? Allerdings war nur der Araber in der Lage, mit den Entführern zu telefonieren und damit Yvonnes Leben zu retten.

Sand knirschte unter ihrem Auto. Erst kaum hörbar, dann etwas lauter. Die Karosserie knarrte. Der Wagen schien zu schwanken. Peters Puls raste. Versanken sie mitsamt dem

Auto? Plötzlich wurde es still. Der Wagen verharrte in leichter Schräglage. Der Araber lag fast bewusstlos mit ausgebreiteten Armen im Sand. Das Seil hielt. Er lebte.
Doch Peter konnte sich nicht freuen. Verzweifelt suchte er nach einem Ausweg aus dieser Krise. Feine Sandpartikel prasselten auf die Karosserie nieder. Durch die gen Himmel gerichtete Windschutzscheibe sah Peter, dass Wind aufkam, Und er kam nicht allein. Er trug Böses im Bauch und spuckte Sand aus. Nicht viel. Noch nicht.
Ein leiser Piepton riss ihn aus seinen wirren Überlegungen. Er wandte sich zu Jahzara um. Sie starrten sich ungläubig an. Es piepste abermals. Dann ein Summton, den er kannte, liebte: das GPS-Gerät! Hastig schaute er auf die Rückbank. Tatsächlich, dort lagen sein Handy und das GPS-Gerät, beide Displays leuchteten auf. Sie hatten Empfang. Peter griff nach beiden Geräte, fühlte das Plastik, spürte die Vibration des Handys in seiner Hand. Jahzaras Augen flehten ihn an, etwas zu sagen, zu tun. Peter starrte auf das Handy. Die ungelesene SMS von Yvonne wurde noch immer angezeigt. Der Akku war fast leer, die Feldstärke minimal. Peter öffnete die SMS. Das Display flackerte für einen atemberaubenden Moment, dann erschien die Nachricht doch, wenn auch kaum mehr lesbar. Jahzara zitterte am ganzen Körper und stierte aus dem Fenster. Sie traute sich nicht, auf das Display zu schauen. Peter las die zwei Zeilen. Sie verschwammen vor seinen Augen, lösten sich in seinen Tränen auf. Zutiefst aufgewühlt flüsterte er schließlich: »Y…vonne, Yvonne ist frei!«

Der grenzenlosen Euphorie, den Freudentränen, die sie während des Sonnenuntergangs vergossen hatten, folgten in der Morgendämmerung grausame Tatsachen. Trotz größter Anstrengungen war es ihnen nicht gelungen, den Araber vor Einbruch der Dunkelheit aus der tödlichen Sandfalle zu befreien. Nur durch Muskelkraft war es nicht möglich gewesen, den noch immer leblosen Körper des Mannes aus dem Treibsand zu ziehen. Nur mit dem Wagen hätten sie es geschafft. Doch der saß fest. Er hatte sich zwar nicht weiter gesenkt, doch die Bodenwanne lag auf. Das rechte Vorderrad hat sich in den Sand eingegraben und das linke hing ohne Bodenhaftung in der Luft. Die Schräglage war zwar nicht bedrohlich, aber vor Sonnenaufgang, das hatte Peter völlig erschöpft im Schein der Taschenlampen erkennen müssen, war eine Rettung nicht möglich. Dafür musste der Sand unter dem Wagen weggeschaufelt und mussten Sandbleche untergelegt werden.

Mehrmals hatten er und Jahzara in der Nacht nach dem Araber geschaut. Er lebte, bewegte seine Arme und stöhnte. Die Nacht würde verhindern, dass er verdurstete. Mit Sonnenaufgang, so hatten sie beschlossen, würden sie nochmals versuchen, den Wagen frei zu schaufeln und den Mann zu befreien.

Mit den ersten Sonnenstrahlen des neuen Tages riss Jahzaras Aufschrei Peter aus seinem Erschöpfungsschlaf. Völlig verkrampft von der Nacht auf den Vordersitzen, geplagt von Albträumen und aufgewühlt von glückseligen Gedanken an Yvonne, an ihre wundersame Rettung und den Wink des Schicksals, der ihnen GPS-Empfang hatte zukommen lassen, richtete sich Peter auf. Jahzaras Blick hatte nichts mehr von dem, was ihn gestern am Abend für kurze Zeit so glücklich hatte sein lassen. Der Glanz in ihren Augen war blankem Entsetzen gewichen.

»Das Seil …«, schluchzte sie.

Peter blickte dorthin, wo der Killer gegen Mitternacht noch gelegen hatte. Er war weg. Die Tasche, an der er sich festgekrallt hatte, war verschwunden. Nur das Seil war noch da.

Ohne Spannung lag es zwischen Wagen und Sandloch. Der Mann war spurlos verschwunden. Gog und Magog hatten ihn in die Tiefe gezogen und das Loch zur Hölle sorgsam hinter sich und ihrem Opfer verschlossen. Nichts erinnerte mehr an ihn. Der Knoten, den er selbst vor seiner Brust geknüpft hatte, war geöffnet.

Peter nahm Jahzara in den Arm und drückte ihren Kopf an seine Schulter. »Er hat den Knoten selbst gelöst! Ich bin mir sicher. Er hat gewusst, was auf ihn zukommen würde. Unsere Freude gestern Abend hat ihn erkennen lassen, dass er keine Chance mehr hatte.«

Er drückte sie fest an sich. Sie atmete sehr flach. Sein Blick fiel auf die Salzebene. Aus dem wärmenden Sonnenlicht der ersten Stunde nach der kalten Nacht wurden erneut todbringende Strahlen. Die Salzschicht flimmerte wie Eiskristalle. Die vor wenigen Augenblicken noch so anheimelnd von Horizont zu Horizont dahinfließenden Dünen bekamen ein grelles Antlitz. Er kniff seine Augen zusammen, weil er glaubte, einen Fixpunkt in der Leere ausgemacht zu haben. Ja, da war etwas! Weit weg, am anderen Ende der sandigen Welt. Eine Fata Morgana? Eine Sinnestäuschung? Nein!

Jahzara schaute ihn fragend an. Dann glitt auch ihr Blick suchend über den Salzsee. »Was ist das?«

»Kamele! Menschen! Eine kleine Karawane!«

Peter löste seine Umarmung und griff nach hinten auf die Rückbank. Wenige Augenblicke später hielt er eine zehn mal zehn Zentimeter große Aluminiumscheibe mit einem Schlitz in der Mitte und einer Schnur daran in der Hand.

Gebannt verfolgte Jahzara seine Bewegungen. »Was ist das?«

»Ein Heliograf! Die Griechen haben es schon im vierten Jahrhundert verwendet. Allerdings haben sie ihre Schilde verwendet, um bei Schlachten Informationen auszutauschen. Wenn

du diese polierte Fläche in einen bestimmten Winkel zur Sonne und in Richtung dieser Menschen dort am Horizont hältst, kannst du mit dem Ding Reflexionen, also Lichtblitze, aussenden, die du selbst auf sehr große Entfernungen noch siehst. Wenn du gut bist, kannst du damit im Morsealphabet Nachrichten übermitteln. Das Ding hat mir schon mal das Leben gerettet. Ich habe es immer dabei in Afrika. Es ist meine SOS-Station im Taschenformat. Nutzt aber nur etwas, wenn die Sonne scheint – und andere es sehen. Die da zum Beispiel.«
Peter stieg aus, kletterte auf das Dach des Wagens, richtete die Aluminiumscheibe nach der Sonne aus und sandte mehrmals drei kurze, drei lange und dann wieder drei kurze Lichtsignale in Richtung der weit entfernten Karawane. Beide starrten auf die schwarzen Punkte, die im Flimmern der Mittagshitze über der Erde ostwärts zu schweben schienen. Es waren sechs Kamele mit Reitern.
»Siehst du auch, was ich sehe?« Jahzara hielt schützend ihre Hand über die Augen, während sie sprach und angestrengt auf die vielleicht fünf Kilometer entfernte Karawane starrte. »Siehst du den Mann auf dem dritten Kamel?«
Schon einmal hatte Peter die ungewöhnlich guten Augen von Jahzara bewundert. Sie hatte Augen wie ein Adler. Nun glaubte auch er Details des Mannes ausmachen zu können. »Das kann doch nicht sein, oder?«
»Sieht aus wie ein Mann in einem Priestergewand«, murmelte Jahzara. »Er sitzt auch anders auf dem Kamel als die anderen. Ein ungeübter Reiter. Vielleicht ein Europäer.«
»Mag sein! Aber was nutzt das? Die scheinen nicht auf meine SOS-Signale zu reagieren. Sie reiten in die entgegengesetzte Richtung. Die haben uns nicht gesehen.«
Die Karawane verschwand am Horizont. Der Wind frischte auf. Sie sprachen kaum miteinander. Ihre Stimmung war ge-

prägt von dem Wissen, dass nur wenige Schritte von ihnen entfernt ein Toter unter dem Sand lag. Sie hatten nur noch einen Wunsch: weg von hier, weg aus dem Land der Leere – raus aus der Wüste.

Doch Gog und Magog kehrten zurück. Peter war es, der zuerst bemerkte, wie sich die gleißende Sonne milchig gelb und dann rötlich verfärbte und wie das Blau des Himmels von den umherfliegenden Sandpartikeln gelblich eingefärbt wurde. Von nun an würden sie die Zeit zum Feind haben. Das da waren Vorboten eines Sandsturms. Schon wieder! Gemeinsam gruben sie ein Loch unter dem Wagen, um die Sandbleche positionieren zu können. Es war eine schweißtreibende Schufterei. Keiner von ihnen traute sich zu sagen, dass er durstig sei. Gestern war ihnen bewusst geworden, wie knapp ihre Wasservorräte waren. Das Wasser würde kaum noch für die Rückfahrt reichen.

Jahzara riss ihn aus seinen Überlegungen: »Schau mal, was ich hier habe!« Sie kniete nachdenklich vor dem linken Vorderrad. Neugierig blickte ihr Peter über die Schulter. Sie hielt etwas Schwarzes in der Hand. »Sieht aus wie Holz.«

Peter griff danach und roch daran. »Ja, verbranntes Holz. Der Wüstensand hat den Geruch konserviert. Aber schau mal, dieses Eisen hier. Könnte ein Beschlag sein. Es ist punziert. Und es sind Zeichen drauf.«

Mit seinem T-Shirt rubbelte er über das Metall. Jahzara nahm es ihm aus der Hand und spuckte drauf. Die Strukturen der Zeichen wurden deutlicher. Sie erstarrte. Abrupt richtete sie ihren Oberkörper auf und schüttelte ungläubig ihren Kopf.

»Nein, das kann nicht sein! Das kann ich nicht glauben.«

»Was kann nicht sein?«

Jahzara tastete mit ihren Fingerkuppen über das punzierte Metall.

»Das ist Ge'ez! Es sind Buchstaben aus der altäthiopischen Schrift meiner Heimat. Peter! Ganz sicher. Peter, haben wir ...«

Wie auf Kommando begannen sie beide gleichzeitig mit den Händen in dem Sand vor dem Wagenrad zu wühlen. Sie keuchten, buddelten, und ihr Schweiß tropfte vor ihnen auf den Sand. Noch ein Stück verkohltes Holz tauchte auf. Dann zog Peter einen Lederfetzen hervor. Er war sehr groß, mit Fragmenten eines Kreuzes.

»Ich fasse es nicht, Prinzessin! Das ist das Tatzenkreuz, das Symbol der Templer. Jahzara, unter uns liegt die verschollene Karawane! Das Auto ist nicht versunken, weil wir auf den Überresten der Karawane hängen geblieben sind.«

Jahzara schüttelte ungläubig den Kopf. »Ich habe fast Angst vor all diesen Zufällen, Peter! Das Minenfeld, die Karawane. Da sind höhere Mächte im Spiel.«

Peter nahm sie lächelnd in den Arm. »Du bist süß, aber zu abergläubisch.«

»Natürlich bin ich abergläubisch. Ich bin Äthiopierin! Ich weiß um die Macht übernatürlicher Kräfte. Das hier ist alles kein Zufall. Wir werden gelenkt.«

Peter strich ihr zärtlich mit seinem Handrücken über das Gesicht. »Zufall? Nein, es ist kein Zufall, dass wir hier auf die Karawane gestoßen sind. Jahzara, diese Karawane ist auf einer uralten Route westwärts gezogen. Diese Routen richteten sich an landschaftlichen Gegebenheiten. Gebirge und unüberwindbare Dünen mussten umgangen werden. Gelagert wurde an windgeschützten Stellen. Und möglichst dort, wo es Wasser gab. So wie hier! Dieser Salzsee war vor tausenden Jahren ein herrlicher Süßwassersee. Vielleicht gab es hier vor 500 Jahren auch noch Süßwasserbrunnen. Schau dir die Gegend doch mal an, Jahzara. Dort drüben versperrten riesige Sanddünen den Weg. Die Karawane konnte nur hier, am südlichen Ufer des Sees, westwärts ziehen. Und in dieser kleinen Ebene gab es optimale Lagerplätze. Überleg dir mal: Das waren angeblich 2000 Kamele! Die brauchten sehr viel Platz. Nichts da von wegen überirdische Kräfte! Du neigst dazu, Dinge zu mystifizieren! Wir sind schon die ganze Zeit auf der alten Karawanenroute gefahren. Und das hier ist ein von der Natur vorgegebener Lagerplatz.«

Jahzara schüttelte skeptisch den Kopf. »Du tätest besser daran, der Allmacht mystischer Kräfte mehr Aufmerksamkeit zu schenken. Glaub mir, Peter, unser Tun ist vorbestimmt. Entweder von göttlichen Kräften oder vom Bösen.«

Sie gruben wie besessen weiter. Mit bloßen Händen schaufelten sie den Sand zur Seite, lachten, jauchzten und sahen es als angenehmen Nebeneffekt, dass beide Vorderräder des Geländewagens längst wieder Bodenhaftung hatten.

Plötzlich erstarrte Peter. Er hielt den Atem an und pustete mit zugespitzten Lippen über das, was er mit seinen Fingern ertastet hatte.

Der Schädel eines Menschen tauchte aus dem Sand auf. Jahzara bekreuzigte sich und erschauerte. Respektvoll legte Peter den Schädel frei. Verbrannte Stoffreste lagen neben dem Schädel. Die Halswirbel wurden sichtbar. Der Tote hatte eine Halskette getragen. Sie lag neben den Nackenwirbeln und glänzte gelb-rot im diffusen Sonnenlicht.

»Gold …« Jahzara hauchte es vor sich hin, traute sich aber nicht, den Toten anzufassen.

Peter zog den wundervoll gearbeiteten Halsschmuck aus dem Sand. Edelsteine schmückten die Kette.

Je tiefer sie gruben, desto mehr angebrannte Stoffreste tauchten auf.

»Hier muss sich eine Tragödie abgespielt haben«, flüsterte Pe-

ter. »Die Karawane wurde von einem Feuer überrascht. Alles ist verbrannt. Oder es wurde verbrannt – absichtlich!«
Bis zum Nachmittag hatten sie den Schädel eines Kamels, drei menschliche Skelette, verkohlte Kleidung, Teile einer portugiesischen Rüstung, zwei alte äthiopische Baumwollumhänge und ein wundervolles silbernes Schwert ausgegraben. Sie schwiegen, waren überwältigt, trieben dahin in ihren eigenen Gedanken.
In Höhe des rechten Hinterrades stieß Jahzara plötzlich auf einen großen Gegenstand. Es sah wie der abgerundete Deckel einer Truhe aus. Teile waren verkohlt. Davor hatte sie sich seit Beginn ihrer Reise gefürchtet. Nun schien sie es tatsächlich gefunden zu haben. Buchstaben waren in das Holz geritzt. Eine Schrift, die sie aus dem *Kebra Nagast,* dem Buch der *Ruhm der Könige,* kannte. Es war Ge'ez, dieselben Buchstaben wie auf der alten Landkarte: Mussie – das alte äthiopische Wort für Moses! Sie erschauerte. War diese Holzkiste die Bundeslade?
»Prinzessin! Wir sind reich! Wir sind grenzenlos reich.« Peters schrille Worte schreckten sie hoch. Mit weit aufgerissenen Augen stand er wenige Schritte vor ihr und hielt zwei Ledersäckchen in den Händen. Er war blass, schien völlig verwirrt zu sein, kniete sich vor ihr nieder, ohne auf die Truhe zu ihren Füßen zu achten. Dann schüttete er die beiden Lederbeutel aus. Grüne, gelbe, türkisfarbene, weiße und blutrote Steine kullerten über den Wüstensand und entfachten in der Sonne ihr inneres Feuer.
»Diamanten, Smaragde, Rubine –« Mehr brachte Peter nicht hervor. Erst jetzt bemerkte er, dass Jahzara völlig aufgelöst war. »Was hast du, Prinzessin? Das hier ist ein Schatz. Diese Edelsteine sind ein Vermögen wert. Schau mal, wie groß die sind. Jeder davon hat mindestens 50 Karat! Unter uns im Sand

liegt ein Vermögen.« Peter registrierte den verwirrten Gesichtsausdruck von Jahzara. Er stockte. »Was hast du gefunden? Noch eine Schatzkiste?«
Jahzara hatte das Wort schon auf den Lippen, entschied sich dann aber, es nicht auszusprechen. Sie konnte es nicht.
»Ist wohl eine Kiste, in der Kleider transportiert wurden«, log sie und schüttete wieder Sand auf das Holz. Auf einmal sah sie, wie das Funkeln der Edelsteine vor ihnen im Sand matter wurde. Sie schaute Peter an. Sein Gesicht zeigte keinerlei Schatten mehr. Die Sonne war weg. Ihr Blick ging zum Himmel. Während sie den Sand der Sahara durchwühlt hatten, waren seltsame Nebelschleier aufgezogen. Eigentümliche Rottöne beherrschten die Wüste. Die Salzkristalle des Sees schimmerten rot. Die Welt schien zu glühen. Es war wunderschön anzusehen. Doch es war der Tod, der langsam begann, das Verderben in das Land der Leere zu hauchen, wo vor vielen hundert Jahren bereits die Karawane durch Flammen vernichtet worden war.

Eine Stunde später hatte sich der Sturm zu einem Inferno verwandelt. Peter und Jahzara saßen in dem Geländewagen. Um sie herum schien es Nacht zu sein. Sandmassen türmten sich hinter dem Wagen auf. Es war Sand, so fein wie Staub, getränkt in Purpurrot.
Peter hatte Angst. Er musste brüllen, damit Jahzara ihn in dem tosenden Sturm hören konnte: »Das ist es, was die portugiesischen Seefahrer einst fürchteten. Der Harmattan – das Meer der Finsternis! Schau dir mal an, was hinter unserem Wagen passiert! Der Sturm kommt von Westen. Er hat in nur einer Stunde bereits eine Düne bis in Höhe des Heckfensters aufgetürmt. Jahzara, ich will dir nichts vormachen, wenn das so weitergeht, ist das Auto im Nu unter Sand begraben. Wir

sitzen fest. Die Wüste gibt sich offensichtlich nicht mit einem toten Araber zufrieden. Sie will mehr! Es gibt keinen Ausweg mehr. Wir sind in der Hand Gottes!«

»Nein«, hauchte Jahzara. »Wir sind in der Hand von Gog und Magog! Sie hassen uns!«

Noch nie hatte Jahzara aus Peters Mund Gottes Namen gehört. Sie wusste, dass er der Kirche extrem kritisch gegenüberstand, aber nicht, ob er wirklich an Gott glaubte. In diesem Moment schien Peter, der sonst immer stark, zuversichtlich und einfallsreich war, so hilflos zu sein, dass auch er in Gott seine einzige Hoffnung sah. Umgeben von menschenfeindlicher Natur, wurde Jahzara plötzlich bewusst, wie oft sie in den letzten Monaten das Schicksal schon herausgefordert hatte. Seit Venedig bewegte sie sich nur noch in Grenzbereichen. Psychisch wie auch körperlich. Die Dinge hatten so aberwitzig schnell eine gefährliche Eigendynamik entwickelt, dass sie nicht mehr über Risiken nachgedacht hatte. Peter spielte dabei keine unbedeutende Rolle. Er hatte sie mit seinem Enthusiasmus mitgerissen. Immer strahlte er grenzenloses Selbstvertrauen aus. Er konnte und wusste so viel, hatte schon so viel Gefährliches erlebt. Seine Abenteuer hatte er sicherlich nur deswegen alle heil überstanden, weil er stets seinen Verstand benutzte, Risiken analysierte, seine Chancen realistisch einzuschätzen wusste und all sein Tun in Relation zu den Gefahren sah. Deswegen hatte sie maßloses Vertrauen zu ihm gehabt, hatte einfach so mitgemacht. Ohne Peter wäre sie nicht hier, im Land der Leere, dem Meer der Finsternis – hautnah an den Gebeinen der Prinzessin Sahel. Ja, sie hatten es geschafft. Aber zu welchem Preis? Sie hatte Angst. Sie saßen in einer tödlichen Falle. Gott, sonst niemand, konnte sie retten. Doch war Gott überhaupt hier? Gog und Magog, ja, die waren hier. Die grausamen Handlanger der Verderbnis tobten, türmten gewaltige Sandberge auf, auf dass sie die Ungläubigen lebendig begruben. Waren sie so wütend, weil Christen einen der Ihren dem Tode geweiht hatten? Oder waren sie so erzürnt, weil zwei erbärmliche menschliche Gestalten ihnen trotzten, sich ihrer Pläne widersetzten? Jahzara fragte sich, ob sie etwas ganz anderes wollten. Vielleicht wussten Gog und Magog, was da außer dem Schatz noch in der Wüste begraben lag und nun drohte, durch die Hand von Christen wieder ans Licht der Welt zu gelangen: die Bundeslade! Und möglicherweise hatte Gott andere Pläne, wollte den Gesellen des Bösen einen Strich durch ihre teuflische Rechnung machen. Vielleicht wollte Er nicht, dass Seine in steinernen Tafeln verewigten Gebote von menschlichem Auge begafft und entweiht wurden. War all das hier Sein Plan? Hatte Gottes Fluch damals die Karawane in Flammen aufgehen lassen, so, wie er einst Sodom und Gomorra in Schutt und Asche gelegt hatte, um das sündige Tun der Menschen zu beenden? Wie stand es doch geschrieben im Ersten Buch Moses': »Da ließ der HERR Schwefel und Feuer regnen vom Himmel herab auf Sodom und Gomorra und vernichtete die Städte und die ganze Gegend und alle Einwohner der Städte und was auf dem Lande gewachsen war. Und Lots Weib sah hinter sich und ward zur Salzsäule.« Ja, vielleicht war Er zornig gewesen über das Tun des Heiligen Vaters in Rom, der seine christlichen Brüder dem Untergang hatte weihen wollen. Waren es Feuer und Schwefel aus dem Himmel gewesen, die die Karawane ins Verderben gestürzt, in Flammen hatte aufgehen lassen? Lot hatte einst mit seinen Töchtern fliehen dürfen. Ob Er Peter und sie auserkoren hatte, der Apokalypse im Land der Leere zu entkommen? Vielleicht! Aber es würde auf jeden Fall klüger sein, diese Kiste nicht zu öffnen. Im Alten Testament, in Samuel 6 und 7, stand zu lesen, was

geschehen konnte: »Da entbrannte des Herrn Zorn über Usa, und Gott schlug ihn dort, weil er seine Hand nach der Lade ausgestreckt hatte, so dass er dort starb.«
Jahzara spürte, wie sie allmählich in einem Meer dumpfer, todessehnsüchtiger Gedanken versank. Um sie herum türmten sich die Sandberge zu einem Sarg in Form einer Düne auf. Träge sah sie den rieselnden Sandkörnern zu und ahnte, dass ihr Ende bevorstand. Sie unterwarf ihr Sein den Gewalten der Natur. Eine wundersame Ruhe überkam sie. Sie hörte weder das Toben des Sturms noch das Prasseln der Sandkörner. Bald würde im Land der Leere über dem Wagen eine neue Düne entstehen und sie bei lebendigem Leibe begraben. Langsam würde ihnen der Sauerstoff ausgehen. Sie würden einschlafen, Hand in Hand, eng umschlungen. Dann würde es wunderbar dunkel und ruhig werden.
Peter sprach zu ihr. Seine Worte drangen nur als gedämpftes Echo in ihr Bewusstsein vor. Was will er denn schon wieder? Lästiger, lieber Plagegeist, der du bist! Wie lieb und besänftigend seine Stimme doch klang. Fast so wie die Stimmen ihrer Ahnen in ihren Kindheitsträumen. Ach, es war so wunderbar, Peter, ihren Bruder und Freund, als Wegbegleiter zu haben. Gemeinsam würden sie dorthin gehen, wo ihr Bruder längst war und wo sie schon einmal hingewollt hatte. Wie schön, ihn nach so langer Zeit wiederzusehen! Der Allmächtige würde im Land der Leere vereinen, was er einst als Zwillinge geschaffen und nach Seinem Willen getrennt hatte. Und Peter würde sie begleiten. Würden die beiden sich verstehen? Doch ja, ganz sicher. Er war wie sie gewesen. Sie waren Zwillinge an Leib und Seele. Im Tod würden sie eins sein in ihren Gefühlen für Peter. Wie schön diese Vorstellung war. In jener Welt, in die sie heute reisen würde, hätte sie zwei Brüder. Und ihre Ahnen. Alle wären sie vereint in einem Reich, das keine schril-

len Töne, keine Ängste, keine Missgunst, keinen Hass und keine Intrigen, weder Gog noch Magog, sondern nur Liebe und Harmonie kannte. Eine friedvolle Welt. Das Paradies.
Jahzara schloss die Augen und betete. Sie glaubte zu hören, wie Peter das ebenfalls tat. Ganz leise, etwas verschämt. Schau an, dachte sie und lächelte vor sich hin, während das Tosen um sie herum immer leiser und das Licht im Wagen zunehmend gedämpfter wurde. Schau mal einer an. Auch er hat letztendlich zum wahren Glauben gefunden. Peter hatte sein ganzes Leben lang wohl immer etwas gesucht, von dem er selbst nie wusste, was es war. Nun hatte er es gefunden: innere Ruhe, Zufriedenheit. Keine Unrast, kein unstetes Herumhetzen auf der Suche nach mehr. Woran er wohl dachte? An Nicole? Yvonne? Oder vielleicht auch ein wenig an sie, an seine äthiopische Prinzessin?
Ihre Gedanken wurden von lauten Geräuschen unterbrochen. Der Lärm ärgerte sie. Dieses grauenhafte Knattern war kaum auszuhalten. Es war überall und störte ihre Träume. Dann drangen Worte aus Peters Mund zu ihr durch. Was war denn nun schon wieder so wichtig? Wieso ließ er sie nicht einmal in Frieden? Sie wollte sich doch nur ein wenig ausruhen für den langen Weg ins Jenseits. Wieso konnte sich Peter denn nicht mit den Wahrheiten abfinden? Immer musste er dem Schicksal trotzen. Jetzt doch nicht mehr, Peter! Mit dem Sturm hat Gottes Fügung dein Leben vereinnahmt. Sträub dich nicht länger. Warum, lieber Peter, hast du denn so eine weinerliche Stimme? Komm, stell dich nicht so an. Der Weg, den wir heute gehen, war doch vorbestimmt seit unserer Geburt: Asche zu Asche, Staub zu Staub. Bei uns wird es der Sand sein – im Land der Leere, an den Ufern des Meeres der Finsternis. Was der Herr gibt, das nimmt er auch wieder. Also hör auf, zu zweifeln, du ungläubiger Thomas. Glaube es doch endlich,

dass die Richtungen der großen Ströme unseres Daseins von Ihm vorgegeben sind. Er lässt dich mit den kleinen Rinnsalen des Lebens ein wenig spielen, lässt dich glauben, dass du Einfluss hast auf die Dinge, die geschehen. Er mag nun mal glückliche Menschen. Aber das ist nur ein kurzweiliges Vergnügen, Peter! Er hat Pläne mit dir – und mit mir. Daran wirst du nichts ändern. Also hör bitte auf, mich so zu schütteln. Ich mag dieses Spiel nicht mehr. Er hat gerufen. Also komm, hör endlich auf, mir zuzureden. Füge dich und folge mir.
Jahzara war inzwischen verärgert über Peter. Er schüttelte sie, schien geradezu böse zu sein, dass sie nicht auf seine Worte und Schreie reagierte. Sie öffnete die Augen. Im Schein des Feuerzeugs, das Peter hielt, wirkte das Wageninnere wie eine wohlige dunkle Höhle. Sie lächelte ihn an. Er sah sehr gut aus im Licht der Flamme. Ein bisschen wirr schien er schon zu sein. Oder warum riss er seine Augen so weit auf? Warum musste er denn so schreien?
»Jaaahzaaara! Wach auf! Bitte, bitte, bitte mach die Augen auf. Horch! Hörst du es? Das Geräusch. Da ist jemand!«
Jahzara hörte es. Ja, doch, da war was. Aber es war eher unangenehm. So laut und penetrant. Es war über ihnen, gedämpft durch den Sand auf dem Wagen und dennoch schmerzhaft laut. Sie war ein wenig traurig, dass diese schöne Reise so abrupt unterbrochen wurde. Gerne hätte sie noch ein wenig weitergeträumt. Doch mit Peters Rufen flammten plötzlich die letzten Funken Leben und Hoffnung in ihr zu einem lodernden Verlangen auf. Nein, sie wollte noch nicht sterben. Das war doch zu früh. Viel zu früh! Sie war noch so jung und schön und wissbegierig und hatte noch so viel vor. Außerdem hatte sie noch nicht vollendet, was sie vor vielen Jahren angefangen hatte und nun mit Peters Hilfe beenden konnte. Sie hatten die Karawane, die Wahrheit und Prinzessin Sahel ge-

funden. Das war kein Zufall gewesen. Niemals! In einem unendlichen Meer aus Sand waren sie ausgerechnet hier stecken geblieben, direkt über der versunkenen Karawane. Jemand – Er? – wollte, dass sie lebten, der Welt berichteten, was geschehen war. Hatte der Schöpfer Peter und sie auserkoren, wie einst Lot mit seinem Weib und seinen Töchtern, der Nachwelt zu berichten, auf dass die Menschen seine Gebote in Zukunft befolgten?

Jahzara schüttelte ihr Haupt, kehrte zurück von der Pforte zum Jenseits. Sie öffnete abermals die Augen, sah den Sand an den Fenstern, spürte, wie ihre Lungen nach Luft gierten. »Was ... was ist das? Woher kommt dieses Dröhnen über uns? Wieso bebt die Erde? Mir ist so heiß. Ich bekommen keine Luft mehr.«

Peter schrie. Irgendwie hörte es sich wie Freudenschreie an. Jahzara verstand nicht, warum. Er presste sie an sich und weinte dabei. Sein Feuerzeug ging aus, weil es in ihrem Grab keinen Sauerstoff mehr für die Flamme gab. Sie sah nichts mehr. Um sie herum war es wieder dunkel. Die Luft war stickig. Jahzara atmete schneller und schneller, gierte nach Sauerstoff. Ihr wurde schwummrig. Peters Schreie wandelten sich in seltsame Gurgellaute. Dann geschah plötzlich etwas sehr Seltsames. Das Dröhnen war auf einmal so nahe, so Furcht erregend dicht über der Dunkelheit in ihrem Wagen, dass Jahzara sich ängstlich duckte. Ihr Herz überschlug sich. Was waren das für Geräusche? Es hörte sich an wie Sand, der über die Karosserie des Wagens zu fegen schien, am Lack kratzte, wie ein Sandstrahlgebläse das Gestänge des Dachgepäckträgers polierte.

Peter schien benommen. Sie sah ihn nicht, spürte nur seine auffällig langsamen Bewegungen. Er schien sich auf den Sitz stellen zu wollen, keuchte, atmete sehr kurz. Das Dröhnen

überlagerte alle anderen Geräusche. Sie sah und hörte nicht, was Peter tat. Sie spürte nur Vibrationen.
Unversehens tat es einen dumpfen Schlag. Sie starrte in die Dunkelheit über ihr. Sand rieselte ihr in die Augen. Da war ein schwacher Lichtschein, der größer und breiter wurde. Luft strömte in das Wageninneren. Wenig. Aber genug zum Leben.
Peter stand neben ihr auf dem Fahrsitz. Seine Schultern drückten die Dachluke nach oben. Er ächzte, stöhnte, schien vor Anstrengung fast zusammenzubrechen. Doch er schaffte es. Mit einem lauten Knall flog die Luke auf. Die Sonne war im diffusen Licht zu erahnen. Sand rieselte in den Wagen, über Jahzaras Körper. Das Knattern über ihnen war nicht mehr auszuhalten, schmerzte in den Ohren. Aber es war eine wunderbare Luft, die nun in einem Schwall in den Wagen strömte. Leben durchströmte ihre Lungen. Das Blut begann, in den Adern zu pochen. Und endlich erkannte Jahzara, was über ihnen war: ein Hubschrauber! Er schwebte wie ein Untier nur wenige Meter über dem Wagen. Sie sah grünes Metall, Sandfontänen, Peters angestrengtes, doch so unglaublich glückliches Lachen.
»Raus, Jazahara! Komm raus!«, brüllte er und reichte ihr seine Hand. Sie fühlte die Stärke seiner Arme, ließ sich ziehen, stützte sich mit den Füßen ab. Dann lag ihr Oberkörper auf dem Dach des Wagens. Es war so wunderbar hell. Die Rotorblätter des Hubschraubers peitschten den Sand in ihr Gesicht. Sie konnte kaum etwas sehen, spürte nur, wie Peter sie umklammerte, sie zu sich heranzog. Da war ein Seil um ihrer Hüfte, das Klicken von Karabinerhaken und die zwei Arme von Peter. Willenlos ließ sie geschehen, was er tat. Ein Ruck, ein kurzer Schmerz. Dann schwebte sie, wurde davongetragen, glitt eng an den Körper von Peter geschmiegt über die

Dünen, baumelte durch die Lüfte und fühlte sich auf einmal unfassbar leicht und glücklich und dem Himmel so nahe, dass sie die Augen schloss und wünschte, dieses Gefühl würde nie enden.

Andere Hände griffen nach ihr. Sie öffnete die Augen. Männer mit Helmen in grünen Uniformen und ein Priester starrten sie besorgt an. Ihre Hände streckten sich ihnen entgegen, ergriffen sie, zerrten sie in die Luke des Hubschraubers, klopften ihnen auf die Schultern und zurrten Gurte um ihre Oberkörper. Jahzara fühlte sich willenlos, aber ihre Augen nahmen alles wahr. Durch die Luke des Hubschraubers, an dem Priester mit dem freundlichen Lächeln vorbei, starrte sie hinunter. Da waren nur Dünen, von Horizont zu Horizont. Sand, Sand und abermals Sand. Dazwischen, wie eine gigantische, matt schimmernde Perle, der Salzsee. Jemand stülpte ihr einen Kopfhörer über die Ohren. Plötzlich war die Welt gedämpft, seltsam leise und unglaubwürdig friedlich.

Peter saß zusammengekauert neben ihr. Seine Haare flatterten über sein Gesicht. Auch er starrte hinunter auf das Land der Leere. Sein Blick ängstigte sie. Was hatte er vor? Warum sah er hinab in die Hölle, in der sie vor wenigen Minuten noch begraben waren?

»Peter, was ist, was tust du?«, schrie sie.

Peter hörte sie nicht. Er war geistesabwesend, in einer anderen Welt. Seine rechte Hand fingerte das GPS-Gerät aus seiner Hosentasche.

Jahzara starrte ihn gebannt an. Sie ahnte, was er tun würde. Er war ihr Bruder. Sie wusste, was er dachte.

Peters Blick haftete auf dem Display des kleinen Gerätes. Es leuchtete. Durch die Strähnen seines Haares hindurch schielte er zu Jahzara. Seine Augen baten um ihre Zustimmung.

Jahzara nickte. Mit einer kurzen Handbewegung warf er das

GPS aus dem Hubschrauber, hinunter ins Land der Leere. Dann grinste er, bevor ihm Tränen aus den Augen rannen.
Plötzlich erschien vor ihnen ein riesiger Berg. Es war kein wirklicher Berg, aber ebenso groß und bedrohlich. Jahzara hatte so etwas schon einmal gesehen: auf dem Tanasee. Das Böse war ihnen gefolgt, hatte auf seine Chance gewartet, sie zu vernichten. Gog und Magog folgten ihnen! Entsetzt riss sie die Augen auf. Die apokalyptischen Sendboten rasten über das Land, wirbelten tiefrote Staubfontänen auf, zerstörten in ihrer Gier nach noch mehr Sand riesige Dünen. Sie formierten sich zu einem Wall aus Sand und blutroter Luft und eilten schnell wie das Licht auf den Hubschrauber zu.
»Achtung! Festhalten!«, schrie jemand. Die Worte wurden vom lauten Knattern der Rotorenblätter hinweggefegt. Der Hubschrauber geriet ins Trudeln, sackte ab, fing sich, sackte weiter und schien sich um die eigene Achse zu drehen bei dem Versuch, einen Fluchtweg zu finden.
Jahzara schloss die Augen und tat, was auch Peter und der Priester taten: Sie betete. Doch Gog und Magog hatten sie bereits eingeholt.

19.

Der Absturz in die Welt der Angst war grausam. Das lähmende Gefühl der Hilflosigkeit ließ Peter verzweifeln. Die Welt bestand nur noch aus blutrotem Sand. Das schrille Geräusch des Hubschraubermotors und der im Sandsturm knatternd nach Stabilität suchenden Rotorblätter übertönte die Schreie. Magische Kräfte hoben die Maschine empor, schmetterten sie nieder, warfen sie durch die Luft, wirbelten sie von rechts nach links und wieder zurück in die Tiefe. Der penetrante Geruch von verbranntem Öl heiß gelaufener Turbinen einte sich mit dem Gestank von Angstschweiß.
Peter sah, wie der Priester vor Todesangst vergaß, zu beten. Der junge Soldat mit dem kahl geschorenen Kopf, der sie soeben in den Hubschrauber gezerrt und dabei so stolz gegrinst hatte, hing wie ein nasser Sack in den Sicherheitsgurten, zitterte am ganzen Leib und krallte sich am Sitz fest. Jahzara war aschfahl im Gesicht. Ihre weit aufgerissenen Augen standen hervor. Ein Blutäderchen ihres rechten Auges war unter den extremen Höhen- und Druckverlusten geplatzt.
Der Hubschrauber drehte sich um die eigene Achse. Plötzlich schienen Gog und Magog entschieden zu haben, ihrem Spiel mit dem Tod ein Ende zu bereiten. Sie brüllten ihren Hass über das Land der Leere, fauchten tiefroten Zorn über den Fluchtversuch ihrer Opfer in den Himmel und befahlen dem Meer der Finsternis, die Ungläubigen in die sandige Tiefe zu ziehen. Der Hubschrauber richtete sich aus der Horizontalen langsam nach hinten auf. Der Priester stürzte und prallte gegen den jungen Soldaten. Jahzara hing willenlos in den Gurten.

»Wir stürzen ab!«, schrie Peter. Verzweifelt irrte sein Blick durch das Innere des Hubschraubers. Seine Todesangst wandelte sich zu einem bizarren, ungläubigen Gesichtsausdruck. Wieso grinsten alle so hämisch? Wieso hatten sie alle keine Angst mehr und starrten ihn so mitleidig an, so, als müsse er sich für seine Todesangst entschuldigen? Was machte Jahzara da? Er schrie auf: »Neeeiiin, Jahzara, nein, nicht die Gurte lösen! Bist du denn wahnsinnig? Du stürzt aus dem Hubschrauber! Willst du dorthin, wo deine Ahnin im Sand der Wüste begraben liegt? Jaaazaaahra! Bitte, macht das nicht! Bitte, bitte! Bleib bei mir! Du hast mir doch versprochen, bei der Taufe unseres Kindes dabei zu sein. Nicht doch, du musst dich nicht freiwillig Gog und Magog opfern, um mein Leben zu retten. Sie wollen nicht dich als Opfer, sie wollen uns alle!«
Durch den Nebelschleier aus Sand und Wolken sah Peter zu seinem Entsetzen, wie sich Jahzara aufrichtete und ihre Gurte löste. Leichtfüßig, beinahe schwerelos wie eine Fee schritt sie auf ihn zu. Mein Gott, wieso lacht sie wie ein vom Wahnsinn in die Furchtlosigkeit entführtes kleines Kind? Hast du den Verstand verloren, Jahzara? Nein, tu das bitte nicht …
Ein Schlag gegen seine Wange ließ ihn erstarren. Ungläubig schüttelte er seinen Kopf. Was war das? Wer, verdammt noch mal, packte ihn da so brutal an seinen Schultern und schüttelte ihn wie ein Besessener? Der Priester etwa?
»Aua, das tut weh! Lass mich doch in Ruhe, du verrückter Gottesmann. Kümmere dich lieber um Jahzara! Siehst du nicht, dass sie aus dem Hubschrauber springen will? Schau sie dir an, wie sie engelsgleich lacht. Sie ist wahnsinnig, sie glaubt, sie könne fliegen! Sie will zu Sahel, ihrer Ahnin! Aua, verflixt, jetzt reicht es aber.«
»Peter! Peter, wach auf!«
Jahzaras sanfte Worte hallten wie ein gedämpftes Echo durch

sein Unterbewusstsein. Er wunderte sich. Sie stand vor ihm, lächelte und schien noch immer wie ein Engel zu schweben. Wieder fühlte er zwei Hände, die ihn an den Schultern packten und sanft schüttelten.

»Hey, du, wach auf! Es ist vorbei! Peter, haaallllooo!«

Peter misstraute dem schönen Traum. Eben noch war die Illusion von der Rettung nackter Angst vor dem Tod gewichen. Nicht schon wieder! Er verkraftete das nicht mehr. Alles in den letzten Wochen war zu viel gewesen. Er wollte nicht mehr mit tödlichen Wahrheiten konfrontiert werden. Er wollte leben – mit Yvonne! Plötzlich fühlte er, dass alles um ihn herum so sanft und still und grenzenlos friedlich war. Jahzaras Worte wirkten eigenartig fröhlich. Er öffnete seine Augen, schüttelte seinen Kopf, als wollte er Traum von Wirklichkeit trennen. Ein greller Lichtreflex blendete ihn. Er kniff die Augen zu und hielt die Hand schützend vor sein Gesicht. Die Sonne tat seinen Augen weh. Was war geschehen? War er dem Wahnsinn nahe? Durch die weit geöffnete Glastür sah er ein Paradies. Sanfter Wind strich durch die Dattelpalmen und ließ deren Blätter erzittern. Eine kühle Abendbrise verfing sich in den fleischig-roten Blüten von Tulpenbäumen. Von irgendwo her drang das beruhigende Plätschern eines Springbrunnens zu ihm und ließ ihn langsam erahnen, dass dies kein Traum war. Nein, es war kein Traum, denn hinter den Wipfeln der Bäume, die er vom Bett aus sehen konnte, erkannte er die Pyramiden von Gizeh. Prächtig und scheinbar zum Greifen nahe thronten sie über dem Park. Sanftes Licht tauchte ihre Spitzen in Rot. Vögel zwitscherten ihre Begeisterung über den wunderbaren Beginn des Sonnenuntergangs in die Welt hinaus. Der betörende Geruch von Bougainvillea und Jasmin lag in der Luft und einte sich mit dem Duft von Jahzara. Sie roch nach Frangipani und nach den Kräutern äthiopischer Berge.

»Brüderchen, du hast geträumt. Komm, mach die Augen auf, schau dir den Garten Eden an. Es war nur ein Albtraum. Alles ist gut. Wir leben!«

Jahzara saß neben ihm auf dem Bett. Sie sah zauberhaft aus. Das zartgelbe Kleid, das ihr die Frau des italienischen Botschafters in Algier geschenkt hatte, stand ihr hervorragend. Ihr schwarzes Haar mit den hellen Strähnen glänzte. Ihre Augen strahlen Kraft und Ruhe und viele schöne Gefühle für ihn aus. Er spürte Schweiß auf seiner Stirn.

»Uff, das war ein grausamer Traum, Prinzessin! Ich sah dich dem Wahnsinn nahe, bereit, aus dem Hubschrauber zu springen. Grausam war es. Aber jetzt ist alles okay. Lass mich nur einige wenige Minuten zur Besinnung kommen. Ich muss mich erst daran gewöhnen, wo ich bin.«

Jahzara strich ihm sanft die schweißnassen Haare aus der Stirn. »Lass dir Zeit. Wir haben noch eine Stunde, bis wir abgeholt werden. Ich setze mich zwischenzeitlich ein wenig auf den Balkon und genieße diesen Ausblick.«

Die Pyramiden färbten sich in der Dämmerung rötlich ein. Der Tag liebäugelte sanftmütig mit der aufkommenden Nacht. Eine wohlige Ruhe durchströmte sie. Jahzara konnte sich an diesem Anblick der Pyramiden einfach nicht sattsehen. Stundenlang hatte sie letzte Nacht hier gesessen, hatte geschwiegen und glücklich geschluchzt. Das *Mena House Oberoi* war das schönste Hotel, das sie je in ihrem Leben gesehen hatte. Sie kannte so etwas nur aus Kinofilmen: Brokat, Damast, Marmor, Edelhölzer und eine wundersam verspielte arabische Architektur einten sich hier zu einem unfassbaren Luxus. Jahzara lehnte sich entspannt zurück, legte ihre Füße auf die Balkonbrüstung und atmete tief durch. Wie wunderbar doch das Leben sein konnte! Vor drei Tagen waren sie noch dem Tod so nahe gewesen. Der Sandsturm hatte den Hubschrauber beinahe zum Absturz gebracht. Der Pilot gab später zu, dass es Allahs Wunsch gewesen sein musste, dass die Maschine sich nach den aberwitzigen Turbulenzen und dem Trudeln noch einmal gefangen hatte. Wenige Stunden später waren sie in Algier gelandet, wo der italienische Botschafter sie zusammen mit seiner reizenden Gattin abgeholt und in ihrem Gästehaus untergebracht hatte. Erst dort hatten sie erfahren, dass sie ihre wundersame Rettung ausschließlich Pater Benedikt zu verdanken hatten. Er war es gewesen, den sie in der kleinen Karawane am Horizont hatten vorbeiziehen sehen. Der Pater hatte die SOS-Signale von Peter richtig gedeutet. Doch die Tuareg, mit denen er auf dem Weg zu einer alten Siedlung gewesen war, wo er gehofft hatte, die Reste einer alten christlichen Kirche zu finden, hatten ihm gesagt, dass es wegen des Treibsandes keine Möglichkeit gebe, ins Land der Leere zu gelangen, um sie zu retten. Pater Benedikt hatte daraufhin über sein Handy Mitbrüder seines Ordens in Rom angerufen, die wiederum die italienische Botschaft in Algier informiert hatten. Dort hatte man schnell reagiert und die algerische Armee alarmiert. Sie hatten ihr Leben Pater Benedikt zu verdanken. Dem Pater, von dem sie einst dachten, dass auch er zu den Menschen gehöre, die ihr Leben bedrohten. Aber Pater Benedikt war ein friedfertiger Mann. Ihm und dem Hubschrauberpiloten hatten sie ihr Leben zu verdanken. Nur, weil der Pilot sehr dicht über die Dünen geflogen war, hatten die Rotoren des Hubschraubers den Sand über ihrem Geländewagen aufgewirbelt, damit ihr Grab aus Sand frei gelegt und es Peter ermöglicht, die Dachluke zu öffnen. Ein Wunder hatte sie vor dem Ersticken gerettet.

Von Algier aus hatte sie dann ein kleines Flugzeug der ägyptischen Regierung nach Kairo geflogen, wo man ihre Zeugenaussage benötigte. Pater Benedikt war mit ihnen geflogen. Er

wollte zurück nach Jerusalem zu seinem Orden. Und so waren sie, kaum dem Tode entkommen, hier in diesem paradiesisch anmutenden Hotel einquartiert worden.
Jahzara spürte, wie sie beim Anblick der zunehmend im Dunkel der Nacht eintauchenden Pyramiden und in den Erinnerungen der letzten drei Tage vor Glückseligkeit weinte. Der Kontrast zwischen Todesangst und diesem Garten Eden war zu groß. Nur langsam fielen Angst und Entsetzen von ihr ab. In einer Stunde würden sie nach Kairo fahren. Die ägyptischen Behörden hatten angedeutet, dass sie für den Abend noch eine Überraschung planten. Sie schaute in Peters Zimmer. Die kleine Schatulle mit den Intarsien stand auf einer Anrichte. Sie hatten die Kiste am Flughafen von Algier erworben. Ihr Herz schlug schneller. Wären sie nicht mit einer Regierungsmaschine der Ägypter nach Kairo geflogen, hätten sie diese Schatulle wohl kaum durch den Zoll bekommen. Nun stand sie dort, unscheinbar, wie ein billiges Souvenir. Aber die Schatulle barg ein Vermögen – die Edelsteine, die Peter bei der Karawane gefunden hatte.

Ihre zeugenschaftliche Vernehmung dauerte nicht lange. Die zwei Beamten in Zivil waren außerordentlich nett, gaben sich allerdings sehr zugeknüpft. Das Einzige, was sie ihnen erzählten, war, dass im Rahmen der ägyptischen Aktionen zwei Männer bei Fluchtversuchen ums Leben gekommen seien. Bei beiden, so hieß es lapidar, habe es sich um führende Köpfe einer international agierenden Bande von Kunsträubern gehandelt, denen zudem nachgesagt wurde, dass sie einer extremistischen Moslembruderschaft angehörten.
Nach knapp einer Stunde war die Vernehmung beendet. Die Beamten verabschiedeten sich höflich und begleiteten sie zu einer wartenden Limousine mit Chauffeur. Wenig später hielt

der Wagen an einer Bootsanlegestelle am Nilufer im Vorort Zamalek, nahe dem *Marriott*-Hotel. Der blaue Dampfer *Nile Maxim* mit seinen romantischen Lichterketten hob sich gegen die Skyline der Hotels und Hochhäuser am gegenüberliegenden Ufer ab.

Peter schaute Jahzara verwundert an. Der Chauffeur murmelte in schlechtem English: »Sagen Sie an Bord nur Ihren Namen. Man wird Sie zu Ihrem Tisch führen.«

Der reservierte Tisch stand unmittelbar am Bug des luxuriösen Schiffes und war mit Silberbesteck und prachtvollen Gläsern gedeckt. Kerzen in Windlichtern verliehen dem Ganzen eine anheimelnde Atmosphäre. Der Nil reflektierte den von Dunst und Staub erfüllten Sternenhimmel über Kairo. Weiß livrierte Kellner eilten herbei, rückten Jahzaras Stuhl zurecht und stellten unaufgefordert einen silbernen Champagnerkühler auf den Tisch.

Jahzara war sprachlos. Ihr Blick huschte umher. Aber sie entdeckte niemanden, den sie kannte oder der sie zu erwarten schien. »Hast du eine Ahnung, was hier abläuft«, flüsterte sie.

Peter grinste. »Wer weiß? Gedeckt ist für sieben Personen. Mal schauen, wer noch kommt. Ich vermute, dass die Ägypter mit dem Tod dieser beiden Sufis irgendein größeres Problem vom Hals haben. Die Moslembruderschaften sind in Ägypten eine permanente Bedrohung für die Regierung. Die sind uns dankbar, dass wir ihnen geholfen haben, diese Leute zur Strecke zu bringen.«

»Aber deswegen müssen sie uns ja nicht hier auf dieses Luxusboot setzen. Ich meine, es ist wunderschön und irrsinnig romantisch. Schade, dass Yvonne nicht hier ist. Es wäre ein wunderbarer Ort, um sie kennen zu lernen. Wann werdet ihr euch sehen?«

»Als ich sie von Algier aus anrief, war sie bei ihren Eltern, am

Tegernsee, wo sie sich ein wenig erholt. Auch für sie war das alles zu viel. Wenn wir übermorgen zurückfliegen, holt sie mich – uns – vom Flughafen ab.«
Jahzara schaute sich neugierig um. »Möchte nicht wissen, was so ein Nobeldinner auf diesem Boot kostet. Erst holen sie uns wie Staatsgäste in einem Privatjet aus Algier ab und quartieren uns in diesem Traumhotel ein – und nun auch noch das hier. Wie auch immer: Wir trinken jetzt Champagner und sprechen mal einen Abend lang nicht mehr über die zurückliegenden Wochen. Ich verdränge einfach, wo wir vor wenigen Tagen noch waren, sonst fange ich gleich wieder an zu heulen.«
Peter schaute Jahzara bewundernd an. Sie trug ein magentafarbenes, schulterfreies Kleid und sah umwerfend schön aus. Das Boot legte mit einem sanften Ruck ab. Ein Kellner kam zu ihrem Tisch, öffnete die Flasche Champagner, schenkte ein und parlierte in exzellentem Englisch: »Herzlich willkommen an Bord der *Nile Maxim*, Madame. Genießen Sie Ihren Aufenthalt bei uns. Das Dinner servieren wir in wenigen Minuten. Darf ich Sie auf unser exklusives Unterhaltungsprogramm unter Deck aufmerksam machen? Wie immer treten bei uns die besten arabischen Sänger und Sängerinnen auf. Highlight des Abends werden sicherlich die Tannoura sein.«
Jahzara lächelte dankend. Bevor sie den Kellner fragen konnte, wo die anderen Gäste seien, war der Mann bereits verschwunden.
»Nun gut, dann trinken wir den Champagner eben allein. Wird Zeit, dass wir feiern und uns ein wenig betrinken. Nüchtern kann ich das alles nicht mehr verdauen. Vor wenigen Tagen noch dem Tode nahe und jetzt auf einem Luxusschiff auf dem Nil – mit einer Flasche Champagner. Auf dein Wohl, Brüderchen! Das Leben hat uns zurück. Das Leben ist –«

Jahzara stockte, ihre Augen bekamen einen eigentümlichen Ausdruck. Dann lächelte sie, schlug die Augen nieder und presste sich verschämt ihre Serviette vor das Gesicht. Peter drehte sich um. Sein Herz überschlug sich. Aus dem Dunkel der Nacht kamen fünf Menschen auf sie zu. Einen der Männer kannte er nicht. Pater Benedikt hingegen sah in seinem schwarzen Priestergewand wie ein Gentleman aus. Er lächelte. Commissario Toscanelli neben ihm war in einen hellen Anzug gekleidet. Sein flachsfarbenes Haar wehte in der Abendbrise, und er schien bester Laune zu sein. Hinter ihm ging sein Assistent Pietro. Stolz schaute Toscanelli die Frau neben sich an. Sie trug ein schwarzes, knöchellanges Seidenkleid, das ihr schulterlanges blondes Haar gegen die Lichter des nächtlichen Kairo wunderbar zur Geltung brachte. Sie sah traumhaft aus.

»Y...vonne«, stotterte Peter. Er fühlte sich wie paralysiert, wusste nicht, ob er aufspringen oder seine grenzenlose Freude in die ägyptische Nacht hinausschreien sollte. Sprachlos, benommen vor unbändiger Glückseligkeit, stand er langsam auf und starrte sie an. Yvonne hatte Tränen in den Augen. Peter konnte seine Gefühle nicht mehr kontrollieren. Er eilte mit wenigen Schritten auf sie zu, schlang seine Arme um sie und verbarg sein Gesicht schluchzend in ihrem Haar. Dann blickte er ihr tief in die Augen und küsste sie innig. Er nahm kaum wahr, dass Jahzara ergriffen schniefte. Erst nach Minuten gelang es ihm, einige wenige Worte hervorpressen: »Die Wüste habe ich überlebt. Und jetzt kriege ich hier auf dem Nil einen Herzinfarkt. Wer, zum Teufel, hat sich das einfallen lassen?«

»Scusi, Signore Föllmer. Das war meine Idee!« Commissario Franco Toscanelli grinste wie ein Honigkuchenpferd. »Ich war noch nie in Ägypten. Und da dachte ich, das sei eine gute

Gelegenheit, auf Staatskosten mal hierherzukommen. Wir müssen solch wichtigen Zeugen wie Sie, Signora Yvonne und Signora Jahzara ja behüten! Zeugenschutzprogramm nennt man das. Und weil ich das wohl kaum allein tun kann, habe ich den Herrn neben mir zur Verstärkung mitgebracht. Darf ich vorstellen? Hauptkommissar Gert Fröbig vom deutschen Bundeskriminalamt. Er hat sich diese Dienstreise redlich verdient. Er hat nämlich Ihre Freundin befreit.«

Peter rang nach Luft. Yvonne in seinen Armen halten zu können, machte ihn unendlich glücklich. Es fiel ihm schwer, Contenance zu bewahren. Yvonne bibberte vor innerer Erregung und presste ihren Kopf fest an seine Schulter. Wie gerne hätte er in diesem Augenblick die Augen geschlossen und sie einfach nur in seinen Armen gewiegt. Aber er wusste, dass er etwas sagen musste: »Meine Herren, wie dankbar ich Ihnen allen für diese großartige Überraschung bin, muss ich wohl nicht sagen. Die richtigen Worte dafür fehlen mir sowieso. Aber ich darf Sie um Verständnis bitten, dass ich zunächst mal für einige Minuten mit diesen beiden einzigartigen Frauen allein sein möchte. Die beiden kennen sich nämlich nur vom Sehen. Es ist erst einige Wochen her, dass sie sich auf einem Boot in Venedig und wenig später in einem Museum in Lissabon gesehen haben. Seither ist viel geschehen. Mehr, als Sie erahnen können! Und deswegen bitte ich darum, dass Sie uns ein bisschen Zeit gönnen. Danach, würde ich vorschlagen, feiern wir!«

Pater Benedikt strahlte übers ganze Gesicht. Er war sichtlich ergriffen.

Commissario Toscanelli grinste spitzbübisch. »Selbstredend! Mein deutscher Kollege und ich sind ohnehin aus dienstlichen Gründen an Bord. Wir müssen erst mal schauen, ob sich keine Terroristen aufs Schiff geschmuggelt haben. Kommen

Sie, Kollege Fröbig, merzen wir das Böse aus! Ich habe unten in der Bar gesehen, dass sich dort so unrühmliche Gesellen wie Mister Johnny Walker und dieser amerikanische Lump namens Jack Daniels in den Regalen versteckt haben. Nieder mit dem Bösen! Außerdem soll sich hier heute Abend ein tanzender Derwisch aufhalten. Vernichten wir dieses Übel. Die Sufis haben wir geschafft. Aber der Kampf gegen zwanzigjährigen Dimple oder diesen uralten Chianti ist eine echte Herausforderung, der wir uns nun stellen, während sich diese beiden so unglaublich hübschen Damen einander vorstellen. Unser ägyptischer Kollege ist schon unter Deck und observiert unsere Feinde. Als Moslem darf er ja nicht allzu nahe an dieses gefährliche Pack in den Flaschen ran! Also müssen wir beamtete Kreuzritter an vorderster Front stehen. Und Sie, Pater Benedikt, folgen uns unauffällig. Mit Gottes Hilfe ringen wir diese Belzebuben allemal nieder. Der Herr stehe uns bei! Heftige Scharmützel stehen uns bevor. Doch es ist eine kaum zu schlagende christlich-moslemische Allianz, die da dem Hochprozentigen zu Leibe rücken wird.«

Peter hätte sich am liebsten vor Lachen gebogen. Toscanelli war ein wirklich kauziger Kriminalbeamter. Aber so schnell, wie die beiden Polizisten, gefolgt von Pater Benedikt in seinem wehenden Priestergewand und Pietro, verschwanden, so nervös wurde er nun. Er sah eine heikle Situation auf sich zukommen. Yvonne hatte sich zwischenzeitlich aus seinen Armen gelöst und war hinter ihn getreten. Er wandte sich um. Was er sah, konnte er nicht glauben. Beide Frauen standen, ihre Arme gegenseitig um ihre Schultern geschlungen, in herzergreifender Eintracht nebeneinander und lächelten sich an. Es sah aus, als würden sie sich schon seit ewigen Zeiten kennen.

Peter suchte nach Worten.

Jahzara grinste.
Yvonne kicherte und feixte: »Ich denke, wir brauchen dich nicht! Geh ruhig runter zu den anderen und macht die Bar unsicher. Was es zwischen Jahzara und mir zu sagen gibt, werden wir allein besprechen. Es wird nicht viel sein. Über eins sind wir uns aber schon im Vorfeld klar, Peter, du bist an allem schuld! Jawohl, du! Jahzara hat damals nichts getan auf dem Vaporetto. Und ich auch nicht. Aber du gieriger Wüstennomade hast sie mit deinen Augen ausgezogen und begehrt. Mein Urteil und mein Strafmaß stehen schon fest. Werfe dich demütig auf die Planken hier vor uns und flehe unter ägyptischem Sternenhimmel um Gnade, ja! Von mir wirst du nämlich lebenslänglich bekommen. Für immer und ewig wirst du mich begehren, lieben und kuscheln müssen! Unser Kind auch! Bis dass der Tod uns scheidet, heißt das wohl.« Yvonne konnte sich vor lauter Grinsen kaum mehr halten. Sie zwinkerte Jahzara zu: »Ist das okay?«
Jahzara versuchte, eine böse Miene zu machen. Sie rollte mit ihren Augen: »Nein! Das ist zu milde für einen Lustmolch und Herzensbrecher. Zwei Kinder müssen es werden! Nein, besser noch drei! Mit drei Kindern und einer Frau hat er so viel zu tun, dass er auf keine dummen Gedanken mehr kommen wird. Genau so muss es sein! Erst wenn aus Babys erwachsene Söhne und Töchter geworden sind, darfst du wieder in die Wüste fahren. Und zwar gemeinsam mit den Kindern. So, wie es dein Vater damals mit dir gemacht hat.«
Jahzaras letzte Worte gingen in einem schallenden Gelächter unter.
Yvonne konnte sich vor Lachen kaum mehr auf den Beinen halten.
Jahzara weinte vor Begeisterung. Beide umarmten sich.
Mit dem Fahrtwind des Schiffes hörte Peter, wie Jahzara

Yvonne ins Ohr flüsterte: »Jetzt hast du ihn wieder zurück. Du hattest ihn nie verloren. Zwischen uns war nichts, Yvonne. Nichts, was dir Sorgen bereiten müsste. Du hast ihn, er hat dich – und ich habe fortan einen tollen Bruder und eine ganz liebe Freundin.«
Yvonne schaute ihr tief in die Augen. »Er hat mir am Telefon von Algier aus so unglaublich viel Nettes und Beeindruckendes von dir erzählt, dass ich wusste, dass wir beide Freundinnen werden. Alles, was er mir erzählt hat, glaube ich ihm, denn eins war er immer: ehrlich! So unglaublich ehrlich, dass ich oft Probleme hatte, damit umzugehen. So viel Ehrlichkeit ist selten. In Zukunft weiß ich das zu schätzen.«

Die vier Männer kamen nach einer halben Stunde von der Bar im Unterdeck zurück und nahmen am Tisch Platz. Sie wirkten sehr ausgelassen. Pater Benedikt, der nach eigenem Bekunden »zwei Beelzebuben in rötlicher Verkleidung, versteckt in einer staubigen Flasche, vermutlich aus dem Raum Bordeaux«, vernichtet hatte, lachte so schallend und herzlich, dass selbst die Kellner über den ungemein fröhlichen Priester lächelten.
Das Boot schipperte langsam an der nächtlichen Skyline von Kairo vorbei den Nil aufwärts. Es war ein angenehm warmer Abend. Am Tisch herrschte ausgelassene Stimmung. Jahzara saß neben Yvonne und schien im Gespräch mit ihr völlig der Welt entrückt zu sein. Peter beobachtete beide aus dem Augenwinkel heraus. Er war unendlich glücklich.
Pater Benedikt war es, der schließlich sehr direkt fragte: »Was ist denn jetzt eigentlich, Ihrer Meinung nach, mit diesem Priesterkönig Johannes, von dem Sie mir in Algier erzählt haben? Ich habe schon so viel über ihn gehört und gelesen. Hat es ihn gegeben – in Äthiopien?«

Jahzara räusperte sich und antwortete in einem sehr nüchternen Ton: »Diese mystische Figur basierte wahrscheinlich maßgeblich auf der damaligen kollektiven Sehnsucht der Christenheit auf einen Erretterkönig. Im Idealfall einer, der weltliche und geistliche Macht in sich vereinte. Ich persönlich glaube, dass der berühmte Brief des Priesterkönigs Johannes schlichtweg eine Fälschung ist, die in Rom ersonnen wurde. Sieht ganz so aus, als sei es eine der größten Intrigen und Desinformationskampagnen der römisch-katholischen Kirche im Mittelalter gewesen. Als dann die Johannes-Akten mit ins Spiel kamen, man also plötzlich glaubte, der Apostel Johannes sei aus dem Grab in Ephesus auferstanden, ging der Mythos wie ein Lauffeuer um die Welt. Die Unsterblichkeit des Priesterkönigs war logisch erklärt! Der Mythos wurde dann über die äthiopischen Herrscher personifiziert. Damit avancierte der Priesterkönig Johannes im Bewusstsein des Abendlandes zu einem realen Machtfaktor. Die Einzigen, die davon nichts wussten, waren die Äthiopier selbst. Nur der Papst hatte mit dieser Entwicklung seine Probleme, denn die Christenkönige von Aksum und Lalibela waren unbeugsamer, als es der römisch-katholischen Kirche lieb war. Deswegen versuchte Rom auch, uns dem Untergang zu weihen.«
Pater Benedikt legte seine Stirn in Falten. Er fühlte sich sichtlich unwohl in seiner Rolle. »Dieses Kapitel der römisch-katholischen Kirche, verehrte Jahzara, beschämt mich. In den Jahren meiner Forschungen habe ich leider noch mehr Beweise dafür gefunden, dass die Heiligen Väter in Rom christliche Nächstenliebe in der damaligen Zeit höchst zynisch und von Machtansprüchen besessen interpretierten. Deswegen kann ich Ihnen auch versichern, dass ich Sie in all Ihren Bestrebungen, diesen Skandal an die Öffentlichkeit zu bringen, unterstützen werde. Mit allen Konsequenzen! Charles Bahri wurde

aus seinem Orden ausgeschlossen, weil er den Mund aufgemacht hatte. Wenn es denn Gottes Wille ist, so wird mir das auch widerfahren.«

Am Tisch herrschte betroffenes Schweigen. Niemand hatte damit gerechnet, dass Pater Benedikt sich so eindeutig hinter Jahzara stellen würde. Der Pater fühlte sich aber offensichtlich sehr erleichtert. Er griff nach einem Glas Wein und atmete tief durch.

»Verraten Sie mir doch bitte noch eins, Jahzara. Warum, glauben Sie, ist die Karawane durch Feuer vernichtet worden, wie Sie ja vermuten? Setzte ein gedungener Verräter die Karawane in Brand, auf dass sie nie die afrikanische Westküste und damit auch nicht Europa erreicht? Geschah das im Auftrage Roms? Oder hat göttliche Macht das Feuer entfacht? Haben Sie dort im Sand etwas gefunden, was diese Fragen beantworten könnte?«

Jahzara merkte auf. Sie wusste genau, was der Pater damit meinte. Er sprach von der Bundeslade, wollte dieses Wort scheinbar nicht in den Mund nehmen. Sie schaute Peter fragend an. Was sollte sie antworten?

Doch Peter kam ihr zuvor und ergriff das Wort: »Nein, Pater! Wir haben keine Hinweise auf, wie Sie es nennen, göttliche Macht, gefunden! Das Einzige, was wir in einer hölzernen Kiste fanden, waren Kleidungsstücke, eine Hand voll nicht wirklich wertvoller Schmucksteine und eine Halskette der Prinzessin Sahel. Mehr nicht.«

Jahzara schielte zu Peter. Er zwinkerte ihr mit einem Auge zu. Sie verstand und sprach direkt den Commissario an: »Womit wir bei einem sehr heiklen Thema sind, Commissario. Sie als Italiener werden sicherlich nachvollziehen können, dass diese persönlichen Gegenstände der Prinzessin Sahel für mich und mein Volk von unschätzbarer Bedeutung sind. Es sind Reli-

quien! Und ich möchte sie meinem Volk zurückgeben, sie dorthin bringen, wo sie hingehören: nach Äthiopien.«
Der Commissario nickte wissend. »Ich verstehe, was Sie sagen wollen. Wie kann ich Ihnen dabei helfen, Jahzara?«
»Wir haben diese wenigen Utensilien und die Steine in einem Kästchen im Flugzeug der ägyptischen Regierung mit hierhergebracht. Glücklicherweise am Zoll vorbei. Aber wir wissen nicht, was geschieht, wenn wir damit ausreisen wollen. Ägypten ist im Umgang mit solchen Dingen sehr penibel. Ich würde in Tränen ausbrechen, wenn diese Reliquien, die meinem Volk gehören, hier in Kairo konfisziert werden würden. Dürfte ich Sie bitten …?«
Commissario Toscanelli überlegte nicht sehr lange. Mit einem Blick zu seinem deutschen Kollegen, der ihm wohlwollend zunickte, sagte er: »Geben Sie mir die Schachtel morgen, Jahzara. Ich werde die Reliquien für Sie aus dem Land bringen. Ich genieße diplomatischen Schutz. Niemand wird mich kontrollieren. Sie haben uns bei der Klärung von Verbrechen geholfen und haben den Deutschen wie auch den Ägyptern im Kampf gegen Terrorismus und Kriminalität so unglaublich wertvolle Dienste geleistet, dass es mir eine Ehre sein wird, Ihnen diese kleine Gefälligkeit zu erweisen. Bei all dem unglaublichen Mist, den Rom vor vielen Jahrhunderten mit den Christen in Ihrer Heimat verzapft hat, wird Rom, mit mir als Repräsentanten, Ihnen diesen Gefallen erweisen. Sehen Sie es als Wiedergutmachung. Wenn der Papst schon nichts tut, muss ja irgendjemand damit anfangen.«
Jahzara stand auf, ging um den Tisch herum und blieb vor Franco Toscanelli stehen. »Danke, Commissario! Ich danke Ihnen von ganzem Herzen. Sind Sie schon mal im Namen eines Volkes geküsst worden?« Jahzara beugte sich nach vorne.
Der Commissario errötete vor Stolz und Freude, hielt ihr

dann aber bereitwillig seine Wangen entgegen und stotterte: »Hatten Sie nicht gesagt, dass Ihr Namen übersetzt ›Prinzessin‹ bedeutet? Ach, wunderbar! Ich … ich bin noch nie von einer afrikanischen Prinzessin geküsst worden.«

Pietro schaute seinen Chef verdutzt an und räusperte sich leise: »Commissario, das Geschenk.«

Commissario Toscanelli blickte auf, schien für Momente nicht zu wissen, um was es ging, und kramte dann aus seiner Jackentasche etwas hervor. »Das hier, verehrte Jahzara, soll ich Ihnen von der Ehefrau des italienischen Botschafters in Algier übergeben. Sie fand sie beide so hinreißend und war von ihrer Geschichte so gerührt, dass sie mich bat, Ihnen diese kleine Aufmerksamkeit zu übergeben. Es ist ein sehr altes silbernes Kreuz. Nehmen Sie es, Jahzara, als Dank einer römisch-katholischen Christin. Und als Erinnerung.«

Er überreichte ihr das Schmuckstück. Jahzara war sprachlos. Es war ein wunderschönes, sehr fein gearbeitetes, handgroßes Kreuz aus Altsilber. Sofort erkannte sie, dass es ein so genanntes Havaria-Kreuz war, das durch ein Kreuz in einem Quadrat zu erkennen war. Die vier Ecken des Kreuzes bezogen sich dabei auf die vier Enden der Erde, wie sie in der Offenbarung beschrieben worden war. Behutsam strich sie über das Schmuckkreuz.

»Danke! Vielen Dank! Es ist unglaublich schön. Ich werde der Gattin des Botschafters diese sehr herzliche Geste nie vergessen.«

Das Schiff hatte inzwischen den Punkt außerhalb Kairos erreicht, wo es wenden musste. Die Stimmung am Tisch war sehr melancholisch. Die Nacht legte sich über die Stadt. Unter Deck erklangen fremdartige Töne. Trommeln dröhnten. Grelle Kehllaute trällerten. Die schrillen Töne einer Flöte ließen erahnen, dass die Tannoura ihre Vorstellung begannen.

»Die haben mir jetzt gerade noch gefehlt«, spöttelte Peter. »Von Derwischen, auch wenn sie nur für Touristen tanzen, habe ich für den Rest meines Lebens die Nase voll.«
Commissario Toscanelli schien darüber nicht lachen zu können. Er sah plötzlich sehr blass aus. »Tut mir leid, tut mir wirklich leid! Aber ich glaube, ich vertrage diesen leichten Wellengang nicht. Verdammt auch! Ich lasse mich in die Wüste versetzen. Mir ist auf einmal so schlecht.« Mühselig stand er auf und wankte in eine dunkle Ecke am Bug.
Hauptkommissar Gert Fröbig schaute dem Commissario hinterher. Dessen wankender Gang blieb bei dem Deutschen nicht ohne Wirkung. Der BKA-Mann verzog sein Gesicht. »Scheibenkleister! Auch das noch! Ich dachte, wenigstens mir bleibt das erspart. War wohl nichts. Zwei kotzende Kommissare in Venedig – und jetzt das gleiche Spiel auf dem Nil.« Schnellen Schrittes eilte er seinem italienischen Kollegen hinterher.
Die Dunkelheit verschluckte die beiden Kriminalbeamten. Selbst bei dem Lärm, den die tanzenden Derwische unter Deck machten, war kaum zu überhören, dass es ihnen nicht gut ging.
Peter biss die Zähne zusammen. Seine Augen funkelten vor Spott. »Wenn das mal kein krönender Abschluss einer romantischen Dinnernacht auf dem Fluss aller Flüsse ist. Zwei Terrorexperten hängen synchron über der Reling! Schade um die exzellenten Shrimps und den fantastischen Lammrücken. Aber was soll's? Dann haben wir den Champagner eben für uns allein. Pater Benedikt, kommen Sie, lassen Sie uns auf die Zivilcourage von Charles Bahri anstoßen!«
Er nahm die Flasche und schenkte erst Jahzara, danach dem Pater, dann Pietro und schließlich sich selbst nach. Ganz kurz beugte sich Peter zu Yvonne hinüber. Sie schwieg, lachte ihn aber glücklich an. Er legte seine Hand auf ihren Bauch.

»Wie fühlt sich das da drinnen an? Weißt du schon, was es ist? Ein Junge? Oder ein Mädchen?«
Jahzara schaute zu ihnen herüber. Sie räusperte sich und grinste: »Könntet ihr vielleicht noch ein wenig warten, bevor ihr rumschmust? Ist ja nicht zu glauben. Zeigen Sie Contenance, Brüderchen! Sonst werde ich nämlich neidisch. Da der nette Commissario und sein ebenso netter deutscher Kollege über der Reling hängen und außer dem ehrwürdigen Pater Benedikt und Pietro sonst niemand zum Knuddeln hier ist, bitte ich doch höflichst um Zurückhaltung, ihr beiden Süßen!«
Jahzara erhob das Glas und betrachtete Peter und Yvonne durch den bernsteinfarbenen Champagner hindurch. Plötzlich erstarrte sie, rückte ihren Stuhl nach hinten und ging zur Reling.
»Was ist? Warum hat es dir die Sprache verschlagen?«
Peter verstand nicht, warum Jahzara plötzlich so angespannt aussah. Er stand ebenfalls auf und ging zu ihr. Yvonne folgte ihm und legte ihren Arm um Jahzaras Schulter. Sie sah, dass Jahzara das silberne Kreuz mit beiden Händen umklammert an die Brust gepresst hielt.
»Seht mal dort drüben – da links, am Ufer. Das Haus von Charles Bahri.«
Peter schaute hinüber zu dem Lichtermeer. Er musste schlucken. Einen Augenblick lang schämte er sich, vor lauter Euphorie nicht daran gedacht zu haben. Dort drüben, nicht weit vom Ufer des Nils entfernt am Talaat-Harb-Platz, lag die alte Kolonialvilla mit der großen Fensterscheibe, umringt von Geschäftshäusern mit grellen Neonlichtern. Peter bekam Gänsehaut. Hier in der Sharia-Qasr-el-Nil-Straße hatte im Buchladen *L'Orientaliste* vor einigen Jahren alles angefangen. Für ihn – und für Jahzara. Für Charles hatte die Suche nach der Wahrheit tödlich geendet. Für Jahzara und für ihn um

Haaresbreite auch. Ebenso für Yvonne. Sie alle waren in einen mörderischen Strudel von Gewalt geraten. Nun saßen sie drei auf einem Luxusdampfer, tranken Champagner und waren kurz davor gewesen, den Abend in grenzenloser Glückseligkeit zu verbringen. War das pietätlos? Würde es Charles gefallen, dass sie hier so rührselig glücklich zusammensaßen? Charles hatte Jahzara und ihn zusammengebracht. Es hatte das sehr raffiniert eingefädelt. Letztendlich hatte Charles erreicht, was er beabsichtigte: Sie hatten die Karawane gefunden. Bald würde Jahzara ihr Wissen an die Öffentlichkeit bringen. Charles wäre sicherlich unheimlich stolz auf sie drei. Schade, dass der kauzige Alte das nicht hatte erleben können!

Peter drehte sich zu Jahzara und Yvonne um. Beide waren sehr traurig.

Mit zittriger Hand hob Jahzara ihr Glas und hielt es in Richtung des Nilufers, hin zu dem Haus, an dem einst *L'Orientaliste* geschrieben stand. »Wir denken an dich, Abba – alter, weiser Mann! Wir werden immer an dich denken. Die Wahrheit war dir dein Leben wert. Du hast einen hohen Preis für deinen unantastbaren Glauben an Gerechtigkeit bezahlt. Ich verspreche dir in allen Ehren und aus der Verpflichtung heraus, die ich meinen Ahnen und christlichen Mitbrüdern und Schwestern gegenüber habe, dass die Welt erfahren wird, was damals in Rom, in Äthiopien und im Land der Leere geschehen ist. Auf dein Wohl, Charles Bahri! Solche Männer wie dich gab und gibt es zu wenige auf der Welt.«

Jahzara zupfte die weiße Leinenserviette vom Tisch und schniefte.

Yvonne legte ihren Kopf tröstend auf Jahzaras Schulter.

Peter räusperte sich ergriffen. Er hob sein Glas in Richtung der Sharia Qasr el-Nil und murmelte: »Wenn es ein Junge

wird, Charles, werden wir ihm deinen Namen geben. Wird es ein Mädchen, so soll sie Sahel heißen. Cheers! Für dich werden die guten Zeiten leider nicht mehr kommen, Charles Bahri. Sie waren schon da. Schade, einen Mann wie dich hätten wir gerne als Freund gehabt – und als Taufpaten.«
Peter wollte soeben einen Schluck Champagner trinken, als sein Blick auf das Kreuz in der Hand von Jahzara fiel. Sie hielt es fest an ihre Lippen gepresst. Im spärlichen Abendlicht sah er auf der Rückseite des silbernen Kreuzes etwas, das ihn stutzig machte. Da schienen einige Zeichen oder Zahlen eingraviert zu sein. Er tat einen Schritt auf Jahzara zu. »Kann … kann ich das Kreuz mal eben sehen?«
Jahzara reichte es ihm.
Peter hielt das Schmuckstück so ins Licht, dass er mit zusammengekniffenen Augen die Details auf der Rückseite erkennen konnte. Er erstarrte. Er kannte diese Zeichen und Zahlen! Und ob er sie kannte! Er selbst hatte sie vor einigen Wochen in genau dieser Reihenfolge ausgearbeitet und eingetippt. Es waren die Koordinaten des GPS-Geräts! Unfassbar! Auf diesem Kreuz standen die Längen- und Breitenkoordinaten des Ortes im Land der Leere eingraviert, wo ihr Wagen unter dem Wüstensand lag. Und der Schatz, die Karawane!
Jahzara starrte ihn fragend an. »Was steht da auf dem Kreuz? Eine Widmung?«
Peter schaute sie an, legte zitternd seinen Arm um Yvonne. »Ich fasse es nicht! Das hier sind die Koordinaten, die uns zur Karawane zurückführen könnten, wenn wir es denn jemals wieder wollten. Aber ich will da nie wieder hin! Deswegen habe ich doch mein GPS-Gerät aus dem Hubschrauber geworfen, damit wir nie in Versuchung kommen werden, noch einmal an diesen Ort des Grauens zurückzukehren. Ich Dummkopf! Der Hubschrauberpilot hatte diese Koordinaten

doch auch. Der hat uns gesucht. Und natürlich hat seine Bordelektronik genau verzeichnet, wo er uns fand. Er weiß es. Er weiß nur nicht, welch unvorstellbaren Schätze dort im Sand verschüttet liegen. Er hat uns diese Koordinaten wohl zukommen lassen als nett gemeinte Erinnerung an einen Ort, an dem wir beinahe lebendigen Leibes begraben worden wären! Der Pilot hat es der Botschafterin gesagt und die hat es in das Kreuz eingravieren lassen. Wahnsinn! Was machen wir nun?«

Jahzara hatte die ganze Zeit auf den Nil gestarrt. Ihr Blick glitt über den Fluss hin zu Charles ehemaligem Buchladen. »Im Land der Leere liegen nicht nur die Prinzessin Sahel und ein unvorstellbarer Schatz. Dort liegt eine auch unrühmliche Wahrheit im Sand verborgen. Und ein großes Mysterium! Alles, was dort bei der verschollenen Karawane vom Meer der Finsternis zugedeckt wurde, hat schon vielen Menschen Unglück gebracht! Gog und Magog und auch der Gott der Christen und Juden und Moslems – sie alle ringen um dieses Geheimnis, behüten es und beanspruchen es für sich. Die Mächte des Bösen und die des Guten wollen nicht, dass einige dieser Wahrheiten gefunden werden. Was einst gedacht war als Erlösung des äthiopischen Volkes, hat all jenen, die danach gierten, den Tod gebracht. Nur uns nicht!«

Jahzara hatte wie in Trance gesprochen.

Yvonne zitterte am ganzen Leib.

»Peter, gibst du mir das Kreuz, bitte?« Jahzara nahm das Schmuckstück entgegen, stierte auf die Gravuren, stammelte eigene wenige Worte in Amharisch und warf das Kreuz mit einer kurzen Handbewegung in die dunklen Fluten des Nils. Sie blickte dem Kreuz nicht einmal hinterher. Mit aufblitzenden, trotzigen Augen wandte sie sich zu Peter und Yvonne.

»Die Stimmen meiner Ahnen sagen mir, dass wir dort im

Land der Leere belassen sollten, was der Allmächtige in Seiner Wut auf die Gier der Menschen vor Jahrhunderten im Sand der Sahara begraben hat. Wir haben eine Wahrheit gefunden, die nur schmerzt und die eigentlich heute niemand wissen will. Womöglich würde diese Wahrheit nur noch mehr Zwietracht unter den Religionen dieser Erde bewirken. Vielleicht liegt dort etwas verschüttet, eines der großen Mysterien der Christenheit, was in den Vatikan nach Rom transportiert, vor den heranrückenden islamischen Horden in Sicherheit gebracht werden sollte. Vielleicht gelangte es sogar nach Rom. Wissen wir, ob diese Karawane nicht absichtlich ins Verderben geführt wurde, um missliebige Zeugen zu beseitigen? Wissen wir, ob nicht ruchlose Verräter und gedungene Mörder Feuer gelegt haben, um alle Spuren zu beseitigen? Nein, wir wissen es nicht und wir werden es auch nie in Erfahrung bringen. Und das ist gut so! Wir drei Auserwählte haben durch diese verschollene Karawane aber etwas gefunden, was mit Diamanten und Rubinen nicht aufgewogen werden kann: Wir haben uns gefunden! Lasst die verschollene Karawane ruhen. Glaubt mir, Gog und Magog werden sich fortan sanftmütig zeigen und dorthin zurückkehren, woher sie gekommen sind – ins Meer der Finsternis im Land der Leere.«

Danksagung

Unschätzbare Hilfe – und hervorragende Lektüre für alle Leser, die sich mit dem Mythos des Priesterkönigs Johannes intensiver beschäftigen möchten – waren die wissenschaftlichen Arbeiten von Herrn Prof. Dr. Dr. Ulrich Knefelkamp. Insbesondere seine Abhandlungen *Die Suche nach dem Reich des Priesterkönigs Johannes* und *Die Verwandlung des Mythos vom Reich des Priesterkönigs Johannes*, seine Recherche über den portugiesischen Franziskaner Francisco Álvares sowie seine Übersetzung des Briefes des Presbyters Johannes ergaben mannigfaltige Denkanstöße und relativierten oder korrigierten oftmals meine anderen Quellen.

Mein Dank gilt auch Herrn Universitäts-Assistenten Mag. Dr. Jameleddine ben Abdeljelil vom Institut für Orientalistik an der Universität Wien – Arabistik und Islamwissenschaft –, dem meine Nachforschungen über die Bedeutung der Bundeslade im Islam offensichtlich fruchtbare Anregungen gaben. Sehr hilfreich war die *Enzyklopädie des Islam* (www.eslam.de).

Höchst interessante Rechercheansätze entnahm ich der wissenschaftlichen Arbeit von Herrn Stefan Kaufmann, Historisches Seminar der Universität Luzern, *Die Darstellung von Ethnien im Mythos vom Priesterkönig Johannes, erörtert anhand der Reiseberichte von Francisco Álvares.*

Frau Annette Weber, Programmleitung Droemer in München, die mich als Autor seit Jahren so aufmerksam und warmherzig betreut, danke ich für ihre schier grenzenlose Geduld und Ruhe. Kerstin von Dobschütz, »meiner« neuen Lektorin, gilt

mein Dank für die einfühlsame Kooperation und die wertvollen, kompetenten Hilfen beim Redigieren des Manuskriptes.
Den vielen Mönchen auf den Klosterinseln des Tanasees in Äthiopien, die mir mit unendlicher Güte und Geduld geholfen haben, gilt meine grenzenlose Hochachtung! Von ihnen habe ich unendlich viel über das frühe Christentum gelernt.
Alle Wissenschaftler seien explizit daran erinnert: *Die verschollene Karawane* ist ein Roman.